JAMES ROLLINS

Die siebte Plage

Buch

Zwei Jahre nach seinem Verschwinden in der sudanesischen Wüste stolpert der Chef einer britischen archäologischen Expedition, Professor Harold McCabe, aus dem Sand, hektisch und delirierend. Bevor er seine Geschichte erzählen kann, stirbt er. Das Geheimnis vertieft sich, als eine Autopsie eine bizarre Besonderheit aufdeckt: Jemand hatte begonnen, den Körper des Professors zu mumifizieren – während er noch lebte! Seine seltsamen Überreste werden zur weiteren Untersuchung nach London zurückgebracht, während alarmierende Nachrichten aus Ägypten kommen. Das medizinische Team, das die Autopsie des Mannes durchgeführt hatte, erkrankte an einer unbekannten Krankheit, die sich schnell in ganz Kairo ausbreitet. Aus Angst vor einer Epidemie wird Painter Crowe, der Direktor von Sigma Force, hinzugezogen. Denn Professor McCabe war in der Wüste verschwunden, als er nach dem Ursprung der zehn Plagen Mose suchte. Beginnen diese Plagen wieder?

Autor

Der New York Times Bestsellerautor **James Rollins** hat einen Doktorgrad in Tiermedizin. Als begeisterter Höhlenforscher und ebenso eifriger Taucher ist er häufig unter Wasser oder unter der Erde anzutreffen. Er wohnt in den Bergen der Sierra Nevada in Kalifornien, USA.

Von James Rollins bei Blanvalet erschienen:

Sigma-Force:
Der Genesis-Plan, Feuermönche, Sandsturm, Der Judas-Code, Das Messias-Gen, Feuerflut, Mission Ewigkeit, Das Auge Gottes, Projekt Chimera, Das Knochenlabyrinth, Die siebte Plage

Tucker Wayne:
Killercode

Die Bruderschaft der Christuskrieger:
Das Evangelium des Blutes, Das Blut des Verräters, Die Apokalypse des Blutes

Außerdem:
Sub Terra, Im Dreieck des Drachen, Das Flammenzeichen, Operation Amazonas, Das Blut des Teufels,

Indiana Jones und das Königreich des Kristallschädels

James Rollins

Die siebte Plage

Roman

Aus dem Englischen
von Norbert Stöbe

blanvalet

Die englische Originalausgabe erschien 2016 unter dem Titel
»The Seventh Plague (Sigma Force 12)« bei William Morrow,
New York.

FSC www.fsc.org
MIX
Papier aus verantwortungsvollen Quellen
FSC® C014496

Verlagsgruppe Random House FSC® N001967

3. Auflage

Umschlaggestaltung: © Johannes Wiebel | punchdesign
nach einer Originalvorlage
Umschlagdesign und -illustration: Tony Mauro
Redaktion: text in form / Gerhard Seidl
HK · Herstellung: sam
Satz: Uhl + Massopust, Aalen
Druck und Einband: GGP Media GmbH, Pößneck
Printed in Germany
ISBN: 978-3-7341-0566-1

www.blanvalet.de

Ich danke meinen Eltern, Ronald und Mary Ann, für ihre Anregungen, ihre bedingungslose Unterstützung und ihr lebenslanges Vorbild, das mir gezeigt hat, wie man liebt … Jetzt sind beide wiedervereint in ewigem Frieden.

NILBECKEN

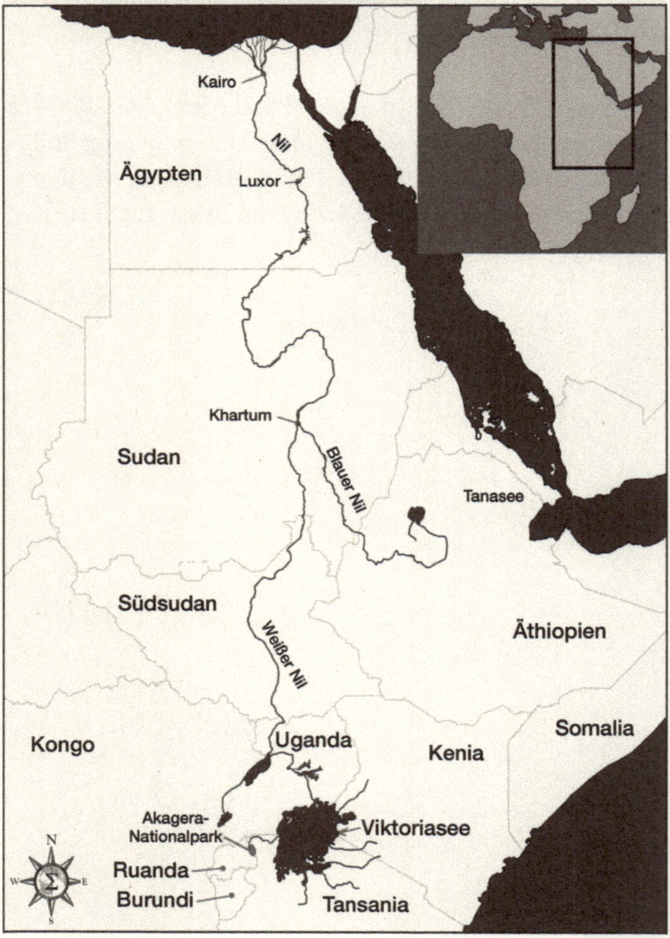
Kairo
Nil
Ägypten
Luxor
Khartum
Sudan
Blauer Nil
Tanasee
Südsudan
Weißer Nil
Äthiopien
Somalia
Kongo
Uganda
Kenia
Akagera-
Nationalpark
Viktoriasee
Ruanda
Burundi
Tansania
N
W
E
S

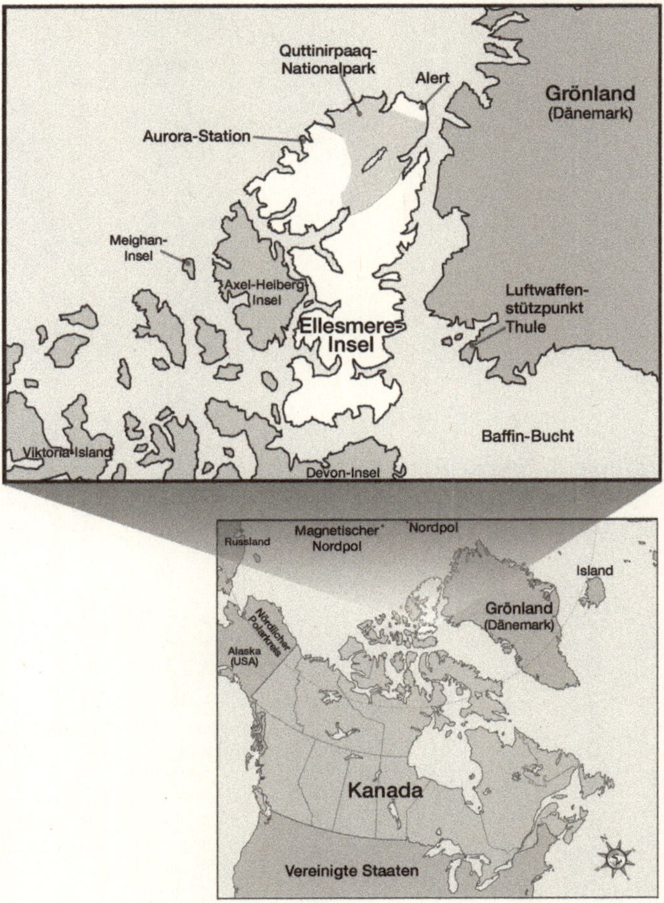
Quttinirpaaq-
Nationalpark
Alert
Grönland
(Dänemark)
Aurora-Station
Meighan-
Insel
Axel-Heiberg-
Insel
Ellesmere-
Insel
Luftwaffen-
stützpunkt
Thule
Baffin-Bucht
Viktoria-Island
Devon-Insel
Russland
Magnetischer
Nordpol
Nordpol
Island
Grönland
(Dänemark)
Nördlicher
Polarkreis
Alaska
(USA)
Kanada
Vereinigte Staaten

Vorbemerkung zum historischen Hintergrund

Da sprach Mose zum Volk: Gedenkt an diesen Tag, an dem ihr aus Ägypten, aus der Knechtschaft, gezogen seid, denn der HERR hat euch mit mächtiger Hand von dort herausgeführt…

2. Buch Mose 13,3

Nur wenige Bücher der Bibel sind so erschütternd wie die häufig in Schrift und Bild nacherzählte Geschichte Moses. Als Säugling von der Pharaonentochter aus einem im Nil schwimmenden Binsenkorb gerettet, bot er schließlich dem Sohn des Pharaos die Stirn und wurde zu einer legendenhaften Gestalt. Um die Israeliten aus der Sklaverei zu befreien, beschwor er zehn Plagen herauf, teilte das Meer, führte sein Volk vierzig Jahre lang durch die Wüste und übergab ihm die Zehn Gebote, die Grundlage eines neuen Rechtssystems.

Aber entspricht dies alles der Wahrheit? Die meisten Historiker, darunter viele religiöse Gelehrte, tun die Geschichte des Auszugs aus Ägypten als Mythos ab und sehen darin keine historische Realität, sondern eine moralische Lektion. Dazu passt, dass die Ägyptologen in dem in der Bibel bezeichneten Zeitraum keinerlei Belege für eine Serie von Plagen oder einen Massenexodus von Sklaven finden konnten.

Neueste Entdeckungen am Nil aber lassen es als denkbar erscheinen, dass die Zweifler falschliegen könnten. Gibt es tatsächlich Belege für die Geschichte des Moses und den Auszug aus Ägypten, die Wunder und die sieben Plagen? Die in diesem Buch enthaltenen verblüffenden Antworten gründen auf Fakten, die ebenso unbestreitbar sind wie der Name *Israel*, der auf einer Stele des Sohnes von Ramses dem Großen entdeckt wurde.

Und wenn Ägypten tatsächlich von Plagen heimgesucht wurde – könnte es dann wieder passieren, in globalem Maßstab?

Die Antwort darauf ist erschreckend, denn sie lautet … *ja*.

Vorbemerkung zum wissenschaftlichen Hintergrund

Klima ist das, was wir erwarten, Wetter ist das, was wir bekommen.

Mark Twain zugeschrieben

Neuerdings geht es immer hitziger zu – nicht bloß im Hinblick auf die globale Erderwärmung, sondern auch bei der Debatte über den Klimawandel. In den vergangenen Jahren hat sich die Fragestellung gewandelt. Hieß es zunächst: *Ist der Klimawandel real?*, so lautet die Frage jetzt: *Was sind die Ursachen, und kann man etwas dagegen tun?* Selbst viele ehemalige Skeptiker erkennen mittlerweile an, dass mit unserem Planeten etwas geschieht. Weltweit schmelzen die Gletscher, das Packeis Grönlands schwindet in rasantem Tempo, und die Meere erwärmen sich. Das Wetter wird immer extremer, es kommt zu ausgedehnten Dürreperioden und starken Überschwemmungen. Wie im Februar 2016 gemeldet wurde, hat Kanada den zweitwärmsten Winter seit Beginn der Wetteraufzeichnungen erlebt, die Temperaturen lagen mehr als fünf

Grad Celsius über dem Durchschnitt. Im Mai desselben Jahres zeigten Satellitenbilder, dass die arktische Eiskappe noch nie so klein gewesen ist.

Die wichtigere Frage – der in diesem Buch nachgegangen wird – aber lautet: *Wie geht es weiter?* Die Antwort ist überraschend, wird selten diskutiert, gründet aber auf konkreten Hinweisen und wissenschaftlichen Belegen – und es gibt, was schockierend klingen mag, einen historischen Präzedenzfall. Ob Sie nun Skeptiker oder Gläubiger sind, vorgewarnt zu sein heißt, gewappnet sein. Es ist an der Zeit, die schwindelerregende Wahrheit über die Zukunft unseres Planeten öffentlich zu machen.

Und der HERR sprach zu Mose: Sage Aaron: Nimm deinen Stab und recke deine Hand aus über die Wasser in Ägypten, über ihre Ströme und Kanäle und Sümpfe und über alle Wasserstellen, dass sie zu Blut werden; und es sei Blut in ganz Ägyptenland, selbst in den hölzernen und steinernen Gefäßen.

2. Buch Mose 7,19

Denial ain't just a river in Egypt.[1]

Mark Twain

1 Wortspiel mit *denial* (Verleugnung) und *de Nile* (Slang für *the nile*, der Nil.)

Frühling, 1324 v. Chr.
Nubische Wüste, Südägypten

Die Hohepriesterin kniete nackt im Sand und wusste, dass die Zeit gekommen war. Die Omen waren deutlich, wurden dringlicher, verwandelten sich in Gewissheit. Im Westen baute sich ein Sandsturm auf, der blaue Himmel dunkelte ein, durchzuckt von Blitzen.

Der Gegner hatte sie fast erreicht.

Zur Vorbereitung hatte Sabah sich am ganzen Leib rasiert, auch die Brauen über den geschminkten Augen. Sie hatte in den beiden Zuflüssen gebadet, die in nördlicher Richtung aus der Wüste kamen und sich an diesem heiligen Ort zu dem mächtigen Strom vereinigten, den die alten Könige der *heqa khaseshet Nahal* nannten. Sie vergegenwärtigte sich seinen gewundenen Lauf, der an Luxor, Theben und Memphis vorbeiströmte und schließlich jenseits des fruchtbaren Deltas ins große blaue Meer mündete.

Diese Gegend kannte sie nur vom Hörensagen.

Aus den Geschichten über unsere alte Heimat, diesen Ort der grünen Felder und Palmen, das Leben gegliedert von den Überschwemmungen des Nahal…

Aus diesem Land war Sabahs Volk vor über hundert Jahren geflohen, hatte die Zeit der Plagen, des Hungers und des Todes hinter sich gelassen, gejagt von einem längst verstorbenen Pharao. Die meisten anderen Stämme im Delta hatten Zuflucht in der Wüste im Osten gesucht, hatten dort Land erobert und ein eigenes Königreich gegründet – ihr Stamm aber hatte weiter im Süden gelebt, am Fluss in der Nähe des Dorfs Djeba. Im oberägyptischen Distrikt *Wetjes-Hor*, Thron des Horus.

In jener Zeit der Dunkelheit und des Todes hatte ihr Stamm sich aufgerafft und war flussaufwärts geflohen, bis über die Grenze des ägyptischen Reiches hinaus in die Nubische Wüste. Ihrem Stamm hatten Gelehrte und Schreiber, Priester und Priesterinnen, Bewahrer des großen Wissens angehört. Sie hatten sich in die unbewohnte Weite Nubiens zurückgezogen, um ihr Wissen in den bewegten Zeiten nach den Plagen zu bewahren, als Ägypten von Fremden aus dem Osten besetzt gewesen war, einem wilden Volk mit schnelleren Streitwagen und stärkeren Bronzewaffen, mit denen sie die geschwächten ägyptischen Städte eroberten, wobei kaum ein Pfeil abgefeuert wurde.

Doch die Zeit der Dunkelheit hatte geendet.

Ägypten erstarkte erneut, verjagte die Invasoren, feierte seine zahlreichen Siege mit der Errichtung von Monumenten und breitete sich in alle Richtungen aus.

»*Hemet netjer…*«, flüsterte hinter ihr Tabor, ihr nubischer Diener.

Vielleicht spürte er ihre Beklommenheit, oder aber er wollte sie an ihre Rolle als *hemet netjer* erinnern… *als Gottesdienerin.* »Wir müssen aufbrechen.«

Sie verstand und erhob sich.

Tabor blickte zum Sturm im Westen hinüber, offenbar

der Ursprung ihrer Besorgnis, doch Sabah bemerkte eine Rauchfahne genau im Norden, wo am fünften Katarakt des Nahal eine Stadt zerstört wurde, die neueste Eroberung des ägyptischen Heeres. Schon bald würden die Soldaten auch diesen mächtigen Zusammenfluss erreichen.

Zuvor mussten Sabah und die anderen Angehörigen ihres Ordens das verstecken, was sie über hundert Jahre lang bewahrt hatten, ein Wunder wie kein anderes: eine Gabe Gottes, ein Heilmittel, verborgen in einem Fluch.

Während sie beobachteten, wie die Ägypter am Fluss entlang vorrückten und Stadt um Stadt zerstörten, hatten sie tausend Tage lang Vorbereitungen getroffen, darunter rituelle Reinigungen, die sie und ihren Orden zu vollkommenen Gefäßen für den Segen Gottes machen sollten.

Sabah war die Letzte, der die Umwandlung gestattet werden sollte, nachdem sie bereits viele ihrer Brüder und Schwestern auf diesem Weg beaufsichtigt und angeleitet hatte. Wie die anderen hatte sie der Hirse und dem Korn ein Jahr lang entsagt und sich allein von Nüssen, Beeren, Baumrinde und einem Tee aus einem fremdländischen Harz ernährt. Im Lauf der Zeit war ihr Fleisch verschrumpelt, ihre Brüste und Hinterbacken waren teigig geworden und geschrumpft. Obwohl sie noch keine dreißig war, musste sie sich vom kräftigen Tabor stützen und in das Leinengewand helfen lassen.

Als sie sich vom Zusammenfluss entfernten, beobachtete Sabah, wie der Sandsturm sich ihnen unaufhaltsam entgegenwälzte. Blitze zuckten in den wogenden Staubwolken. Sie spürte die Energie, die sich über der Wüste entlud. Sie roch sie in der Luft, spürte sie in den Härchen ihrer Arme. Mit Gottes Hilfe würde der heranwehende Sand ihr Werk unter Dünen vergraben.

Zunächst einmal aber mussten sie die fernen Hügel erreichen.

Sie konzentrierte sich darauf, einen Fuß vor den anderen zu setzen. Gleichzeitig fürchtete sie, sie habe zu lange am Fluss gewartet. Als sie und Tabor an der Schlucht zwischen den Hügeln ankamen, hatte der Sturm sie erreicht und versengte alle unbedeckten Körperflächen mit heißem Sand.

»Beeilung, Herrin«, drängte Tabor und zerrte sie mit sich. Ihre Zehen schleiften nurmehr über den Boden und schrieben dem Sand unentzifferbare Zeichen ein.

Ich darf nicht scheitern …

Dann hatten sie den dunklen Durchgang passiert und eilten durch einen langen, steilen Gang zu dem aus Sandstein geformten Wunder. Fackeln erhellten ihnen den Weg und offenbarten das, was verborgen war, was Künstler und Gelehrte gemeinsam im Verlauf von über siebzig Jahren erschaffen hatten.

Tabor half ihr über den Verhau der großen Steinzähne hinweg und über die beeindruckend detailliert dargestellte Zunge hinüber. Von der vor ihnen liegenden Kammer gingen zwei Gänge aus: Der eine führte durch den Fels in den steinernen Bauch, der andere, von kleinen Graten gegliedert, in den geräumigen Brustkorb.

Diesem Weg folgten sie in großer Eile.

Während Tabor sie leitete, vergegenwärtigte sie sich die unterirdische Anlage im Bauch der Hügel. Sie beherbergte das Innere einer gesichtslosen ruhenden Gestalt, die unter der Erde bestattet war. Die Skulptur hatte keine Außenhülle – denn die Welt war ihre Haut –, doch sämtliche inneren Organe des Menschen waren sorgfältig aus dem Sandstein herausgehauen, angefangen von Leber und Nieren bis zur Blase und dem Gehirn.

Im Innern der Hügel hatte ihr Orden seinen eigenen Steingott erschaffen, der so groß war, dass sie darin wohnen und ihn als Gefäß verwenden konnten für das, was es zu bewahren galt.

Und das steht mir jetzt bevor… mein Körper muss zu einem Tempel für Gottes große Gnade werden.

Tabor geleitete sie zu der Stelle, wo der gefurchte Gang sich in zwei kleinere Tunnel aufteilte, die den Atemwegen in ihrer Brust entsprachen. Er führte sie nach links, und sie musste sich unter der geschwungenen Tunneldecke ducken. Doch es war nicht mehr weit.

Der Fackelschein wurde heller, als der Gang in einen großen Raum mündete, der von steinernen Rippen gestützt wurde, die sich zum dicken Rückgrat emporwölbten. In der Mitte des Raums befand sich ein steinernes Herz, vier Mal so groß wie sie selbst und wirklichkeitsgetreu gearbeitet, mit dicken, sich nach außen hin auffächernden Blutgefäßen.

Sie schaute die nubischen Bediensteten an, die sie kniend erwarteten.

Dann blickte sie zu den Kolonnaden der geschwungenen Steinrippen hinüber. Viele der Zwischenräume hatte man mit Backsteinen versiegelt. Dies waren die Grüfte ihrer Ordensbrüder und -schwestern, die ihr vorausgegangen waren. Sie stellte sich vor, wie sie auf ihren Stühlen saßen, während ihr Körper die Transformation abschloss und sie in Gefäße für Gottes Gnade verwandelte.

Ich bin die Letzte… die auserwählte Dienerin Gottes.

Sie wandte sich zum steinernen Herzen um. Ein kleiner Durchgang führte in eine der beiden Herzkammern, eine besonders ehrenvolle Gruft. Sie ging hinüber, neigte den Kopf und stieg hinein. Als sie sich aufrichtete, spürte sie die Kälte des Steins an ihrer Handfläche. Ein silberner Thron erwartete sie, so kalt wie der Stein. Daneben stand eine Schale aus Lapislazuli, bis zum versilberten Rand mit Wasser gefüllt. Sie hob die Schale hoch und stellte sie auf ihre mageren Schenkel.

Tabor beugte sich durch die Öffnung. Die Trauer machte ihn sprachlos, doch sie konnte in seinem Gesicht lesen und sah darin Kummer, Hoffnung und Angst. Sie verspürte die gleichen Emotionen – einhergehend mit einer gehörigen Portion Zweifel. Trotzdem nickte sie Tabor zu.

»Tu, was getan werden muss.«

Der Schmerz gewann bei ihm die Oberhand, doch er nickte ihr aufmunternd zu und zog sich zurück.

Die anderen Bediensteten traten vor und versiegelten den Eingang mit Backsteinen aus Lehm und Stroh. Dunkelheit hüllte sie ein, doch im letzten Widerschein der Fackeln sah sie auf die Schale auf ihrem Schoß nieder und machte im Wasser einen dunklen Schimmer aus. Es war dunkelrot. Sie wusste, was das war. Dies war Wasser des Nahal, des Flusses, der mit einem Fluch belegt worden war und sich in Blut verwandelt hatte. Ihr Orden hatte das Wasser vor Jahren gesammelt und aufbewahrt – zusammen mit der Prophezeiung, die in seinem verfluchten Herzen wohnte.

Als der letzte Stein eingesetzt war, schluckte sie mühsam. Auf einmal hatte sie einen trockenen Mund. Sie hörte, wie die Backsteine von außen mit Lehm beschmiert wurden. Dann wurde unter dem Herzen Holz gestapelt.

Sie schloss die Augen, denn sie wusste, was ihr bevorstand.

Sie stellte sich vor, wie mit den Fackeln der Scheiterhaufen entzündet wurde.

Allmählich erwärmte sich der Sandstein unter ihren Füßen. Schon vorher war es stickig in der Kammer gewesen, doch nun wurde es unangenehm warm. Die letzte Feuchtigkeit entwich durch die nachgebildeten Blutgefäße. Schon nach kurzer Zeit hatte sie das Gefühl, sie atme heißen Sand ein. Sie keuchte auf, als ihre Fußsohlen zu schmerzen begannen. Selbst der silberne Thron wurde so heiß wie ein Dünengrat unter der sengenden Sommersonne.

Trotzdem rührte sie sich nicht vom Fleck. Die Bediensteten hatten die Unterwelt bestimmt schon verlassen und den Zugang versiegelt. Im Schutz des Sandsturms würden sie fortgehen, auf ewig von hier verschwinden und es der Wüste überlassen, alle Spuren zu tilgen.

Während sie auf das Ende wartete, strömten ihr Tränen über die Wangen und trockneten, bevor sie auf den Boden tropfen konnten. Ihre Lippen waren rissig geworden. Sie schluchzte vor Schmerz, gepeinigt von der Unausweichlichkeit ihres Schicksals. Dann nahm sie in der Dunkelheit einen schwachen Schimmer wahr. Er ging von der Schale auf ihrem Schoß aus, von leuchtenden Wasserschlieren.

Sie wusste nicht, ob dies aus Schmerz geborene Einbildung war, doch der Schimmer tröstete sie. Er verlieh ihr die Kraft, ihr Werk zu vollenden. Sie hob die Schale an die Lippen und trank sie in tiefen Zügen leer. Das lebensspendende Wasser floss durch ihre ausgedörrte Kehle in ihren verkrampften Magen.

Als sie die leere Schale senkte, war es so heiß geworden, dass ihre Haut Blasen bildete. Trotz der Schmerzen lächelte sie, denn sie wusste, was sie war.

Ich bin dein Gefäß, Herr … jetzt und für alle Zeit.

21:34 EST
2. März, 1895
New York City

Na endlich …

Das Ziel war in Sicht, und Samuel Clemens – besser bekannt unter dem Pseudonym Mark Twain – geleitete seinen widerwilligen Begleiter durch den Gramercy Park. Unmittelbar vor ihnen lockten die Gaslaternen an der anderen Straßenseite, welche die Säulen, den Portikus und das schmiedeeiserne Geländer des Players Club beleuchteten. Sie waren beide Mitglied in diesem exklusiven Etablissement.

Angezogen von der Aussicht auf Gelächter, Alkoholika und gute Gesellschaft, schritt Twain mit weiten, zielstrebigen Schritten aus, eine Wolke aus Zigarrenrauch wehte ihm in der kalten Nachtluft nach. »Was meinst du, Nikola?«, rief er seinem Freund zu. »Meiner Taschenuhr und meinem Bauch zufolge wird im Players noch Abendessen serviert. Abgesehen davon könnte ich einen Brandy zu meiner Zigarre vertragen.«

Nikola Tesla, fast zwanzig Jahre jünger als Twain, trug

einen steifleinenen, an den Ellbogen abgenutzten Anzug. Ständig streifte er sich das dunkle Haar zurück und blickte hektisch umher. Wenn er nervös war, so wie jetzt, war sein serbischer Akzent so dominant wie sein Schnauzbart.

»Samuel, mein Freund, es ist schon spät, und ich habe noch im Labor zu tun. Ich bin dir wirklich dankbar für die Theatereinladung, aber ich sollte heimgehen.«

»Unsinn. Von zu viel Arbeit wird man dumpf im Kopf.«

»Dann musst du ja außergewöhnlich scharfsinnig sein … bei der vielen Muße.«

Twain blickte sich um und schnaubte übertrieben. »Ich sag dir Bescheid, wenn ich an einem neuen Buch arbeite.«

»Lass mich raten«, meinte Nikola mit skeptischem Lächeln, »Huck Finn und Tom Sawyer bekommen neuen Ärger.«

»Wenn es nur so wäre!«, erwiderte Twain kichernd, was ihm den erstaunten Blick eines Passanten einbrachte. »Dann könnte ich endlich meine Schulden abbezahlen.«

Twain hielt den Zustand seiner Finanzen zwar geheim, doch er hatte sich im vergangenen Jahr für zahlungsunfähig erklärt und all seine Urheberrechte an seine Frau Olivia übertragen. Um seine Schulden abzubezahlen, plante er für die nächsten zwölf Monate eine Lesetournee rund um die Welt.

Die Erwähnung von Geld hatte die Stimmung freilich getrübt. Twain hätte sich in den Hintern beißen mögen, weil er darauf zu sprechen gekommen war. Auch Nikola hatte mit finanziellen Engpässen zu kämpfen, obwohl er ein wahres Genie war – ein Universalgelehrter, der als Erfinder, Elektroingenieur und Physiker tätig war. Twain hatte schon viele Abende in Teslas Labor in der Fifth Avenue zugebracht, wo sie enge Freunde geworden waren.

Nicola seufzte und gab nach. »Vielleicht auf einen Drink…«

Sie querten die Straße und näherten sich an den zischenden Gaslampen vorbei dem Säuleneingang. Ehe sie ihn erreicht hatten, trat jedoch eine Gestalt aus dem Schatten hervor und sprach sie an.

»Gott sei Dank«, sagte der Mann. »Der Türsteher hat mir gesagt, Sie würden heute vielleicht auftauchen.«

Zu seiner Verblüffung erkannte Twain den Mann. Erfreut klopfte er seinem alten Freund auf die Schulter. »Das ist ja eine Überraschung, Stanley! Was machst du denn hier? Ich dachte, du wärst in England.«

»Ich bin gestern zurückgekommen.«

»Wunderbar! Dann lass uns deine Rückkehr an unsere Gestade mit ein, zwei Gläschen feiern. Vielleicht auch mit dreien.«

Twain zog die beiden Männer mit sich, doch an der Türschwelle hielt Stanley inne.

»Ich habe gehört«, sagte er, »Thomas Edison habe stets ein offenes Ohr für dich.«

»Ich… ich denke schon«, antwortete Twain zögerlich, denn er wusste nur allzu gut Bescheid über den tief verwurzelten Zwist zwischen Edison und Nikola Tesla, seinem heutigen Gefährten.

»Ich habe etwas Wichtiges mit dem Erfinder zu besprechen. Die Krone hat mich beauftragt, ihm etwas zu zeigen.«

»Tatsächlich? Welch reizvolle kleine Intrige.«

»Vielleicht könnte ich Ihnen behilflich sein«, erbot sich Tesla.

Twain stellte die beiden Männer einander vor, wobei er sich in dieser merkwürdigen Angelegenheit sozusagen als

Kuppler betätigte. »Nikola, das ist Henry Morton Stanley – wenn man den Gerüchten Glauben schenken darf, wird er bald *Sir* Stanley heißen –, berühmt nicht nur als Forscher aus eigenem Recht, sondern auch gefeiert, weil er im dunkelsten Herzen Afrikas auf David Livingstone gestoßen ist, einen Kollegen.«

»Ah«, sagte Nikola. »Jetzt erinnere ich mich. *Dr. Livingstone, I presume?*, lautete so nicht Ihre Begrüßung?«

Stanley stöhnte. »Das habe ich so nicht gesagt.«

Twain deutete lächelnd auf seinen anderen Freund. »Und das ist Nikola Tesla, wie Edison ein Genie aus eigenem Recht, und das möglicherweise mit noch größerer Berechtigung.«

Stanley machte große Augen. »Natürlich. Ich hätte Sie erkennen müssen.«

Diese Bemerkung ließ Nikolas blasse Wangen erröten.

»Nun«, sagte Twain, »mit welcher dringenden Mission hat die britische Krone dich betraut?«

Stanley fuhr sich mit feuchter Hand durchs graue Haar. »Wie du weißt, war Livingstone auf der Suche nach der wahren Quelle des Nils und galt als verschollen. Auch ich habe bereits nach dieser Quelle gesucht.«

»Ja, wie einige andere Briten auch. Offenbar ist die Nilquelle für euch so etwas wie der Heilige Gral.«

Stanley machte ein finsteres Gesicht, enthielt sich aber einer Erwiderung.

Twain vermutete, dass die konzertierte Suche der Briten weniger mit geografischer Wissbegier, sondern vielmehr mit den kolonialen Interessen in Afrika zu tun hatte, doch er verkniff sich eine Bemerkung, da er fürchtete, er könnte seinen Freund damit verscheuchen, bevor dieser das Geheimnis gelüftet hatte.

»Weshalb also interessiert sich die britische Krone für die Quelle des Nils?«, fragte Twain.

Stanley zog ihn zu sich heran und holte einen kleinen Gegenstand aus der Tasche. Es handelte sich um ein Glasfläschchen, gefüllt mit einer dunklen Flüssigkeit. »Das wurde kürzlich in David Livingstones Besitztümern gefunden. Ein nubischer Krieger – dessen krankem Sohn Livingstone das Leben gerettet hatte – hat David einen alten Talisman geschenkt, ein kleines, mit Wachs versiegeltes Gefäß mit eingravierten Hieroglyphen. In diesem Fläschchen ist eine Probe des Wassers, das man in dem Talisman gefunden hat und von dem der Nubier behauptet, es stamme aus dem Nil.«

Twain zuckte mit den Schultern. »Weshalb ist das so wichtig?«

Stanley wandte sich ab und reckte das Fläschchen zu einer Gaslaterne hoch. Die Flüssigkeit leuchtete blutrot im Lichtschein.

»Livingstones Aufzeichnungen zufolge ist das Wasser mehrere tausend Jahre alt und stammt aus der Zeit, als das Wasser des Nils sich in Blut verwandelt hat.«

»In Blut verwandelt?«, wiederholte Nikola. »Wie im Alten Testament?«

Twain lächelte, denn er vermutete, dass Stanley ihn reizen wollte. Der Forscher wusste über seine Abneigung gegenüber der Religion genau Bescheid. Über dieses Thema hatten sie sich schon häufiger hitzige Debatten geliefert. »Dann willst du also behaupten, das Wasser rühre von Moses' biblischer Plage her, der ersten von zehn, welche die Ägypter heimgesucht haben?«

Stanley verzog keine Miene. »Ich weiß, wie das klingt.«

»Das ist unmöglich.«

»Zweiundzwanzig Angehörige der Royal Society sind tot. Sie sind gestorben, als der nubische Talisman geöffnet und sein Inhalt im Labor untersucht wurde.«

Verblüfftes Schweigen stellte sich ein.

»Woran sind sie gestorben?«, fragte Nikola schließlich. »An einem Gift?«

Stanley war blass geworden. Er hatte bereits furchtlos allen möglichen wilden Tieren, dem zehrenden Fieber und Kannibalen getrotzt. Jetzt aber wirkte er verängstigt.

»Nicht an einem Gift.«

»Woran dann?«, fragte Twain.

»An einem Fluch«, antwortete Stanley im Brustton der Überzeugung. »An einer Plage aus der fernen Vergangenheit.« Er schloss die Hand um das Fläschchen. »Denn das hier ist tatsächlich ein Überbleibsel des Fluchs, mit dem Gott die Ägypter belegt hat – und es ist erst der Anfang, wenn wir die Entwicklung nicht aufhalten.«

»Was sollen wir tun?«, fragte Twain.

Stanley wandte sich an Nikola. »Sie müssen nach England kommen.«

»Weshalb?«

»Um die nächste Plage aufzuhalten.«

Teil 1

Mumifizierung

1

Gegenwart
28. Mai, 11:32 EET
Kairo, Ägypten

Dem nervösen Gebaren des Gerichtsmediziners nach zu schließen, war irgendetwas nicht in Ordnung. »Zeigen Sie uns den Toten«, sagte Derek Rankin.

Dr. Badawi nickte und deutete zum Aufzug der Leichenhalle. »Wenn Sie bitte mitkommen würden.«

Während sie dem Gerichtsmediziner folgten, blickte Derek seine Begleiter an, unsicher, wie er dann mit umgehen sollte. Safia al-Maaz, die ältere der beiden Frauen, war einen Kopf größer als Jane McCabe, ihre jüngere Begleiterin. Sie waren heute Morgen mit einem Privatjet in Kairo gelandet und unverzüglich zur städtischen Leichenhalle gebracht worden, einer Ansammlung unscheinbarer blauer Gebäude, nur einen Steinwurf weit vom Nil entfernt.

Als sie hinter dem Gerichtsmediziner hergingen, legte Safia beschützend den Arm um Jane, die erst einundzwanzig war.

Derek fing Safias Blick auf und dachte: *Ob Jane damit wohl klarkommt?*

Safia holte tief Luft und nickte ihm zu. Sie war seine Vorgesetzte, die Hauptkuratorin des British Museum. Vor vier Jahren hatte er am Museum angefangen. Er war als ihr Assistent eingestellt worden, als untergeordneter Kurator. Sein Fachgebiet war die Bioarchäologie, speziell die Erforschung der menschlichen Gesundheit in der Vergangenheit. Mittels Untersuchung von Zähnen, Skelett und Geweberesten versuchte er, den körperlichen Zustand der Menschen anderer Zeiten zu rekonstruieren, und bestimmte bei einzelnen Individuen sogar die Todesursache. Als Stipendiat des University College London hatte er verschiedene Epidemien untersucht, darunter die Schwarze Pest in Europa und die Große Hungersnot in Irland.

Bei seinem aktuellen Projekt am British Museum ging es darum, Mumien vom sechsten Nilkatarakt zu untersuchen, wo auf sudanesischem Gebiet ein neuer Staudamm im Bau war. Dieses trockene Gebiet war noch weitgehend unerforscht, doch als der Dammbau begann, hatte die sudanesische archäologische Gesellschaft das British Museum um Unterstützung bei der Hebung der archäologischen Schätze gebeten, die in den Wasserfluten auf ewig zu verschwinden drohten. In den vergangenen Monaten hatten sie im Rahmen dieses Projekts bedeutende Felsbilder gerettet und alle dreihundertneunzig Steinblöcke einer kleinen nubischen Pyramide ausgegraben und in Sicherheit gebracht.

Dieses Projekt hatte sie hierhergeführt. Seit vor zwei Jahren der leitende Archäologe mitsamt einem kompletten Forschungsteam verschwunden war, glaubten viele, das Vorhaben stehe unter einem bösen Fluch. Nach monatelanger Suche war man zu dem Schluss gelangt, das Verschwinden der Gruppe stehe in Zusammenhang mit den arabischen Aufständen und den nachfolgenden politischen Unruhen. Die Hälfte des Teams waren zwar Sudanesen, doch es war trotzdem gefährlich für Ausländer, sich in entlegene Gebiete zu begeben, wo Banditen und Aufständische ihr Unwesen trieben. Auch ein Terrorakt wurde in Betracht gezogen, wenngleich sich niemand dazu bekannt hatte und auch keine Lösegeldforderung gestellt worden war.

Der Verlust hatte die Belegschaft des Museums erschüttert. Professor Harold McCabe, der Teamleiter, war aufgrund seines eigensinnigen Charakters zwar nicht sonderlich beliebt, aber ein angesehener Wissenschaftler. Seine Teilnahme an dem Projekt hatte Derek dazu bewogen, sich seinen Rettungsbemühungen anzuschließen. McCabe war in seinen frühen Jahren am University College London Dereks Lehrer und Mentor gewesen und hatte ihm zu dem Stipendium verholfen.

Er musterte Jane McCabe, als sie in den Aufzug trat. Die junge Frau hatte die Arme verschränkt und starrte blicklos ins Leere. Sie war Harolds Tochter. Auf ihrer Stirn und Oberlippe zeichneten sich Schweißtropfen ab. Es war drückend heiß, und die Klimaanlage der Leichenhalle kam dagegen nicht an. Allerdings vermutete er, dass ihr Schwitzen weniger mit der Temperatur als mit der Angst vor der Konfrontation mit dem Toten zu tun hatte.

Bevor die Aufzugtüren sich schlossen, berührte Safia sie am Ellbogen. »Jane, Sie können auch hier warten. Ich habe Ihren Vater gut gekannt, ich kann ihn allein identifizieren.«

Derek nickte zustimmend und streckte die Hand zur Stopptaste aus.

Jane stellte den Blick scharf und straffte sich. »Ich muss

das tun«, sagte sie. »Nachdem ich zwei Jahre auf eine Nachricht von meinem Vater und meinem Bruder gewartet habe, kann ich nicht …«

Ihr brach die Stimme, was die junge Frau nur noch mehr zu irritieren schien. Ihr älterer Bruder Rory hatte ihren Vater bei der Expedition begleitet, war zusammen mit all den anderen verschwunden und hatte Jane allein zurückgelassen. Ihre Mutter war vor sechs Jahren nach einem langwierigen Kampf gegen den Eierstockkrebs gestorben.

Jane drückte Dereks Arm weg, worauf die Aufzugtür sich schloss.

Safia seufzte resigniert; offenbar hatte sie sich mit Janes Entscheidung abgefunden.

Derek hatte nichts anderes von Jane erwartet. Sie glich zu sehr ihrem Vater; sie war dickköpfig, stur und blitzgescheit. Derek kannte sie ebenso lange wie ihren Vater. Damals war sie sechzehn gewesen und besuchte bereits Vorlesungen an der Universität. Mit neunzehn machte sie ihren Doktor in Anthropologie und nahm eine Postdoktorandenstelle an, entschlossen, in die Fußstapfen ihres Vaters zu treten.

Was sie bedauerlicherweise hierhergeführt hatte.

Während der Aufzug in die Tiefe sank, musterte Derek die beiden Frauen. Beide hatten ein leidenschaftliches Interesse an der fernen Vergangenheit, hätten aber unterschiedlicher nicht sein können. Safias Herkunft aus dem Mittleren Osten zeigte sich in ihrer hellbraunen Haut und dem langen dunklen Haar. Sie war zurückhaltend gekleidet, mit dunkler Hose und langärmliger hellblauer Bluse. Auch beim Sprechen bevorzugte sie die leisen Töne, verstand es aber dennoch, sich Gehör zu verschaffen. Mit dem Blick ihrer smaragdgrünen Augen konnte sie notfalls jeden Mann zum Verstummen bringen.

Jane hingegen hatte große Ähnlichkeit mit ihrem schottischen Vater. Sie hatte feuerrotes Haar, das maskulin kurz geschnitten war. Bedauerlicherweise war ihr Temperament ebenso hitzig. Derek war zu Ohren gekommen, dass sie Mitstudenten und bisweilen auch Professoren tyrannisierte, die anderer Meinung waren als sie. Sie war offenbar ganz die Tochter ihres Vaters, doch in einer Hinsicht unterschieden sich die beiden. Harolds Haut hatte nach dem jahrzehntelangen Aufenthalt in der Wüstensonne die Beschaffenheit schrumpeligen Leders angenommen, während Jane, die Jahre in Universitätsbibliotheken zugebracht hatte, blass und faltenlos war. Auf Nase und Wangen hatte sie allerdings ein paar Sommersprossen, die ihr ein mädchenhaftes Aussehen verliehen, das viele mit Naivität verwechselten.

Derek wusste es besser.

Der Aufzug kam ruckartig zum Stillstand. Als die Tür aufging, strömten der beißende Gestank von Bleichmittel und ein Hauch Verwesungsgeruch in die Kabine. Dr. Badawi geleitete sie einen Gang mit weiß getünchten Betonwänden und abgenutztem Linoleumboden entlang. Der Gerichtsmediziner ging schnell, der knielange Laborkittel umflatterte seine hagere Gestalt. Offenbar wollte er die Angelegenheit so rasch wie möglich hinter sich bringen – doch anscheinend machte ihn auch irgendetwas nervös.

Am Ende des Gangs streifte Badawi ein dickes Plastikband beiseite, das einen kleinen Raum abtrennte. Darin stand ein einzelner Stahltisch. Darauf lag ein mit einem weißen Tuch abgedeckter Toter.

Obwohl sie darauf bestanden hatte mitzukommen,

zögerte Jane an der Schwelle. Safia hielt sich hinter ihr, während Derek dem Gerichtsmediziner zum Tisch folgte. Er hörte, wie Jane leise sagte, sie schaffe das.

Badawi blickte die beiden Frauen an und stieß ungeschickt gegen eine hinter dem Tisch von der Decke hängende stählerne Waagschale. »Sie sollten sich ihn als Erster ansehen«, flüsterte er Derek zu. »Vielleicht ist es unpassend, dass die beiden Frauen hier sind.«

Jane hatte ihn gehört und reagierte auf den versteckten Tadel. »Nein.« Sie näherte sich zusammen mit Safia dem Tisch. »Ich will wissen, ob das mein Vater ist.«

Derek las mehr aus ihrer Miene heraus. Sie wollte Antworten, eine Erklärung für die jahrelange Ungewissheit und die trügerische Hoffnung. Vor allem aber wollte sie sich Gewissheit verschaffen, um ihren Vater endlich loslassen zu können.

»Bringen wir's hinter uns«, sagte Safia.

Badawi senkte leicht den Kopf. Er trat vor den Tisch, schlug das Tuch zurück und entblößte den nackten Oberkörper des Leichnams.

Derek sog scharf die Luft ein und wich einen Schritt zurück. Er wollte es nicht wahrhaben. Das konnte unmöglich Harold McCabe sein. Der Tote auf dem Tisch sah aus, als sei er jahrhundertelang im Sand begraben gewesen. Die Haut spannte sich über Gesichtsknochen und Rippen. Sie hatte eine dunkelbraune Farbe angenommen und glänzte wie lackiert. Nachdem er den ersten Schock überwunden hatte, bemerkte er jedoch das angegraute rote Haar auf Schädel, Wangen und Kinn. Sein erster Eindruck war falsch gewesen.

Jane erkannte ihn ebenfalls. »Dad…«

Derek wandte den Kopf. Verzweiflung und Schmerz

spiegelten sich in Janes Gesicht wider. Sie wandte sich ab und barg den Kopf an Safias Brust. Safia war kaum minder erschüttert als Jane. Sie hatte Harold wesentlich länger gekannt als Derek. Doch irgendetwas irritierte sie anscheinend.

Derek ahnte den Grund für ihre Bestürzung. »Ich dachte, Professor McCabe wäre noch am Leben gewesen, als er vor zehn Tagen gefunden wurde«, wandte er sich an den Gerichtsmediziner.

Badawi nickte. »Eine Nomadenfamilie hat ihn entdeckt, wie er durch die Wüste stolperte, etwa einen Kilometer von Rufaa entfernt.«

Der Gerichtsmediziner bedachte Jane mit einem mitfühlenden Blick. »Sie haben ihn mit einem Karren ins Dorf gebracht, doch er ist verstorben, bevor Hilfe eingetroffen ist.«

»Das ergibt keinen Sinn«, sagte Safia. »Der Leichnam sieht viel älter aus.«

Derek konnte ihr da nur beipflichten. Doch es gab noch etwas, das ihm zu denken gab. »Sie sagen, Professor McCabes sterbliche Überreste seien vor zwei Tagen mit einem Laster hergebracht worden und niemand habe ihn einbalsamiert. Der Leichnam sei lediglich in Plastikfolie eingewickelt gewesen. War der Laderaum gekühlt?«

»Nein. Aber der Leichnam wurde gleich nach seinem Eintreffen in ein Kühlfach gelegt.«

Derek blickte Safia an. »Der Leichnam wurde somit zehn Tage lang bei hohen Temperaturen gelagert. Trotzdem sind kaum Hinweise auf Verwesung zu erkennen. Kein aufgeblähter Bauch, keine Risse in der Haut. Er sieht aus, als wäre er konserviert worden.«

Die einzige Beschädigung war der Y-förmige Einschnitt

auf dem Oberkörper, der von der Autopsie herrührte. Derek hatte den Abschlussbericht auf dem Herflug von London gelesen. Es konnte keine eindeutige Todesursache festgestellt werden, doch Überhitzung und Dehydrierung waren die Hauptverdächtigen. Trotzdem blieb vieles im Dunkeln.

Wo hatte Professor McCabe die ganze Zeit über gesteckt?

Safia fasste den Gedanken in Worte. »Haben Sie von der Nomadenfamilie noch mehr in Erfahrung gebracht? Hat Professor McCabe gesagt, weshalb er allein in der Wüste unterwegs war? Und hat er seinen Sohn oder seine anderen Begleiter erwähnt?«

Badawi sah zu Boden, als er Safia antwortete. »Was er sagte, ergab keinen Sinn. Er war geschwächt und fantasierte, und die Leute, die ihn hergebracht haben, sprachen einen sudanesischen Dialekt des Arabischen.«

»Mein Vater beherrschte mehrere arabische Dialekte«, erklärte Jane.

»Das stimmt«, sagte Safia. »Wenn er vor seinem Tod etwas gesagt hat …«

Badawi seufzte. »Ich habe das im Bericht nicht erwähnt, aber einer der Nomaden hat berichtet, Professor McCabe habe gesagt, er sei von einem Riesen verschluckt worden.«

Safia runzelte die Stirn. »Von einem Riesen verschluckt?«

Badawi zuckte mit den Schultern. »Wie ich schon sagte, er war stark dehydriert und hat vermutlich fantasiert.«

»Und das war alles?«, fragte Safia.

»Auf dem Weg nach Rufaa hat er ein bestimmtes Wort in einem fort wiederholt.«

»Welches Wort?«

Badawi blickte die junge Frau an Safias Seite an. »Jane.«

Harolds Tochter war bei der Erwähnung ihres Namens zusammengezuckt. Sie wirkte gequält und verloren.

Safia versuchte, Jane zu trösten. Derek nutzte die Gelegenheit, um den Toten behutsam zu untersuchen. Mit den Fingern prüfte er die Elastizität der Haut. Dann zog er eine knochige Hand unter dem Tuch hervor und betrachtete die gelblich verfärbten Fingernägel.

Er wandte sich an Badawi. »In Ihrem Bericht heißt es, Sie hätten im Magen mehrere kleine Steine gefunden, alle gleich groß und gleich geformt.«

»Ja. So groß wie Wachteleier.«

»Und Sie haben Reste von Baumrinde gefunden.«

»Das stimmt. Ich nehme an, er hat alles verschlungen, was in der Wüste zu finden war, um das peinigende Hungergefühl zu dämpfen.«

»Oder aber es gibt dafür eine andere Erklärung.«

»Was könnte das sein?«, sagte Safia, den Arm um Jane gelegt.

Derek trat zurück. »Ich muss erst ein paar Untersuchungen durchführen, um meine Vermutung zu erhärten. Eine Biopsie der Haut und eine toxikologische Untersuchung des Mageninhalts.« Im Kopf ging er bereits die nötigen Vorbereitungen durch. »Vor allem aber möchte ich einen Gehirnscan vornehmen.«

»Woran denken Sie?«, fragte Safia.

»Ausgehend vom Zustand des Leichnams, seinem Aussehen und dem guten Erhaltungsgrad, glaube ich, dass Professor McCabe mumifiziert wurde.«

Badawi zuckte zusammen. »Ich kann Ihnen versichern, dass niemand den Mann nach seinem Tod angerührt hat«, sagte er gekränkt und verletzt. »Das hätte niemand gewagt.«

»Sie haben mich falsch verstanden, Dr. Badawi. Ich

glaube nicht, dass er *nach* seinem Tod mumifiziert wurde.« Er blickte Safia an. »Sondern schon vorher.«

16:32

Fünf Stunden später beugte Derek sich über eine Ansammlung von Computerbildschirmen. Durch die Fenster blickte man auf den Kernspintomografen mit dem langen Untersuchungstisch und der großen weißen Magnettrommel.

Aufgrund bürokratischer Probleme konnten sie den Leichnam Professor McCabes erst morgen nach England überführen. Bis dahin wollte Derek so viele Informationen wie möglich sammeln, um der einsetzenden Verwesung zuvorzukommen. Er hatte bereits eine Biopsie der Haut vorgenommen, Haarproben analysiert und den Mageninhalt – die eigenartigen Steine von der Größe von Wachteleiern und die Reste unverdauter Baumrinde – versiegeln lassen. Badawi hatte dafür gesorgt, dass er den Tomografen eines nahen Krankenhauses benutzen durfte.

Er betrachtete die Ergebnisse des zweiten Scans. Auf dem Bildschirm wurde ein parasagittales Kopfbild angezeigt, ein lateraler Querschnitt des Schädels. Die gewölbte Hirnschale, das Nasenbein und die Augenhöhlen waren von den Magnetkräften und elektromagnetischen Wellen scharf herausmodelliert worden. Das Gehirn aber war als einheitliche graue Masse dargestellt – damit hatte er nicht gerechnet.

»Dieses Bild ist noch verschwommener als das Ergebnis des ersten Durchgangs«, sagte Safia, die sich über seine Schulter gebeugt hatte.

Er nickte. Beim ersten Scan waren zumindest einige

Details der Gehirnoberfläche sichtbar gewesen, unter anderem die äußeren Windungen und Faltungen. Da er mit der Auflösung unzufrieden war, hatte Derek darum gebeten, den Toten erneut scannen zu dürfen, bevor er in die Leichenhalle zurückgebracht wurde. Jetzt aber waren noch weniger Einzelheiten zu erkennen.

Derek richtete sich auf. »Ich weiß nicht, ob es an einem Kalibrierungsfehler liegt oder ob sich Professor McCabes Gehirn bereits zersetzt hat«, sagte er.

»Wie wäre es mit einem weiteren Scan?«

Kopfschüttelnd betrachtete er den leeren Tomografen. Der Leichnam des Professors wurde bereits in die Leichenhalle zurückgebracht. »Wir können nur versuchen, den Verwesungsprozess so gut es geht aufzuhalten. Ich habe den Gerichtsmediziner gebeten, die Zerebrospinalflüssigkeit zu sammeln und das Gehirn zu entnehmen und in Formalin zu konservieren, damit wir es in London weiter untersuchen können.«

Safia zog besorgt die Augenbrauen zusammen. »Weiß Jane davon?«

»Sie hat eingewilligt, bevor sie ins Hotel zurückgefahren ist.«

Nachdem sie die sterblichen Überreste ihres Vaters identifiziert und die entsprechenden Dokumente unterzeichnet hatte, war sie noch blasser und stiller gewesen als zuvor. Trotzdem hatte Derek ihr mitgeteilt, welche Untersuchungen er durchführen wollte, bevor der Leichnam nach England überführt wurde, wo er bestattet werden sollte. Sie hatte eingewilligt, denn sie wünschte sich Klarheit mindestens so dringend wie er. Allerdings hatte sie der Prozedur nicht beiwohnen wollen. Offenbar gab es Grenzen für ihre stoische Entschlossenheit.

Safia seufzte. »Dann können wir im Moment wohl nichts mehr für ihn tun.«

Derek streckte sich und nickte. »Ich gehe zurück zur Leichenhalle und vergewissere mich, dass alles in Ordnung ist. Vielleicht möchten Sie und Jane später vorbeischauen …«

Das Telefon klingelte. Der Techniker nahm ab, sagte ein paar Worte und reichte Derek den Hörer. »Der Gerichtsmediziner ist dran. Er möchte Sie sprechen.«

Stirnrunzelnd nahm Derek den Hörer entgegen. »Hier Dr. Rankin.«

»Sie müssen unverzüglich hierherkommen«, sagte Badawi atemlos. »Das müssen Sie mit eigenen Augen sehen.«

Derek wollte nachfragen, doch Badawi weigerte sich, Einzelheiten zu nennen, und betonte nur noch einmal, wie dringend seine Anwesenheit erforderlich sei. Derek legte auf und setzte Safia ins Bild.

»Ich komme mit«, sagte sie.

Sie verließen das Krankenhaus und wandten sich zu der zwei Straßenblocks entfernten Leichenhalle. Die Sonne blendete sie, denn sie hatten zwei Stunden bei künstlicher Beleuchtung verbracht, und die Hitze war nahezu unerträglich. Jeder Atemzug brannte in den Bronchien.

Safia hingegen schien die Hitze nichts auszumachen. Mit federnden Schritten ging sie neben ihm her die belebte Straße entlang. »Derek, Sie haben gesagt, Sie nähmen an, dass man mit Harold irgendetwas angestellt, ihn einem Prozess unterzogen hat, der für den merkwürdigen Zustand seines Körpers verantwortlich ist. Was meinen Sie damit, er sei vor seinem Tod mumifiziert worden?«

Derek wäre der Unterhaltung gerne ausgewichen und bedauerte, dass er sich zu dieser Bemerkung hatte hinreißen lassen. Damit hatte er Jane nur noch weiter verunsichert. Er hätte lieber so lange schweigen sollen, bis seine Vermutung sich bestätigt hatte.

Seine Wangen glühten, nicht nur von der Hitze. »Das ist reine Mutmaßung – und eine wilde obendrein. Es war unklug von mir, dass ich mich vorschnell geäußert habe.«

»Klären Sie mich bitte trotzdem auf.«

Er seufzte. »Man spricht von Selbstmumifizierung, wenn jemand seinen Körper so präpariert, dass nach dem Tod keine Verwesung einsetzt. Diese Praxis ist bei Mönchen im Fernen Osten geläufig, insbesondere in Japan und in China. Aber auch bei bestimmten indischen Kulten und bei einigen asketischen Sekten des Mittleren Ostens gibt es dieses Ritual.«

»Aber wozu tut man das? Mir erscheint das als eine Form der Selbsttötung.«

»Ganz im Gegenteil. Für die meisten ist es ein spiritueller Akt, ein notwendiger Schritt auf dem Pfad zur Unsterblichkeit. Die konservierten sterblichen Überreste betrachtet man als Gefäße des Übernatürlichen, die denen, die sie anbeten, besondere Kräfte verleihen.«

Safia schnaubte abfällig.

Derek zuckte mit den Schultern. »Dieser Glaube ist nicht auf abseitige Kulte beschränkt. Auch die Katholiken betrachten die Unverweslichkeit eines Leichnams als Beweis dafür, dass es sich um einen Heiligen handelt.«

Safia blickte ihn von der Seite an. »Wenn das alles stimmt, wie geht man dann bei der Selbstmumifizierung vor?«

»Das hängt von der jeweiligen Kultur ab, doch es gibt ein paar Gemeinsamkeiten. Zunächst mal ist das ein langwieriger Prozess, der Jahre in Anspruch nimmt. Er beginnt mit einer Umstellung der Ernährung. Man vermeidet Getreide und verzehrt ausschließlich bestimmte Nüsse. Im alten Japan haben die Mönche, die diese Kunst ausübten – sie wurden *sokushinbutsu* genannt, leibhaftige Buddhas – ihre Ernährungsweise als *mokujikyo* bezeichnet – als ›Verzehr von Bäumen‹.«

»Und darauf sind Sie gekommen, weil der Gerichtsmediziner Baumrinde im Magen gefunden hat?«

»Ja, und durch die kleinen Steine, die ebenfalls darin gefunden wurden. Bei der Röntgenuntersuchung von *sokushinbutsu*-Mumien hat man in den Eingeweiden ebenfalls kleine Steine gefunden.«

»Aber wieso führt das dazu, dass der Körper nach dem Tod erhalten bleibt?«

»Man nimmt an, dass bestimmte Kräuter, Toxine und Harze bei fortlaufender Aufnahme eine antimikrobielle Wirkung auf das Gewebe ausüben und nach dem Tod wie eine natürliche Einbalsamierungsflüssigkeit wirken.«

Safia fand die Vorstellung abstoßend.

»Der Prozess wird für gewöhnlich damit abgeschlossen, dass der Betreffende sich in eine Begräbniskammer mit kleiner Atemöffnung einmauern lässt. In Japan singen die Mönche und läuten eine Glocke, bis sie tot sind. Dann versiegelt man die Kammer, wartet drei Jahre und sieht dann nach, ob der Mönch es tatsächlich geschafft hat.«

»Man vergewissert sich, dass der Körper nicht verwest ist?«

Er nickte. »Wenn das der Fall ist, wird Räucherwerk verbrannt, um die Konservierungswirkung zu steigern.«

»Und Sie glauben, Harold hat sich dieser Prozedur unterzogen?«

»Oder er wurde dazu gezwungen. Jedenfalls wurde das

Ritual nicht abgeschlossen. Ich schätze, dass die Prozedur bei Harold erst vor zwei oder drei Monaten begonnen wurde.«

»Falls das zutrifft, könnte es einen Hinweis auf die Entführer des Forschungsteams liefern.«

»Außerdem gäbe es Anlass zu hoffen, dass die anderen Expeditionsteilnehmer noch am Leben sind. Vielleicht hält man sie gefangen und unterzieht sie dem gleichen langwierigen Prozess. Auch Janes Bruder Rory. Wenn wir sie bald finden, könnten sie sich wieder vollständig erholen.«

Safia kniff die Lippen zusammen, dann fragte sie: »Glauben Sie, Sie können die Rinde einem bestimmten Baum zuordnen? Das könnte uns helfen, den Aufenthaltsort der Gefangenen zu bestimmen.«

»Daran habe ich noch nicht gedacht. Aber ja, das sollte möglich sein.«

Inzwischen hatten sie die Leichenhalle erreicht und stiegen die Treppe zum Haupteingang hoch. Drinnen war es kühl. Eine kleine Frau in grünem Kittel eilte durch die Lobby auf sie zu. Offenbar hatte sie die beiden Besucher erkannt.

Die Frau nickte Derek und Safia zu. »Dr. Badawi hat mich gebeten, Sie zu ihm zu bringen.«

Ehe die Frau sich abwandte, bemerkte Derek, dass sie verängstigt war. Vielleicht schüchterte ihr Boss sie ein, doch das glaubte Derek nicht. Als er ihr nacheilte, fragte er sich, was hier los war.

Sie geleitete sie eine Treppe hinunter und in einen mit Sitzbänken ausgestatteten Beobachtungsraum. Das Fenster ging aufs Pathologielabor hinaus. Die Mitte des Labors nahm ein Stahltisch ein, über dem eine Halogenlampe angebracht war. Die Leichenhalle und das nahe gelegene

Krankenhaus waren der medizinischen Fakultät der Universität von Kairo angegliedert. In diesem Raum wohnten Studenten offenbar Autopsien bei.

Heute aber waren nur Derek und Safia zugegen. Im Labor waren mehrere Personen um den Tisch versammelt, deren Gesichter hinter Papiermasken verborgen waren. Badawi schaute zu ihnen herüber. Er hob den Arm und führte ein schnurloses Mikrofon an seinen verhüllten Mund. Seine Stimme tönte aus einem kleinen Lautsprecher über dem Beobachtungsfenster hervor.

»Ich weiß nicht, was das bedeutet, aber bevor ich fortfahre, das Gehirn des Toten zu entnehmen und zu konservieren, möchte ich Ihnen zeigen, was wir bislang herausgefunden haben. Ich habe mir die Freiheit genommen, die Untersuchung zu filmen.«

»Was haben Sie entdeckt?«, fragte Derek, der unwillkürlich die Stimme gehoben hatte. Die Frau, die sie hierhergeleitet hatte, zeigte auf die Gegensprechanlage neben dem Fenster. Derek ging hinüber und wiederholte seine Frage.

Badawi bedeutete seinen Mitarbeitern, sich vom Tisch zu entfernen. Der Leichnam des sechzigjährigen Paläontologen lag nackt im grellen Licht der Halogenlampen, lediglich der Unterleib war mit einem kleinen Tuch abgedeckt. Ein weiteres feuchtes Tuch bedeckte seinen Schädel. Der Kopf des Toten wies zum Beobachtungsfenster.

»Wir haben bereits Proben der Zerebrospinalflüssigkeit entnommen«, erklärte Badawi, »und damit begonnen, das Gehirn freizulegen.«

Der Gerichtsmediziner entfernte das Tuch. Die Kopfhaut war bereits zurückgeschlagen, die Schädeldecke aufgesägt. Badawi hob die rückwärtige Schädelplatte hoch, die er offenbar behutsam wieder am Kopf platziert hatte, nachdem er das Gehirn freigelegt hatte.

Derek vergewisserte sich mit einem Seitenblick auf Safia, dass sie der Prozedur gewachsen war. Sie hatte die Hände ineinandergekrampft, hielt sich aber tapfer auf den Beinen.

Badawi legte die Schädelplatte beiseite und trat zurück. Die beiden grau und rosig gefärbten Gehirnlappen glänzten im Lampenschein, eingebettet in gefaltetes meningeales Gewebe.

Derek fiel die Vorstellung schwer, dass dies der Ursprung des Genies seines Mentors gewesen sein sollte. Er dachte an die langen Unterhaltungen, die er bis tief in die Nacht mit seinem Freund geführt hatte und deren Themen von den neuesten wissenschaftlichen Artikeln bis zur Fußballweltmeisterschaft gereicht hatten. Der Mann hatte gelacht wie ein verwundeter Bär und ein dementsprechendes Temperament gehabt. Dabei konnte er der freundlichste Mensch der Welt sein und hatte seine Frau und seine beiden Kinder aus ganzem Herzen geliebt.

Und jetzt ist das alles verschwunden…

Badawis Stimme holte ihn in die Gegenwart zurück. Die ersten Worte waren Derek entgangen. »…das an. Wir sind rein zufällig auf das Phänomen aufmerksam geworden.«

Er machte einem seiner Mitarbeiter ein Zeichen. Der Mann schaltete die Deckenlampe und die Raumbeleuchtung aus. Derek musste einige Male blinzeln, bevor er seinen Augen traute.

Safia atmete zischend aus und bestätigte damit, dass sie es ebenfalls sah.

Von Gehirn und meningealem Gewebe ging in der Dunkelheit ein rosafarbenes Leuchten aus, das an die Morgenröte erinnerte.

»Gerade eben war es noch heller«, erklärte Badawi. »Der Effekt flaut bereits ab.«

»Was ist die Ursache?«, stellte Safia die Frage, die auch Derek durch den Kopf ging.

Derek versuchte zu begreifen, was er da sah. Er dachte an die Unterhaltung über Selbstmumifizierung, die er mit Safia geführt hatte. Der ganze Vorgang verfolgte das Ziel, ein unverwesbares Gefäß zu erschaffen, einen unvergänglichen Kelch für das Wunderbare.

Ist es das, was ich da sehe?

Safia wandte sich zu ihm um. »Keine weiteren Untersuchungen mehr. Der Leichnam muss verpackt und versiegelt werden. Ich möchte, dass er unverzüglich für den Transport nach London vorbereitet wird.«

Derek blinzelte, überrascht von ihrer Entscheidung und ihrem dringlichen Tonfall. »Aber wir können Professor McCabes sterbliche Überreste erst morgen losschicken.«

»Ich lasse meine Beziehungen spielen.«

»Trotzdem«, sagte Derek. »Was hier passiert, übersteigt alles, was ich bisher erlebt habe. Ich brauche weitere Unterstützung.«

Sie wandte sich zur Tür. »Ich kenne da jemanden.«

»Wen?«

»Einen alten Freund, der mir einen Gefallen schuldet.«

2

30. Mai, 11:45 EDT
Washington, D.C.

Painter Crowe saß hinter seinem Schreibtisch, vor sich eine Erscheinung aus der Vergangenheit.

Safia al-Maaz füllte den Bildschirm aus. Zuletzt war er ihr vor zehn Jahren begegnet, in der ausgedörrten Wüste Rub al-Khali, dem Leeren Viertel Saudi-Arabiens. Längst vergessene Empfindungen wurden bei ihm wach, besonders dann, wenn sie lächelte. Ihre Augen funkelten belustigt; offenbar freute auch sie sich, ihn zu sehen.

Als sie sich kennenlernten, hatte Painter für die Sigma Force einen Einsatz vor Ort durchgeführt. Die Organisation war erst kurz zuvor gegründet worden und wurde von Sean McKnight geleitet, Painters ehemaligem Mentor. Das verdeckte Einsatzteam – das der DARPA unterstand, der militärischen Einrichtung für Forschung und Entwicklung – bestand aus ehemaligen Soldaten der Spezialkräfte, die man in verschiedenen wissenschaftlichen Disziplinen ausgebildet hatte.

Zehn Jahre später war Painter der Direktor von Sigma – doch das war längst nicht alles, was sich verändert hatte.

Safia fasste sich ans Ohr und streifte eine Strähne ihres dunklen Haars zurück. »Die ist neu«, sagte sie.

Er fasste sich an die Stelle, wo sich sein Haar nach einem schon eine Weile zurückliegenden traumatischen Ereignis weiß gefärbt hatte. Die Strähne bildete einen scharfen Kontrast zu seinem schwarzen Haar und sah so aus, als habe er sich eine weiße Feder hinters Ohr gesteckt – wenn man so wollte, ein Hinweis auf seine Abstammung vom Indianerstamm der Pequot.

Er hob eine Augenbraue. »Ich nehme an, es sind auch noch ein paar Falten hinzugekommen.«

Ehe er die Hand sinken ließ, wurde sie auf eine weitere Veränderung aufmerksam. »Sehe ich da einen Ring?«

Grinsend drehte er den Goldring an seinem Finger. »Was soll ich sagen? Es hat sich endlich eine gefunden, die mich heiraten wollte.«

»Da hat sie aber Glück gehabt.«

»Nein, *ich* bin der Glückspilz.« Er senkte die Hand und fasste Safia in den Blick. »Wie geht es Omaha?«

Sie seufzte und verdrehte die Augen, als er Dr. Omaha Dunn erwähnte, den amerikanischen Archäologen, der das Herz dieser klugen Frau gewonnen hatte.

»Er ist mit seinem Bruder Danny bei einer Grabung in Indien. Er ist schon einen verdammten Monat lang dort. Ich habe versucht, ihn zu erreichen, aber meistens ist er irgendwo in der Einöde, wo das Funknetz bestenfalls lückenhaft ist.«

»Also deshalb hast du mich angerufen«, sagte er und tat verletzt. »Ich war eben schon immer deine zweite Wahl.«

»In diesem Fall nicht.« Sie wurde ernst, ihre Miene umwölkte sich. Jetzt, da genug Höflichkeiten ausgetauscht waren, kam Safia auf ihren dringlichen Anruf zu sprechen. »Ich brauche deine Hilfe.«

»Was immer du willst.« Er straffte sich auf dem Stuhl. »Worum geht's?«

Sie senkte den Blick und suchte nach einem passenden Anfang. »Hast du von dem Rettungsprojekt des British Museum im Nordsudan gehört?«

Er rieb sich das Kinn. *Das kommt mir irgendwie bekannt vor, aber woher?* Dann machte es bei ihm Klick. »Ist da nicht gleich zu Anfang irgendein Unglück passiert?«

Sie nickte. »Eines unserer Untersuchungsteams ist in der Wüste verschwunden.«

Jetzt erinnerte er sich, einen Geheimdienstbericht zu dem Vorfall gelesen zu haben. »Wenn ich mich recht erinnere, war die einhellige Meinung, das Team sei Aufständischen über den Weg gelaufen und habe Pech gehabt.«

Sie runzelte die Stirn. »Das haben wir jedenfalls angenommen. Aber vor zehn Tagen ist der Leiter des Teams – Professor Harold McCabe – auf einmal aus der Wüste hervorgestolpert. Er ist gestorben, bevor man ihn ins Krankenhaus bringen konnte. Es hat fast eine Woche gedauert, bis die Behörden ihn anhand der Fingerabdrücke identifiziert hatten. Ich bin erst vor zwei Tagen aus Ägypten zurückgekehrt. Er war ein guter Freund, und ich wollte seinen Leichnam nach London begleiten.«

»Das tut mir leid.«

Sie sah zu Boden. »Ich hatte gehofft, ich könnte etwas über das Schicksal seiner Begleiter in Erfahrung bringen, darunter auch Harolds Sohn, der ebenfalls an der Expedition teilgenommen hat.«

»Ist es dir gelungen?«

Sie seufzte. »Nein. Im Gegenteil, das Ganze ist immer

undurchsichtiger geworden. Harolds Leichnam befand sich in einem eigenartigen Zustand. Einer der Museumsexperten, der mich begleitet hat, glaubt, Harold habe sich einer Selbstmumifizierung unterzogen, damit sein Körper nach dem Tod erhalten bleibt.«

Painter fand diese Vorstellung abstoßend. Zahllose Fragen gingen ihm durch den Kopf, doch er ließ Safia weiterreden.

»Wir haben Gewebeproben entnommen und ein paar Untersuchungen durchgeführt. Wir hoffen, dass sich einige der verwendeten Pflanzen und Kräuter identifizieren lassen. Vielleicht können wir auf diese Weise Harolds Aufenthaltsort eingrenzen.«

Schlau, dachte Painter.

»Ein Detail aber bereitet uns Kopfzerbrechen. Und zwar ist bei Harolds Gehirn und seinem zentralen Nervensystem nach seinem Tod eine seltsame Veränderung aufgetreten.«

»Seltsam inwiefern?«

»Das solltest du dir selbst ansehen.« Sie drückte eine Taste der Computertastatur. »Ich schicke dir eine Datei, ein Video, das vor etwa achtundvierzig Stunden vom Gerichtsmediziner in Kairo aufgenommen wurde.«

Als der Download abgeschlossen war, öffnete Painter die Datei. Mehrere Personen standen um einen Seziertisch herum. Es gab keinen Ton, doch die Personen wirkten angespannt. Ein Mann, vermutlich der Gerichtsmediziner, bedeutete den anderen zurückzutreten und winkte den Filmer zu sich heran. Das Bild wackelte, dann stellte sich die Kamera auf den Toten auf dem Tisch scharf. Der Schädel war aufgesägt worden, das Gehirn freigelegt. Es wurde dunkel im Raum, und der Grund für die allgemeine Aufregung wurde sichtbar.

Painter kniff die Augen zusammen. »Sehe ich das richtig? Es scheint so, als würde der Schädelinhalt leuchten.«

»So war es auch«, bestätigte sie. »Ich habe das Phänomen selbst beobachtet, wenngleich es sich schon abgeschwächt hatte, als ich im Labor eingetroffen bin.«

Als das Video geendet hatte, blickte Painter Safia an. »Weiß man, was den Effekt hervorgerufen hat?«

»Noch nicht. Gewebe und Hirnflüssigkeit werden derzeit noch untersucht. Aber wir glauben, die Ursache ist eine biologische oder chemische Substanz, die Harold freiwillig oder gegen seinen Willen eingenommen hat. Inzwischen kommt der Ursachenforschung entscheidende Bedeutung zu.«

»Wieso das?«

»Aus zwei Gründen. Erstens habe ich heute Morgen Dr. Badawi angerufen, um ein bisschen Druck zu machen wegen überfälliger Untersuchungsberichte. Wie sich herausstellte, sind er und seine Mitarbeiter erkrankt. Hohes Fieber, Erbrechen, Muskelkrämpfe.«

»So starke Symptome nach nur achtundvierzig Stunden?«

»Das erste Symptom – starkes Fieber – trat acht Stunden nach dem Öffnen von Harolds Schädel auf. Die Familienangehörigen der Betroffenen zeigen ebenfalls erste Symptome. Eine Quarantäne wurde angeordnet, aber im Moment wissen wir noch nicht, wie viele Personen infiziert sind.«

Painter kannte Kairo. Er konnte sich vorstellen, wie schwer es sein würde, diese übervölkerte, chaotische Stadt zu isolieren, zumal wenn Panik ausbrechen sollte.

Doch es gab eine näherliegende Sorge. »Safia, wie geht es dir?«

»Ich fühle mich gut. Ich war bei der Autopsie nicht dabei. Und als ich gesehen habe, in welchem Zustand sich Harolds Leichnam befindet, habe ich seine sterblichen Überreste und alle Gewebeproben luftdicht versiegeln lassen.«

»Und wie ging es in London weiter?«

Ihre Miene verdüsterte sich. »Wir haben Vorsichtsmaßnahmen ergriffen, doch ich fürchte, es gab ein paar Nachlässigkeiten, bevor uns das Ausmaß der Gefahr klar wurde. Der Zoll von Heathrow hat gemeldet, das Siegel von Harolds Transportbehälter sei beschädigt worden, entweder in Kairo oder unterwegs.«

Painter hatte ein flaues Gefühl im Magen. Heathrow und der Flughafen von Kairo waren internationale Luftfahrt-Drehkreuze. Falls es zu einer Kontamination gekommen war, drohte eine weltweite Pandemie.

Safias flackerndem Blick nach zu schließen, war sie sich der Gefahr bewusst. »Zwei Techniker, die Harolds Leichnam in unserem Labor gesichert haben, zeigen bereits erste Symptome. Sie und alle, mit denen sie Kontakt hatten, wurden unter Quarantäne gestellt. Die Gesundheitsbehörden hier und in Kairo befragen das Gepäckpersonal und die Flughafenangestellten nach Anzeichen einer Erkrankung. Ich warte noch auf einen Bericht, doch in Anbetracht des damit verbundenen bürokratischen Aufwands bin ich vermutlich die Letzte, die informiert wird.«

»Ich werde sehen, was ich machen kann. Vielleicht geht es bei mir ja schneller.«

Painter hatte bereits damit begonnen, im Kopf eine Checkliste durchzugehen. Vor Kurzem hatte er eine Risikoeinschätzung des MIT hinsichtlich der Rolle von Flughäfen bei der Ausbreitung von Krankheiten gelesen. In dem Bericht war darauf hingewiesen worden, dass das H1N1-Grippevirus im Jahr 2009 weltweit dreihunderttausend Menschen getötet hatte.

Safia runzelte die Stirn. »Ich… ich hätte vorsichtiger sein sollen.«

Painter spürte, wie sehr die Schuldgefühle sie quälten, und versuchte, sie zu trösten. »In Anbetracht der Umstände hast du dich richtig verhalten. Hättest du nicht so schnell reagiert, wären noch viel mehr Leute angesteckt worden.«

Sie schüttelte den Kopf, als wollte sie seine Unterstützung nicht gelten lassen. »Ich habe nur aus einem Bauchgefühl heraus gehandelt, aufgrund einer bösen Vorahnung… aber als ich sah, was geschah, kam mir ein Verdacht, *weshalb* Harold sich dem Mumifizierungsprozess unterzogen haben könnte.«

Painter wusste aus Erfahrung, dass auf Safias Ahnungen Verlass war. Ihre Eingebungen hatten sich auf unheimliche Weise zumeist als richtig erwiesen. »Ja?«

»Ich glaube, er wollte das, was in seinem Kopf war, schützen. Durch die Mumifizierung wollte er seinen Körper in ein Behältnis für die unbekannte Substanz verwandeln und ihn über den Tod hinaus bewahren, damit das, was darin verborgen ist, nicht verloren geht.«

In ein Behältnis, das unabsichtlich geöffnet wurde.

Plötzlich musste er an eine frühere Bemerkung Safias denken. »Du hast von *zwei* Gründen gesprochen, weshalb die Ursachenforschung so wichtig ist. Was war der zweite Grund?«

Sie schaute ihn aus dem Bildschirm heraus an. »Ich glaube, das ist schon einmal passiert.«

17:02 BST
London, England

Safia wartete, bis Painter die Information verarbeitet hatte, dann fuhr sie fort. »Nachdem ich von Harolds Wiederauftauchen erfahren hatte, habe ich mir seine Aufzeichnungen und Studien vorgenommen, darunter auch ein paar handgeschriebene Journale, die hier im Museum aufbewahrt werden. Ich hatte auf irgendeinen Hinweis gehofft, den wir in der Vergangenheit übersehen haben und der sein Verschwinden und seine plötzliche Rückkehr erklären könnte.«

»Und, bist du fündig geworden?«

»Vielleicht … Da war etwas, das mir im Nachhinein wichtig erschien.«

»Und das wäre?«

»Zunächst solltest du dir klarmachen, dass Harold eine quasi überlebensgroße Persönlichkeit war, sowohl hier im Museum als auch in der akademischen Welt im Allgemeinen. Als Archäologe zweifelte er gerne akzeptierte Dogmen an, zumal auf dem Gebiet der Ägyptologie. Er wurde für seine wilden Spekulationen und sein streitbares Auftreten gehasst und bewundert. Er hörte sich durchaus auch gegenteilige Meinungen an, hatte andererseits aber auch keine Hemmungen, einem Kollegen das Wasser abzugraben, wenn er den Eindruck hatte, er wäre zu engstirnig.«

Ein Lächeln spielte um ihre Lippen, als sie sich an einige hitzige Debatten erinnerte. Es gab nur wenige Menschen wie Harold – vielleicht mit Ausnahme seines Sohnes Rory, der es verstanden hatte, dem alten Mann Kontra zu geben. Dabei waren sie häufig unterschiedlicher Meinung gewesen und hatten bis tief in die Nacht über historische oder naturwissenschaftliche Themen diskutiert. Auch wenn Harold sich dabei ereiferte, vermochte er den Stolz auf seinen Sohn nicht zu verhehlen. Er leuchtete ihm aus den Augen.

Safias Lächeln verflog, als der Kummer wieder die Oberhand gewann.

Sie beide zu verlieren…

Sie drängte die Trauer zurück und setzte stählerne Entschlossenheit an ihre Stelle. Wenn noch Aussicht bestand, Rory lebend aufzuspüren, war sie es Harold schuldig, den Jungen zu finden. Außerdem war sie es Jane schuldig, die sich zwei Jahre geweigert hatte zu glauben, dass ihr Vater und ihr Bruder tot waren. Safia vermutete, dass Jane deshalb so eifrig, geradezu verbissen studierte, weil sie sich darauf vorbereiten wollte, nach ihnen zu suchen und die Wahrheit über ihr Verschwinden herauszufinden.

Painter lenkte Safias Aufmerksamkeit auf das Naheliegende. »Was hat Professor McCabes Exzentrizität mit alldem zu tun?«

»Ein Aspekt der Ägyptologie hat Harold besonders interessiert. Wegen dieser Sache legte er sich mit vielen Kollegen an. Es ging um die biblische Geschichte vom Auszug aus Ägypten.«

»Du sprichst von Moses, der die Israeliten von Ägypten nach Hause geführt hat.«

Safia nickte. »Die meisten Archäologen halten diese Geschichte für einen Mythos, eine Allegorie, und nicht für eine historische Tatsache.«

»Aber Professor McCabe war anderer Meinung?«

»Ja, er glaubte, die Geschichte beruhe auf Tatsachen, wenngleich sie überzeichnet und im Lauf der Jahrtausende mythisiert worden sei.« Safia hatte mehrere von Harolds

Journalen auf dem Schreibtisch gestapelt, alle voller Spekulationen, Theorien und fragmentarischer Belege, von denen einige ausgesprochen kryptisch waren. »Ich glaube, er hat die Leitung der Expedition in den Sudan unter anderem deshalb übernommen, weil er Beweise für seine Hypothesen finden wollte.«

»Weshalb hat er ausgerechnet dort danach gesucht?«

»Das war typisch Harold. Die meisten Archäologen, die sich mit Bibelforschung befassen, haben im *Osten* Ägyptens, also auf der Sinaihalbinsel, nach Belegen gesucht. Harold hingegen hielt es für möglich, dass eine kleine Gruppe jüdischer Sklaven dem Nil gefolgt und in den Süden geflohen ist.«

»Wonach hat er speziell gesucht?«

»Nach Hinweisen auf eine Seuche. Besonders interessierte er sich für die Mumien aus den abgelegenen Nilregionen. Harold hat für diese Untersuchungen Dr. Derek Rankin angeheuert, einen Bioarchäologen, der sich auf alte Krankheiten spezialisiert hat.«

Painter lehnte sich zurück. »Und jetzt stolpert Professor McCabe aus der Wüste hervor, befallen von einer Krankheit und Opfer einer bizarren Selbstmumifizierung. Was hältst du davon?«

»Ich weiß nicht, was ich denken soll.«

»Aber du hast erwähnt, die in Kairo beobachtete Krankheit sei schon mal aufgetreten. Meintest du damit vielleicht die biblischen Plagen?«

»Nein.« Sie nahm eines von Harolds Journalen in die Hand und schlug eine Seite auf, die mit einem Klebezettel markiert war. »Bevor er zu der Expedition aufbrach, hat Harold nach Belegen für Krankheiten und Seuchen in diesem Gebiet gesucht. Im Museumsarchiv stieß er auf einen

Hinweis aus der Zeit der berühmten Forscher Stanley und Livingstone. Die beiden Männer haben unabhängig voneinander nach der Quelle des Nils gesucht und sind weit in den Sudan und darüber hinaus vorgedrungen.«

»Wenn mich die Erinnerung an den Geschichtsunterricht nicht trügt, war Livingstone im Dschungel verschollen und galt als tot.«

»Bis Stanley ihn sechs Jahre später krank und mittellos in einem kleinen Dorf am Ufer des Tanganjikasees aufspürte.«

»Aber was hat das mit Professor McCabes Expedition zu tun?«

»Harold war besessen von den beiden Männern – nicht wegen ihrer berühmten Begegnung in Afrika, sondern wegen des späteren Verlaufs, den ihr Leben genommen hat.«

»Wieso das?«

»Livingstone blieb bis zu seinem Tod im Jahr 1873 in Afrika. Harold fand es interessant, dass die Eingeborenen den Leichnam des Forschers mumifiziert hatten, bevor sie ihn den britischen Behörden übergaben.«

»Er war mumifiziert?«

Safia nickte. Auch sie fand diese Koinzidenz bemerkenswert. »Sein Leichnam ist in der Westminster Abbey bestattet.«

»Und was ist mit Stanley?«

»Er ist nach Großbritannien zurückgekehrt, hat eine Waliserin geheiratet und wurde Parlamentarier. Deswegen wurde er häufig wegen Livingstones Vermächtnis zurate gezogen. Nach dessen Tod wurden die meisten Gegenstände, die er bei seinen Reisen gesammelt hatte, im British Museum verwahrt. Einige Objekte mit persönlichem Bezug verblieben auf Livingstones Anwesen. Nach der Auflösung des Anwesens gegen Ende des neunzehnten Jahrhunderts gingen diese Objekte in den Besitz des Museums über. Harold interessierte sich speziell für eines davon.«

»Und was war das?«

»Ein Talisman, den ihm ein Eingeborener geschenkt hat, weil er dessen Kind gerettet hatte. Das Objekt war mit ägyptischen Hieroglyphen beschriftet und enthielt dem Eingeborenen zufolge Nilwasser, das zu der Zeit gesammelt worden war, als der Fluss sich in Blut verwandelt hatte.«

»In Blut verwandelt?«, wiederholte Painter skeptisch. »Du meinst, es stammte aus der Zeit von Moses?«

Safia hatte Verständnis für seine Bedenken. Sie hatte zunächst ganz ähnlich reagiert. »Das könnte auch ein Lügenmärchen gewesen sein. Livingstone war ein bekannter christlicher Missionar, der in Afrika gepredigt hat, wann immer es ihm möglich war. Es ist durchaus denkbar, dass die Eingeborenen die biblische Verbindung hergestellt haben, um ihrem Freund eine Freude zu bereiten. Allerdings war Harold wegen der authentischen Hieroglyphen überzeugt, dass die Verbindung zu Ägypten belastbar ist.«

»Aber was erscheint *dir* daran bedeutsam? Was hat der Talisman mit den gegenwärtigen Ereignissen zu tun?«

»Abgesehen von einer Zeichnung in Livingstones persönlichen Aufzeichnungen, gibt es nur noch eine andere Erwähnung des Talismans. Jedenfalls ist das alles, was Harold gefunden hat. Es handelt sich um einen Hinweis auf einen Fluch.«

»Einen Fluch?«

»Das Artefakt wurde hier im Museum geöffnet und

untersucht. Innerhalb von Tagen erkrankten alle, die an der Untersuchung beteiligt waren, und starben an…« Sie zitierte aus Harolds Anmerkung zu dem tragischen Vorfall. »*… an hohem Fieber, einhergehend mit heftigen Krämpfen.*«

Sie legte das Buch auf den Tisch zurück.

»Das entspricht den Symptomen, welche die Patienten in Kairo zeigen«, sagte Painter. »Was ist damals passiert?«

»Das war schon alles. Harold hat sich bemüht, mehr herauszufinden. Doch obwohl damals zweiundzwanzig Menschen umgekommen sind, konnte er keine weiteren Belege finden.«

»Selbst in Anbetracht der Verhältnisse im neunzehnten Jahrhundert ist das verdächtig. Man könnte meinen, jemand habe sich bemüht, alle Hinweise auf die Tragödie auszumerzen.«

»Harold sah das auch so. Schließlich fand er heraus, dass Stanley wegen dieses Vorfalls befragt worden war. Er musste der Royal Society Rede und Antwort stehen.«

»Weshalb?«

»Anscheinend haben er und Livingstone bis zu dessen Tod in Afrika miteinander in Kontakt gestanden.«

Painter zog die Stirn kraus. »Und dann wurde Livingstone mumifiziert.«

Sie hob eine Augenbraue. »Es sei denn, die Abfolge der Ereignisse ist falsch wiedergegeben.«

»Wie meinst du das?«

»Was wäre, wenn Livingstone sich *vor* seinem Tod dem gleichen Mumifizierungsprozess unterzogen hat wie Harold?« Sie zuckte mit den Achseln. »Aus den Aufzeichnungen geht nur hervor, dass Livingstone in mumifiziertem Zustand in England eingetroffen ist. Damals gingen alle wie selbstverständlich davon aus, dass er nach seinem Tod mumifiziert wurde.«

»Das ist ein interessanter Gedanke. Aber selbst wenn du recht hast, was folgt daraus?«

»Ich hoffe, es führt uns zu dem Ort, an dem Harold und die anderen verschwunden sind. Vielleicht hat Harold irgendetwas entdeckt – entweder hier im Museum oder vor Ort in Afrika –, das ihn zum Ursprung der Krankheit geführt hat. Ich habe keine Ahnung, was anschließend geschah, aber vielleicht können wir ja die anderen Expeditionsteilnehmer aufspüren, wenn wir herausfinden, woher das kommt.«

»Sollte sich die Lage weiter zuspitzen, könnte es von entscheidender Bedeutung sein, den Ursprung der Krankheit zu finden.« Painter blickte sie direkt an. »Wie kann ich helfen?«

»Ich nehme jede Unterstützung an.« Sie erwiderte offen seinen Blick und versuchte, ihre Angst in Worte zu fassen. »Es ist nur so ein Bauchgefühl, aber ich glaube, wir sehen im Moment gerade mal die Spitze des Eisbergs.«

»Da könntest du recht haben.«

»Außerdem fürchte ich, dass uns die Zeit davonläuft. Es ist fast schon zwei Wochen her, dass Harold aus der Wüste aufgetaucht ist.«

Er nickte. »Das bedeutet, seine Spur wird von Tag zu Tag kälter.«

»Ich habe Jane – Harolds Tochter – gebeten, in den Kartons mit den persönlichen Aufzeichnungen ihres Vaters nach weiteren Hinweisen zu suchen. Währenddessen versuchen die Krankenhausärzte, den Auslöser der Krankheit zu bestimmen.«

Painter nickte erneut. »Ich könnte ein Unterstützungsteam nach London schicken. Außerdem brauchen wir Leute, die im Sudan weitere Nachforschungen anstellen.«

Safia meinte zu sehen, wie die Rädchen in seinem Kopf sich in Bewegung setzten. Ehe sie weitere Pläne schmieden konnten, wurde ihre Bürotür geöffnet.

Ich dachte, ich hätte abgeschlossen …

Sie drehte sich auf dem Stuhl um – dann entspannte sie sich, als sie Carol Wentzel erkannte, eine Post-Doktorandin, die als Kuratorin arbeitete. »Was kann ich für Sie …?«

Ein Mann schob sich an der jungen Frau vorbei, hob eine Waffe und zielte damit auf Safia.

Sie hob abwehrend den Arm – vergebens.

Zweimal blitzte das Mündungsfeuer auf. Ein sengender Schmerz flammte in ihrer Brust auf. Keuchend wandte sie sich zum Computer und zu Painter um, der entsetzt aus dem Monitor hervorschaute. Sie streckte die Hand zu ihm aus, als erwarte sie von ihm Hilfe.

Hinter ihr knallte es erneut. Die Kugel pfiff an ihrem Ohr vorbei und ließ den Monitor zersplittern. Erst wurde der Bildschirm dunkel – dann hüllte die Dunkelheit sie ein.

3

30. Mai, 18:24 BST
Ashwell, Hertfordshire, England

Jane McCabe kämpfte sich durch die Gespenster hindurch, die auf ihrem Dachboden herumspukten. Sie kam sich in ihrem eigenen Cottage wie ein Eindringling vor. Wohin sie sich in dem beengten, mit Spinnweben verhangenem Raum auch wendete, überall wurde sie an die Toten erinnert. Im alten, holzwurmzerfressenen Schrank in der Ecke waren noch die Kleider ihrer Mutter. Daneben lag die alte Sportausrüstung ihres Bruders Rory: ein verstaubter Kricketschläger, ein schlapper Football, ein löchriges Rugbyhemd aus der Schulzeit.

Ein Gespenst aber drängte alle anderen in den Hintergrund, ein Schatten, dem niemand zu Lebzeiten und nicht einmal im Tod entkam: ihr Vater. Auf dem Speicher türmten sich Berge von Kartons, einige stammten noch aus der Studienzeit ihres Vaters. Daneben waren Bücher und Zeitschriften gestapelt.

Auf Dr. al-Maaz' Bitte hin hatte Jane bereits die weniger stark eingestaubten Kartons herausgesucht, die aus den vergangenen zwei oder drei Jahren stammten. Sie hatte sie Derek Rankin angereicht, der in der Küche den Inhalt sichtete und nach einem Hinweis auf das Schicksal ihres Vaters und ihres Bruders suchte.

Das Ganze kam ihr sinnlos vor, doch es war besser, als allein herumzusitzen und über die Endgültigkeit des Todes und das mysteriöse Schicksal ihres Bruders nachzugrübeln.

Hauptsache, es passiert irgendwas.

Sie streckte ihren verspannten Rücken und schaute durch das kleine Fenster auf das Dorf hinaus. Ashwell war eine idyllische Mischung aus altertümlichen Cottages und strohgedeckten Fachwerkhäusern. Von ihrer erhöhten Position aus konnte sie den Turm der Pfarrkirche sehen, die im vierzehnten Jahrhundert erbaut worden war. Aus dieser Richtung wehte leise Musik heran. Seit zehn Tagen wurde hier das jährliche Musikfestival von St. Mary's gefeiert. Heute allerdings endete es mit einem Festumzug, der als Choral Evensong bezeichnet wurde.

Sie blickte zu dem alten Glockenturm hinüber, der in mit Zinnen versehene Abschnitte untergliedert und mit einer bleiernen Spitze versehen war, die in den Himmel aufzeigte. Ihr Vater hatte sie in die Kirche mitgenommen, als sie neun war, und ihr die mittelalterlichen Inschriften an den Wänden gezeigt. Die lateinischen und frühenglischen Texte schilderten die Heimsuchung durch die Schwarze Pest im vierzehnten Jahrhundert. Als Kind hatte sie mehrere Inschriften mit Holzkohle abgepaust. Dabei hatte sie eine seltsame Verbindung zu deren Urhebern verspürt. Vielleicht wurde damals der Samen gelegt, der sie veranlasst hatte, in die Fußstapfen ihres Vaters zu treten und Archäologie zu studieren.

Sie wandte sich vom Fenster und der fröhlichen Musik

ab und schaute in den Speicher, der erfüllt war von den Schatten ihres Vaters. Sie dachte an eine Inschrift in der Kirche, die an einer Säule angebracht gewesen war. Sie hatte nichts mit der Schwarzen Pest zu tun, erschien ihr angesichts ihrer momentanen Stimmung aber durchaus passend.

»*Superbia precidit fallum*«, zitierte sie und vergegenwärtigte sich die lateinischen Worte auf der Säule.

Hochmut kommt vor dem Fall.

Jane hatte ihren Vater zwar geliebt, war aber nicht blind gewesen für seine Schwächen. Er neigte zur Sturheit, hielt verbissen an seinen Überzeugungen fest und war sicherlich nicht frei gewesen von der Sünde des Hochmuts. Nicht allein die Wissbegier, sondern auch der Hochmut hatte ihren Vater in die Wüste geführt. Durch seine konträre Position zur biblischen Geschichte vom Auszug aus Ägypten hatte er sich dem Spott und der Kritik seiner Kollegen ausgesetzt. Nach außen hin gab er sich selbstsicher und zuversichtlich, doch sie wusste, dass die Ablehnung ihm zugesetzt hatte. Er war entschlossen gewesen, seine Theorie zu bestätigen – um der historischen Wahrheit Genüge zu tun und seinen verletzten Stolz wiederherzustellen.

Und jetzt schau dir an, wohin das dich und Rory gebracht hat.

Sie ballte die Hände vor Zorn zu Fäusten, einen Moment lang von Trauer überwältigt. Doch es gab noch etwas, das in den vergangenen zwei Jahren an ihr genagt hatte: schlechtes Gewissen. Das war einer der Gründe, weshalb sie nur selten das Familiencottage besuchte und weshalb es meistens unbewohnt war, die Möbel mit Kunststoffplanen abgedeckt. Obwohl die Fahrzeit von London nach Ashwell mit dem Zug nur eine knappe Stunde betrug, hatte sie im Stadtzentrum eine Atelierwohnung angemietet. Sie redete sich ein, sie habe es getan, weil sie so bequemer zur Uni kam, doch insgeheim wusste sie es besser. Die Rückkehr in dieses Haus war zu schmerzvoll. Sie kam nur dann hierher, wenn es unbedingt nötig war, und diesmal war Dr. al-Maaz' Bitte der Grund gewesen.

Aus der Küche wurde gerufen. »Ich habe etwas gefunden!«

Froh darüber, den Gespenstern zu entkommen, ging Jane zur leuchtenden Öffnung der Falltür zurück. Sie stieg die Leiter hinunter und eilte an den geschlossenen Zimmertüren vorbei zur Treppe, die ins Erdgeschoss führte.

Als sie durchs Wohnzimmer zur kleinen Küche ging, stellte sie fest, dass Derek die Vorhänge aufgezogen hatte. Nach dem Halbdunkel auf dem Speicher musste sie blinzeln. Sie hielt einen Moment inne. Die Helligkeit erschien ihr in Anbetracht der Umstände unpassend.

Derek saß am Küchentisch, umgeben von den Kartons vom Speicher. Auf der Tischplatte waren Bücher, Zeitschriften und Dokumente gestapelt. Er hatte die Jacke abgelegt und sich die Ärmel hochgekrempelt.

Der Mann war sechs Jahre älter als sie. Ihr Vater hatte Derek unter seine Fittiche genommen, ihn durchs Studium geleitet und schließlich in die Wüste mitgenommen. Wie so viele andere hatte Derek sich dem Einfluss ihres Vaters nicht entziehen können. Er hatte viele Tage im Arbeitszimmer des Hauses verbracht und häufig auf dem Sofa übernachtet.

Jane war es recht gewesen, besonders da ihre Mutter erkrankt war. Derek hatte stets ein offenes Ohr für sie gehabt. Bedauerlicherweise sah Rory das anders. Ihr Bruder hatte sich gegen den jungen Protegé in ihrer Mitte gesträubt, mit dem er um die Aufmerksamkeit und – wichtiger noch – die Anerkennung seines Vaters wetteifern musste.

Im Moment beugte Derek sich gerade über eine ledergebundene Aktensammlung. Dem rissigen Leder nach zu schließen, war sie zu alt, als dass ihr Vater sie zusammengestellt haben könnte. Als sie sich Derek näherte, bemerkte sie die dunklen Stoppeln in seinem Gesicht. Seit der Rückkehr aus Ägypten hatten sie beide nicht viel Schlaf gefunden.

»Was hast du entdeckt?«, fragte sie.

Er wandte ihr sein sonnengebräuntes Gesicht zu und grinste, wodurch seine Lachfältchen noch betonnt wurden. Er hob den schweren Band hoch. »Ich glaube, dein Dad hat das aus der Bibliothek von Glasgow stibitzt.«

»Glasgow?« Sie runzelte die Stirn. Ihr Vater hatte mehrere Reisen nach Schottland unternommen, bevor er sein Interesse dem Sudan zugewandt hatte.

»Siehst du«, sagte er.

Sie blickte ihm über die Schulter, als er das Buch an einer mit einem Notizzettel markierten Stelle aufschlug.

Sie schnupperte einen Hauch von Kölnischwasser, aber vielleicht war es auch sein Haarshampoo. Jedenfalls überdeckte es den Modergeruch des Speichers.

»Dem Katalogeintrag zufolge«, sagte Derek, »stammt das Buch aus dem Livingstone-Archiv der Universität von Glasgow, wo viele Dokumente des Forschers aufbewahrt werden. In diesem Band finden sich Kopien seiner Korrespondenz, angefangen mit der Erforschung des Sambesi in Südafrika bis zu seinen späten Jahren, als er nach der Nilquelle suchte. Dein Vater hat Briefe markiert, die Livingstone Henry Morton Stanley geschrieben hat, dem Mann, der ihn im dunkelsten Afrika aufgespürt hat.«

Janes Neugier war geweckt. Sie zog einen Stuhl heran und setzte sich neben Derek. »Was steht in den Briefen? Weshalb hat mein Vater sich speziell dafür interessiert?«

Derek zuckte mit den Achseln. »Das meiste davon ist nichtssagend, zwei alte Freunde bemitleiden sich selbst. Auf den markierten Seiten finden sich aber auch biologische und anatomische Skizzen, die Livingstone angefertigt hat. Dein Vater hat speziell diese Seite markiert. Sie ist mir wegen der Klassifizierung dieses kleinen Burschen aufgefallen. Schau mal.«

Jane beugte sich vor und betrachtete die handgezeichneten Skizzen eines Käfers.

Die Details, die Livingstone wiedergegeben hatte, waren wirklich eindrucksvoll. Das Insekt war mit eingefalteten und ausgebreiteten Flügeln dargestellt. Sie las den wissenschaftlichen Namen vor und zog die Stirn kraus. »*Ateuchus sacer*. Kapier ich nicht. Was ist so interessant an dem Käfer?«

»Er hat seinen Namen von keinem Geringeren als Charles Darwin.« Derek hob eine Augenbraue. »Außerdem gilt er als der heilige Käfer der Ägypter.«

Plötzlich machte es bei Jane Klick. »Das ist ein Mistkäfer.«

»Heutzutage *Scarabeus sacer* genannt«, erklärte Derek.

Sie ahnte, was das Interesse ihres Vaters geweckt hatte. Die alten Ägypter hatten den kleinen kotfressenden Käfer, der den Dung zu Kugeln ballte, verehrt. Sie hatten darin eine Ähnlichkeit zum Gott Khepri erkannt – der Morgenversion des Ra –, der die Aufgabe hatte, Tag für Tag die Sonne über den Himmel zu wälzen. Skarabäen waren in der ägyptischen Kunst und den schriftlichen Aufzeichnungen allgegenwärtig.

Sie beugte sich weiter auf das alte Buch hinab. »Wenn mein Dad herausfinden wollte, was es mit dem Talisman auf sich hat, den Livingstone ihm übergeben hatte, ist es naheliegend, dass er sich auch für alle Hinweise auf Ägypten in Livingstones Notizen und Tagebüchern interessiert hat.« Sie lehnte sich zurück. »Aber weshalb hat er das Buch aus der Bibliothek entwendet? Das sieht ihm gar nicht ähnlich.«

»Das weiß ich auch nicht. Er hat noch weitere Seiten markiert. Sein spezielles Interesse galt den Briefen, in denen Skizzen enthalten sind.« Er klappte das Buch zu und zog ein Arbeitsjournal heran. »Seltsam dabei ist, dass er sich in den Monaten vor seiner Abreise in den Sudan ausschließlich mit dem Talisman beschäftigt hat. Mir gegenüber hat er ihn jedoch mit keinem Wort erwähnt. Er hat mich lediglich gebeten, bei den im Sudan geborgenen Mumien nach Krankheitsmustern zu suchen.«

»Und, bist du fündig geworden?«

»Nein.« Derek seufzte. »Ich komme mir vor, als hätte ich deinen Vater hängen gelassen.«

Sie berührte ihn am Ellbogen. »Dich trifft keine Schuld.

Dad hat immer… nein, er *brauchte* einen Beweis, der seine Theorie vom Auszug aus Ägypten stützte. Davon wollte er sich unter keinen Umständen abbringen lassen.«

Derek schien das nicht zu trösten. Er schlug das Journal auf. »Dein Vater hat umfangreiche Notizen zu dem Talisman gemacht. Das Museum hat ihn nach den zahlreichen unerklärlichen Todesfällen verbrannt. Allerdings hat er eine Holzkohlezeichnung des Objekts gefunden, zusammen mit einer Kopie der Hieroglyphen auf dessen Unterseite. Die hat er in sein Journal aufgenommen.«

Derek zeigte ihr die Seite. Sie erkannte die säuberliche Handschrift ihres Vaters wieder. Oben auf die Seite hatte er eine kleine Fotokopie der Holzkohlezeichnung aufgeklebt.

»Das sieht aus wie ein *aryballos*, ein Ölgefäß«, bemerkte Jane. »Eins mit zwei Köpfen. Das eine scheint ein Löwe zu sein, das andere das Gesicht einer Ägypterin. Merkwürdig.«

»Den handschriftlichen Anmerkungen zufolge ist das eine ägyptische Fayence mit türkisblauer Glasur.«

»Hm… das ergibt Sinn. Besonders wenn das Gefäß Wasser enthalten hat.« Ägyptische Fayence war eine frühe Form von Keramik, hergestellt aus einer Suspension von Quarz, Kieselerde und Ton. Nach dem Brennen hatte sie mehr Ähnlichkeit mit Glas als mit Keramik. »Wie groß war das Gefäß?«

»Es war fünfzehn Komma zwei Zentimeter hoch und konnte einen halben Liter Flüssigkeit aufnehmen. Um an den Innenraum heranzukommen, musste man den steinernen Pfropfen herausschneiden, der mit einer Mischung aus Harz und Wachs verklebt war.«

»Um den *aryballos* wasserdicht zu verschließen.«

Er nickte. »Und schau mal hier unten. Da hat dein Vater die Hieroglyphen von der Unterseite kopiert.«

Sie konnte die Zeichen entziffern, ohne ein Buch zurate ziehen zu müssen. *»Iteru.«*

»Das ägyptische Wort für *Fluss*.«

»Was auch die Bezeichnung für den Nil war.« Sie rieb sich die Stirn. »Das stützt wohl die Darstellung des Eingeborenen, der Livingstone den *aryballos* gebracht hat.«

»Wonach das Wasser aus dem Nil stammte.«

»Aus der Zeit, als er sich in Blut verwandelt hat«, sagte Jane. »Die erste der zehn biblischen Plagen, die Ägypten heimgesucht haben.«

»Wo wir gerade davon sprechen, das solltest du dir mal ansehen.« Derek blätterte zur nächsten Seite um, auf der die zehn Plagen aufgelistet waren.

1) Wasser verwandelt sich in Blut
2) Frösche regnen vom Himmel
3) Stechmücken
4) Stechfliegen
5) Viehpest
6) Schwarze Blattern
7) Hagel
8) Heuschrecken
9) drei Tage Dunkelheit
10) Tod aller Erstgeborenen

Die Plagen waren in chronologischer Reihenfolge aufgeführt, doch aus irgendeinem Grund hatte ihr Vater die siebte Plage eingekreist: den Hagel.

Derek bemerkte ihr Stirnrunzeln. »Was hältst du davon?«

»Ich habe keine Ahnung.«

Das Telefon klingelte, und sie schreckten beide zusammen.

Jane erhob sich irritiert, in der Annahme, Safia al-Maaz wolle sich erkundigen, ob sie bereits Fortschritte erzielt hätten. Dabei waren sie nur auf weitere Geheimnisse gestoßen. Sie ging zu dem alten Telefon hinüber, das auf der Arbeitsfläche der Küche stand, und nahm den Hörer ab.

Ehe sie Hallo sagen konnte, meldete sich eine aufgeregte Stimme. »Jane McCabe?«

»Ja? Wer spricht da?«

»Mein Name ist Painter Crowe.« Der Mann, offenbar Amerikaner, hatte es eilig. »Ich bin ein Freund von Safia al-Maaz. Jemand hat sie vor einer guten Stunde im Museum überfallen.«

»Was ist passiert?« Jane bemühte sich, die Nachricht zu verarbeiten.

»Es gab Tote. Wenn es um Ihren Vater ging, könnte es sein, dass sie auch bei Ihnen auftauchen. Sie müssen sich in Sicherheit bringen.«

»Aber was ist mit …?«

»Machen Sie schon. Gehen Sie zur nächsten Polizeiwache.«

»Hier im Dorf gibt es keine.«

Die nächste Wache lag in Letchworth oder Royston – und sie hatte keinen Wagen. Sie und Derek waren mit dem Zug hierhergekommen.

»Dann suchen Sie einen öffentlichen Ort auf«, riet ihr der Anrufer. »Wenn Menschen um Sie sind, ist ein Anschlag weniger wahrscheinlich. Hilfe ist unterwegs.«

Derek meldete sich zu Wort. »Was ist los?«

Sie blickte ihn mit großen Augen an. Ihr schwirrte der Kopf. Ins Telefon sagte sie: »Ich … um die Ecke gibt es einen Pub. Das Bushel and Strike.«

Sie sah auf die Uhr. Es war schon nach sieben, da sollte dort einiges los sein.

»Gehen Sie dorthin!«, sagte Crowe. »Sofort!«

Die Verbindung wurde unterbrochen.

Jane holte tief Luft, um die aufwallende Panik in den Griff zu bekommen.

Wenn der Anrufer recht hat mit Dad …

Sie zeigte auf den Tisch. »Derek, packen Sie das Journal

meines Vaters ein, die Dokumente aus Glasgow und alles, was noch wichtig sein könnte.«

»Was ist denn los?«

Jane half ihm, die Unterlagen in der Ledertasche zu verstauen. »Wir sind in großen Schwierigkeiten.«

19:17

Derek hielt Jane die Tür auf und bemühte sich zu begreifen, was vor sich ging. Das alles kam ihm irgendwie unwirklich vor.

Er wartete, während Jane auf der Vorderveranda des Cottages innehielt. Sie musterte den unkrautüberwucherten Garten und die schmale Straße hinter der niedrigen Backsteinmauer. Die Sonne stand dicht über dem Horizont, die Straße lag in tiefem Schatten.

»Was ist los?«, fragte Derek. »Wer sollte dir etwas antun wollen?«

Als Jane den Eindruck hatte, die Luft sei rein, näherte sie sich dem kleinen Eisentor, das auf die Gardiners Lane hinausging. »Ich weiß es nicht. Vielleicht ist ja gar nichts dran. Oder es sind die Leute, die Safia und die anderen Wissenschaftler im Museum überfallen haben.«

Derek zog den Trageriemen der Tasche auf die Schulter hoch und folgte Jane durchs Tor auf die Straße. Die Sorge um seine Freunde und Kollegen im Museum bestärkte ihn in seiner Entschlossenheit, Jane zu beschützen.

»Kannst du dem Anrufer vertrauen?«, fragte er.

Jane blickte ihn an und überlegte kurz. »Ich… ich glaube ja. Der Mann hat mir empfohlen, mich mit anderen

Menschen zu umgeben. Das klingt nicht so, als wollte er uns in eine Falle locken.«

Da hat sie wohl recht.

»Und außerdem«, sagte sie, »könnte ich ein großes Pint vertragen. Vielleicht auch zwei. Um meine Nerven zu beruhigen.«

Sie lächelte zaghaft, und er erwiderte ihr Lächeln.

»Da es sich um eine therapeutische Maßnahme handelt«, sagte er, »geht die erste Runde auf mich. Schließlich bin ich Doktor.«

Sie musterte ihn von der Seite. »Doktor der Archäologie.«

»Der *Bioarchäologie*«, korrigierte er. »Das ist fast so gut wie ein Doktor der Medizin.«

Sie verdrehte die Augen und zeigte nach vorn. »Dann her mit dem Rezept, Herr Doktor.«

Nach kurzem Fußweg gelangten sie zu einer Gasse, die zur rückwärtigen Veranda des Pubs führte. Das Bushel and Strike lag auf der Mill Street, unmittelbar gegenüber der Saint Mary's Church und dem umliegenden Park. Hinter dem Pub ragte der Kirchturm in die Höhe, die bleierne Spitze funkelte in den letzten Sonnenstrahlen.

Auf der Gasse und der Veranda des Pubs herrschte bereits Zwielicht. Die meisten Tische waren besetzt. Durch die offene Hintertür drang das Gemurmel der anderen Gäste heraus.

Er hatte ein wenig das Gefühl, nach Hause zu kommen. Wie viele bierselige Abende hatte er hier nicht mit Janes Vater verbracht!

Auf dem Kirchhof sang eine Frau, was ihn daran erinnerte, dass heute der letzte Abend des Musikfestivals von Ashwell war.

Kein Wunder, dass im Pub ein solches Gedränge herrschte.

In Anbetracht der Umstände könnte es gar nicht besser sein.

Angezogen von der heiteren Atmosphäre, traten er und Jane durch das Tor im Lattenzaun, der die Veranda einfasste. Sie erreichten unbehelligt den Hintereingang und standen bald darauf an der Theke, vor sich zwei Pints Guinness. Mehrere Gäste erkannten Jane und kondolierten ihr. Die Geschichte vom unerklärlichen Wiederauftauchen ihres Vaters und dessen Tod hatte in allen großen Zeitungen gestanden und war hier vermutlich das Klatschthema Nummer eins.

Jane trank einen Schluck Bier und zog die Schultern hoch. Die Aufmerksamkeit der Gäste und das ständige Erinnertwerden an den Verlust waren ihr unangenehm. Doch sie blieb höflich, setzte ein falsches Lächeln auf und nickte hölzern zu den Anekdoten über ihren Vater. Schließlich verlegte Derek sich darauf, sie vor den anderen Gästen abzuschirmen und ihr ein gewisses Maß an Privatsphäre zu verschaffen.

Außerdem behielt er die Eingangstür im Auge. Jeden neuen Gast unterzog er einer Musterung. Wegen des Musikfestivals waren viele Ortsfremde darunter. Nach einer Dreiviertelstunde kam er zu dem Schluss, dass der Anrufer wohl übervorsichtig gewesen war. Bislang war ihm jedenfalls nichts Verdächtiges aufgefallen.

Plötzlich stürmte jemand durch die Tür herein.

»Feuer!«, rief der Mann in den Schankraum und zeigte nach draußen.

Auch von der Hinterveranda kamen Leute herein und riefen »Feuer«. Die Gäste drängten im Pulk auf die Mill

Street hinaus. Jane und Derek schlossen sich ihnen an. In dem Gedränge wurden sie voneinander getrennt.

»Jane!«, rief Derek.

Inzwischen war es Nacht und merklich kühler geworden. Er stolperte auf die dunkle Straße hinaus und blickte sich suchend um. Ein Stück weiter brannte es. Die lodernden Flammen beleuchteten eine dichte schwarze Rauchwolke.

Das kann nicht sein …

Endlich machte er ein paar Meter vor sich Jane aus. Sie wandte ihm den Rücken zu. Er setzte seine Ellbogen ein, bahnte sich einen Weg zu ihr und legte den Arm um sie. Ihr Gesicht war erschreckend leer. Auch sie hatte den Brand ausgemacht.

»Unser Haus brennt«, murmelte sie.

Er zog sie fester an sich.

»Jemand hat es in Brand gesetzt.«

Derek schaute sich argwöhnisch um. Der Flammenschein hüllte die Straße und die umherwimmelnde Menge in ein orangerotes Licht. Die Sirenen von Feuerwehrwagen gellten durchs Dorf und verstärkten das Gefühl von Angst und Bedrohung.

»Wir müssen von hier verschwinden«, sagte er und zog Jane mit sich.

Wenn jemand das Cottage in Brand gesetzt hatte, wollte er die Forschung ihres Vaters vernichten. Das Gewicht der Schultertasche schien sich auf einmal vervielfacht zu haben. Ihr Inhalt war noch wichtiger geworden, doch das war im Moment seine geringste Sorge. Wenn jemand alle Verbindungen zu Leben und Werk von Professor McCabe zerstören wollte, stand Jane bestimmt ganz oben auf der Liste.

Schließlich war sie seine Tochter.

Derek drehte Jane herum, bis sie den Flammen den Rücken zuwandte. »Wir müssen …«

Jemand packte ihn bei der Schulter und stieß ihn beiseite. Derek geriet ins Stolpern. Ein großer, massiger Mann hatte sich neben Jane aufgebaut. Mit seinem brutalen Gesicht schien er einem Albtraum entsprungen.

Trotzdem weigerte sich Derek, Jane im Stich zu lassen. Er warf sich auf den Angreifer, entschlossen, Jane zu verteidigen – da traf ihn die Faust des Mannes. Dereks Kopf schnappte zurück, sengender Schmerz flammte in seiner zerschmetterten Nase auf, er sah Sterne.

Und brach zusammen.

Durch den Nebel der Schmerzen sah er, wie Jane fortgezerrt wurde.

Nein …

4

30. Mai, 15:54 EDT
Washington, D. C.

Kathryn Bryant hatte ihren Boss noch nie so gestresst erlebt. Von ihrem Büro aus blickte sie in die Kommunikationszentrale des unterirdischen Hauptquartiers von Sigma. Durch das Fenster beobachtete sie, wie Direktor Crowe durch den Nebenraum schritt. An den U-förmig angeordneten Telekommunikationsgeräten und Computermonitoren funkelte er den Techniker an, als kreide er ihm das Versagen der Elektronik persönlich an.

»Wenn er weiter so seine Runden dreht, wird er noch zum Keller durchbrechen«, bemerkte Kats Ehemann. »Vielleicht solltest du ihm eine Valium in den Kaffeebecher tun.«

»Ich weiß, du machst Witze, Monk, aber das könnte eine Option sein.«

Kat rieb an ihrer schmalen Kinnnarbe. Das war ein nervöser Tick, Ausdruck ihres Verlangens, mehr zu tun, als bloß herumzutelefonieren und das Gebrabbel der Geheimdienste in aller Welt zu überwachen. Doch als Stellvertreterin des Direktors war sie sich ihrer Verantwortung bewusst. Sigma hatte sie seinerzeit vom Nachrichtendienst der Marine abgeworben, und es gab auf der ganzen Welt nur wenige andere Personen, die es an Sachkenntnis mit ihr aufnehmen konnten.

»Irgendwelche Neuigkeiten aus Kairo?«, fragte Monk.

»Nur schlechte.«

Sie blickte ihren Mann an. Monk Kokkalis war ein paar Zentimeter kleiner als sie, hatte dafür aber die Statur einer Bulldogge. Obendrein hatte er sich den Kopf kahl rasiert und darauf verzichtet, sich seine gebrochene Nase richten zu lassen. Als es vor ein paar Stunden losgegangen war, hatte er sich im Trainingsraum von Sigma aufgehalten, weshalb er noch immer mit Turnschuhen und Trainingshose bekleidet war. Über seiner Brust spannte sich ein tarnfarbenes T-Shirt mit dem Logo der Green Berets – zwei überkreuzte Pfeilen mit Säbel. Man nahm ihm sofort ab, dass er bei den Spezialkräften gedient hatte, doch viele unterschätzten den scharfen Verstand, der sich hinter seinem martialischen Äußeren verbarg.

Sigma hatte Monks Kenntnisse auf dem Gebiet der Medizin und Biotechnologie schätzen gelernt – und das galt auch für die DARPA. Vor allem aber war Monk für sie ein ständig verfügbares Versuchskaninchen. Bei einem Einsatz hatte er eine Hand verloren und war in der Folge mit verschiedenen Prothesen ausgestattet worden, die ständig weiterentwickelt wurden. Seine aktuelle Hand war mit einem Neuroimplantat verbunden, das ihm eine noch bessere Kontrolle der Fingerbewegungen ermöglichte.

Er hantierte an der Verbindungsstelle herum, offenbar musste er sich an das neue Modell erst noch gewöhnen. »Kat, was meinst du mit *schlecht*?«

»Im Moment herrscht in Kairo das totale Chaos.«

»Was ist mit der Quarantäne?«

Sie schnaubte. »Schon vor dem Ausbruch der Seuche war die medizinische Infrastruktur dort bestenfalls lückenhaft. Die Rettungsdienste sind kaum besser aufgestellt. Sollte sich die Lage verschlimmern, wäre das so, als wollte man ein Buschfeuer mit einer Wasserpistole eindämmen.«

»Was ist mit den Krankheitsfällen in Großbritannien?«

»Bislang …«

Eine rot markierte Mitteilung der Seuchenschutzbehörde CDC wurde angezeigt. Kat las sie eilig durch.

Monk bemerkte, dass sie sich anspannte. »Keine guten Neuigkeiten?«

»Nein. In Kairo und London sind mehrere Flughafenangestellte an hohem Fieber erkrankt.« Sie schaute sich zu Monk um. »Auch eine Stewardess von British Airways.«

»Hört sich so an, als käme die Katze allmählich aus dem Sack.«

»Der Bericht ist noch nicht bestätigt. Man kann noch nicht sagen, ob es sich um die gleiche Krankheit handelt, die unter der Belegschaft des Leichenschauhauses in Ägypten ausgebrochen ist, aber wir können auch nicht tatenlos abwarten. Ich muss die verschiedenen Gesundheitsbehörden alarmieren und koordinieren, hier und in Übersee.« Sie schüttelte den Kopf. In solchen Fällen galt es, die verschiedensten nationalen Befindlichkeiten und bürokratischen Besonderheiten zu berücksichtigen. Sie ertappte sich erneut dabei, dass sie an der Kinnnarbe rieb. Sie senkte die Hand wieder auf die Computertastatur.

Hinter dem Fenster drehte Painter eine weitere Runde. Kat wusste, dass er lieber in London gewesen wäre als hier in der Sigma-Zentrale. Das Hauptquartier lag unter dem Smithsonian Castle, in einem Labyrinth von Schutzbunkern aus dem Zweiten Weltkrieg. Wegen der Lage hatten sie bequemen Zugang zu den Hallen der Macht und zu den bedeutendsten wissenschaftlichen Institutionen und Labors. Doch für Painter zählte das im Moment nicht. Er wollte an vorderster Front die Jagd nach den Angreifern auf das British Museum leiten.

Kat hatte ein altes Einsatzdossier gelesen und kannte daher die Vorgeschichte des Direktors mit Safia al-Maaz. Die Frau bedeutete ihm viel. Als spürte er, woran sie dachte, trat Painter vor ein Computerterminal und spielte noch einmal die Aufnahme der Videokonferenz mit Dr. al-Maaz ab.

Kat hatte sich das Video bereits vier Mal angeschaut. Darauf war zu sehen, wie ein maskierter Mann in Safias Büro stürmte und auf sie schoss. Die Waffe hatte man als Betäubungsgewehr vom Typ Palmer Cap-Chur identifiziert. Zwei gefiederte Pfeile trafen sie in die Brust. Dann hatte der Mann mit einer konventionellen Waffe auf den Monitor geschossen, mit derselben Waffe, mit der er zuvor zwei Museumsangestellte getötet hatte, darunter eine junge Kuratorin, die in dem Video kurz zu sehen waren.

Als Hilfe eintraf, war Safia verschwunden gewesen.

Nebenan in der Kommunikationszentrale hatte Painter das Video an der Stelle angehalten, als Safia die Hand zum Bildschirm ausstreckte.

»Wenn die sie hätten töten wollen, wäre sie jetzt tot«, brummte Monk. »Sie wollten irgendetwas von ihr.«

»Und wenn sie es bekommen haben?«, fragte Kat.

Monk schnitt eine Grimasse. »Hoffen wir, dass wir zu ihr gelangen, bevor diese Schwelle überschritten wird.«

Kat warf einen Blick auf die Zeitanzeige des Monitors. »Sollte Gray nicht schon hier sein? Deine Maschine nach London soll in einer Dreiviertelstunde starten.«

Monk zuckte mit den Achseln. »Er ist zusammen mit seinem Bruder im Krankenhaus bei seinem Vater. Hat gemeint, er werde sich mit mir auf dem Landefeld treffen.«

»Wie geht's seinem Vater?«

»Nicht so gut.« Monk fuhr sich mit der Handprothese über den rasierten Schädel. »Aber eigentlich geht es eher um seinen Bruder.«

16:14

Immerzu ist irgendwas …

Commander Grayson Pierce saß am Krankenbett seines Vaters. Er hatte soeben im Holy Cross Hospital verschiedene medizinische Untersuchungen absolviert, und sie hatten ihn daraufhin in ein Pflegeheim gebracht. Die Fahrt im Krankenwagen hatte dem alten Mann eine Menge abverlangt.

Während die Krankenschwester seinen Vater zudeckte, forschte Gray in seinem Gesicht nach dem harten texanischen Ölmann, der so rücksichtslos mit seiner Familie umgegangen war. Sein Vater war ein eigenbrötlerischer Mensch gewesen, stets auf seine Unabhängigkeit bedacht, auch dann noch, als man ihm nach einem Unfall das eine Bein am Knie amputiert hatte. Gray und sein Vater waren häufig aneinandergeraten, beide zu sturköpfig und zu stolz, um nachzugeben. Die Streitereien hatten Gary schließlich aus dem Haus getrieben und zunächst zur Army, dann zu den Rangern und schließlich zu Sigma geführt.

Er betrachtete die Falten, die sich in das Gesicht seines Vaters gegraben hatten, die fahle Haut und die tief in den Höhlen liegenden Augen. Sein Vater holte tief Luft, als die Schwester ihm das Kissen aufschüttelte. Normalerweise hätte er die Atemluft dazu genutzt, einen Schwall von Flüchen hervorzustoßen und sich über das übertriebene Getue zu beklagen. Jackson Pierce ließ sich nicht verhätscheln. Doch heraus kam nur ein resignierter Seufzer; er war zu erschöpft, um sich zu wehren.

Stattdessen ergriff Gray das Wort und winkte die Schwester fort. »Das reicht«, sagte er. »Mein Dad mag es nicht, verwöhnt zu werden.«

Die junge Frau trat zurück. »Ich muss aber noch den Infusionsschlauch spülen.«

»Können Sie uns ein, zwei Minuten allein lassen?« Er sah auf die Uhr.

Mehr Zeit habe ich nicht.

Der Zeitdruck machte ihn nervös. Er sollte längst am Flughafen sein. Er blickte zur Tür.

Wo bleibt Kenny?

Gray vermutete, dass sein Bruder auf dem Weg vom Krankenhaus hierher einen Zwischenstopp eingelegt hatte. Vermutlich genoss er gerade seine letzten Momente in Freiheit. Wenn Gray fort war, musste Kenny die »Dad-Pflichten«, wie sie es nannten, übernehmen, eine Verantwortung, die mit der Zeit immer belastender wurde.

Ungeduldig schaute Gray sich im Zimmer um. Es war zwar ein Einzelzimmer, doch die Einrichtung konnte man nur als spartanisch beschreiben. Es gab darin einen Schrank, einen Vorhang, der an einer Schiene befestigt war, und einen kleinen Nachttisch mit Rollen. Dies würde die nächsten sechs Wochen über das Zuhause seines Vaters sein.

Nachdem er vergangenen Monat ausgerutscht und gestürzt war, hatte er sich am Beinstumpf einen tiefen Riss zugezogen. Nach der Behandlung in der Notaufnahme und einem kleineren chirurgischen Eingriff sah zunächst alles gut aus, doch dann stellte sich ein leichtes, aber hartnäckiges Fieber ein. Die Diagnose lautete auf sekundäre Knocheninfektion und leichte Sepsis, bei älteren Patienten keine ungewöhnliche Komplikation. Einen weiteren Eingriff und einen Krankenhausaufenthalt später wurde ihm eine sechswöchige intravenöse antibiotische Therapie verordnet.

Vielleicht ist es ja am besten so, dachte Gray schuldbewusst. *Hier wird er wenigstens rund um die Uhr versorgt, solange ich weg bin.*

Selbst zu seinen besten Zeiten war Kenny kein besonders verantwortungsbewusster Pfleger.

Ein Krächzen vom Bett. »Ich bin bereit zu gehen.«

Gray wandte sich seinem Vater zu. »Du musst hierbleiben, Dad. Auf Anweisung des Arztes.«

In letzter Zeit verstand sein Vater nicht mehr alles, was um ihn herum vorging. Was zunächst als Vergesslichkeit begonnen hatte – er verlegte die Schlüssel, wiederholte immer die gleiche Frage, verwechselte die Richtungen –, erwies sich schließlich als Alzheimer, ein schwerer Schlag für einen Mann, der so großen Wert auf seine Unabhängigkeit gelegt hatte. Gray war das Risiko einer experimentellen Behandlung eingegangen, mit einem Wirkstoff, der vielversprechend schien bei degenerativer Neuropathie und den er aus einem Labor entwendet hatte – erstaunlicherweise hatte er gewirkt. Bei mehreren PET-Scans waren keine neuen amyloidalen Ablagerungen festgestellt worden. Aus medizinischer Sicht war der geistige Verfall seines Vaters damit gestoppt.

Leider hatte die Behandlung die bereits eingetretenen Schäden nicht rückgängig gemacht und erwies sich somit als zweischneidiges Schwert. Sein Vater bewahrte sich zwar einen Rest von Zurechnungsfähigkeit, würde aber nie wieder zu dem Mann werden, der er gewesen war, bevor die Krankheit ihn heimgesucht hatte. Er war irgendwo dazwischen gefangen, verloren in einem Nebel, der sich niemals lichtete.

Sein Vater ergriff erneut das Wort, und diesmal klang er entschiedener als zuvor. »Ich will deine Mutter sehen.«

Gray atmete tief durch. Seine Mutter war vor einer ganzen Weile gestorben. Er hatte seinem Vater die Tragödie schon viele Male erklärt, und auf irgendeiner Ebene hatte der es auch begriffen, denn hin und wieder bekundete er Trauer oder erzählte auch mal eine lustige Anekdote von ihr. Gray schätzte diese Momente. Doch wenn sein Vater erschöpft oder gestresst war – so wie jetzt –, geriet er mit dem Zeitablauf durcheinander.

Gray legte seinem Vater die Hand auf die Schulter, unsicher, ob er ihm die Illusion lassen oder ihm die harte Wahrheit erneut vermitteln sollte. Er blickte ihm in die eisblauen Augen, welche die gleiche Farbe hatten wie seine. Heute wirkte sein Blick erstaunlich klar.

»Dad…?«

»Ich bin bereit zu gehen, mein Sohn«, wiederholte sein Vater. »Ich… ich vermisse Harriet so sehr. Ich will sie wiedersehen.«

Gray erstarrte. Sein Vater hatte sich stets gegen die Welt aufgelehnt, gegen alles, was nach einer Kränkung aussah, sogar gegen seinen sturköpfigen Sohn. Gray vermochte diese totale Resignation nicht mit dem Mann in Einklang zu bringen, der ihn großgezogen hatte.

Ehe er etwas erwidern konnte, tauchte Kenny auf und stürmte wie ein Wirbelwind ins Zimmer. Die Familienähnlichkeit war nicht zu verkennen. Beide Brüder waren gleich groß, hatten dunkles, dichtes Haar und die rötliche Gesichtsfarbe der Waliser. Doch während Gray sich fit hielt, schob Kenny einen mächtigen Bierbauch vor sich her, den er seinem Schreibtischjob bei einer Softwarefirma und zu vielen Partys verdankte.

Kenny hatte eine Plastiktüte mit dem Logo von 7-Eleven dabei. »Ich hab Dad ein paar Zeitschriften mitgebracht. *Sports Illustrated*. *Golf Digest*. Und ein paar Snacks. Chips und Schokoriegel.«

Kenny zog einen zweiten Stuhl ans Bett und ließ sich darauf nieder, als habe er soeben einen Marathonlauf absolviert. Sein Atem roch nach Whisky. Offenbar hatte sein jüngerer Bruder im Supermarkt nicht bloß Grundnahrungsmittel gekauft.

Kenny zeigte zur Tür. »Gray, du kannst gehen. Ich übernehme. Ich passe auf, dass Dad gut gepflegt wird.« Sein Tonfall wurde vorwurfsvoll. »Irgendjemand muss es ja tun, oder?«

Gray knirschte mit den Zähnen. Kenny war zwar bekannt, dass Gray für die Regierung arbeitete, doch wegen der strengen Geheimhaltungsbestimmungen wusste er weder über die Sigma Force noch über die Bedeutung von Grays verdeckter Arbeit Bescheid. Allerdings zeigte er auch kein besonderes Interesse an seinem älteren Bruder.

Als Gray sich erhob, blickte sein Vater ihn ernst an und schüttelte leicht den Kopf. Die Botschaft war klar. Er wollte nicht, dass Gray erwähnte, was er eben gesagt hatte. Das ergreifende Geständnis war offenbar nur für Grays Ohren bestimmt gewesen.

Meinetwegen… ein Geheimnis mehr oder weniger macht mir nichts aus.

Gray trat ans Bett und verabschiedete sich von seinem Vater. Die Umarmung fiel linkisch aus, einerseits weil sein Vater im Bett lag, aber auch, weil solche Gefühlsbekundungen bei ihnen selten waren.

Trotzdem klopfte sein Vater Gray auf den Rücken. »Mach ihnen die Hölle heiß.«

»Mach ich.« Aufgrund verschiedener Vorfälle wusste sein Vater Bescheid über Grays Arbeit. »Sobald ich zurück bin, schaue ich vorbei.«

Gray richtete sich auf und wandte sich ab. Innerlich bereitete er sich bereits auf den bevorstehenden Einsatz vor. Bei den Army Rangers hatte er gelernt, in Sekundenschnelle umzuschalten, ganz gleich, ob es darum ging, sich beim Pfeifen einer sich nähernden Granate aus der Koje zu wälzen oder in Deckung zu gehen, wenn es knallte.

Als Soldat musste man auf den Punkt voll da sein.

Jetzt war ein solcher Moment gekommen.

Er wandte sich zur Tür, doch sein Vater ließ ihn innehalten. Seine Stimme klang erstaunlich kraftvoll, ganz wie früher. »Versprich es mir.«

Gray blickte sich um und runzelte die Stirn. »Was soll ich versprechen?«

Sein Vater blinzelte, sein Blick verschwamm. Er hatte sich auf den Ellbogen aufgestützt, und selbst diese kleine Anstrengung brachte seinen Arm zum Zittern. Er ließ sich zurücksinken, in seinem Gesicht zeichnete sich die übliche Verwirrtheit ab.

»Dad?«, fragte Gray.

Sein Vater winkte kraftlos ab.

Kenny nahm die Botschaft auf. »Herrgott, Mann, wenn

du gehen willst, dann *geh*. Lass Dad ein bisschen ausruhen. Zieh's nicht unnötig in die Länge.«

Gray ballte eine Hand zur Faust und hielt Ausschau nach etwas, wonach er schlagen konnte. Stattdessen machte er auf dem Absatz kehrt und trat auf den Gang. Draußen vor dem Pflegeheim atmete er tief durch und ging zu seinem Motorrad, einer Yamaha V-Max. Mit seinen über ein Meter achtzig saß er auf, legte den Helm an und betätigte den Starter, worauf der Motor grollend ansprang.

Er ließ ihn aufheulen, um seinen Frust abzubauen. Die Vibrationen pflanzten sich in seinen Körper fort. Er fuhr los, bog vom Parkplatz auf die Straße ein und gab Gas.

Die Worte seines Vaters hallten in ihm nach.

Versprich es mir.

Er wusste nicht, was sein Vater damit gemeint hatte. Schuldgefühle peinigten ihn, weil er seinen Vater zurückließ und tief in seinem Innern darüber erleichtert war. Nach so vielen Monaten des ständigen Auf und Ab, des Kampfes gegen substanzlose Dämonen, brauchte Gray einen echten Gegner, den er mit beiden Händen packen konnte.

Er rief die Sigma-Zentrale an und bekam Kat ans Telefon. »Ich bin unterwegs zum Flugplatz. Bin in fünfzehn Minuten dort.«

»Monk erwartet dich bereits«, tönte ihre Stimme aus dem Helmlautsprecher. »Er hat die kompletten Einsatzunterlagen dabei.«

Der Direktor hatte Gray bereits in Grundzügen informiert. Painter nahm an dem Einsatz persönlich Anteil und hatte Gray gebeten, in London die Leitung zu übernehmen.

»Wie ist die Lage?«, fragte er.

»Das Museum ist abgeriegelt. Bedauerlicherweise konnten die Eindringlinge auf den Videos der Überwachungskameras im Angestelltenflügel nicht identifiziert werden. Im Moment sucht die Polizei in der Gegend nach Augenzeugen.«

»Was ist mit der anderen möglichen Zielperson?«

»Du meinst Jane McCabe? Über sie liegen keine neuen Informationen vor.«

Gray fuhr schneller, denn er spürte, dass die Lage sich von Stunde zu Stunde verschlimmerte. Das Flugzeug würde erst am Morgen in England landen, in Northolt, einem Stützpunkt der Royal Air Force im Westen Londons.

Wegen der unvermeidlichen Verzögerung hatte Painter Crowe zwei Sigma-Agenten hinzugezogen, die London schneller erreichen konnten: Der eine hatte in Leipzig an einer Konferenz teilgenommen, der andere hatte in Marrakesch Nachforschungen zu Schwarzmarktverkäufen gestohlener Antiquitäten aus dem Mittleren Osten angestellt.

Die beiden gaben ein merkwürdiges Paar ab, aber die Notwendigkeit schuf seltsame Bettgenossen.

Vor ihm tauchte die Abbiegung zum Flughafen auf. Gray raste auf den Eingang zu und stellte sich den beiden Agenten vor.

Gott sei jedem gnädig, der sich ihnen in den Weg stellt.

Das heißt, wenn sie sich nicht vorher gegenseitig umbringen.

5

30. Mai, 21:22 BST
Ashwell, Hertfordshire, England

So blöd kann er doch nicht sein …

Seichan packte Joe Kowalskis Handgelenk und drückte auf den Nervenknoten an der Daumenwurzel. Der Hüne jaulte auf, ließ aber Jane McCabes Arm los.

Die junge Frau taumelte einen Schritt zurück. Ehe sie weglaufen konnte, verstellte Seichan ihr den Fluchtweg. Sie hielt beide Hände hoch. »Ms. McCabe, es tut mir leid. Wir wollten Sie nicht erschrecken.«

Jane starrte die beiden Angreifer an. Die umherwimmelnden Menschen achteten nicht auf sie. Die meisten schauten gebannt zu den Flammen hoch, die in den Nachthimmel emporloderten.

Untermalt vom Sirenengeheul, sagte Seichan: »Painter Crowe hat uns geschickt. Wir sollen Sie in Sicherheit bringen.«

Jane rieb sich den schmerzenden Unterarm. Ihrem entsetzten Gesichtsausdruck nach zu schließen, war es Seichan nicht gelungen, sie zu beruhigen. Sie musterte Kowalski. Der Mann sah aus wie ein mit Steroiden vollgestopfter Linebacker. Der knielange schwarze Ledermantel vermochte nicht, seine muskelbepackte, hünenhafte Gestalt zu kaschieren. Sein Gesicht war von Narben verunstaltet, und er hatte buschige Augenbrauen und dicke Lippen, angeordnet um eine zerquetschte Nase und gestützt von einem kantigen Kinn.

Im Moment schaute Kowalski dümmlich drein. »Ich bitte um Entschuldigung.« Er schwenkte seine Hand, die Ähnlichkeit mit einem Baseballhandschuh hatte. »Ich habe Sie auf der Straße stehen sehen. Hatte den Eindruck, jemand wollte Sie angreifen.«

Jane warf einen Blick über die Schulter. »Derek …«

Wie aufs Stichwort löste sich eine schlaksige Gestalt aus der Menge. Zwei Blutfäden rannen dem Mann aus der Nase. Die Augen schwollen ihm bereits zu. Er stürmte Jane entgegen, entschlossen, sie zu verteidigen.

Seichan ließ ihn an die junge Frau heran. Sie erkannte Dr. Derek Rankin wieder, denn sie hatte sein Foto in den Einsatzunterlagen gesehen. Kowalski war das Foto offenbar entgangen, sonst hätte er sich nicht kopfüber ins Gewühl gestürzt.

Derek funkelte Kowalski böse an, als wollte er sich erneut auf ihn stürzen, doch dann musterte er Jane. »Alles okay?«, fragte er mit näselnder Stimme.

Sie nickte.

Seichan trat vor. »Das war ein Missverständnis.«

Erst jetzt nahm der Archäologe sie zur Kenntnis und blickte gleich zwei Mal hin. Ihr war diese Reaktion durchaus vertraut. In der Vergangenheit, als sie noch als Auftragsmörderin für die Gilde gearbeitet hatte, eine Terrororganisation, die Sigma zerstört hatte, hatte sie ihre eurasischen Gesichtszüge – langes schwarzes Haar, mandelfarbener Teint, hohe Wangenknochen und smaragdgrüne Augen – dazu eingesetzt, um Zielpersonen zu verführen. Sie war schlank und muskulös und unauffällig gekleidet mit schwarzer Jeans, weiter Jeansjacke und dunkelroter Bluse.

Derek blickte zwischen ihr und Kowalski hin und her. »Der Anrufer hat Sie geschickt.«

»Auch wenn es nicht so aussieht«, versicherte ihnen Seichan, »wir sind hier, um Ihnen zu helfen.«

Zum Beweis holte sie ein Foto hervor, das Painter Crowe ihr geschickt hatte. Sie reichte es Jane. Die junge Frau nahm es entgegen und hielt es ins Licht einer Straßenlaterne. Derek schaute ihr über die Schulter. Das Foto zeigte Crowe zusammen mit Safia al-Maaz. Beide waren erheblich jünger und lächelten in die Kamera. Im Hintergrund sah man die Wüste von Oman und einen im Mondschein schimmernden See.

»Das ist unser Boss«, erklärte Seichan. »Er hat Dr. al-Maaz vor ein paar Jahren geholfen.«

Derek schaute hoch. »Ein Foto von dem Mann habe ich in Safias Büro gesehen. Sie hat mir mal erzählt, wie sie sich kennengelernt haben … allerdings vermute ich, dass der Bericht stark geschönt war.«

Misstrauen lag in seinem Blick.

»Dann sollten wir ihnen also vertrauen?«, fragte Jane.

Derek wandte sich von den Flammen und dem wogenden Rauch ab. »Uns bleibt wohl nichts anderes übrig.« Er fasste sich behutsam an die Nase und blickte Kowalski finster an. »Aber nur damit Sie's wissen, beim nächsten Mal genügt auch ein einfaches Hallo.«

Jane verschränkte die Arme; sie konnte ihre Verärgerung nicht so schnell verwinden. »Ich habe nicht die Absicht …«

Seichan warf sich nach vorn und rempelte Jane an. Ein Schuss knallte und durchschnitt das Gellen der Sirenen. Da sie die ganze Zeit über die Umgebung im Auge behalten hatte – eine Angewohnheit aus der Zeit, als sie auf den Straßen von Bangkok und Phnom Penh gelebt hatte –, war ihr ein Mann aufgefallen, der den Arm gehoben und in ihre Richtung gezielt hatte. Instinktiv hatte sie reagiert, noch ehe sie die Waffe hatte auffunkeln sehen.

Jane stolperte, doch Seichan legte ihr den Arm um die Hüfte und stützte sie. »Unten bleiben«, sagte sie, drehte sich und riss die SIG-Sauer-Pistole aus dem Schulterholster.

Sie zielte in die Richtung, aus der geschossen worden war, doch der Schütze war bereits in der wogenden Menge untergetaucht.

Kowalski hatte Derek auf den Boden gedrückt und schirmte ihn ab. Er hatte seine Waffe unter dem Mantel hervorgeholt. Sie sah aus wie eine stummelläufige Flinte, doch es handelte sich um einen Piezer, eine neuartige Waffe, die von der Forschungsabteilung der Homeland Security entwickelt worden war. Die akkubetriebene Waffe verfeuerte keine Schrotmunition, sondern piezoelektrische Kristalle. Beim Feuern zerplatzen die Patronen und setzten eine Wolke von Kristallen frei, von denen jeder einzelne die elektrische Ladung eines Tasers hatte. Die nichttödliche Waffe hatte eine Reichweite von fünfzig Metern und eignete sich perfekt für den Einsatz gegen Menschenansammlungen.

In einer seltenen Anwandlung von Zurückhaltung verzichtete Kowalski allerdings auf ihren Einsatz.

Mein Gott… noch mehr Panik auf der Straße können wir nicht gebrauchen – zumindest jetzt noch nicht.

Seichan zog Jane aus der Schusslinie, Kowalski und Derek schlossen sich ihr an. Sie hielt Ausschau nach weiteren Angreifern. Bedauerlicherweise hatten sie sich weiter vom Fahrzeug entfernt. Als sie vor wenigen Minuten das Dorf erreichten, hatten sie die lodernden Flammen gesehen. Deshalb hatten sie den Wagen abgestellt und sich einen Weg durch die Menge zum Ort des Geschehens gebahnt.

»Wohin gehen wir?«, fragte Derek.

»Dorthin, wo es sicher ist.« Seichan blickte sich um. »Hier draußen sind wir zu angreifbar.«

Jane zeigte auf eine Gruppe von Personen in weißen Kleidern, die sich vor dem offenen Eingang einer alten Steinkirche versammelt hatten. »Heute findet der Choral Evensong statt.«

Seichan runzelte verständnislos die Stirn.

»Das heißt, es sind viele Leute da«, erklärte Derek.

Das reicht mir.

Seichan übernahm die Führung und verbarg die Waffe unter der Jacke. »Gibt es einen Hinterausgang?«, fragte sie in der Hoffnung auf eine Gelegenheit, sich den Angreifern zu entziehen.

»Wir können an der Nordseite rausgehen«, antwortete Jane atemlos. »Durch den Ausgang gelangt man zu dem Friedhof hinter der Kirche.«

»Ein Friedhof bei Nacht«, brummte neben ihr Kowalski. »Da brauchen die Typen wenigstens nicht lange zu überlegen, wo sie uns verscharren sollen.«

Ohne ihn zu beachten, eilte Seichan durchs Tor auf den Kirchhof. »Was liegt hinter dem Friedhof?«, fragte sie Jane.

»Größtenteils Grünland, das eine Quelle umgibt, die den Cam speist.« Jane zeigte nach vorn. »Aber hinter dem sumpfigen Gelände, etwa fünfhundert Meter entfernt, liegt die Station Road. Wir könnten dort einen Wagen anhalten. Bis zum Bahnhof sind es nur ein paar Minuten.«

Seichan nickte.

Kein schlechter Plan.

Derek sah auf die Uhr. »Der nächste Zug nach Kings Cross in London geht in knapp einer Stunde.«

Noch besser.

Seichan schritt noch schneller aus. »Wir wollen den Zug doch nicht verpassen.«

Die weiß gewandeten Chorsänger unterhielten sich lautstark, in ihren Gesichtern mischten sich Besorgnis und Erregung. Vor dem Licht, das aus der offenen Tür auf die Südveranda fiel, zeichneten sie sich als Silhouetten ab. Mächtige Orgeltöne schallten aus der Kirche; die Musiker bereiteten sich auf die Abendveranstaltung vor. Sie alle fragten sich wohl, ob sie stattfinden oder ausfallen würde. Gegen die Sirenen der Feuerwehrfahrzeuge würde der Chor wohl kaum ankommen.

Als sie die Veranda erreichten, bahnte Seichan ihren Begleitern einen Weg durch die Menge und trat durch die mit Stahlbändern verstärkte Tür in die Kirche. Wachsam schaute sie sich um. Links lag der überwölbte Zugang zum Kirchturm. Zur Rechten befand sich das Kirchenschiff mit dem breiten Altar, über dem ein Eisenkreuz mit der Christusgestalt von der Decke hing. Dort drängten sich zahlreiche Personen um das Chorgestühl und die mächtige Orgel.

Da sie keine unmittelbare Bedrohung ausmachen konnte, konzentrierte Seichan sich auf ihr Ziel. An der gegenüberliegenden Seite der Kirche stand eine zweite mittelalterlich wirkende Tür offen.

Das muss der Nordausgang sein.

Jane zeigte darauf. »Dorthin müssen wir.«

Seichan setzte sich in Bewegung, doch ein neuer Lärm veranlasste sie, sich umzudrehen. Die Leute vor der Kirche riefen zornig, dann wurden sie vom Grollen eines Motors übertönt. Die Gruppe teilte sich. Ein dunkles Motorrad näherte sich mit brüllendem Motor. Der behelmte Beifahrer zielte mit einer Pistole über die Schulter des Fahrers hinweg.

Als die Maschine über die lange Veranda auf den Eingang zuschlitterte, zeigte Seichan zur Wendeltreppe, die auf den Kirchturm hochführte.

»Kowalski, schaffen Sie die Leute da rauf und verbarrikadieren Sie sich.«

Er nickte und eilte davon, schaute sich aber noch einmal um und fragte: »Was haben Sie …?«

Seichan wandte sich in die andere Richtung und warf sich in die nächstgelegene Kirchenbank. Sie prallte mit der Schulter auf, wälzte sich ab und landete auf den Füßen. Aus der Deckung der schweren Holzbank hervor zielte sie mit der SIG Sauer auf den Eingang. Das Motorrad schoss in die Kirche. Das Dröhnen des Motors hallte durchs Kirchenschiff, ein teuflischer Chor aus Auspuffknattern und Drehmoment. Der Fahrer bremste abrupt, die Räder qualmten auf dem Steinboden.

Der Beifahrer zeigte zum Aufgang des Kirchturms.

Offenbar hat er Kowalski bemerkt.

Der Schütze saß ab, anscheinend entschlossen, seiner Beute zu Fuß nachzusetzen. Seichan zielte auf den Nacken des Mannes und drückte ab. Der Schuss durchschnitt den Motorenlärm. Der Mann krümmte sich nach hinten, Blut spritzte aus seinem Hals. Er brach zusammen, der Helm prallte von den Steinfliesen ab.

Ehe sie den Fahrer unter Feuer nehmen konnte, drehte der sich auf dem Sitz um. Er zog ein Sturmgewehr aus einem Holster neben seinem Knie hervor und feuerte in Seichans Richtung. Im letzten Moment ging sie hinter der Sitzbank in Deckung. Die Kugeln bohrten sich in das alte Holz und raspelten Späne von den Rändern ab. Unter der Bank hindurchspähend, sah sie, wie der Fahrer absaß und sich, gedeckt vom Motorrad, in Richtung Kirchturmeingang entfernte.

Seichan feuerte unter der Sitzbank hindurch. Sie zielte auf die Beine des Mannes, doch es gelang ihm, sich im Turmaufgang in Sicherheit zu bringen. Sie fluchte leise, wenn auch voller Respekt für das Geschick des Mannes.

Der Typ ist gut unter Druck … zu gut für einen Amateur.

Mit dem Schlimmsten rechnend, sprang sie aus der Deckung hervor, zielte aber weiterhin auf den Turmzugang. Sie rannte darauf zu, den Blick unverwandt auf den dunklen Eingang gerichtet. Ehe sie ihn erreichte, war erneut Lärm zu hören.

Motorengeheul, das stetig lauter wurde.

Sie wandte den Kopf. Mehrere dunkle Schatten näherten sich über den Kirchhof.

Die Kavallerie ist da … leider Unterstützung für die falsche Seite. Als wenn das noch nicht reichen würde.

Sie blickte zum Kirchturm. Der Mann eilte vermutlich gerade die Treppe hoch, entschlossen, seine Zielperson auszuschalten. Im Moment konnte sie nichts dagegen tun. Um den Fluchtweg offen zu halten, musste sie die Stellung halten.

Mit einem lautlosen Stoßseufzer bereitete sie sich innerlich auf den bevorstehenden Angriff vor.

Kowalski, mach bloß keine Dummheiten.

21:44

Um die Panik zu bezähmen, welche die Schüsse in der Kirche bei ihr auslösten, fuhr Jane mit der Hand an der Wand entlang, als sie die Wendeltreppe hochlief. Das massive Gemäuer half ihr, die Nerven zu behalten. Der Glockenturm war aus Kalksteinblöcken erbaut. Im Lauf der Jahrhunderte hatte der Regen die Fassade verwittern lassen, doch noch hielt der Turm stand. Daraus zog sie Kraft.

Mit den Fingerspitzen ertastete sie auch die mittelalterlichen Inschriften, die man in den weichen Kalkstein gehauen hatte. Dies erinnerte sie an die charakterfesten Menschen, die früher hier gelebt hatten, an die Dorfbewohner, die standhaft geblieben waren im Angesicht der Seuchen, Kriege und Hungersnöte.

Daran muss ich mir ein Beispiel nehmen.

Sie fuhr mit den Fingern über eine weitere Inschrift, die sie an ihren Vater erinnerte, mit dem sie als Kind so viele Male hier gewesen war. Sie wollte nicht zulassen, dass die Angreifer ihn auslöschten, sei es durch Feuer oder durch Mord. Nicht nur um ihres Vaters willen, sondern auch wegen Rory.

Falls er noch am Leben ist, will ich weiter nach ihm suchen.

Sie wurde schneller.

Vor ihr stürmte Derek die Treppe hoch, während Kowalski, der hünenhafte Amerikaner, ihr folgte.

»Wo führt die verfluchte Treppe eigentlich hin?«, brummte der große Mann.

»Zum Glockenstuhl«, antwortete Jane. »Da hängen die Glocken.«

Sie schaute nach oben. Das Glockengeläut war eine Konstante im Dorfleben gewesen und war hundert Jahre lang alle fünfzehn Minuten erklungen. In letzter Zeit waren die Glocken aus Lärmschutzgründen nachts ausgeschaltet worden, was sie bedauerlich fand, da es ihr so vorkam, als werde damit ein Stück Geschichte getilgt.

Plötzlich drang von unten ein neuer – und viel modernerer – Lärm herauf. Das Getöse mehrerer Motoren hallte von den Wänden wider. Es hörte sich an, als jagten Dämonen die Treppe hoch. Der Amerikaner legte den Kopf schief und lauschte besorgt.

»Was sollen wir tun?«, fragte Derek.

Kowalski schwenkte knurrend die Waffe. »Wir gehen weiter. Bis ganz nach oben. Wir igeln uns ein und warten, bis …«

Ein Schuss durchschnitt das Grollen der Motoren.

Kowalski zuckte zusammen und duckte sich. Die Kugel war neben seinem Kopf von der Wand abgeprallt und hatte ihn mit brennenden Splittern überschüttet. »Lauft!«, rief er und setzte sich in Bewegung.

Jane wandte sich um und stürmte zusammen mit Derek die Treppe hoch.

Ein lauter Knall ließ sie zusammenzucken. Kowalski hatte blindlings einen Schuss abgefeuert. Die Schrotkugeln – oder womit die kurzläufige Waffe auch geladen sein mochte – prallten blaue Funken sprühend von den Wänden ab.

Vor Schreck hätte sie beinahe den Halt verloren.

Derek fasste sie beim Arm. »Ich halte dich, Jane.«

»Was war das?«

»Keine Ahnung. Ist mir auch egal. Komm mit.«

Er stützte sie, während sie die Treppe nach oben stürmten. Todesangst zeichnete sich in seinem Gesicht ab – doch sie galt nicht ihm, sondern Jane.

Sie wollte ihn nicht enttäuschen und lief noch schneller.

Unten verstummte der Motorenlärm abrupt. Nur noch ihr keuchender Atem war zu hören. Die anhaltende Stille machte sie nervös.

Sie blickte nach unten und fragte sich, was da los war.

War die plötzliche Stille ein gutes oder ein schlechtes Zeichen?

21:50

Seichan hatte sich tief auf den Lenker des entwendeten Motorrads hinuntergebeugt und raste über eine dunkle Weide. Wie ihre Verfolger fuhr auch sie ohne Licht.

Als die gegnerischen Motorräder sich der Südveranda der Kirche näherten, hatte sie den Helm des Fahrers aufgesetzt, den sie erschossen hatte. Dann hatte sie sich auf dessen Maschine geworfen. Sie hatte den noch warmen Motor aufheulen lassen und war zum Nordausgang gerast. Am Eingang hatte sie scharf gebremst und in der Dunkelheit hinter der Schwelle angehalten. Als sie sich umsah, bretterten drei Motorräder in die Kirche hinein.

Halb im dunklen Eingang verborgen, winkte sie und rief etwas. Sie setzte darauf, dass ihre Stimme wegen des Helms unkenntlich war und die Angreifer Englisch sprachen. Der Tote auf dem Boden war jedenfalls hellhäutig gewesen.

»Hier entlang!«, rief sie. »Sie sind hier raus!«

Dann war sie losgefahren und hatte die anderen hinter sich hergelockt.

Als sie über den dunklen Hof hinter der Kirche rumpelte, vergewisserte sie sich im Rückspiegel, dass die anderen Bikes ihr folgten. Sie stieß einen Seufzer der Erleichterung aus.

Hinter ihnen, hinter dem Schindeldach der Kirche, erhellte rötlicher Feuerschein den Himmel. Bislang hatte der Brand von der Schießerei in der Kirche wirksam abgelenkt.

Umso besser…

Sie wollte keine Zivilisten in der Nähe haben. Während sie einen flachen, grasbestandenen Hügel hochfuhr, blickte sie aufmerksam nach vorn. Hinter der Kuppe fiel die Weide zu einer Baumlichtung hin ab, die sich in zweihundert Metern Entfernung als schwarze Linie abzeichnete. Überall ragten Grabsteine und kleine Krypten auf.

Das war der Friedhof, den Jane erwähnt hatte.

Ohne abzubremsen, hielt sie auf den alten Friedhof zu. Im Dunkel war das kein einfaches Terrain, doch sie hatte keine Wahl. Als sie das Gelände erreicht hatte, wich sie den Hindernissen aus, so gut es ging, doch die Umrandungen und Grabsteine wurden immer zahlreicher. Trotzdem fuhr sie weiter und wurde sogar noch schneller.

Immer wieder warf sie einen kurzen Blick in den Rückspiegel. Die Angreifer, die noch immer glaubten, sie jage der Zielperson hinterher, bretterten hinter ihr den Hang hinunter. Sie wartete, bis sie den Friedhof erreicht hatten – dann bremste sie heftig, riss den Lenker zur Seite und schleuderte zum Gegner herum.

Mit dem Daumen schaltete sie den Scheinwerfer ein. Ein gleißender Lichtspeer bohrte sich in die Nacht. Zusätzlich schaltete sie auf Fernlicht um. Die geblendeten Fahrer konnten den marmornen Hindernissen nicht mehr ausweichen.

Ein Motorrad prallte mit voller Fahrt gegen eine Krypta, der Fahrer wurde gegen eine Wand katapultiert. Der Mann prallte mit abgeknicktem Hals auf den Boden.

Der zweite Fahrer streifte einen Grabstein. Er verlor die Kontrolle über seine Maschine, landete auf der Seite und rollte durchs Gras. Seichan folgte ihm mit der SIG Sauer und feuerte, als er zum Stillstand kam. Das Helmvisier splitterte, und er blieb schlaff am Boden liegen.

Der dritte Fahrer erwies sich als geschickter. Er wandte sich ab vom blendenden Lichtspeer und kurvte im Slalom durch das Dickicht der Grabsteine.

Seichan schoss auf ihn, verfehlte aber ihr Ziel. Der Fahrer fuhr weiter. Fluchend wendete Seichan das Motorrad und nahm die Verfolgung auf. Sie fürchtete, dass der Gegner umkehren könnte, sobald seine Augen sich wieder an die Dunkelheit gewöhnt hatten. Sie musste ihren momentanen Vorteil nutzen.

Der Fahrer ließ den Friedhof hinter sich. Da das Gelände vor ihm von Hindernissen frei war, wandte der Fahrer sich auf dem Sitz seitlich. Das war das einzige Gefahrensignal. Im nächsten Moment hob der Mann eine Pistole und feuerte das Magazin auf ihre Maschine leer.

Seichan duckte sich hinter den Windschutz. Neben ihr schlugen Kugeln in den Boden ein; eine prallte vom vorderen Radschutz ab. Sie gab noch mehr Gas und wedelte hin und her, doch ein Zufallstreffer zerstörte ihren Scheinwerfer. Vor ihr wurde es dunkel, und einen Moment lang war sie so gut wie blind.

Widerwillig wurde sie langsamer – doch sie hatte nicht schnell genug reagiert.

Vor ihr flammte eine Supernova auf. Die Umgebung wurde von der Lichtflut ausgelöscht. Sie wusste genau, was passiert war. Der Gegner hatte den gleichen Trick angewandt wie zuvor sie; er hatte seine Maschine gewendet und blendete sie nun mit dem Fernlicht.

Da sie fürchtete, er könnte ihre Verunsicherung zum Nachladen nutzen, hielt Seichan unentwegt auf die Lichtquelle zu. Sie riss die Pistole aus dem Holster und feuerte. Der Schuss war ein Treffer, es wurde erneut dunkel um sie. Leider lehnte das Motorrad fahrerlos an einem nur wenige Meter entfernten Baum.

Angesichts der drohenden Kollision legte Seichan die Maschine auf die Seite, sodass sie mit den Rädern voran dem Baum entgegenschlitterte. Bevor die beiden Motorräder zusammenkrachten, warf sie sich im letzten Moment zur Seite. Sie nutzte den Schwung, rollte sich ab, sprang auf die Beine und ging im Wald in Deckung.

Seichan drückte sich an den Stamm einer Esche mit ausladender Krone. Die Jagd hatte auf der kleinen Lichtung geendet, die sie vom Hügel oberhalb des Friedhofs aus gesehen hatte.

Wo aber steckte der Gegner?

Sie horchte angestrengt auf ein verräterisches Rascheln oder Knacken. Ein Stück weiter weg plätscherte und gurgelte Wasser. Sie erinnerte sich, dass Jane erwähnt hatte, hier gebe es natürliche Quellen, die den Cam speisten.

Plötzlich war aus der Richtung ein lauter Platscher zu hören, der sich kurz darauf wiederholte.

Der Gegner flüchtete anscheinend zu Fuß.

Seichan wandte sich in die Richtung. Sie musste verhindern, dass der Überlebende Verstärkung herbeirief oder einen weiteren Angriffsversuch unternahm. Trotzdem bewegte sie sich vorsichtig, denn es konnte sich auch um den Versuch handeln, sie in eine Falle zu locken. Sie achtete genau darauf, wohin sie ihre Füße setzte, und atmete gleichmäßig durch die Nase.

Als ihre Augen sich an die tiefe Dunkelheit unter den Baumkronen gewöhnt hatten, machte sie einen Kiesweg aus, von dem sie annahm, dass er zu den Quellen führte. Sie ging daneben her. Ein schwacher Lichtschimmer drang zwischen den Bäumen hervor. Ein Stück weiter tauchte eine schwarze Wasserfläche auf, in der sich der Mond und die Sterne spiegelten. Es war ein von der Quelle gespeister See von der halben Größe eines Footballfeldes. Am Rand waren ein paar Sitzbänke aufgestellt.

Am anderen Ufer nahm sie eine Bewegung wahr.

Eine Schattengestalt lief über den See, ohne dass die Wasseroberfläche sich auch nur kräuselte.

Wie kann das sein?

Seichan kniff die Augen zusammen und bemerkte eine Reihe von quadratischen Trittsteinen, die nahezu auf einer Ebene mit der Wasseroberfläche waren. Offenbar konnten Besucher den See auf diese ungewöhnliche Weise durchqueren.

Ganz in der Nähe flog ein Helm ins Wasser. Ihr Gegner hatte ihn offenbar weggeworfen, vermutlich weil er sein Gesichtsfeld einengte.

Seichan hob die Pistole, doch inzwischen hatte die Gestalt das andere Ufer erreicht. Ehe sie im dunklen Wald verschwand, wandte sie sich um. Der im See gespiegelte Mondschein fiel auf ihr Gesicht.

Seichan hielt überrascht inne.

Es war eine junge Frau, mit schulterlangem schneeweißem Haar. Trotz der Entfernung konnte Seichan erkennen, dass die eine Hälfte ihres Gesichts mit Tattoos bedeckt war. Dann wandte die Frau sich ab und verschwand.

Seichan überlegte, ob sie der Fremden nachlaufen sollte, doch auf dem See wäre sie zu exponiert gewesen, ein leichtes Ziel für jeden im Wald versteckten Heckenschützen. Sie hätte den See auch umgehen können, doch wenn sie das andere Ufer erreichte, wäre die Fremde längst verschwunden.

Trotzdem zögerte sie.

Dann vernahm sie ein neues Geräusch.

Von der Kirche tönte Glockengeläut herüber. Das Gebimmel klang laut und wild, unmelodisch und dissonant.

Sie blickte in die Richtung und ahnte, was der Lärm zu bedeuten hatte.

Kowalski …

22:04

»Beeilung da hinten!«, rief der hünenhafte Amerikaner.

Kowalski kauerte am Ende der Wendeltreppe im Innern des Glockenturms und feuerte mit seiner seltsamen Flinte eine Wolke funkelnder Kristalle in die Tiefe.

Als er nachlud, warf er Derek einen grimmigen Blick zu und reckte zwei Finger.

Er hatte nur noch zwei Patronen.

Da ihm klar war, dass sie nicht mehr lange durchhalten würden, stemmte Derek sich mit den Füßen gegen die Bronzeglocke und rollte sie über den Boden. Die Angst schnürte ihm die Kehle zu, sodass er kaum noch Luft bekam – vielleicht lag es aber auch an der unförmigen Glocke, die über vierhundert Pfund wog.

Sie waren die Wendeltreppe hochgestiegen und hatten vor wenigen Minuten den Glockenturm erreicht. Der Raum nahm die ganze oberste Ebene ein. Das Glockengestühl aus Holzbalken befand sich über ihren Köpfen. Daran waren die sechs Glocken aufgehängt, deren älteste aus dem siebzehnten Jahrhundert stammte. Die Glocken waren unterschiedlich groß, und von jeder hing ein Seil herab, das durch ein Loch im Boden führte.

Während Kowalski sich mit dem Schützen auf der Treppe ein Feuergefecht lieferte, hatten Derek und Jane auf seine Anweisung hin eine der Glocken gelöst.

Kowalskis Erklärung war äußerst knapp ausgefallen.

Ich habe einen Plan.

Daraufhin hatte Derek sich eine Leiter geschnappt, und Jane hatte den Werkzeugkasten herangeschleppt, der in einer Ecke des Glockenstuhls stand. Während der Schweiß ihm in den Augen brannte, hatte Derek eine der kleineren Glocken vom Holzbalken gelöst. Mit einem dumpfen Klong fiel sie schließlich auf den Boden.

Jetzt versuchten er und Jane, die Glocke zur Treppe zu rollen.

Ein weiterer Schuss knallte. Kowalski antwortete mit einer flirrenden Kristallwolke.

Noch eine Patrone übrig.

Er wandte sich um und lief zu Derek und Jane. Mit vereinten Kräften rollten sie die Glocke zur ersten Stufe.

Jetzt war klar, was Kowalski vorhatte.

»Zeit zu verschwinden«, brummte Kowalski.

Sie schoben die Glocke noch ein Stück weiter. Sie rumpelte über die Treppenstufen und prallte dröhnend von den Wänden ab. Der Lärm war nahezu ohrenbetäubend.

Kowalski zeigte nach unten. »Los!«

Er setzte sich in Bewegung und übernahm die Führung. Jane schloss sich ihm an. Derek schnappte sich seine Ledertasche vom Boden und folgte ihnen. Er war sich über ihre Lage im Klaren. Die hinabrollende Glocke würde den Angreifer zwar möglicherweise aus dem Turm verjagen, doch er würde unten auf sie warten.

Kowalski hatte offenbar andere Pläne.

Sie eilten die Wendeltreppe hinunter und folgten der dröhnenden Glocke. Plötzlich erhaschte Derek einen Blick auf den flüchtenden Schützen. Kowalski feuerte seine letzte Patrone ab. Ein Schauer funkelnder Kristalle schoss über die Glocke hinweg und prallte von der geschwungenen Wand ab. Einige aber trafen ihren Gegner am Rücken. Der Mann schrie auf vor Schmerz.

Nach der nächsten Biegung sahen sie den benommenen, stolpernden Mann. Er wandte das Gesicht nach oben – und sah, wie die vierhundert Pfund schwere Bronzeglocke von der Wand abprallte und ihn zerschmetterte.

Die Glocke polterte weiter die Stufen hinunter.

»Nicht hinsehen«, sagte Derek und legte den Arm um Jane.

Er geleitete sie an dem zerschmetterten Toten und der Blutlache vorbei.

Kowalski nahm das Gewehr des Angreifers an sich und zeigte mit der Waffe nach vorn. »Weitergehen!«

Derek sah die Sorge in Kowalskis Gesicht. Er fürchtete, was unten auf sie warten mochte. Sie folgten der Glocke bis ganz nach unten. Sie schoss aus dem Treppenhaus hervor und rollte durchs Kirchenschiff. Sie krachte gegen Bänke, durchbrach die erste Sitzreihe und kam an der nächsten zum Stillstand.

An der Türöffnung blieben sie stehen. Kowalski hielt Derek und Jane zurück und spähte in die Kirche. An der anderen Seite des Kirchenschiffs kauerten hinter der Orgel mehrere verängstigte Chorsänger.

Draußen gellten Sirenen, Rauch wehte durch die offenen Türen an der Südveranda herein. In dem Dorf mit den reetgedeckten Fachwerkhäusern waren durch den Funkenflug alle bedroht.

Ein durchdringender Pfiff lenkte ihrer aller Aufmerksamkeit in die andere Richtung. Es war Kowalskis Kollegin.

»Wenn Sie mit Ihrem blutigen Geschäft fertig sind«, rief die Frau, »dann sollten wir machen, dass wir aus diesem verdammten Dorf verschwinden.«

Jane schob sich nach vorn und trat in die Kirche. »Die klügste Empfehlung, die ich heute gehört habe.«

6

31. Mai, 7:22 BST
Mill Hill, England

Da hat wohl jemand ein Großreinemachen veranstaltet.

Hinter der Polizeiabsperrung hervor musterte Gray finster das niedergebrannte Medizinlabor. Das Francis Crick Institute – das dem Nationalen Medizinischen Forschungsinstitut angehörte – lag in Mill Hill, am Stadtrand von London. In der Mitte der weitläufigen Anlage ragte ein Backsteingebäude mit vier Flügeln auf. Rauch quoll aus den geborstenen Fenstern an der Nordwestseite, wo fünf Feuerwehrwagen Wasser auf das kokelnde Gebäude spritzten.

Painter hatte Gray und Monk nach der Landung auf einem britischen Militärstützpunkt darüber informiert, dass im Labor eine Brandbombe hochgegangen war. Sie hatten Anweisung bekommen, unverzüglich nach Mill Hill zu fahren und sich dort mit jemandem zu treffen, von dem der Direktor glaubte, er könne nützliche Informationen beitragen.

Sie warteten schon seit einer halben Stunde, was an Grays Nerven zerrte. Er wollte irgendetwas unternehmen, die Schuldigen an diesem Anschlag – und dem in Ashwell – aufspüren. Painter hatte ihn über die vereitelte Entführung von Jane McCabe informiert. Seichan und Kowalski hatten die Tochter des Professors und einen ihrer Kollegen in Sicherheit gebracht. Gegenwärtig hatten sie sich in einem unauffälligen Hotel im Stadtzentrum von London eingeigelt. Gray konnte es gar nicht erwarten, zu ihnen zu stoßen.

Monk nahm die Handprothese vom Ohrhörer fort.

»Was gibt's Neues von Sigma?«, fragte Gray.

»Keine guten Nachrichten. Kat hat bestätigt, was alle befürchtet haben.« Monk wies mit dem Kinn zu den rauchenden Ruinen. »Der Leichnam, die Proben … alles ist verbrannt.«

Gray schüttelte den Kopf. »Aber wozu all der Aufwand, nur um den Leichnam zu verbrennen? Es haben sich doch bereits Leute mit dem Krankheitserreger infiziert.«

Und Kat zufolge sind viele von ihnen bereits verstorben.

Gray musterte mit zusammengekniffenen Augen den Rauch, der in den Morgenhimmel stieg. »Ich glaube nicht, dass die Brandstifter sich wegen des pathogenen Stoffs Sorgen gemacht haben. Ich vermute, dass sie es eher darauf angelegt hatten, Spuren zu verwischen.«

»Wie meinst du das?«

»Beim Schlachtplan ging es nicht nur darum, den Krankheitserreger zu identifizieren, sondern auch um die Analyse des Mageninhalts des Toten – darunter die Baumrinde –, der ihnen helfen sollte, den Ort einzugrenzen, an dem er sich die ganze Zeit über aufgehalten hat … und wo sich möglicherweise noch immer die anderen Angehörigen des Forschungsteams befinden.«

Darunter auch der Sohn des Professors.

Monk seufzte. »Jetzt heißt es zurück auf Los.«

»Und nicht nur hier. Wir haben noch immer keine Ahnung, wer Safia al-Maaz entführt hat.«

Den ersten Berichten zufolge hatten die Unbekannten, die das British Museum überfallen hatten, keine Spuren hinterlassen. Auch die getöteten Angreifer aus Ashwell waren von den Polizeikräften durchsucht worden. Ausweise waren keine gefunden worden. Fingerabdrücke und Fotos zirkulierten bereits, und nach der Person, die zu Fuß entkommen war, wurde gefahndet.

Trotzdem war Gray nicht sonderlich hoffnungsvoll gestimmt. Wer auch immer hinter alldem steckte, verfügte über üppige Ressourcen und wusste hervorragend Bescheid über die Zielpersonen. Die Aktionen waren mit chirurgischer Präzision durchgeführt worden, alles mit dem Ziel, sämtliche Hinweise zur Lösung der Rätsel im Zusammenhang mit Professor McCabes Tod zu beseitigen.

Aber wozu das Ganze? Und weshalb wurde Safia al-Maaz entführt? Will man sie befragen? Herausfinden, wie viel sie weiß?

Gray spürte, dass er etwas Wichtiges übersah. Es regte sich am Rande seines Bewusstseins, versuchte, sich bemerkbar zu machen. Einer der Gründe, weshalb man ihn bei Sigma eingestellt hatte, war seine Fähigkeit, Puzzlesteine zusammenzufügen und Muster zu erkennen, die sonst niemand wahrnahm, doch selbst diese außergewöhnliche Gabe hatte irgendwo ihre Grenzen.

Jetzt befand er sich an diesem Punkt.

Er schüttelte den Kopf. Wenn er dieses spezielle Rätsel lösen wollte, benötigte er mehr Informationen.

Eine potenzielle Quelle für die fehlenden Puzzlesteine überquerte gerade die Straße. Kat hatte ihm ein Foto der

Frau geschickt: Dr. Ileara Kano. Als Geheimdienstexpertin von Sigma hatte Kat im Lauf der Zeit ein Netzwerk von Kontakten über den ganzen Globus gespannt. Gray hatte wissen wollen, woher sie die Britin kannte, doch Kat hatte kryptisch erwidert: *Das soll sie dir selber erklären.*

Dr. Kano war Mitte dreißig, also ebenso alt wie Gray. Sie trug Jeans und eine weiße Jacke mit halb offenem Reißverschluss, die den Blick auf eine Korallenkette freigab. Das dunkle Haar trug sie kurz geschnitten, ihr fein gezeichnetes Gesicht wirkte beinahe vornehm. Den biografischen Angaben war zu entnehmen, dass sie im Alter von zwölf Jahren zusammen mit ihren Eltern aus Nigeria eingewandert war und einen Doktorgrad in Epidemiologie erworben hatte, einem Fach, das die Muster von Krankheitsseuchen untersuchte. Gegenwärtig war sie bei einer britischen Abteilung angestellt, die als Identifizierungs- und Beratungsdienst firmierte.

Obwohl sie die Nacht über bestimmt kein Auge zugetan hatte, war ihr die Erschöpfung nicht anzusehen. Ihre dunklen Augen funkelten, als sie die beiden Amerikaner unter gesenkten Lidern hervor musterte.

»Sie müssen Commander Pierce sein«, sagte sie mit ausgeprägtem britischem Akzent, dann wandte sie sich lächelnd Monk zu. »Und Sie der berühmte Kokkalis. Kat hat mir viel über Sie erzählt.«

»Tatsächlich?« Monk reichte ihr die Hand. »Dann muss ich meiner Frau bei meiner Rückkehr wohl erklären, was es mit dem Begriff der Vertraulichkeit auf sich hat.«

Ihr Lächeln vertiefte sich, als sie ihm die Hand schüttelte. »Keine Sorge. Sie hat nur Gutes berichtet.« Sie zuckte leicht mit den Schultern. »Na ja, größtenteils …«

»Genau das bereitet mir Sorge.«

Gray lenkte die Unterhaltung aufs Wesentliche. »Kat hat gemeint, Sie hätten vielleicht neue Erkenntnisse beizutragen.«

Ileara seufzte und warf einen besorgten Blick zum zerstörten Labor. »Von Erkenntnissen zu sprechen wäre vielleicht ein wenig übertrieben. Ich habe ein paar Antworten, doch die meisten davon werfen bedauerlicherweise neue Fragen auf.«

»Im Moment soll mir das recht sein.«

Monk brummte zustimmend.

Ileara bedeutete ihnen, ihr zu folgen. »Mein Wagen steht auf dem Parkplatz um die Ecke.«

Mit weit ausgreifenden Schritten setzte sie sich in Bewegung. Gray schloss sich ihr an. »Wohin fahren wir?«

»Hat Kat Ihnen das nicht gesagt?« Sie musterte ihn stirnrunzelnd. »Wir müssen uns schnellstens mit Jane McCabe unterhalten.«

»Weshalb?«

»Kat hat mich darüber informiert, dass Ms. McCabe ein paar alte Aufzeichnungen ihres Vaters an sich genommen hat, darunter Dokumente, die darauf hindeuten, dass die Krankheit nicht zum ersten Mal in Großbritannien ausgebrochen ist.«

Gray hatte ebenfalls schon von dem hundert Jahre zurückliegenden Krankheitsausbruch im British Museum erfahren. Einerseits konnte er es kaum erwarten, sich den anderen anzuschließen, andererseits hatte ihn die Erfahrung Skepsis gelehrt. Kat vertraute der Frau zwar, doch für Gray war sie eine Fremde. Als sie den Wagen erreicht hatten, forderte er eine Klarstellung ein. Er legte die Hand auf die Tür und verwehrte ihr den Einstieg.

»Weshalb ist der geschichtliche Hintergrund so wichtig?«

Ileara reagierte ungeduldig, so als müsste er die Antwort eigentlich kennen. »Ich weiß nicht, ob Sie schon davon wissen. Ich habe erst vor ein paar Stunden davon erfahren. Aus Kairo und den umliegenden ägyptischen Städten werden zahlreiche neue Erkrankungen gemeldet. Hier in London versuchen wir, eine ähnliche Entwicklung zu verhindern, doch es könnte bereits zu spät sein. Inzwischen gibt es auch Meldungen von einzelnen Neuerkrankungen von Personen, die über Heathrow oder den Kairoer Flughafen geflogen sind. Sie haben hohes Fieber und leiden unter verstörenden Halluzinationen.«

»Halluzinationen?«, warf Monk ein.

Ileara nickte. »Das ist ein neues klinisches Symptom, das bei Patienten auftritt, die dem Tode nahe sind. Wir glauben, es handelt sich um Auswirkungen einer fortschreitenden Meningitis.«

Monk trat einen Schritt näher. Mit seinem medizinischen Hintergrund gab er sich mit dieser Auskunft nicht zufrieden.

Gray schaltete sich ein. »Das ist alles gut und schön, aber noch einmal: Welche Bedeutung hat der Ausbruch im neunzehnten Jahrhundert für die aktuellen Ereignisse?«

Ileara zählte die Punkte an den Fingern ab. »Es gibt Erkrankungen in Berlin, Dubai, Krakow. Sogar drei Fälle in New York und einen in Washington, D.C.«

Gray wechselte einen besorgten Blick mit Monk.

»Am schlimmsten aber ist die Lage nach wie vor in Kairo, wo sich allmählich Panik ausbreitet, was die Maßnahmen zur Eindämmung der Seuche zusätzlich erschwert.« Sie zog Grays Hand von der Fahrzeugtür weg und sah ihm ins Gesicht. »Weshalb ich mich für den früheren Ausbruch interessiere? Weil meine Kollegen aus dem neunzehnten Jahrhundert die Ausbreitung der Seuche irgendwie verhindert haben. Wenn es in Professor McCabes Aufzeichnungen einen Hinweis darauf gibt, *wie* sie das angestellt haben, müssen wir das herausfinden, bevor die Situation sich weiter verschlechtert.«

»Sie hat recht«, sagte Monk.

Gray blieb stur. »Aber wieso Sie?«, fragte er. »Weshalb kümmern Sie sich persönlich darum?«

Ileara sackte ein wenig zusammen, dann deutete sie zu der Rauchsäule am Himmel. »Weil die Angestellten des Medizinischen Forschungsrats, die die Analyse des pathogenen Stoffs überwachen, schrecklich kurzsichtig sind. Sie setzen ihr ganzes Vertrauen in die moderne Wissenschaft, in die Elektronenmikroskopie, die DNA-Analyse und die Genkartierung. In die Arbeit der Wissenschaftler, die vor hundert Jahren tätig waren, haben sie kein Vertrauen, und das ist Unfug.«

Monk nickte. »Ich kenne auch solche Leute. Und nicht nur auf wissenschaftlichem Gebiet. Das alte Sprichwort – *diejenigen, die sich nicht der Vergangenheit erinnern, sind verurteilt, sie erneut zu durchleben* – trifft zu häufig auf taube Ohren.«

»Genau. Das ist einer der Gründe, weshalb ich mich dem Identifizierungs- und Beratungsdienst angeschlossen haben«, erklärte Ileara.

»Der was macht?«, fragte Gray.

»Diese Einheit ist dem Museum für Naturgeschichte angeschlossen. Wir untersuchen unerklärte Phänomene, bestimmte Rätsel, die sich einer wissenschaftlichen Erklärung entziehen. Wir durchforsten alte Dokumente und Akten und wenden auf die rätselhaften Fälle moderne Untersuchungsmethoden an.«

Monk hob eine Augenbraue an. »Lassen Sie mich raten. Einer Ihrer Mitarbeiter heißt Mulder oder Scully.«

Ileara lächelte und öffnete die Fahrertür. »Vertrauen Sie mir. Die Wahrheit liegt irgendwo dort draußen – man muss bloß genau hinschauen.«

Gray rollte mit den Augen, als sie sich hinter das Steuer setzte.

Monk grinste. »Kein Wunder, dass Kat sie mag.«

Gray sah ihn an. »Wieso?«

»Sie ist genauso durchgeknallt wie wir alle.«

8:39

Derek rieb sich mit einer Hand die Augen und versteckte hinter der anderen ein Gähnen. Auf dem Tisch der Kochnische waren all die Bücher, Zeitschriften und Dokumente ausgebreitet, die er vor der Flucht aus McCabes Cottage in seine Ledertasche hatte stopfen können.

Irgendetwas Wichtiges muss darin zu finden sein.

Das war das Mantra, das ihn die Nacht über wach gehalten hatte, obwohl er aus verschiedenen Gründen keinen Schlaf gefunden hätte. Nach der Flucht aus Ashwell war er vollkommen überdreht in London eingetroffen. Seine Nerven hatten vom Adrenalin geflattert. Seine notdürftig gerichtete Nase hatte gepocht und geschmerzt, die Schmerztabletten, die er schluckte, hatten nicht gewirkt.

Er blickte zur Seite. Jane hatte es irgendwie geschafft, auf dem Hotelsofa einzuschlafen. Seichan schlummerte in einem Sessel, das Kinn auf die Brust gestützt, eine Pistole auf dem Schoß. Beim ersten Anzeichen von Gefahr würde sie vermutlich im Handumdrehen auf den Beinen sein. Das letzte Mitglied ihrer Gruppe, der Hüne namens Kowalski, hielt am Fenster Wache. Nachdem sie mitten in der Nacht mit dem Zug eingetroffen waren, hatten sie unter falschen Namen im Hotel eingecheckt, doch sie wollten keinerlei Risiko eingehen.

Derek setzte die Recherche fort. Vor ihm lag die ledergebundene Sammlung von Livingstones Korrespondenz. Er sah auf eine der Seiten nieder, die Professor McCabe gekennzeichnet hatte. Der markierte Brief war an Stanley adressiert und enthielt eine weitläufige Beschreibung der Flora und Fauna in den Sümpfen im Umkreis des Bangweulu-Sees, wo Livingstone nach der Quelle des Nils gesucht hatte. Außerdem war die naturalistische Zeichnung einer Raupe und eines Schmetterlings beigefügt.

Danaus chrysippus

Derek war zwar kein Entomologe, kannte aber den Namen dieses speziellen Insekts: *Danaus chrysippus*. Es handelte sich um den Kleinen Monarch, auch Gewöhnlicher Tiger genannt, beheimatet im Nilbecken. Dank seiner archäologischen Kenntnisse wusste er, dass diese relativ große Schmetterlingsart als eine der ersten künstlerisch dargestellt worden war. Unter anderem war sie auf einem dreitausendfünfhundert Jahre alten ägyptischen Fresko in Luxor zu finden.

Derek rieb sich die müden Augen.

Er blätterte noch einmal durch das Buch, um herauszufinden, weshalb Professor McCabe sich für diese Sammlung alter Briefe interessiert hatte. Schließlich landete er erneut beim ersten Bild, das er Jane gezeigt hatte, der Darstellung eines ägyptischen Skarabäus.

Er versuchte, sich zu konzentrieren, doch vor Erschöpfung verschwammen ihm die Buchstaben vor Augen.

Er seufzte schwer, im Begriff aufzugeben.

Das hat doch alles keinen Sinn …

Dann sah er es. Was bislang seiner Aufmerksamkeit entgangen war, offenbarte sich gerade wegen seiner Müdigkeit. Bestürzt schob er den laut quietschenden Stuhl zurück.

Damit weckte er die auf dem Sofa schlafende Jane. Sie hob den Kopf von der Armbeuge. »Was ist los?«

Derek war noch nicht so weit, es ihr zu sagen.

Erst wenn ich mir sicher bin.

Er zog das iPad zu sich heran, fotografierte die Seite

und führte über das WLAN des Hotels eine Google-Suche durch.

Hoffentlich liege ich richtig.

Jane ahnte offenbar, dass er auf etwas gestoßen war. »Derek, was machst du da?«

»Ich glaube …« Er schaute sie an. »Ich glaube, ich weiß, wo dein Vater sich aufgehalten hat.«

Hinter ihm meldete Kowalski sich mit rauer Stimme zu Wort. »Wir bekommen Gesellschaft«, sagte er und wandte sich vom Fenster ab. »Zeit zu verschwinden.«

8:51

Mit klopfendem Herzen schnellte Seichan hoch. Sie ärgerte sich darüber, dass sie so nachlässig gewesen war. Sie überlegte, wie die Verfolger ihnen auf die Spur gekommen sein mochten, doch ihr fiel keine plausible Erklärung ein. Sie vergegenwärtigte sich die Angreiferin, die sie am Vorabend gesehen hatte, das blasse Gesicht, das der vom See in Ashwell reflektierte Mondschein beleuchtet hatte. Sie hätte diese Gegnerin nicht unterschätzen dürfen.

Kowalski sah stirnrunzelnd auf die SIG Sauer in seiner Hand. »Immer mit der Ruhe. Das sind bloß Gray und Monk.« Er blickte sich zum Fenster um. »Sie haben jemanden mitgebracht.«

Seichan behielt die Waffe in der Hand und überlegte, ob sie den Mann erschießen sollte, weil er sie grundlos in Panik versetzt hatte. Als sie die besorgten Blicke der anderen bemerkte, schob sie die Pistole ins Holster.

»Keine Gefahr«, sagte sie. »Das sind die Kollegen, die ich erwähnt habe.«

Derek leckte sich die Lippen und nickte. Jane war näher an Kowalski herangerückt und suchte hinter ihm Deckung.

Seichan deutete zum Tisch. »Packen Sie Ihre Sachen. Kowalski hat recht. Wir sollten uns zum Aufbruch bereitmachen.«

Derek rührte sich nicht vom Fleck. »Aber ich denke …«

»Denken Sie im Gehen«, entgegnete sie. »Je länger wir uns an einem Ort aufhalten, desto größer die Wahrscheinlichkeit, dass wir aufgespürt werden.«

Der Plan sah vor, Derek und Jane zu einem Safehouse an der Küste zu bringen, das Direktor Crowe organisiert hatte. Bislang lief alles gut, was Seichans Herzklopfen nur verstärkte. Erneut trat ihr das tätowierte Gesicht der Angreiferin vor Augen. Sie war froh, dass Gray jetzt da war. Sie wollte mit ihm reden, die Dinge wieder in die richtige Perspektive rücken.

Es kann doch nicht sein …

Seit sie wie erstarrt am Ufer des dunklen Sees gestanden hatte, verspürte sie eine starke Beklemmung. Schon zahllose Male hatte sie die Szene Revue passieren lassen. In jenem Moment hatte sie die Verfolgung instinktiv fortsetzen wollen, war sich aber bewusst gewesen, dass sie zu exponiert war und sich selbst grundlos in Gefahr begeben hätte. Trotzdem hatte sie es erwogen – bis die Kirchenglocken geläutet und sie an ihre Pflicht erinnert hatten. Sie war keine Auftragsmörderin der Gilde mehr. Sie hatte jetzt andere Verantwortlichkeiten. Ihre Aufgabe war es, Leben zu schützen. Tief in ihrem Innern aber hatte sie die Jagd ungeachtet der Gefahr für ihr eigenes Leben fortsetzen wollen.

Sie musterte Derek und Jane. Sie meinte, deren Angst

riechen zu können, als sie eilig das Recherchematerial vom Tisch aufsammelten. Sie verspürte Verachtung. Das war ein Reflex, so wie eine Abtastnadel sich immer tiefer in eine abgenutzte Schallplattenrille gräbt. Die Reaktion steigerte ihren Zorn auf sich selbst und die anderen.

Sie wandte sich ab.

Was mache ich hier?

An der Tür wurde geklopft. Kowalski stand bereits wartend davor. Er zog die Tür auf, und die Neuankömmlinge traten ins Zimmer.

Seichan lenkte Grays Aufmerksamkeit sofort auf sich. Er lächelte sie an, was den in ihrem Inneren tobenden Sturm ein wenig besänftigte. Gray schaute sich rasch um, nahm alles in sich auf. Monk und eine hochgewachsene Farbige folgten ihm. Beide waren in eine Unterhaltung vertieft und steckten die Köpfe zusammen.

Seichan trat mit Gray ein Stück beiseite, denn sie wollte ihm ihre Beobachtungen mitteilen, bevor sie zum Safehouse fuhren.

Monk unterbrach ihre Unterhaltung mit scharfer Stimme. Er blickte die Unbekannte an seiner Seite an. »Und Sie glauben, das hat Professor McCabe umgebracht?«

»Entweder das«, antwortete die Frau, »oder der Prozess, der zur Mumifizierung geführt hat. Sein Leichnam ist verbrannt, bevor wir die Untersuchungen abschließen konnten.«

Jane schob sich an Derek vorbei, ganz blass im Gesicht. »Wovon sprechen Sie?«

Jetzt erst wurde Monk klar, dass er Zuhörer hatte. Er geriet ins Stammeln, offenbar bedauerte er, so unsensibel über den Tod des Vaters der jungen Frau gesprochen zu haben. »Es … es tut mir leid, Ms. McCabe.«

Gray schaltete sich ein. »Jemand hat das Quarantänelabor gesprengt, in dem der Leichnam Ihres Vaters untergebracht war.«

Jane wich zurück, doch Derek legte ihr den Arm um die Schultern und stützte sie. »Aber warum?«, fragte sie.

»Vermutlich aus demselben Grund, aus dem Ihr Familiencottage zerstört wurde«, antwortete Derek. »Jemand versucht, alle Hinweise zu beseitigen.«

Gray nickte und setzte zu einer weiteren Erklärung an, doch Jane fiel ihm ins Wort, den Blick auf Monk und die Unbekannte gerichtet.

»Sie haben gesagt, Sie hätten eine Vermutung, was meinen Vater umgebracht hat.«

Monk wechselte einen Blick mit der hochgewachsenen Frau, dann zeigte er auf Jane. »Sie hat ein Recht, es zu erfahren.«

»Dann sollte ich es ihr am besten zeigen.« Die Frau nahm die Umhängetasche von der Schulter, trat an den Tisch und packte einen Laptop aus. »Allerdings sollten Sie bedenken, dass die Ergebnisse noch vorläufig sind.«

Während die anderen sich um den Tisch versammelten, nahm Seichan Gray beiseite. »Ich muss dir etwas von gestern Abend berichten, was ich Direktor Crowe verschwiegen habe.«

Auf seiner Stirn bildete sich eine Falte. »Was gibt's?«

Es fiel ihr schwer, ihm in die Augen zu sehen, zum einen, weil sie sich unsicher war, was er von ihrer Verschwiegenheit halten würde, zum anderen, weil sie fürchtete, er könnte ihr Verlangen bemerken. Sie dachte an die Frau, die leichtfüßig über den See geflüchtet war, innegehalten und sich umgeblickt hatte, als wollte sie Seichan auffordern, ihr zu folgen. In diesem flüchtigen Blick hatte keine Furcht gelegen, auch kein Zorn. Stattdessen hatten Freiheit und wilde Unbekümmertheit darin geleuchtet, die etwas in Seichan angesprochen hatten, was sie so angestrengt zu unterdrücken suchte.

Sie erinnerte sich nur allzu gut daran, wie es sich angefühlt hatte, so zu sein wie diese Frau, niemandem verantwortlich außer sich selbst.

»Was ist los?«, fragte Gray.

Seichan hielt das Gesicht abgewandt und sträubte sich, als er ihr mit den Fingerknöcheln über die Wange strich. Sie hatten sich über einen Monat lang nicht gesehen, und sie vermisste seine Berührung, seinen Geruch, seinen Atem an ihrem Hals. Sie wusste, dass er sie liebte, und seine Liebe war der Anker gewesen, der ihr in den vergangenen Jahren Halt gegeben hatte. Aber war das Gray gegenüber fair? Um eine Antwort darauf zu finden und sich eine Atempause zu verschaffen, hatte sie den Auftrag in Marrakesch angenommen.

Jetzt hatte sie etwas anderes gefunden, weil sie an ihre Vergangenheit erinnert worden war.

»Die Frau, die gestern Abend entkommen ist«, sagte sie. »Die mit den Tätowierungen.«

»Was ist mit ihr?«

»Ich habe sie wiedererkannt.« Seichan blickte Gray offen an. »Oder vielleicht sollte ich besser sagen, ich kenne sie von früher. Ich habe von ihr *gehört*.«

»Wovon redest du?«

Sie hielt seinem Blick stand. »Sie ist eine Auftragskillerin der Gilde.«

7

31. Mai, 9:14 BST
London, England

Das kann nicht sein …

Gray kämpfte gegen den Schock an, den Seichans Enthüllung bei ihm ausgelöst hatte. Er hätte ihre Beobachtung gern als Einbildung abgetan, doch in ihrem Blick lag unerschütterliche Gewissheit.

»Aber das ergibt keinen Sinn«, sagte er. »Wir haben die Gilde vernichtet.«

Seichan wandte sich zum Fenster um, ihr Tonfall klang auf einmal verbittert. *»Ich* bin noch immer da. Ich war auch Teil dieser Mörderbande.«

Gray legte ihr eine Hand auf die Schulter. »Das ist Vergangenheit.«

»Manchmal kann man der Vergangenheit nicht entkommen.« Sie drehte sich um und schmiegte sich an ihn, am ganzen Leib zitternd. »Wir haben der Schlange den Kopf abgeschlagen, aber vielleicht ist er ja irgendwo nachgewachsen.«

»Wir waren sehr gründlich.«

»Dann ist vielleicht etwas *Neues* nachgewachsen und

hat das Machtvakuum ausgefüllt.« Sie sah zu ihm auf, doch ihre Miene wirkte verschlossen, als ob sie etwas vor ihm verbarg. »Jedenfalls hat die Gilde andere wie mich beschäftigt, verrohte Menschen, die alles für sie getan haben und nach ihrer Zerschlagung vermutlich irgendwo untergetaucht sind.«

»Möglicherwiese haben sie neue Auftraggeber gefunden«, stimmte Gray ihr zu.

»So wie ich.« Sie löste sich von ihm.

»Seichan …«

»Wenn man erst mal im Schatten lebt, kommt man nicht mehr heraus. Jedenfalls nicht vollständig.« Sie fixierte ihn. »Du weißt genau, dass ich auf mehreren Terrorlisten stehe. Sogar der Mossad hat Anweisung, mich ohne Vorwarnung zu erschießen.«

»Aber Sigma wird dich schützen. Das weißt du.«

Sie schnaubte. »Solange ich nützlich bin.«

»Das stimmt nicht.«

Sie sah ihm unverwandt in die Augen. »Glaubst du das wirklich?«

Gray überlegte. Er kannte den inneren Kreis von Sigma, dem auch der Direktor angehörte, der sie niemals im Stich lassen würde, doch er konnte nicht abstreiten, dass man ihre Vergangenheit vor allen anderen geheim gehalten hatte, darunter auch vor der DARPA, welche die Aufsicht über Sigma innehatte. Was würde passieren, wenn Seichans Hintergrund bekannt wurde?

Ehe er etwas erwidern konnte, richtete Dr. Kano sich am Laptop auf. »Das ist es, womit wir es zu tun haben«, sagte Ileara. »Und weshalb es so wichtig ist, dass wir es aufhalten.«

Gray berührte Seichan am Ellbogen und signalisierte

ihr damit, dass sie die Unterhaltung später fortsetzen würden. Sie war noch immer angespannt, ging mit ihm aber zum Tisch hinüber.

»Was sehen wir da?«, fragte Derek, beugte sich über die Stuhllehne vor und betrachtete das Bild auf dem Display.

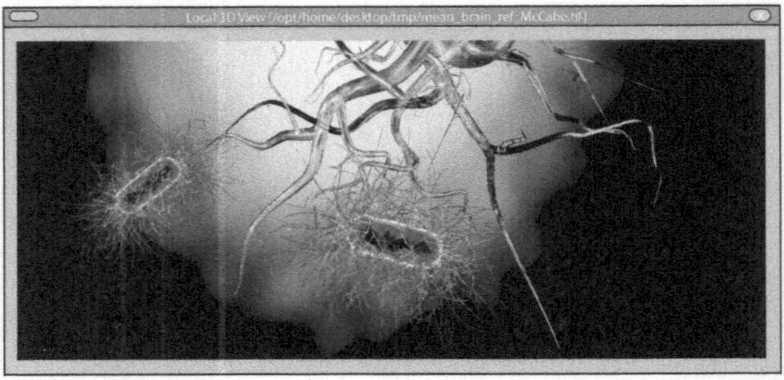

»Das ist eine dreidimensionale volumetrische Darstellung des elektronenmikroskopischen Bilds einer Nervenzelle«, erklärte Ileara. »Die fluoreszierenden Wurzeln sind die Enden eines Neurons aus Professor McCabes Gehirn. Die benachbarten Stäbchen, bedeckt mit haarförmigen Auswüchsen, sind das bislang nicht klassifizierte Pathogen, das im gesamten Hirngewebe des Verstorbenen gefunden wurde.«

»Dann handelt es sich beim Erreger also nicht um ein Virus«, sagte Monk erstaunt. »Sondern um ein Bakterium.«

Ileara schüttelte den Kopf. »Ich fürchte, Sie irren sich gleich zweifach.«

Monk runzelte die Stirn. »Wie das?«

»Diese einzellige Mikrobe ist kein Bakterium. Sie hat keinen Zellkern und keine Organellen. Sie unterscheidet sich auch biochemisch von gewöhnlichen Bakterien, sogar von den meisten anderen Lebensformen.«

»Was ist das?«, fragte Jane, der die Diskussion über die Erkrankung ihres Vaters sichtlich zusetzte.

»Das ist ein nicht klassifizierter Vertreter der Domäne der Archaeen.«

»Ah …« Monk nickte. Den verwirrten Blicken der anderen nach zu schließen, war er der Einzige, der damit etwas anfangen konnte.

Ileara erläuterte, was sie meinte. »Das Leben ist in drei Hauptäste oder Domänen unterteilt. Da sind zum einen die Bakterien, die wir alle kennen. Dann sind da die Eukaryoten, zu denen fast alle Lebensformen gehören: Algen, Pilze, Pflanzen und auch wir. Erst im Jahr 1977 wurden die Archaeen entdeckt, die demselben Urschleim entstammen wie alles Leben, aber einen völlig anderen Evolutionspfad eingeschlagen haben. Sie sind die ältesten Lebensformen und weisen ziemlich seltsame Merkmale auf.«

»Inwiefern?«, fragte Gray.

»Sie reproduzieren sich asexuell durch binäre Spaltung, bauen aber andere Lebensformen in ihre Biochemie und ihr Erbgut ein, darunter auch Viren. Manche Evolutionsbiologen glauben, die Evolution dieser beiden Lebensformen wäre parallel verlaufen und sie hätten im Lauf der vergangenen zwei Milliarden Jahre eine wechselseitige Abhängigkeit entwickelt. Die Spezies auf dem Display ist vollgestopft mit viralen Partikeln. Die meisten davon haben wir noch nicht identifiziert.«

Gray stellte sich die behaarte Zelle vor, in der es von Viren wimmelte.

Womit zum Teufel haben wir es hier zu tun?

Ileara fuhr fort. »Aufgrund ihres speziellen Erbguts

können die Archaeen selbst in den extremsten Umgebungen überleben. Wie zum Beispiel in heißen Geysiren. Oder im Dauerfrost der Tundra. Sie gedeihen auch in saurer oder alkalischer Umgebung.«

Gray spürte, dass die Frau auf irgendetwas hinauswollte, und deutete aufs Display. »Was ist mit dieser Spezies?«

Sie stemmte die Fäuste in die Hüfte und schaute finster auf den Laptop, als fixiere sie einen zähen Gegner. »Um zu überleben, bedienen die Archaeen sich verschiedener Energiequellen, darunter Zucker, Ammoniak, Metallionen, sogar Schwefelwasserstoffe. Einige binden Kohlenstoff, andere nutzen die Sonnenenergie.«

»Wie die Pflanzen?«, fragte Derek. »Mittels Fotosynthese?«

»Das nicht. Sie haben einen anderen, einzigartigen chemischen Weg eingeschlagen. Aber wie ich schon sagte, sie sind erfinderisch. Wie auch dieser verdammte Bursche.«

»Wovon ernährt er sich?«, fragte Gray.

Sie musterte die Anwesenden. »Ist jemand von Ihnen mit *Geobacter* oder *Shewanella* vertraut?«

Monk riss die Augen auf, den anderen einen Schritt voraus. »Wollen Sie damit sagen …?«

»Ja.«

Kowalski, der immer noch am Fenster Wache stand, meldete sich zu Wort. »Spucken Sie's schon aus.«

Gray hatte Verständnis für seine Ungeduld und blickte Monk erwartungsvoll an.

»Die Bakterien, die sie erwähnt hat, ernähren sich beide von Elektrizität«, sagte Monk.

Ileara nickte. »Und nicht nur diese beiden. Es wurden noch *zehn* weitere solche Bakterienarten gefunden, alle unterschiedlich, und vermutlich gibt es noch viele, die bislang noch nicht entdeckt wurden. Das hier ist jedoch die erste Archaeen-Spezies, die dazu in der Lage ist.«

Seichan zog die Stirn kraus. »Wollen Sie damit sagen, dass diese Dinger tatsächlich von Elektrizität leben?«

»Das unterscheidet sich gar nicht so sehr von der Funktionsweise unserer Zellen«, erklärte Monk. »Wir ziehen Elektronen von Kohlenhydraten ab und speichern sie als ATP, womit wir unsere Lebensfunktionen unterhalten. Die elektrischen Bakterien verzichten auf den Mittler und beziehen die Elektronen direkt aus der Umgebung.«

»Aber woher?«, fragte Derek.

Ileara zuckte mit den Achseln. »Von der Oberfläche von Mineralien, von elektrochemischen Spannungen am Meeresgrund. Wissenschaftler finden immer wieder neue Spezies, indem sie einfach Elektroden in den Schlamm stecken und abwarten, was alles auftaucht.«

Gray schaute aufs Display. »Und diese Spezies verhält sich ähnlich?«

»Ich muss zugeben, ich weiß nicht, wie sie Elektronen erntet«, sagte Ileara. »Aber wenn wir wüssten, woher sie stammt, könnte ich diese Frage vielleicht beantworten.«

Gray bemerkte, dass Jane und Derek einen Blick wechselten.

Nanu?

»Aber eines weiß ich«, lenkte Ileara seine Aufmerksamkeit wieder auf sich. »Dieses Ding hat Professor McCabes Gehirn nicht zufällig ausgewählt. Ich glaube, wenn die Mikrobe erst einmal jemanden infiziert und in den Blutkreislauf gelangt ist, sucht sie sich den Teil unseres Körpers aus, wo es reichlich Energie gibt.«

Gray dachte an die Neuronen mit ihren Energiekaskaden.

Ileara fuhr fort. »Die haarähnlichen Auswüchse haften

an Nervenzellen und verhalten sich wie Energievampire. Der Körper reagiert darauf wie auf alle Eindringlinge mit einer Entzündung.«

»Was eine Hirnhautentzündung auslöst«, sagte Monk. »Und auch Halluzinationen.«

Ileara nickte grimmig. »Aber statt mit bakterieller Meningitis – die an sich schon schwer zu behandeln ist –, haben wir es hier mit einer archaeellen Hirnhautentzündung zu tun. Diese Krankheit haben wir noch nie beobachtet. Und das ist vielleicht noch nicht einmal das Schlimmste.«

»Worauf wollen Sie hinaus?«, fragte Gray.

»Wenn diese Mikrobe irgendwo siedelt, vermehrt sie sich schnell. Das ist wohl der Grund dafür, dass die Symptome sich so rasch verschlimmern. Bei jeder Teilung geben die Zellen die Viren frei, die sie in ihrem Innern gespeichert haben – einen Haufen unterschiedlicher Spezies. Die Folgen können wir noch nicht einmal abschätzen.«

»Wenn wir also ein Heilmittel finden wollen«, sagte Monk, »müssen wir an verschiedenen Fronten kämpfen. Wir benötigen nicht nur ein Antibiotikum, das diesen üblen Burschen abtötet, sondern auch ein ganzes Arsenal antiviraler Medikamente.«

»Genau. Im Moment haben wir noch nicht einmal die Sterblichkeitsrate bestimmt und wissen nicht, wie die Krankheit sich ausbreitet, wenngleich wir glauben, dass dies durch die Luft geschieht. Die Modellrechnungen deuten darauf hin, dass vermutlich auch nichtmenschliche Spezies infiziert werden.«

»Das klingt logisch«, sagte Monk. »Jedes Nervensystem könnte in Gefahr sein, befallen zu werden. Hunde, Katzen, Mäuse. Womöglich sogar Insekten. Das sieht übel aus und geht verdammt schnell.«

»Aber wie schlimm wird es werden?«, fragte Gray.

Ileara versuchte sich an einer Antwort. »Die CDC hat einen Seuchenindex entwickelt und das Bedrohungspotenzial in fünf Kategorien eingeteilt.«

»Genau wie bei den Wirbelstürmen.«

»Richtig. In diesem Fall haben wir es vermutlich mit einem Supersturm der Kategorie fünf zu tun.« Sie wandte sich an Jane. »Deshalb ist es von entscheidender Bedeutung herauszufinden, was Ihr Vater über den letzten Krankheitsausbruch in Erfahrung gebracht hat – damals, als Dr. Livingstones Artefakt im British Museum geöffnet wurde.«

Jane forderte Derek stumm zum Reden auf.

Gray hatte es bemerkt. »Sie wissen irgendetwas.«

»Nichts, was das potenzielle Heilmittel betrifft«, antwortete Derek zögerlich. »Aber ich glaube, ich weiß, wo Professor McCabe sich nach seinem Verschwinden aufgehalten haben könnte.«

Gray vermochte seine Überraschung nicht zu verbergen. »Was? Woher?«

Derek wandte sich den auf dem Tisch verteilten Dokumenten zu. »Ich zeige es Ihnen.«

9:55

Ich hoffe, ich liege richtig… um Janes willen.

Als Derek das Buch zu sich heranzog, das Professor McCabe aus der Bibliothek von Glasgow entwendet hatte, schaute Jane ihm hoffnungsvoll zu. Er wusste, dass sie in Gedanken bei ihrem Bruder Rory war. Derek hatte keine Ahnung, ob die Theorien, die er gerade eben mit ihr besprochen hatte, belastbar waren oder nur zu weiteren Enttäuschungen führen würden. Doch wenn Dr. Kano mit ihren Aussagen zum Krankheitserreger richtig lag, durfte er nicht länger schweigen.

Er legte die Hand auf das Buch. »Sie sollten sich klarmachen, dass Professor McCabe entschlossen war, alle Dokumente aufzuspüren, die geeignet waren, die Geschichte vom Auszug aus Ägypten zu belegen. Dabei ist er vermutlich auch auf Livingstones Bericht über das Artefakt gestoßen, das ein Eingeborener dem Forscher geschenkt hatte.«

Derek schlug in McCabes Journal die Seite mit der Abbildung des *aryballos* auf, des Ölgefäßes mit dem Löwenkopf an der einen und dem Profil einer Frau an der anderen Seite. Er zeigte ihnen den ägyptischen Namen des Nils, der in Hieroglyphen dargestellt war.

Ileara beugte sich vor. »Dann wurde dieses Artefakt also geöffnet, was zum Tod der Museumsangestellten geführt hat, die dabei anwesend waren?«

»Das ist richtig«, sagte Derek. »Jedenfalls wurde es so dargestellt. Man sollte bedenken, dass dieser Bericht davon ausgeht, dass der Inhalt des *aryballos* dem Nil entnommen wurde, als der sich in Blut verwandelt hat.«

»Ob das stimmt, sei mal dahingestellt, aber ich kann mir gut vorstellen, dass diese Geschichte das Interesse meines Vaters geweckt hat«, setzte Jane hinzu.

»Und sie hat zu einem Briefwechsel mit Livingstone und seinem Retter Henry Morton Stanley geführt.« Derek schlug die Korrespondenz der beiden Männer auf. »Professor McCabe war speziell an einer Handvoll dieser Briefe interessiert, die Livingstone mit Zeichnungen versehen hatte.«

Er blätterte zur Abbildung des Skarabäus vor. »Zunächst dachte ich, er habe diesen Brief gekennzeichnet, weil er eine Verbindung zum alten Ägypten herstellt. Dann aber fiel mir etwas an der Zeichnung auf, deshalb habe ich sie fotografiert, damit ich sie bearbeiten konnte.«

Er packte sein iPad aus und öffnete das Foto der alten Zeichnung. »Ich hatte gerade damit angefangen, als Sie eingetroffen sind.«

Alle versammelten sich hinter ihm. Mit einem Stift drehte er den Käfer, bis die beiden Flügel übereinander angeordnet waren.

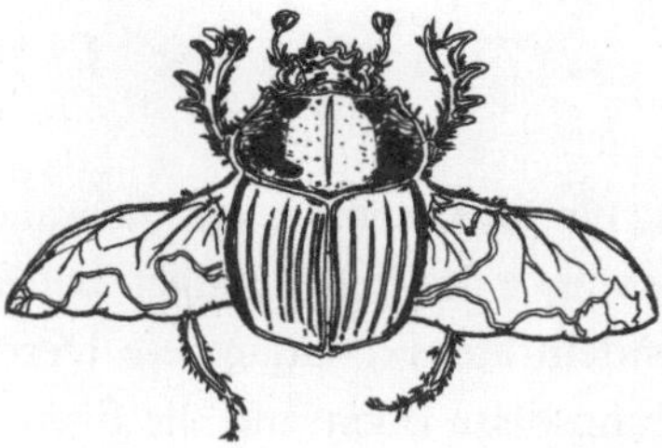

»Was ist damit?«, fragte Monk und rieb sich die Nase.

»Ich bin zwar kein Experte für die Morphologie der Insekten, aber die Äderung der Flügel kam mir auf einmal falsch vor. Jetzt schauen Sie mal zu.«

Derek löschte den Großteil der Flügel, bis nur noch die seltsame Äderung übrig war.

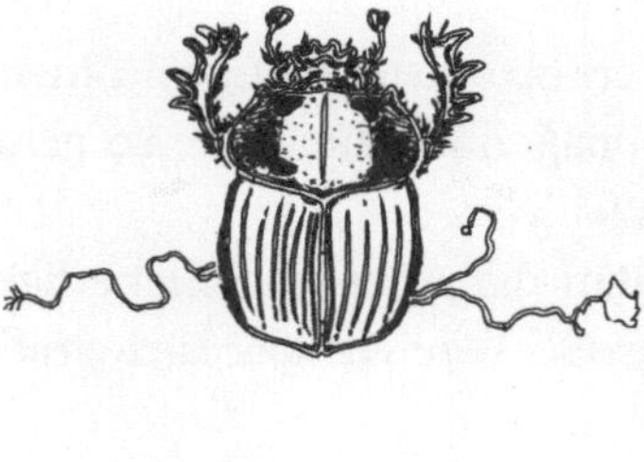

Gray richtete sich auf. »Mein Gott…«

Derek blickte den Amerikaner an, erstaunt darüber, dass der bereits vorwegnahm, was er ihm hatte zeigen wollen.

Jane ermunterte Derek weiterzureden. Der Stolz, der in ihrer Stimme mitschwang, entfachte in ihm ein Feuer. »Red weiter«, sagte sie. »Zeig ihnen alles.«

Er löschte den Rest des Skarabäus, dann fügte er die beiden Hälften der Äderung zusammen.

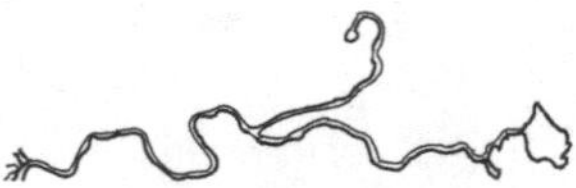

»Das könnte ein Fluss sein«, sagte Ileara, die die Abbildung mit zusammengekniffenen Augen betrachtete.

»Nicht irgendein Fluss«, entgegnete Derek. »Beachten Sie das Mündungsdelta oben und die Seen – einer klein, der andere groß – am Ende der beiden Zuflüsse.«

»Das ist eine Darstellung des Nils«, sagte Gray und blickte Derek anerkennend an.

Zum Beleg rief Derek eine Satellitenkarte der Region auf, in der der Verlauf des Flusses hervorgehoben war. Er ordnete beide Darstellungen nebeneinander an.

»Wie Sie sehen, ist die Übereinstimmung nahezu perfekt«, sagte er.

Gray aber erhob einen triftigen Einwand: »Konnte Livingstone damals überhaupt eine so genaue Karte des Nils anfertigen?«

Jane übernahm die Antwort. »Sicherlich. Livingstone hatte bereits große Teile Afrikas kartografiert, unter an-

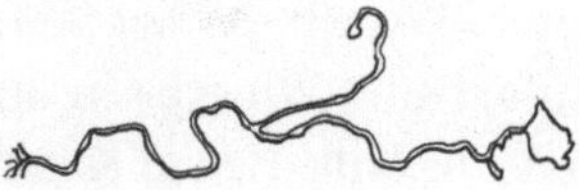

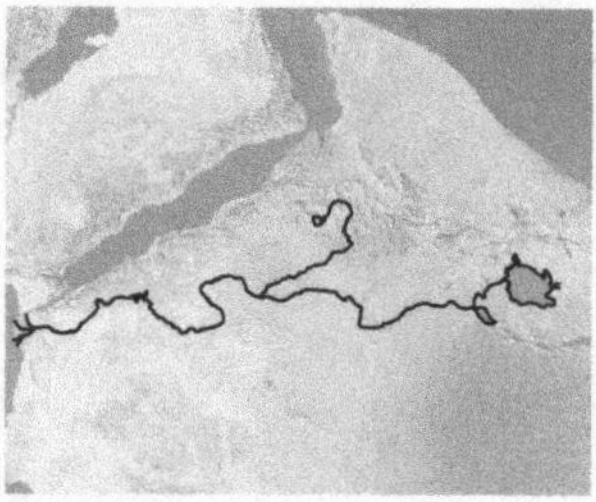

derem auch den Sambesi. Für diese Leistung hat er von der Royal Geographical Society sogar eine Goldmedaille bekommen.«

»Dann wäre es also möglich«, sagte Derek. »Ein großer Teil des Verlaufs des Nils wurde in der Tat vor seinem Tod kartografiert.«

»Aber weshalb hätte er das verstecken sollen?«, fragte Monk. »Welchen Grund könnte er gehabt haben, den Fluss auf die Flügel eines Käfers zu zeichnen?«

Ileara ergriff das Wort. »Zu solchen Listen haben damals auch britische Spione Zuflucht genommen. Zum Beispiel Robert Baden-Powell. Er war Offizier beim militärischen Geheimdienst, gab sich als Entomologe aus und hat in Zeichnungen von Käfern, Blättern und anderen Naturobjekten Details von militärischen Anlagen und Armeen versteckt. Dies alles unmittelbar vor der Nase des Gegners.«

Gray runzelte die Stirn. »Weshalb kommt mir der Name bekannt vor?«

Ileara lächelte. »Vielleicht deshalb, weil er die Pfadfinderorganisation gegründet hat.«

Monk schnaubte. »Wo wir gerade von allzeit bereit reden.« Er zeigte aufs iPad. »Wir wissen noch immer nicht, weshalb Livingstone die Nilkarte auf Käferflügeln versteckt hat.«

Derek seufzte. »Ich glaube, er wollte seinem Freund Stanley heimlich etwas Wichtiges mitteilen und ihm zeigen, wo es zu finden war.«

»Aber wie?«, fragte Seichan.

Derek rief erneut die erste Abbildung des Skarabäus auf. »Beachten Sie, dass Livingstone den Flusslauf in zwei Hälften geteilt und den Körper des Käfers dazwischen platziert hat. Der Käfer wäre für Stanley höchst bedeutsam gewesen.«

»Weil es sich um einen ägyptischen Skarabäus handelt«, sagte Gray.

»Richtig. Beide Männer haben sich für das alte Ägypten interessiert. Ich glaube, Livingstone hat den Körper des Skarabäus wie ein großes X verwendet und damit die Stelle markiert, wo etwas Bedeutsames zu finden war, etwas, das mit den alten Ägyptern in Beziehung stand.«

»Wenn mein Vater zu demselben Schluss gelangt ist«, sagte Jane, »könnte er versucht gewesen sein, eine Forschungsexpedition dorthin zu unternehmen.«

Derek malte ein X auf die Zeichnung, an die Stelle, an der Livingstone den Fluss geteilt hatte. Sie lag nahe dem Ort, wo der Nil sich in seine beiden Zuflüsse aufspaltet: den Blauen und den Weißen Nil.

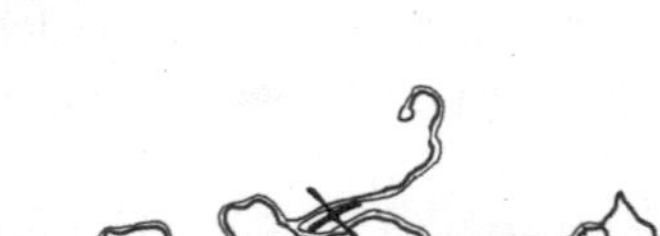

Derek deutete auf das X. »Der Ort ist nicht weit von dem im Sudan im Bau befindlichen Staudamm entfernt. Professor McCabe hat die Rettungsaktion am Staudamm anscheinend als Vorwand für den Besuch der Gegend benutzt.«

»Und seinem körperlichen Zustand nach zu schließen«, bemerkte Gray, »ist er wohl auch fündig geworden.«

Ileara sah auf das Journal des Professors und betrachtete die Zeichnung des doppelköpfigen *aryballos*. »Jedenfalls war er bei seiner Rückkehr mit dem gleichen Erreger infiziert, der in Livingstones Artefakt enthalten war.« Sie wandte sich um. »Wir wissen nicht, ob die anderen Mitglieder der Forschungsgruppe noch am Leben sind, aber wenn diese Hinweise uns zum Ursprung der Krankheit führen sollten, könnte dies zu neuen Erkenntnissen bezüglich dessen Eigenschaften führen… und möglicherweise auch zu einem Heilmittel.«

»Dann sehen wir dort nach«, sagte Gray entschlossen.

Alle bekundeten murmelnd ihr Einverständnis. Nur eine verweigerte sich.

»Das ist alles schön und gut«, sagte Seichan, »aber der Lösung einer speziellen Frage sind wir bislang noch keinen Schritt näher gekommen.«

Gray reagierte ernüchtert, als sie die Frage formulierte: »Was ist aus Safia al-Maaz geworden?«

Jane verschränkte besorgt die Arme. »Was können wir tun?«

»Im Moment gar nichts«, räumte Gray ein. »Die Untersuchung im Museum hat keine neuen Hinweise geliefert. Solange sich das nicht ändern, gehen wir dorthin, wo wir etwas ausrichten können.«

Derek blickte zum Fenster. Es widerstrebte ihm, Safia

im Stich zu lassen, doch Gray hatte recht. Resigniert nahm er zu einem Stoßgebet Zuflucht.

Bitte mach, dass alles gut geht.

8

31. Mai, 10:04 EDT
Arktischer Archipel

Safia legte die Hand aufs Fenster und spürte die Eiseskälte durch die Dreifachverglasung hindurch. Obwohl die Gitterstäbe fehlten, gab es keinen Zweifel daran, dass sie sich in einer Gefängniszelle befand. Jenseits des Fensters erstreckte sich eine Eislandschaft bis zum Horizont, der Himmel war verhangen. In der Nähe trat schroffer schwarzer Granit zutage, in der Ferne fiel die Felswand steil zu dem mit Eisschollen bedeckten Meer hin ab.

Wo bin ich?

Die Frage plagte sie, seit sie an Bord des Helikopters zu sich gekommen war. Sie war auf einer Trage festgeschnallt gewesen und hatte sich nur nebelhaft an die vorausgegangenen Ereignisse erinnern können, in flüchtigen Bildern, die von Bewusstlosigkeit abgelöst wurden. Jemand hatte sie in ihrem Büro im Museum überfallen, unter Drogen gesetzt und verschleppt. Man hatte sie entkleidet und in einen grauen Overall gesteckt. Sie schlang die Arme um die Brust, denn sie fühlte sich gedemütigt. Sie wandte sich zu dem Raum mit den kahlen Betonwänden um, der gerade genug Platz für ein Bett, eine Toilette und ein Waschbecken bot.

Gott sei Dank hatten die Entführer ihr die Armbanduhr gelassen, die ihr Mann ihr zum dritten Hochzeitstag geschenkt hatte. Sie hatte die rechte Hand darauf gelegt, hielt sich fest an diesem Gegenstand, der ein Teil ihrer selbst war. Dank der Uhr wusste sie, dass seit ihrer Entführung noch keine zwölf Stunden verstrichen waren.

In den vergangenen vier Stunden war sie allmählich wieder in den Vollbesitz ihrer Kräfte gelangt, doch ihr pochte immer noch der Schädel, und sie hatte einen staubtrockenen Mund. Da an der Decke eine Überwachungskamera montiert war, wussten die Beobachter wohl, dass sie aufgewacht war. Bislang aber hatte sich noch niemand blicken lassen; niemand hatte mit ihr gesprochen.

Was haben sie mit mir vor?

Die Zellentür war aus genietetem Stahl, unten befand sich ein schmaler Durchlass, durch den man ein Essenstablett schieben konnte – das aber war noch nicht passiert. Auf Augenhöhe gab es zudem eine kleine Klappe, die jedoch verschlossen war.

Sie wandte sich wieder dem teilweise vereisten Fenster zu. Der Ausblick nach draußen war der einzige Hinweis auf ihren Aufenthaltsort. Sie betrachtete die gefrorene Tundra und die Eisschollen im Meer.

Irgendwo in der Arktis, dachte sie.

Sie wusste nicht, in welcher Zeitzone sie sich befand, hatte in den vergangenen vier Stunden jedoch die Sonnenbahn verfolgt. Die Sonne hatte sich am Horizont kaum bewegt, als wäre sie dort fixiert, und das entsprach vermutlich auch der Wahrheit. Das bedeutete, dass sie sich nördlich des Polarkreises befand, im Land der Mitternachtssonne.

Sie fasste sich an den Hals und musterte das einzige andere Landschaftsmerkmal. Es sah aus wie ein stählerner Wald und nahm eine Fläche von mehreren hundert Morgen ein. Statt Bäumen ragten dort zehn Stockwerke hohe Antennen mit x-förmigen Verzweigungen am oberen Ende auf. Kabel schlängelten sich über den Granit und schlossen die Antennen zu einem großen Verbund zusammen.

Sie musterte die Anlage mit zusammengekniffenen Augen.

Welchem Zweck mochten die Antennen dienen?

In der Mitte der Anlage befand sich ein Krater von etwa vierhundert Metern Durchmesser. Die Grabung datierte offenbar aus der Zeit vor Errichtung der Anlage. Der altersgraue Rand ließ an einen Tagebau denken.

Safia wusste, dass es in der Arktis große Vorkommen von Öl, Erzen und Edelmetallen gab. Und da das Hinterland aufgrund der wärmeren Winter und des auftauenden Permafrosts immer zugänglicher wurde, hatten die Bergbauaktivitäten in der Region zugenommen. In der Arktis hatte ein regelrechter Goldrausch eingesetzt, der zu internationalen Spannungen führte.

Trotz der Hinweise auf Bergbauaktivitäten hatte sie den Eindruck, dass es hier um etwas anderes ging.

Aber um was? Und weshalb hat man mich hierherverschleppt?

Als hinter ihr ein leises Surren ertönte, wandte sie sich um.

Die Kamera richtete ihr Glasauge auf sie.

Sieht so aus, als würde ich bald Antworten bekommen.

10:22

»Es wird nicht leicht werden, sie zur Zusammenarbeit zu bewegen«, erklärte Simon Hartnell.

Er hatte die Hände auf dem Rücken verschränkt und betastete das Kammgarngewebe seines Armani-Anzugs. Diese Gewohnheit half ihm beim Nachdenken. In dieser Haltung hatte er schon über viele Sitzungen präsidiert. Jetzt aber betrachtete er die Videoaufnahmen auf dem Wandmonitor, registrierte die Sturheit in der Miene seiner Gefangenen und machte sich ein Bild von seiner Gegnerin.

Hinter ihm ergriff jemand mit russischem Akzent das Wort. »Vielleicht sollten wir das gleiche Druckmittel anwenden wie bei Professor McCabe.«

Simon wandte sich zum Chef der Sicherheitsabteilung um. Anton Mikhailov war gertenschlank und muskulös, was er durch eine eng anliegende schwarze Trainingshose und die ebenfalls schwarze Jacke betonte. Sein weißblondes Haar war kurz geschnitten und eingegelt, der Haaransatz bildete ein scharfes V. Nach monatelangem Aufenthalt in der Arktis war seine Haut blass, nahezu durchscheinend, doch auch die Äquatorsonne hätte an seinem hellen Teint wenig geändert. Anton war wie seine ältere Schwester Valya ein Albino. Allerdings straften sie beide die Annahme Lügen, Albinos müssten rote Augen haben; ihre Iris war nämlich strahlend blau.

Der einzige Makel in Antons Gesicht war eine schwarze Tätowierung auf der linken Gesichtshälfte. Sie stellte eine halbe Sonne dar, deren Strahlen von der Wange bis über das Auge reichten. Seine Schwester Valya trug die andere Hälfte auf der rechten Wange.

Simon hatte versucht, die Bedeutung der Symbole herauszufinden, hatte aber keine zufriedenstellende Antwort von ihnen bekommen, nur einen vagen Hinweis auf eine frühere Beschäftigung. Simon hatte die beiden Söldner eingestellt, nachdem sie arbeitslos geworden waren, nicht aus eigener Schuld, sondern weil die Organisation ihres ehemaligen Arbeitgebers aufgelöst worden war.

Sie hatten sich als skrupellos, schlau und, was am wichtigsten war, loyal erwiesen. Er erwartete nichts Geringeres, besonders in Anbetracht des vielen Geldes, das er ihnen zahlte. Andererseits waren diese Ausgaben vernachlässigbar, wenn man bedachte, dass sein Firmenimperium vier bis fünf Milliarden Dollar wert war, je nachdem, wie die Aktien von Clyffe Energy aktuell bewertet wurden. Er hatte die Firma nach seinem Ausstieg bei Wharton gegründet, um seiner wahren Leidenschaft zu frönen – dem Endziel, das jetzt in unmittelbarer Reichweite lag.

Ich bin so nahe dran…

Nächsten Monat war sein fünfzigster Geburtstag, und der sollte ein Meilenstein werden, auch wenn dies bedeutete, das Fundament der Welt zu erschüttern. Er beabsichtigte, die Schwarzmaler zu widerlegen, die seine Pläne als Marotte eines exzentrischen Milliardärs abgetan hatten, der sein persönliches Steckenpferd ritt.

Ein wohlbekannter Ärger flammte in ihm auf.

Das waren dieselben Idioten, die sich über Richard Branson lustig gemacht hatten, weil er sich dem privaten Weltraumflug verschrieben hatte, oder die Yuri Milner verspotteten, den russischen Milliardär, der die grundlegende Frage zu beantworten suchte: *Gibt es anderes Leben im Universum?*

In der Vergangenheit hatten solche Visionäre den Verlauf der Menschheitsgeschichte geändert. Als die amerikanische Regierung zu Beginn des zwanzigsten Jahrhunderts hilflos den wachsenden globalen Gefahren gegenüberstand, hatten reiche Unternehmer – Industriebarone wie Howard Hughes, Henry Ford und John Rockefeller – den selbstgefälligen Politikern die Kontrolle entrissen, sich den Herausforderungen gestellt und das Zeitalter der Technik eingeleitet.

Doch die Welt hatte sich abermals gedreht, und wieder versagten die Regierungen. Die Politiker waren wie gelähmt, versuchten, sich gegenseitig auszustechen, und zeigten sich unfähig, den zahllosen neuen Gefahren zu begegnen. Es war höchste Zeit, dass wahre Vordenker in die Bresche sprangen und neue Technologien voranbrachten.

Die Norweger hatten für solche Projekte den Begriff *stormannsgalskap* geprägt, was so viel bedeutete wie »Verrücktheit großer Männer«. Der Begriff war eigentlich abfällig gemeint, doch Simon fasste ihn als Ehrenbezeichnung auf. Wie die Geschichte zeigte, hatte sich *stormannsgalskap* häufig als wahrer Motor des Wandels erwiesen. Und jetzt war die Welt mehr denn je auf Pioniergeist angewiesen. Es brauchte große Männer, die bereit waren, Regierungen die Stirn zu bieten, das Notwendige zu tun und harte, kühne Entscheidungen zu treffen.

Ich beabsichtige, einer dieser Männer zu sein.

Ein Hindernis aber gab es noch.

Er blickte auf den Monitor, musterte die entschlossen funkelnden Augen der Britin und fasste einen Entschluss.

»Ihrer Schwester ist es zwar nicht gelungen, Jane McCabe zu ergreifen«, sagte Simon, »doch sie hat uns dieses Geschenk geschickt. Wir dürfen es nicht vergeuden.«

»Ich verstehe.«

Simon blickte Anton an. »Setzen Sie sie ins Bild. Machen Sie Dr. al-Maaz klar, was auf dem Spiel steht –

und welche Folgen es für sie hätte, wenn sie sich einer Zusammenarbeit versagen sollte.«

10:38

Safia hörte, wie der Türriegel beiseitegeschoben wurde, und machte sich aufs Schlimmste gefasst. Mit dem hageren Burschen, der in ihre Zelle gestoßen wurde, hatte sie jedenfalls nicht gerechnet. Der junge Mann, der über die Schwelle stolperte, trug einen grauen Overall wie sie.

Der Schock des Wiedererkennens veranlasste sie, einen Schritt vorzutreten. »Rory?«

Es war Harold McCabes Sohn. Er war blasser als bei ihrer letzten Begegnung, seine Wangenknochen standen hervor, und seine Augen lagen in tiefen Höhlen. Sein kastanienbraunes Haar, normalerweise ordentlich gekämmt, hing zottelig auf den Kragen herab, was ihm ein jungenhaftes Aussehen verlieh.

In seinen grünen Augen lag Angst.

»Dr. al-Maaz, es tut mir ja so leid.« Er schaute sich zu dem Mann um, der ihn in die Zelle gestoßen hatte.

Der Fremde verharrte im Eingang und blockierte den Fluchtweg. Seine Hand ruhte auf dem Pistolenhalfter an der Hüfte, doch vor allem sein eiskalter Blick schüchterte sie ein. Die dunkle Gesichtstätowierung verstärkte den unangenehmen Eindruck.

Dieser Mann hatte bereits getötet.

Ohne ihn zu beachten, legte Safia Rory eine Hand auf die Schulter. »Sind Sie wohlauf? Was geht hier vor?«

Er zitterte. »Ich weiß gar nicht, wo ich anfangen soll. Es gibt so viel zu erzählen.«

»Das kann warten!«, knurrte der Mann im Eingang. Er trat beiseite und schwenkte die Hand. »Raus. Alle beide. Sofort.«

Rory zog den Kopf ein wie ein geprügelter Hund und gehorchte unverzüglich. Safia eilte ihm nach. Der tätowierte Mann folgte ihnen, ohne die Hand vom Waffenholster zu nehmen. Sie hatte seinen russischen Akzent bemerkt und dachte an die gefrorene Landschaft vor dem Fenster.

Befinden wir uns vielleicht irgendwo in Sibirien, im russischen Gulag?

»Wissen Sie, wo wir sind?«, fragte sie Rory.

»In Kanada«, antwortete er zu ihrer Überraschung. »Weit im Norden, im arktischen Archipel. Auf der Ellesmere-Insel.«

Safia runzelte die Stirn und versuchte, sich neu zu orientieren.

Weshalb Kanada?

»Es ist meine Schuld, dass man Sie hierhergebracht hat«, murmelte Rory. »Alles meine Schuld.«

»Wie meinen Sie das?«

Rory warf einen Blick über die Schulter und senkte die Stimme zu einem Flüstern. »Sie haben mich festgehalten, um meinen Vater zur Zusammenarbeit zu bewegen. Hätte er ihnen im Sudan nicht geholfen …«

Rory hob die linke Hand. Der kleine Finger fehlte.

Mein Gott …

»Mein Vater hatte keine Wahl«, sagte Rory gequält. »Ich auch nicht. Ich musste an dem hiesigen Projekt mitarbeiten, sonst hätten sie meinem Vater das Gleiche angetan. Sie haben sogar damit gedroht, Jane zu foltern.«

»Ist schon gut«, versuchte sie ihn zu trösten.

»Dann ist mein Vater entkommen.« Rory rieb sich mit

dem Handballen die Stirn. »Ich weiß nicht, weshalb er nach so langer Zeit dieses Risiko eingegangen ist.«

Sie stellte sich die gleiche Frage, doch es fiel ihr nur eine plausible Antwort ein. »Vielleicht hat er etwas herausgefunden, das er vor seinen Entführern geheim halten wollte.«

Rory kniff die Augen zusammen. »Das haben sie jedenfalls gedacht. Oder zumindest die Möglichkeit in Betracht gezogen. Nachdem sein Tod bekannt geworden war, haben sie mich schwer unter Druck gesetzt. Sie brauchen jemanden, der in die Fußstapfen meines Vaters tritt. Ich sollte ihnen Namen nennen, eine Liste von Personen anlegen, die in der Lage sind, seine Arbeit fortzuführen.«

Safia verstand, worauf er hinauswollte. »Und da haben Sie meinen Namen genannt.«

»Sie standen ganz oben auf der Liste. Sie wissen besser Bescheid über die Arbeit meines Vaters als irgendjemand sonst.« Er schaute sie schuldbewusst an. »Nur Jane verstand meinen Vater noch besser als Sie, aber ich habe erklärt, sie wäre zu unerfahren. Ich … ich habe versucht, sie zu schützen.«

Wie jeder gute Bruder es getan hätte.

Leider war dadurch sie selbst ins Visier geraten.

»Nachdem man Sie entführt hatte«, fuhr er fort, »wollten sie alle Hinweise auf die frühere und die aktuelle Arbeit meines Vaters tilgen und den Gegenstand seiner Untersuchungen zur Sicherheit hierherschaffen.«

»Und der kam aus dem Sudan?« Sie stellte sich vor, wie Harold benommen aus der Wüste hervorgestolpert war. »Haben sie ihn dort festgehalten?«

»Ich glaube ja.« Rorys wandte den Blick ab. »Zusammen mit einem anderen Forschungsteam.«

»Woran haben sie …«

»Das reicht«, sagte ihr Aufpasser. Sein Tonfall machte klar, dass er keinen Widerspruch dulden würde.

Inzwischen waren sie am Ende des fensterlosen weißen Flurs angelangt. Sie standen vor einer Doppeltür.

Der tätowierte Mann entriegelte das Schloss mit einer Magnetkarte und bedeutete Rory voranzugehen. Gehorsam zog Rory die Tür auf. Ein leises Zischen war zu hören.

Rory trat in einen kleinen Vorraum mit Sitzbänken und Spinden. Durch die Glaswand blickte man in ein weitläufiges, ultramodernes Labor. Der Zutritt erfolgte durch eine Reihe von Sicherheitsschleusen, in denen gelbe Schutzanzüge hingen wie schlaffe Luftballons. Im Labor säumten Edelstahlgeräte und Kühlschränke die Wände. Die meisten Geräte waren Safia unbekannt.

Doch sie ahnte, weshalb man sie hierhergebracht hatte.

In der Mitte des Labors stand ein hoher versiegelter Behälter mit Glasfront. Darin befand sich eine Art schwarzer Thron. Die Machart war eindeutig ägyptisch. Die obere Rückenstrebe lief in zwei Schnitzereien aus: Die eine stellte das Profil eines Löwen dar, die andere das einer Frau, möglicherweise einer ägyptischen Königin.

Safia aber hatte nur Augen für die Gestalt, die auf dem Thron saß. Es war eine Frau. Ihr mumifizierter Körper war mit dem Stuhl wie verschweißt; ihre Haut wirkte an den Rändern verkohlt. Ihr Kinn ruhte auf der Brust, ihr verschrumpeltes Gesicht wirkte eigentümlich heiter.

»Wer ist das?«, fragte Safia.

»Jemand, von dem wir Antworten brauchen«, erwiderte Rory mit bitterer Stimme.

Sie runzelte die Stirn. »Was soll das alles eigentlich? Was geht hier vor?«

Die Antwort kam von einem Fremden, der wie aus dem Nichts hinter ihnen aufgetaucht war. Er näherte sich dem Tätowierten. Der Neuankömmling war älter, hatte angegrautes Haar und war mit einem makellosen Anzug bekleidet. Er kam ihr irgendwie bekannt vor, doch sie war zu verunsichert, um seinem Gesicht einen Namen zuordnen zu können.

Der Mann deutete auf das versiegelte Behältnis. »Wir benötigen bei der Lösung dieses Rätsels Ihre Hilfe, Dr. al-Maaz.«

»Und wenn ich mich weigere?«

Er lächelte und zeigte seine perfekten Zähne. »Ich verspreche Ihnen, dass *Ihnen* kein Haar gekrümmt werden wird.«

Sein Blick wanderte zu Rory, der einen Schritt zurückwich.

Zorn wallte in ihr auf, doch sie zuckte mit keiner Wimper. »Dann sagen Sie mir, was Sie hier machen.«

»Nur keine Angst.« Sein Lächeln vertiefte sich. »Wir versuchen lediglich, die Welt zu retten.«

Teil 2

Das Ei des Kolumbus

9

2. Juni, 13:15 EET
Kairo, Ägypten

»Ich habe gute und schlechte Neuigkeiten«, sagte Monk.

Gray schaute von der Ausrüstungsliste hoch. Im offenen Zelt waren auf einem langen Tisch Rucksäcke, Waffen und Munitionsschachteln ausgebreitet. Auf dem Rollfeld davor wartete ein amerikanischer Militärtransporter vom Typ C-130.

Sein Team sollte mit der Turboprop-Maschine von Kairo nach Khartum fliegen, was zwei Stunden dauern würde. Die Hauptstadt des Sudan lag eintausendsechshundert Kilometer weiter südlich an dem Ort, wo der Blaue und der Weiße Nil sich zum mächtigen Nil vereinigten.

Sie beabsichtigten, die umliegende Gegend nach Spuren abzusuchen, die sie zu Harold McCabes letztem Aufenthaltsort leiten könnten. Er stellte sich vor, wie der Professor durch die Wüste getaumelt war, dem Tode nah, halb mumifiziert und im fiebrigen Schädel einen Seuchenerreger.

Was war dem alten Burschen zugestoßen?

Auf der Suche nach Antworten hatten Jane und Derek sich in ein Hotel am Rand des Flughafens zurückgezogen und durchforsteten Arbeitsjournale und historische Dokumente. Seichan und Kowalski hielten Wache.

Gray schirmte mit der Hand die Augen gegen die sengende ägyptische Sonne ab. Die Luft über der Rollbahn flimmerte, die Mittagstemperatur näherte sich dem Jahrhundertrekord. Monk trat ins Zelt, gefolgt von Dr. Ileara Kano.

»Also erst die gute oder die schlechte Nachricht?«, überlegte Gray. »Ich bin mir nicht sicher.«

Monk wischte sich mit der feuchten Hand den Schweiß von der Stirn und schüttelte müde den Kopf. Offenbar wusste auch er nicht, wo er anfangen sollte.

Ileara seufzte im Schatten erleichtert auf. »Kein Wunder, dass meine Eltern aus Nigeria ausgewandert sind. Ich glaube, ich werde nie wieder über den Londoner Regen und Nebel klagen.«

Die Nacht und den Vormittag hatten sie und Monk im NAMRU-3 verbracht, dem medizinischen Forschungszentrum der US-Marine in Kairo. Der Stützpunkt war 1942 gegründet worden, um die im Lauf des Zweiten Weltkriegs ausgebrochene Typhusepidemie zu bekämpfen. Seitdem war er zu einem der größten amerikanischen biomedizinischen Forschungslabors außerhalb der Vereinigten Staaten herangewachsen und hatte die Aufgabe, neu auftretende Krankheiten zu untersuchen und zu bekämpfen.

Und so war NAMRU-3 zum Zentrum der Überwachung und Erforschung der neuen Pandemie im eigenen Hinterhof geworden. Die Ärzte und Wissenschaftler der Einrichtung arbeiteten mit dem ägyptischen Gesundheitsministerium, der Weltgesundheitsorganisation und den amerikanischen Behörden für Seuchenkontrolle und Prävention zusammen, koordinierten die weltweiten Maßnahmen zur Eindämmung der Seuche und halfen bei der Suche nach einem Heilmittel.

Monk und Ileara hatten an wissenschaftlichen Besprechungen teilgenommen und mit den Forschern gesprochen, die den neuen Erreger untersuchten, einen merkwürdigen Organismus, der sich von Elektrizität ernährte. Ihren verschwollenen, geröteten Augen nach zu schließen, hatten sie nur wenig Schlaf gefunden.

»Fangen wir mit der guten Nachricht an«, sagte Gray.

Schlechte hatte er schon genug gehört. Und es könnte noch schlimmer kommen, auch in persönlicher Hinsicht. Sein Bruder hatte ihm auf die Mailbox gesprochen und ihn gebeten, am Morgen zurückzurufen. Berücksichtigte man die sechsstündige Zeitverschiebung zwischen D.C. und Kairo, wäre das in etwa einer Stunde. Es ging bestimmt um den Gesundheitszustand seines Vaters, und diese Sorge lastete wie ein Stein auf Grays Schultern.

Eine Katastrophe nach der anderen …

»Die gute Nachricht«, sagte Monk, »ist, dass einige Patienten Anzeichen einer Genesung zeigen. Das heißt, die Krankheit ist nicht zu hundert Prozent tödlich.«

»Im Moment wissen wir aber noch nicht, weshalb die einen sich erholen und die anderen sterben«, gab Ileara zu bedenken.

»Trotzdem ist das eine gute Nachricht«, sagte Gray.

»*Teilweise* gut, würde ich sagen.« Monk wechselte einen besorgten Blick mit Ileara. »Die geschätzte Sterblichkeitsrate liegt immer noch zwischen fünfundvierzig und fünfzig Prozent. Wir können von Glück sagen, dass sie nicht höher ist, doch es kommt nur selten vor, dass eine Infektionskrankheit *alle* Infizierten tötet. Selbst das Ebola-Virus ist nicht in allen Fällen tödlich. Es weist ungefähr die gleiche

Sterblichkeitsrate auf wie diese Mikrobe, nämlich rund fünfzig Prozent.«

Gray schnitt eine Grimasse.

»Für solche Aussagen ist es aber noch zu früh«, sagte Ileara. »Der erste Krankheitsfall wurde vor gerade mal fünf Tagen gemeldet. Da kann noch einiges nachkommen.«

»Okay, wenn das die gute Nachricht war, wie lautet dann die schlechte?«

Ileara übernahm die Antwort. »Wir haben festgestellt, dass sich die Krankheit durch die Luft ausbreitet. Atmet man die Mikrobe ein, haftet sie an den Nerven der Nasenschleimhäute, wandert ins Gehirn und löst Enzephalitis aus. Noch erschreckender ist jedoch, dass es nur zwei Stunden dauert, bis das Pathogen sich nach der Ansteckung im Gehirn festsetzt, wo es schwer zu bekämpfen ist.«

Monk rieb die Hände aneinander. »Der Erreger breitet sich so leicht aus wie eine Erkältung. Deshalb erwarten wir, dass die Pandemie schon bald zu einem Feuersturm anwachsen wird.«

Gray überraschte das nicht. Er dachte an die gestrige Fahrt vom Flughafen zum Hotel. Normalerweise war Kairo eine wuselige Stadt, doch die Straßen waren nahezu menschenleer gewesen. Die wenigen Fußgänger trugen Schutzmasken aus Papier oder hatten sich ein Tuch um den Kopf gewickelt. Sie zogen die Schultern ein und gingen einander aus dem Weg. In den Zeitungen wurde von Vorratskäufen berichtet. Erste Kämpfe waren ausgebrochen. Es gab viele Tote – weil die Menschen sich vor den Kranken fürchteten und durch Auseinandersetzungen bei Plünderungen.

Die Panik war offenbar ebenso tödlich und ansteckend wie die Krankheit.

»Dies alles wirft jedoch eine weitere Frage auf«, sagte Ileara.

»Und die wäre?«

»Es ist eigenartig, dass die ersten Infizierten sich alle bei der Autopsie von Professor McCabe angesteckt haben.«

Gray vergegenwärtigte sich die schockierende Videoaufzeichnung. »Aber weshalb wundert Sie das? Das Autopsieteam ist mit dem Erreger unmittelbar in Kontakt gekommen, als der Schädel geöffnet wurde.«

»Das stimmt«, sagte Ileara. »Ich vermute, dass die elektromagnetische Stimulation durch die Tomografie die Mikroben im Gehirn angeregt hat. Was vermutlich der Grund für den Leuchteffekt auf dem Video war. Wir wissen, dass die Organismen nicht nur Elektronen als Nahrung aufnehmen, sondern sie auch abgeben, wenn sie überfüttert sind. Deshalb sollte man vielleicht besser sagen, sie *atmen* Elektronen.«

»Sie hat recht«, sagte Monk. »Ich habe ein paar Recherchen angestellt. Im Moment suchen Forscher nach praktischen Anwendungen für solche Mikroben. In einem Labor in Dänemark werden elektrische Bakterien kultiviert. Man will zeigen, dass sie Ketten bilden und als lebende Stromleiter Elektronen transportieren können.«

Ileara nickte. »Die Biologie der Archaeen ist ungewöhnlich. Manche von ihnen sind wahre Gestaltwandler und schließen sich zu Superzellen zusammen. Andere verbinden sich zu haarähnlichen Filamenten.«

Gray dachte an die mit Fortsätzen besetzten Zellen, die Ileara ihm auf ihrem Laptop gezeigt hatte, und stellte sich vor, wie sie sich zusammenketteten.

»Ich glaube«, fuhr Ileara fort, »dass diese Mikrobe sich ähnlich verhält. Das könnte erklären, weshalb immer wieder von intensiven Halluzinationen berichtet wird. Vielleicht verdrahten die lebenden Filamente das Gehirn neu und lösen so die Halluzinationen aus. Möglicherweise sogar absichtsvoll.«

»Was wollen Sie damit sagen?«, fragte Gray.

»Die Halluzinationen sollen möglicherweise *Angst* auslösen. Dadurch wird das Gehirn des Opfers weiter stimuliert und stellt den Mikroben mehr Elektronen zur Verfügung.«

»Als würde man eine Gans für die Leberpastete stopfen«, setzte Monk hinzu.

Gray drehte sich bei der Vorstellung der Magen um.

»Das alles«, sagte Ileara, »sind aber nur vorläufige Erkenntnisse.«

»Und im Moment vielleicht auch eher nebensächlich.« Gray lenkte die Unterhaltung zum Ausgangspunkt zurück. »Dr. Kano, Sie haben noch nicht erklärt, weshalb es so merkwürdig ist, dass die Beschäftigten der Leichenhalle als Erste infiziert wurden.«

Ileara zuckte zusammen. »Tut mir leid. Sie haben recht. Merkwürdig ist es deshalb, weil sie nicht die *Ersten* hätten sein sollen. Denken Sie an die Nomaden, die Professor McCabe in der Wüste gefunden haben. Sie haben ihn stundenlang mit dem Karren transportiert und bis zu seinem Tod gepflegt. Angesteckt haben sie sich nicht. Sie sind nicht erkrankt.«

»Was keinen Sinn ergibt«, sagte Monk, »zumal wir inzwischen wissen, wie ansteckend der Erreger ist.«

»Könnte es sein, dass sie dagegen immun sind?«

»Das können wir nur hoffen«, antwortete Ileara. »Die

ganze Familie wurde unter Quarantäne gestellt und wird untersucht. Bislang haben die Ärzte aber noch keine Erklärung gefunden.«

Gray las etwas aus ihren funkelnden Augen heraus. »Aber Sie haben eine Vermutung.«

Ileara nickte.

Gray überlegte angestrengt.

Welchen Grund könnte es dafür geben …

Dann machte es bei ihm Klick.

Er straffte sich. »Sie glauben, es könnte einen Zusammenhang mit dem merkwürdigen körperlichen Zustand von Professor McCabe geben.«

Illearas überraschtem Blick nach zu schließen, hatte er den Nagel auf den Kopf getroffen.

Monk lachte glucksend. »Schon okay, Ileara. Mit der Zeit gewöhnt man sich an Grays verdammte Gedankenblitze. Klar, am Anfang nervt es einen, aber nach einer Weile kommt man damit klar. Allerdings sollten Sie niemals mit ihm pokern. Glauben Sie mir. Das ist wirklich eine schlechte Idee.«

Gray wusste die Unterstützung durch seinen Partner zu schätzen, blieb aber fokussiert. Das eine Detail, das an der Geschichte keinen Sinn ergab, war der mumifizierte Zustand des Professors. Man nahm an, dass er von den Entführern gefoltert, dem schmerzhaften Mumifizierungsprozess unterzogen worden und entkommen war, bevor die Prozedur abgeschlossen wurde.

Vielleicht haben wir uns aber auch getäuscht?

Gray blickte Ileara an. »Sie glauben, er könnte sich der Mumifizierung *freiwillig* unterzogen haben. Mit voller Absicht.«

»Möglicherweise. Die Gespräche, die ich in den vergangenen zwei Tagen mit seiner Tochter geführt habe, haben mich darin bestärkt. Professor McCabe war zwar ein Dickkopf, wenn es um seine Theorien ging, aber auch ein umgänglicher Mensch. Deshalb habe ich überlegt, *weshalb* er als Träger einer Krankheit, die eine Pandemie auslösen kann, in die Zivilisation geflüchtet ist. Ich glaube, er hätte sich eher selbst geopfert, als das zuzulassen.«

»Es sei denn, er glaubte, es bestehe keine Gefahr.«

Ileara nickte. »Vielleicht hat der Konservierungsprozess den Körper vergiftet, den Organismus im peripheren Gewebe abgetötet und ihn veranlasst, sich an den einzigen Ort zurückzuziehen, an dem er überleben konnte.«

»Ins Gehirn.«

»In dem er isoliert wurde.«

Gray stellte sich die Bedrohung als im Schädel des Professors zusammengerollte Schlange vor.

Ileara blickte mit zusammengekniffenen Augen aufs Rollfeld hinaus. »Vielleicht hat der Professor gehofft, er würde lange genug am Leben bleiben, um seine Geschichte erzählen und uns vor den Plänen der Entführer warnen zu können.«

Während Gray darüber nachdachte, bekam er Herzklopfen. Er wusste, dass die ganze Region ein Tummelplatz von Terroristen war. Außerdem dachte er an Seichans Bericht von der Frau, die ihre Gruppe in der Kirche von Ashwell überfallen hatte. Die tätowierte Frau hatte eine Verbindung zur Gilde gehabt, einer Terrorgruppe, die wissenschaftliche Entdeckungen zu ihren eigenen Zwecken eingesetzt hatte. Sollte jemand einen Anschlag mit biologischen Kampfstoffen planen, wäre der Archaeen-Organismus perfekt dafür geeignet.

Bereits ein einziger Infizierter – Professor McCabe – hatte Tod und Panik verbreitet.

Was wäre, wenn der Gegner eine ganze Armee infizieren würde?

Monk holte ihn in die Gegenwart zurück. »Okay, Gray, jetzt kennst du die gute und die schlechte Nachricht. Wie wär's mit etwas wahrhaft Erschreckendem?«

Gray wappnete sich innerlich. »Es kommt noch schlimmer?«

Monk blickte Ileara an und dann wieder Gray. »Aber ja. Wir haben bislang nur über die *erste* Plage gesprochen. Es kommen aber noch mehr.«

Ileara wandte sich ab. »Das sollte auch Jane McCabe hören.«

13:48

Es wird alles noch viel schlimmer werden …

Die Arme um die Knie geschlungen, kauerte Jane auf dem Sofa in ihrem Hotelzimmer und sah Nachrichten. Das Mittagessen auf dem Beistelltisch beachtete sie nicht. In den Händen hielt sie einen Becher Kaffee; die Wärme half ein wenig gegen die kalte Gewissheit dessen, was bevorstand.

Die vergangene Stunde über hatte sie zwischen BBC und den Lokalsendern hin und her geschaltet. Sie sprach gut genug Ägyptisch-Arabisch, um die Nachrichtensprecher der Kairoer Sender verstehen zu können. Ständig wurde von zunehmendem Chaos und gesetzlosen Zuständen auf den Straßen berichtet. Das wusste sie auch so. Unablässig gellten draußen die Sirenen. Blickte sie aus dem

Fenster ihres Zimmers im dritten Stock, sah sie mehrere schwarze Rauchwolken, die in den strahlend blauen Himmel stiegen.

Die Stadt fiel auseinander.

Und das alles wegen meines Vaters.

Sie fühlte sich mitschuldig. Sie musste es irgendwie wiedergutmachen. Ihr Vater wollte der Welt immer seinen Stempel aufdrücken und hatte an seinem Vermächtnis gearbeitet, das seine Kinder fortführen sollten. Das war der Grund, weshalb er so hartnäckig an seiner Überzeugung festgehalten hatte, die Geschichte vom Auszug aus Ägypten sei mehr als eine Allegorie. Er wollte seinen Namen weltweit bekannt machen.

Tja, Dad, das ist dir ja nun in vollem Maße gelungen.

Der Name ihres Vaters wurde ständig in den Nachrichten erwähnt, auch sein lächelndes, sonnengebräuntes und wettergegerbtes Gesicht wurde häufig gezeigt. Manchmal wurden auch Videoaufnahmen aus der Zeit eingespielt, als das Forschungsteam verschwunden war. Wenn sie diese Bilder sah und seine Stimme hörte, tat ihr das weh, doch sie konnte den Blick nicht abwenden. Auf einem Bild war das ganze Team zu sehen, darunter auch der ernste, entschlossen dreinblickende Rory.

Das Bild erinnerte sie daran, dass es um mehr ging als um das Vermächtnis ihres Vaters.

Sie hoffte so sehr, dass ihr Bruder noch am Leben war.

Ein raues Auflachen lenkte ihre Aufmerksamkeit zum Fenster. Kowalski blickte auf die Straße hinunter und hielt sich ein Handy ans Ohr.

»Maria«, sagte er, »ich halte mich zwar auf demselben Kontinent auf wie du, aber ich habe keine Zeit, mich um Baako zu kümmern. Dem großen Burschen geht's bestimmt gut. Vermutlich schließt er im Dschungel jede Menge neue Freundschaften.«

Jane hörte die Unterhaltung mit, froh über die Ablenkung. In den vergangenen Tagen hatte sie viele Unterhaltungen mit dem Hünen geführt und ihn besser kennengelernt. Er hatte eine Freundin, die in Deutschland zusammen mit ihrer Schwester in einem Labor arbeitete. Er hatte sie besucht, als er nach London beordert worden war.

Seichan, seine Kollegin, hielt auf dem Hotelflur Wache.

Ein schweres Gewicht ließ sich auf dem Sofa nieder. Sie wandte den Kopf und erblickte Derek, der sich die Augen rieb. Er legte seine Füße auf den Beistelltisch. In der Zehe des linken Sockens war ein Loch. Aus irgendeinem Grund fand sie das charmant, denn es legte Zeugnis ab von Dereks nachlässiger Haltung gegenüber alltäglichen Notwendigkeiten wie dem Kauf neuer Socken.

Er bemerkte, dass sie ihn ansah, und krümmte die Zehen, um das Loch zu verbergen, dann grinste er sie an. »Wie du weißt, hatten wir nicht viel Zeit fürs Packen.«

Sie lachte auf, was sie selbst überraschte.

Dereks Lächeln vertiefte sich. »Jedenfalls *trage* ich Socken.«

Sie zog die nackten Füße zu sich heran und klemmte sie unter die Schenkel.

Er schüttelte tadelnd den Kopf. »Einfach schamlos, Ms. McCabe.«

Eine scharfe Stimme lenkte ihrer beider Aufmerksamkeit auf den Fernseher. Ein mit einem Gewand bekleideter Mann rief etwas auf Arabisch und deutete mit dem Zeigefinger auf den Moderator. Es war ein einheimischer Imam, der sich in Rage hineinsteigerte.

»Was sagt er?«, fragte Kowalski.

Jane übersetzte. »Er will, dass die Leute die Warnung des Gesundheitsministeriums vor dem Aufenthalt auf öffentlichen Plätzen in den Wind schlagen. Sie sollen sich in den Moscheen versammeln und auch die Kranken mitbringen, da Gebete wichtiger seien als medizinische Hilfe. Er ist verrückt. Das würde zu Tausenden neuer Infektionen führen.«

Derek spannte sich an. »Er glaubt, das wäre eine Strafe Gottes. Die Menschen sind nur dadurch zu retten, dass sie um Vergebung bitten.«

Jane hörte aufmerksam zu. »Er behauptet, er habe einen Kranken getroffen, und der habe in Zungen geredet und von Heuschreckenschwärmen erzählt, die den Himmel verdunkeln, von Menschen, die am Ufer blutroter Flüsse sterben, von Blitzen, die den Himmel spalten.«

Derek schüttelte den Kopf. »Ich hab mir schon gedacht, dass es nicht lange dauern wird, bis jemand die Seuche mit den biblischen Plagen in Verbindung bringt.«

Der Name ihres Vaters wurde erwähnt. »Still«, sagte Jane.

Während sie lauschte, wurde ihr ganz kalt.

Derek rutschte an sie heran und legte ihr einen Arm um die Schulter. »Stell das ab. Der Typ ist ein Spinner.«

»Was hat er gesagt?«, fragte Kowalski.

Derek nahm die Fernbedienung in die Hand und schaltete den Ton ab.

Jane ließ sich noch tiefer ins Sofapolster sinken. »Er hat gesagt, mein Vater wäre das Gefäß für Gottes Fluch. Er ging in die Wüste hinaus, suchte nach einem Beweis für den Auszug aus Ägypten und kehrte als Träger der Plagen jener Zeit zurück, die die Welt für ihre Verworfenheit bestrafen werden.«

Derek schaute sie an. »Jane, dieser brabbelnde Idiot ist ein Panikmacher, ein beschissener Opportunist. Er sagt das nur, weil die Ansichten deines Vaters publiziert wurden. Du weißt doch, dass seine Theorien in den Nachrichten erwähnt wurden, als sein Forschungsteam verschwand. Damals haben dieselben religiösen Spinner behauptet, die Forscher seien verschwunden, weil Harold es gewagt habe, die Wahrheit über den Auszug aus Ägypten mittels wissenschaftlicher Analyse und nicht durch den Glauben herauszufinden. Jetzt drehen und wenden sie es, ganz wie's ihnen passt.«

Die Zimmertür wurde aufgerissen, und alle schreckten zusammen.

Seichan kam herein, die Hand auf den Ohrhörer gelegt. »Gray ist unterwegs nach hier oben.«

Kowalski runzelte die Stirn. »Brechen wir schon auf?«

»Noch nicht. Monk und Dr. Kano sind bei ihm. Sie möchten erst etwas besprechen.«

Derek erhob sich. »Was denn?«

Seichan fasste Jane in den Blick. »Es geht um neue Plagen.«

Jane blickte zum stummen Fernseher. Der Imam war aufgestanden und brüllte mit rotem Kopf auf den Moderator ein. An der Seite wurde das Bild ihres Vaters angezeigt. Sie hätte Dereks Einschätzung gern geglaubt, doch dem stand eine ernste Sorge entgegen.

Sie musterte den tobenden Iman.

Und wenn er nun recht hat?

10

2. Juni, 14:07 EET
Kairo, Ägypten

Gray spürte die Anspannung im Raum gleich beim Eintreten. Jane McCabe hatte die Arme um die Brust geschlungen. Derek stand mit besorgter Miene neben ihr. Kowalski und Seichan tuschelten miteinander und starrten auf den stummen Fernseher.

Als Monk und Ileara hinter ihm eintraten, ließ Jane die Arme sinken und trat einen Schritt vor. »Was ist mit der neuen Plage?«

Gray wandte sich zu seinen beiden Begleitern um. »Setzt sie ins Bild und sagt mir Bescheid, wenn ihr fertig seid.«

Er ging ins Schlafzimmer weiter, denn er brauchte einen Moment Ruhe. Er sah auf die Uhr und holte das Satellitentelefon hervor. In D.C. war es jetzt kurz nach acht Uhr morgens. Er war seinem Bruder einen Rückruf schuldig.

Er trat ins Bad, zog die Tür halb zu und wählte die Handynummer seines Bruders. Es klingelte mehrfach, dann meldete sich eine verschlafene Stimme.

»W… wer ist da?«

»Kenny, ich bin's, Gray.«

»Oh, hey.« Sein Bruder hustete. »Wie spät ist es?«

Gray verspürte einen Anflug von Gereiztheit. »Das ist doch nebensächlich. Du hast mich gebeten, dich zurückzurufen. Was ist los? Wie geht es Dad?«

»Ja … nein. Mann, ich weiß es nicht.«

Gray krampfte die Hand ums Telefon. »Kenny, sag mir einfach, was los ist.«

»Ich war gestern im Pflegeheim. Dad steht unter Quarantäne. Man muss vor dem Eintreten Handschuhe, einen Schutzanzug und eine Atemmaske anlegen. Echt lästig.«

Gray verdrehte die Augen. *Heul mir nicht die Ohren voll!*

»Dad hat eine neue Infektion. Resistente Staphylokokken oder so was in der Art.«

Gray setzte sich besorgt aufs Bett. »Staphylokokken? Du meinst MRSA?«

»Häh?«

»Methicillinresistenter *Staphylococcus aureus.*«

»Ja, genau. Die Ärzte fürchten, die Infektion könnte einen septischen Verlauf nehmen. Deshalb geben sie ihm verschiedene neue Antibiotika. Könnte bedeuten, dass Dad noch länger dort bleiben muss.«

Na großartig … einfach großartig.

»Wie hält er sich?«

»Er ist nur zeitweise bei Bewusstsein. Hat was mit dem Blutdruck zu tun. Es gibt da auch eine Stelle, die sich zu einem Druckgeschwür entwickeln könnte.«

Gray hatte ein schlechtes Gewissen, weil er nicht vor Ort war. Er stellte sich seinen gebrechlichen Vater im Bett vor, angeschlossen an Überwachungsgeräte und Infusionsschläuche. Die Angst, die der alte, verwirrte Mann dabei empfand, konnte er nur erahnen.

Die letzten Worte seines Vaters kamen ihm in den Sinn.

Versprich es mir.

Sein Vater hatte damit etwas anderes gemeint als ein Versprechen wiederzukommen. Die Worte bezogen sich auf eine bestimmte Aussage.

Ich bin bereit zu gehen.

Im Blick seines Vaters hatte ein stummes Flehen gelegen, die Bitte, die schwere Entscheidung zu treffen, wenn die Zeit gekommen war.

Aber kann ich das wirklich tun?

»Das sind alle Neuigkeiten«, sagte Kenny, der offenbar zum Ende kommen wollte. »Sobald sich was tut, lasse ich's dich wissen.«

»Danke … danke, dass du bei ihm bist, Kenny.«

Es entstand eine längere Pause. Als sein Bruder endlich antwortete, war sein Tonfall weicher als üblich, ohne die gewohnte Bitterkeit. »Alles klar. Ich halte die Stellung, bis du zurückkommst.«

Kenny legte auf, und Gray ließ die Hand mit dem Telefon sinken. Eine Weile saß er einfach nur da und lauschte auf das Gemurmel im Nebenraum. Dann richtete er sich seufzend auf. Als er sich umdrehte, stand eine Schattengestalt in der Badezimmertür, die sich anscheinend nicht hereintraute.

»Alles in Ordnung?«, fragte Seichan.

Er steckte das Telefon in die Tasche. »Eigentlich nicht, aber ich kann nichts dran ändern.«

Jedenfalls jetzt noch nicht.

Versprich es mir.

Sie näherte sich ihm, legte ihm die Arme um die Hüfte und schmiegte mitfühlend eine Wange an seine Brust. Er drückte sie an sich, wohl wissend, dass auch sie mit den

Gespenstern der Vergangenheit zu kämpfen hatte. Beide genossen sie diesen kurzen gemeinsamen Moment.

»Gray!«, rief Monk im Nebenraum. »Das solltest du dir anhören.«

Seichan lehnte sich mit einem belustigten Funkeln in den Augen zurück. »Wir könnten auch einfach verschwinden. Jetzt gleich. Bei der Überprüfung des Hotels habe ich eine Feuertreppe bemerkt.«

Sie hatte leichthin gesprochen, doch ein gewisser Ernst war nicht zu überhören. Unwillkürlich dachte er über den Vorschlag nach. Wie wäre es wohl, wenn sie allem den Rücken zukehrten und über die Feuertreppe verschwanden, ohne sich umzuschauen?

Ehe er den Gedanken zu Ende gedacht hatte, löste Seichan sich aus der Umarmung. Sie wandte sich rasch ab, als fürchtete sie, er könnte merken, wie intensiv ihr Verlangen war.

»Die Pflicht ruft«, sagte sie und wandte sich zur Tür.

Gray folgte ihr, entschlossen, seiner Verantwortung gerecht zu werden, sei es hier in Kairo oder zuhause in D. C.

Versprich es mir.

14:22

Derek hielt sich dicht an Janes Seite, denn er spürte die Wolke der Verzweiflung, die sich über ihr zusammenbraute.

In den vergangenen Minuten hatten sie Monk und Ileara zugehört, die sie über die sich ausbreitende Pandemie informiert hatten, doch inmitten all der Düsternis gab es auch einen Hoffnungsschimmer, der mit Janes Vater zu tun hatte.

»Dann glauben Sie also, er habe sich der Selbstmumifizierung unterzogen, weil er uns schützen wollte?«, fragte Jane hoffnungsvoll und erleichtert.

»Ja.« Ileara legte ihr eine Hand auf die Schulter. »Da sein Leichnam zerstört wurde, können wir diese Vermutung leider nicht bestätigen.«

»Das könnte der Grund sein, weshalb das Medizinlabor in London niedergebrannt wurde«, sagte Monk. »Man wollte verhindern, dass das bekannt wird.«

Jane schluckte. »Aber Sie haben gesagt, es wäre mit *weiteren* Seuchen zu rechnen.«

»Ja, das wäre die nächste Hiobsbotschaft.« Monk winkte Gray und Seichan, die aus dem Nebenzimmer kamen, zu sich heran. »Ihr kommt gerade im richtigen Moment.«

Gray nickte Ileara zu. »Berichten Sie.«

Die Ärztin verzog das Gesicht; offenbar hatte sie Mühe, sich verständlich zu machen. »Sagt Ihnen der Begriff *Genantrieb* etwas?« Als sie die leeren Gesichter ihrer Zuhörer sah, fuhr sie fort. »Und wie steht es mit Zika?«

Gray runzelte die Stirn. »Sie meinen das Virus, das sich in Südamerika ausgebreitet hat und jetzt die Vereinigten Staaten bedroht?«

»Genau.«

Auch Derek hatte von der Krankheit gehört. Sie führte zu tragischen Missbildungen bei Neugeborenen, unter anderem zu Mikrozephalie. Er hatte Fotos dieser bedauernswerten Kinder gesehen.

»Einige Länder, darunter auch die USA, erwägen, die Ausbreitung der Krankheit mittels der Genantriebstechnologie zu bekämpfen. Im Zentrum der Überlegungen stehen Mücken, die das Virus in sich tragen.«

»Wie funktioniert die Genantriebstechnologie?«, fragte Jane.

»Dabei werden Gene ergänzt oder verändert, mit dem Ziel, diese Modifikation in der ganzen Population zu verbreiten. Wissenschaftler schlagen vor, in Florida genetisch veränderte Schwärme von *Aedes aegypti* freizusetzen – das sind die Mücken, die mit dem Zika-Virus infiziert sind. Wenn die genetisch veränderten Mücken sich mit gewöhnlichen Mücken fortpflanzen, ist die nächste Generation von Weibchen steril, während die fruchtbaren Männchen das schädigende Gen an die nächste Generation weitergeben. Schätzungen zufolge ließe sich *Aedes aegypti* und damit das Zika-Virus in Florida binnen eines Jahres ausrotten.«

»Ich komme da nicht mit«, sagte Derek. »Schlagen Sie vor, die Genantriebstechnologie zur Bekämpfung der gegenwärtigen Pandemie zu nutzen?«

»Nein.« Ileara musterte die Anwesenden. »Ganz im Gegenteil. Ich glaube, wir haben es hier mit einer *natürlichen* Version der Genantriebstechnologie zu tun, allerdings sind in diesem Fall *wir* von der Ausrottung bedroht und nicht die Mücke.« Ileara wandte sich um und packte ihren Laptop aus. »Moment, ich zeige es Ihnen.« Während das Gerät bootete, fuhr sie fort. »Ich habe bereits erwähnt, dass die Archaeen sich parallel zu den anderen Viren entwickelt haben und dass diese spezielle Spezies vollgestopft ist mit unterschiedlichen Virenpartikeln, die im Körper der Infizierten freigesetzt werden.«

»Sozusagen ein Trojanisches Pferd«, sagte Monk. »Wenn es erst einmal in der Burg ist, kommt zum Vorschein, was darin versteckt ist.«

»Zum Glück erweisen die meisten Viren sich als harmlos, abgesehen von einem, das zufällig wie der Zika-Erreger der Gattung Flavivirus angehört. Es hat sich als besonders gefährlich erwiesen.«

»Was bewirkt es?«, fragte Gray.

»Es greift Zellen an, die sich im Zustand der Meiose befinden«, erklärte sie. »Die meisten Körperzellen heilen und vermehren sich durch Mitose, das heißt, bei einer Zellteilung entstehen zwei identische Tochterzellen. Die Meiose tritt bei der Produktion von Keimzellen, also Eizellen und Spermien, in Eierstöcken und Hoden auf. Sie enthalten nur die Hälfte des genetischen Codes der Mutterzelle.«

Derek gefiel das nicht. »Welchen Schaden richtet das Virus an?«

»Es ist sehr spezifisch und nimmt ein bestimmtes Chromosom ins Visier.« Ileara trat vom Laptop zurück. »Menschen – und ganz allgemein die meisten Säugetiere – haben Chromosomenpaare, die das Geschlecht bestimmen. XX bei Frauen, XY bei Männern.«

Sie zeigte aufs Display. »Das hier ist eine volumetrische Aufnahme der beiden Gene, wie man sie bei gesunden Individuen vorfindet. Wie Sie sehen, ist das X-Chromosom deutlich größer und robuster als sein Y-Gegenstück.«

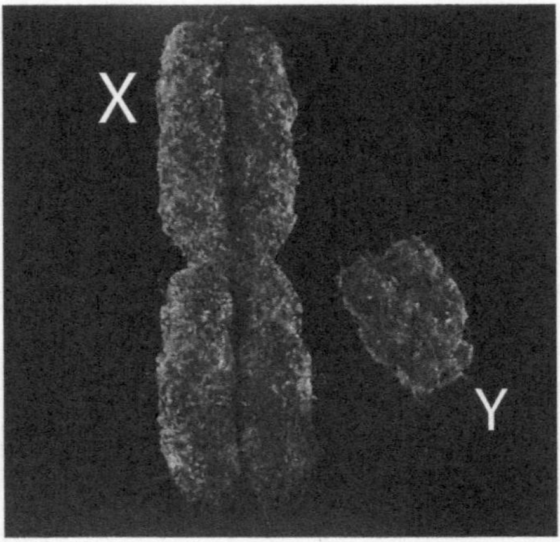

Ileara tippte auf das kleinere Bild, das auf dem Display angezeigt wurde. »Das fragliche Virus greift nur das Y-Chromosom an. Den Grund kennen wir nicht. Vielleicht weil es ein schwächeres Ziel darstellt. Es könnte sich aber auch um puren Zufall handeln. Jedenfalls sehen Sie auf dem zweiten Bild den Schaden, den es angerichtet hat.«

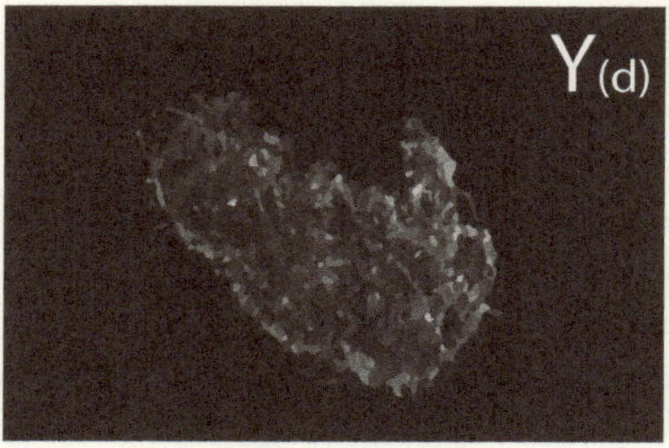

Auf dem Foto fehlte ein großer Teil des Chromosoms.

»Sieht aus wie ein Topfhandschuh«, bemerkte Kowalski.

»Das trifft es ganz gut«, meinte Ileara.

Der Hüne brummte, offenbar zufrieden mit seinem Gesprächsbeitrag.

Ileara fuhr fort. »Der beschädigte Teil wurde von Genetikern untersucht. Sie glauben, dass die Spermienzellen der Männer, die die Krankheit überlebt haben, dieses beschädigte Y-Chromosom enthalten werden, was sich auf alle Kinder, die der Betreffende zeugt, auswirken würde. Mädchen sollten demnach nicht geschädigt werden und weiterhin mit normalen XX-Chromosomen ausgestattet sein, doch die Jungen, wenn sie nicht bereits als Totgeburt zur Welt kommen, wären Träger der beschädigten Y-Chromosomen und würden vermutlich binnen weniger Monate sterben.«

Derek wurde das Ausmaß der Bedrohung klar. »Das heißt, selbst wenn wir die Pandemie überleben, könnte unsere Spezies durch das Virus vom Aussterben bedroht sein.«

Jane wich einen Schritt vom Schreibtisch zurück. Sie war merklich blasser geworden.

»Was ist?«, fragte Derek.

»Das ist die zehnte Plage«, murmelte sie.

Er zog die Stirn kraus. »Wie meinst du das?«

Sie ging zu dem mit Büchern beladenen Tisch hinüber, nahm die Bibel ihres Vaters in die Hand und schlug eine markierte Seite auf. Sie las eine Passage aus dem zweiten Buch Mose vor. »*Und alle Erstgeburt in Ägyptenland soll sterben, vom ersten Sohn des Pharao an, der auf seinem Thron sitzt, bis zum ersten Sohn der Magd, die hinter ihrer* Mühle *hockt, und alle Erstgeburt unter dem Vieh.*«

Sie senkte das Buch. »Selbst *unter dem Vieh*«, wiederholte sie. »Dr. Kano, Sie haben erwähnt, die Mikrobe würde vermutlich nicht nur Menschen infizieren, sondern auch die meisten *Tiere*.«

»Richtig. Jedes Lebewesen mit einem elektrischen Nervensystem.«

»Dann könnte das Virus also der Auslöser der zehnten biblischen Plage gewesen sein«, sagte Jane. »Gefährlich für Menschen wie für Tiere. Im alten Ägypten dürfte es Monate gedauert haben, bis die Veränderung im Nil sich überall bemerkbar gemacht hat, und der Schaden dürfte noch länger angedauert haben. Ich kann mir gut vorstellen, dass der Tod der männlichen Nachkommen – bei Mensch und Tier – zur zehnten Plage umgedichtet wurde.«

Ileara nickte, als hätte sie damit gerechnet, dass Jane zu dieser Schlussfolgerung gelangen würde.

»Professor McCabe hatte eine spezielle Theorie zu den übrigen Plagen«, fügte Derek hinzu. Alle Blicke richteten sich auf ihn. »Ich habe mit Harold oft über den Wahrheitsgehalt der Erzählung von den zehn biblischen Plagen diskutiert. Seine Erklärung unterscheidet sich gar nicht so sehr von dem, worüber wir gerade sprechen.«

»Wie lautete seine Erklärung?«, fragte Gray.

Jane übernahm die Antwort. »Er glaubte, alles habe damit angefangen, dass der Nil sich aufgrund einer grundlegenden Umweltveränderung rot gefärbt hat. Es gibt sicherlich viele Berichte von Gewässern, die spontan die Farbe ändern. Sei es durch Algenblüte, Bakterien oder Kontaminierung durch Schwermetalle.«

Ileara pflichtete ihr bei. »Und eine der dramatischsten Veränderungen ereignet sich jahreszeitlich bedingt hier im Mittleren Osten. Der Urmia-See nimmt jeden Sommer aufgrund des Wachstums von *Halobacteriaceae* eine tiefrote Farbe an.« Sie wandte sich zu Gray um und hob eine Augenbraue an. »Zufällig eine Mikrobe der Kategorie Archaeen.«

»Genau wie der Erreger, mit dem wir es zu tun haben.« Gray kniff die Augen zusammen. »Dann gibt es in der Region also Präzedenzfälle.«

»Und nicht nur hier«, erklärte Ileara. »Eine andere Mikrobe aus der Kategorie der Archaeen verleiht dem Großen Salzsee in Utah hin und wieder eine knallrote Farbe.«

»Okay«, sagte Gray, »aber wo ist die Verbindung zu den übrigen neun Plagen?«

Derek ergriff das Wort. »Wenn der Nil – die Lebensader der Region – giftig wurde, kann man die nachfolgenden

Plagen erklären, ohne die Hand Gottes zu Hilfe nehmen zu müssen.«

Er schlug im Journal des Professors die Seite mit der Liste der zehn Plagen auf. Er fuhr mit dem Finger die Liste entlang und erläuterte die Gedanken, die Harold sich zu dem Thema gemacht hatte.

1) Wasser verwandelt sich in Blut
2) Frösche regnen vom Himmel
3) Stechmücken
4) Stechfliegen
5) Viehpest
6) Schwarze Blattern
7) Hagel
8) Heuschrecken
9) drei Tage Dunkelheit
10) Tod aller Erstgeborenen

»Die nächsten drei Plagen – Frösche, Stechmücken und Stechfliegen – könnten von der Algenblüte im Wasser ausgelöst worden sein. Die Frösche sind vor dem giftigen Wasser an Land geflüchtet und dort verendet. Infolgedessen haben sich die Beuteinsekten der Frösche – Mücken und Fliegen – ungehindert vermehrt.«

»Und bedenken Sie«, sagte Jane, »dass blutsaugende Insekten die Hauptüberträger für Krankheiten sind. Die Folgen für das Vieh in der Region müssen katastrophal gewesen sein. Außerdem könnten eitrige Beulen die Krankheit weiter verbreitet haben.«

»Dann zu den Plagen Nummer fünf und sechs«, sagte Gray, der über Dereks Schulter hinweg auf die Liste schaute.

Derek tippte auf die nächsten drei Einträge. »Für den

Hagel, die Heuschrecken und die Dunkelheit gibt es andere Erklärungen, die nicht mit der Vergiftung des Nils in Verbindung stehen.«

Gray schaute ihn an. »Was war der Grund?«

»Ein Vulkan namens Thera auf einer griechischen Insel. Der Ausbruch fand vor dreieinhalbtausend Jahren statt und war ungewöhnlich heftig. Milliarden Tonnen Asche wurden in die Luft geschleudert und wohl auch nach Ägypten geweht. Archäologen haben in vielen ägyptischen Ruinen Bimsstein gefunden – ein Gestein, das aus abkühlender Lava gebildet wird.«

»Und in Ägypten gibt es keine Vulkane«, warf Jane ein.

Derek fuhr fort. »Der vom Vulkanausbruch herrührende Bimsstein könnte dramatische Folgen für die Atmosphäre gehabt haben, zumal wenn gerade Regenzeit war. Meteorologen haben gezeigt, dass es zu starkem Hagel und heftigen Blitzen kommt, wenn Gewitterwolken mit heißer Asche in Berührung kommen.«

»Die Asche dürfte auch den Himmel verdunkelt haben«, sagte Gray. »Aber was ist mit der Heuschreckenplage?«

»Heuschrecken legen ihre Eier in feuchter Umgebung ab«, erklärte Jane. »Der schmelzende Hagel und die Wetterveränderungen im Gefolge des Vulkanausbruchs könnten zu einer starken Vermehrung der Heuschrecken geführt haben.«

»Was uns zur zehnten Plage führt«, sagte Derek. »Harold hat sie darauf zurückgeführt, dass die Erstgeborenen in ihren Familien besondere Wertschätzung genossen haben. Sie bekamen die meiste Nahrung. Wenn also die Heuschrecken das Korn fraßen und der Rest verschimmelte, wurden die erstgeborenen Söhne zuerst krank und starben schließlich an Pilzvergiftung.«

Jane wandte sich Ileara zu. »Aber selbst mein Vater war von dieser Erklärung nicht vollständig überzeugt. Auch viele andere müssen das verdorbene Korn verzehrt haben und daran gestorben sein. Und damit ist auch noch nicht erklärt, weshalb die Erstgeborenen des Viehs verendet sind.«

Derek blickte aufs Display. »Vielleicht verfügen wir jetzt über eine bessere Erklärung, eine bessere Möglichkeit, die erste Plage mit der letzten zu verknüpfen.«

Zum ersten Mal ergriff Seichan das Wort. »Aber wieso ist Plage Nummer sieben eingekreist?« Sie zeigte auf die Markierung, mit der Harold die Hagelplage gekennzeichnet hatte.

Derek zuckte mit den Schultern und blickte Jane an, die den Kopf schüttelte. »Wir haben keine Ahnung«, räumte er ein.

Gray warf eine weitere Frage auf. »Wenn es stimmt, dass die Mikrobe der Auslöser für die meisten Plagen einschließlich der letzten war, wie haben die Ägypter sie bekämpft?«

Jane versuchte sich an einer Antwort. »Die Welt sah damals anders aus. Die Menschen waren isolierter. Die Krankheit hatte vielleicht nur lokale Auswirkungen und ist von selbst verschwunden.«

Ileara runzelte die Stirn, offenbar unzufrieden mit der Erklärung. »Es sei denn, es gab einen anderen Grund. Etwas in der Wüste, über das Ihr Vater gestolpert ist.«

Gray musterte sie skeptisch. »Glauben Sie wirklich, die alten Ägypter könnten ein Heilmittel für eine Krankheit gefunden haben, welche die besten Medizinforscher der Gegenwart vor riesige Herausforderungen stellt?«

Ileara zuckte mit den Achseln. »Das wäre nicht das erste Mal. Denken Sie beispielsweise an MRSA.«

Gray spannte sich an und kniff die Augen zusammen. »Was ist damit?«

»Der Supererreger war die Geißel der Krankenhäuser, bis ein Forscher ein Rezept für Augensalbe aus einem medizinischen Handbuch des neunten Jahrhunderts mit dem Titel *Balds Arzneibuch* ausprobiert hat. Sie besteht im Wesentlichen aus Knoblauch, Zwiebeln und Lauch sowie Wein und Magensaft von Kühen.«

»Magensaft von Kühen?«, brummte Kowalski. »Wenn das ein Heilmittel sein soll, ziehe ich die Krankheit vor.«

Gray beachtete ihn nicht, sondern bedeutete Ileara fortzufahren. »Und wie ging es weiter?«

»Mikrobiologen haben die Salbe an MRSA-Kulturen getestet und festgestellt, dass sie über neunzig Prozent der Bakterien abtötet.«

»Dann hat es also funktioniert«, meinte Gray.

Ileara nickte. »Und wer weiß schon, ob die Ägypter nicht zufällig ein ähnliches Heilmittel entdeckt haben? Auch wenn es unwahrscheinlich klingt, sollten wir dennoch danach suchen.«

Gray sah auf die Uhr. »Dann sollten wir besser aufbrechen. Unser Transportflugzeug hebt in fünfzehn Minuten planmäßig ab. Wir dürfen es nicht verpassen.«

Alle machten sich bereit.

Während Derek seine Sachen packte, nahm Monk seinen Einsatzpartner beiseite. »Ich habe mit Painter gesprochen, bevor wir uns auf dem Rollfeld getroffen haben. Er möchte, dass ich und Ileara hier in Kairo bleiben und die Arbeit in NAMRU-3 koordinieren.«

»Lass mich raten. Ihr sollt Sigmas Augen und Ohren am Ground Zero der Seuche sein.«

»Er macht sich auch Sorgen wegen möglicher politischer Unruhen. In einem solchen Pulverfass hilft hitzige Rhetorik nicht weiter.«

Monk klopfte ihm auf die Schulter. »Jedenfalls bin ich besser dran als du.«

»Wieso das?«

»Ich habe wenigstens eine Klimaanlage.«

Seichan hatte sich ihnen genähert. »Monk, als du mit Painter gesprochen hast, hat er da vielleicht erwähnt, dass die Frau identifiziert wurde, die uns in der Kirche von Ashwell angegriffen hat?«

Derek hatte die Frage mitbekommen. Auch er machte sich Sorgen, dass die Angreiferin sich irgendwo dort draußen verstecken könnte.

Monk schüttelte den Kopf. »Er ist mit Kat an der Sache dran. Aber glaubt mir, Painter ist hoch motiviert. Die tätowierte Frau ist vielleicht die einzige Spur zu Safia al-Maaz.«

Seichan machte ein finsteres Gesicht. »Dann sollte er sie besser finden, bevor ich es tue.«

11

2. Juni, 15:22 EET
Kairo, Ägypten

Valya Mikhailov senkte das Fernglas aufs Fensterbrett des gemieteten Zimmers ab. Sie beobachtete, wie die Hercules C-130 am blauen Himmel vorbeizog. Wie ein schwerer Vogel schwenkte die Maschine nach Süden. Zuvor hatte Valya mit dem Fernglas die Zielpersonen beobachtet, die über die Heckrampe an Bord gegangen waren. Sie hatte sich vergewissert, dass Jane McCabe noch mit von der Partie war.

Zufriedengestellt zog sie das Bluetoothmikrofon näher an die Lippen. »Sie sind unterwegs nach Khartum«, berichtete sie ihrem jüngeren Bruder.

Antons Stimme drang leise an ihr Ohr. »Dann läuft alles wie geplant. Die besten Chancen, die Tochter des Professors zu ergreifen, ohne Aufsehen zu erregen, haben wir in der Wüste. Am Treffpunkt erwartet dich ein Extraktionsteam.«

»Verstanden.«

Sie unterbrach die Verbindung.

Seit zwei Tagen verfolgte Valya die Beute. Nur wenige

konnten es darin mit ihr aufnehmen. Diese Gabe verdankte sie dem jahrzehntelangen Training der Gilde. Die zickzackförmig verlaufenden Rückennarben waren Beleg dafür, denn jedes Mal, wenn ihre ehemaligen Auftraggeber sie bemerkt hatten, war sie bestraft worden. Um der Bestrafung zu entgehen, hatte sie gelernt, sich in ein Gespenst zu verwandeln. Ihr heller Teint erwies sich dabei als förderlich.

Dank ihrer Fähigkeiten und der Ressourcen ihrer neuen Auftraggeber war sie den Zielpersonen mühelos vom Bahnhof in Ashwell bis zu ihrem Hotel in Kairo gefolgt. Bei jeder Zwischenstation hatte sie nach einer Möglichkeit gesucht, die junge Frau von ihren Bewachern zu separieren. Bei ihrer Ausbildung aber hatte Valya Geduld gelernt. Wenn man etwas überstürzte, brachte einem das bloß eine weitere Narbe ein.

Allerdings gab es noch einen anderen Grund für ihre Vorsicht.

Moya sestra …

Valya hatte die Frau studiert, die sie in Ashwell überrascht und ihre Leute so effizient ausgeschaltet hatte. Valya hatte sie kurz am anderen Ufer des Sees hinter der Kirche gesehen, doch erst im Lauf der Verfolgung war ihr bewusst geworden, wer ihre Gegnerin eigentlich war. Weniger das Gesicht als vielmehr ihr Verhalten und ihre Raffinesse hatten sie darauf gebracht. Drei Mal hätte sie Valya um ein Haar bemerkt.

Das gelang niemandem – es sei denn, sie hatten eine ähnliche Vergangenheit.

Nach und nach hatte die Ahnung unumstößlicher Gewissheit Platz gemacht.

Jetzt wusste sie, mit wem sie es zu tun hatte: mit einer dunklen Schwester, einem Schatten ihrer selbst.

Valya hatte von einer Eurasierin gehört, welche die Gilde verraten hatte und zuvor eine der besten Auftragsmörderinnen gewesen war. Infolge des Verrats hatten sie und ihr Bruder ihre Erwerbsquelle verloren, wären beinahe verarmt und hatten sich verstecken müssen, weil der Gegner die Welt von der Gilde zu befreien suchte.

Zum Glück weiß ich, wie man sich versteckt.

Sie und ihr Bruder waren der Säuberung entgangen. Schließlich hatten sie einen neuen Auftraggeber gefunden, doch es würde nie wieder wie früher sein. Für ihr Leiden und ihren Verlust wollte sie die Verräterin zur Rechenschaft ziehen. Zorn wallte in ihr auf – zusammen mit einer gewissen Erregung.

Valya verlangte es nach einer wahren Herausforderung.

Jetzt hatte sie sie gefunden.

Sie trat vor den Tisch, auf dem die Messer lagen, alle frisch geschärft. Sie nahm den ältesten Dolch in die Hand. Er hatte ihrer Großmutter gehört, die in einem sibirischen Dorf gelebt und im Zweiten Weltkrieg gegen die Deutschen gekämpft hatte. Sie hatte einer Fraueneinheit angehört, dem 588. Nachtbomberregiment. Geflogen waren sie mit alten Doppeldeckern vom Typ Polikarpow Po-2, Kukurzniks genannt, die zu langsam waren, um bei Tag eingesetzt zu werden. Die Frauen waren erst nach Sonnenuntergang gestartet, waren leise über die Flugabwehrgeschütze der Nazis hinweggeglitten und hatten ihre Bomben auf die arglosen gegnerischen Stellungen abgeworfen. Ihre tödliche Effizienz brachte ihnen den Spitznamen *Nochnye Vedmy* ein – Nachthexen.

Valya lächelte. Sie wusste, weshalb ihre Großmutter dem Regiment so gerne angehört hatte. Sie wendete den Dolch in den Händen und fuhr mit dem Finger über den schwarzen Griff. Ihre Großmutter hatte eine Sibirische Fichte und einen Vollmond darin eingeschnitzt. Dies war ein *athamé*, ein Dolch für magische Zeremonien. Ihre Großmutter war eine angesehene *babka* gewesen, eine Dorfheilerin. Ihr Wissen und ihre Werkzeuge hatte sie an ihre Tochter weitergegeben, an Valyas und Antons Mutter.

Was sich als unglückliche Entscheidung erwiesen hatte.

Die ländlichen Gebiete waren berüchtigt gewesen für ihren engstirnigen Aberglauben. Ein paar schlechte Sommer, und die Menschen hielten Ausschau nach einem Sündenbock. Eine Witwe mit zwei eigentümlich blassen Kindern kam ihnen da gerade recht. Sie waren gezwungen gewesen, ihre Heimat zu verlassen und nach Moskau zu flüchten. Da sie über keine finanziellen Mittel verfügte, hatte ihre Mutter sich prostituiert. Gnädigerweise war sie im selben Jahr ums Leben gekommen, ermordet von einem ihrer Kunden. Valya war am Tatort aufgetaucht, hatte den Mann mit dem Dolch ihrer Großmutter erstochen und ein Werkzeug des Heilens in ein Instrument des Todes verwandelt.

Anschließend hatten sie und Anton – gerade mal elf und zwölf Jahre alt – auf der Straße gelebt und waren brutal und wild geworden, bis die Gilde auf sie aufmerksam geworden war und sich ihre Wut dienstbar gemacht hatte.

Valya blickte in den Spiegel über dem Schreibtisch. Sie hatte die Tätowierung mit Puder abgedeckt, doch die dunkle Sonne war noch zu erkennen. Das Tattoo sollte sie und ihren Bruder daran erinnern, dass sie immer füreinander da sein würden.

Aber nichts währt ewig, dachte sie bitter.

Anton hatte jemand anderen gefunden.

Sie senkte den Blick, den *athamé* noch immer in der

Hand. Die Spitze der Klinge war dazu gedacht, mächtige Symbole in Kerzen und magische Totems zu schnitzen. Sie jedoch hatte sie dazu zweckentfremdet, ein magisches Auge in die Stirn ihrer Opfer einzuritzen, eine stilisierte Version des Horusauges.

Sie dachte an die Frau, welche die Gilde zerstört und sie und ihren Bruder auf die Straße getrieben hatte, und drückte die Spitze des Dolchs tief in den Schreibtisch. Sie schnitzte ein neues Versprechen ins Holz, entschlossen, die Verräterin mit dem gleichen Zeichen zu markieren.

Als sie fertig war, begutachtete sie ihr Werk.

Anders als mein Bruder werde ich mein Versprechen halten.

12

2. Juni, 11:44 EDT
Washington, D.C.

»Gray und Begleiter sind wohlbehalten in Khartum gelandet«, verkündete Kat, als sie ins Büro des Direktors trat und die Ansammlung von Kaffeebechern auf dem Schreibtisch bemerkte. *Zu viele für einen Vormittag.*

Painter bat sie mit erhobener Hand um Schweigen. Er hatte die Ärmel hochgekrempelt und beugte sich über einen dicken Aktenordner. Drei Wandmonitoren zeigten unterschiedliche Bilder an. Auf einem liefen ohne Ton die BBC-Nachrichten, auf dem zweiten wurde eine Karte mit Daten der Seuchenschutzbehörde angezeigt und auf dem dritten etwas, das ihre Aufmerksamkeit erregte. Offenbar waren das Bilder einer Webcam in einem menschenleeren Büro. Ein Stuhl war vom Schreibtisch abgerückt. An der Seite war ein Bücherregal zu sehen, mit englischen und arabischen Titeln.

Dann ließ sich eine bekannte Person auf den Stuhl plumpsen. Ihr stockte der Atem. Es war ihr Mann.

Monk beugte sich zur Webcam vor. Als er sie bemerkte, grinste er. »Hallo, Schatz. Ich bin wieder da.«

Kat trat um Painters Schreibtisch herum und zog Monitor und Mikrofon zu sich heran. »Wo bist du?«

Monk schaute sich im Zimmer um. »Die Leute von NAMRU-3 waren so nett, uns ein Büro zur Verfügung zu stellen. Es liegt im Keller, aber ganz in der Nähe der medizinischen Bibliothek, das ist praktisch.«

Monk kippte den Stuhl zurück und stieß einen Pfiff aus.

Kat runzelte die Stirn. »Was soll das?«

Ein zweites Gesicht gelangte in Sicht. »Hallo, Kat.«

Es war Dr. Ileara Kano. Sie war mit einem hüftlangen Laborkittel bekleidet und hatte ihr Haar züchtig mit einem Kopftuch bedeckt. Sie hatte sich mehrere Zeitschriften unter den Arm geklemmt.

Kat grinste ihre Freundin an. »Ileara, schön, dich zu sehen. Ich hoffe, mein Mann hat dich nicht allzu sehr genervt.«

»Überhaupt nicht.« Dann setzte sie hinzu: »Na ja, er könnte mal aufhören, die ganzen Gummibärchen an sich zu raffen. Durch die Rationierung sind die richtig kostbar geworden.«

Monk zeigte keinerlei Anzeichen von schlechtem Gewissen. »Was soll ich sagen – ich muss noch wachsen.«

Kats Herz flog ihm zu. »Er hat einen Heißhunger auf Süßes.«

»Deshalb habe ich dich geheiratet – die süßeste Frau, die ich kenne.«

Oh Mann…

»Du darfst ihn gern für mich boxen«, sagte Kat.

»Später vielleicht«, meinte Ileara. »Aber auf jeden Fall dann, wenn das Gummibärchenglas leer sein sollte, wenn ich aus der Bibliothek zurückkomme.«

Sie winkte in die Kamera und verschwand.

Kat hatte Monk so vieles zu sagen und mitzuteilen, über ihre beiden Töchter und ihre Sehnsucht nach ihm. Er war erst ein paar Tage weg, doch die Lücke, die er in ihrem Leben zurückgelassen hatte, machte sich schmerzhaft bemerkbar. Besonders fehlte ihr, am Abend mit ihm zusammenzusitzen, wenn sie die Mädchen zu Bett gebracht hatten.

»Ich vermisse dich auch«, sagte Monk. Ernsthaftigkeit schimmerte durch sein Grinsen hindurch.

Sie wollte ihn umarmen und trat unwillkürlich einen Schritt vor, doch sie war nicht allein.

Painter schob seinen Stuhl zurück, stand auf und streckte mit schmerzverzerrtem Gesicht den Rücken. Sie wusste, dass er die Nacht über im Büro ausgeharrt hatte. Da seine Frau Lisa bei ihrem Bruder in Kalifornien war, hatte er gemeint, er habe keinen Grund, seinen Posten zu verlassen, solange die Krise andauere.

Kat aber vermutete, dass der eigentliche Grund nichts mit seinem leeren Haus zu tun hatte.

Noch immer war Safia al-Maaz verschwunden, und er würde so lange, bis sie sich in Sicherheit befand, nicht rasten und nicht ruhen.

Painter trat neben sie und versteckte ein Gähnen hinter vorgehaltener Hand. »Monk hat mich über die Lage in Kairo ins Bild gesetzt. Dann musste er …«

»… dringend mal wohin«, schloss Monk. »Selbst im Epizentrum einer Pandemie muss ein Mann dem Ruf der Natur Folge leisten.«

»Und wie sich herausstellte, erfolgte der Ruf zur rechten Zeit«, sagte Painter. »In seiner Abwesenheit bekam ich einen Bericht von einem Interpolbüro in Moskau. Ich bin mir nicht sicher, ob das relevant ist. Aber ich möchte, dass Sie dem mal nachgehen.«

»Wird gemacht«, sagte Kat.

»Klingt so, als wärt ihr beide beschäftigt«, sagte Monk. »Und ich soll in zehn Minuten an einer Besprechung der Forschungsleitung teilnehmen. Ich melde mich, falls es wichtige Neuigkeiten gibt.«

Monk zwinkerte ihr zu und unterbrach die Verbindung, nicht ohne vorher eine Handvoll Gummibärchen aus dem Glas zu fischen.

Kat wandte sich kopfschüttelnd an Painter. »Was stand in dem Bericht aus Moskau?«

Sie vermutete, dass es um die tätowierte Angreiferin ging, eine Frau, die möglicherweise wie Seichan der Gilde gedient hatte, doch Kat wollte sich keine übertriebenen Hoffnungen machen. In den vergangenen achtundvierzig Stunden war sie bei dem Versuch, sie zu identifizieren, in eine Sackgasse nach der anderen geraten. Seichan kannte die Frau nur vom Hörensagen. Wie Seichan war sie eine berüchtigte Auftragsmörderin der Gilde gewesen. Kat vergegenwärtigte sich Seichans Charakterisierung der Unbekannten.

Hat sie erst einmal Witterung aufgenommen, ist man bereits so gut wie tot.

Seichan vermutete, dass ihre Gruppe in Ashwell nur deshalb überlebt hatte, weil die Killerin nicht gewusst hatte, dass Sigma an der Sache dran war.

Diesen Fehler wird sie nicht noch einmal machen, hatte Seichan erklärt.

Painter nahm ein Blatt Papier aus dem Aktenordner, in dem er gelesen hatte, und schob ihn über den Schreibtisch. »Kat, Sie haben möglicherweise richtig gelegen, was die Bedeutung des Symbols angeht.«

Auf der einen Seite war ein Foto abgebildet. Nach dem

Angriff hatte Seichan eine Skizze der Tätowierung der Unbekannten übermittelt. Sie erinnerte an eine Sonnenhälfte. Dieses dunkle Zeichen war der einzige konkrete Hinweis auf die Identität der blassen Frau. Kat hatte zahlreiche Verbrecherdateien und Datenbanken der Polizei durchforstet, jedoch ohne Ergebnis.

Als sie nach vierundzwanzigstündiger Suche noch immer keinen Schritt weitergekommen war, hatte sie mit dem Symbol herumgespielt und sich gefragt, ob es vielleicht die eine Hälfte eines Ganzen war. Deshalb hatte sie die Sonnenhälfte gespiegelt und die vervollständigte Sonne ausgedruckt.

Die Sonnenstrahlen waren am Ende abgeknickt, sodass ein Rad entstand. Kat hatte nicht lange gebraucht, um das Zeichen zu identifizieren. Es handelte sich um ein sogenanntes Kolovrat, ein heidnisches Sonnensymbol, das in slawischen Ländern gebräuchlich gewesen war. Früher war es mit Hexerei verknüpft gewesen, dann war es von nationalistischen Parteien und Neonazis vereinnahmt worden.

Ausgehend von dieser Information engte Kat die Suche ein und konzentrierte ihre Nachforschungen auf slawische Länder. Mithilfe ihrer zahlreichen Kontakte in der Welt der Geheimdienste hatte sie die Interpolbüros in dreizehn Ländern gebeten, Polizeiakten zu durchforsten, die möglicherweise nicht in der zentralen Datenbank in Lyon gelandet waren. Zur Sicherheit hatte sie die gleiche Anfrage auch an das Moskauer Büro gerichtet, da viele slawische Länder früher dem Sowjetblock angehört hatten.

Das war vor vierundzwanzig Stunden gewesen.

»Haben Sie einen Treffer erzielt?«, fragte Kat. »Hat jemand einen Hinweis auf eine Frau mit einem halben Sonnensymbol im Gesicht gefunden?«

»Nein«, sagte Painter und machte ihre Hoffnung damit zunichte.

»Was haben Sie dann …?«

»In Moskau ist man auf einen Akteneintrag zu einem jungen *Mann* gestoßen, genau genommen einem sechzehnjährigen Jugendlichen, der die Hälfte des Symbols aufs Gesicht tätowiert hat. Er wurde vor etwa zehn Jahren in der Kleinstadt Dubrovitsy wegen Kleindiebstahls und Erregung öffentlichen Ärgernisses verurteilt, ist aber geflohen, bevor man ihn ins Gefängnis stecken konnte.«

Kat seufzte – offenbar wieder eine Sackgasse. »Direktor, das führt nicht weiter. Ich habe damit gerechnet, dass wir falsche Hinweise bekommen, denn das Kolovrat-Symbol ist bei neonazistischen Gruppierungen beliebt. Sucht man im Internet danach, stößt man auf Hunderte weiße Rassisten mit dem Tattoo, die meisten davon Männer.«

»Aber was ist, wenn jemand sich nur die *Hälfte* des Symbols hat eintätowieren lassen?«, gab Painter zu bedenken.

Das war seltsam, das musste sie zugeben.

»Was ist hiermit?« Painter schlug den Aktenordner auf und nahm den Ausdruck des Polizeifotos heraus. Am unteren Rand standen krakelige kyrillische Schriftzeichen, vermutlich eine Auflistung der Vergehen, die der Junge sich hatte zuschulden kommen lassen. Painter tippte auf das Foto. »Fallen Ihnen Ähnlichkeiten auf?«

Kat musterte das faltenlose Gesicht des Jungen. Sein Teint war blass, sein Haar schneeweiß. Eigentlich war er ganz hübsch, hatte schmale Lippen und eine scharf gezeichnete Nase. Das Tattoo auf der linken Gesichtshälfte aber verunstaltete seine Züge und machte ihn hässlich.

Painter legte den Finger auf ein eingerahmtes Wort.

альбинос

»Hier steht, er ist ein Albino.«

Kats Augen weiteten sich, als sie sich an Seichans Beschreibung der geisterhaft blassen Frau erinnerte. »Okay, vielleicht wäre es *doch* sinnvoll, der Sache nachzugehen. Wie heißt er?«

»Anton Mikhailov.«

Sie streckte die Hand nach der Akte aus. »Ich werde sehen, was ich über ihn herausfinden kann.«

Als sie den Papierstoß entgegennahm, bemerkte sie die Besorgnis in Painters Blick.

Den Grund brauchte er ihr nicht zu erklären.

Für Safia al-Maaz lief die Zeit ab.

12:10 EDT
Ellesmere-Insel

Es ist alles meine Schuld…

Wegen ihres schlechten Gewissens fiel es Safia schwer, Rory anzusehen. Einen Schritt von ihr entfernt hatte Harolds Sohn sich bis auf die Boxershorts entkleidet und stieg nun in einen gelben Schutzanzug. Sie hatte den Blick abgewendet, nicht aus Rücksichtnahme, sondern weil sie sich schämte. Rorys rechtes Auge war blutunterlaufen und beinahe zugeschwollen.

Gestern hatte sie versucht, die Dinge hinauszuzögern. Angesichts des engen Arbeitsplans, der für sie vorgesehen war, hatte sie passiven Widerstand praktiziert, Erschöpfung vorgetäuscht, sich langsam bewegt und nur so getan, als lese sie Professor McCabes alte Notizen durch. Stattdessen hatte sie die Zeit dazu genutzt, ihre Umgebung zu studieren und sich Gedanken über eine mögliche Flucht zu machen. Die Schlussfolgerung, zu der sie gelangte, war düster.

Es gibt keinen Ausweg.

Der Stützpunkt auf der Ellesmere-Insel war umgeben von tausenden Morgen offener Tundra, die im Nordwesten an das mit Eisschollen bedeckte Meer grenzte. Wenn sie nachts nicht schlafen konnte, hörte sie, wie das Packeis unaufhörlich ächzte und knackte. Stille herrschte hier vermutlich nur im dunklen Winter, wenn die Arktische See vollständig zufror und die Sonne sich monatelang nicht blicken ließ.

Selbst wenn sie versuchen würde, durch die gefrorene Landschaft zu fliehen, gab es noch andere Gefahren. Von ihrem Fenster aus sah sie grau-weiße Schemen, die langsam über den schwarzen Granit wanderten. Eisbären streiften an den Stränden der Insel entlang und machten Jagd auf Robben und was sonst noch essbar war. Heute Morgen, bevor sie zu ihrem Arbeitsplatz gebracht worden war, hatte sie bei der Antennenanlage mehrere Arbeiter bemerkt, welche die Kabel überprüften und sich auf ihren Clipboards Notizen machten. Alle hatten ein Gewehr geschultert gehabt.

Sie hatte noch immer keine Ahnung, welchem Zweck der stählerne Hundert-Morgen-Wald und die riesige Grube in seiner Mitte dienten. Vom Fenster in der Stationsbibliothek aus war zu erkennen, dass etwas aus der Grube herausragte. Allerdings konnte sie nur die Spitze sehen, eine silberne Kugel von etwa zwanzig Metern Durchmesser.

Als sie sich bei Rory danach erkundigte, hatte er den Kopf eingezogen und zu ihrem blassen Bewacher Anton geblickt. Diese Information war für ihre Besoldungsgruppe anscheinend unzugänglich. Rorys Zurückhaltung hatte sie nicht verwundert. Sie hatte bereits festgestellt, dass hier strikte Arbeitsteilung galt. Jeder wusste nur das, was er unbedingt wissen musste. Die Techniker, an denen sie auf dem Flur vorbeigekommen war, trugen Uniformen in unterschiedlicher Farbe und bildeten jeweils eine eigene Clique, die vermutlich durch ihren Einsatzbereich definiert war.

Sie musterte den gefalteten grauen Overall, der vor ihr auf der Bank lag. Es war der gleiche, den auch Rory trug. Dass das übrige Personal ihnen aus dem Weg ging und selbst den Augenkontakt mied, war ein deutlicher Hinweis auf die Bedeutung der Farbe.

Das Grau wies sie als Gefangene aus.

Vielleicht aber war die Bezeichnung *Zwangsarbeiter* zutreffender, mit Betonung auf *Zwang*.

Als Rory sich die Haube des Schutzanzugs über den Kopf streifte und das Plastik sein geschwollenes Auge berührte, zuckte er zusammen. Anton hatte ihm am Abend zuvor unerwartet einen Schlag versetzt. Rory war auf dem Hintern gelandet, zu verblüfft, um einen Laut von sich zu geben. Anton hatte sie unverwandt angeschaut. Sein knapper Kommentar war trotz seines starken Akzents unmissverständlich gewesen.

Morgen strengt ihr euch mehr an.

Offenbar fand er Safias Arbeitsmoral ungenügend.

Heute hatte sie getan, was von ihr verlangt wurde, das hieß, sie hatte die Richtlinien für die Arbeit im Sicherheitslabor gelesen. Man hatte sie gebeten, sich alles einzuprägen, und anschließend hatte Anton sie geprüft. Diesmal hatte der Russe zufrieden genickt.

Während sie sich ankleidete, ging Safia im Kopf noch einmal die wesentlichen Punkte durch.

- Alle Mitarbeiter müssen einen Druckanzug tragen.
- Biologische Proben müssen doppelt versiegelt werden und einen Desinfektionstank oder eine Begasungskammer passieren.
- Alle Arbeitsoberflächen sind zu dekontaminieren.
- Vor Verlassen des Labors müssen die Schutzanzüge in der chemischen Dusche gereinigt werden.

Es gab noch zahllose weitere Details und Prozeduren, und ihr war klar, dass Rory zu leiden hätte, wenn sie einen Fehler machte.

Das heißt, wenn der Fehler mich nicht vorher umbringt …

Als sie die Haube überstreifte und den Anzug versiegelte, verspürte sie einen Anflug von Klaustrophobie. Eilig brachte sie den Luftschlauch an. Die zischend einströmende Luft ließ den Anzug anschwellen, was ihr half, die aufsteigende Panik zurückzudrängen. Sie atmete tief die metallisch schmeckende Luft ein.

Rory trat vor sie hin, er sah aus wie ein Astronaut. »Alles in Ordnung?«, erkundigte er sich über das stimmaktivierte Funksystem.

Sie nickte, vielleicht ein wenig zu entschieden.

»Sind Sie sicher?«

»Ja«, krächzte sie, dann antwortete sie mit größerer Bestimmtheit: »Alles gut, Rory. Bringen wir's hinter uns.«

Sie wollte nicht den Eindruck erwecken, dass sie vor der Verantwortung zurückschreckte. Anton stand in der äußeren Vorkammer, die Hände hinter dem Rücken verschränkt. Über einen Knopf im Ohr hörte er ihren Funkverkehr mit.

»Los geht's«, sagte Rory.

Er trat als Erster durch die nächste Sicherheitstür. Durch die chemische Dusche gelangten sie in das eigentliche Labor. Dem Zustand der verschiedenen Arbeitsplätze an den Wänden nach zu schließen, waren sie heute Morgen unter sich. Die anderen Mitarbeiter waren anscheinend angewiesen worden, das Labor zu verlassen, damit sie und Rory bei ihrer Privataudienz mit dem Forschungsobjekt nicht gestört wurden.

Der große, luftdicht versiegelte Behälter erwartete sie mitsamt seinem Inhalt.

Trotz des Grauens, das sie empfand, war Safia fasziniert von der Gestalt, die auf dem Thron aus mattem Silber saß. Die Heiterkeit des geneigten Kopfs übte eine beruhigende Wirkung auf sie aus. Sie ließ die Gestalt auf sich wirken, prägte sich die Details ein. Der Schädel der Frau war glatt und unbehaart, doch sie vermutete, dass die ägyptische Prinzessin ihr dunkles Haar nicht aufgrund eines Verwesungsprozesses verloren hatte.

Man hatte es ihr abrasiert.

Kein einziges Härchen fand sich an ihrem Körper; selbst die Augenbrauen fehlten.

Neugierig näherte sie sich dem Thron.

»Es muss sich um einen Ritualtod gehandelt haben«, flüsterte sie, doch das Mikrofon nahm ihre Worte trotzdem auf und übermittelte sie weiter.

»Das hat mein Vater auch geglaubt«, sagte Rory. »Er ging davon aus, dass sie lebendig in der Kammer eingesperrt wurde. Am Boden befand sich ein Aschering, was darauf hindeutet, dass sie bei lebendigem Leib gebraten wurde.«

»Ich glaube nicht, dass sie eingesperrt wurde. Ich glaube, sie ist freiwillig hineingegangen. Schauen Sie sich an, wie friedlich sie auf dem Thron sitzt. Sie ist nicht angekettet und nicht gefesselt. Sie muss grauenhafte Schmerzen gehabt haben.« Safia legte den von der Haube umschlossenen Kopf schief und musterte die verkohlten Bereiche, wo die Haut der Frau mit dem silbernen Thron Kontakt gehabt hatte. »Aber sie ist auf dem glühend heißen Stuhl sitzen geblieben.«

Safia streckte die Hand zu den Verschlüssen des Transportbehälters aus.

»Lassen Sie mich das machen«, sagte Rory.

Safia nickte und trat mit einem Anflug von Ungeduld zurück. Gestern hatte man ihr aufgetragen, Professor McCabes Forschungsarbeit zu begutachten – jedenfalls das wenige, was davon übrig war. Die genauen Details hatte man ihr zwar vorenthalten, doch sie hatte den Unterlagen entnommen, dass Harold versucht hatte, die Forschungsergebnisse vor seiner Flucht zu vernichten. Das war ihm nur teilweise gelungen. Bruchstücke seiner Arbeit hatten überdauert, Fragmente einer umfangreicheren Studie. Safias Aufgabe war es, mit Rorys Hilfe die Einzelteile wieder zusammenzusetzen.

Doch es war offensichtlich, dass ihre Auftraggeber einiges vor ihr geheim hielten.

Sie wusste noch immer nicht, woher die Frau stammte und weshalb sie so wichtig war.

Rory hatte den letzten Verschluss gelöst und schwenkte die Glastür auf.

Safia trat neugierig vor, bis sie unmittelbar vor der Prinzessin stand. Sie musterte die Gestalt und bemerkte Details, die ihr bislang entgangen waren. Die geschnitzten Initialen an der Rückenlehne waren meisterlich ausgeführt, angefangen von den Lefzen des Löwen – im Knurren fixiert –, bis zum schüchternen Schwung der Wange der Königin an der anderen Seite.

Ihr Blick aber heftete sich auf das eigentliche Wunder. Dieses dramatische Kunstwerk war mit der Zeit verblasst, hatte seine Schönheit jedoch nicht verloren.

Kein Wunder, dass man sie vollständig rasiert hat.

Der ganze Körper der Frau war mit Tätowierungen bedeckt. Reihe um Reihe zogen sie sich vom Schädel bis zu den bloßen Füßen hinunter.

Mein Gott…

Vor Aufregung atmete Safia schwer. Ihr war klar, dass die Frau gestorben war, um diese Texte für die Ewigkeit zu bewahren.

Sie richtete den Blick wieder auf das heitere Gesicht der Unbekannten und flüsterte: »Sag mir alles.«

14:13 EDT
Washington, D. C.

»Ich habe einen weiteren Treffer!«, rief Jason im Nebenraum.

Kat wandte sich vom Schreibtisch ab. Ihr Bürofenster ging auf die unterirdische Kommunikationszentrale von Sigma hinaus. Ein einzelner Monitor glomm in dem dunklen Raum und beleuchtete das Gesicht ihres Chefanalytikers Jason Carter. Er hatte wie sie bei der Marine gedient, war aber zehn Jahre jünger als sie. Kat hatte ihn eingestellt, nachdem er sich allein mithilfe eines BlackBerrys und eines manipulierten iPads in DoD-Server eingehackt hatte. Trotz seiner flachsblonden Haare und seines jungenhaften Aussehens war Jason ein kleines Genie, besonders wenn es um Analysen ging.

Sie erhob sich und ging in den Nebenraum. »Zeigen Sie's mir.«

In den vergangenen zwei Stunden hatte sie drei weitere Treffer bei ihrer Recherche zu Anton Mikhailov erzielt, doch keiner von ihnen hatte sie weitergebracht.

Jason beugte sich über die Tastatur und tippte. »Das sieht gut aus.«

»Das entscheide ich.« Ihre Bemerkung klang schärfer als beabsichtigt. Sie legte ihm eine Hand auf die Schulter. »Tut mir leid.«

»Kein Problem.« Er schaute sich zu ihr um. »Ich weiß, unter welchem Druck Sie stehen. Ich habe auf dem Flur den Direktor getroffen. Er ist … ziemlich angespannt.«

»Er macht sich Sorgen. Das tun wir alle.«

Er nickte. »Vielleicht hilft uns das weiter.«

Er rief ein Passfoto auf und schob es neben das Phantombild des älteren Anton Mikhailov. Das Phantombild hatte er erzeugt, indem er das Polizeifoto des jungen Anton mit einer Simulationssoftware bearbeitet hatte. Das Foto hatte Kat mit einer globalen Gesichterdatenbank abgeglichen. Vorsichtshalber hatte sie zwei Versionen hochgeladen: eine mit dem auffälligen Tattoo, die andere ohne. Es war nicht auszuschließen, dass der Mann die Tätowierung inzwischen abgedeckt oder entfernen lassen hatte.

Jetzt war sie froh darüber, dass sie beide Versionen hochgeladen hatte, denn der Mann auf dem Passfoto hatte keine Tätowierung.

Kat verglich die beiden Gesichter. Die Ähnlichkeit war groß. Sie las den Namen im Pass. »Anthony Vasiliev.«

Jason hob eine Braue. »Anthony… Anton. Das kann kein Zufall sein. Deshalb habe ich zu dem neuen Namen eine Hintergrundüberprüfung durchgeführt und dabei das hier gefunden.« Er ließ ein weiteres Foto anzeigen.

Es zeigte einen Mitarbeiterausweis.

Kat beugte sich vor und las den Namen der Firma ab. »Clyffe Energy.«

»Anthony leitet demnach die Sicherheitsabteilung der Forschungsstation Aurora in der Arktis.«

In der Arktis…

Kat fragte sich, ob sie richtig lag. Die Ähnlichkeit der Gesichter und Namen konnte auch ein Zufall sein. Clyffe Energy war ein multinationaler Konzern mit Hunderten von Patenten zu nachhaltigen Energieplattformen. Die Firma hatte überall ihre Finger mit drin. Ihr CEO – Simon Hartnell – war ein Wunderkind, ein Tech-Milliardär, der die Techniken zur Gewinnung von Solar-, Wind- und geothermaler Energie weiterentwickelte. Anders als viele andere Industriemagnaten, die Basketballteams kauften und ein glamouröses Leben führten, war Simon Hartnell ein Philanthrop, der Millionen an Wohltätigkeitsorganisationen vor allem in Afrika spendete.

»Wenn das wirklich Anton Mikhailov ist«, sagte Kat, »muss seine neue Identität hieb- und stichfest sein, sonst hätte er die Sicherheitsüberprüfung bei der Einstellung nicht bestanden. Clyffe Energy hat mehrere Kontrakte mit der Regierung und arbeitet auch für die DARPA. Vielleicht ist das doch nicht unser Mann.«

Statt zu antworten, machte Jason eine Eingabe und ließ Vasilievs Gesundheitsakte anzeigen.

»Wie sind Sie da drangekommen?« Kat schüttelte den Kopf. »Vergessen Sie's. Ich will's gar nicht wissen. Weshalb zeigen Sie mir das?«

Er tippte auf eine bestimmte Zeile. »Er bekommt regelmäßig Nitisinon verschrieben.«

»Was ist das?«

Jason rief eine Website der Nationalen Gesundheitsinstitute auf und las vor. »Es dient der Behandlung von okulokutanem Albinismus vom Typ 1-B, einem Gendefekt, der die Produktion von Tyrosin verhindert, einer Aminosäure, die für die Pigmentbildung in Haut und Augen erforderlich ist.« Er blickte sie an. »Anders formuliert: Anthony Vasiliev ist ein Albino.«

Kat spannte sich an.

»Das muss unser Mann sein«, sagte Jason. »Aber das ist noch nicht alles.«

»Sie haben weitere Beweise gefunden?«

»Etwas noch Besseres.« Jason machte eine weitere Eingabe, dann lehnte er sich zurück, streckte die Arme und ließ die Fingerknöchel knacken. »Er hat eine Schwester.«

Auf dem Bildschirm wurde ein weiterer Beschäftigtenausweis von Clyffe Energy angezeigt. Zu sehen war eine ernste Frau mit blassem Teint und weißem Haar. Wiederum war keine Tätowierung zu erkennen, doch die dunkle Sonne konnte auch unter einer dicken Schicht Make-up verborgen sein.

»Sie heißt Velma Vasiliev«, sagte Jason, »aber ich vermute, dass der Name ebenso falsch ist wie der ihres Bruders.«

Kat verspürte einen Anflug von Erregung, als sie das Gesicht der Frau betrachtete.

»Senden Sie das Foto Seichan«, befahl sie. »Vielleicht kann sie die Frau identifizieren. Leiten Sie dann die Information an die Grenzbehörden der EU und in Nordafrika weiter. Ich will wissen, ob Velma Vasiliev kürzlich in England war, und wenn ja, wo sie sich derzeit aufhält.«

Jason nickte und beugte sich wieder über die Tastatur.

Selbst wenn Seichan die Identität der Frau nicht bestätigen konnte, wollte sie, dass Grays Team vorgewarnt war.

Sie wandte sich ab, um Painter von dem Durchbruch zu berichten, erteilte Jason aber noch eine letzte Anweisung. »Tragen Sie, solange ich weg bin, alle verfügbaren Informationen über die Arktisstation zusammen, in der ihr Bruder arbeitet.«

»Wird erledigt.«

Getragen von einer Adrenalinwoge, eilte Kat mit energischen Schritten zum Büro des Direktors. Die Tür stand offen, doch da er gerade telefonierte, hielt sie an der Schwelle inne. »Sir?«

Painter saß auf der Schreibtischkante, das Gesicht den Wandmonitoren zugewandt. Er winkte sie herein. »Treten Sie ein, Kat.«

Und noch jemand anders begrüßte sie. »Na großartig. Jetzt haben wir eine richtige Party.«

Vom Monitor blickte ihr das Gesicht ihres Mannes entgegen. Monks Besprechung mit der Forschungsleitung von NAMRU-3 war offenbar beendet, und jetzt erstattete er dem Direktor Bericht.

Monk grinste sie an, was ihre Besorgnis auf der Stelle dämpfte. »Hey, meine Hübsche.«

»Selber hey.«

Monk kniff das linke Auge zusammen. »Schatz, was ist los?«

Wie gewöhnlich hatte er gemerkt, wie angespannt sie war. »Ich glaube, wir haben die Frau identifiziert, die Seichan und die anderen Leute in Ashwell angegriffen hat. Vielleicht war sie auch an der Entführung von Safia al-Maaz beteiligt.«

Painter wandte sich zu ihr um. »Berichten Sie!«

Kat schilderte kurz den Gang der Recherchen, hin und wieder unterbrochen durch eine kurze Frage Painters oder Monks. Als sie geendet hatte, hatte Painters Skepsis Gewissheit Platz gemacht.

»Gute Arbeit«, sagte Painter.

Kat wollte das Lob nicht alleine einstecken. »Jason Carter hat den größten Beitrag geleistet.«

Painter nickte und rieb sich nachdenklich die Unterlippe.

»Auf jeden Fall ist das ein Volltreffer«, sagte Monk.

Painter trat um den Schreibtisch herum. »Ich weiß Bescheid über die Arktisstation. Die Aurora-Station. Oder jedenfalls habe ich davon gehört.«

»In welchem Zusammenhang?«

»Die Station wird teilweise von der DARPA finanziert.«

Monk schnaubte. »Tatsächlich? Weshalb?«

»Schlechte Presse«, antwortete Painter kryptisch und ließ sich auf seinen Stuhl plumpsen. Er machte eine Eingabe auf seiner Computertastatur.

»Im Jahr 2014«, sagte er, »schloss die U.S. Air Force ihre HAARP-Station in Alaska. HAARP steht für *High Frequency Active Auroral Research Programm*. Gefördert von der DARPA, diente das Programm der Untersuchung von Elektronen in der Ionosphäre, der Plasmaschicht, welche die Erde in einem Bereich von achtzig bis eintausend Kilometern Höhe umschließt. Diese Schicht ist für die Kommunikation von Satelliten und Funkanlagen von großer Bedeutung. Man hat unter anderem von Bodenantennen aus Hochfrequenzsignale in den Himmel gesendet. Dank der Experimente konnten die Wissenschaftler von HAARP beispielsweise die Funkanlagen unserer U-Boote verbessern. Doch es wurden auch zahlreiche andere Tests durchgeführt. Beim Lunar-Echo-Experiment wurde ein Funkstrahl zum Mond gesendet.«

»Wozu?«, fragte Monk. »Wollten sie den Mond zertrümmern?«

Kat lächelte, doch Painter nahm die Frage ernst.

»Nein. Das ist noch der am wenigsten unvernünftige Vorwurf, den man der Einrichtung machen kann. Als an die Öffentlichkeit drang, dass eine abgelegene subarktische Station unsichtbare Strahlen in den Himmel sendet, wurden die verschiedensten Vorwürfe laut. Angeblich handelte es sich um eine Weltraumwaffe, ein Gerät zur Bewusstseinskontrolle, eine Wettermaschine. Selbst das japanische Erdbeben von 2011 wurde HAARP zugeschrieben.«

»Also jede Menge schlechte Presse«, meinte Kat.

»Von der HAARP sich nie wieder ganz freimachen konnte.«

»Aber was hat das mit der Aurora-Station zu tun?«, fragte Monk.

»Die Aurora-Station ist praktisch die Neuauflage von HAARP, allerdings in viel größerem Maßstab. Außerdem wird sie nicht mehr vom Militär betrieben, sondern ist in Privatbesitz, was weniger Aufmerksamkeit erregt. Dazu kommt noch die abgeschiedene Lage. Die DARPA unterstützt das Projekt, um die HAARP-Experimente heimlich fortsetzen zu können.«

Kat konnte Painters Interesse für das Projekt nachvollziehen. Bevor er Direktor geworden war, hatte er sich bei Sigma mit Hightech beschäftigt – im Grunde mit allem, was einen Einschaltknopf hatte. Er hatte nicht nur einen Doktortitel in Elektrotechnik, sondern hielt auch mehrere Patente.

Painter ließ auf dem hinter ihm befindlichen Wandmonitor ein Foto anzeigen. Es handelte sich um das Logo der Firma, welche die Aurora-Station betrieb. Es stellte ein mit wissenschaftlichen Formeln beschriftetes Ei dar, das im Kippen begriffen war.

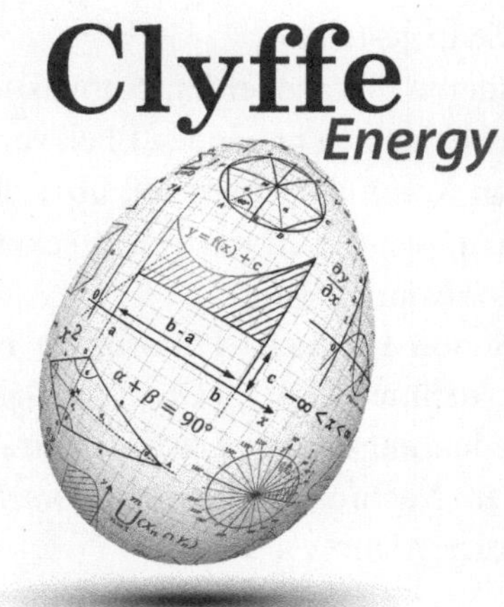

»Das enthält fast alles, was man über die Firma und ihren CEO Simon Hartnell wissen muss«, sagte Painter. »Durch seine Beteiligung wurde die Einrichtung der Aufmerksamkeit der Öffentlichkeit noch weiter entzogen.«

»Wie das?«, fragte Monk.

»Durch sein Engagement für Wohltätigkeitseinrichtungen hat er das Image eines Saubermanns erlangt. Außerdem nutzen alle seine Technik, angefangen von schnellen drahtlosen Ladegeräten bis zu Hochleistungsakkus. Weil er den Guten gibt, wirft niemand ihm vor, ein Gerät zur Bewusstseinskontrolle zu bauen.«

Monk zog die Stirn kraus. »Aber wieso haben Sie gemeint, das Ei würde schon alles sagen, was wir zu wissen brauchen?«

Painter blickte sich über die Schulter zum Logo von Clyffe Energy um. »Das stellt das Ei des Kolumbus dar.«

»Und das bedeutet?«, fragte Monk.

»Kolumbus hat der Legende nach einmal behauptet, er könne ein Ei auf die Spitze stellen, und seine Kritiker aufgefordert, es ihm nachzutun. Als sie es nicht schafften, hat er das Ei auf die Tischplatte geschlagen und es auf die abgeflachte Seite gestellt.«

»Mit anderen Worten, er hat getrickst«, sagte Monk.

Kat warf ihm einen tadelnden Blick zu. »Die Geschichte handelt von *Kreativität.* Man soll über den Tellerrand hinausschauen, wenn man mit einem scheinbar unlösbaren Problem konfrontiert ist.«

»Was Simon Hartnells Philosophie recht gut zusammenfasst«, meinte Painter. »Das Logo hat aber noch eine weitere Bedeutungsebene. Hartnell betrachtet sich als intellektuellen Nachfolger des Erfinders Nikola Tesla. Er verehrt diesen Mann.«

Monk zeigte auf das Logo. »Und was hat diese Obsession mit dem Ei zu tun?«

»Auf der Weltausstellung im Jahr 1893 hat Tesla Kolumbus' Trick wiederholt, allerdings auf wissenschaftlichem Gebiet. Er platzierte ein Ei aus Kupfer in einem rotierenden Magnetfeld. Die gyroskopischen Kräfte entlang der Längsachse richteten das Ei auf. Damit hatte er die Wette des Kolumbus gewonnen.«

»Und ganz ohne Trickserei«, bemerkte Monk beeindruckt.

»Kolumbus hat nicht…« Kat verstummte und deutete auf Painter. »Was genau macht Clyffe Energy in der erweiterten Anlage in der Arktis?«

»Es geht um eine Menge neue Projekte. Zum Beispiel um die Untersuchung der Drift des magnetischen Nordpols. Und um die Plasmawolken in der oberen Atmosphäre. Vor allem aber geht es um den Klimawandel. Die Station überwacht mit ELF- und VLF-Signalen – das sind Frequenzbänder, die normalerweise von U-Booten genutzt werden – die Dicke des Packeises.«

Kat merkte auf. »Das wird da im Norden zu einem richtigen Geschäftsmodell.«

»Und könnte einen politischen Feuersturm auslösen«, sagte Painter. »Da die Eiskappe schmilzt, werden die Bodenschätze der Arktis zugänglich. Kanada, Russland und Dänemark melden Ansprüche an. Es wird nicht lange dauern, bis jemand zu weit geht.«

Auf dem Flur näherte sich das Geräusch von Schritten, dann klopfte jemand eindringlich an die Tür. Jason Carter trat in den Raum. »Das sollten Sie sich ansehen.«

14:39

Painter machte dem jungen Mann am Computer Platz. Es war offensichtlich, dass er etwas herausgefunden hatte.

»Kat hat mich gebeten, mir die Arktisstation anzuschauen«, erklärte er, während er tippte. »In dem Gebiet steht alles unter Überwachung. Militärsatelliten, Wettersatelliten der US-Klimabehörde. Das kanadische Überwachungsprogramm hat Drohnen über dem Eis, auf dem Eis und im Wasser und registriert den Verkehr in der Region, um die Interessen des Landes zu schützen. Wenn ein Eisbär furzt, wird das von einem seismischen Sensor registriert.«

»Jason …«, sagte Kat tadelnd.

»Schon gut, schon gut. Einen Moment noch.«

Painter wechselte einen Blick mit Kat und bestätigte ihr damit, dass Jasons Beobachtungen sich nahtlos in ihre Unterhaltung einfügten.

»Das kann man sich doch zunutze machen, dachte ich mir«, fuhr Jason fort. »Deshalb habe ich ein Suchprotokoll für die Aurora-Station programmiert, mit dem Fokus auf der Vierundzwanzig-Stunden-Periode nach der Entführung von Dr. al-Maaz.«

Painter ballte eine Hand zur Faust.

»Und das habe ich auf einem Satelliten des norwegischen Polarinstituts gefunden.«

Jason legte ein Video auf den dritten Wandmonitor. Zu sehen war die pixelige Luftaufnahme eines Helikopters, der auf einer teilweise schneebedeckten schwarzen Felsfläche stand. Die Rotoren drehten sich, und winzige Gestalten bewegten sich umher. Dann wurde eine luftdicht abgeschlossene Trage aus dem Frachtraum gehoben und zu einer Ansammlung kastenförmiger Gebäude geschleppt.

Jason blickte Painter an. »Es war nicht zu erkennen, wer da transportiert wurde. Aber es kommt mir merkwürdig vor, dass eine Isoliertrage an einen solch abgelegenen Ort gebracht wird.«

Painter dachte an die Betäubungspfeile, die Safia getroffen hatten. Im Geiste sah er ihr erschrockenes Gesicht vor sich und die Hand, die sie flehentlich zu ihm ausgestreckt hatte.

»Was meinen Sie?«, fragte Jason.

Bei Painter brach sich der seit Tagen schwelende Zorn Bahn. Sein Gesichtsfeld verengte sich, die Kehle schnürte sich ihm zu. Er brachte kein Wort heraus. Er starrte auf den Monitor mit der Videoschleife, auf dem die Trage immer wieder in dem Gebäude verschwand.

»Sir?«, sagte Kat.

»Ich fliege dorthin«, sagte er gepresst, mit verkrampftem Kiefer.

»Jemand sollte das tun«, pflichtete Kat ihm bei. »Aber dafür gibt es …«

»Ich fliege.« Painter wandte dem Bildschirm den Rücken zu und blickte Kat und Jason an. Er atmete tief durch, doch seine Miene blieb wie versteinert. »Die DARPA hat ein ureigenes Interesse an der Aurora-Station. Es ist höchste Zeit, die Anlage mal zu inspizieren.«

Kat musterte ihn abwägend. »Wir könnten General Metcalf von der DARPA bitten, eine entsprechende Legende zu fabrizieren.«

»Um die Sache durchzuziehen, brauchen wir noch jemanden mit umfassenden technischen Kenntnissen.«

»Das träfe beispielsweise auf dich zu.« Kat blickte

Monk an. Sie hatten beide Bedenken wegen des hohen Risikos. Schließlich aber nickte Monk, worauf Kat sich wieder Painter zuwandte. »Dann komme ich mit.«

»Es ist besser, wenn ich …«

Diesmal fiel Kat ihm ins Wort. »Sie fliegen, ich fliege.« Sie deutete auf Jason. »Carter hält die Stellung. Monk wird ihn unterstützen, wenn es nötig sein sollte.«

»Kein Problem«, sagte Monk.

Painter war klar, dass er auf Kats Unterstützung angewiesen war, wenn er Safia retten wollte. Er war zwar der Direktor von Sigma, doch Kat war in vielerlei Hinsicht die eigentliche Strippenzieherin.

Er fand sich mit den Gegebenheiten ab und nickte. »Dann packen Sie schon mal Ihren Parka ein.«

13

2. Juni, 19:18 EAT
Khartum, Sudan

Als die Sonne unterging, stand Gray am Ursprung der Zivilisation.

Die grüne Landzunge lag zwischen zwei Flüssen. Zu seiner Linken wälzte sich der Weiße Nil vorbei, der seinen Namen vom Kalklehm hatte, den er mit sich führte. Rechts von Gray strömte der schmalere, dunklere Blaue Nil dahin.

Was ihn in den Bann zog, war jedoch das, was *vor* ihm lag.

Die beiden Zuflüsse vereinigten sich, mischten ihr Wasser und bildeten die Lebensader der Region, den eigentlichen Nil.

Er betrachtete den Flusslauf, der sich nach Norden in Richtung Ägypten schlängelte, und spürte die Zeitlosigkeit des Ortes, die noch betont wurde durch den Ruf zum Abendgebet, der durch Khartum schallte. Die Mondsichel stand am Abendhimmel und spiegelte sich im dunklen Wasser wie das Gehörn eines Bullen.

Seichan trat neben ihn und legte ihm einen Arm um die

Hüfte. Er dachte daran, dass sie in Kairo vorgeschlagen hatte, alles hinzuschmeißen und wegzulaufen. In diesem Moment der Stille ging von dieser Vorstellung eine starke Verlockung aus.

Sie seufzte, als teilte sie seine Träumerei, wüsste aber auch, dass es nicht möglich war – jedenfalls jetzt noch nicht. »Kowalski hat angerufen«, sagte sie und holte ihn damit wieder in die Gegenwart zurück. »Er ist mit unserem Transportmittel auf dem Rückweg. Sollte in etwa zehn Minuten eintreffen.«

Painter und Kat hatten ein wüstentaugliches Fahrzeug organisiert. Kowalski war losgezogen, um es abzuholen und Proviant, Wasser und Zusatzkanister für den benötigten Diesel zu kaufen. Dort, wo sie hinwollten, würden sie auf sich allein gestellt sein.

Hoffentlich.

Seichan hatte ihm das Foto gezeigt, das Kat übermittelt hatte, eine finster dreinschauende Frau mit weißem Haar und toten Augen. In Ashwell hatte Seichan nur einen kurzen Blick auf das Gesicht der Angreiferin erhascht und war sich deshalb nicht sicher, ob es sich um diese Frau gehandelt hatte.

Allerdings war Seichan seit dem Vorfall vorsichtiger, ihr Blick huschte ständig umher. Es gehörte schon einiges dazu, um jemanden wie sie einzuschüchtern.

Hinter ihnen ertönte Gelächter – und zwar von oben.

Er wandte den Kopf. Ein Stück weiter drehte sich ein kleines Riesenrad, das zu dem Vergnügungspark gehörte, dessen Name – al-Mogran – Zusammenfluss bedeutete.

Er schaute zu Derek und Jane hoch, die Runde um Runde drehten und lächelnd die Köpfe zusammensteckten. Das war vielleicht nicht die sinnvollste Beschäftigung, in Anbetracht dessen, was vor ihnen lag, vielleicht aber die beste.

Vor zwei Stunden war ihr Team in Khartum gelandet. Die Abendsonne war unerträglich heiß gewesen. Sie hatten vor, nach Sonnenuntergang aufzubrechen, wenn es kühler wurde. Das erste Reiseziel war das hundertzehn Kilometer südlich gelegene Tal von Rufaa, wo die Familie lebte, die Professor McCabe entdeckt hatte. Im Moment stand sie unter Quarantäne, doch ein Einheimischer – ein Cousin der Familie –, hatte sich bereit erklärt, sie in die Wüste zu begleiten.

Das Riesenrad kam zum Stillstand, die ersten Mitfahrer stiegen aus. Seichan stand ein wenig abseits und hielt im abendlichen Park Ausschau nach Bedrohungen.

Gray nahm Derek und Jane in Empfang, als sie ausstiegen. Beide wirkten jetzt entspannter, geradezu um Jahre verjüngt. Derek half Jane beim Aufstehen und hielt ihre Hand ein wenig länger fest als nötig.

»Das hat Spaß gemacht«, sagte Jane. »Man konnte kilometerweit sehen.«

Derek nickte. »Ich hatte gehofft, wir könnten die Baustelle für den neuen Staudamm sehen. Aber die ist zu weit entfernt, sie liegt etwa hundertsechzig Kilometer im Nordosten.«

Gray wusste Bescheid über das Projekt – die Baustelle lag am sechsten Nilkatarakt, wo Professor McCabes Forschungsteam vor zwei Jahren seine schicksalhafte Reise angetreten hatte. Die Gruppe war in einem schwierigen Gelände mit geborstenem Fels und hohen Sanddünen verschwunden, einer trostlosen Landschaft, die eine Fläche von tausenden Quadratkilometern einnahm.

Und jetzt sind wir selbst dorthin unterwegs.

Gray drängte zum Aufbruch. »Kowalski sollte jeden Moment hier sein. Gehen wir zur Straße zurück.«

Als sie durch den Vergnügungspark schritten, schaute Jane sich zum silbrigen Zusammenfluss der beiden Ströme um. »Ich habe so viel darüber gelesen, aber es tatsächlich zu sehen …«

Ihre Augen waren staunend geweitet.

Gray dachte daran, wie jung sie war – gerade mal einundzwanzig. Sie war blitzgescheit, doch den Großteil ihrer Bildung hatte sie in Vorlesungsräumen und Bibliotheken erworben, nicht bei der Feldforschung. Nach allem, was er gehört hatte, hielt sie sich jedoch erstaunlich gut.

Er schloss zu ihr auf.

»Jane, da wir im Begriff sind, uns auf den Fußstapfen Ihres Vaters in die Wüste zu begeben, sollten wir vielleicht ein bisschen mehr über die Theorie in Erfahrung bringen, die er beweisen wollte. Sie haben erwähnt, die meisten Archäologen hätten seine Hypothesen zum Zweiten Buch Mose abgelehnt.«

»Nicht nur die Archäologen, auch die jüdischen Rabbis.« Jane senkte im Gehen den Blick; anscheinend war ihr das Thema unangenehm, doch sie setzte doch zu reden an. »Viele Leute betrachten die Geschichte des Moses als Allegorie und nicht als historischen Bericht. Ihr Urteil begründen sie damit, dass der historische Ramses der Große im Buch Exodus ausdrücklich erwähnt wird und dass es keine archäologischen Hinweise auf eine Plage oder einen Sklavenaufstand während seiner Herrschaft gibt. Deshalb tun sie die Geschichte des Moses als Märchen ab.«

»Klingt plausibel. Aber wie hat Ihr Vater seinen Standpunkt gerechtfertigt?«

»Er – und mehrere seiner Kollegen – haben auf Unstimmigkeiten bezüglich des Namens *Ramses* im Buch Exodus verwiesen. Sie bezweifeln, dass mit dem Pharao, den Moses mit den zehn Plagen belegt hat, tatsächlich Ramses der Große gemeint ist. Das ist alles ziemlich kompliziert.«

»Aber weshalb ist es so wichtig?«

»Es ist wichtig, weil die Hypothese es den Archäologen ermöglicht, *anderswo* nach Beweisen für den Auszug aus Ägypten zu suchen.«

»Und, haben Ihr Vater und dessen Kollegen die neue Freiheit dazu nutzen können, irgendwelche Belege aufzuspüren?«

»Sie haben *alles Mögliche* gefunden.« Jane blickte zu den fernen Wüstenhügeln hinüber. »Betrachtet man die vier Jahrhunderte vor der Herrschaft des Ramses, stößt man auf alle fehlenden Belege für den Auszug aus Ägypten.« Sie zählte sie an den Fingern ab. »Eine Siedlung semitischer Sklaven. Anzeichen von schweren Seuchen. Die hektische Räumung einer Stadt. Es wurde sogar eine Krypta gefunden, die eine erstaunliche Ähnlichkeit zum Grab des Josef aufweist, wie es in der Bibel beschrieben ist. Alles fügt sich zusammen.«

»Und das wollte Ihr Vater beweisen?«

»Man nennt es die Neue Chronologie. Er hat geglaubt, er könne Belege für eine Reihe großer Plagen in diesem Zeitraum finden und damit seine Hypothese verifizieren.«

Kein Wunder, dass der Mann so besessen von den biblischen Plagen war.

Jane seufzte. Offenbar wollte sie mit dem Thema abschließen, und das war ihm auch ganz recht.

Inzwischen hatten sie die Straße erreicht, die an den Vergnügungspark grenzte.

Kowalski war ihnen zuvorgekommen. Am Straßenrand tuckerte ein großer Wagen im Leerlauf. Es hörte sich an, als bekäme der Motor keine Luft. Der Wagen war ein überholter dunkelgrüner Mercedes Unimog, ein wahres Biest von einem Geländewagen. Er war mit einer breiten Doppelkabine ausgestattet, an die sich eine kleine offene Ladefläche anschloss. Die hüfthohen Reifen hatten aggressiv wirkende Profile. Und für den Fall, dass er sich jemals festfahren sollte, saß auf dem vorderen Stoßdämpfer eine große Winsch, damit man sich mit eigener Kraft wieder flottmachen konnte.

Hinter dem Steuer saß Kowalski, den Ellbogen auf den Rahmen des offenen Seitenfensters gestützt. Zigarrenrauch wehte aus dem Wagen. »Also, *das* ist mal ein Truck«, brummte er und klopfte mit der Hand auf die Außenseite der Tür.

Gray konnte Kowalskis Begeisterung für den Geländewagen nachvollziehen. Die beiden gaben ein perfektes Paar ab. Beide waren langsam, laut und ein bisschen ungehobelt.

Seichan bedeutete allen einzusteigen, behielt aber weiterhin die Straße im Auge.

»Alles in Ordnung?«, fragte Gray.

»Im Moment schon.«

Das muss wohl genügen.

20:08

Auf dem Rücksitz des Geländewagens machte Derek sich an seinem iPad zu schaffen.

Nachdem sie eine Dreiviertelstunde lang über eine zweispurige Straße, die sich am Blauen Nil entlangschlängelte,

Richtung Süden gefahren waren, hatte Derek das Interesse an der vorbeiziehenden Landschaft verloren. Die hellen Lichter von Khartum lagen weit hinter ihnen, und nun reisten sie in der Zeit zurück. Die Landschaft war hier seit Jahrhunderten gleichgeblieben: dunkle gepflügte Felder, durchschnitten von silbrig schimmernden Bewässerungskanälen, Ansammlungen von Palmen, große Wasserbüffel und hin und wieder eine Lehmhütte.

Der Blaue Nil war nurmehr ein Rinnsal, ein Schatten des mächtigen Stroms, der den Norden Ägyptens durchzog und dem das Land seine Fruchtbarkeit verdankte. Dieser Fluss hier war weniger großzügig. Hier beschränkte sich die landwirtschaftliche Nutzung auf einen schmalen Uferstreifen.

In der Ferne machte Derek flache Hügel aus, gehüllt in silbrigen Mondschein, karg und menschenleer. Sie wirkten wie gebeugte alte Bettler, die allmählich verdursteten. Hinter den Hügeln erwartete sie die sonnenversengte Wüste, die sich über Tausende von Kilometern erstreckte.

Um sie zu durchqueren, brauchten sie einen Plan.

Damit beschäftigte er sich gerade – mit der Ausarbeitung dessen, was sie besprochen hatten. Wenn sie das Dorf Rufaa erreichten, wollten sie die Stelle in der Wüste aufsuchen, wo man den Professor gefunden hatte. Von da an war der Plan noch unausgereift. Derek aber hatte eine Idee.

Neben ihm regte sich Jane. Das Grummeln des Motors, das Schaukeln des Wagens und die Anspannung der vergangenen Tage hatten sie in einen leichten Schlaf fallen lassen. »Was machst du da?«, fragte sie und unterdrückte ein Gähnen.

Das Display des iPads beleuchtete ihr Gesicht. Als sie

aufs Tablet sah, betrachtete Derek fasziniert ihre feinen Wimpern. Schließlich räusperte er sich. »Ich habe eine mögliche Route festgelegt, vielleicht mache ich mir aber auch etwas vor.«

Sie lehnte sich an seine Schulter. »Zeig mal!«

Er war überrascht, wie viel ihm daran lag, seine Überlegungen mit ihr zu teilen. Außerdem brachte ihn das vielleicht auf neue Gedanken.

»Wir wissen, dass dein Vater zusammen mit seinem Forschungsteam vom sechsten Nilkatarakt aufgebrochen und zwei Jahre später Hunderte von Kilometern weiter südlich aufgetaucht ist, ganz in der Nähe von Rufaa. Leider weiß niemand, *wo* er sich in der Zwischenzeit aufgehalten hat oder welche Route er und das Team in der weglosen Wüste eingeschlagen haben. Doch dank der in Livingstones Skizze des ägyptischen Skarabäus versteckten Landkarte haben wir inzwischen ein paar Hinweise, wohin es deinen Vater gezogen haben könnte.«

Er drehte das iPad herum, damit sie besser sehen konnte. »Ich habe eine Satellitenkarte der Region heruntergeladen und an der Stelle, wo Livingstone den Fluss zwischen den beiden Flügeln des Skarabäus aufgeteilt hat, eine Linie zwischen den beiden Zuflüssen gezogen.« Er zeigte ihr das Ergebnis.

»Dann habe ich eine gestrichelte Linie vom sechsten Katarakt – von dem dein Vater aufgebrochen ist – nach Rufaa gezogen, wo er schließlich gefunden wurde.« Er tippte auf das X, das die beiden sich schneidenden Linien bildeten. »Ich finde, dort sollten wir mit der Suche beginnen.«

»Brillant«, sagte Jane und legte ihm eine Hand aufs Knie.

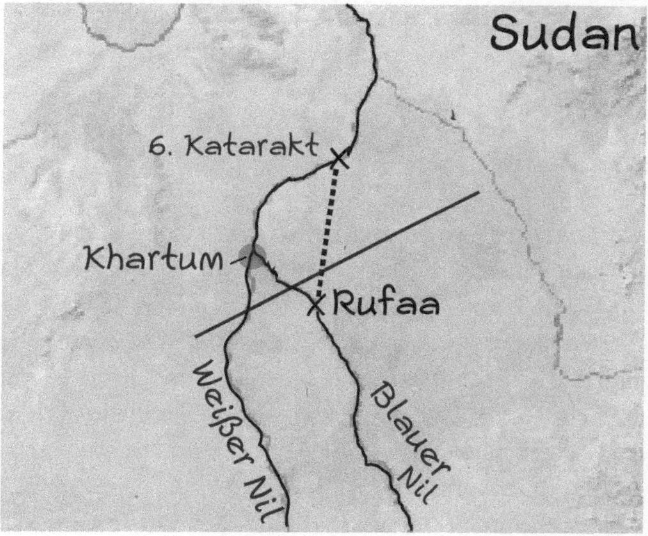

»Sie hat recht«, sagte Gray von der anderen Seite des Rücksitzes aus.

Derek schoss das Blut in die Wangen. Er hatte gar nicht gemerkt, dass Gray zugehört hatte. »Danke.«

Gray streckte die Hand aus. »Darf ich mal sehen?«

Derek reichte ihm das iPad, und Gray beugte sich vor und zeigte die Karte Seichan und Kowalski.

Seichans Reaktion fiel weniger begeistert aus. »Ist vermutlich besser, als ziellos durch die Wüste zu kurven.«

Kowalski deutete über das Steuer hinweg nach vorn. »Da sind Lichter.«

Gray warf einen Blick auf die Karte, die sein Satellitentelefon anzeigte. »Das sollte Rufaa sein.«

Jane nahm die Hand von Dereks Knie. Auf einmal wirkte sie nervös. Er ahnte den Grund. Ihr Vater war bei dem Versuch, das Dorf zu erreichen, gestorben.

»Es wird alles gut«, sagte er leise.

Er konnte nur hoffen, dass er recht behalten würde.

20:28

Das Dorf war größer, als Jane erwartet hatte. Sie hatte sich eine Ansammlung von Hütten vorgestellt, umgeben von Wänden aus Hirsestängeln, doch in Wirklichkeit war Rufaa eine ausgewachsene Siedlung, die sich in eine Biegung des Nils schmiegte.

»Sieht so aus, als könnte man sich hier mühelos verlaufen«, bemerkte Derek.

Das sah sie genauso.

Unbefestigte Straßen unterteilten den Ort in ein Labyrinth quadratischer Gebäude mit Flachdach, voneinander durch schmale Gassen oder ummauerte Höfe getrennt. Alle Gebäude waren aus den gleichen Lehmziegeln errichtet, was eine Gleichförmigkeit zur Folge hatte, die das Auge verwirrte. Der einzige Orientierungspunkt war die Moschee. Das weiße Minarett strahlte wie ein Leuchtfeuer.

Jane wusste, dass die Rufaa, die dem Dorf den Namen gaben, von arabischer Herkunft waren und den sunnitischen Islam praktizierten. Viele Familien hatten hier Wurzeln, behielten ihr Nomadenleben aber bei. Das galt auch für die Gruppe, die ihren Vater gefunden hatte. Sie gehörten dem Jaaliyin-Stamm an, der seit Jahrhunderten in der Wüste umherstreifte. Sie hielten sich für Abkömmlinge des Abbas, Onkel des Propheten Mohammed.

Als der Wagen langsam durch die Randbezirke des Dorfs rollte, wurden sie von Kindern am Straßenrand beobachtet. Ziegen flüchteten vor dem grollenden Motor und meckerten irritiert. Schließlich winkte ihnen eine schmale Gestalt zu und trat auf die Straße.

»Ist das der Mann, mit dem wir uns treffen sollen?«, fragte Kowalski.

»Sieht so aus«, antwortete Gray. »Man hat ihm gesagt, er solle nach uns Ausschau halten.«

Als der Wagen gehalten hatte, eilte ihr Führer zu Kowalskis offenem Fenster. Der junge Mann war sechzehn oder siebzehn, seine Haut hatte die Farbe von dunklem Mokka. Bekleidet war er mit einem rot-weiß karierten Fußballtrikot, beigefarbenen Shorts und Sandalen.

»Ich bin Ahmad. Willkommen.«

Kowalski blickte sich zu Gray um, der nickte. Offenbar war ihm der Name bekannt.

»Ich euch bringen zu meiner Familie. Wir essen.« Er tat so, als schiebe er sich etwas in den Mund. »Dann wir brechen auf. Ja?«

Kowalski zuckte mit den Achseln. »Ich könnte schon was vertragen.«

Ahmad zeigte auf eine unbebaute Fläche. »Stellen Wagen dort ab. Ist nicht weit.« Auf ihre besorgten Blicke hin setzte er hinzu: »Ist sicher. Keine Sorge.«

Seichan runzelte die Stirn. »Ich sollte besser beim Wagen bleiben.«

Gray nickte und befahl Kowalski, den Wagen zu parken. Als der Motor stotternd auslief, stieg er aus und drückte sich einen Knopf ins Ohr.

»Seichan, funk uns an, falls es Probleme gibt.«

Jane stieg besorgt hinter Derek an der anderen Seite aus. Sie musterte den jungen Mann. »Glaubst du, wir können ihm vertrauen?«

»Er soll uns jedenfalls in die unwegsame sudanesische

Wüste führen. Da können wir jetzt schon mal damit anfangen.«

Ahmad geleitete sie ins eigentliche Dorf und stieß einen schrillen Pfiff aus. Ein magerer Hund schoss aus dem Schatten hervor und schloss sich ihm an. Er wedelte heftig mit dem Schwanz. Er war noch jung und hatte struppiges schwarz-goldenes Fell, dunkle Augen und steife, abstehende Ohren.

»Sie ist braves Mädchen«, sagte Ahmad voller Stolz.

Jane ließ den Hund an ihrer Hand schnuppern. »Wie heißt sie?«

Sein Grinsen wurde breiter. »Anjing.«

Jane reagierte verdutzt.

»Was bedeutet das?«, fragte Kowalski.

Jane verstand ein wenig Sudanesisch. »Das bedeutet *Hund*.«

Kowalski zuckte mit den Achseln. »Passt doch.«

Derek neigte sich zu Jane hinüber. »Ich glaube, das ist ein Afrikanischer Wildhund. Oder jedenfalls ein Mischling.«

Jane betrachte das Tier mit neuem Respekt. Sie hatte von den berüchtigten Hunden, die im Rudel jagten, bereits gehört. Eben noch hatte sie sich von einem beschnuppern lassen.

Zum Glück habe ich die Hand noch.

Ahmad, der vorausging, machte den Eindruck, als wäre er am liebsten gerannt. Er vermochte seine Erregung kaum zu zügeln. Er redete in einem fort und spielte den Fremdenführer.

»Da drüben…« Er zeigte auf ein flaches grünes Gebäude mit Kuppeldach. »Grab von Sheik Tana. Sehr wichtig. Und an der Ecke. Ein Mann hat mal ganz allein eine Ziege gegessen.« Er schaute sich um. »Ist wahr.«

Kowalski zeigte sich als Einziger beeindruckt.

Schließlich gelangten sie zu einem Torbogen, der in einen Hof führte. Der Duft von frisch gebackenem Brot machte Jane bewusst, wie hungrig sie war. Vom auf dem Grill brutzelnden Fleisch ging eine unwiderstehliche Verlockung aus. Mehrere mit Gewändern bekleidete Personen, Männer und Frauen, begrüßten sie, als wären sie alte Freunde. Am Rand drückten sich ein paar barfüßige Kinder herum, andere beobachteten sie schüchtern von der Tür aus.

Ahmad näherte sich einem angeleinten Esel, umarmte das Tier und stellte es seinem neuen Freund vor. »Kalde.«

Jane übersetzte. »Das bedeutet *Esel.*«

Der Hüne schüttelte den Kopf. »Ich kapier das nicht. Hat der Junge keine Fantasie, oder bringt er uns Vokabeln bei?«

Die Vorstellungen gingen weiter. Als Janes Name fiel und ihren Gastgebern klar wurde, wen sie da vor sich hatten, setzten sie eine ernste Miene auf. Einer nach dem anderen trat mit gesenktem Haupt vor und sprach ihr sein Beileid aus. Das rührte sie. Tränen traten ihr in die Augen, und sie musste sich einen Moment abwenden.

Derek blieb an ihrer Seite.

Sie lehnte sich bei ihm an. »Tut mir leid. Ich weiß auch nicht, weshalb mich das so mitnimmt.«

Er legte ihr einen Arm um die Schultern. »Das ist so mit der Trauer. Sie erwischt einen, wenn man es am wenigsten erwartet.«

Sie atmete mehrmals tief durch, um sich zu beruhigen. »Es geht schon wieder. Wir sollten nicht unhöflich sein.«

An der Seite stand ein Tisch, auf dem immer mehr Speisen abgeladen wurden, ein richtiges sudanesisches Festmahl: duftende Eintopfgerichte mit würzigem Fleisch, dicker Hirsebrei, Teller mit Datteln, Karottensalat mit Joghurt und Stapel von Fladenbrot, das Gabeln und Löffel ersetzte.

Sie machten es sich bequem, und Gray unterhielt sich mit einem alten Mann, der flüssig Englisch sprach, um möglichst viele Informationen über ihr Reiseziel zu sammeln.

Jane verzichtete darauf, der Unterhaltung zu lauschen. Sie genoss lieber das Mahl, bedankte sich bei den Frauen und teilte sich ein Stück gebratene Schafsleber mit Anjing, der am Tisch ebenso willkommen war wie alle anderen Gäste. Als sie gesättigt war, lehnte sie sich zurück. Kleine funkelnde Lichter säumten die mit Türmchen verzierten Hofwände, doch im Vergleich zum Sternenhimmel wirkten sie blass.

In diesem Moment fühlte sie sich zufrieden und mit sich im Reinen.

Dabei ahnte sie, dass es so nicht bleiben würde.

21:22

Es wird allmählich Zeit…

Seichan lag bäuchlings auf dem Dach eines leerstehenden Hauses, etwa einen Straßenblock von dem Parkplatz mit dem Unimog entfernt. Zehn Minuten, nachdem die anderen weggegangen waren, war sie ausgestiegen, hatte die Hand ans Ohr gelegt und so getan, als empfange sie einen Funkspruch. Nach einer Weile hatte sie auf den imaginären Anruf geantwortet: *Verstanden. Alles ruhig hier. Ich bin gleich da.*

Sie hatte ihren Rucksack übergestreift und war den anderen mehrere Straßenblocks weit gefolgt. Als sie sicher war, dass ihr niemand folgte, schlug sie einen Bogen zurück und kletterte auf das Haus, das Ausblick bot auf den verlassenen Geländewagen.

Jetzt wartete sie, ob jemand auf den Köder anbeißen würde.

Der Wagen würde vielleicht einen Gelegenheitsdieb aus dem Dorf anlocken, doch darauf hatte sie es nicht abgesehen. Ahmad hatte den Eindruck erweckt, der Unimog werde in dem Dorf unbehelligt bleiben. Im Lauf der Jahre hatte sie die Erfahrung gemacht, dass in solchen Siedlungen häufig ein strikter Verhaltenskodex galt. Fremde zu bestehlen, das war in Ordnung, doch wenn ein Gast unter dem Schutz einer Dorffamilie stand, rührte niemand seine Besitztümer an.

In den vergangenen vierzig Minuten hatte sich tatsächlich niemand dem Fahrzeug genähert.

Jetzt aber tat sich etwas.

An der rechten Seite tauchte eine Gestalt auf. Der Fremde trug eine Dschallabija, ein kragenloses, knöchellanges weißes Gewand mit langen Ärmeln, und einen ebenfalls weißen Turban. Viele Männer im Dorf waren so gekleidet, denn die helle Farbe und der weite Schnitt hielten sie kühl. Deshalb war sie nicht überrascht. Der Mann näherte sich wie beiläufig dem Unimog, als wollte er sich den großen Geländewagen näher anschauen.

Irgendetwas aber brachte Seichans Alarmglocken zum Schrillen. Der Mann blickte nach rechts und nach links, dann konzentrierte er sich auf den Wagen. Er hatte irgendetwas in der Hand, das der Ärmel jedoch verdeckte.

Seichan wartete, bis er den Wagen fast erreicht hatte

und sich nicht mehr unauffällig in das Labyrinth der Häuser zurückziehen konnte. Dann wälzte sie sich über das Flachdach und ließ sich an der vom Parkplatz abgewandten Hausseite auf den Boden hinunter. Geduckt schlich sie ums Haus und näherte sich dem Mann von hinten.

In der Hand hielt sie schussbereit die SIG Sauer. Jetzt war zu sehen, dass der Mann eine Waffe dabei hatte, doch sie konnte nicht erkennen, was genau es war. Ihre Nerven vibrierten. Einen Moment lang dachte sie daran, ihn in den Rücken zu schießen.

Aber was ist, wenn ich mich täusche?

Kaltblütig einen Unschuldigen zu töten, würde ihnen gewiss nicht die Kooperation der Wüstennomaden einbringen. Sie tat einen weiteren Schritt. Dann noch einen. Obwohl sie kein Sandkörnchen bewegte und den Atem anhielt, wurde sie bemerkt.

Der Mann fuhr herum, kalte Augen funkelten aus seinem dunklen Gesicht hervor.

Ihr war sofort klar, dass dies kein gewöhnlicher Dieb war. Sie drückte ab, doch der Mann warf sich zur Seite, rollte sich über die Schulter ab, kam wieder auf die Beine und rannte los.

Sie lief ihm hinterher, zielte mit der Pistole. Da sie auf ein Haus mit erleuchteten Fenstern zulief, verzichtete sie darauf zu feuern, denn sie wollte keine Unbeteiligten treffen.

Der Mann machte sich ihre Rücksichtnahme zunutze und bog in eine schmale Gasse ein, die ins Dorf hineinführte. Als sie an der Mündung anlangte, war er verschwunden. Sie folgte ihm nicht weiter in das dunkle Labyrinth hinein, denn er hätte ihr mühelos auflauern können.

Stattdessen tippte sie auf das Mikrofon, das sie mit Klebeband an ihrem Hals befestigt hatte, und funkte Gray an. Als er sich meldete, war ihr klar, dass sie nur eine Option hatten.

»Zeit zu verschwinden«, sagte sie.

Er verlangte keine Erklärung. Ihr Tonfall sagte ihm genug.

Drei Minuten später tauchte Gray mit den anderen im Schlepptau auf. Er hielt eine SIG Sauer in der Hand und ging vor Jane und Derek her. Kowalski bildete mit angelegter Schrotflinte den Abschluss.

Gray fing ihren Blick auf. Mit einem Nicken bedeutete sie ihm, dass die Luft rein war, und deutete zum Wagen.

»Was ist passiert?«, fragte er.

Sie berichtete es ihm.

»Das könnte auch ein Gelegenheitsdieb gewesen sein«, meinte er.

Sie vergegenwärtigte sich den Blick und die Bewegungen des Mannes. »Nein, bestimmt nicht.«

Er glaubte ihr.

Plötzlich kam jemand auf sie zugelaufen. Seichan schwenkte die Waffe herum, dann sah sie, dass es Ahmad war.

»Wartet! Ich mitkommen!«, rief er ihnen zu.

Gray schien geneigt, ihm den Wunsch abzuschlagen; offenbar hatte er Skrupel, den jungen Mann in Gefahr zu bringen.

Seichan rief ihm den ursprünglichen Plan in Erinnerung. »Wir brauchen jemanden, der sich in der Wüste auskennt.«

Ahmad nickte heftig. »Ich kennen sehr gut.«

Gray seufzte und spannte den Rücken an, als schultere

er die Verantwortung für das Leben des Jungen. »In Ordnung. Alle einsteigen. Wir brechen sofort auf.«

Ahmad lächelte, dann wandte er sich um und stieß einen Pfiff aus.

Sein Hund kam angelaufen.

Gray fand sich mit der Teamergänzung auf den letzten Drücker ab und wandte sich zum Wagen um.

Kowalski war weniger zurückhaltend. »Wenigstens hat der Junge seinen Esel daheimgelassen.«

21:41

Das laute Grollen des Motors drang bis zu Valyas Versteck. Die Zielpersonen fuhren weg. Ihr dröhnender Aufbruch hallte durchs Dorf, was ihrer Stimmung recht gut entsprach.

Zum Teufel mit der Frau.

In einem der Häuser legte Valya die Dschallabija ab und warf den Turban beiseite, unter dem sie ihr weißes Haar verborgen hatte. Als sie nackt war, holte sie tief Luft. Das dunkelbraune Make-up, das ihre helle Haut und das Tattoo bedeckte, würde sie weiterhin tragen. Sie würde es brauchen, wenn sie sich als alte Frau verkleidete. Bei ihrer Ausbildung hatte sie gelernt, sich im Hintergrund unsichtbar zu machen. Diese Technik hatte sie mühelos gemeistert. Sie betrachtete ihren hellen Teint als leere Tafel, auf die sie alle möglichen Gesichter zeichnen konnte.

Zwei Stunden zuvor war Valya von Khartum hierhergekommen und hatte auf das Erscheinen ihrer Beute gewartet.

Antons Team befand sich bereits in der Wüste und bereitete den eigentlichen Hinterhalt vor. Der Wagen des Gegners war alt und stammte aus einer Zeit, als es noch keine GPS-Geräte gegeben hatte. Deshalb konnten sie ihn auch nicht tracken, zumal er durch unwegsames Gelände fahren würde. Sie hatte vorgehabt, einen Sender im Radkasten anzubringen. Damit wäre das Problem behoben worden – doch die Frau hatte sie überrascht und ihr Vorhaben vereitelt.

Das einzig Positive war, dass sie jetzt den Namen der Frau kannte.

Seichan.

Das war immerhin ein kleiner Trost. Die Frau war jetzt weniger geheimnisvoll, weniger mythisch. Sie war jemand, den man töten konnte.

Trotzdem nahm Valya sich vor, ihre Gegnerin nie wieder zu unterschätzen.

Sie wandte sich um und ging zu den beiden Toten, die in der Ecke des Raums lagen. Sie hatte beiden die Kehle durchgeschnitten. Blutlachen sickerten in den festgetrampelten Boden.

Die beiden alten Leute waren die Besitzer des Hauses. In eine Burka gehüllt, war sie ihnen gleich nach ihrer Ankunft nachgegangen und wie eine Bettlerin bis zu ihrem Haus gefolgt. Drinnen hatte sie den Umhang abgelegt und sich zu erkennen gegeben. Sie hatte sich an dem Schrecken geweidet, der sich in ihren Gesichtern abzeichnete, und das Überraschungsmoment dazu genutzt, die beiden lautlos zu töten. In vielen Gegenden Afrikas wurden Albinos als magische Glücksbringer angesehen. Dieser Aberglaube führte häufig dazu, dass Albinokinder getötet und die Körperteile auf dem Schwarzmarkt verkauft wurden.

Sie betrachtete die beiden Toten.

Vielleicht bringen wir ja doch kein Glück.

Da sie noch Zeit hatte, zog sie den *athamé* mit dem schwarzen Griff, der ihrer Großmutter gehört hatte, aus der Armscheide. Sie kniete neben der alten Frau nieder und ritzte ihr Zeichen in die Stirn. Langsam öffnete sich das Auge des Horus im erkalteten Fleisch und erwiderte beinahe anerkennend ihren Blick.

Sie fühlte sich jetzt ruhiger, ein Lächeln spielte um ihre Mundwinkel. Schon bald würde jemand anderes dieses Zeichen tragen, jemand, der seiner würdig war. Sie flüsterte einen Namen.

»Seichan …«

14

2. Juni, 21:22 EDT

Als die Gulfstream sich über der Baffin Bay auf die Seite legte, musterte Painter ihr Ziel. Die Ellesmere-Insel lag unmittelbar vor ihnen, gehüllt in Eisnebel. Die zerklüftete Küste war geprägt von Meereseinschnitten, kleinen Buchten, Felsansammlungen und Stränden aus Schiefergrus. An einigen Stellen hatten sich Eisschollen wie Spielkarten übereinandergeschichtet.

»Wirkt nicht sonderlich einladend«, bemerkte Kat, die ebenfalls aus dem Fenster sah.

»Aber der Mensch kann überall überleben«, sagte Painter, der sich im Verlauf des Flugs über die Gegend informiert hatte. »Die Inseln waren schon vor Jahrtausenden von einheimischen Jägern bewohnt. Dann kamen die Wikinger und im siebzehnten Jahrhundert die Europäer.«

»Und jetzt kommen wir«, scherzte Kat im Versuch, die Stimmung zu heben.

Painter nickte wortlos. Vor lauter bösen Vorahnungen hatte er Bauchgrimmen. In D.C. hatte er den Einsatz mit General Metcalf abgestimmt, seinem Vorgesetzten bei der DARPA. Der General hatte die Notwendigkeit der Reise zu einer eintausendfünfhundert Kilometer nördlich des Polarkreises gelegenen Insel angezweifelt, doch Painter war unnachgiebig geblieben. Gleich anschließend waren er und Kat losgeflogen, wobei sie die Triebwerke der Gulfstream G150 bis zum Äußersten beanspruchten. Am Thule-Stützpunkt, der an der Westküste von Grönland gelegenen nördlichsten Niederlassung des US-Militärs, waren sie zwischengelandet und hatten nachgetankt.

Wenn Painter noch Zweifel an der Bedeutung der Region gehabt haben sollte, so hatte Thule sie zerstreut. In der Basis waren zwei Luftgeschwader stationiert, außerdem gab es dort ein Frühwarnsystem für ballistische Raketen und ein globales Satelliten-Überwachungsnetz. Außerdem diente der Stützpunkt als Drehkreuz für ein Dutzend Militär- und Forschungsstationen, die in ganz Grönland und auf den umliegenden Inseln verteilt waren, darunter die Aurora-Station auf Ellesmere.

Und das waren gerade mal die amerikanischen Einrichtungen.

Kanada unterhielt weitere Stützpunkte, darunter einen auf Ellesmere mit der Bezeichnung Alert, ein militärischer und wissenschaftlicher Vorposten, der nur zeitweise bemannt war und etwa achthundert Kilometer vom Nordpol entfernt lag.

Als ihre Maschine den Mittelpunkt der Insel überflog, versuchte Painter, den Stützpunkt auszumachen, doch die Entfernungen waren einfach zu groß. Der Pilot flog zwischen dem Quttinirpaaq-Nationalpark und den Gletschern im Süden entlang. Unter den Tragflächen ragten die schneebedeckten Gipfel der Challenger Mountains auf.

»Wir sollten gleich da sein«, sagte Kat.

Die Aurora-Station lag an der Nordwestküste der Insel,

am Rande der Arktischen See. Seinen Recherchen zufolge hatte man den Ort aus verschiedenen Gründen ausgewählt, vor allem aber wegen seiner Nähe zum magnetischen Nordpol, der auch von anderen Stationen untersucht wurde. Der geografische Nordpol war relativ ortsfest, doch der magnetische Pol wanderte seit Jahrhunderten langsam an der Küste von Ellesmere vorbei und hinauf in die Arktische See.

Der Pilot meldete sich über Funk. »Noch fünfunddreißig Kilometer. Landung in etwa zehn Minuten. In Anbetracht der Wetterverhältnisse können wir von Glück reden, dass wir so schnell waren.«

Painter richtete den Blick vom Boden zum Himmel. Es waren nur wenige Wolken zu sehen, doch im Nordwesten schien die Welt an einer Wand aus Finsternis zu enden. Er hatte gewusst, dass ein Sturm im Anmarsch war, doch die Vorhersagen hatten sich von Stunde zu Stunde verschlechtert. In der Region würde tage-, vielleicht sogar wochenlang dichter Nebel herrschen. Das war einer der Gründe, weshalb er General Metcalf gegenüber so viel Druck gemacht hatte. Wenn er dieses Zeitfenster verpasst hätte, wären die Aussichten, Safia zu retten, mit jedem verstreichenden Tag schlechter geworden.

Das durfte er nicht zulassen.

Doch es gab noch ein weiteres Problem.

Kat fasste es in Worte. »Sobald der Sturm losbricht, sind wir erst einmal abgeschnitten.«

Da Böen von Orkanstärke vorausgesagt wurden, würde der Pilot sie rasch absetzen und gleich wieder nach Thule starten, wo er so lange warten würde, bis die Wetterbedingungen sich besserten. Colonel Wycroft, der Kommandant des Luftstützpunkts, hatte den vertraulichen Befehl bekommen, ihren Weitertransport zu organisieren, wenn der Einsatz erfolgreich verlief. Doch auch er war gewarnt worden, dass der Sturm ein solches Unterfangen möglicherweise vereiteln würde.

Trotzdem ließ Painter sich nicht beirren.

»Wir haben keine andere Wahl, als weiterzumachen«, sagte er.

Kat blickte ihn an, als wollte sie widersprechen – dann besann sie sich und schaute wieder aus dem Fenster. Ihm war bewusst, dass er ein wenig verbissen an die Sache heranging. Sie hingegen bemühte sich, ihn zu bremsen und eine überlegte Herangehensweise durchzusetzen. Bislang waren sie noch nicht aneinandergeraten. Tief in seinem Innern wusste er, dass sie nur das Beste wollte – sowohl für ihre Sicherheit als auch für Safia.

Kat sog scharf den Atem ein.

»Was ist?«, fragte er.

Sie blickte unverwandt aus dem Fenster. »Die Fotos werden der Realität nicht gerecht.«

Painter schaute wieder nach draußen, während die Maschine zum Landestreifen herumschwenkte. Mehrere Cessnas – das typische Kurzstreckenflugzeug der Arktis – waren daneben abgestellt. Offenbar hatte man die Flugzeuge in Erwartung des Sturms fixiert. Eine weitere Maschine wurde soeben in einen Hangar gerollt.

Kat aber hatte etwas anderes gemeint.

Hinter einer Ansammlung gedrungener Gebäude lag ein technisches Wunderwerk. Das Ionospheric Research Instrument – Instrument zur Erforschung der Ionosphäre –, abgekürzt IRI, nahm in der flachen Tundra eine Fläche von dreihundert Morgen ein. Der Stromgenerator lag unterirdisch, und das stachlige Antlitz, das es nach außen hin präsentierte, waren die zweitausend Stahlantennen, die ein Netzwerk bildeten. Jede mit Querstreben versehene Antenne ragte zehn Stockwerke hoch empor.

»Das erinnert mich an die Milchstraße«, bemerkte Kat.

Painter verstand, was sie meinte. Während die hundertachtzig Antennen des HAARP-Instruments streng geometrisch angeordnet waren, bildeten sie hier eine fraktale Spirale, die einen beinahe fließenden Eindruck vermittelte. Die technische Anlage war ästhetisch ansprechend und funktional zugleich.

In der Mitte der Stahlkonstruktion befand sich eine tiefe Grube. Es handelte sich um einen ehemaligen Tagebau, einen von vielen in der Arktis. Die ganze Region war mit solchen Gruben übersät, in denen man Kupfer, Gold, Blei, Zink und sogar Diamanten aus dem Permafrostboden ausgegraben hatte. Die gewaltigen mineralischen Vorkommen der Arktis wurden bislang kaum genutzt. Jetzt, da der Boden taute und immer mehr Land für den Abbau zugänglich wurde, änderte sich dies.

»Was ist das da in der Mitte der Grube?«, fragte Kat.

Painter musterte das spitze Stahlgerüst. Am Ende der hoch aufragenden Konstruktion saß eine große glänzende Kugel. Sie war umgeben von mehreren konzentrischen Kupferringen, um die sich dicke Kabelstränge wanden und die mit trapezförmigen Magneten verbunden waren, jeder einzelne so groß wie ein VW-Käfer.

»Betrachten Sie es als Zeugnis von Simon Hartnells Obsession«, sagte er. »Das ist der Versuch, das Werk des von ihm hochverehrten Nikola Tesla zu reproduzieren und weiterzuentwickeln.«

»Aber was ist das?«

»Das ist Hartnells Version des Wardenclyffe Towers, eines von Teslas ambitioniertesten Projekten.«

Painter fiel die Ähnlichkeit zu der technischen Anlage am Boden auf, die allerdings recht oberflächlich war. Er rief ein entsprechendes Foto auf seinem iPad auf und reichte es an Kat weiter.

»Tesla hat seinerzeit zweihundert Morgen Land auf Long Island erworben und darauf ein Kraftwerk errichtet, das einen von einer Kuppel gekrönten achtzehn Stockwerke hohen Holzturm mit Strom versorgte. Er träumte davon, das erste weltweite schnurlose Kommunikationsnetz zu bauen, mit dreißig solcher Anlagen über die ganze Welt verteilt. Später glaubte er, er könne damit sogar die sogenannte Resonanzfrequenz der Erde anzapfen und damit ein weltweites System zur schnurlosen Energieversorgung errichten.«

»Klingt ambitioniert.«

»Und war vielleicht seiner Zeit voraus. Schließlich ging ihm das Geld aus, und das Projekt scheiterte. Ein paar Jahre später wurde die Anlage aufgegeben und zerstört.« Painter blickte nach unten. »Aber seine verwegenen Pläne haben andere inspiriert. Simon Hartnell hat seine Firma Clyffe Energy getauft, um Wardenclyffe und den damit verbundenen Hoffnungen und Träumen seine Referenz zu erweisen.«

»Und der Turm da unten?«, fragte Kat. »Was hat Hartnell damit vor?«

Painter runzelte die Stirn. »Das ist eine gute Frage.«

Da sie in Eile gewesen waren, hatte er sich nur einen oberflächlichen Eindruck von den verschiedenen Forschungsprojekten der Station verschaffen können. Der Turm diente anscheinend als Verstärker für die Antennen. Bauweise und Form waren demnach lediglich eine Hommage an Tesla. Den vorliegenden Berichten zufolge sollte der Turm den die Ionosphäre anregenden Strahl verstärken, den HAARP erzeugte. Der höhere Energieausstoß erweiterte die Forschungsmöglichkeiten und führte zu präziseren Ergebnissen. Im Grunde handelte es sich um eine größere Version des HAARP, die dem gleichen Zweck diente wie sein kleinerer Vorläufer.

Aber jetzt, wo ich es vor mir sehe…

Painter hatte ein flaues Gefühl im Magen. Er war dermaßen auf Safia fixiert gewesen, dass er dem Projekt nicht genügend Aufmerksamkeit geschenkt und über die Ungereimtheiten in den Spezifikationen und Protokollen hinweggesehen hatte.

Oder aber ich gerate auf die gleichen Abwege wie die Verschwörungstheoretiker, die der Antennenanlage von HAARP infame Eigenschaften angedichtet haben.

Der Pilot meldete sich erneut. »Bitte anschnallen, Leute. Wir beginnen den Landeanflug.«

Painter lehnte sich zurück. Sicher war nur eines.

Jetzt ist es zu spät, um umzukehren.

22:22

Als Kat aus der Gulfstream ausstieg, wappnete sie sich gegen die Eiseskälte, hatte aber trotzdem das Gefühl, nackt in einen Bergsee zu springen. Ein stetiger Wind wehte von der Arktischen See her. Er schmeckte nach Salz und Eis und drang in den Halsausschnitt ihres Parkas ein.

Zitternd raffte sie mit einer Hand die Kapuze zusammen und zog mit der anderen ihren Hartschalenkoffer hinter sich her. Für Anfang Juni war es hier außergewöhnlich kalt – um die achtzehn Grad minus –, und wenn der Sturm losbrach, würde die Temperatur vermutlich noch weiter sinken.

Sie schaute aufs Meer hinaus, über die Eisschollen hinweg zu den am Horizont dräuenden schwarzen Wolken. Die Sonne stand dicht über dem Horizont am Westrand des Unwetters, als scheue sie zurück vor der Bedrohung, doch ein Ausweichen war unmöglich. In den Polarbreiten würde die Sonne in der ersten Septemberwoche vollständig untergehen.

Zu ihrer Linken huschte etwas Helles über den schwarzen Asphalt der kurzen Landebahn und verschwand hinter einem grauweißen Schneewall. Es war ein Polarhase, der sie daran erinnerte, dass es auch hier trotz der extremen Abgeschiedenheit des Vorpostens Leben gab, zu Lande wie zu Wasser. Dies war das Reich der Eisbären, Robben, Narwale und Orcas. Hier streiften noch immer Karibuherden und zottelige Moschusochsen umher. Die Inuit nannten Ellesmere *Umingmak Nuna*, was »Land der Moschusochsen« bedeutete.

Hinter dem Landstreifen ragten vereinzelt blaue Grasbüschel aus dem Schnee, an anderen Stellen wuchsen gelb blühender arktischer Mohn und weiße Vogelmiere.

Diese abgehärteten Pioniere, die unter widrigsten Bedingungen überlebten, machten ihr Mut.

Sie blickte zu der auffälligen Ansammlung orangefarbener Betongebäude hinüber. Painter eilte darauf zu, ohne die Umgebung weiter zu beachten.

Während die Gulfstream hinter ihnen wendete, um nach Thule zurückzufliegen, blickte Kat dem Hasen hinterher.

Hoffentlich erweisen wir uns hier als ebenso überlebenstüchtig.

Sie eilte Painter hinterher. Am Haupteingang der Aurora-Station erwartete sie ein Begrüßungskomitee. Alle standen dicht zusammengedrängt in der Eiseskälte, die durch die offene Tür in die Station wehte. Painter näherte sich ihnen zielstrebig, als könnte er es gar nicht erwarten, ins Warme zu kommen. Kat aber wusste, dass sein eigentlicher Antrieb die Sorge um Safia al-Maaz war.

Sie bemerkte, dass der Stützpunkt sich bereits auf den bevorstehenden Sturm vorbereitete. Zwei Sno-Cats rollten über eine Rampe in eine Tiefgarage hinunter. Die neben dem Landestreifen abgestellten Cessnas waren mit Planen verhüllt und am Boden verankert. In den Hangars war für diese kleinen Gebrauchsflugzeuge offenbar kein Platz. In einem Hangar machte sie einen Learjet aus, und hinter dem sich schließenden Tor eines zweiten eine Frachtmaschine von Boeing.

Offenbar ist das hier ein vollwertiger Flughafen.

In Anbetracht der isolierten Lage der Station war das auch nicht sonderlich überraschend.

Sie hatten die offene Tür erreicht und wurden in die warme Station geleitet. Obwohl sie nur ein paar Minuten lang im Freien gewesen war, seufzte sie erleichtert auf.

Die Tür schloss sich hinter ihnen, und ein Mann trat mit breitem Lächeln vor. Es war Simon Hartnell in Person. Bekleidet war er mit einem dicken Rollkragenpullover, Jeans und abgenutzten Arbeitsschuhen. Kat wunderte sich darüber, dass der CEO von Clyffe Energy sich dazu herabließ, die Besucher persönlich in Empfang zu nehmen.

»Willkommen am Ende der Welt«, sagte er und zeigte nach Norden. »Na ja, vielleicht nicht ganz am Ende, aber man kann es von hier aus sehen.«

Sie lächelte, wenngleich sie vermutete, dass der Scherz schon abgestanden war, eine Begrüßungsfloskel, dazu gedacht, die Stimmung von Besuchern zu heben. Doch auch Kat spielte ihre Rolle.

»Ich danke Ihnen.« Sie streifte die Parkakapuze zurück. »Wir waren uns nicht sicher, ob wir es wegen des aufziehenden Sturms schaffen würden.«

Painter nickte zustimmend, behielt seine reservierte Haltung aber bei. »Wir wissen es zu schätzen, dass Sie unserem Besuch so kurzfristig zugestimmt haben.«

Hartnell winkte ab. »Inspektionen sind bei jeder Einrichtung gang und gäbe, und die DARPA ist stets willkommen. Ohne Ihren Beitrag zu HAARP gäbe es die Aurora-Station nicht.« Sein Lächeln vertiefte sich. »Außerdem gibt mir das die Gelegenheit, ein wenig zu renommieren. Wir sind hier alle sehr stolz auf unsere Arbeit und halten sie für ausgesprochen vielversprechend.«

»Beim Kampf gegen den Klimawandel?«, hakte Kat neugierig nach.

»Genau. Im Moment betreiben wir vierunddreißig verschiedene Projekte, doch das Hauptziel der Aurora-Station besteht darin, theoretische Modelle für den Kampf gegen die globale Erwärmung zu untersuchen, zu überwachen und zu erproben.«

»Ein nobles Unterfangen«, bemerkte Painter.

Hartnell zuckte mit den Achseln. »Und hoffentlich auch ein profitables. Ungeachtet meiner beträchtlichen Ressourcen muss ich meinen Vorstand zufriedenstellen.« Er wandte sich ab und ging voran. »Aber darüber können wir später sprechen. Obwohl die Sonne noch scheint, ist es schon spät. Ich würde Ihnen gern Ihre Unterkünfte zeigen.«

Er geleitete sie über einen pastellblauen Flur zu einem Aufzug.

»Der Wohnbereich der Station befindet sich auf der untersten Ebene«, erklärte er, als sie in die Kabine traten. »Dort ist die natürliche Isolierung am besten, und die Räumlichkeiten sind einfacher zu beheizen.«

Er drückte den Knopf mit der Beschriftung B4.

Kat hatte sich den Bauplan des Stützpunkts eingeprägt. Es gab vier unterirdische Ebenen, mit Labors, Büros, Werkstätten, Lagerräumen und einem weitläufigen Erholungsbereich mit Tennisanlage, Swimmingpool und Kino.

Das Ganze war eine Stadt im Kleinen.

Es würde nicht leicht sein, Safia in diesem Labyrinth aufzuspüren.

Kat waren auch die in der Eingangslobby angebrachten Überwachungskameras aufgefallen. Vermutlich wurde der ganze Komplex überwacht. Sie vergegenwärtigte sich das blasse Gesicht von Anthony Vasiliev alias Anton Mikhailov, des Leiters der Sicherheitsabteilung.

Wenn Hartnell Anton und dessen Schwester eingestellt hatte – die beide für die Gilde gearbeitet hatten –, wie viele weitere seiner Angestellten mochten dann einen ähnlichen Hintergrund haben?

Sie meinte zu spüren, wie Hartnells eisblaue Augen sie musterten.

Sie hatte nicht den geringsten Zweifel, dass Hartnell sich gründlich über seine Besucher informiert und deren Legende überprüft hatte. Dies bestätigte sich, als die Aufzugtür aufging und er sie hinausgeleitete.

Er wandte sich an den Direktor. »Painter Crowe. Ich weiß über Sie Bescheid.«

»Ach ja?«, sagte Painter, ohne sich seine Überraschung anmerken zu lassen.

In Anbetracht des Zeitdrucks hatten er und Kat auf die Verwendung von Decknamen verzichtet. Sie beide arbeiteten schon lange für die DARPA, was ihre Legende untermauerte. Selbst bei genauester Überprüfung fand sich nirgendwo in den Akten ein Hinweis auf ihre Rolle bei Sigma oder auch nur die Existenz der Sigma Force. Außerdem hatte Hartnells Sicherheitsteam nur wenige Stunden Zeit gehabt, sich auf die Überraschungsinspektion vorzubereiten. Der Hintergrundcheck war aufgrund des Zeitdrucks vermutlich eher oberflächlich ausgefallen.

»Ja«, sagte Hartnell. »Ich glaube, Sie sind der Painter Crowe, der ein Patent auf ein temperaturgeregeltes Mikrorelais hält.«

Painter hob die Augenbrauen an. »Das stimmt.«

Hartnell lächelte. »Wir haben hier über siebzigtausend Ihrer Schaltungen installiert. Ein brillantes Stück Mikrotechnik. Wie Sie das Problem der Wärmeableitung gelöst haben … wirklich genial.« Er blickte sich über die Schulter um. »Vielleicht werbe ich Sie ja irgendwann von der DARPA ab.«

Viel Glück dabei, dachte Kat.

Hartnell geleitete sie durch einen großen Gemeinschaftsraum, der um diese Uhrzeit nahezu menschenleer war. Ein paar Gesichter schauten von ihren Essenstabletts auf. Aus der angrenzenden Küche drang Knoblauchduft hervor. Er zeigte dorthin.

»Falls Sie hungrig sind, es gibt Essen rund um die Uhr. Bedauerlicherweise ist die Speisekarte zu dieser späten Uhrzeit recht beschränkt. Aber wir haben den besten Kaffee der Welt.«

Kat nahm sich vor, später darauf zurückzukommen.

Hartnell bog nach links in einen Flur ab. »Ich entschuldige mich im Voraus. Ihre Unterkünfte sind recht spartanisch, aber sie liegen wenigstens beieinander.«

»Uns ist alles recht«, sagte Painter. »Sie werden sich wundern, wie schnell wir wieder weg sind.«

Hoffentlich erweist sich meine Prognose als zutreffend.

Hartnell reichte ihnen Magnetkarten. »Alle Türen haben elektronische Schlösser. Normalerweise ist darauf sogar der Arbeitsplan gespeichert, und die Raumheizung wird entsprechend gesteuert. Die Karten überwachen alles.«

Kat fand das eher beunruhigend und fragte sich, was die Absicht dahinter war.

Simon hob die Hände. »Aber wie ich schon sagte, morgen werden wir uns besser kennenlernen und dafür sorgen, dass Ihr Besuch erfolgreich verläuft.«

»Danke«, sagte Kat und unterdrückte ein Gähnen.

»Ich lasse Sie jetzt allein, damit Sie sich akklimatisieren können.« Er nickte ihnen zu und ging davon.

Painter zog seine Karte durch den Türscanner und warf einen Blick zu der an der Decke montierten Überwachungskamera. »Wir sollten uns erst mal aufs Ohr hauen.«

»Klingt gut«, sagte sie und ließ sich auf sein Spielchen ein.

Sie betraten beide ihr Zimmer. Kat hatte offenbar eine andere Auffassung von »spartanisch« als ihr Gastgeber. Das Zimmer hatte einen Parkettboden mit Fußbodenheizung, darin stand ein breites Bett mit Bettzeug aus Damast und Seide. Die Vorhänge an der einen Wand waren beiseitegezogen, ein Plasmabildschirm zeigte einen sonnenbeschienenen Strand mit sanften Meereswellen, so als befände man sich auf einer Karibikinsel. Leise Hintergrundmusik spielte. Das Marmorbad war mit einer Badewanne mit Düsen und Dusche ausgestattet.

Sie schüttelte den Kopf. Hartnell hatte sie anscheinend beeindrucken wollen.

Nun, wir haben unsere eigenen Überraschungen mitgebracht.

Sie stellte ihre Reisetasche auf dem Federbett ab. In Geheimfächern waren die Einzelteile einer SIG Sauer versteckt. Einstweilen ließ sie die Tasche noch ungeöffnet. Stattdessen nutzte sie die Zeit, um den Raum zu inspizieren.

Schließlich wurde an der Tür zum Nebenraum geklopft. Sie ging hinüber und entriegelte die Tür mit der Magnetkarte. Painter trat lautlos ein, während sie mit verschränkten Armen wartete. Er schritt den Raum ab und ging auch ins Bad. Hin und wieder blieb er stehen und hielt das Gerät in seiner Hand an die Wand oder an die Lüftung.

Nach einer Weile nickte er zufrieden. »Sieht so aus, als wären die Zimmer sauber. Wir können uns ungehindert unterhalten.«

»Was nun?«, fragte sie und trat vors Bett, um die Waffe auszupacken und zusammenzusetzen.

»Wir finden Safia.«

Sie sah in seinem Blick, wie angespannt und besorgt er war, doch jetzt musste er klar denken und sich um ihrer aller Sicherheit willen konzentrieren.

»Sie lebt«, versicherte ihm Kat. »Die hätten sie nicht hergebracht, wenn sie sie töten wollten. Sie wollen etwas von ihr.«

»Aber was?«

»Das ist die Frage. Wenn wir die Antwort fänden, würde das die Wahrscheinlichkeit, sie aufzuspüren, vermutlich erhöhen.« Sie blickte zur Tür. »Aber wo fangen wir an?«

Als er überlegte, ließ seine Verunsicherung sichtlich nach. Schließlich deutete er in Richtung Flur.

»Erst mal trinken wir ein paar Tassen vom weltbesten Kaffee – dann machen wir uns mit unseren Nachbarn bekannt.«

23:26

Das ergibt keinen Sinn.

Safia saß in der Stationsbibliothek und rieb sich die müden Augen. Sie und Rory hatten den größten Teil des Tages damit zugebracht, die in die Haut der ägyptischen Prinzessin eintätowierten Hieroglyphen zu kopieren. Aufgrund des Alters und des mumifizierten Zustands der Frau war dies eine mühselige Arbeit gewesen. Dazu kam, dass sie die ganze Zeit über Schutzanzüge getragen hatten.

Einige Bereiche waren besser lesbar gewesen, so als hätten sie nur Jahre überdauern müssen und nicht Jahrtausende. Bei anderen mussten sie UV- oder Infrarotlicht einsetzen, um die Zeichen erkennen zu können. Dazu kamen die anatomischen Herausforderungen an den dürren Oberschenkeln und den Zehen, wo die Zeichen besonders klein waren.

Nach neun Stunden hatten sie eine Kopie angefertigt, die sie digitalisierten, um die einzelnen beschädigten Zeichen in eine besser lesbare Version zu überführen. Einen Teil der Rekonstruktion hatte sie auf ihren Laptop geladen. Der Text sah aus, als wäre er von Motten angefressen, voller Lücken und fehlender Teile.

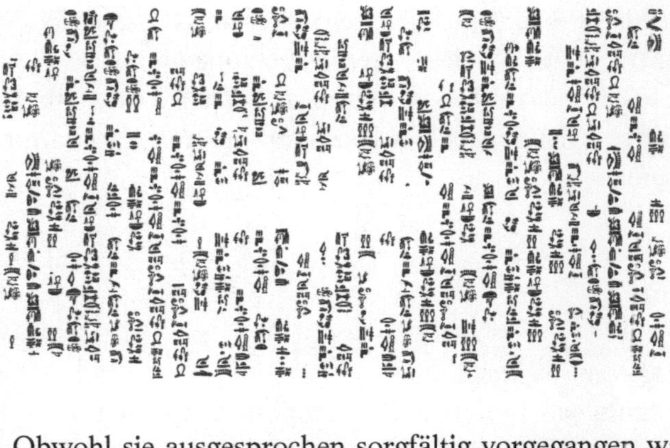

Obwohl sie ausgesprochen sorgfältig vorgegangen waren, war ein Teil der Tattoos nicht zu entziffern gewesen. In einem letzten Versuch, noch mehr zu retten, hatten sie die auf dem Thron sitzende Mumie mit einem topografischen 3-D-Scanner gescannt. Die vier Laser des Geräts registrierten jede Hautfalte und Ritze und drangen bis zu den epidermalen Schichten vor. Die Software erlaubte es sogar, die Haut zu dehnen, wobei hoffentlich mehr Details zum Vorschein kommen würden.

Doch es war ein langsamer Prozess, der Stunden erforderte.

Sie hatten das Gerät weiterlaufen lassen und waren in die Bibliothek gegangen. Sie versuchten, einige der wenigen intakten Passagen zu entziffern, hatten bislang aber keine Fortschritte erzielt.

»Das ist alles Unsinn«, sagte sie.

Rory saß ihr gegenüber am Tisch, sein Laptop zeigte dasselbe Bild an wie ihrer. »Das kann nicht sein. Aus welchem Grund hätte sich die Frau am ganzen Körper Unsinn eintätowieren lassen sollen?«

»Es könnte sich um Körperschmuck handeln. Manche Leute lassen sich chinesische Schriftzeichen eintätowieren, ohne zu wissen, dass es sich um puren Blödsinn handelt.«

»Das glaube ich nicht.«

Sie seufzte. »Ich auch nicht. Ich glaube, sie wollte etwas Bedeutsames bewahren.«

Aber was?

»Vielleicht sollten wir morgen weitermachen«, sagte Rory, »Es ist schon spät, und wir sind beide müde. Morgen könnten wir versuchen, weitere Lücken zu füllen.«

Sie nickte enttäuscht. »Das ist so, als würde man in einem Buch lesen, in dem jedes zweite Wort fehlt und bei den übrigen Wörtern die Hälfte der Buchstaben.«

»Und da der Rücken der Mumie bis zur Unkenntlichkeit verbrannt ist«, setzte er hinzu, »fehlt uns das Schlusskapitel.«

»Stimmt.«

Rory versuchte erfolglos, ein Gähnen zu unterdrücken.

Sie lächelte. »Wir machen weiter, wenn wir die Augen aufhalten können.«

»Bei dem hier könnte das aussichtslos sein.« Rory deutete auf sein verschwollenes Auge, eine schmerzhafte Erinnerung an den Preis des Scheiterns.

Der Verursacher der Verletzung saß bei der Tür. Anton ließ sie nur kurzfristig aus den Augen.

»Wir finden es heraus«, versicherte sie Rory.

Sie packten zusammen und nahmen ihre Laptops in die Hand. Die Funktionen ihres Rechners waren stark eingeschränkt, doch sie konnte immerhin per E-Mail oder Videochat mit Rory kommunizieren, falls einer von ihnen im Lauf der Nacht eine Idee haben sollte.

»Noch eine letzte Frage«, sagte Safia. »Ein rechteckiger Hautstreifen fehlt. Sie haben gemeint, Sie hielten es für möglich, dass Ihr Vater ihn zu Untersuchungszwecken entfernt hat.«

»Vermutlich um mehr über den Mumifizierungsprozess herauszufinden. Er fand ihren Zustand merkwürdig.«

»Inwiefern?«

»Er glaubte, sie habe sich einem einzigartigen Ritual unterzogen, bevor sie eingemauert wurde, hat sich aber nie darüber ausgelassen. Wir durften pro Woche nur eine Stunde lang miteinander reden.« Er blickte zu Anton hinüber. »Das heißt, unter der Voraussetzung, dass wir taten, was von uns verlangt wurde.«

Sie vergegenwärtigte sich die Leerstelle in der Rekonstruktion der Hieroglyphen. »Hat er die Tätowierungen auf dem entfernten Hautstück kopiert?«

»Keine Ahnung. Aber falls ja, hat er die Kopie vermutlich mit dem Rest zusammen zerstört.«

»Was wollte Ihr Vater verbergen?«, murmelte sie.

Rory hatte sie verstanden. »Offenbar etwas, das es wert war, dafür zu sterben.«

Safia zuckte zusammen und legte ihm die Hand auf den Arm. »Tut mir leid.«

Er sah zu Boden, sein Tonfall wurde bitter. »Und mir hat er es überlassen, die Reste aufzusammeln.«

Rory ging zur Tür. Sie eilte ihm nach und suchte nach geeigneten Worten, um den jungen Mann zu trösten. Sie konnte sich nicht einmal vorstellen, wie ihm zumute war. Rory musste nicht nur seine Trauer verarbeiten, sondern auch seinen Zorn auf Harold, weil der ihn im Stich gelassen hatte. Sein Vater hatte sein eigenes Leben aufs Spiel gesetzt und seinen Sohn in den Händen seiner Peiniger zurückgelassen. Und jetzt wurde Rory gezwungen, in die Fußstapfen seines Vaters zu treten.

Safia fragte sich, wie sie Harolds Handlungsweise bewerten sollte.

Hat er das aus Selbstsucht oder Verzweiflung getan?

Als sie zu Rory aufgeschlossen hatte, wurde an der Bibliothekstür geklopft. Anton bedeutete ihnen zurückzutreten. Er öffnete die Tür, verdeckte ihnen aber die Sicht. Nach einem kurzen Wortwechsel wurde ihm ein Aktenordner angereicht.

Anton schloss die Tür und streckte ihnen den Ordner entgegen. »Untersuchungsergebnisse.«

Safia nahm den Ordner verdutzt entgegen. Sie schlug ihn auf und sah, dass es sich um eine DNA-Analyse des Untersuchungsobjekts handelte. Dies war einer von mehreren Tests, die von Gewebeuntersuchungen bis zur Karbondatierung reichten. So schnell hatte sie nicht mit Ergebnissen gerechnet, doch wenn man bedachte, wer das

Ganze finanzierte, war es eigentlich nicht weiter verwunderlich.

Sie wandte sich von der Tür ab und zog Rory mit sich. Sie hatte um eine Genanalyse der autosomalen und mitochondrialen DNA gebeten, weil sie glaubte, damit die Herkunft der Frau bestimmen zu können. Vielleicht bekamen sie ja einen Hinweis darauf, wo in Ägypten sie gelebt hatte.

Die Akten umfassten mehr als dreißig Seiten mit detaillierten Ergebnissen, darunter Grafiken und Diagramme, doch die Zusammenfassung stand gleich am Anfang. Sie las die letzte Zeile vor: »*Das Genom des Untersuchungsobjekts enthält mehrere Allele und Marker, darunter die Haplogruppe K1a1b1a, die auf eine Herkunft aus dem Orient verweisen, während die Subclade I2, die bei einer Person ägyptischer Herkunft zu erwarten wäre, fehlt.*«

Rory runzelte die Stirn. »Archäogenetik war noch nie mein Ding. Was bedeutet das?«

Safia schluckte und dachte an den verwüsteten Körper der Frau auf dem Thron. »Das heißt, sie ist *keine* Ägypterin.«

»Was?«

Sie las noch einmal die entscheidende Zeile: … *während die Subclade I2, die bei einer Person ägyptischer Herkunft zu erwarten wäre, fehlt.*

»Ich glaube …« Sie wandte sich Rory zu. »Ich glaube, sie war Jüdin.«

23:55

Simon stieg nackt aus dem eiskalten Tauchbecken. Zitternd vor Kälte nahm er ein Handtuch aus dem beheizten Regal und trocknete sich ab.

Dieses Ritual vollzog er jeden Abend vor dem Zubettgehen. Sein Privatpool war nur einen Meter breit und vier Meter tief, das Wasser hatte eine konstante Temperatur von dreizehn Grad Celsius. Allabendlich sprang er hinein, tauchte und packte den am Boden befestigten Ring aus Edelstahl. Er hielt ihn so lange fest, wie sein Atem reichte, dann schoss er wieder an die Oberfläche.

Er spürte bereits die stimmungsaufhellende Wirkung des kalten Wassers, einer der vielen Vorzüge des Rituals. Außerdem verbesserte es angeblich die lymphatische Zirkulation, stärkte das Immunsystem und aktivierte das braune Fettgewebe, was den Fettabbau förderte. Auf jeden Fall aber regte es den Kreislauf an. Das Herz hämmerte ihm in der Brust.

Er erschauerte noch einmal am ganzen Körper, dann schlüpfte er in einen dicken Bademantel.

Nach der Kryotherapie schlief er besser. Das Ritual half gegen die körperliche Desorientiertheit, die sich einstellte, wenn den ganzen Tag lang Helligkeit oder tiefe Dunkelheit herrschte.

Außerdem konnte er danach klarer denken und den Ärger beiseiteschieben, der sich tagsüber aufgestaut hatte.

Zum Beispiel auch seine Überraschung über die beiden DARPA-Inspektoren.

Warum ausgerechnet jetzt?

In weniger als achtundvierzig Stunden würde ein wichtiger Versuch stattfinden. Die Bedingungen waren ideal.

Es näherte sich nicht nur eine Warmfront – eine Seltenheit in diesen Breiten, wo die Luft zumeist so trocken war wie in der Wüste –, sondern gleichzeitig kam es aufgrund einer mächtigen Sonneneruption, die vor zwei Tagen beobachtet worden war, auch zu einem geomagnetischen Sturm. Alles war, wie es sein sollte, und es widerstrebte ihm, das Experiment aufzuschieben.

Während er im Kopf die verschiedenen Variablen durchging, tappte er barfuß in die Bibliothek hinüber. Seine Suite nahm die ganze Breite der fünften Subebene ein, der Zutritt war nur einer Handvoll Angestellten gestattet. Als er die Bibliothek betrat, schwelgte er in der Wärme, die vom edlen Parkettboden aufstieg. Die Einrichtung war eine Mischung aus alt und modern. Drei Wände wurden von Mahagoniregalen eingenommen, in denen teils jahrhundertealte Bücher und Schriften sowie Artefakte und Schätze unter Glas standen.

Eine ganze Wand war Nikola Tesla gewidmet. Selbst der Plasmabildschirm, der sich bei seinem Eintreten einschaltete, zeigte einen Blick auf Manhattan, aufgenommen von Teslas ehemaliger Suite im Hotel New Yorker, Zimmer 3327, an dessen Tür eine Gedenkplakette befestigt war.

In diesem Raum hat sein Leben geendet und meine Leidenschaft begonnen.

Sein Blick fiel auf seinen wertvollsten Besitz, ein dickes schwarzes Buch unter Glas, das von oben beleuchtet wurde.

Am Morgen nach Teslas Tod im Jahr 1941 war dessen Neffe Sava Kosanovic ins Hotel geeilt und hatte festgestellt, dass der Leichnam bereits weggebracht und das Zimmer durchsucht worden war. Mehrere Aktenordner mit technischen Unterlagen fehlten, darunter ein mehrere hundert Seiten umfassendes Notizbuch, das Sava auf Teslas Bitte hin nach seinem Tod aufbewahren sollte. Das FBI untersuchte die Angelegenheit und konfiszierte alle verbliebenen Arbeiten und technischen Unterlagen mit der Begründung, die nationale Sicherheit sei betroffen.

Kein Wunder.

Simon blickte zu der gerahmten Ausgabe der *New York Times* an der Wand, mit Datum vom 11. Juli 1934. Die Schlagzeile lautete: Tesla stellt mit 78 neuartigen Todesstrahl vor. Der Artikel beschrieb eine Partikelstrahlwaffe, die zehntausend Flugzeuge aus Hunderten Kilometern Entfernung abzuschießen vermochte. Tesla aber betrachtete die Erfindung nicht als Kriegswaffe, sondern glaubte, sie werde der Welt den Frieden bringen, denn wenn alle Länder über sie verfügten, wäre es sinnlos, gegeneinander Krieg zu führen. Außerdem wollte er die Technik zur drahtlosen Energieübertragung einsetzen und die oberen Schichten der Atmosphäre damit erwärmen, um den Nachthimmel mit einem menschengemachten Polarlicht zu erhellen.

Simon lächelte.

Der Mann war ein Visionär gewesen, seiner Zeit weit voraus.

Jetzt aber war die Zeit für seine Erfindung gekommen.

Er sah auf das schwarze Notizbuch nieder, dessen Seiten mit akkurater serbischer Schrift bedeckt waren, in der Sprache von Teslas Heimatland. Simon hatte es entdeckt, als er bei der Renovierung und Erweiterung des Tesla-Museums in Belgrad mitgeholfen hatte. Im Jahr 1952 übergab die Regierung die Dokumente endlich an dessen Neffen, der sie im Museum aufbewahrte. Sava war sich jedoch bewusst gewesen, dass die US-Regierung zahlreiche Dokumente zurückhielt. Ein Teil davon wurde vom National Defense Research Committee verwahrt, das damals von John G. Trump geleitet wurde, dem Onkel eines gewissen New Yorker Immobilienmagnaten und späteren US-Präsidenten.

Am Ende sollte Sava recht behalten.

Simon gab Millionen für die Suche nach den fehlenden Dokumenten aus. Als John Trump 1985 starb, vererbte er einen umfangreichen Schatz wissenschaftlicher Dokumente an seine Alma Mater, das Massachusetts Institute of Technology. Simon ließ die Unmenge an Dokumenten von einem wissenschaftlichen Ermittler nach allen Aufzeichnungen durchforsten, die mit Tesla in Verbindung standen.

Das geschah nicht aus einer Laune heraus. John Trump hatte seinerzeit die High Voltage Engineering Corporation gegründet, die Van-de-Graaff-Generatoren herstellte, ein stromproduzierendes Gerät, das Ähnlichkeiten zur Tesla-Spule aufwies. Trump wurde sogar von der Nationalen Ingenieurakademie als »Pionier der Wissenschaft, der Ingenieurskunst und der medizinischen Anwendungen von Hochspannungsgeräten« gelobt.

Ein Lob, das auch auf Tesla zugetroffen hätte.

Simon schöpfte Verdacht – zumal Trump für die Verwahrung der Dokumente am NDRC verantwortlich war – und beauftragte einen Ermittler mit den Nachforschungen. Tief vergraben in dem Schatz, stieß der Mann auf ein nicht weiter gekennzeichnetes Notizbuch, handschriftlich verfasst in serbischer Sprache.

Simon blickte das unter Glas verwahrte Buch an.

Teslas verschollenes Notizbuch.

Kein Wunder, dass das NDRC es für unbedeutend gehalten hatte. Es enthielt *keine* Abhandlung über die Partikelstrahlwaffe – jedenfalls nicht in erster Linie –, sondern eine wilde Geschichte, die bis ins Jahr 1895 zurückreichte. Tesla hatte auf die in dem Notizbuch enthaltenen Geheimnisse in einem Interview Bezug genommen und erklärt, er habe aus einer »neuen und unerwarteten Quelle« von der wahren Natur der Energie erfahren.

Und das hatte er tatsächlich.

Trump und das NDRC mochten das Buch als Hirngespinst abgetan haben, doch Simon hielt es für wahr. Um die aufgestellten Behauptungen zu verifizieren, spendete er Millionen an Wohltätigkeitsorganisationen in Afrika und unterstützte Bauvorhaben und Siedlungsprojekte am Nil sowie archäologische Projekte in der Region. Da die Universitäten Mühe hatten, das Geld für die Forschungsvorhaben und kostspieligen Ausgrabungen aufzubringen, war es ihm nicht schwergefallen, sich zu seinem eigenen Nutzen daran zu beteiligen.

Vor zwei Jahren – nach zehnjähriger Suche, die kaum neue Erkenntnisse erbrachte – fand Simon, was Tesla hatte geheim halten wollen.

Es war ein wahres Wunder, das allerdings große Risiken in sich barg.

Das zeigte die gegenwärtige Pandemie.

Simon betrachtete stirnrunzelnd das Buch. Jetzt wusste er, weshalb Tesla und seine beiden Gefährten einen Schweigepakt geschlossen hatten. Sie waren nicht in der Lage gewesen, ihre Entdeckung zu beherrschen. Das Risiko des Scheiterns war zu groß gewesen.

Deshalb hatten sie es in der Wüste belassen – wo es unter dem Sand gewartet hatte, bis die Welt bereit dafür war.

Simon ballte entschlossen eine Hand zur Faust.

Ich werde verwirklichen, wozu Tesla nicht imstande war.

Zum Wohle der ganzen Welt.

Ungeachtet der Kosten.

Hinter ihm erklang ein Tonsignal. Er wandte sich zu der einen Wand um, die nicht von Bücherregalen eingenommen wurde. Er ging hinüber und nahm den eingehenden Videoanruf entgegen. Dieses Telefonat führte er täglich um Mitternacht.

Auf dem mittleren Bildschirm erschien Antons Gesicht. Er war bereit für die letzte Besprechung des Tages.

»Haben Sie Ihre Schützlinge zu Bett gebracht?«, fragte Simon.

»Dr. al-Maaz ist in ihrem Zimmer eingesperrt«, antwortete Anton. »Sie ist heute gut vorangekommen und hat, glaube ich, eine Entdeckung gemacht, die sogar Professor McCabes Aufmerksamkeit entgangen ist.«

»Was genau meinen Sie?«

»Das Untersuchungsobjekt im Labor – die weibliche Mumie ist keine Ägypterin, sondern jüdischer Abstammung.«

»Sie ist eine Jüdin?«

Anton zuckte mit den Achseln. »Es ist noch unklar, was das bedeutet, aber die Untersuchungen werden morgen fortgesetzt.«

Simon setzte sich auf einen Stuhl und ließ sich die Neuigkeiten durch den Kopf gehen. Nach der Entdeckung von Teslas Notizbuch mit den Plänen für eine elektrische Mikrobe hatte Simon nach einer Möglichkeit gesucht, diesen virulenten Organismus zu zähmen – mit wissenschaftlichen und historischen Mitteln.

Tesla hatte in seinem Notizbuch eine solche Möglichkeit angedeutet, doch die Lösung hatte ihn anscheinend verstört und erschreckt – so sehr, dass er darauf verzichtet hatte, sie weiter auszuarbeiten.

Dies war das eine, das Simon vor dem letzten Stadium seines Werks zögern ließ. Vom theoretischen Standpunkt aus betrachtet, erschien alles logisch. Doch im Falle eines Scheiterns drohte eine ökologische Katastrophe; im Vergleich dazu schien die Havarie der *Exxon Valdez* so harmlos wie ein umgekipptes Glas Milch.

Doch der Welt drohte eine noch größere Katastrophe.

Hier auf Ellesmere veränderten sich aufgrund der globalen Erwärmung bereits die chemischen Bedingungen der Gewässer und Feuchtgebiete, was zur Vernichtung von Habitaten und zum Aussterben von Spezies führte. Und das war erst die Spitze des sprichwörtlichen schmelzenden Eisbergs. Die Forscher schätzten, dass die globale Biosphäre noch in diesem Jahrhundert kollabieren werde, wenn nicht etwas geschah.

Wenn kein großer Visionär eine Lösung präsentierte.

Simon hielt sich die Herausforderung vor Augen. Der Test, der in zwei Tagen stattfinden sollte, stellte die erste Phase dar, einen lokalen Probelauf. Davon erhoffte er sich eine Bestätigung seines Konzepts unter realen Bedingungen. Doch sollte er das Risiko eingehen, zumal die Station jetzt unter Beobachtung stand?

»Was ist mit unseren Gästen?«, fragte Simon. »Mit unseren Freunden von der DARPA?«

»Gerade eben waren sie in der Cafeteria und haben sich beim Kaffee unterhalten.«

»Und Ihr Hintergrundcheck ist verlässlich?«

Anton nickte. »Sie arbeiten seit fast zehn Jahren für die DARPA.«

Gut.

Noch mehr Probleme konnte Simon nicht gebrauchen. »Morgen lassen wir sie das offizielle Touristenprogramm absolvieren und sorgen dafür, dass sie so schnell wie möglich ihre Sachen packen.«

Irgendetwas aber störte ihn an den Besuchern, er vermochte aber nicht genau zu sagen, was es war. Doch er vertraute seiner Intuition. Wie Tesla einmal gesagt hatte: *Der Instinkt übertrifft das Wissen.*

»Anton, behalten Sie sie gut im Auge.«

»Wird gemacht.«

»Und gibt es Neuigkeiten aus dem Sudan? Wie schlägt sich Ihre Schwester?«

»Alles verläuft nach Plan. Die Angelegenheit sollte bald erledigt sein.«

»Ausgezeichnet.«

Sie besprachen noch ein paar Details, dann unterbrach er die Verbindung.

Eine Weile saß er reglos da, dann rief er das Bild einer Überwachungskamera in einem anderen geheimen Trakt der Station auf. Er blickte in eine Höhle, die von starken Halogenstrahlern erhellt wurde. Der Hohlraum gehörte zur Fitzgerald-Mine, die früher Nickel und Blei gefördert hatte. Vor einem halben Jahrhundert war die Höhle geflutet worden, doch das Wasser war nicht gefroren. Zum ersten Mal gesehen hatte er den Raum beim Bau der Aurora-Station. Das Wasser hatte eine wundervoll blaue Farbe gehabt, als spiegelte sich der Himmel darin.

Jetzt diente die alte Grube als Haltetank.

Er betrachtete den See. Der Laufgang spiegelte sich darin, der daran entlangführte. Allerdings war das Wasser nicht mehr himmelblau, sondern dunkelrot. Es sah aus wie Blut.

Ein Schauder der Erwartung durchrieselte ihn. Er dachte an ein anderes Zitat von Tesla und fragte sich, ob die Prophezeiung des Visionärs sich erfüllen würde, wenn das Geheimnis aus seinem Tagebuch das Licht der Welt erblickte.

Der menschengemachte Schrecken würde alles vorstellbare Maß übersteigen.

Simon hoffte, dass der Mann, den er so sehr bewunderte, sich in diesem einen Punkt geirrt hatte.

Teil 3

Der träumende Gott

15

3. Juni, 6:18 EAT
Sudanesische Wüste

Die aufgehende Sonne war wie ein Schlag mit dem Vorschlaghammer.

Gray fluchte unterdrückt, klappte die Sonnenblende herunter und blinzelte, während die Sonne über die steinigen Dünen zu seiner Rechten aufstieg. Obwohl der Himmel im Verlauf der vergangenen Stunde stetig heller geworden war, traf ihn der flammende Anbruch des neuen Tages unvorbereitet.

Während Gray fuhr, schliefen die anderen oder dösten. Jane hatte sich auf dem Rücksitz an Derek geschmiegt, der den Kopf in den Nacken gelegt hatte und mit offenem Mund schlief. Kowalski war das Kinn auf die Brust gesunken, sein lautes Schnarchen wetteiferte mit dem Grollen des Motors. Seichan saß vorn, den Kopf ans Seitenfenster gelehnt.

Außer Gray war nur noch einer wach. Ahmad fuhr auf seiner alten Suzuki Tracker, einem Crossmotorrad, dem schwerfälligen Unimog voraus. Er schwenkte geschickt hin und her, dank des groben Hinterradprofils hatte die Maschine in dem tückischen Gelände ausreichend Grip. Ahmad hatte sich das Motorrad geholt, bevor sie von Rufaa aufgebrochen waren. Kowalski hatte ihm geholfen, es auf der Ladefläche zu verstauen, wo Ahmads Hund Anjing jetzt inmitten der Gepäckstücke schlief.

Vor drei Stunden hatte Ahmad sie zu der Stelle geführt, an der die Familie seines Cousins Professor McCabe gefunden hatte. Sie hatten angehalten und sich umgesehen, hatten allerdings keinerlei Hinweise entdeckt. Erst hatten einheimische Suchtrupps die meisten Spuren zerstört, den Rest hatte der kräftige Wind mit Sand bedeckt. Wegen des Treibsands war die Fährte des Professors nicht mehr zu erkennen.

Sie fuhren weiter zu den Koordinaten, die das X auf Dereks Karte markierte. Ahmad lud das Motorrad ab, übernahm die Führung und hielt Ausschau nach Fußspuren oder anderen Hinweisen, die der Professor auf seinem Weg hinterlassen haben mochte. Er beschrieb weite Bogen, den Scheinwerfer ließ er ausgeschaltet. Er behauptete, der Mondschein und das Licht der Sterne reichten ihm aus.

Gray folgte ihm die ganze Nacht hindurch, doch da er nicht die Augen eines Wüstennomaden hatte, hatte er die Scheinwerfer eingeschaltet. Seit einer Stunde fuhren sie durch ein Gebiet mit wogenden Hügeln, die Sonne und Wind zu flachen Erhebungen abgetragen hatten.

Seichan regte sich an Grays Seite, streckte den Arm und dehnte den verspannten Rücken. Sie beschirmte die Augen mit der Hand. »Wie spät ist es?«

»Es wird Zeit, das Lager aufzuschlagen. In ein paar Stunden bricht das Unwetter los.«

»Wie weit ist es noch bis zu Dereks Koordinaten?«

Gray warf einen Blick auf die GPS-Anzeige seines Satellitentelefons. »Noch dreißig Kilometer durch schwieriges Gelände.«

Er blickte zu den vor ihnen liegenden schroffen Hügeln hinüber, die von ausgetrockneten Flussläufen, den sogenannten Wadis, und windgeformten Graten durchschnitten wurden. Jetzt zeigte sich, dass sie mit dem Unimog eine gute Wahl getroffen hatten. Dessen Höchstgeschwindigkeit betrug zwar nur etwa hundert Stundenkilometer, doch das Schneckentempo machte er mit seiner Geländegängigkeit wett. Bevor sie sich jedoch den Hindernissen stellten, würde es ihnen guttun, sich ein wenig die Beine zu vertreten und den Bauch vollzuschlagen.

Ahmad hatte offenbar den gleichen Gedanken gehabt. Er riss das Motorrad herum und warf eine Sandfontäne auf. Dann zeigte er zu einer niedrigen Felswand, an deren Fuß sich eine Schattenoase gebildet hatte.

Gray fuhr hinüber, während seine Mitfahrer murrend erwachten.

»Wir legen eine kurze Pause ein«, verkündete er. »Dann kann der Motor vor dem nächsten Abschnitt etwas abkühlen.«

Kowalski ließ den Atem zischend entweichen. »Gut. Meine Blase ist nämlich so voll wie die von einem Kamel. Hab *viel* zu viel Wasser getrunken.«

Ahmad stellte sein Bike ab und erwartete sie. Er sprang umher und winkte, als könnte er ihre Ankunft gar nicht erwarten.

Woher nimmt der Junge bloß seine Energie?

Der Wagen kam im Schatten rutschend zum Stehen. Anjing sprang kläffend auf den Boden und lief zu seinem jungen Herrn. Während der Hund und der Junge einen zeitlosen Begrüßungstanz aufführten, stiegen alle aus.

»Ansehen, ansehen!«, sagte Ahmad drängend.

Gray ging mit den anderen zu ihm hinüber, während Kowalski sich ein ruhiges Plätzchen suchte, um sich zu erleichtern.

»Da.« Ahmad zeigte auf den Boden. »Fußspuren.«

Gray hielt die anderen zurück und schlug einen Bogen um die Fährte. »Eindeutig Stiefelspuren. Außerdem hat jemand eine Kuhle angelegt, vielleicht, um es in der Nacht kühler zu haben.«

»Oder am Tag«, sagte Jane. »Mein Vater hat sich in der Wüste gut ausgekannt. Er ist bestimmt nur nachts gewandert.«

Derek sah das auch so. »Harold war mit allen Wassern gewaschen.«

»Aber er hat fantasiert«, gab er zu bedenken. »Es gibt keinen Beweis dafür, dass er hier gelagert hat.«

»Es war mein Vater. Ich weiß es einfach.«

Jane ließ sich im Schatten auf alle viere nieder. Sie schwenkte die Hand über die Kuhle und arbeitete sich in einer Spirale von innen nach außen vor.

Derek tippte ihr auf die Schulter. »Jane, vielleicht war er es, vielleicht aber auch nicht.«

Jane schüttelte seine Hand ab. »Wenn es mein Vater war, hat er vielleicht …«

Sie hatte einen Gegenstand teilweise freigelegt. Reflexhaft riss sie die Hand zurück. Es war ein Glasröhrchen mit Gummistopfen.

Gray ließ sich neben ihr auf die Knie nieder. »Lassen Sie mich das machen.«

Er zog das Glas aus dem Sand. Es handelte sich um ein Teströhrchen – und darin war etwas zusammengerollt.

Jane hockte sich auf die Fersen und machte große Augen. »Mein Vater wollte das vor seinen Verfolgern verbergen und hat es hier versteckt für den Fall, dass er geschnappt werden sollte.«

»Aber was ist das?«, fragte Seichan.

Gray überlegte, ob er das Risiko eingehen sollte, das Behältnis zu öffnen, denn der Professor war schließlich krank gewesen. Ahmads Verwandte aber waren nicht erkrankt, und der Professor hatte sicher gewollt, dass das Röhrchen von den richtigen Leuten gefunden wurde.

Also was soll's.

Er lockerte den Stopfen und drehte das Röhrchen um. Ein kleines Stück Pergament fiel heraus. Die anderen schauten zu, wie er es entrollte. Dabei ging er ausgesprochen vorsichtig zu Werke, denn er spürte, dass das Pergament sehr alt war.

Als es entrollt war, stellte er fest, dass es mit Hieroglyphen beschriftet war.

Jane beugte sich eifrig vor und streckte die Hand aus. »Lassen Sie mal sehen.«

Derek blickte ihr über die Schulter. »Sieh dir mal die Schreibweise an. Zum Beispiel bei der Wachtel und dem Schilfrohr. Das muss aus dem Neuen Königreich stammen.«

Jane sah das auch so. »Eindeutig siebzehnte oder achtzehnte Dynastie.«

»Was bedeutet das?«, fragte Gray.

Jane schnitt eine Grimasse. »Grammatik und Syntax sind eigenartig. Es geht darum, ein Boot zur Flussmündung zu bringen. Und um Elefantenknochen.«

Sie blickte Derek an, der mit den Schultern zuckte. Offenbar konnte auch er sich keinen Reim darauf machen.

Gray runzelte die Stirn. »Welchen Grund könnte Ihr Vater gehabt haben, das Pergamentfitzelchen zu verstecken?«

»Also, *Pergament* ist das nicht.« Jane rieb an dem Material. »Das ist Leder. Vielleicht sogar tätowierte menschliche Haut.«

»Sieh mal, wie sauber und gerade die Ränder sind.« Derek zeigte darauf. »Als wäre das Stück mit dem Skalpell ausgeschnitten worden.«

Jane kniff die Augen zusammen. »Dem ausgetrockneten Zustand nach zu schließen, würde ich sagen, das stammt von einer Mumie.«

»Aber wozu das alles?«, fragte Gray.

Jane wendete das Leder in den Händen, dann spannte sie sich an. »Vielleicht deswegen.«

Er beugte sich vor. Am unteren Rand zeichneten sich undeutlich Zahlen und Buchstaben ab.

15°42'09.1"N 33°14'35.4"E

»Koordinaten«, sagte Gray.

Alle Blicke waren auf ihn gerichtet, als er das Telefon hervorholte und die Ziffern eingab, die Jane ihm vorlas. Ein roter Punkt wurde auf der Karte angezeigt.

»Wo liegt das?«, fragte Seichan.

Gray schaute hoch. »Der Ort ist nur drei Kilometer von

unserem Ziel entfernt. Er liegt ganz in der Nähe des X auf Dereks Karte.«

Jane richtete sich auf. »Wir müssen dorthin fahren.«

Gray nickte. Er rollte das Fragment zusammen und schob es wieder in das Röhrchen, dann zeigte er zum Wagen. »Alle einsteigen.«

Kowalski kam zurück. Er blickte sich immer wieder über die Schulter um und sah zum Himmel auf. Vor lauter Eile hatte er vergessen, den Reißverschluss seiner Hose zu schließen.

»Was ist los?«, fragte Gray.

»Ich glaube, wir werden beobachtet.«

»Was?«

»Beim Pinkeln hab ich gesehen, wie sich am Himmel was bewegt hat, dicht über dem Horizont. Es verschwand im Sonnengleißen, und dann war's weg.«

»Das könnte ein Vogel gewesen sein«, meinte Derek. »Hier sieht man häufiger Falken, Milane und Geier. Besonders am frühen Morgen.«

Gray musterte Kowalski. »Was glauben Sie?«

Kowalski rieb sich den Nacken. »Kann sein. Ich weiß es nicht. Aber, Mann, bevor ich's gesehen hab, hatte ich das Gefühl, beobachtet zu werden.«

Jane blickte Gray an. »Was sollen wir tun?«

Gray überlegte. Kowalski war zwar nicht unbedingt der Hellste, verfügte aber über gute Instinkte, besonders wenn es ums Überleben ging. Aber sie konnten nicht zum Nil zurückfahren, nur weil Kowalski von einem hungrigen Geier erschreckt worden war. Dafür stand zu viel auf dem Spiel.

»Wir fahren weiter«, entschied er. »Aber schauen Sie auch mal nach hinten.«

»Und zum Himmel«, fügte Kowalski hinzu und zog endlich den Reißverschluss hoch. »Denkt an den Himmel.«

Seichan wechselte einen Blick mit Gray. Es war klar, was sie dachte. In Rufaa hatte sie steif und fest behauptet, der Fremde, der am Wagen herumgeschnüffelt hatte, sei kein gewöhnlicher Dieb gewesen. Kowalskis Beobachtung gab ihr Auftrieb. Wenn er recht hatte, gab es nur eine mögliche Schlussfolgerung.

Wir tappen geradewegs in eine Falle hinein.

7:02

Valya fluchte, als die Drohne in der Nähe des Lagers im Sand landete. Das Gerät mit dem erschöpften Akku – eine Raven RQ-11B – hatte eine Flügelspannweite von ein Meter zwanzig und wog weniger als fünf Pfund. Dies war einer von zwei Vögeln, die sie für die Luftüberwachung einsetzten. Die Akkuladung hielt jeweils nur neunzig Minuten vor, deshalb mussten sie die Drohnen abwechselnd einsetzen, um den Gegner permanent im Auge zu behalten. In der Zwischenzeit tauschten sie den Akku aus.

Nachdem sie mitten in der Nacht von Rufaa eingetroffen waren, hatten sie den Gegner auf seinem Weg von einer kleinen, in einem Zelt mit Wüstentarnung versteckten Bodenstation aus verfolgt. Das Lager hatten sie in den Hügeln aufgeschlagen, von denen aus man das flache Terrain bis zum Nil überblicken konnte. Sie hatte richtig vermutet, dass die andere Gruppe zunächst den Ort aufsuchen würde, wo die Einheimischen Professor McCabe entdeckt hatten.

Da nicht auszuschließen gewesen war, dass sie sich

irrte, hatte sie versucht, einen Tracker am Wagen des Gegners anzubringen. Damit wäre die Verfolgung sehr viel einfacher gewesen. Jetzt bei Tag wagten sie nicht, die Drohnen weiter einzusetzen. Der letzte Raven war bereits zu lange in der Luft gewesen. Einen Moment lang hatte die Optik einen großen Mann gezeigt, der direkt zur Drohne aufgeblickt hatte.

Auch wenn der Vogel vielleicht unbemerkt geblieben war, bedauerte sie doch, ihn nicht eher abgezogen zu haben. Sie war das Risiko eingegangen, weil sie wissen wollte, was dort vorging. Alle hatten zusammengehockt und sich irgendetwas angeschaut. Ein Überhang hatte jedoch die Sicht verdeckt.

Was haben sie entdeckt?

Der Weg, den der Unimog in der Nacht zurückgelegt hatte, erweckte ihren Argwohn. Der Wagen war – angeführt von einem kleinen Geländemotorrad – in gerader Linie auf ihre Position zugefahren, so als wüsste der Gegner genau, was er tat. Sie hatte erwartet, dass er eine Rastersuche starten und hin und her fahren würde, um die Fährte des Professors zu finden.

Diese Zielstrebigkeit war unheimlich.

Sie können unmöglich wissen, was da draußen ist.

»Sie fahren weiter«, sagte eine Stimme in ihrem Ohr.

Das war der Kundschafter, der aufpassen sollte, wann der gegnerische Wagen aus dem Schatten hervorkam.

Sie blickte nach rechts. In drei Kilometern Entfernung war eine Staubwolke zu sehen. In den Tälern und Hügeln waren weitere sechs Männer verteilt. Und dann war da noch der Anführer der Gruppe.

»Wie lauten Ihre Befehle?«, fragte Kruger, der steif neben ihr stand.

Willem Kruger hatte – wie die übrigen Angehörigen seines handverlesenen Teams – früher der Aufklärungstruppe der südafrikanischen Spezialkräfte angehört. Zusammen mit seinen Kameraden war er entlassen worden, nachdem man ihnen vorgeworfen hatte, Schleuser unterstützt zu haben. Sie hatte keine Ahnung, ob etwas an den Gerüchten dran war. Sie wusste bloß, dass man ihnen nachsagte, sie seien brutal, effizient und skrupellos.

Kruger blickte mit zusammengekniffenen Augen in die Ferne und verfolgte den Weg des Gegners. »Sollen wir sie jetzt stellen?«

Sie überlegte und fixierte das Abzeichen auf der Tarnuniform des Mannes. Es stellte einen schwarzen Dolch vor grünem Lorbeerkranz dar. Es war das Abzeichen der Spezialkräfte, bei denen er gedient hatte, doch die dunkle Klinge erinnerte sie an ein anderes Messer – an den *athamé* ihrer Großmutter.

Sie dachte an den Schwur, den sie am Abend zuvor geleistet und in kalte Haut geritzt hatte. Geistesabwesend streichelte sie den schwarzen Griff des Dolchs, der in der Armscheide steckte.

Sie hatte Anweisung, Jane McCabe festzunehmen – alles andere war zweitrangig.

»Nein, noch nicht«, entschied sie.

Kruger musterte sie fragend.

»Ich weiß, wohin sie unterwegs sind«, sagte Valya. Auf einmal verspürte sie Gewissheit. »Das ist eine Sackgasse.«

Und das wird umso mehr gelten, wenn sie erst entdecken, was dort verborgen ist.

8:08

Jane klammerte sich am Türgriff fest, als der Wagen über einen großen Stein fuhr und sich gefährlich zur Seite neigte. Seit über einer Stunde arbeiteten sie sich im Schritttempo durch dieses tückische Terrain.

»Ich glaube, zu Fuß bin ich schneller«, meinte Derek, als der Unimog sich wieder aufrichtete und in der Federung schwankte. Er saß ebenfalls hinten und klammerte sich an der anderen Seite fest.

Seichan, die zwischen den beiden eingeklemmt war, fragte Gray: »Wie weit ist es noch?«

Das ist eine verdammt gute Frage.

Gray zeigte nach vorn. »Siehst du die Schlucht zwischen den beiden Hügeln? Die Koordinaten, die Professor McCabe notiert hat, liegen an der anderen Seite.«

Jane machte Ahmad aus, der immer noch vorausfuhr. Er verschwand gerade mit seinem Motorrad im Schatten zwischen den Felswänden. Anjing folgte ihm. Sie kamen so langsam voran, dass der Hund mühelos mithalten konnte. Hin und wieder schnüffelte er sogar umher oder erleichterte sich.

Sie rumpelten dem Jungen und dessen Hund hinterher, wurden aber noch langsamer, da das Terrain immer unwegsamer wurde. Als sie die Schlucht erreichten, hätte eine Schnecke sie überholen können.

Trotzdem beklagte sich Jane nicht, als der Unimog in die enge Schlucht bog. Sie stellte sich vor, wie der Wagen sich zwischen den nahen Felswänden festfuhr. Da er keine Heckklappe und kein Schiebedach hatte, würden sie in der Falle sitzen, und wenn die Sonne höher stieg, würden sie gebraten werden.

Plötzlich schrammte die Karosserie am Fels. Das Geräusch ging ihr durch Mark und Bein. Ihre Ängste waren offenbar nicht unbegründet.

Selbst Gray blickte ständig besorgt hin und her. »Kowalski …«

»Jede Menge Platz«, erklärte der Fahrer.

»Weshalb schmirgeln Sie dann den Lack an meiner Seite ab?«

Kowalski zuckte mit den Achseln. »Was machen schon ein paar Kratzer?«

Nach fünf nervenaufreibenden Minuten traten die Felswände auseinander. Der Unimog wurde schneller.

»Ich hab's ja gesagt«, brummte Kowalski.

Die Schlucht mündete auf eine Sandkuhle von der Größe eines Footballfeldes. An allen Seiten war sie von Felswänden umgeben. Eine Windbö wehte einen Sandschleier hoch. An den Seiten befanden sich kleine Dünen, die an das aufgewühlte Wasser eines Sees erinnerten.

Ahmad hatte sein Motorrad im Schatten abgestellt, der zu dieser frühen Stunde fast die Hälfte der Fläche einnahm. Er hatte sich auf ein Knie niedergelassen und ließ Anjing aus seiner Wasserflasche trinken.

»Da wären wir«, sagte Kowalski und hielt im Schatten an. »Was nun?«

Seichan runzelte die Stirn. »Hier ist nichts.«

Jane hatte das Gefühl, sie müsse ihren Vater verteidigen. »Irgendetwas muss hier sein.«

»Jane hat recht«, sagte Derek. »Harold hätte nicht alles riskiert und die Koordinaten versteckt, wenn es nicht wichtig gewesen wäre.«

»Wir sehen uns mal um«, sagte Gray. »Wir teilen uns in zwei Gruppen auf und suchen die Felswände ab.«

»Wieso sehen wir nicht erst mal nach, weshalb der Junge so aufgeregt ist?«, schlug Kowalski vor.

Ahmad winkte und zeigte auf seinen Hund. Anjing hatte genug getrunken und war zur Felswand gelaufen, wo er anscheinend etwas gewittert hatte. Er scharrte eifrig zwischen den Felsbrocken. Sand spritzte zwischen seinen Hinterbeinen auf.

Alle stiegen aus. Es war bereits merklich wärmer geworden, auch im Schatten. Sie eilten zum Jungen hinüber.

»Anjing was gefunden«, sagte Ahmad. »Seht.«

Jane blickte am hektisch grabenden Hund vorbei und sah, was Ahmad dermaßen in Aufregung versetzt hatte. In die Felswand war eine Metalltür eingelassen. Um sie inmitten des rötlich-grauen Sandsteins zu tarnen, hatte man sie mit Säure behandelt.

Derek blickte woanders hin. Er hatte sich hingehockt und fuhr mit der Hand über einen kleinen Felsbrocken. »Das sind keine Steine. Das sind alte Ziegel. Man kann noch die Spuren der Meißel ertasten.«

Jane musterte die Tür. »Offenbar war der Eingang ursprünglich zugemauert.«

Sie stellte sich vor, wie ihr Vater vor zwei Jahren hierhergekommen war und den Eingang geöffnet hatte. Das hier hatte jedoch nicht er zu verantworten. Jemand war hier herumgetrampelt, entweder aus Ignoranz oder weil er den Spuren der Geschichte keinen Wert beimaß. Sie dachte an die Krankheit, mit der sich ihr Vater angesteckt hatte.

»Ahmad, du solltest Anjing vielleicht besser so lange zurückhalten, bis wir wissen, womit wir es zu tun haben.« Sie wandte sich an Gray. »Wir brauchen die Schaufeln. Und Atemmasken und Schutzhelme.«

In Anbetracht der Risiken hatte man ihnen spezielle Gesichtsmasken mitgegeben, die denen von Feuerwehrleuten ähnelten. Allerdings waren sie mit Filtern ausgerüstet, die für Bakterien undurchlässig waren.

Oder in diesem Fall für Archaeen.

Als sie die Tür freigelegt hatten, setzten sie Atemmasken und Helme auf. Sie überprüften die Masken gegenseitig auf Dichtigkeit. Nur Seichan hielt sich abseits. Ihre Gesichtsmaske baumelte an den Gummiriemen. Sie musterte den Himmel und den oberen Rand der Felswände.

Sie würde zusammen mit Ahmad und dem Hund zurückbleiben und den anderen den Rücken freihalten.

Jane hatte beinahe vergessen, dass sie möglicherweise verfolgt wurden. Während der Fahrt hatten sie am Himmel nichts Auffälliges bemerkt. In der Wüste regte sich nichts. Die einzigen Geräusche waren das Pfeifen des Winds und das leise Rieseln des Sands.

Und natürlich ihr Herzklopfen.

Allerdings rührte es nicht von Angst her – jedenfalls nicht ausschließlich –, sondern vom Entdeckungsfieber. Sie war im Begriff herauszufinden, was mit ihrem Vater geschehen war. In diesem Moment fühlte sie sich ihm so nahe wie lange nicht mehr. Sie stellte sich vor, wie aufgeregt er gewesen sein musste, als er an dieser Schwelle gestanden hatte. Vermutlich hatte sein Herz ebenso heftig geklopft wie jetzt ihres.

Allerdings wurde der Moment der Nähe von tiefer Melancholie gedämpft. Sie empfand den Verlust deutlicher als je zuvor. Sie dachte an Dereks Bemerkung über die Trauer. *Sie erwischt einen, wenn man es am wenigsten erwartet.*

Wegen der Atemmaske konnte sie sich nicht einmal die Tränen abwischen. Deshalb wandte sie sich ab und sammelte sich. Ein Knirschen veranlasste sie, sich wieder umzudrehen.

Gray und Kowalski hatten die Tür geöffnet.

Als sie beiseitetraten, schaltete Jane ihre Helmleuchte ein und leuchtete in den dunklen Gang hinter der Schwelle hinein.

»Bereit?«, fragte Gray.

»Mehr als bereit.« Sie trat vor. »Ich habe zwei Jahre lang auf diesen Moment gewartet.«

8:40

Gray hatte die Führung übernommen, und Derek folgte Jane. Der Strahl seiner Helmleuchte fiel auf ihre Beine. Die Decke war niedrig, und sie mussten die Köpfe einziehen. Kowalski, der den Abschluss bildete, hatte sich stark zusammengekrümmt und stapfte hinter ihnen her wie ein Gorilla.

Der Gang fiel leicht ab und führte unter das Niveau der Hügel.

Jane fuhr mit den handschuhgeschützten Fingerspitzen über die Wände. »Bearbeitet!«, rief sie Derek zu. Ihre Stimme wurde von der Atemmaske gedämpft. »Jemand hat den Gang aus dem Sandstein herausgeschnitten. Ich frage mich, wie weit er wohl führen mag. Vielleicht ja zu einem zweiten Derinkuyu.«

Derek hatte von Derinkuyu, einer unterirdischen Stadt in Anatolien, bereits gehört. Diese vor Kurzem entdeckte Siedlung war fünftausend Jahre alt und umfasste sechs Kilometer lange Gänge, Höhlen, Notausgänge und Häuser auf mehreren Ebenen. Sie war ein weiterer Beleg dafür, dass die Menschen des Altertums mit ihren primitiven Werkzeugen zu technischen Höchstleistungen imstande gewesen waren. Die Pyramiden von Giseh waren nur der sichtbare Teil dessen, was in dieser Region tief im Erdreich verborgen darauf wartete, entdeckt zu werden.

Er leuchtete nach vorn.

Was hat man hier unter der Erde versteckt? Und weshalb?

»Die Wände treten auseinander!«, meldete Gray.

Jane stieg über eine Steinschwelle hinweg. Als sie sich aufrichtete, stockte ihr der Atem. Sie drehte sich um die eigene Achse und leuchtete umher.

Derek tauchte neben ihr auf und reagierte ebenso überrascht. »Mein Gott…«

»Wahnsinn«, murmelte Jane.

Derek sah zu Boden. Die Schwelle zu seinen Füßen war – eine *Lippe*. In sanftem Schwung fasste sie Zähne aus Sandstein ein, einen Bogen mit Schneide- und Backenzähnen. Mehrere Zähne waren zerbrochen. Die Schäden schienen neueren Datums zu sein, Folge des Vandalismus der Eindringlinge.

Derek leuchtete umher. Über ihnen befand sich eine weitere Lippe mitsamt Zähnen. Die gewölbte Decke war aufgeraut wie eine Gaumenplatte. Der leicht ansteigende Boden war geformt wie eine Zunge.

Kowalski streckte sich, schaute sich um und verzog das Gesicht. »Hoffen wir, dass wir nicht zermalmt und ausgespuckt werden.«

Jane ging langsam umher und untersuchte alles. »Die anatomischen Details sind verblüffend genau.« Sie richtete die Helmleuchte auf einen Vorsprung an der Decke. »Da muss mal ein Gaumenzäpfchen gehangen haben. Und die beiden Wandausbuchtungen dort drüben stellen die Mandeln dar.«

»Offenbar wurde die linke entfernt«, bemerkte Kowalski, der eine weitere Beschädigung entdeckt hatte.

Derek trat vor und leuchtete weiter in die Kammer hinein. Zwei Gänge gingen davon ab. Er wusste, was sie darstellten.

»Speise- und Luftröhre«, murmelte er.

Die Oberfläche des einen Gangs wirkte glatt und muskulös, die des anderen war geriffelt wie die Knorpelringe der menschlichen Luftröhre. Hinter dem dreieckigen Kehldeckel machte er am Boden den Kehlkopf aus.

»Was soll das alles?«, fragte Kowalski.

Gray stand ein paar Meter entfernt und beleuchtete einen Bogen an der Decke, wo der harte Gaumen weich wurde. »Da steht etwas geschrieben. In Hieroglyphen.«

Derek trat neben ihn. Inmitten all der Wunder war ihm dieses Detail entgangen. Der steinerne Bogen war mit drei Reihen von Hieroglyphen beschriftet.

Jane beleuchtete die erste Zeile.

Derek übersetzte. »*Wer kommt da zu dem, der ruft …*«

»Damit sind wohl wir gemeint.« Kowalski schaute sich in der riesigen Mundhöhle um. »Aber wer ist *er*? In wessen Mund befinden wir uns?«

»Das wird in den folgenden beiden Zeilen beantwortet«, sagte Jane und zeigte nach oben. »Das ist der Name des ägyptischen Gottes, niedergeschrieben in zwei Varianten.«

»Welcher Gott ist das?«, fragte Gray.

»Eine Gottheit namens Tutu«, erklärte Jane. »Ursprünglich war er der Beschützer der Gräber.«

»Na großartig«, grummelte Kowalski.

Jane beachtete ihn nicht. »Später wurde er zum Beschützer des Schlafs und Wächter der Träume.«

»Und Herr der Dämonen«, fügte Derek hinzu.

Kowalski rückte seine Atemmaske zurecht. »Das wird ja immer schöner.«

»Wenn das Pathogen tatsächlich von hier stammt«, sagte Jane, »stellt die Krankheit vielleicht den Dämon dar, den diese Skulptur des Tutu bewacht.«

Derek blickte zu den Gängen hinüber, die tiefer in das Gebilde hineinführten, und stellte sich den kompletten Körper vor, der unter den Hügeln lag, ein unterirdischer

Gott, der seit Jahrtausenden schlief und träumte und etwas Gefährliches bewachte.

Irgendetwas aber störte ihn an Janes Erklärung. Er spürte, dass hier mehr dahintersteckte. Zumal ein Detail eindeutig falsch war.

Er zeigte darauf. »Jane, sieh dir mal das letzte Zeichen an, die sitzende Person. Normalerweise endet der Name Tutus mit der Darstellung eines Löwen oder eines Mannes.«

Sie nickte. »Weil er immer als Tier mit dem Kopf eines Mannes und dem Körper eines Löwen dargestellt wird.«

»Genau.« Derek deutete nach oben. »Das Zeichen am Ende der zweiten Reihe stellt eine *Frau* dar, keinen Mann.«

Jane reckte sich. »Du hast recht.«

»Worüber reden Sie?«, fragte Gray.

Derek holte sein iPad aus dem Rucksack, denn er wollte Fotos machen. Zunächst aber rief er einen Katalog von Hieroglyphen auf und zeigte Gray die Symbole für Mann und Frau.

»Wie Sie sehen, sitzt der Mann im Schneidersitz und hat einen Arm erhoben, während die Frau demütig kniet.«

Gray runzelte hinter seiner Gesichtsmaske die Stirn. »Und was folgt daraus?«

Derek zuckte mit den Achseln und schüttelte den Kopf. »Das weiß ich nicht.«

»Warte.« Jane tippte Derek auf die Schulter, ihre Stimme klang beinahe atemlos. »Erinnerst du dich an die Zeichnung, die mein Vater von dem ägyptischen Ölgefäß angefertigt hat?«

»Du meinst den *aryballos*. Den mit den zwei Köpfen.« Er hatte ihn ebenfalls gesehen. »Mein Gott, du hast recht.«

Derek ließ das Foto des Gefäßes anzeigen, froh darüber, dass er sich die Zeit genommen hatte, Harolds Tagebuch zu digitalisieren.

»Das Gefäß soll angeblich Nilwasser enthalten haben – aus der Zeit, als der Fluss sich in Blut verwandelte«, erklärte er. »Nachdem das Gefäß im British Museum geöffnet wurde, hat das darin befindliche Pathogen zwanzig Menschen getötet.«

Gray nickte. »Aber aus irgendeinem Grund wurde die Ausbreitung vermieden.«

»Vielleicht ist das Gleiche auch zur Zeit von Moses geschehen«, sagte Jane. »Vielleicht haben die Menschen damals ein Gegenmittel entdeckt, und meine Kollegen aus dem neunzehnten Jahrhundert haben es ebenfalls angewandt. Die Antwort ist möglicherweise hier zu finden.«

»Wie kommen Sie darauf?«, fragte Gray.

Derek übernahm die Antwort. »Schauen Sie sich die beiden Köpfe des Gefäßes an. Der eine gehört zu einem Löwen, der andere zu einer Frau.« Er zeigte zu den Hieroglyphen hoch. »Beachten Sie die beiden unterschiedlichen Schreibweisen des Namens Tutu. Die eine endet mit einem *Löwen*. Die andere mit einer knienden *Frau*.«

»Wie bei dem Gefäß«, sagte Jane. »Das kann kein Zufall sein. Der *aryballos* muss von hier stammen. Ein weiterer Hinweis darauf, dass dies der Ursprung des Pathogens ist – und vielleicht auch des Heilmittels.«

Derek beobachtete Gray aufmerksam. Trotz der Schutzmaske war zu erkennen, dass der Mann tief in Gedanken versunken war. Plötzlich weiteten sich seine Augen.

»Ich frage mich …«, murmelte Gray.

»Was denn?«, fragte Derek.

Gray schüttelte den Kopf und richtete die Helmleuchte auf die beiden abgehenden Gänge. »Wir sollten weitergehen.«

Alle wandten sich der neuen Herausforderung zu.

»Aber welchen Weg sollen wir wählen?«, fragte Jane. »Speiseröhre oder Luftröhre?«

Geduckt ging sie weiter in den Rachen hinein, um einen Blick auf die Alternativen zu werfen – dann legte sie auf einmal den Kopf in den Nacken und blickte nach oben.

»Jane?«

»Da ist eine Öffnung.« Als sie sich aufrichtete, verschwand ihr Kopf in der Decke. Sie drehte sich um. »Mein Gott. Seht euch das mal an.«

Sie trat zur Seite und machte Derek und Gray Platz.

Derek richtete sich neben ihr auf und streckte den Kopf in den kleinen Hohlraum. Der Eingang war mit einer durchsichtigen, an den Rändern mit Klebeband fixierten Plastikplane verschlossen, doch der Strahl der Helmleuchten drang mühelos hindurch.

»Das ist die Schädelhöhle«, sagte Jane.

»Sie hat recht.« Die Riffelungen der Wände imitierten die Faltungen des Gehirns, an der Decke war die Furche zwischen den beiden Hirnhälften angedeutet.

Gray leuchtete ein Stück tiefer. »Sehen Sie mal nach rechts und nach links.«

Seine Helmlampe beleuchtete kleine Kammern, die man ins Gestein gegraben hatte. Darin befanden sich ägyptische Keramikgefäße von der Größe einer Pampelmuse. Von einigen waren nur noch Scherben übrig. Andere Wandnischen waren leer. Die intakten Gefäße aber wiesen alle die gleichen Merkmale auf: An der einen Seite zeigten sie das Profil eines Löwen, an der anderen das einer Frau.

»Die sind identisch mit Livingstones *aryballos*«, sagte Jane, die in eine der Nischen hineinleuchtete. »Das Gefäß muss von hier stammen. Vielleicht wurde es vor langer Zeit entwendet.«

»Kein Wunder, dass man versucht hat, den Hohlraum zu versiegeln.« Gray beleuchtete mehrere Scherbenhaufen am Boden.

Einige waren offensichtlich neueren Datums.

Hatte es hier einen Unfall gegeben?

Jane wandte sich an Derek. »Die Erbauer haben offenbar gewusst, dass der in den Krügen enthaltene Krankheitserreger das Gehirn angreift. Sonst hätten sie sie nicht hier gelagert.«

»Da könntest du recht haben.«

Jane zog den Kopf wieder ein und ging zurück. »Wenn sie die Wirkungsweise des Erregers kannten, wussten sie vielleicht noch mehr.«

»Möglicherweise kannten sie das Gegenmittel«, sagte Derek, der ihr folgte.

Gray schloss sich ihnen an. Jane blickte zu den beiden Gängen, die tiefer in das Gebilde hineinführten. »Was immer hier sonst noch verborgen sein mag, es muss dort unten liegen.« Sie wiederholte ihre Frage von gerade eben. »Aber welchen Weg sollen wir einschlagen? Luft- oder Speiseröhre?«

Derek beleuchtete die beschädigte linke Mandel. »In der Luftröhre war anscheinend mehr Verkehr.« Er zeigte auf die Fußspuren, die im Vergleich zur Speiseröhre deutlich ausgeprägter waren. »Deshalb bin ich dafür, Robert Frosts Rat in den Wind zu schlagen und den *meistbegangenen* Weg zu wählen.«

Gray nickte. »Dann los.«

Allein Kowalski schien mit der Entscheidung unzufrieden. »Ja, steigen wir nur tiefer in den Bauch des Gottes hinab, der mit Dämonen kämpft. Das kann ja wohl nicht verkehrt sein.«

16

3. Juni, 2:41 EDT
Ellesmere-Insel, Kanada

»Bereit?«, fragte Painter.

Kat nickte und schob den Stuhl vom Tisch zurück. Sie konnte nur hoffen, dass der Plan des Direktors funktionieren würde. »Bringen wir den Stein ins Rollen.«

Nach Erreichen der Aurora-Station hatten sie und Painter versucht, sich einen Überblick zu verschaffen. Angefangen hatten sie im Speisesaal bei einigen Tassen Kaffee. Letzterer war zu dieser späten Stunde unbedingt notwendig gewesen. Obwohl sie auf dem Herflug von Washington ein wenig geschlafen hatte, war ihre innere Uhr durcheinander. Das Koffein half ihr, sich zu konzentrieren.

Ihr wäre es lieber gewesen, wenn sie mehr Zeit für die Vorbereitung gehabt hätten, doch die Sturmfront würde die Ellesmere-Insel binnen einer Stunde erreichen – was das Zeitfenster verkleinerte. Wenn sie sich die Möglichkeit offenhalten wollten, sich nach einem erfolgreichen Rettungsversuch zum Luftstützpunkt Thule ausfliegen zu lassen, mussten sie sich beeilen.

In anderen Worten: jetzt oder nie.

Sie beobachtete die Zielperson und wartete auf den geeigneten Moment.

Nachdem sie sich mit Kaffee abgefüllt hatten, war sie mit Painter in den Erholungsbereich der Station gegangen. Sie hatten sich in die Nähe dreier Billardtische gesetzt. Eine der Doppeltüren führte in ein dunkles Kino. An der anderen Seite lag ein Fitnessraum, und durch das gegenüber befindliche Fenster blickte man auf einen blau leuchtenden Swimmingpool. Ein einzelner Schwimmer zog seit zwanzig Minuten seine Bahnen. Er erinnerte Kat an einen rastlosen Tiger im Käfig.

Mit ihrem geheimdienstlichen Hintergrund verfügte sie über ausreichend psychologische Kenntnisse, um bei den wenigen Angestellten, die um diese Zeit auf waren, Anzeichen von Stress ausmachen zu können. Die Ursachen lagen auf der Hand. Die Bewohner der Station waren isoliert, von Familie und Freunden abgeschnitten. Dazu kamen die Dunkelheit der Polarnacht und die ständige Helligkeit in den Sommermonaten, was den Tag-Nacht-Rhythmus durcheinanderbrachte – egal wie viel vom weltbesten Kaffee man in sich hineinschüttete. Außerdem wurde in der Station rund um die Uhr gearbeitet, was wenig Zeit für Entspannung ließ.

Sie schüttelte traurig den Kopf.

Die menschliche Natur ließ sich auch durch noch so viele Plasmabildschirme mit Sonnenstränden und Wänden in aufmunternden Farben nicht täuschen.

Wie erwartet waren diejenigen, die Schichtdienst hatten, am schlimmsten betroffen. Sie vermutete, dass diese Personen keine guten Teamarbeiter waren. Sie waren soziale Außenseiter.

Und damit die erfolgversprechendsten Ziele.

Sie hatte sich einen breitschultrigen Schrank von einem Mann ausgeguckt. Den dunkel geränderten Fingernägeln nach zu schließen, arbeitete er in der Werkstatt. Er spielte Poolbillard mit ein paar Kollegen in grünen Overalls, die anscheinend alle derselben Arbeitsgruppe angehörten. Nach Schichtende ließen sie jetzt Dampf ab. Die Reihe der leeren Bierdosen am Rand des Billardtischs wurde stetig länger. Die Zielperson blickte ein paarmal zu ihr herüber und tuschelte mit seinen Kollegen. Hin und wieder wurde gelacht.

Vermutlich arbeiteten hier nicht viele Frauen.

Sie wartete, bis der Mann zur Toilette ging. Sein Weg führte an ihrem Tisch vorbei. Als er sich näherte, erhob sie sich und sagte zu Painter, sie wolle auf die Toilette. Als sie sich umdrehte, prallte sie gegen den massigen Mann. Sie tat verwirrt und rangelte mit ihm – dann wich sie mit einem erschreckten, beleidigten Gesichtsausdruck zurück.

Sie fluchte und verschränkte die Arme. Painter war ebenfalls aufgestanden. »Er… er hat mir einfach an die Brust gefasst.«

Painter trat vor, während der Mann abwehrend die Hände hob. »Was fällt Ihnen eigentlich ein?«, schrie Painter ihn an.

Der Mann versuchte, alles abzustreiten, doch er war betrunken und verwirrt und rang vergeblich um Worte. Painter schubste ihn – und zwar fest. Der Mann prallte gegen einen Tisch, seine Kumpel lachten.

Da er sich in seiner Würde verletzt sah und zu viel intus hatte, um klar denken zu können, griff er Painter an. Der wich dem Faustschlag aus, und damit war der Kampf eröffnet. Stühle kippten um, Schläge wurden ausgeteilt, und schon bald wälzten sich beide auf dem Boden. Die Kumpel des Hünen hielten sich zurück, wohl weil sie glaubten, der drahtige Fremde könne es mit ihrem Freund nicht aufnehmen.

Kat wartete nervös.

Wo bleibt nur…?

Hinter ihr sprang die Tür auf. Drei Männer in schwarzen Uniformen stürmten in den Raum. Der vorderste war die eigentliche Zielperson, die Spinne, die sie aus ihrem Netz hatten hervorlocken wollen. Anton Mikhailovs Gesicht war gerötet, die Tätowierung zeichnete sich deutlich darin ab. Offenbar sah er keinen Grund, sie hier zu verstecken.

»Schluss damit!«, rief er mit dröhnender Stimme und ausgeprägtem russischen Akzent.

Sie hatte sich ausgerechnet, dass Simon Hartnell seinen Sicherheitschef damit beauftragen würde, die DARPA-Inspektoren im Auge zu behalten, besonders wenn sie sich außerhalb ihrer Zimmer aufhielten. Sie hatte nur ein bisschen nachhelfen müssen, damit er sich blicken ließ.

Seine beiden Begleiter stürzten sich ins Getümmel und versuchten, die beiden Streithähne zu trennen.

Painter nutzte den Moment, um zu demonstrieren, wie sehr er sich bislang zurückgehalten hatte. Er versetzte seinem Gegner zwei Gesichtstreffer, einen Roundhouse-Kick und einen Aufwärtshaken aufs Kinn. Der Kopf des Hünen wurde zurückgeschleudert, und er sackte bewusstlos zusammen.

Painter richtete sich auf und schüttelte die blutige Faust.

Kat unterdrückte ein Grinsen.

Ich hätte niemals an Ihnen zweifeln dürfen.

»Was soll das?«, fragte Anton.

Painters Augen funkelten. »Hier geht's ja zu wie in einer Kneipe. Der Mann hat meine Begleiterin beleidigt.« Er deutete auf die Männer am Billardtisch. »Die hätten ihren Kumpel mal lieber zurückhalten sollen.«

Die beiden Angesprochenen protestierten lautstark.

Kat wandte sich Anton zu und musterte ihn. »Würden Sie mich zu meinem Zimmer begleiten?«

»Natürlich.« Er machte seinen Männern ein Zeichen. »Schafft ihn hier weg. Wir befassen uns später mit ihm.«

»Danke«, sagte Kat, die mit zittriger Stimme Erleichterung heuchelte.

Anton geleitete sie durch den Speisesaal zu dem Gang, der zu ihren Zimmern führte. »Ich entschuldige mich für den Vorfall«, sagte er, steifbeinig vorausgehend. »Das wird Folgen haben. Das verspreche ich Ihnen.«

An ihrem Zimmer angelangt, öffnete er mit seiner Magnetkarte die Tür. Offenbar war er überall zugangsberechtigt.

Gut.

Kat positionierte sich so, dass sie die Flurkamera abschirmte. Sie hatte zwar keine Ahnung, ob die Überwachungsstation überhaupt noch besetzt war, wollte aber kein Risiko eingehen.

Als die Tür aufging, beförderte Painter Anton mit einem Stoß in den Rücken ins Zimmer und setzte ihm nach. Kat trat hinter ihm ein und schloss die Tür.

Als Anton sich umdrehte, zielte Painter mit seiner SIG Sauer auf dessen Nase. »Hallo, Anton Mikhailov.«

Der Mann spannte sich an, offenbar überrascht von der neuen Wendung und der Nennung seines Namens, fasste sich aber gleich wieder.

»Was wollen Sie?«, fauchte er.

Painter spannte den Hahn. »Ich will, dass Sie uns zu Safia al-Maaz bringen.«

3:04

»Was denken Sie?«, fragte Safia Rory.

Sein Gesicht füllte das Display des Notebooks aus, als er sich Richtung Webcam beugte. »Ich glaube, Sie sind an was Großem dran.«

Sie nickte. »Ich wecke Sie nur ungern, aber ich konnte nicht schlafen, nachdem sich herausgestellt hat, dass die mumifizierte Frau möglicherweise Jüdin war. Ich habe den Gedanken im Kopf herumgewälzt – dann kam mir die Idee, dass unsere Sichtweise möglicherweise grundlegend falsch war.«

Die rekonstruierten eintätowierten Hieroglyphen wurden auf ihrem Display angezeigt. »Da Teile des Textes und einzelne Zeichen fehlten, war es grundsätzlich nicht einfach, die Körperinschriften zu entziffern. Wenigstens ein Teil davon hätte lesbar sein sollen – doch wir sind davon ausgegangen, dass wir eine Ägypterin vor uns haben.«

Rory setzte sich aufrechter hin. »Jetzt wissen wir, dass das nicht stimmt.«

Safia rief das Ergebnis ihrer nächtlichen Arbeit auf, denn sie wollte Rorys Meinung einholen.

»Wir wissen, dass die Ägypter Hieroglyphen auf *zwei* Arten verwendet haben«, sagte sie. »Manche Zeichen waren figürlich gemeint, zum Beispiel steht das Zeichen ›Katze‹ für Katze. Manchmal aber haben die Schreiber ein Wort auch phonetisch niedergeschrieben. Katze heißt auf Altägyptisch *miw*.«

Rory nickte. »Wie der Laut, den Katzen von sich geben.«

Sie lächelte. »Genau. In diesem Fall wird der Begriff von drei Zeichen repräsentiert.«

Sie rief zwei Beispiele auf.

»Aber wenn die Frau Jüdin war und eine frühe Form des Hebräischen sprach, müssen wir die Hieroglyphen anders lesen. Anstatt ägyptische Worte phonetisch auszuschreiben, hat sie die Zeichen möglicherweise dazu benutzt, ihre *Muttersprache* niederzuschreiben.«

»Frühhebräisch.« Rory zog die Stirn kraus. »Aber weshalb wurde für die Tätowierungen nicht die hebräische Schrift verwendet? Wir wissen, dass sie achttausend Jahre alt ist. Und die Karbonmethode datiert die Mumie auf 1300 vor Christus.«

»Vielleicht war sie in Ägypten aufgewachsen und kannte nur die Hieroglyphenschrift. Vielleicht war dies die einzige Schriftsprache, die sie beherrschte. Da fällt mir etwas ein…«

»Was denn?«

»Vielleicht war sie ja eine Nachkommin der Juden, die zu Moses' Zeiten vor den Plagen nicht nach Osten, sondern nach Süden geflohen sind. Das würde erklären, weshalb ihre Leute die Hieroglyphensprache beherrschten, aber Frühhebräisch sprachen.«

Rory beugte sich aufgeregt vor. »Wenn diese Gruppe schreiben konnte, was damals eine seltene Fertigkeit war, würde es darauf hindeuten, dass sie Schreiber waren.«

Safia nickte. »Eine Sekte, die Aufzeichnungen anfertigte. Vielleicht wollten sie auf diese Weise ihr Wissen über die Plage bewahren.«

»Und vielleicht auch ihr Wissen über das Gegenmittel«, flüsterte Rory. »Es könnte sein, dass wir der Lösung ganz nah sind.«

Safia war sich bewusst, dass ihre Aufgabe darin bestand, der historischen Fährte bis zu dem Heilmittel für die Krankheit zu folgen, die Harold aus der Wüste mitgebracht hatte. Während sie in ihrem Bereich tätig war, arbeiteten andere Forscher der Station mit wissenschaftlichen Mitteln am gleichen Problem. Doch sie wusste noch immer nicht, *was* Simon Hartnell mit dem Heilmittel vorhatte. Bei ihrer ersten Begegnung hatte er gesagt, sie könne mit ihrer Arbeit die Welt retten.

Aber wenn es darum geht, wieso dann all das Blutvergießen und die Heimlichtuerei?

Rory lenkte ihre Aufmerksamkeit wieder zum eigentlichen Thema zurück. »Aber können wir sicher sein, dass wir auf der richtigen Spur sind?«

Safia rief ein weiteres Bild auf.

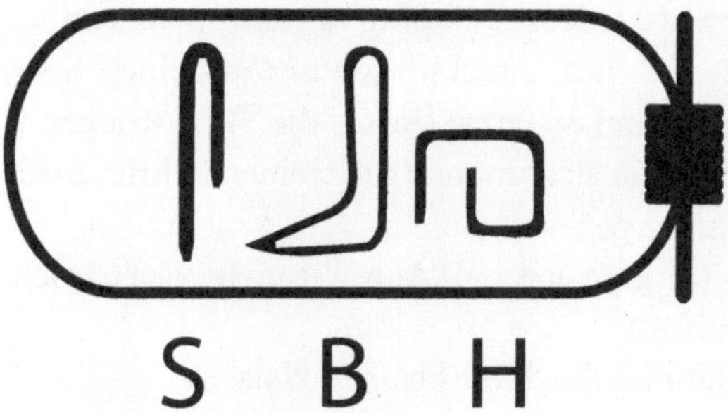

»Diese drei Zeichen befinden sich auf ihrer Stirn, etwa auf der Höhe des Haaransatzes. Sie sind von einer Kartusche eingerahmt, was ihre Bedeutung hervorhebt. In der ägyptischen Sprache ergeben die drei Buchstaben S, B und H keinen Sinn. Wie wäre es, wenn sie den Namen der Frau phonetisch wiedergeben sollen?« Sie sprach ihn laut aus. »*Sah-bah*.«

»Weshalb ist das so wichtig?«

»*Sabah* ist ein hebräischer Name, abgeleitet von Sheba oder Bathsheba.«

»Wie in der Bibel.«

Safia nickte. Sie hatte eine ganz eigene Beziehung zu dem kulturellen Erbe, doch das war eine andere Geschichte. Deshalb fuhr sie fort: »Die typische Bedeutung des Namens lautet *Tochter des Schwurs*... soll wohl heißen, dass die betreffende Person besonders gut Geheimnisse hüten kann.«

»Das trifft ja wohl auch zu.« Plötzlich musste Rory gähnen. »Vielleicht sollten wir morgen weitermachen.«

Sie grinste. »Sie haben recht. Legen Sie sich aufs Ohr, und ich werde ebenfalls ein bisschen schlafen.«

Sie verabschiedeten sich, und Safia klappte widerwillig das Notebook zu. Sie war sich nicht sicher, ob sie Schlaf finden würde, doch sie wollte es wenigstens versuchen. Sie richtete sich auf, streckte sich und tat einen Schritt aufs Bett zu – dann erstarrte sie, als die Tür entriegelt wurde.

Sie wandte sich um und wich einen Schritt zurück, aufs Schlimmste gefasst.

Die Tür ging auf, und Anton trat ein, das Gesicht puterrot vor Zorn.

Ihr klopfte das Herz bis zum Hals.

Was habe ich falsch gemacht?

Plötzlich wurde er von hinten beiseitegeschoben. Zwei

Personen folgten ihm ins Zimmer. Die Frau kannte sie nicht, doch der Anblick des Mannes ließ sie vor Erleichterung aufschluchzen.

»Painter …«

3:23

Während Kat Anton im Auge behielt, trat Painter vor. Er umarmte Safia und spürte, dass sie am ganzen Leib zitterte. »Alles okay?«

»Jetzt geht's mir besser«, murmelte sie.

»Wie wär's, wenn wir dich von hier wegbringen würden?«

»Klingt toll.«

Er ließ sie los und geleitete sie zur Tür.

»Warte.« Sie löste sich von ihm und nahm das Notebook vom schmalen Schreibtisch. »Was ist mit Rory?«

Kat musterte sie scharf, zielte aber weiter mit der SIG Sauer auf Antons Hals. »Rory McCabe? Ist er hier?«

Safia nickte. »Ein Gefangener wie ich. Das ist eine lange Geschichte.«

Painter schaute finster drein. Kein Wunder, dass Anton sich bereit erklärt hatte, sie hierherzubringen. *Der Schuft hat noch ein As im Ärmel.*

»Wissen Sie, wo er gefangen gehalten wird?«, fragte Kat.

»Das … das weiß ich nicht. Ich wurde immer als Erste aufs Zimmer eskortiert.«

Painter wandte sich zu Anton um. »Sieht so aus, als müssten wir einen Zwischenstopp einlegen, bevor wir uns absetzen.«

Anton schaute zu der Überwachungskamera an der Decke hoch und entschied: »Nein.«

Sein Gesichtsausdruck sagte Painter alles. Anton hatte alles so geplant. Reine Hinhaltetaktik. Auf dem Herweg hatten sie Anton die Pistole ins Kreuz gedrückt und waren den Überwachungskameras nach Möglichkeit ausgewichen.

Aber jetzt?

Painter näherte sich Anton, doch der reckte trotzig das Kinn, offenbar bereit, sich notfalls vermöbeln zu lassen. Painter aber hatte andere Pläne.

Wenn man ein schlechtes Blatt hat, sollte man bluffen.

»Wie viel liegt Ihnen an Ihrer Schwester?«, fragte er. »Wir wissen, dass sie nicht Velma heißt.«

Anton machte die Augen schmal. Painter hatte bereits bewiesen, dass er Antons wahren Namen kannte, deshalb war es naheliegend, dass er auch über seine Schwester Bescheid wusste.

Painter ließ nicht locker. »Sie beide sind eng verbunden … zumindest haben Sie den gleichen Geschmack, was Tattoos angeht.« Er tippte sich an die Wange. »Haben Sie die machen lassen, bevor oder nachdem die Gilde Sie angeheuert hat?«

Anton spannte sich an, offenbar verblüfft, wie gut Painter über seine Vergangenheit Bescheid wusste.

Jetzt heißt es, Nägel mit Köpfen machen.

»Wir haben Ihre Schwester in Gewahrsam«, log er. »Interpol hat sie vor einer Stunde festgenommen. Deshalb sind wir jetzt tätig geworden. Wenn Sie sie lebend wiedersehen möchten, bringen Sie uns zu Rory und geleiten uns zum nächsten Ausgang.«

Durch das Fenster sah man, dass dichte Wolken die

Sonne verschluckt hatten. Die Sturmfront hatte die Insel erreicht. Wenn sie erst einmal im Freien waren, beabsichtigte Painter, die in Thule wartenden Einsatzkräfte herzubeordern. Sollte es ein Problem geben, sah der Ausweichplan vor, mit einem Fahrzeug in die Eisberge zu fahren und dort auf Rettung zu warten.

Alles hing jetzt davon ab, wie sehr Anton seine Schwester liebte.

Der Mann durchbohrte Painter nachgerade mit Blicken, dann seufzte er schwer. »Er ist ganz in der Nähe.«

Kat stieß Anton mit der Pistole an. »Bringen Sie uns hin.«

Painter öffnete die Tür, checkte den Flur und trat mit Safia hinaus. Die Pistole drückte er an den Oberschenkel. »Halten Sie sich dicht bei mir.«

Kat folgte mit Anton, dem sie den Pistolenlauf ins Kreuz drückte. Sie passierten zwei Quergänge und bogen um eine Ecke. Es war tatsächlich nicht weit.

Anton wies mit dem Kinn zu einer Tür. »Da drinnen.«

Painter zog Antons Magnetkarte durch den Leseschlitz. Dann schob er den Riegel zurück und öffnete die Tür.

Im Raum war es dunkel. Auf dem Bett an der Wand richtete sich jemand auf. »Wer … was ist los?«

Safia trat vor. »Rory, ich bin's.«

»Safia?«

Sie berichtete ihm, was geschehen war, während Rory mit wildem Blick umherschaute. »Kommen Sie«, sagte Safia und winkte. »Wir müssen uns beeilen.«

Rory war bereits aufgestanden und schlüpfte in einen Overall. Während er sich ankleidete, sah er sie an. »Aber, Safia …«

»Ja?«

»Die Mumie. Das ist unsere einzige Hoffnung auf ein Heilmittel. Wenn es stimmt, dass die Seuche sich in Ägypten und in England ausbreitet …«

Safia wandte sich an Painter. »Wie schlimm ist die Lage?«

»Schlimm«, antwortete Kat.

»Und sie dürfte sich weiter verschlechtern«, fügte Painter hinzu, der an Ileara Kanos Warnung vor einem sekundären genetischen Schaden dachte, der Generationen anzuhalten drohte.

Safia hob das Notebook hoch, das sie sich an die Brust gedrückt hatte. »Darin sind die Daten gespeichert, die wir bereits gesammelt haben.«

Rory wirkte besorgt, hin- und hergerissen zwischen dem Wunsch zu fliehen und wissenschaftlicher Neugier. »Aber Sie wissen, dass die Daten unvollständig sind.«

Safia wandte sich an Painter. »Er hat recht. Wenn sie die Mumie zerstören, können wir das Heilmittel abschreiben.«

Painter hatte keine Ahnung, wovon sie da redeten, doch er glaubte ihnen. »Was sollen wir tun? Wir können die Mumie schlecht mitnehmen.«

Safia nickte bedrückt. »Außerdem ist sie kontaminiert, genau wie Professor McCabes Leichnam. Sie befindet sich in einem Sicherheitslabor.«

»Dann lassen wir sie dort«, sagte Kat. »Sobald Colonel Wycrofts Einsatzkräfte vor Ort sind, holen wir sie uns.«

Rory zog die Stiefel an. »Ich habe die Sicherheitsvorschriften gelesen«, sagte er. »Beim ersten Anzeichen eines unerlaubten Eindringens wird das Labor eingeäschert.«

Painter fand das plausibel. Schließlich hatte der Gegner in London bereits das Forschungslabor niedergebrannt, in dem Professor McCabes Leichnam untersucht worden war. Anton bestätigte seine Annahme, indem er Rory höhnisch angrinste. Offenbar nahm er ihm übel, dass er geplaudert hatte.

»Wir haben nur diese eine Gelegenheit«, meinte Safia.

Rory richtete sich auf und machte einen Vorschlag. »Der 3-D-Scanner.«

Safia spannte sich an. »Mein Gott, Sie haben recht. Die Mumie befindet sich immer noch im topografischen Scanner. Wir wollten eine detaillierte intradermale Karte der gesamten Körperoberfläche anlegen.« Sie sah auf die Uhr. »Inzwischen sollte der Scan abgeschlossen sein.«

Rory nickte. »Wir könnten die Daten kopieren und mitnehmen …«

Safia zuckte zusammen. »Das würde bedeuten, dass wir zum Sicherheitslabor zurückgehen müssten.«

Kat sah Painter an. »Also noch ein Zwischenstopp?«

»Aber wir müssen uns beeilen.«

Kat wandte sich Safia zu. »Wie weit ist es?«

»Nicht weit, aber drei Ebenen weiter unten.«

Also zurück ins Zentrum der Station.

Kat wechselte einen besorgten Blick mit Painter. »Vielleicht wäre es besser, wenn wir nicht alle dorthin marschieren würden.« Sie beäugte Anton; offenbar hegte sie Zweifel an seiner Kooperationsbereitschaft.

»Ich begleite Rory«, sagte Painter. »Sie igeln sich hier ein.«

Kat schüttelte den Kopf. »Die beiden Frauen würden weniger bedrohlich wirken. Zumal wenn die eine der beiden eine Uniform des Sicherheitsdienstes trägt und eine weibliche Gefangene eskortiert.«

Painter wollte Einwände erheben, doch die Vorteile

von Kats Plan lagen auf der Hand. Außerdem machte sie nicht den Eindruck, als wäre sie bereit, einen Rückzieher zu machen.

Safia trat vor. »Ich bin dabei.«

Da die Entscheidung gefallen war, richtete Painter seine Waffe auf Anton. »Ausziehen.«

Kat schlüpfte eilig in Antons schwarzen Overall. Sie streifte sich das Haar zurück und setzte die Uniformkappe auf. Dann wandte sie sich an Safia. »Bereit?«

Safia leuchtete zwar die Angst aus den Augen hervor, doch sie nickte.

Kat geleitete sie zur Tür. Sie vergewisserte sich, dass sich niemand auf dem Flur aufhielt, dann schob sie Safia nach draußen und schaute sich um. »Ich passe auf sie auf.«

Painter nickte und schluckte mühsam.

Kat schloss hinter sich die Tür.

Painter zielte weiterhin auf Anton. In Boxershorts und mit bloßen Füßen wirkte er nicht mehr sonderlich bedrohlich, doch Painter hatte nicht vor, in seiner Wachsamkeit nachzulassen. Er befahl Anton, sich mit erhobenen Händen an die Wand zu stellen. Der musterte mit seinen kalten Augen Rory, der im Zimmer hin und her lief.

Schließlich fasste er wieder Painter in den Blick. »Sie kommen hier niemals raus«, sagte er. Vor lauter Zorn sprach er mit schwerer Zunge. »Beide Frauen werden leiden.«

»Das werden wir ja sehen.«

Painter witterte die Gefahr einen Moment zu spät. Eine Verlagerung der Schatten, das Schleifen von Metall an Metall. Als er sich umdrehte, holte Rory gerade mit einer Schreibtischlampe aus. Der Standfuß traf ihn an der Schläfe. Ein stechender Schmerz und gleißende Helligkeit durchzuckten seinen Schädel. Er ging in die Knie.

Anton warf sich nach vorn, packte ihn beim Arm und entwand ihm die Pistole.

Painter fiel mit dröhnendem Schädel auf die Seite.

Mit der Pistole auf Painter zielend, tippte Anton Rory beinahe zärtlich auf den Arm. »Gut gemacht, mein *tigryenok*.«

Anton reichte Rory die Pistole, dann klopfte er Painter ab und nahm ihm das Satellitentelefon ab. Als er sich vergewissert hatte, dass Painter keine weiteren Waffen oder Kommunikationsgeräte bei sich hatte, richtete er sich auf und ging zur Tür.

»Sie haben nicht begriffen, was auf dem Spiel steht«, versuchte Rory, sein Verhalten zu entschuldigen. Anton zog ihn mit sich auf den Gang.

Als die Tür verriegelt wurde, hatte Painter jedenfalls eines begriffen: Anton hatte mehr als nur ein As im Ärmel gehabt.

Stöhnend vergegenwärtigte er sich Kats letzte Bemerkung.

Ich passe auf sie auf.

3:40

Vom sicheren Vorraum aus beobachtete Kat, wie Safia das Sicherheitslabor betrat. Mit dem Schutzanzug und dem Atemschlauch, den sie hinter sich herzog, sah sie aus, als wäre sie im Begriff, in die Tiefe eines Giftmeeres vorzudringen.

Sie waren auf kürzestem Weg hierhergekommen. Zum Glück waren sie zu dieser späten Stunde niemandem begegnet, und Antons Schlüsselkarte hatte ihnen Zugang zum verlassenen Labor verschafft. Dass alles so glatt gelaufen war, machte Kat nervös, selbst hier in der Umkleide.

Mach schon, Safia, beeil dich!

Obwohl ihre Nerven zum Zerreißen gespannt waren, war sich Kat bewusst, dass Safia die Sicherheitsprozeduren einhalten musste. Sie trat vor einen Rechnerarbeitsplatz, von dem aus Kabel zu den vier Laserkameras führten, die langläufigen Pistolen ähnelten und alle auf die kleine, zusammengesunkene Gestalt gerichtet waren, die mit gesenktem Kopf auf dem schwarzen Thron saß.

Auf dem Herweg hatte Safia ihr erzählt, dass der Leichnam bei einer Grabung im Sudan gefunden worden war, an dem Ort, wo Professor McCabe verschwunden war. Sie hatte den Auftrag gehabt, das Geheimnis der Frau zu lüften. Der Gegner glaubte, in ihrem Körper sei ein Hinweis auf ein Mittel gegen die sich auf der ganzen Welt ausbreitenden Pandemie zu finden. Safia glaubte auch, dass Simon aus einem ganz anderen Grund hinter dem Heilmittel her war – worin dieser Grund bestand, lag allerdings noch immer im Dunkeln.

Safia machte eine Eingabe. An der Seite öffnete sich eine Schublade. Safia entnahm die silbrige CD-ROM mit den Daten und schob sie in einen Plastikbeutel. Sie hatte Kat vorgewarnt, dass der Beutel in den Desinfektionstank musste, bevor man ihn mitnehmen konnte. Safia versuchte, den Beutel zu verschließen, hatte mit den Handschuhen jedoch sichtlich Mühe.

Mach schon …

Ein Klopfen an der Tür ließ Kat zusammenfahren. Eine gestresste Stimme war zu vernehmen.

»Hallo, hallo!«

Kat ging zur Tür. »Rory?«

»Gott sei Dank! Kommen Sie schnell!!« Er klang atemlos, als wäre er den ganzen Weg gerannt. »Anton hat Ihren Freund angegriffen. Sie kämpfen miteinander. Wir müssen verschwinden.«

»Safia ist noch nicht fertig. Ich lasse Sie rein.«

Sie entriegelte mit Antons Magnetkarte die Tür und riss sie auf. Rory, der sich angelehnt hatte, taumelte ins Labor. Kat packte ihn beim Kragen und verlieh ihm zusätzlichen Schwung. Dann duckte sie sich und spähte mit erhobener Pistole auf den Flur. Wie befürchtet, machte sie auf dem Gang eine schattenhafte Gestalt aus. Sie feuerte aufs Geratewohl.

Jemand stöhnte auf – und erwiderte das Feuer.

Die Kugeln gingen über ihren Kopf hinweg. Glas splitterte, und Rory schrie auf. Sie ließ sich flach auf den Boden fallen, denn sie wollte den Positionsvorteil nicht aufgeben. Der Schütze, der auf dem Flur keine Deckung fand, war gezwungen, sich zurückzuziehen. Er deckte sie mit Sperrfeuer ein, bis er in einem Nebengang verschwand. Auf dem Boden zeichnete sich eine Blutspur ab.

Sie wälzte sich ins Labor. Als sie die Tür zustieß, plärrte eine Alarmsirene los.

Kat schwenkte die Pistole zu Rory herum. Als sie seine Stimme hörte, hatte sie den Eindruck gehabt, dass etwas nicht stimmte, besonders als er sagte, Anton habe Painter überwältigt. Das erschien ihr wenig glaubhaft, deshalb hatte sie entsprechend reagiert. Hätte sie sich geirrt, hätte sie sich für die grobe Behandlung entschuldigt.

Wie es aussah, erübrigte sich eine Entschuldigung.

Sie musterte Rory. Seine Vorstellung war so überzeugend ausgefallen, dass kaum anzunehmen war, er habe unter Zwang gehandelt. Offenbar hatte er ihnen die ganze Zeit über etwas vorgespielt und sich Safias Mitgefühl zunutze gemacht. Gerade eben hatte er versucht, sie aus dem Hochsicherheitslabor herauszulocken.

Rory ignorierte die auf ihn gerichtete Waffe und blickte entsetzt ins Labor hinein. Erst jetzt sah sie, dass die Fensterscheibe von zwei Kugel durchlöchert worden war.

Rory wich einen Schritt zurück. »Oh nein …«

Kat erstarrte, aufs Schlimmste gefasst.

Sie blickte in den Nebenraum. Safia war noch auf den Beinen – doch ein Querschläger hatte ihre Haube zerfetzt und ihren Kopf nur um Zentimeter verfehlt. Von der sitzenden Mumie konnte man das nicht sagen. Der vertrocknete Schädel war zerborsten. Als Safia sich umdrehte, sah Kat, dass ihr durchlöchertes Visier mit organischem Material bedeckt war.

»Safia!«, rief Rory. »Sofort in die chemische Dusche!«

Kat wunderte sich über die aufrichtige Sorge des Verräters. »Beeilung! Tun Sie, was er sagt!«

Die scharfe Aufforderung weckte Safia aus ihrer Erstarrung.

Rory wandte sich zu Kat um und zeigte auf einen über dem beschädigten Fenster angebrachten Timer, auf dem ein Zwei-Minuten-Countdown ablief. »Weil die Isolierung defekt ist, wurde ein automatisches Sicherheitsprogramm aktiviert. In zwei Minuten wird hier alles eingeäschert.«

Vor dem Fenster senkte sich bereits ein Metallgitter herab.

»Lässt sich der Vorgang irgendwie stoppen?«

»Vielleicht, aber ich wüsste nicht wie.«

Safia war auf der anderen Seite der Glasscheibe in die Dusche geeilt. Sie presste die Hand auf den Auslöser für die Notfallspülung. Desinfizierender Schaum wurde auf den Anzug und den Plastikbeutel in ihrer Hand gesprüht. Sie wartete, bis der Schmutz abgewaschen war, dann trat sie in die kleine Umkleide. Hektisch streifte sie den Anzug ab, bis sie nur noch mit dem grauen Overall bekleidet war.

Hinter ihr wurde der Eingang zum Labor mit einem Stahlgitter abgeriegelt.

Safia blickte sich über die Schulter um. Ihre Augen waren vor Angst geweitet, doch die drohende Kontaminierung war im Moment ihre geringste Sorge.

Rory wich zurück, als Safia durch die letzte offene Tür zu ihnen stieß. Er wirkte schuldbewusst. »Sie sollten nicht zu Schaden kommen. Das hat er mir zugesichert.«

Safia blickte zwischen Rory und der Waffe in Kats Hand hin und her. »Was ist passiert?«

»Wir müssen von hier verschwinden«, sagte Kat und zielte mit der Pistole auf Rory. »Und Sie kommen mit.«

Kat schob ihre Begleiter zur Tür. Sie spähte auf den Flur. Sie wusste nicht, ob Anton sich noch hinter der Ecke versteckte oder ob er sich in medizinische Behandlung begeben hatte. Aber vermutlich war längst Verstärkung hierher unterwegs. Ihre einzige Hoffnung bestand darin, sich das momentane Chaos zunutze zu machen. Dass die meisten Stationsbewohner zu dieser späten Stunde dienstfrei hatten, verschaffte ihr eine Atempause.

Als zusätzliche Vorsichtsmaßnahme packte sie Rory beim Kragen und platzierte ihn zwischen sich und der Abzweigung.

Rory bemerkte die Blutspur am Boden. »Anton …«

Kat bedeutete Safia, hinter ihr in Deckung zu gehen. Mit Rory als menschlichem Schutzschild zog sie sich zurück. Den Übersichtsplan der Station hatte sie sich eingeprägt. Zwei Ebenen weiter oben befand sich eine unterirdische Garage.

Als sie die Hälfte des Flurs zurückgelegt hatten, war durch die Wand hindurch ein leises Tosen zu vernehmen. Das Labor wurde vermutlich gerade eingeäschert. Unwillkürlich rückte sie von der Wand ab.

Zeit zu verschwinden.

Sie eilten zum Aufzug am Ende des Flurs. Kat drückte den Knopf, und als die Tür sich öffnete, drängten alle in die Kabine. Nach kurzer Fahrt hielt der Aufzug in einer höhlenartigen Garage. Kat eilte auf eine Reihe abgestellter Sno-Cats zu. Die rechteckigen Kabinen saßen auf einem Untergestell mit Raupenantrieb und sahen aus wie Miniaturpanzer.

Sie wählte ein Sno-Cat aus und befahl Rory: »Hinten einsteigen.«

Er gehorchte.

Kat reichte ihre Waffe an Safia weiter. »Steigen Sie vorne ein, aber behalten Sie ihn im Auge. Wenn er auch nur verdächtig atmet, schießen Sie.«

Obwohl sie noch immer unter Schock stand, nickte Safia.

Kat eilte zur anderen Seite. Der Schlüssel steckte im Zündschloss. Wundern tat sie das nicht. Wer sollte hier unten auch schon ein Fahrzeug stehlen?

Ich zum Beispiel.

Kat setzte sich ans Steuer, ließ den Motor an und legte den Gang ein. Die Raupenketten knirschten auf dem Betonboden. Sie wandte sich zur Rampe, die hinauf zu einem geschlossenen Tor führte. Davor stand eine kleine Säule mit einer Tastatur an der Oberseite. Dort angelangt, zog sie Antons Magnetkarte durch den Leseschlitz und hoffte inständig, dass sie noch funktionierte.

Ein Motor begann zu summen.

Ihr entfuhr ein Seufzer der Erleichterung – doch sie waren noch nicht außer Gefahr.

Als das Tor sich öffnete, peitschte der Wind in die Garage. Ein stetiges Heulen drang in die abgedichtete Kabine des Sno-Cats. Der Sturm hatte die Insel verschluckt. Dunkle Wolken trieben über den Himmel, so tief, dass es schien, als streiften sie am Dach des Fahrzeugs, das Kat in das Unwetter hinaussteuerte.

Sie wandte sich nach Nordosten und hielt auf das eisbedeckte Gebirge des angrenzenden Quittinirpaaq-Nationalparks zu. Nach kaum hundert Metern verschwand die Station hinter ihr in der Dunkelheit.

Trotzdem blickte sie immer wieder in den Rückspiegel. Irgendwann würden sich Verfolger auf ihre Spur setzen. Im Moment aber hatte sie eine dringlichere Sorge.

Wie mochte es Painter ergangen sein?

17

3. Juni, 9:18 EAT
Sudanesische Wüste

Mein Gott …

Staunend trat Gray in den steinernen Brustkorb des schlafenden Gottes hinein. Die anderen folgten ihm, die Lichtkegel ihrer Helmleuchten tanzten über die Wände. Hinter sich vernahm er Ausrufe des Erstaunens, doch er konnte den Blick nicht von dem Anblick losreißen, der sich ihm bot.

In dem Raum hätte ein kleines Baseballstadion Platz gehabt. Aus dem Sandstein hatten die Erbauer gewaltige Steinrippen herausgemeißelt. An der Decke trafen sie sich an der Brustwirbelsäule. Die geschwungene Wirbelsäule reichte von der einen zur anderen Seite und verschwand in der gegenüberliegenden gebogenen Wand, die das menschliche Zwerchfell darstellte.

»Die Details sind wirklich erstaunlich«, murmelte Jane. »Sehen Sie sich mal die Riefen zwischen den Rippen an.«

»Die Zwischenrippenmuskulatur«, bemerkte Gray, als halte er eine Anatomievorlesung.

Derek leuchtete an einer schulterhohen Erhebung entlang, die den Raum in der Mitte teilte. »Das muss das Mittelfell sein.« Er hob den Kopf und beleuchtete ein wolkenartiges Gebilde, das über einem Abschnitt der Mauer hing. »Sie haben sogar an die Thymusdrüse gedacht.«

Doch das waren Nebensächlichkeiten im Vergleich zur Hauptattraktion.

Als sie weiter in den Raum hineingingen, wurden ihre Blicke von einem einzigartigen Gebilde angezogen. In der Mitte befand sich ein gewaltiges steinernes Herz, das den Eindruck machte, als hinge es an einem Gewirr von Blutgefäßen von der Decke, darunter eine dicke Aorta. Alle vier Kammern waren sorgfältig ausgeführt und mit verzweigten koronaren Blutgefäßen überzogen.

Obwohl die ganze Skulptur zu schweben schien, ruhte die Unterseite des Herzens auf einem Bodenteil, das Ähnlichkeit mit dem Brustbein hatte.

»In der linken Herzkammer ist eine Öffnung«, sagte Jane, als sie sich dem Herzen weiter genähert hatte.

Gray bemerkte, dass daneben Backsteine gestapelt waren. Offenbar war der Eingang vor langer Zeit zugemauert worden. Was mochte sich dahinter befinden?

Diese Frage stellten sich alle.

Derek leuchtete in den schmalen Eingang hinein. »Die Kammer ist leer.«

Gray war enttäuscht, aber nicht überrascht. Die Anlage war offensichtlich geplündert worden. Den Spuren zufolge musste dies in letzter Zeit gewesen sein. Auf dem Boden standen Tische und Sitzbänke. An der geriffelten Wand waren Pritschen aufgereiht.

Jemand hatte hier kampiert – und zwar vermutlich für längere Zeit.

Das Staunen in Janes Augen machte einem gequälten

Ausdruck Platz. »Ich glaube, hier wurde mein Vater gefangen gehalten.« Sie drehte sich langsam um die eigene Achse, als halte sie nach ihm Ausschau. »Aber weshalb?«

Gray musterte die Überbleibsel und versuchte, die Leerstellen aufzufüllen. Hohe Stableuchten waren auf dem Boden verteilt, an den Wänden hingen Leuchtketten. Auf einem Tisch stand ein demolierter Computer. Gray fragte sich, ob die Festplatte wohl noch lesbar war, doch er bezweifelte, dass die Leute, die hier gehaust hatten, so nachlässig gewesen waren.

In der Nähe standen mehrere leer geräumte Bücherregale, eines davon war umgekippt. Er stellte sich vor, wie die geisterhaften Forscher sich hier bewegt und die Geheimnisse des Raums untersucht hatten.

Jetzt waren sie alle verschwunden, nachdem sie vorher ihre Spuren beseitigt hatten.

Ein Stück weiter war Kowalski an der Wand in die Hocke gegangen. »Leute, seht euch das mal an.«

Alle gingen zu ihm. Kowalski leuchtete in ein Loch am Fuß zweier Rippen hinein. Gray hatte ähnliche Öffnungen an beiden Seiten des Raums bemerkt. Auch hier lagen Backsteine auf dem Boden.

Als die anderen ihn erreicht hatten, leuchtete Kowalski in eine Nische oberhalb des Wandlochs. Darin stand ein kleiner Holzelefant mit aufgerolltem Rüssel und gelben Steinsplittern als Stoßzähne. Er war wundervoll gearbeitet, und die stellenweise erhaltene Rinde ließ den Dickhäuter umso lebensechter erscheinen.

»Was ist das?«, fragte Gray.

Jane beugte sich vor. »Das scheint ein kleines Gefäß zu sein. Die Linie auf dem Rücken des Tieres deutet möglicherweise die Öffnung an.«

»Sollen wir's rausnehmen?«, fragte Kowalski, der das Gefäß begierig musterte. Gray wusste, dass der Hüne eine Schwäche für Elefanten hatte.

Als Jane danach greifen wollte, hielt Derek sie zurück. »Das könnte gefährlich sein.«

Sie blickte ihn böse an. »Mein Vater hat es bestimmt untersucht. Wenn es gefährlich wäre, hätte er es wohl in Plastik eingeschweißt, genau wie die Säge und den Schädel.« Sie deutete auf die anderen Nischen. »Außerdem ist das nicht die einzige.«

»Der Elefant könnte trotzdem kontaminiert sein.«

Sie seufzte und richtete sich resigniert auf.

Kowalski wirkte ebenfalls unzufrieden.

»Was ist mit dem Loch?«, fragte Gray.

Derek ging in die Hocke und leuchtete hinein. »Ich glaube, das ist eine Grabkammer.«

Gray spähte hinein. Der Hohlraum war schmal, aber tief. Für einen Toten reichte der Platz eindeutig aus. Allerdings waren die Wände verrußt und mit Asche bedeckt. Am Boden lagen verkohlte Knochenreste.

Anscheinend war die Kammer erst in letzter Zeit geschändet worden.

In der Nähe lag ein roter Benzinkanister auf dem Boden, der seine Vermutung bestätigte.

Derek war zum gleichen Schluss gelangt und leuchtete in die übrigen offenen Grabkammern. »Die Toten wurden verbrannt. Alles wurde zerstört.«

Nicht alles.

Gray dachte an das tätowierte Hautstück im Teströhrchen. Hatte der Professor es einer der Mumien entnommen, um den Text zu bewahren?

Derek richtete sich auf. »Aber weshalb hat man die

Toten alle verbrannt? Aus Angst vor Ansteckung? Oder weil man alle Spuren beseitigen wollte?«

Jane blickte zur Mitte des Raums. »Unter dem Herzen habe ich auch etwas Holzkohle bemerkt, aber die schien älteren Datums zu sein.«

Neugierig geworden, ging Gray hinüber.

Das Herz muss eine besondere Bedeutung haben.

Dort angelangt, trat er geduckt durch den niedrigen Eingang. Die Wandflächen waren unversehrt, geschmückt mit einem Schwarm eingeritzter Schmetterlinge. Die Darstellungen wirkten zart, beinahe feminin.

Etwas Merkwürdiges fiel ihm ins Auge.

»Jane, was halten Sie davon?«, rief er.

Sie trat geduckt ein, Derek folgte ihr. Als sie die Wände betrachtete, trat sie versehentlich auf eine Tonscherbe. Sie zuckte zusammen und hob sie auf, richtete die Helmleuchte auf die staubige blaue Oberfläche.

Derek sah ihr über die Schulter. »Das ist Lapislazuli.«

»Vielleicht von einer Schale.« Sie schaute sich um. »Die Ägypter haben Lapislazuli wegen dessen magischen Eigenschaften geschätzt.« Ihr Blick fiel auf die Darstellungen an den Wänden. Sie leuchtete umher. »Das ist wunderschön…«, murmelte sie. »Ich liebe Schmetterlinge. Für die Ägypter waren sie ein Symbol der Verwandlung. Die Raupe wird zum Schmetterling.«

Gray fragte sich, welchen Zweck die Kammer wohl gehabt haben mochte.

Magie und Transformation.

Er spürte, dass sie etwas Wichtigem auf der Spur waren, aber vielleicht war es nicht an ihm, das Rätsel zu lösen. Er leuchtete auf eine bestimmte Stelle. Dies war der Grund, weshalb er Jane hergerufen hatte.

Als sie dem Strahl der Helmleuchte folgte, schnappte sie nach Luft und wich einen Schritt zurück.

Einer der Schmetterlinge war mit einem Kasten umringelt – und darin stand Janes Name.

»Das hat bestimmt mein Vater geschrieben«, flüsterte sie. Sie hob die Hand, um die Buchstaben zu berühren, dann hielt sie inne. »Weshalb hat er das gemacht?«

Derek versuchte sich an einer Antwort. »Die Nomaden, die Harold gefunden haben, haben gesagt, er habe immer wieder ein und denselben Namen wiederholt.« Er legte ihr die Hand auf die Schulter. »Vielleicht hat er gehofft, du würdest das finden.«

Jane trat zurück und blickte erst Derek, dann Gray an. »Ich verstehe das nicht.«

»Vielleicht hat Ihr Vater geglaubt, Sie könnten das Rätsel lösen«, meinte Gray. »Wenn Sie nur genug Zeit hätten.«

Er fragte sich, ob der Gegner es aus genau diesem Grund auf Jane abgesehen hatte. Da der Professor diesen

Hinweis hinterlassen hatte, glaubten sie vielleicht, sie wäre in der Lage, das Geheimnis zu lüften.

Dabei wirkte Jane vor allem verängstigt und verwirrt.

»Wir sollten wohl besser weitersuchen«, sagte Gray. »Vielleicht gibt es noch weitere Hinweise.«

Sie verließen die Kammer, doch Gray war nicht sehr optimistisch. Er spürte, dass hier, im Herzen des steinernen Gottes, etwas wahrhaft Bedeutsames verborgen war.

Außerdem hatte er das Gefühl, unter wachsendem Zeitdruck zu stehen.

Wir halten uns schon zu lange hier unten auf.

9:38

Die einzige Vorwarnung war das Klicken von Steinen.

Sie rollten zu ihrer Linken am Felshang herunter. Seichan achtete nicht weiter darauf und fuhr mit der Suzuki weiter durch die Schlucht. Sie war unterwegs zu der Mulde mit dem Eingang zu dem Höhlensystem, das sich unter die umliegenden Hügel erstreckte. Vor einer Dreiviertelstunde hatte sie sich Ahmads Motorrad geborgt und angefangen, die Umgebung zu überwachen, indem sie in der Schlucht, die zum Tal führte, hin und her patrouillierte.

Der Junge war mit seinem Hund beim Unimog geblieben und hatte Anweisung, beim ersten Anzeichen von Ärger die Hupe zu betätigen. Außerdem hatte sie ihm ein Funkgerät dagelassen und ihm weitere Instruktionen gegeben.

Sie konnte nicht wissen, ob sie verfolgt worden waren, deshalb nahm sie es einfach als gegeben an und plante dementsprechend. Sie machte sich zur Zielscheibe und lenkte die Aufmerksamkeit eventueller Beobachter auf sich. Sie verdeutlichte ihnen, dass allein der Junge ihr hier draußen Gesellschaft leistete. Sie sollten in ihrer Wachsamkeit nachlassen, während sie die Lage einschätzten, und erkennen, dass alle anderen in den Höhlen waren.

Das galt besonders für Jane McCabe.

Seichan ging davon aus, dass die Frau das Primärziel war und dass der Gegner Zeit brauchen würde, um sich eine Strategie zurechtzulegen.

Sie wiederum nutzte die Zeit, um sich mit Ahmads Motorrad vertraut zu machen und das Reifenprofil des Hinterrads zu testen. Für Sand war es perfekt geeignet, für nackten Fels weniger gut. Ihre einzige Reaktion auf die herabrollenden Steine bestand darin, dass sie näher an die betreffende Felswand heranrückte, um es dem Gegner schwerer zu machen, von oben auf sie zu schießen.

Das war alles. Nicht einmal ihr Herzschlag beschleunigte sich. Allenfalls war sie erleichtert über den steinharten Beweis, dass die Hügel von Gespenstern heimgesucht waren. Jetzt konnte sie sich darauf einstellen und den Adrenalinausstoß genießen.

Ihre Sicht schärfte sich.

Sie ahnte, was der Gegner vorhatte. Wenn er Jane McCabe lebend in seine Gewalt bringen wollte, war es für ihn das Klügste, darauf zu warten, dass die Zielpersonen wieder auftauchten, um sie dann aus dem Hinterhalt anzugreifen.

Das durfte Seichan nicht zulassen.

Das Gesicht von einem Tuch verhüllt, aktivierte sie flüsternd das Mikrofon. »Ahmad, bereithalten.«

Mit gleichbleibender Geschwindigkeit näherte sie sich erneut dem Tal.

Sie hörte, wie der Motor des Unimogs angelassen wurde.

Das Grollen hallte von den Hängen wider. Sie hatte Ahmad gefragt, ob er mit einem Auto fahren könne. Er hatte spöttisch gelächelt, als hätte sie mit der Frage seine Männlichkeit infrage gestellt. Trotzdem hatte sie darauf bestanden, dass er zwei Testrunden durch die Talmulde drehte.

Der Gegner würde vermutlich annehmen, dem Jungen sei langweilig geworden, und er schicke sich an, eine kleine Spritztour zu unternehmen.

Aber diesmal nicht. Diesmal war es ernst.

Als sie ins Tal hineinfuhr, kam ihr der Wagen bereits entgegen. Sie hob grüßend den Arm – dann ließ sie ihn jäh herabfallen.

Ahmad gab Gas und hielt auf sie zu.

Sie duckte sich und ließ den Motor aufheulen. Der Hinterreifen drehte durch und schleuderte Sand hoch, dann fand er Halt. Die Maschine machte einen Satz nach vorn, dem Stoßfänger des Unimogs direkt entgegen.

Sie machte Ahmads Gesicht hinter der Windschutzscheibe aus. Er wirkte besorgt, bremste aber nicht ab. Im letzten Moment ließ sie ihm in dem Feiglingsspiel die Oberhand und riss das Motorrad herum. Der Unimog preschte an ihr vorbei und auf den schmalen Felseinschnitt zu. Sie wollte den Jungen und den Wagen aus dem Weg haben – damit Ahmad nichts geschah und um ihr einziges Fahrzeug zu schützen.

Als der Wagen sie passiert hatte, richtete sie die Maschine wieder auf und verlagerte ihr ganzes Gewicht auf die eine Fußraste. Als das Motorrad sich drehte, riss sie die Pistole aus dem Schenkelholster. Sie zielte auf die Seite der Schlucht, wo die Steine herabgerollt waren. Sie ging davon aus, dass diejenigen, die ihre Anwesenheit verraten hatten, ihr bis hierher gefolgt waren.

Die Aktion am Boden hatte dazu geführt, dass der Verfolger sich zeigte – wenn auch nur schemenhaft.

Sie feuerte aufs Geratewohl in die Richtung. Sie rechnete nicht damit, das Ziel zu treffen, doch auf diese Weise erkaufte sie Ahmad Zeit. Er erreichte tatsächlich den Einschnitt und verschwand im Schatten. Sie glaubte nicht, dass der Gegner das Tal aufgeben würde, um dem Jungen zu folgen – jedenfalls nicht gleich. Zunächst würde er versuchen, die eigentliche Zielperson in seine Gewalt zu bekommen.

Jedenfalls hoffe ich das.

Um den Gegner weiter abzulenken, fuhr sie am schattigen Talrand entlang und feuerte blindlings nach oben. Schließlich knallte es, und kleine Sandfontänen zeigten die Einschlagstellen der Kugeln an.

Gut.

Slalomartig kurvte sie durch den Schatten, gab unverdrossen Gas und nahm immer wieder abrupte Richtungswechsel vor. Sie erwiderte das Feuer und behielt die relative Position des Schützen im Auge. Als sie eine Minute lang ihre Motorradakrobatik vollführt hatte, raste ihr Herz im Einklang mit dem Motor der Maschine. Sie lächelte unter dem Halstuch, dessen Enden ihr ums Gesicht flatterten.

Als sie sicher war, dass Ahmad das offene Gelände hinter der Schlucht erreicht hatte, legte sie eine Hundertachtzig-Grad-Wende hin und hielt auf den Eingang der Höhlen zu.

Als sie sich der Felswand näherte, wurde sie nicht langsamer. Sie schaltete den Scheinwerfer ein, duckte sich tief auf den Lenker hinunter und schoss durch die Öffnung.

Es wird Zeit, den Kampf unterirdisch fortzusetzen.

9:53

Jane gesellte sich zu den anderen, die vor der einen Öffnung warteten, die aus dem Brustkorb hinaus- und weiter in den schlafenden Gott hineinführte. Sie blickte sich zum Herzen um, das jetzt in Dunkelheit gehüllt war, und dachte an die Nachricht ihres Vaters. Da sie keine Ahnung hatte, was sie bedeutete, wandte sie sich dem nächsten Ziel ihrer Reise zu.

Ein Bogendurchgang durchschnitt das einen halben Meter dicke Zwerchfell am Ende des Brustkorbs. Sie beleuchteten den Sandsteinüberhang an der anderen Seite. Die meisten Oberflächen waren spiegelglatt poliert.

»Das muss die Leber sein«, sagte Derek und fasste sich unwillkürlich an die Rippen.

Dunkle Schatten lockten sie tiefer in die Bauchhöhle hinein.

Jane verspürte einen Anflug von Übelkeit – nicht weil ihr die anatomische Umgebung Unbehagen bereitete, sondern weil sie Angst hatte zu versagen. Ihr Vater hatte ihr eine Nachricht hinterlassen und war gestorben, als er sie ihr überbringen wollte.

Und ich habe keine Ahnung, was sie bedeutet.

Derek hielt sich an ihrer Seite; offenbar spürte er ihr Unbehagen. »Vielleicht sollten wir eine Pause einlegen und …«

Gray fuhr herum. »Leise.«

Dann hörte Jane es auch. Das Brummen eines Motors. Es wurde immer lauter. Alle wandten sich um. Ein trübes Licht erschien im Schlund des Riesen, dann wurde es heller, als das Fahrzeug aus der Luftröhre in den Brustkorb schoss. Es bremste mit quietschenden Reifen.

Ahmas Motorrad.

Die Fahrerin richtete sich auf dem Sitz auf.

»Seichan!«, rief Gray.

Doch sie hatte die Gruppe bereits ausgemacht und gab erneut Gas. Das Motorengeräusch hallte in dem geschlossenen Raum dröhnend wider, als sie zu ihnen herüberfuhr. Sie kam zum Stehen, stieg aber nicht ab.

Sie trug keinen Helm, hatte aber die Schutzmaske angelegt. Sie ließ den Blick durch den Raum schweifen. »Wir bekommen Gesellschaft.«

»Wo ist Ahmad?«, fragte Gray.

Seichan drehte sich auf dem Sitz um und zog einen Rucksack unter dem Packriemen hervor. »Er ist in Sicherheit. Einstweilen. Hab ihn mit dem Wagen weggeschickt.« Sie warf den Rucksack Gray zu, der ihn auffing. »Hab ein paar Sachen eingepackt. Ersatzmagazine, Blendgranaten, Rauchbomben. Kowalskis Piezer ist auch dabei. Wird nicht lange dauern, bis sie hier herunterkommen, um uns auszuräuchern.«

Sie blickte Jane an. Was sie damit meinte, war klar.

Der Gegner hat es auf mich abgesehen.

Jane dachte an die Botschaft ihres Vaters.

Derek fasste sie bei der Hand, als hätte er ihre Gedanken erraten. »Was sollen wir tun?«

Gray antwortete mit einer Gegenfrage. »Könnte es noch einen anderen Ausgang geben?«

Derek zuckte mit den Achseln. »Das weiß ich nicht … Möglich wär's.«

Jane drückte ihm die Hand. »Er hat recht. Im Altertum gab es in heiligen Gebäuden häufig geheime Fluchttunnel.«

Derek blickte vom Brustkorb zu dem Durchgang, der

in die Bauchhöhle führte. »Wir sind durch den Mund hereingekommen, und wenn die Erbauer sich an die anatomischen Vorgaben gehalten haben…«

Kowalski stöhnte auf. »Sie wollen mich wohl verscheißern.«

Gray klopfte ihm auf die Schulter. »Hoffen wir, dass es so ist. Das könnte unsere einzige Chance sein.«

Er geleitete die Gruppe zum Durchgang, Seichan folgte mit dem Bike.

Als sie unter der Leber vorbeikamen, leuchtete Derek eine etwas höher platzierte steinerne Kugel an. »Die Gallenblase«, murmelte er ungeachtet der Gefahr beinahe ehrfurchtsvoll.

Jane hielt immer noch seine Hand, denn das half ihr, sich zu erden. Sie blieb an seiner Seite, als sie weiter in die Bauchhöhle hineingingen. Die Helmleuchten und der Motorradscheinwerfer beleuchteten die hier versammelten Wunder.

Sie gingen um den riesigen Magen herum, der auf der steinernen Milz ruhte. Dahinter befand sich eine Felsmasse, in die man Windungen und Schlingen hineingemeißelt hatte – die Eingeweide des Gottes. Auch hier waren die Darstellungen erstaunlich detailliert, angefangen vom angedeuteten gefalteten Bauchnetz um die inneren Organe, bis zu den verzweigten Blutgefäßen, die alle Oberflächen bedeckten.

An der Decke schwang sich das Rückgrat entlang und verschwand in der dunklen Tiefe der Bauchhöhle. An den Seiten zeichneten sich die beiden Nieren ab, die zu schweben schienen und den Anschein erweckten, als könnten sie jeden Moment herabfallen.

»Da drüben!«, sagte Seichan.

Sie drehte den Lenker herum und richtete den Scheinwerfer auf eine schmale Öffnung an der Seite.

Ein Durchgang…

Gray ging hinüber und streckte den Kopf in den Magen. »Ich kann die Mündung der Speiseröhre erkennen.« Er verlagerte die Haltung. »Und es geht ein weiterer Gang von hier ab.«

Derek schaute in die Bauchhöhle hinein. »Der führt bestimmt durch den Rest des Verdauungstrakts. Hoffentlich gibt es einen Hinterausgang. Das wäre vielleicht nicht der würdevollste Abgang, aber wir haben keine Wahl.«

Als Gray sich aufrichtete, nahm Seichan ihn ein Stück beiseite. »Ich habe Ahmad ein Funkgerät und einen GPS-Tracker dagelassen. Hab ihm gesagt, er soll sich in Sicherheit bringen und ich würde unsere Position durchgeben, sobald wir einen Ausgang gefunden haben.« Sie blickte zu Jane hinüber. »Aber wir wissen, wer die *eigentliche* Zielperson ist. Dieselbe wie in Ashwell.«

Gray ahnte, worauf sie hinauswollte. »Dann musst du Jane hier rausbringen.« Er blickte zur Gruppe. »Aber damit das klappt, müssen wir den Gegner ablenken und hier unten beschäftigt halten. Wenn er merkt, dass du dich davongemacht hast, seid ihr hoffentlich …«

»Dann sitzen wir schon im Unimog und sind unterwegs nach Khartum. Sobald sie davon Wind bekommen, werden sie uns folgen, und dann könnt ihr euch in Sicherheit bringen.«

»Also eine Win-win-Situation«, sagte er grimmig. Offenbar glaubte er nicht so recht an einen positiven Ausgang.

Jane war es zuwider, als Spielball behandelt zu werden, der in der Angelegenheit nichts zu sagen hatte.

Derek, der die Unterhaltung ebenfalls mitgehört hatte, kam zu einem anderen Schluss. »Sie haben recht«, sagte er. »Harold hat dir die Nachricht hinterlassen. Du bist zu wichtig, um dein Leben aufs Spiel zu setzen.«

Die Sorge um sie stand ihm ins Gesicht geschrieben. Es war offensichtlich, dass es ihm nicht in erster Linie darum ging, die Welt zu retten.

»Aber ich weiß nicht, was mein Vater …«

Er drückte ihr die Hand. »Du wirst es herausfinden.«

Sie blickte durch den Ausgang in den Magen hinein. »Und wenn wir uns irren? Was ist, wenn es keinen zweiten Ausgang gibt?«

Kowalski mischte sich ein. »Es gibt einen, da bin ich mir sicher.«

»Woher wollen Sie das wissen?«

Er schob sie auf den Durchgang zu. »Das hab ich in einem Buch gelesen.«

Diese Aussage überraschte selbst Gray. »In welchem Buch?«

Kowalski seufzte genervt. »*Jeder pupst*. Ist eigentlich für Kinder.« Er schwenkte weit ausholend den Arm. »Das muss auch auf diesen großen Burschen zutreffen.«

Gray stöhnte auf.

Jane lächelte, während sich ihre Schultern entspannten.

»Der Mann hat recht«, sagte Derek.

Seichan schob kopfschüttelnd das Bike durch die Öffnung in den Magen hinein. Wenn sie die Wüste erreichten, würden sie auf dessen Geschwindigkeit angewiesen sein.

Da Jane nichts anderes übrig blieb, als sich mit dem Plan abzufinden, wollte sie ihr folgen, doch Derek hielt sie zurück.

»Pass auf dich auf.« Er beugte sich vor und umarmte

sie. Einen Moment lang sah es so aus, als wollte er sie küssen, doch das wurde durch die Schutzmasken vereitelt.

Sie erwiderte seine Umarmung und drückte ihn kurz an sich, dann löste sie sich von ihm. »Bis bald.«

»Lass mich nicht hängen.«

Sie wandte sich ab und folgte Seichan. Im Magen angelangt, sah sie den Gang, der in das labyrinthische Gedärm führte. Die Öffnung befand sich auf halber Höhe der geschwungenen Magenwand. Sie ließ den Blick durch den Hohlraum schweifen. An den Wänden machte sie etwas aus, das an geschrumpfte Magengeschwüre erinnerte – dann wurde ihr klar, dass es sich um Gesichter mit tief in den Höhlen liegenden Augen und leerem Gesichtsausdruck handelte.

Sie schreckte zurück und bekam eine Gänsehaut.

Als der Motor aufheulte, zuckte Jane zusammen.

Seichan klopfte hinter sich auf den Sitz. »Steigen Sie auf.«

»Was haben Sie …?«

»Machen Sie schon.«

Widerstrebend ging Jane zum Motorrad und schwang das Bein über den Sitz.

»Festhalten!«

Jane hatte der Frau kaum die Arme um die Hüfte gelegt, als sie auch schon Gas gab. Die Maschine drehte sich auf engstem Raum, nahm Tempo auf, preschte die gebogene Wand hoch und schoss durch die Öffnung.

Jane musste sich ducken, um nicht mit dem Kopf an die niedrige Decke zu stoßen.

Im Scheinwerferkegel zeichnete sich ein kurvenreicher Achterbahnkurs ab.

»Los geht's!«, rief Seichan ausgelassen.

Jane klammerte sich mit beiden Armen an sie.

Oh Gott…

10:08

Valya hatte auf der sonnenversengten Felswand Posten bezogen.

Von hier aus hatte sie freie Sicht auf die schattige Talmulde. Sie wartete, bis der letzte von Krugers Männern im dunklen Zugang des verborgenen Mysteriums verschwunden war. Sie hätte sie begleiten können, doch sie misstraute der Frau, welche die Zielperson bewachte.

Seichan.

Zuvor hatte Valya beobachtet, wie sie in dem Felseinschnitt hin und her gefahren war. Aus der Höhe hatte sie versucht, eine Bedeutung in die Spuren im Sand hineinzulesen. Sie hatte vermutet, dass die Frau nicht nur das andere Ende der Schlucht bewachte, um zu verhindern, dass sie den Ausgang blockierten.

Seichan ahnte wohl, dass sie beobachtet wurde – oder jedenfalls verhielt sie sich dementsprechend. Sie konnte sich denken, dass Valyas Team auf den Moment warten würde, da die anderen aus ihrem Schlupfloch hervorkamen.

Und deshalb hast du uns in Zugzwang gebracht.

Valya war zwar bereit, auf das Spiel ihrer Gegnerin einzugehen und Kruger mit seinen Männern unter die Erde zu schicken, doch sie war nicht so töricht, die umliegende Wüste unbeobachtet zu lassen. Sie wollte sich von der Verräterin nicht dazu verleiten lassen, den Kordon rund um die Hügel zu lockern.

Sie entfernte sich ein Stück weit von der Felskante und hob die zweite der beiden Drohnen des Teams hoch. Sie setzte die Propeller des Raven in Bewegung und reckte den Vogel empor. Dann trat sie erneut an den Rand der Felswand und schleuderte ihn in die Luft. Die Drohne senkte sich kurz ab, dann trafen die ein Meter zwanzig langen Tragflächen auf eine thermische Strömung. Die Drohne stieg empor und begann zu kreisen.

Der Vogel würde an ihrer Stelle die unzugängliche Hügellandschaft beobachten.

Der Videofeed wurde auf dem Splitscreen eines kleinen Handdisplays angezeigt.

Im ersten Fenster war ein SUV zu sehen, der durch die Wüste fuhr.

Sie hatte den ersten Raven auf den flüchtenden Unimog angesetzt. Sie wollte wissen, ob er umkehren würde. Sie überlegte kurz, ob sie einen von Krugers Kundschaftern auf einem Motorrad hinterherschicken sollte, doch sie wollte die am Boden postierten Kräfte nicht schwächen.

Das Hauptziel war nach wie vor Jane McCabe.

Außerdem sendete der den SUV verfolgende Raven ein Interferenzfeld aus, das alle Funkübertragungen blockierte und den Fahrer isolierte. Es würde Stunden dauern, bis er Unterstützung anfordern könnte.

Sie ging in die Hocke, balancierte an der Felskante auf den Fußballen.

Wenn Krugers Männer es nicht schaffen sollten, mit den Gegnern fertigzuwerden, und wenn sie den Kopf aus dem Sand strecken würden …

Sie nahm das Sturmgewehr in die Hand.

Ich erwarte euch.

18

3. Juni, 4:09 EDT
Ellesmere-Insel, Kanada

»Ich hoffe, Sie haben es bequem«, sagte Simon Hartnell.

Painter sah auf die Handschellen, mit denen er gefesselt war. Seine Füße waren an die Beine eines Metallstuhls gekettet. Hartnell ging kein Risiko ein. Mit vorgehaltener Waffe hatte man ihn in diese kleine Bibliothek in Hartnells Privatgemächern gebracht. Seine Bewacher hatten ihn gefesselt und sich zurückgezogen. Anton hatte sich die ganze Zeit nicht blicken lassen. Was hatte das zu bedeuten?

»Wo ist Kathryn Bryant?«, fragte Painter.

»Das ist eine gute Frage. Zuletzt gesehen wurde sie, als sie mit einem Sno-Cat im Sturm verschwunden ist.«

Painter nahm die Neuigkeit mit grimmiger Genugtuung auf.

Also ist sie davongekommen.

»Man wird sich mit ihr befassen.« Hartnell trat um den Schreibtisch herum und lehnte sich dagegen wie ein Lehrer, der einen Schüler tadelt. »Ich denke, Sie und ich wurden auf dem falschen Fuß erwischt. Sie sind ein Mann der Wissenschaft, deshalb hätte ich wohl ein wenig offener sein sollen.«

Painter ließ ihn reden und schaute sich um. Die eine Wand nahm ein Computerarbeitsplatz mit mehreren Monitoren ein, der Rest des Raums war mit Mahagoni getäfelt. Regale mit alten Büchern und kleine beleuchtete Glasvitrinen reihten sich aneinander. Sein Blick verweilte einen Moment zu lange auf zwei Segelschiffen mit hohen Masten – detailgetreue Holzmodelle von Fregatten aus dem neunzehnten Jahrhundert.

Hartnell bemerkte, wohin er schaute. »Die HMS *Terror* und *Erebus*. Ursprünglich waren das Kriegsschiffe, aber man hat sie zu Forschungsschiffen umgebaut.«

Painter kannte die Namen und die tragische Geschichte, die damit verbunden war. »Wenn ich mich recht erinnere, verschwanden die beiden Schiffe bei der Suche nach der Nordwestpassage in der Arktis.«

»So ist es. Im Jahr 1845 fuhren sich beide Schiffe vor der Küste der König-William-Insel im Packeis fest, gar nicht weit von hier. Mangelerscheinungen und Wahnsinn dezimierten die Besatzung. Alle Männer fanden den Tod, darunter auch John Hartnell, ein ferner Verwandter von mir, der an der Reise teilnahm und später in einem flachen Grab nahe der Beechey-Insel gefunden wurde.« Er schüttelte bedauernd den Kopf. »Ich habe das Grab kürzlich besucht, um diesem kühnen, entschlossenen jungen Mann meinen Respekt zu erweisen.«

»Manche Menschen stecken sich zu große Ziele, so scheint es.«

Hartnell überging die versteckte Beleidigung. »John wurde kein Opfer seines Ehrgeizes, sondern erlag vielmehr dem Büchsenfleisch von Goldner's. Untersuchungen der mumifizierten sterblichen Überreste des jungen Mannes haben ergeben, dass er sich eine Bleivergiftung zugezogen hatte, die vermutlich ihn und die anderen wahnsinnig werden ließ.« Er wies mit dem Kinn auf die beiden Schiffe. »Aber Sie haben recht, die Geschichte ist ein abschreckendes Beispiel – allerdings nicht in dem Sinne, wie Sie glauben.«

»Sondern?«

»Wussten Sie, dass dank der massiven Eisschmelze jetzt Kreuzfahrtschiffe auf dem gleichen Weg wie die *Terror* und die *Erebus* durch die Nordwestpassage fahren, während die Passagiere Cocktails schlürfen und in feinen Restaurants speisen?« Er zog finster die Brauen zusammen. »Die Touristen kommen hierher, weil sie die Arktis erleben wollen, dabei wohnen sie deren Ende bei.«

»Etwa wegen des Klimawandels?«, fragte Gray spöttisch. Er wollte den Mann reizen, ihn aus der Reserve locken. Er wusste, dass der CEO von Clyffe Energy von diesem Thema besessen war. »Finden Sie nicht, dass das ein bisschen zu dramatisch, vielleicht sogar alarmistisch klingt?«

»Alle sollten alarmiert sein.« Hartnell drückte den Rücken durch. »Der Planet erwärmt sich so schnell wie nie zuvor. Die Untersuchungen der Polkappen durch die NASA haben ergeben, dass das Eis seit tausend Jahren nicht in einem solchen Tempo geschmolzen ist. Monat für Monat werden bei den Durchschnittstemperaturen neue Höchstwerte gemessen. In Kuwait wurden vierundfünfzig Grad Celsius gemessen, neuer Weltrekord. Einige Orte des Planeten werden schon bald unbewohnbar sein. Die Wirbelstürme lassen sich längst nicht mehr als Jahrhundertstürme bezeichnen – Wetterereignisse von dieser Gewalt gab es seit fünfhundert Jahren nicht mehr.«

»Das Wetter ist unvorhersehbar«, meinte Painter achselzuckend.

Hartnell musterte ihn mitleidig. »Das könnte man vielleicht so sehen, wenn es sich um ein vereinzeltes Phänomen handeln würde. Aber allein im vergangenen Jahr gab es in den USA *acht* Unwetter, die einen neuen Fünfhundert-Jahre-Rekord aufgestellt haben. Acht!« Er schlug mit der Faust auf den Tisch. »Erzählen Sie mir nicht, das sei eine natürliche Schwankung. Die US-Klimabehörde hat sich die Erderwärmung nach der letzten Eiszeit angeschaut. Der in den vergangenen hundert Jahren gemessene Temperaturanstieg verläuft im Vergleich dazu *zehn Mal* so schnell und *zwanzig Mal* schneller als der historische Durchschnitt. Deshalb haben wir es nicht mit einer natürlichen Schwankung zu tun – das ist ein Ereignis, das uns mit *Auslöschung* bedroht.«

»Und was wollen Sie dagegen unternehmen?«, spöttelte Painter. »Ich habe gelesen, der Punkt ohne Wiederkehr liege längst hinter uns.«

Hartnell spannte sich an. »Das ist richtig. Um die Katastrophe noch zu verhindern, braucht es jemanden mit einer Vision, der bereit ist, große Risiken einzugehen. Dazu ist ein Einsatz vonnöten wie seinerzeit beim Manhattan Project. Die Weltgemeinschaft ist damit überfordert. Wahrer Wandel ist nur vom privaten Sektor zu erwarten.«

»Mit anderen Worten, von *Ihnen*.« Painter kniff die Augen zusammen. »Was genau tun Sie hier in der Aurora-Station?«

Hartnell war zu sehr in Fahrt, um sich zu zügeln. »Ich werde die globale Erderwärmung beenden und der Welt eine Energiequelle wie keine andere bieten.«

»Wie wollen Sie das anstellen?«

Hartnell wandte sich zu einer kleinen Glasvitrine um,

in der ein Notizbuch mit schwarzem Ledereinband ausgestellt war.

»Mit der Unterstützung eines Freundes.«

4:17

Simon Hartnell unterdrückte das Zittern seiner Hand und stocherte mit dem Schlüssel im Schloss herum. Als der Bart endlich griff, öffnete er die Glastür. Behutsam nahm er das Notizbuch heraus und wandte sich zu dem gefesselten Mann um. Er ahnte, dass Painter Crowe ihn reizen wollte, doch es war ihm egal.

»Das hier hat Nikola Tesla gehört. Es handelt sich um sein persönliches Arbeitsjournal, das die US-Regierung nach seinem Tod konfisziert hat. Allerdings hat man das, was darin steht, entweder nicht verstanden oder seine Bedeutung nicht begriffen.«

»Sie aber schon?«

Simon lächelte. Jetzt, da er das Buch in der Hand hielt, fühlte er sich ruhiger, über allen Spott erhaben. »Zugegeben, ich habe mehr als dreißig Jahre dafür gebraucht. Und ich weiß noch immer nicht alles. Der Mann konnte verdammt kryptisch sein, wenn er wollte.« Er kam herüber und nahm hinter dem Schreibtisch Platz. »Und bedauerlicherweise war er weniger ein visionäres Genie als vielmehr ein Mann der Praxis. Deshalb kennt jeder Thomas Edison; Nikola Tesla ist weit weniger bekannt. Edison war ein Mann seiner Zeit … Tesla war ihr voraus.«

»Lassen Sie mich raten. Jetzt ist seine Zeit gekommen.«

Simon musterte den Mann scharf; anscheinend war er für einen Regierungsangestellten gar nicht so dumm.

»Das ist richtig«, sagte Simon. »Ich möchte Ihnen zeigen, was für ein Genie er in Wahrheit war.«

Painter blickte in die Ferne. »Ihre Antennenanlage. Das ist nicht bloß eine verbesserte Version von HAARP.«

»So ist es. Das ist die Verwirklichung eines Traums, den Tesla hatte. Eine Welt ohne Krieg, mit billiger, unerschöpflicher Energie. Ein reicher, blühender Planet.«

»Und Sie können all das bewirken?«

»Im Lauf der Zeit, ja. Wir bereiten gerade einen lokalen Test vor – einen Beweis für das Funktionieren des Konzepts, wenn Sie so wollen. Der Versuch ist für übermorgen angesetzt.«

»Welches Konzept meinen Sie?«

»Was wissen Sie über Teslas Wardenclyffe-Projekt?«

Painter runzelte die Stirn. »Ich weiß nur, dass es sich um den gescheiterten Versuch gehandelt hat, ein Netzwerk drahtloser Stromgeneratoren zu errichten. Sein Turm sollte der erste sein.«

»Mit Wardenclyffe wollte er beweisen, dass sein Konzept funktioniert. Er wollte der Welt demonstrieren, was möglich ist. 1901 begann er mit dem Bau des Turms, doch die Anlage gründete auf Theorien und Tests aus den vergangenen Jahrzehnten. Er ging davon aus, dass er für die drahtlose Energieübertragung einen Leiter benötigte, der die Energie rund um die Welt transportierte. Er untersuchte zwei mögliche Leiter: das Erdreich und die Atmosphäre. Er glaubte, es sei möglich, Energie tief ins Erdinnere zu pumpen, damit die natürliche Resonanzfrequenz des Planeten anzuregen und die Energie auf diese Weise global zu verstärken. Die andere Möglichkeit sah er darin, die Energie in eine leitende Schicht der Atmosphäre zu projizieren.«

»Die Ionosphäre.«

Simon nickte. »Damals war diese Schicht noch reine Spekulation. Ihre Existenz wurde erst 1925 nachgewiesen.«

»Also war Tesla wieder einmal seiner Zeit voraus.«

»Leider wahr. Deswegen konzentrierte er sich auf den einzigen Leiter, zu dem er Zugang hatte: das Erdreich. Das Fundament des Wardenclyffe-Turms reichte hundert Meter in die Tiefe. Auf diese Weise sollte er die Erde *besser in den Griff bekommen*, wie Tesla es ausdrückte.«

»Doch das Vorhaben scheiterte.«

»Nur deshalb, weil er nicht über die erforderliche Technologie für den vielversprechenden Ansatz verfügte, nämlich die Ionosphäre. Später, als die Existenz der Schicht nachgewiesen wurde, setzte er seine Arbeit fort und verkündete 1931, er stehe kurz vor der Entdeckung einer – ich zitiere – ›neuen und unerwarteten Energiequelle‹. Worum es sich handelte, hat er in dem Zeitungsartikel nicht gesagt.«

Painter hatte Simons wachsende Erregung bemerkt. »Aber Sie wissen mehr.«

Simon legte die Hand auf Teslas Notizbuch. »Es steht alles hier drin.«

Painter straffte sich. »Sie sprechen von der elektrischen Mikrobe.«

Simon vermochte nicht, seine Überraschung zu verbergen. Painter hatte ihn erneut beeindruckt. »Das ist richtig. Tesla hat in London mit einem sehr gefährlichen Organismus experimentiert.«

»War das 1895 im British Museum, als eine Gruppe von Forschern ein Artefakt aus David Livingstones Besitz geöffnet hat?«

Simon kippte bestürzt den Stuhl zurück.

Wie viel wusste der Mann bereits?

»Was steht sonst noch in dem Notizbuch?«, fragte Painter.

»Tesla hat auf der Grundlage seiner Erkenntnisse über die Eigenschaften des Organismus und die Ionosphäre eine primitive Version der Anlage entwickelt, die wir hier gebaut haben. Ihm fehlte es auch in diesem Fall an der nötigen Technologie und den erforderlichen Energiequellen, um das Projekt zu verwirklichen.«

»Und Sie haben seinen Entwurf verbessert und die Aurora-Station gebaut.«

»Das ist mein Wardenclyffe. Eine Versuchsstation für eine umfassende globale Vision.«

»Und wie sieht die Vision aus?«

»Wie ich schon sagte, deckt sie sich mit Teslas Vision. Globaler Friede, billige und unerschöpfliche Energie und mehr Wohlstand für alle.« Simon blickte seinen Gast herausfordernd an. »Ist das nicht ein lohnendes Ziel?«

»Gewiss. Das gestehe ich Ihnen gerne zu. Was mir Sorge bereitet, ist die Art und Weise, wie Sie Ihre hochfliegenden Pläne verwirklichen wollen.«

»Sie spielen darauf an, wie ich Dr. al-Maaz zur Zusammenarbeit bewegt habe.«

»Entführung und Mord treffen es wohl besser.«

Simon nickte. Offenbar gab er Painter in der Sache recht.

Painter schüttelte die Handschellen. »Und dann das hier.«

»Sehr bedauerlich. Das war wirklich nicht meine Absicht. Übrigens können Sie die meisten Todesfälle, die sich bislang ereignet haben, Professor McCabe zuschreiben.

Hätte er sich verantwortungsvoll verhalten, wäre es nicht dazu gekommen.«

»Es ist leicht, den Toten die Schuld zu geben.«

»Aber deshalb nicht weniger wahr.«

Das Telefon auf Simons Schreibtisch klingelte. Er sah aufs Display.

Ah…

Er wandte sich seinem Gast zu und rief über die Sprechanlage die Wachleute vom Flur herein. »Ich habe etwas zu erledigen. Deshalb müssen wir die Unterhaltung beenden.«

»Einen Moment noch.« Painter verlagerte die Haltung. »Verraten Sie mir, wie Sie Teslas Vision verwirklichen wollen.«

Simon hob lächelnd das Notizbuch hoch. »Das sollten Sie am besten vom Genie persönlich erfahren. Vielleicht nicht unbedingt in seiner Muttersprache Serbisch. Ich lassen Ihnen eine Übersetzung aufs Zimmer bringen. Wenn Sie die gelesen haben, reden wir weiter. Vielleicht verstehen Sie dann, was auf dem Spiel steht.«

Die Wachleute traten ein und eskortierten den gefesselten Gefangenen, begleitet vom Klirren der Fußketten, aus dem Raum. Als Simon allein war, nahm er den Anruf entgegen und hielt sich den Hörer ans Ohr.

»Anton, hat man Sie wieder zusammengeflickt?«

»Ja, Sir. Ich werde mich unverzüglich den Suchteams anschließen.«

»Gut. Finden Sie sie. Wir brauchen die Daten, die aus dem Labor entwendet wurden.«

Da die Mumie eingeäschert worden war, bot die topografische Karte der Tätowierungen die besten Aussichten, in Erfahrung zu bringen, wie die tödliche Mikrobe sich zähmen ließ. Der Webcam-Unterhaltung zufolge, die er heute Nacht geführt hatte, standen Rory und Safia al-Maaz kurz vor einer großen Entdeckung.

»Wenn sie Rory etwas angetan haben…«, sagte Anton drohend.

»Ich bin sicher, er ist wohlauf.«

Die beiden Männer waren im Lauf der vergangenen beiden Jahre eine Liebesbeziehung eingegangen, was Simon nicht nur geduldet, sondern sogar gefördert hatte. Für Anton allerdings war *Liebe* ein belasteter, fremdartiger Gefühlszustand. Die Beziehung zu seiner Schwester Valya war ungesund und obsessiv und fesselte sie aneinander wie ihr Tattoo. Sie hatte nichts Sexuelles, Gott sei Dank, war aber trotzdem schädlich für sie beide. Die neue Beziehung schwächte die Geschwisterbindung, was Valyas Wert als Einzelkämpferin erhöhte – und sie noch skrupelloser werden ließ.

Nichts ist so gefährlich wie eine betrogene Frau, selbst dann, wenn es um ihren Bruder geht.

Allmählich aber gerieten Anton seine Gefühle zu Rory zum Nachteil.

»Anton.«

»Sir?«

»Finden Sie die CD-ROM. Unter allen Umständen. Haben Sie mich verstanden?«

Es entstand eine lange Pause, dann antwortete Anton entschlossen: »Wird erledigt.«

4:32

»Hallo, hallo…«

Kat wusste, dass Safias Bemühungen zwecklos waren. Auf dem Beifahrersitz des Sno-Cat krampfte Safia die

Hand um Kats Satellitentelefon und versuchte, den Luftwaffenstützpunkt Thule zu erreichen, während Kat mit dem tückischen Terrain und dem Sturm kämpfte. Eisige Böen umtosten die Kabine und klagten mit lautem Geheul darüber, dass sie nicht an die Insassen herankamen. Große Hagelkörner prasselten gegen das Fahrzeug.

Inzwischen mussten sie die Grenze des Quttinirpaaq-Nationalparks passiert haben, doch ohne GPS ließ sich das nicht mit Sicherheit sagen.

Safia senkte das Telefon und schaute zu den Bergen hinaus. »Vielleicht sollten wir es auf höherem Gelände versuchen.«

»Das würde auch nichts nützen«, sagte Kat, während sie angestrengt über das Lenkrad nach draußen spähte.

Die Scheinwerfer des Sno-Cats durchdrangen die Finsternis und das Schneegestöber nur ein paar Meter weit. Sie fuhren an einem gefrorenen Fluss entlang. Stellenweise war das Eis geschmolzen oder geborsten, und man sah das dahinströmende blaue Wasser. Schwarze, schroffe Gipfel säumten das Tal, tauchten auf und verschwanden im Sturm.

»Oder vielleicht legt der Sturm mal eine Pause ein«, meinte Safia.

»Das *Wetter* ist nicht das Problem.« Kat schaute zu den dunklen Sturmwolken hoch. »Die Verbindung wird von einem anderen Sturm vereitelt. Von einem geomagnetischen Sturm, der durch eine Sonneneruption verursacht wurde. Solange der nicht nachlässt, bekommen wir keine Verbindung zum Satelliten.«

»Sie hat recht«, sagte Rory vom Rücksitz aus. »Laut Wettervorhersage wird er ein, zwei Tage andauern.«

Kat blickte in den Rückspiegel. Zuvor hatten sie kurz

angehalten und Rory die Hände mit einem Seil aus dem Laderaum auf den Rücken gebunden. Außerdem war er an der Hüfte an die Gurtbefestigungen gefesselt. Er würde ihnen nicht davonlaufen.

Er bemerkte ihren Blick und senkte das Kinn.

Safia gegenüber hatte er sich zerknirscht und reumütig gegeben, doch sie erinnerte sich auch an seine Reaktion, als er Antons Blutspur gesehen hatte. Vermutlich hatten die beiden eine tiefere Beziehung entwickelt.

In der Sigma-Zentrale hatte sie die Akteneinträge zum sechzehnjährigen Anton Mikhailov studiert. Zu den aufgeführten Vergehen gehörten »Kleindiebstähle« und »Erregung öffentlichen Ärgernisses«.

Homosexualität galt damals in Russland als Verbrechen.

Außerdem erinnerte sie sich an den Bericht über das Verschwinden von Professor McCabe. Darin war von Spannungen zwischen Vater und Sohn die Rede gewesen, die beide als stur galten. Auch Jane hatte erwähnt, dass ihr Bruder gegen den dominanten Vater aufbegehrt habe.

Kat hatte keinen Zweifel, dass dies zugetroffen hatte.

Aber vielleicht war es nur ein Teil der Wahrheit.

Hatte der Professor über die Homosexualität seines Sohnes Bescheid gewusst und sie missbilligt… oder hatte Rory seine Veranlagung geheim gehalten und damit einen Keil des Schweigens zwischen sich und seinen Vater getrieben?

Rory würde einiges erklären müssen, doch jetzt war nicht der richtige Zeitpunkt…

»Kat!« Safia legte ihr eine Hand auf den Arm.

Sie blickte nach vorn. Vor ihr ragte etwas Großes auf. Ein zotteliges Tier stand mit gesenktem Kopf am Flussufer und trank an einer eisfreien Stelle.

Ein Moschusochse.

Kat schwenkte scharf zur Seite, musste aber auf den Fluss ausweichen. Die Ketten gruben sich knirschend ins Eis. Bei jedem Knacken zuckte sie inwendig zusammen, doch sie erreichten das andere Ufer und gerieten wieder auf festen Boden.

»Tut mir leid«, sagte Kat und wischte sich den Schweiß von der Stirn.

»Sie brauchen Schlaf«, sagte Safia leise.

Allerdings. »Aber erst wenn wir Alert erreicht haben.«

Das war ihr Plan. An der anderen Seite des Quttinirpaaq-Nationalparks lag der kanadische Vorposten Alert. Das Militär unterhielt dort eine Garnison und eine Wetterstation. Quttinirpaaq war jedoch der zweitgrößte Nationalpark Kanadas, was bedeutete, dass sie zweihundertvierzig Kilometer durch unwegsames Gelände zurücklegen müssten, um sich in Sicherheit zu bringen.

Die Fahrt würde viele Stunden dauern, vielleicht sogar einen ganzen Tag.

Das heißt, wenn wir nicht vorher aufgespürt werden.

Sie wandte sich mit dieser Sorge an Rory. »Welche Fahrzeuge für die Bodenverfolgung gibt es in der Aurora-Station?«

Rory zuckte mit den Achseln. »Schneemobile, Snowbikes. Die dienen aber vor allem dem Freizeitvergnügen. Aurora ist eine wissenschaftliche Anlage, kein Militärstützpunkt.«

Vermutlich war das der Grund, weshalb ihnen die Flucht gelungen war. Die Station lag so abgelegen, dass man offenbar annahm, die lebensfeindliche Umgebung biete ausreichend Schutz.

»Ein paar Typen haben von den Cessnas aus gejagt«,

fuhr Rory missbilligend fort. »Nicht sonderlich sportlich, aber immerhin eine Möglichkeit, Dampf abzulassen.«

Kat musterte den Himmel. Das war einer der Vorteile des Sturms: Die kleine Flugzeugflotte der Station musste am Boden bleiben.

Doch die Jäger waren nicht ihr größtes Problem.

Die neben ihr sitzende Safia drückte immer noch das Satellitentelefon an die Brust. Kat hatte ihr gesagt, sie solle weiter versuchen, den Thule-Stützpunkt zu erreichen. Die Wahrscheinlichkeit, dass eine vorübergehende Flaute des geomagnetischen Sturms es ihnen erlauben würde, mit Colonel Wycroft zu sprechen, war zwar sehr gering, doch auf diese Weise war Safia wenigstens beschäftigt.

Als Safia aus dem Fenster sah, hob sie unbewusst die Hand und rieb sich am Hals. Kat dachte an den Riss in ihrem Schutzanzug und das biologische Material, das sie getroffen hatte. Die Dekontaminierung war schnell erfolgt – aber auch rechtzeitig?

Kat hatte darauf verzichtet, ihr von Ileara Kanos Prognose bezüglich der Krankheitsentwicklung zu berichten. Demnach dauerte es nur zwei Stunden, bis die Krankheitserreger nach dem Einatmen ins Gehirn gelangten.

Ist die Frau wegen unseres Rettungsversuchs zum Tod verdammt?

Das Heizungsgebläse des Sno-Cats rasselte asthmatisch. Es beförderte warme Luft in die Kabine und machte ihr bewusst, dass nicht nur Safias Leben in Gefahr war.

Plötzlich stotterte der Motor. Ein Ruck ging durchs Fahrzeug. Kat prallte gegen das Lenkrad, dann stabilisierte sich der Motorlauf wieder. Kat atmete erleichtert aus, doch eine Sorge blieb bestehen. Die Sno-Cats der Station wurden lediglich für kurze Ausflüge benutzt. Möglicherweise wurden sie nicht besonders sorgfältig gewartet und waren für eine Überlandfahrt inmitten eines Schneesturms somit ungeeignet.

Sie fuhren eine Weile schweigend weiter und hingen ihren Ängsten nach – bis sich ein neues Geräusch bemerkbar machte.

Es klang wie eine Lawine – ein Grollen, das allmählich lauter wurde.

Plötzlich tauchten hinter ihnen dunkle Schatten aus der Dunkelheit auf, überholten sie und fanden sich vor dem Sno-Cat wieder zusammen. Das Donnern der Hufe wurde untermalt von panischem Muhen.

Es war eine Karibuherde, die sich am Sno-Cat teilte wie ein Fluss an einem Felsen. Dann verschwanden die Tiere so schnell, wie sie aufgetaucht waren, im Sturm.

Safia wandte den Kopf und blickte durchs Heckfenster. »Was sie wohl in Panik versetzt hat?«

Kat ahnte den Grund und hielt im Rückspiegel Ausschau nach Scheinwerfern. Sie nahm sich die Warnung zu Herzen, beschleunigte das Sno-Cat und jagte hinter der geisterhaften Herde her.

Jemand hat uns entdeckt.

4:38

Painter massierte sich die wunden Handgelenke und lief in der Zelle hin und her. Die Wachleute hatte ihm die Fesseln abgenommen, ihn aufgefordert, sich zu entkleiden, und ihm einen grauen Overall gegeben. Schuhe hatte er keine bekommen.

Das aber war sein geringstes Problem.

Die Sorge um Kat und Safia nagte an ihm.

Man hatte ihn in Safias Zimmer eingesperrt. Ihr Duft verweilte noch darin, ein Anflug von Jasmin, der ihn an ihre gemeinsame Vergangenheit erinnerte, an Wüstensand und grüne Oasen. Außerdem erinnerte er ihn an die Gefahr, die ihnen drohte.

Kat und Safia waren zwar zusammen mit Rory geflüchtet, doch er hatte keine Ahnung, wie lange sie ihren Verfolgern würden entwischen können. So freundlich Simon Hartnell auch tat, würde er dennoch alle Anstrengungen unternehmen, sie zurückzuholen.

Ein Scharren veranlasste ihn, sich umzudrehen.

Was ist jetzt wieder?

Am unteren Rand der Tür wurde ein kleines Gitter geöffnet. Jemand schob etwas hindurch. Es rutschte über den Boden und landete vor Painters Füßen. Als er sich danach bückte, wurde das Gitter wieder geschlossen.

Er hob den dicken Papierstapel hoch. Die Seiten waren gelocht und zusammengeheftet. Er blätterte darin. Große Abschnitte des Textes waren geschwärzt, darunter auch Diagramme und Tabellen.

Painter ging zum Schreibtisch und setzte sich.

Die Übersetzung von Teslas Notizbuch.

In dieser Hinsicht hatte Hartnell sein Wort jedenfalls gehalten. Die Schwärzungen ließen jedoch erkennen, dass er nicht vorhatte, ihn über die Station umfassend aufzuklären.

Ich muss halt das Beste daraus machen.

Painter vermutete, dass Hartnell darauf aus war, für sein brillantes Projekt Anerkennung einzuheimsen. Vielleicht aber benötigte er für sein Vorhaben auch nur einen aufmerksamen Augenzeugen und war bereit, ihn für diese Rolle fit zu machen.

Painter ließ sich mit Freuden darauf ein.

Notfalls klatsche ich sogar Beifall, wenn ich dafür meinen Willen bekomme.

Allerdings war Painter sich bewusst, dass sein Gegner kein Idiot war. Er brauchte nur aus dem Fenster zu sehen und sich vor Augen zu halten, was der Mann direkt vor der Nase der DARPA erschaffen und sich teilweise auch von ihr hatte finanzieren lassen. Einen solchen Mann durfte man nicht unterschätzen.

Painter sah auf die gehefteten Seiten.

Wenn er mir das gibt, heißt das, er will etwas von mir.

Meinetwegen.

Er blätterte die erste Seite um und begann zu lesen.

Das wird kein gutes Ende nehmen... für keinen von uns.

19

3. Juni, 10:22 EAT
Sudanesische Wüste

Im Bauch des Gottes horchte Gray auf das gedämpfte Grollen von Seichans Motorrad, das hinter ihm verklang. Er hoffte, dass es einen Hinterausgang gab, und wenn nicht, würde Seichan sich mit Jane McCabe irgendwo einigeln und darauf vertrauen, dass Gray und die anderen ihnen den Gegner vom Leib hielten.

Kowalski kletterte durch die Öffnung in den Magen herein und reckte beide Daumen. Der Hüne hatte eine kleine Überraschung vorbereitet für den Fall, dass der Gegner durch die Speiseröhre in den Bauch vordringen wollte. Der einzige andere Zugang zur unteren Hälfte des schlafenden Gottes war die Öffnung im Zwerchfell.

Grays Team bewachte diese Seite des Zugangs. Die Stelle ließ sich am einfachsten verteidigen. Die Öffnung war nur für eine einzelne Person breit genug. Von ihrer Stellung hinter einer steinernen Schlinge des Zwölffingerdarms aus zielte Gray mit seiner SIG Sauer auf den Durchgang. Er wünschte, er hätte mehr Feuerkraft.

Zu seiner Rechten hockte Derek hinter einem Schuttberg. Hier war ein Stück Anatomie herabgestürzt und zerschellt. Besorgt schaute er zur Decke hoch, als erwarte er, dass jeden Moment etwas herabfallen würde. Er hielt eine Beretta 96A1 in der Hand und behauptete steif und fest, er könne sie auch bedienen. Angeblich gehörte das zum Handwerkszeug der Archäologen, die häufig an Orten arbeiteten, wo es von bewaffneten Aufständischen nur so wimmelte.

Kowalski hatte für Derek einen eigenen Vorschlag parat gehabt: *Vielleicht sollten Sie sich eher eine Peitsche kaufen*.

Im Moment war Gray für jede zusätzliche Waffe dankbar.

Kowalski bezog hinter dem Magen Stellung, für den Fall, dass jemand versuchen sollte, durch diese Öffnung einzudringen. Er schulterte den Piezer, die mit piezoelektrischen Kristallen geladene Waffe, um ungebetenen Gästen einen angemessenen Empfang zu bereiten. Hinter seinem Gürtel steckte eine Desert Eagle Kaliber .50.

Niemand sagte etwas, alle lauschten auf ein Anzeichen, dass der Gegner sich näherte.

Gray hatte Anweisung gegeben, die Helmleuchten auszuschalten, damit sie in der Dunkelheit kein leichtes Ziel boten. Seichans Helm war die einzige Lichtquelle. Er hatte ihn dabehalten und auf den Boden gelegt. Der Lichtstrahl wies zur Öffnung.

Hinter dem Lichtkegel war keine Bewegung zu erkennen, doch Gray glaubte, leise Geräusche wahrzunehmen: das Streifen von Stiefeln an Steinen, das Rascheln von Kleidung, das Knarren von Leder. Wenn ihn seine Sinne nicht täuschten, waren mehrere Personen in der Nebenkammer und bewegten sich umher, vermutlich mit Nachtsichtgeräten ausgestattet.

Dann überstürzten sich auf einmal die Ereignisse.

Ein Gewehrschuss knallte, die Helmleuchte erlosch. Es wurde dunkel.

Gleichzeitig dröhnte eine Explosion, und durch die Öffnung fiel gleißendes Licht in den Magen. Jemand hatte den Stolperdraht berührt, den Kowalski an der Speiseröhrenmündung angebracht hatte. Der Draht hatte eine Blendgranate gezündet.

Den Kopf von der Öffnung abgewendet, feuerte Kowalski blindlings in das Leuchten hinein. Blau funkelnde piezoelektrische Kristalle schwirrten umher, während das Licht der Blendgranate allmählich verblasste.

Gray nutzte die Gelegenheit und schleuderte eine Nebelgranate in den Gang, der durchs Zwerchfell führte. Sie explodierte an der Schwelle. Eine dichte Wolke breitete sich aus. Derek feuerte hinein, um die Angreifer abzuschrecken.

Da die Sicht in die Bauchhöhle vorübergehend blockiert war, nahm Gray den Helm ab, schaltete die Lampe ein und legte den Helm auf den Boden. »Rückzug zu Position zwei!«

Derek schloss sich ihm an, während Kowalski mit vorgehaltener Desert Eagle in den Bauch stürmte. Er feuerte einen einzelnen Schuss ab und schaltete damit vermutlich einen verblüfften Angreifer aus, dann kam er zurück. Er schleppte etwas mit sich und kam zu Gray herüber.

»Hab mir gedacht, das könnten wir vielleicht gebrauchen«, sagte er.

Seine Beute war eine schwarze russische Panzerfaust vom Typ RPG-7, komplett mit zwei Granaten.

Gray wandte sich mit einem flauen Gefühl im Bauch dem Zwerchfell zu.

Wenn der Gegner eine Panzerfaust dabeihat, dann vermutlich auch…

Es donnerte ohrenbetäubend laut. Die Öffnung im Zwerchfell wurde aufgerissen, breite Risse wanderten die Sandsteinwand entlang, welche die beiden Hohlräume voneinander trennte. Große Steinbrocken fielen herab und zwangen Grays Team, sich weiter zurückzuziehen. Eine Steinplatte traf den Magen und zerschmetterte ihn.

Dunkle Gestalten liefen durch den Rauch und den Staub, tauchten momentweise auf und verschwanden wieder.

Schüsse knallten, Querschläger pfiffen umher.

Eine Kugel traf Grays abgelegten Helm und zerstörte die Lampe.

Erneut hüllte Dunkelheit sie ein.

Neben ihm stöhnte Derek. »Was sollen wir jetzt tun?«

10:29

Als es knallte, duckte sich Seichan und geriet auf dem schwankenden Boden ins Schleudern. Jane klammerte sich so fest an sie, dass sie kaum mehr Luft bekam. Sie bremste und blickte sich um.

Gray…

Auch Jane schaute sich um. »Was ist da los?«

»Verdauungsstörungen«, knurrte Seichan und blickte wieder nach vorn. »Hinter uns wird gekämpft. Für uns wird's Zeit zu verschwinden.«

Sie gab Gas und fuhr weiter. Nach dem kurvenreichen, gewundenen Gang lag jetzt anscheinend ein gerader Abschnitt vor ihnen.

»Es kann nicht mehr weit sein«, sagte Jane. »Ich glaube, wir befinden uns im absteigenden Dickdarm.«

Zuvor hatte die junge Archäologin den Weg durch den Dünndarm als rein *symbolisch* bezeichnet. Die gewundenen Gänge waren kaum enger gewesen als der, durch den sie gerade fuhren. Außerdem entsprach der Weg nicht den dargestellten Darmschlingen, die man von außen sah. Bei dem Innenweg handelte es sich einfach um einen gewundenen Gang, den man durch einen Sandsteinbrocken von der Größe eines Footballfeldes gebohrt hatte und dessen Außenseite komplexer war als das Innere.

Seichan ließ sich vom Scheinwerferkegel des Motorrads leiten und lauschte angestrengt auf die Geräusche, die von außen hereindrangen. Die Explosionen hatten aufgehört. Hin und wieder krachte etwas auf den Boden, und es fielen immer wieder Schüsse.

Jane zeigte über ihre Schulter hinweg. »Da. Vor uns verengt sich der Gang. Das könnte der Schließmuskel sein. Wir haben das Ende fast erreicht.«

Und zwar buchstäblich.

Seichan fuhr schneller.

Je schneller sie hier rauskamen, desto eher konnte sie den Gegner weglocken. Gray und die anderen hatten ihr Leben riskiert, um ihnen einen Vorsprung zu verschaffen.

Da ist es nur fair, wenn wir uns revanchieren.

Dort, wo der Gang sich verengte, senkte er sich ab. Als sie die Stelle erreichte, beleuchtete der Scheinwerfer den Ausgang, der von Felsbrocken und Sand blockiert wurde.

»Scheiße«, fluchte Jane unterdrückt.

Seichan bremste scharf. »Also, jedenfalls nicht in wörtlichem Sinn.«

10:32

Derek kroch über den Boden. Ihm dröhnte der Schädel. Gray und Kowalski folgten ihm und feuerten Schüsse in die Dunkelheit ab. Eine einzige Lichtquelle spendete Licht.

Das war Dereks Helm.

Gray hatte ihn in ein paar Metern Entfernung, außerhalb der direkten Schusslinie, hinter einen Felsbrocken gelegt. Die Beleuchtung reichte nicht aus, um den Vormarsch des Gegners im Schutt beobachten zu können, erlaubte es ihnen aber, sich weiter in die dunkle Tiefe der Bauchhöhle zurückzuziehen.

»Allmählich gehen uns die Verstecke aus«, sagte Kowalski.

Er hatte recht.

An der einen Seite ragten die aus dem Sandstein gehauenen Darmschlingen auf; an der anderen bog sich die Bauchwand in sanftem Schwung zum Rückgrat an der Decke hoch. Sie wurden immer weiter in die Bauchhöhle zurückgetrieben, und die war eine Falle.

Als Kowalski seine Waffe abfeuerte, schreckte Derek zusammen.

Zwei dunkle Gestalten, die wie Schattenfetzen wirkten, spritzten auseinander und verschwanden an den Seiten.

»Das ist weit genug«, sagte Gray.

Weit genug wofür?

»Alle hinter mir in Deckung gehen.« Gray schulterte die Panzerfaust.

»Der Schuss muss sitzen«, sagte Kowalski. »Wir haben nur noch eine weitere Granate.«

Derek zuckte zusammen, als die Waffe knallte. Eine

Stichflamme schoss aus dem hinteren Ende, während die Granate, eine Rauchfahne hinter sich herziehend, durch die Höhle schoss. Anstatt auf den Gegner zu feuern, hatte Gray auf die Decke gezielt.

Nein, nicht auf die Decke.

Gray scheuchte seine Begleiter vor sich her. »Los, los, los …«

Die Detonation erhellte das eigentliche Ziel und sprengte es von der Befestigung an der Oberseite der Wand. Die busgroße Niere löste sich und riss einen Teil der Decke mit sich. Sie drehte sich in der Luft und krachte auf das Gelände zwischen ihrem Team und dem Gegner. Schutt prasselte rund um die abgestürzte Niere auf den Boden.

Etwas traf Dereks Helm und brachte die Lampe zum Erlöschen.

Gray holte eine Taschenlampe hervor, schaltete sie ein und richtete sie auf den Ort der Zerstörung.

Kowalski klopfte seinem Kollegen fest auf den Rücken. »Da kommt niemand mehr dran vorbei!«

Wir auch nicht, dachte Derek. *Jedenfalls so lange nicht, bis die Lage sich beruhigt hat*.

Das aber erwies sich sogleich als unwahrscheinlich.

Anstatt dass die Abbrüche zum Stillstand kamen, breiteten sich die Risse aus. Die Wände bebten, als ein großes Stück der Sandsteindecke abbrach. Es stürzte herab wie die Hand Gottes und zermalmte die Hälfte des Darmgebildes. Eine dichte Wolke von Sand und Staub wurde aufgewirbelt und drohte sie trotz der Atemmasken zu ersticken.

Gray trieb seine Begleiter an. »Es kommt alles runter.«

10:35

Jane rappelte sich vom Boden auf.

Eben noch hatte sie das Geröll betrachtet, das den Ausgang blockierte – dann lag sie auf einmal flach auf dem Boden. Seichan war gegen die Tunnelwandung geschleudert worden und wurde vom Motorrad eingeklemmt, auf dem sie saß. Sie richtete das Bike auf und setzte sich wieder darauf.

Sie blickten sich beide zu der geisterhaften Staubwolke um, die ihnen aus dem absteigenden Dickdarm entgegenwogte.

»Wir müssen hier raus«, sagte Seichan. »Sofort.«

Weitere Erdstöße und ein bedrohliches Krachen stützten ihre Einschätzung.

Jane hustete und atmete Staub ein. Erst jetzt merkte sie, dass ihre Schutzmaske bei dem Sturz Schaden genommen hatte.

Fluchend schleuderte sie sie weg.

Seichan hob die Hand, offenbar in der Absicht, Jane ihre eigene Maske zu geben.

»Behalten Sie die«, sagte Jane. »Es gibt keinen Grund, weshalb wir uns beide dem Risiko aussetzen sollten.«

Sie bezweifelte, dass so tief in den Eingeweiden des Gottes ein Ansteckungsrisiko bestand, doch es war besser, es nicht darauf ankommen zu lassen.

Sie konzentrierte sich auf die unmittelbare Gefahr.

»Das ist genauso ein Fake wie alles andere«, sagte sie und klopfte gegen das Hindernis.

»Wie meinen Sie das?«

»Das soll nach einem Deckeneinsturz aussehen. Aber sehen Sie.« Sie klopfte gegen die Steine und scharrte Sand weg. »Das ist eine Skulptur wie alles andere.«

Seichan zuckte resigniert mit den Achseln. »Fake hin oder her, es ist trotzdem eine Sackgasse.«

Jane schüttelte den Kopf. »Derek hatte recht. Die Menschen des Altertums haben immer Fluchtrouten eingebaut und sie häufig versteckt.«

Sie untersuchte die angrenzende Wand und fuhr mit der flachen Hand über die Oberfläche.

Seichan stieg vom Motorrad ab und untersuchte die andere Seite des Gangs.

Jane ertastete eine Fuge. »Hier«, sagte sie und folgte der Fuge mit der Hand, wobei der Umriss einer rechteckigen Tür zum Vorschein kam. »Helfen Sie mir.«

Sie stemmten sich beide mit der Schulter gegen die Tür. Knirschend verlagerte sich das Gestein. Die Tür drehte sich um die Mitte. Sie gab leichter nach, als Jane erwartet hatte.

Als der Durchgang offen war, wischte sie die Hände an der Hose ab. »Mein Vater hat den Ausgang bestimmt auch entdeckt. Der kann ihm nicht entgangen sein.«

Sie verspürte einen Anflug von Trauer.

Seichan ging zurück und schob das Motorrad zur Tür. »Wir müssen los.«

Jane nickte und half Seichan, das Bike durch die Öffnung in den kurzen Gang zu schieben. Gleißender Sonnenschein veranlasste sie, schneller zu gehen. Der Ausgang lag auf halber Höhe der Felswand und war hinter einem Felsen versteckt. Ein steiler Pfad führte zwischen zwei abgerundeten Hügeln nach unten. Beide waren allein vom Wind geformt worden. Trotzdem erinnerten sie mit ihrer sanften Rundung unmissverständlich an einen Teil des menschlichen Körpers – zumal in Anbetracht der anatomischen Stelle, an der sie und Seichan ins Freie gelangt waren.

Sie wandten sich nach unten.

Seichan schob das Motorrad und blickte sich immer wieder um.

Jane wusste, was sie bewegte.

Ihre Begleiter waren noch immer dort unten gefangen.

10:40

Gray zog sich zusammen mit Kowalski und Derek zurück. Sie flohen vor der Zerstörung in die Tiefen des sterbenden Gottes. Das schlechte Gewissen nagte an ihm, denn er hatte die Katastrophe selbst ausgelöst.

Inzwischen war die Mitte der Höhlendecke eingestürzt. Immer mehr Trümmerstücke prasselten herab. Gesteinsstaub erschwerte das Atmen und behinderte die Sicht.

»Es muss einen anderen Ausgang geben«, sagte Kowalski und blickte seine beiden Begleiter um Zustimmung heischend an.

Gray zeigte zu den Trümmern des Verdauungstrakts hinüber. Er konnte nur hoffen, dass Seichan und Jane entkommen waren. »Dieser Weg ist uns versperrt.« Er zeigte hinter sich. »Und dorthin können wir nicht zurück.«

»Und was ist mit dem anderen Ausgang?« Kowalski blickte Derek an, der benommen wirkte, als stünde er unter Schock. »Haben Sie nicht gesagt, die Leute hätten damals auf Geheimtunnel und was weiß ich noch alles gestanden?«

Derek zuckte mit den Achseln. »Hier geht es um Anatomie. Wir sind durch den Mund hereingekommen. Der einzige logische Ausgang ist das andere Ende.«

Kowalski ballte eine Hand zur Faust und überlegte angestrengt. »Es muss andere Öffnungen geben«, sagte er und senkte die Hand unter die Gürtellinie. »Zum Beispiel… na, Sie wissen schon…«

Gray wurde bewusst, dass der Hüne recht haben könnte. »Derek, wäre das denkbar?« Er blickte zur Bauchkuhle. »Vielleicht durch die Blase?«

Derek war stehen geblieben und überlegte angestrengt. »Und durch die Harnröhre nach draußen? Nein.« Er wandte sich um und fixierte entschlossen Gray. »Aber ich habe eine Idee, wie wir nach draußen kommen.«

10:44

Endlich…

Valya betrachtete grinsend die dünne Staubwolke, die vierhundert Meter entfernt in den Himmel stieg.

Obwohl seit zwanzig Minuten die Erde bebte, gedämpfte Explosionen zu hören waren und Rauch aus der Mündung des unterirdischen Komplexes quoll, hatte sie ihre Wache auf dem Felsen fortgesetzt. Da Kruger und dessen Männer sich nicht blicken ließen, konnte sie sich die offene Feldschlacht, die unter ihr tobte, nur vorstellen.

Immerhin hatte sein Team es geschafft, den Hasen aus dem Bau hervorzutreiben.

Um ihre Vermutung zu bestätigen, ging sie zur Drohnensteuerung hinüber und ließ den Raven absinken.

Sie wollte die Zielperson begutachten.

Vor dem Monitor hockend, musterte sie die aus der Vogelperspektive gefilmten Hügel, während die Drohne sich einem kleinen Motorrad näherte, das über den Sand preschte. Es entfernte sich in gerader Linie von den Hügeln in Richtung Nil. Zwei Personen saßen darauf. Hinter der Fahrerin wehten die Enden eines Halstuchs her, das ihr Gesicht teilweise verbarg.

Valya biss die Zähne zusammen. Sie erkannte das Halstuch wieder.

Seichan.

Der Argwohn aber ließ sie am Monitor ausharren. Es konnte sich auch um eine weitere Finte handeln. Vielleicht versuchte die Verräterin, sie von ihrem Wachposten fortzulocken und zur Jagd auf einen Lockvogel zu verleiten. Sie steuerte die Drohne näher heran und zoomte mit der kardanisch aufgehängten Optik.

Sie musste die Identität der zweiten Person bestätigen.

Die Identifizierung war schwierig, da die Beifahrerin einen Schutzhelm trug und sich an Seichans Rücken schmiegte, das Gesicht vom aufgewirbelten Sand und der sengenden Sonne abgewendet.

Valya kippte den Raven, ließ ihn tiefer sinken und versuchte, das Gesicht der Beifahrerin ins Bild zu bekommen. Plötzlich richtete sich die Person auf – vielleicht weil sie den Schatten der Drohne bemerkt hatte.

Valya fluchte und betätigte die Steuerung, doch sie hatte zu langsam reagiert.

Es war tatsächlich eine Finte.

Die schwarz gekleidete Beifahrerin richtete sich hoch auf und blickte sie vom Display aus direkt an.

Es war Seichan.

Die Frau zielte mit ihrer Waffe beidhändig auf die Drohne. Sie kniff die dunklen Augen zusammen, als wüsste sie, wer sie beobachtete.

Mündungsfeuer blitzte auf, das Bild verblasste.

Valya schob den Monitor weg und richtete sich auf. Sie

tat drei Schritte auf die Felskante zu und blickte zu der Staubfahne über der Wüste hinüber. Sie hatte zwar keine eindeutige Bestätigung, vertraute aber ihrem Instinkt.

Jane McCabe hatte die ganze Zeit über das Motorrad gesteuert und ihr Gesicht hinter Seichans Halstuch versteckt.

Valya wandte sich zu ihrem Motorrad um – einer Ducati 1080, angepasst an Wüstenbedingungen und mit Sandprofilreifen ausgestattet. Die Maschine war ein Panther und Seichans Motorrad im Vergleich damit ein Kaninchen. Und in der offenen Wüste gab es kein Versteck.

Sie hielt inne und hob den tragbaren Drohnenmonitor hoch. Sie zog den zweiten Raven von der Überwachung des gegnerischen Wagens ab und brachte ihn auf den Weg zu den Koordinaten des flüchtenden Motorrads. Diesmal ließ sie den Vogel hoch genug fliegen, denn er sollte die Zielperson im Auge behalten, bis sie zu ihr aufgeschlossen hatte.

Dabei brauche ich gar nicht so dicht heranzukommen.

Sie schnallte sich das Sturmgewehr auf den Rücken. Es war ein russisches AK74M mit einem unter dem Lauf montierten Granatwerfer vom Typ GP-25.

Sie startete den Motor und nahm die Verfolgung auf.

10:51

Verwirrt begleitete Gray Derek weiter in die dunkle Bauchhöhle hinein. »Wohin gehen wir?«

»Es sollte nicht weit sein. Falls ich richtigliege.«

Kowalski folgte ihnen. Hin und wieder blickte er sich über die Schulter um und zuckte bei jedem Krachen zusammen. Der hinter ihnen liegende Hohlraum wurde immer kleiner, da immer mehr Deckenteile herabstürzten. Sie wurden verfolgt von einer langsam vorwärtskriechenden Lawine aus Schutt und Sand.

Ringsumher waren sie von Wänden und Decke umschlossen, während der Boden anstieg. Sie hatten den tiefsten Punkt des Bauchs erreicht.

Schließlich zeigte Derek nach vorn. »Dort drüben. Das sollte die Blase sein.«

Für Gray sah sie aus wie ein abgeflachter Ballon, eingequetscht unter dem Ausläufer des Verdauungstrakts. »Ich dachte, wir könnten nicht durch die Harnröhre nach draußen.«

Derek ging zur Blase hinüber. »Erinnern Sie sich, dass ich zu Anfang meinte, mit der Schreibweise von Tutus Name stimme etwas nicht?«

Gray vergegenwärtigte sich die beiden Reihen von Hieroglyphen. Die letzte hatte mit einer knienden Gestalt geendet. »Statt einem Mann war eine Frau dargestellt.«

»Wir lagen die ganze Zeit über falsch«, sagte Derek. »Wir befinden uns nicht im Innern eines Gottes mit Namen Tutu – sondern im Leib einer *Göttin*.«

Er hob den Arm und zeigte auf die abgerundete Struktur, die auf die andere Hälfte der abgeflachten Blase drückte.

»Und das ist die Gebärmutter.«

Gray schaute zu dem gewaltigen Uterus hoch. Er erinnerte sich an die zarten Abbildungen im Innern des steinernen Herzens, an den Schwarm Schmetterlinge im Flug. Auch diese Ausschmückung hatte er bereits als feminin empfunden.

»Wie sind Sie darauf gekommen?«, fragte er.

Derek schaute sich zu ihm um. »So schwer war das gar nicht. Erinnern Sie sich an das erste Objekt, das sich von der Decke gelöst hat?«

Grays nickte. Etwas war herabgefallen und zerschellt. Derek hatte sich die Stelle genau angeschaut. Gray hatte geglaubt, er habe Angst gehabt, sie könnten zerschmettert werden.

Stattdessen hatte er die anatomischen Details studiert.

»Das war ein Eierstock«, sagte Derek. »Ich habe die Stelle gesehen, wo er sich befunden hat. Ich konnte die aus der Wand herausgehauenen Eileiter erkennen. Sie erstreckten sich weit in die Dunkelheit hinein.«

Bis hierher.

Gray wandte sich der Gebärmutter zu.

»Wenn es einen weiteren Ausgang gibt«, sagte Derek, »sollte er sich hier befinden. Als Symbol des Geburtsvorgangs.«

Gray beleuchtete die Blase und den gewaltigen steinernen Uterus. Ein dunkler Schatten zeichnete sich auf der Oberfläche ab. »Ein Durchgang!«

Ein lauter Knall ließ sie alle zusammenschrecken. Zu ihrer Rechten löste sich ein großer Deckenabschnitt, riss einen Teil des Rückgrats mit sich und brach der Göttin das Kreuz. Der Einsturz hatte an der anderen Seite der Höhle stattgefunden. Weitere Gesteinsbrocken prasselten unter ohrenbetäubendem Lärm zu Boden.

»Los!«, befahl Gray.

Sie umgingen den schulterhohen Rand der Blase inmitten eines Regens aus Sand und Steinen. Gray leuchtete den Durchgang an. Dahinter befand sich tatsächlich ein großer Hohlraum. Geduckt traten sie hinein und ließen das Getöse hinter sich.

Im Innern der Gebärmutter war es stiller, die Luft weniger staubig. Vielleicht war es reine Einbildung, doch Gray verspürte einen Anflug von Ehrfurcht, wie beim Betreten einer Kathedrale.

Er leuchtete in die Höhe. Wie im Herzen und im Magen waren auch hier die Wände mit Bildern geschmückt. Engelgleiche Kinder tanzten um sie herum, schienen beinahe zu fliegen.

Derek hatte einen düstereren Anblick entdeckt. »Sehen Sie mal nach unten.«

Gray senkte die Taschenlampe. Auf dem Boden waren weitere Kinder dargestellt, doch ihre Leiber waren verkrümmt, und sie wirkten tot oder gefoltert.

Derek versuchte, sich die Hand vor den Mund zu schlagen, doch die Atemmaske hinderte ihn daran.

»Das ist eine Darstellung der zehnten Plage. Die Kinder sind alle männlich. Die weiter oben sind Mädchen.«

Gray sah, dass Derek recht hatte.

Hier bergen alle Darstellungen eine Lektion.

Kowalski, der die Gruppe weiter vorwärtstrieb und den Sand beobachtete, der zur Türöffnung hereinwehte, hatte eine weitere Lektion parat. »Beeilung, Leute, sonst gesellen wir uns bald zu den Jungs.«

Als die Decke sich absenkte und der Gang sich zum Gebärmutterhals verengte, zogen sie die Köpfe ein. Sie mussten sich auf alle viere niederlassen, um die Engstelle zu passieren, doch dann konnten sie wieder stehen. Gray leuchtete in den letzten muskulösen Abschnitt des Tunnels hinein, der den Geburtskanal darstellte. Er endete an einem Steinhaufen, der den Ausgang blockierte.

»Na großartig«, sagte Kowalski. »War ja klar, dass sie noch Jungfrau ist.«

Derek berührte Gray am Ellbogen. »Schalten Sie die Taschenlampe aus.«

Er kam der Aufforderung nach. Es wurde dunkel, doch als seine Augen sich an die Finsternis gewöhnt hatten, nahm er einen flackernden Lichtschein wahr, der durch den Steinhaufen drang.

»Der Einsturz ist erst kürzlich erfolgt«, sagte Derek. »Vielleicht können wir uns ja einen Weg nach draußen graben …«

Plötzlich bebte der Boden, und es dröhnte laut. Von hinten wurden Sand und Staub herangeweht. Weiteres Gestein stürzte auf den Geröllhaufen herab, der ihnen den Weg versperrte.

»Keine Zeit mehr.«

Gray scheuchte alle zum steinernen Muttermund und in den Uterus zurück. Dann nahm er die Panzerfaust von der Schulter und lud sie mit der letzten Granate.

»Hände auf die Ohren, Mund auf.«

Er legte sich auf den Bauch, zielte durch den Muttermund und feuerte.

Der Knall und der Lichtblitz betäubten alle seine Sinne und machten ihn blind und taub. Steine fielen ihm auf Kopf und Schultern. Dann zupfte jemand an seinem Bein.

Er vernahm eine leise Stimme. »Laufen Sie, verdammt noch mal!«

Als er wieder sehen konnte, hob er den Kopf, wurde jedoch gleich wieder geblendet.

Sonnenlicht …

Dann fielen dunkle Schatten in das Licht herab.

»Raus!« Kowalski versetzte Gray einen Stoß in den Rücken. »Bevor der Ausgang sich wieder schließt!«

Gray hatte verstanden und stürmte los. An der Schwelle

angelangt, warf er sich mit einem Hechtsprung in die herabprasselnden Steine und die Staubwolke hinein. Er prallte mit der Schulter auf und wälzte sich einen sandigen Hang hinunter.

Kowalski und Derek folgten seinem Beispiel.

Sie purzelten die Böschung hinab, während die Wüste die hinter ihnen befindliche Öffnung verschluckte.

Gray richtete sich schwankend auf.

Kowalski wälzte sich auf den Hintern und blickte zurück. »Na, hat das gutgetan, Süße?«

Derek stolperte ein paar Schritte weiter, den Blick auf den Boden gerichtet. »Hier sind Reifenspuren.«

Gray ging zu ihm hinüber und folgte der in der Wüste verschwindenden Motorradfährte mit den Blicken.

Seichan hat es geschafft.

11:02

Wir werden es nicht schaffen.

Seichan duckte sich tief auf den Lenker hinab. Nach dem Abschuss der Drohne vor einer Viertelstunde hatte sie mit Jane den Platz getauscht und bretterte nun durch die Wüste. Sie hatte gehofft, mehr Abstand zum Gegner zu gewinnen, bevor sie entdeckt wurden.

Pech gehabt.

Ohne weiten Vorsprung würde der Gegner sie abfangen, bevor sie Rufaa erreichten. Jane hatte versucht, Ahmad anzufunken, doch er hatte sich nicht gemeldet.

Trotz des tückischen Terrains gab Seichan Vollgas.

Jane klopfte ihr gegen die Seite. Den anderen Arm um ihre Hüfte gelegt, zeigte sie auf eine Staubfahne in der

Ferne. Ein kleiner dunkler Fleck bewegte sich über den Sand, die Ursache der Staubwolke.

Seichan traute kaum ihren Augen.

Kein Fahrzeug ist so schnell.

Es bewegte sich bestimmt mit hundertsechzig Stundenkilometern.

Trotzdem wusste sie, dass dies keine Fata Morgana war – und sie wusste auch, wer ihnen so wild entschlossen folgte.

Seichan biss die Zähne zusammen und verlangte ihrem Bike alles ab.

Wir werden es niemals schaffen.

Der Fleck zu ihrer Rechten kam näher. Es handelte sich um ein schwarz-silbernes Motorrad. Die Fahrerin lag beinahe flach auf dem Bauch.

Seichan hielt suchend Ausschau, denn sie würde die blasse Fahrerin, die unerbittlich zu ihnen aufschloss, niemals abhängen können. In der Ferne ragte eine Düne auf, eine scharf gezeichnete Linie quer zu ihrem Weg. Ihre einzige Hoffnung bestand darin, auf höheres Gelände zu kommen.

Als das Ziel feststand, beugte Seichan sich noch tiefer hinab.

Na los…

Die Düne wurde immer höher, ragte in den Himmel wie eine erstarrte Woge. Sie war steiler, als es zunächst den Anschein gehabt hatte. Umkehren kam jedoch nicht infrage.

Am Rand der Düne angelangt, richtete Seichan sich auf und drückte Jane ebenfalls nach hinten. Sie wollte so viel Gewicht wie möglich auf das Hinterrad verlagern, damit der Profilreifen besser Halt fand. Das Bike schoss den Hang hinauf und schleuderte hinter sich Sand hoch. Seichan wurde nicht langsamer, denn sie wollte verhindern, dass sie sich festfuhren.

Doch der Sand widersetzte sich. Auf einmal gab die ganze Dünenseite nach, geriet ins Rutschen und verwandelte sich in einen Strom von Sand. Sie kämpfte gegen die Strömung, wedelte mit dem Hinterrad, um in Bewegung zu bleiben, stieß sich von den Fußrasten ab, damit das Rad nicht zu tief einsank.

Ein Blick zurück ergab, dass die Verfolgerin sich ihnen bis auf fünfzig Meter genähert hatte.

Seichan blickte wieder in die Höhe. Sie war zuversichtlich, dass sie den Dünenkamm rechtzeitig erreichen würde.

Auf einmal explodierte die Düne. Vor ihr wurde eine Wand aus Sand hochgeschleudert. Es gab kein Vorbeikommen. Die Woge traf das Motorrad, und sie und ihre Beifahrerin wurden durch die Luft geschleudert.

Seichan prallte auf, nahm eine sitzende Haltung ein und bremste sich mit den Stiefelabsätzen ab. Sie befand sich auf halber Höhe des Hangs. Jane hatte weniger Glück gehabt. Sie rutschte immer weiter ab.

Die Gegnerin kam näher, nur eine Hand am Lenker. Mit der anderen stützte sie eine rauchende Panzerfaust.

Seichan tastete nach der SIG Sauer, doch das Schenkelholster war leer.

Sie konnte nichts tun.

Ihre Gegnerin trug keinen Helm, sondern hatte sich lediglich ein Halstuch vors Gesicht gebunden, doch Seichan wusste, dass die Frau triumphierend grinste und im Siegesrausch schwelgte. Sie kannte das Gefühl, denn sie hatte sich schon viele Male an der anderen Seite des Gewehrs befunden.

Das Bike wurde langsamer, während Jane benommen zum Stillstand kam.

Als das Motorgrollen sich abschwächte, vernahm Seichan ein anderes Geräusch.

Ein Bellen.

Es kam von der hinter ihr befindlichen Düne.

Als sie sich umdrehte, sprang ein Fellschemen über den Kamm und stürmte den Hang herunter.

Anjing.

Dunkle Gestalten tauchten auf dem Dünenkamm auf. Alle trugen Wüstengewänder. Sie legten sich flach auf den Bauch, die langen Gewehre an die Schulter gedrückt. Das Sperrfeuer veranlasste Seichan, sich flach auf den Boden zu drücken, doch die Männer zielten weiter nach unten, auf die Frau auf dem Motorrad.

Kleine Sandfontänen wurden aufgeworfen, Querschläger prallten von Steinen ab, und ein paar Kugel trafen die Seite des Bikes. Die Fahrerin riss die Maschine herum und feuerte blindlings hinter sich, doch sie wollte sich gar nicht zur Wehr setzen, sondern flüchten. Ohne ihre Beute raste sie davon und schwenkte wild hin und her, um den Neuankömmlingen das Zielen zu erschweren.

Anjing kam angelaufen und leckte Seichan das Gesicht, tänzelte um sie herum.

Sie hielt sich den Mischling vom Leib und blickte sich um. Ahmad kam den Hang herabgerutscht.

»Wie …?« Sie schaute zu den Männern am Dünenkamm hoch. »Wer …?«

Ahmad lächelte und winkte. »Die sind aus Rufaa. Wollten dich töten.« Als er ihre Bestürzung sah, tätschelte er ihr den Arm. »Sie glauben, du zwei alte Dorfbewohner getötet. Haben Tote heute Morgen gefunden. Folgen deiner Spur.«

Um Rache zu üben.

Seichan dachte an die Gestalt, die sie am abgestellten Wagen überrascht hatte. Jetzt wusste sie, dass dies die blasse Frau in Verkleidung gewesen war. Offenbar hatte sie zu Mord Zuflucht genommen, um ihren Plan in die Tat umzusetzen.

»Haben mich im Wagen entdeckt«, sagte Ahmad. »Ich ihnen sagen, du *nicht* Mörderin. Dann wir euch sehen.« Er wedelte mit der Hand, um eine Staubwolke anzudeuten. »Sind euch entgegengekommen.«

Und ihr habt uns gerettet.

Jane hatte sich am Fuß der Düne aufgerappelt und kam zu ihnen hochgestapft. Als sie sie erreicht hatte, kletterten sie gemeinsam zum Kamm hoch. An der anderen Seite der Düne standen mehrere Geländemotorräder sowie ein paar Kamele. Offenbar hatten sich auch Nomaden den Verfolgern angeschlossen.

Etwas aber fehlte.

»Wo ist der Unimog?«

»Ah, nicht weit. Zu viel Lärm, zu viel«, er wedelte wieder mit der Hand, »um sich anzuschleichen.«

Seichan wandte den Kopf in die andere Richtung und schaute in die Ferne.

Nahe dem Horizont machte sie zwei Hügel aus, die an das Gesäß eines Riesen erinnerten. Dort hing eine Staubwolke in der Luft.

Gray…

Jane bemerkte, wohin sie sah. »Vielleicht sind sie ja rechtzeitig rausgekommen.«

Seichan legte Ahmad eine Hand auf die Schulter. »Es gibt nur eine Möglichkeit, das herauszufinden.«

20

3. Juni, 6:08 EDT
Ellesmere-Insel, Kanada

Painter saß am Schreibtisch und las zum zweiten Mal die Übersetzung von Nikola Teslas Notizbuch. Der Inhalt war wirklich erstaunlich. Das Notizbuch hatte zwei Teile: Der erste handelte von Teslas Aufenthalt in London, im zweiten – in der nubischen Wüste angesiedelt – ging es um Sir Henry Morton Stanley und vor allem Samuel Clemens.

Mark Twain …

Painter schüttelte den Kopf.

Kein Wunder, dass die Diebe, die das Notizbuch nach Teslas Tod entwendet hatten, den Inhalt für unglaubwürdig hielten. Painter hätte es ohne die Ereignisse der letzten Zeit nicht anders gesehen.

Dem Erfinder zufolge hatte Sir Stanley ihn und Mark Twain gebeten, in London eine Seuche zu stoppen, die gleiche, die derzeit die ganze Welt bedrohte. Painter wusste bereits genug über die Vorgeschichte von David Livingstones Artefakt und den darin enthaltenen Krankheitserreger, um der Behauptung Glauben zu schenken.

Die drei Männer waren mit dem Dampfschiff über den

Atlantik gefahren und hatten sich aufgeteilt. Tesla hatte sich unverzüglich ins British Museum begeben, wo man ihn unter Quarantäne gestellt hatte. Dort stellte er mit der merkwürdigen roten Flüssigkeit aus dem ägyptischen Artefakt verschiedene Experimente an. Er kam zu dem richtigen Schluss, dass die rot gefärbte Mikrobe, die er unter dem Mikroskop sah, der Krankheitserreger war.

Er nannte sie *Pestis fulmen*, lateinisch für »Blitzseuche«.

Noch vor Teslas Eintreffen waren den Briten die bemerkenswerten elektrischen Eigenschaften des verfärbten Wassers aufgefallen, das bei einem Gewitter geleuchtet hatte, als ob es auf die elektrisch aufgeladene Luft reagierte. Deshalb hatte man einen Experten für Elektrizität angefordert und Stanley nach Amerika entsandt. Die Briten hatten ursprünglich Edison zur Mitarbeit gewinnen wollen, was den Serben, den Andeutungen im Notizbuch zufolge, gewaltig wurmte.

Trotzdem bemühte er sich nach Kräften herauszufinden, ob die Krankheit sich mit Elektrizität heilen ließ. Zwar ließ sich die Mikrobe mit ausreichend Elektrizität überladen und braten, doch das galt auch für den Betroffenen. Nach dem tragischen Ausgang des Versuchs zitierte Tesla Francis Bacon: *Ich habe die Krankheit besiegt, aber den Patienten getötet.*

Anschließend war er niedergeschlagen, studierte aber weiterhin unermüdlich den Organismus und bemühte sich um ein besseres Verständnis. Er versuchte, dessen Aktivität zu dämpfen. Der folgende Text war weitgehend geschwärzt; Simon Hartnell wollte die Details anscheinend für sich behalten.

Painter schaute zu der Antennenanlage hinaus.

Offenbar hatte Hartnell aus Teslas Bemühungen etwas gelernt.

Er konzentrierte sich wieder auf das Notizbuch.

Schließlich hatte Tesla seine Forschung eingestellt, da er zu dem Schluss gelangt war, sie sei in Anbetracht der Eigenschaften der Mikrobe zu gefährlich. Diese Entscheidung wurde durch die zweite Hälfte der Aufzeichnungen gestützt.

Nachdem sie Tesla in London abgeliefert hatten, fuhren Twain und Stanley mit demselben Dampfschiff nach Kairo weiter. Sie reisten inkognito und folgten Hinweisen von David Livingstone, in der Hoffnung, den Ursprungsort der Krankheit und vielleicht auch ein Heilmittel zu finden.

Twain schrieb an Tesla: »Die Art und Weise, wie unser armer verschiedener Freund seine Hinweise versteckt hat, ist abscheulich clever für einen so biederen Briten. Aber wir stehen in Livingstones Schuld. Er hat uns geradewegs in die nubische Wüste geführt. Bedauerlicherweise müssen wir uns auch auf Sir Stanleys Gedächtnis verlassen, da Livingstone ihm einige Details in Briefen zukommen ließ, die nicht erhalten sind. Aber da bin ich wieder, zurück in diesem Backofen von einem Land, unter lauter Eseln und Dromedaren. Wir sind heute Morgen mit einem Packwagen und einem Haufen muskulöser Araber und schwarzhäutiger Äthiopier aufgebrochen. Ich hoffe, wir haben uns beim Bakschisch so großzügig gezeigt, dass sie uns Bleichgesichter nicht mitten in der Wüste aussetzen werden.«

Twain schilderte den weiteren Verlauf der Reise in allgemeinen Worten. Auf Details verzichtete er offenbar mit Absicht. Schließlich entdeckte die Forschergruppe, den *abscheulich cleveren* Hinweisen folgend, einen unter Hügeln gelegenen unterirdischen Komplex. Das Folgende klang ziemlich unglaubwürdig. Es ging um Mumien, alte Flüche und eine im Sand vergrabene riesige Steingöttin.

Durch deren Anblick hatte Twain sich zu poetischen Ergüssen hinreißen lassen.

»Ich stelle mir ihr Gesicht vor, das sie in den Sand presst, niedergedrückt von der Bürde, die sie tragen muss, von Gram zerfressen, mit unendlicher Geduld der Wiedergutmachung harrend. Allerdings glaube ich, dass sie von *unserer* Erlösung und Errettung träumt, nicht von der ihren. Ihr Körper dient als Bake, deren Lichtschein aus der dunklen Vergangenheit zu uns dringt und uns Hoffnung für die Zukunft macht.«

In dem unterirdischen Grab hatten Stanley und Twain anscheinend eine bedeutende Entdeckung gemacht. Einen Monat später waren sie nach England zurückgekehrt, wo es ihnen gelang, die erkrankten Personen zu heilen und die Ausbreitung der Seuche zu verhindern.

Auch darüber äußerte Twain sich nur vage. Es klang so, als wären sie im unterirdischen Komplex auf einen Hinweis auf ein Heilmittel gestoßen, *nicht aber auf das Heilmittel selbst*, wie Twain schrieb. Seine Äußerungen waren beklagenswert rätselhaft, doch er nannte Gründe dafür und warnte nicht nur vor den Gefahren, die in der Anlage verborgen seien, sondern auch vor denen, die von außen drohten.

»Ich möchte nicht, dass Hammer und Meißel von Grabräubern ihre Ruhe stören. Lassen wir sie schlafen und friedlich träumen, in dem Bewusstsein, dass sie uns alle gerettet hat.«

Die Aufzeichnungen endeten damit, dass Tesla und Twain ihr altes Leben wiederaufnahmen und ihre Geheimnisse wahrten. Tesla schloss mit einer Würdigung des

Mannes, dessen Liebe zu den Einwohnern Afrikas und deren Ländern ihm den Weg zum Heilmittel gewiesen hatte.

»Wir müssen David Livingstone dankbar sein, der alles riskiert hat, auch seine unsterbliche Seele, um uns vor dem Untergang zu bewahren. Mögen wir uns seines Opfers als würdig erweisen… und Gott sei uns gnädig, wenn nicht.«

Painter klappte das Notizbuch zu und ließ die Hand darauf ruhen.

Von der Tür her vernahm er ein leises Sirren. Als er hochschaute, schwenkte die Deckenkamera in seine Richtung. Er war sich bewusst, dass er beobachtet wurde. Vermutlich wartete Hartnell darauf, dass er die Lektüre beendete.

Er schob das Notizbuch von sich weg.

Und weiter geht's.

6:32

Simon blickte auf seinen Gefangenen, der gefesselt und angekettet auf einem Stuhl in der Bibliothek saß. Er wollte sich diesem Mann verständlich machen, wollte sein Vertrauen gewinnen, und sei es auch nur, um dessen Begleiter aus dem Sturm herauszulocken.

Ich brauche die gestohlenen Daten.

Simon lehnte sich am Schreibtisch an. »Jetzt kennen Sie die Geschichte.«

Als Painter mit den Schultern zuckte, klirrten seine Ketten. »Ich finde, ich tappe jetzt noch mehr im Dunkeln, was die Vorgänge in der Station angeht.«

»So ist es auch mir ergangen. Als ich 1985 in den Besitz von Teslas Notizbuch kam, fehlte es mir an den finanziellen Ressourcen, über die ich heute verfüge, deshalb konnte ich nicht mehr tun, als Teslas Experimente zu überprüfen. Ich glaubte, er befasse sich mit einer hypothetischen Situation, postuliere die Existenz eines solchen Organismus und extrapoliere, wie sich dessen Eigenschaften zum Wohle der Menschheit nutzen ließen.«

»Aber die Ausgangslage war nicht hypothetisch.«

Simon zuckte mit den Achseln. »Vielleicht, aber das konnte niemand genau sagen, bis Biologen in Kalifornien vor ein paar Jahren das erste Bakterium entdeckten, das Elektronen verspeiste und ausschied und sich unmittelbar von Elektrizität ernährte.«

Painter hob bestätigend eine Augenbraue.

»Damals hatte sich meine finanzielle Lage so weit verbessert, dass ich das Phänomen eingehender untersuchen konnte.«

»In der Größenordnung von ein paar Milliarden.«

»Nur *einer*, um genau zu sein.« Simon winkte ab. »Jedenfalls habe ich Forscher finanziert, die mit solchen Mikroben arbeiten, sowohl in den Staaten als auch in Übersee. Sie suchen nach praktischen Anwendungen wie zum Beispiel biologischen Leitern – Nanodrähten aus Bakterien, die zum Transport von Elektrizität geeignet sind – oder Nanomaschinen, die gegen die Luftverschmutzung eingesetzt werden könnten. Das Potenzial ist eindrucksvoll.«

»Und vermutlich auch lukrativ.« Painter beugte sich vor. »Aber das war nicht Ihr eigentliches Ziel. Sie wollten einen Organismus finden, der Teslas Entwürfe aus dem Notizbuch antreiben könnte.«

Simon nickte, auch diesmal wieder beeindruckt von der raschen Auffassungsgabe und der Intuition des Mannes.

Vorsicht!

»Es ging nicht voran, deshalb beschäftigte ich mich wieder mit dem Notizbuch. Ich gewann immer mehr den Eindruck, dass es sich dabei nicht bloß um den groben Entwurf einer Geschichte handelte, einer wilden Erzählung mit seinen persönlichen Freunden als Protagonisten anstelle von Huck Finn und Tom Sawyer.«

»Deshalb folgten Sie den Hinweisen aus dem Notizbuch.«

»Nicht ich persönlich. Wie zuvor die Biologen unterstützte ich nun *Archäologen* – jeden, der sich für die Region interessierte.«

»Wie Professor McCabe.«

»Nein, genau genommen seinen Sohn. Der junge Mann wollte seinen Vater unbedingt übertreffen und sich aus dessen übergroßen Schatten lösen. Ich machte ihn auf Stanley und Livingstone aufmerksam, da ich hoffte, es werde ihm gelingen, die alten Hinweise miteinander in Beziehung zu setzen. Als Rory scheiterte, bat er enttäuscht seinen Vater um Hilfe – ließ ihn aber über den wahren Strippenzieher im Unklaren.«

»Und Professor MacCabe konnte die Hinweise miteinander verknüpfen.«

»Nur ansatzweise, um ehrlich zu sein. Ich glaube, er verdankte seinen Erfolg vor allem seiner hartnäckigen Ausgrabungsarbeit. Ausgehend von seinen Studien über die Region und den Hinweisen in Livingstones Dokumenten, ging er einfach nachsehen und nahm seinen Sohn mit.« Simon hob die Hände. »Wie Sie sehen, lag dieser Unternehmung nichts Kritikwürdiges zugrunde, nur wissenschaftliche Neugier im Verein mit Fremdfinanzierung.«

»Okay, aber was geschah dann?«

Simon seufzte. »Wie ich schon sagte, wäre das mit Professor McCabe nicht passiert, wäre uns das ganze Durcheinander erspart geblieben. Von Betreten des Grabmals an bis zu dessen Verlassen, hat er uns Menschenleben gekostet. Ich habe lediglich versucht, den Schaden zu begrenzen.«

Painters Miene war zu entnehmen, dass er Hartnell das nicht abkaufte. Dann aber lehnte er sich zurück und sagte: »Vorerst will ich Ihnen das glauben, also fahren Sie fort. Ich nehme an, Sie haben die Mikrobe gefunden, die Tesla als *Pestis fulmen* bezeichnet hat, aber was haben Sie damit vor?«

Simon nahm Painters Kapitulation dankbar auf und kam ihm ein Stück entgegen. »Die Mikrobe war die fehlende Komponente für die Realisierung von Teslas Traum von drahtloser Energieübertragung. Wie ich bereits erwähnt habe, hat Tesla darüber nachgedacht, die Ionosphäre als Leiter zu benutzen, doch um seinen Plan umzusetzen, fehlte es ihm an einer Batterie da oben, an etwas, das die Energie speichern und verteilen konnte.«

Painters Augen weiteten sich. »Tesla wollte die Mikrobe als Batterie einsetzen – als *lebenden* Energiespeicher.«

»Seine Experimente im Museum stützten seine Vision. Er vermutete – und ich konnte es hier bestätigen –, dass diese einfache Mikrobe Hunderte, wenn nicht gar Tausende Jahre lang leben kann, solange man ihr ständig Nahrung zuführt.«

»Das heißt Elektrizität.«

»Richtig. Die Mikrobe ist demnach nicht nur eine *lebende* Batterie, sondern auch nahezu unsterblich.«

6:40

Painter schwirrte der Kopf, als er das Gehörte zu Ende dachte.

Der Mann ist verrückt… genial, aber verrückt.

Er konzentrierte sich wieder auf Hartnell. »Sie beabsichtigen, die Mikrobe in der Ionosphäre freizusetzen.«

Vor Kurzem hatte er von einem ähnlichen Vorhaben der Air Force gehört. Angeblich wollte man die Ionosphäre mit Plasma anreichern, um Funksignale zu verstärken. Außerdem wusste er, dass in der oberen Troposphäre Bakterien lebten, die sich von Oxalsäure ernährten.

Machbar war es vielleicht schon.

Aber dieser Plan…

»Mir steht ein Transportflugzeug zur Verfügung, das dafür ausgerüstet ist, Wetterballons in großer Höhe auszusetzen. Ein einzelner Ballon kann eine Vierteltonne der Mikrobe in die unteren Schichten der Ionosphäre transportieren, wo der Inhalt durch eine kleine Sprengladung verteilt wird.«

Painter verschlug es den Atem, als er sich das Szenario vorstellte. Hartnell hatte in der Wüstengruft offenbar Proben genommen und große Mengen der krankheitserregenden Mikrobe hergestellt. Jetzt, da er wusste, was der Mann damit vorhatte, begriff er auch, was es mit der Antennenanlage auf sich hatte.

»Die Aurora-Anlage«, platzte es aus ihm heraus. »Damit wollen Sie die freigesetzten Mikroben aufladen.«

»Wenn meine Berechnungen zutreffen und die Prototypen den Erwartungen standhalten, sollten die Mikroben die Energie speichern.« Hartnell schaute an die Decke, als blicke er durch sie hindurch in den Himmel. »Ich stelle mir vor, dass die ganze Ionosphäre mit Teslas *Pestis fulmen* angereichert ist, eine lebendige, Elektronen atmende Batterie, die nicht nur *ausgestrahlte* Energie zu speichern vermag, sondern auch die natürlichen, vom Sonnenwind ausgelösten Elektronenströme der Ionosphäre.«

»Das wäre eine unerschöpfliche Energiequelle.«

Hartnell fasste Painter in den Blick. »Wie Nikola sehe ich vor meinem geistigen Auge Energiestationen und Häuser in aller Welt, die mit Empfangstürmen die Batterie anzapfen. Als hätte man eine Million Teslaspulen am Himmel verankert.«

Dieser Plan war mehr als großartig.

»Stellen Sie sich das mal vor. Kein Verbrennen von fossilen Brennstoffen mehr, kein Plündern der Ressourcen, kein Ausstoß von Kohlendioxid. Und es gibt noch einen weiteren Vorteil.«

»Und der wäre?«

»Die rötliche Mikrobe würde das Sonnenlicht filtern. Die Wirkung wäre nur schwach, würde aber verhindern, dass wir den Planeten in Asche verwandeln.«

Painter vergegenwärtigte sich die Vision, sah aber gleichzeitig zahllose Variablen, die dazu führen könnten, dass das Vorhaben in eine Katastrophe mündete – zumal im Hinblick auf ein bestimmtes offensichtliches Problem.

»Aber der Organismus ist *tödlich* … er besitzt das Potenzial, die Menschheit auszulöschen.«

Simon seufzte. »Deshalb brauchen wir das Heilmittel. In ein paar Tagen werde ich in der Lage sein, einen lokalen Test durchzuführen. Wegen des geomagnetischen Sturms, der in der Ionosphäre Energieströme auslöst, herrschen optimale Bedingungen für das Aussetzen der Keime.«

»Aber Sie verfügen nicht über das Heilmittel.«

»Das wird sich ändern, wenn Sie Ihre Kollegin zur Zusammenarbeit bewegen. Ich glaube, Dr. al-Maaz und Rory standen dicht vor einem Durchbruch. Sie haben etwas entdeckt, das uns in die Lage versetzen könnte, dieses wilde Tier zu zähmen.«

Jetzt verstand Painter, weshalb Hartnell so zuvorkommend war. »Und wenn ich mich weigere, Ihnen zu helfen?«

Hartnell zuckte mit den Achseln. »Dann führe ich den Test trotzdem durch.«

Painter spannte sich an. Die Handschellen schnitten ihm in die Handgelenke. »Was? Sind Sie wahnsinnig?«

»Keineswegs. Ich bin überzeugt, dass nichts passieren wird; Tesla hat uns die entsprechende Möglichkeit aufgezeigt. Ich könnte die Ionosphäre mit der Antennenanlage einfach überladen und alles, was sich dort oben befindet, sterilisieren. Das hätte die gleiche Wirkung.«

Painter dachte an das Zitat von Francis Bacon, das er gelesen hatte: *Krankheit besiegt, aber Patient tot.*

Es bestand die Gefahr, dass dieser Verrückte das Gleiche machte – allerdings in globalem Maßstab.

»Allerdings wäre es mir anders lieber«, sagte Hartnell und musterte Painter mit zusammengekniffenen Augen. »Ich würde es vorziehen, wenn Sie mir helfen würden, Ihre Freunde zu finden.«

6:50

Erschöpft steuerte Kat das Sno-Cat den nächsten Pass hinunter, die Hände locker aufs Lenkrad gelegt. Der Wind schob das Fahrzeug vor sich her, als lege er es darauf an, sie im nächsten Tal in Sicherheit zu bringen. Dunkle Wolken dräuten am Himmel und strichen über die eisgekrönten Berge.

Trotz des anhaltenden Zwielichts war die Aussicht überwältigend.

Das riesige Tal erstreckte sich nach allen Seiten und verlor sich im Dunst. Unmittelbar vor ihnen lag ein lang gestreckter, schmaler See. Er war vollständig zugefroren, doch an einigen Stellen am Rand leuchtete er hellblau, was darauf hindeute, dass dort die Sommerschmelze bereits eingesetzt hatte. Weiter draußen ragten schwarze Inseln aus dem weißen Eis.

»Der Hazen-See«, murmelte Kat.

Safia, die den Kopf ans Fenster gelehnt hatte, schaute hoch.

Kat zeigte in die Tiefe und hoffte, dass sie sich die Inselkarte richtig eingeprägt hatte. »Wenn das der Hazen-See ist, heißt das, wir haben die Hälfte der Strecke nach Alert geschafft.«

»Aber wir sind nicht mal mehr zu einem Viertel wach«, scherzte Safia. »Vielleicht sollten wir eine Rast einlegen. In den vergangenen zwei Stunden gab es keine Anzeichen mehr, dass wir verfolgt werden.«

Nachdem sie die gespenstische Karibuherde passiert hatten, hatte Kat das Sno-Cat in ein Gebiet mit blankem Felsboden gesteuert und war Schnee und Eis ausgewichen, um keine Spuren zu hinterlassen. Sie wusste nicht, ob sie die Verfolger abgeschüttelt hatte oder ob es sie überhaupt gegeben hatte.

»Vielleicht haben Sie recht. Ich muss mir jedenfalls mal die Beine vertreten.«

»Ich auch«, sagte Rory vom Rücksitz aus.

Wohl kaum, mein Freund.

Kat hielt auf die nächste blaue Stelle zu, wo sich ein schmaler Wasserlauf in den See ergoss. Sie mussten die Trinkwasservorräte auffüllen. Safia hatte die letzte Flasche aus dem Notgepäck im Fonds ausgetrunken.

»Sehen Sie sich nur die Blumen an«, sagte Safia träumerisch.

Zu beiden Seiten des Fahrzeugs waren die Hänge mit purpurfarbenem Steinbrech und arktischen Mohnblumen bewachsen. Auf Steinen und Felsen wuchsen Moos und gelbe Flechten.

Kat stimmten die Lebenszeichen optimistisch. Sie hielt auf dem Schiefergestein am Rande des Sees. »Ich fülle mal eben unsere Wasserflaschen auf.«

»Was ist mit Rory?«, fragte Safia.

»Der bleibt im Wagen.«

Rory sackte in sich zusammen.

Kat sammelte die leeren Flaschen ein und öffnete die Tür. Der Wind hätte sie ihr beinahe aus der Hand gerissen. Die Kälte machte sie wieder munter. Die Luft war frisch und roch nach Eis. Sie eilte zum Ufer und schraubte die Flaschen auf. Schon nach wenigen Sekunden im Wasser wurden ihre Finger taub.

Sie sammelte die Flaschen ein und stemmte sich gegen den Wind. Vor lauter Eile hatte sie darauf verzichtet, den Parka anzuziehen.

Okay, das war erst mal genug frische Luft.

Sie kletterte in die beheizte Kabine des Sno-Cats und schloss die Tür.

Safia hatte sich auf dem Sitz umgedreht und unterhielt sich mit Rory. »Was geschah, nachdem Sie mit Ihrem Vater die Wüstengruft erreicht hatten?«

Rory schüttelte den Kopf. »Mein Vater wollte als Erster hineingehen. Sie wissen ja, wie er bisweilen war. Ich blieb mit zwei Teamkollegen draußen. Alle anderen gingen mit ihm rein.«

Rory wandte den Blick ab, als wäre die Erinnerung schmerzhaft für ihn. »Einer tappte in eine Falle oder machte irgendeinen Fehler. Was es war, habe ich nie erfahren. Ich hörte nur das Geschrei. Ich wollte reingehen, aber mein Vater rief mir zu, ich solle draußen bleiben. Alle, die hineingegangen sind, wurden in dem engen Raum kontaminiert. Mein Vater kannte die Aufzeichnungen aus dem British Museum und war sich der Gefahr bewusst. Er wollte vermeiden, dass sich weitere Personen ansteckten.«

»Was haben Sie getan?«

Rory schnaubte. »Ich bekam Panik. Ich habe Simon Hartnell angerufen.«

Diesen Teil der Geschichte hatte Kat bereits unterwegs gehört. Hartnell hatte Rory insgeheim Geld zukommen lassen und ihn beraten, während Rory seinen Vater manipuliert hatte.

»Simon hat ein Medizinerteam dorthin geschickt«, erklärte Rory. »Die haben alles abgesperrt. Es wurde darüber gesprochen, ob man die Gruppe in ein Krankenhaus bringen sollte, doch da nicht klar war, ob das vermittelbar war, beschloss man, die Männer vor Ort zu behandeln.«

»War das Hartnells Entscheidung?«, fragte Kat, die vermutete, dass der Mann alles getan hätte, um sein Geheimnis zu wahren.

Rory blickte sie an. »Nein, die meines Vaters.« Er schüttelte müde den Kopf. »Ich glaube, ihm war es vor allem darum zu tun, vor Ort zu bleiben, damit er alles erkunden konnte. Ich glaube nicht, dass er sich wegen einer möglichen Ausbreitung der Krankheit Sorgen machte. Ich meine, bedenken Sie, was er getan hat.«

»Dann hat Ihr Vater die Ansteckung also überlebt.«

»Eher aus Sturheit. Außer ihm haben noch zwei Männer überlebt. Fünf sind gestorben.«

»Und weiter?«, fragte Safia.

»Alles wurde versiegelt. Ich wurde hierhergeflogen, um an dem Projekt mitzuarbeiten.«

Kat wies mit dem Kinn auf seinen Fingerstummel. »Und um sicherzustellen, dass Ihr Vater kooperierte.«

Rory blickte seine Hand an und nickte. »Ich habe mir den Finger hier versehentlich zerschmettert. Er musste auf jeden Fall amputiert werden.«

Kat konnte sich gut vorstellen, wie entsetzt Professor McCabe reagiert haben musste, als man ihm den abgetrennten Finger seines Sohnes überbrachte.

»In den folgenden zwanzig Monaten hat mein Vater nach dem Heilmittel gesucht. Er entdeckte nicht nur die tätowierte Frau, sondern noch mehrere weitere Mumien. Er untersuchte ihr Gewebe und alles andere an dem verdammten Ort, um das Heilmittel zu finden.«

»Aber er kam nicht weiter, oder?«, sagte Safia.

»Ich glaube, gegen Ende ist er ein bisschen verrückt geworden. Er unterzog sich sogar dem Ritual der Selbstmumifizierung, um in die Fußstapfen der alten Ägypter zu treten.« Rory schnaubte. »Dann ist er einfach geflüchtet. Er hat gewartet, bis die Forscher ausgewechselt wurden und nur noch zwei Wissenschaftler und zwei Wachposten auf dem Gelände waren. Dann hat er einen Waffenschrank aufgebrochen und ein Gewehr entwendet.«

»Er hat sie alle getötet?«

»Nur die Aufpasser. Die Forscher hat er gefesselt, dann

ist er geflohen.« Rory blickte starr auf den gefrorenen See hinaus. »Ich verstehe das nicht… So viele Menschen sind wegen ihm gestorben.«

Kat verspürte kein Bedürfnis, Rory zu trösten, doch sie ging trotzdem auf den Vorwurf ein. »Ich glaube nicht, dass das seine Absicht war. Wir nehmen an, dass er nach der Mumifizierung nicht mehr ansteckend war. Allerdings wurde er dadurch nicht geheilt. Er starb an dem Erreger, doch ich glaube, er wollte in die Zivilisation zurückkehren, um die Menschen zu warnen.«

Rory wandte sich ihr zu, die Augen voller Tränen. »Aber er musste das nicht tun. Ich wollte nicht, dass er stirbt.«

Safia beugte sich zu Rory nach hinten und legte ihm die Hand aufs Knie.

Kat teilte ihr Mitgefühl nicht.

Das hast du dir selbst eingebrockt.

»Wie ging es dann weiter?«, fragte sie. »Weshalb wollte Hartnell das Werk Ihres Vaters vernichten, und weshalb hat er es auf Ihre Schwester abgesehen?«

»Nach der ganzen Aufregung über das Wiederauftauchen meines Vaters fürchtete Simon, jemand könnte die in seinen frühen Aufzeichnungen versteckten Hinweise entdecken und den Ort ausfindig machen.«

Kat runzelte die Stirn. »Also machte er sich ans Großreinemachen.«

»In London und in der Grabstätte. Alles Wichtige ließ er fortschaffen, darunter auch die Mumie auf dem Thron. Mein Vater war überzeugt, dass sie für die Entwicklung eines Heilmittels von entscheidender Bedeutung ist.«

Und jetzt ist sie verschwunden, und nur eine geisterhafte digitale Aufzeichnung ist übrig geblieben.

Kat blickte auf Safias Tasche.

»Was ist mit Jane?«, fragte Safia.

»Bevor mein Vater floh, hinterließ er ein für Jane gedachtes Zeichen. Simon glaubte, meine Schwester wäre in der Lage, dessen Bedeutung zu entschlüsseln. Er erhoffte sich davon einen neuen Hinweis auf das Heilmittel, auf irgendeine Entdeckung meines Vaters, die er niemandem mitgeteilt hat.« Rory schlug den Blick nieder. »Ich persönlich glaube, er wollte sich einfach nur verabschieden.«

Er wandte sich ab. Offenbar hatte er keine Lust mehr, sich weiter zu unterhalten.

Safia wechselte einen besorgten Blick mit Kat, dann langte sie nach einer Wasserflasche. Ihr Arm zitterte merklich.

»Safia …?«

Kat bemerkte, dass die Frau schwitzte. Sie legte ihr die Hand auf die Wange. Sie war glühend heiß.

»Sie haben hohes Fieber.«

6:58

Nachdem Painter Crowe aus der Bibliothek gebracht worden war, verharrte Simon minutenlang regungslos am Schreibtisch. Er hatte Painter eine Stunde Bedenkzeit eingeräumt und ihm angedroht, zu rabiateren Methoden Zuflucht zu nehmen, sollte er sich einer Zusammenarbeit weiterhin verweigern.

Was durchaus der Fall sein könnte.

Vor zwanzig Minuten hatte ihm Anton Bericht erstattet. Die Verbindung zum Suchtrupp war aufgrund des geomagnetischen Sturms gestört. Das Funkgerät funktionierte nur bei Sichtverbindung. Anton konnte nur von hohen Erhebungen aus mittels Mikrowellenfunk mit der Aurora-Station sprechen.

Der letzten Meldung zufolge hatte das Team die Fährte des Sno-Cats wiedergefunden.

Simon berücksichtige das und spielte im Geiste verschiedene Szenarien und Prognosen durch. Schließlich fasste er einen Entschluss und nahm den Telefonhörer ab. Er wählte die Nummer des Projektleiters Dr. Sunil Kapoor, der sich augenblicklich meldete. Der Physiker überprüfte vermutlich vor dem in zwei Tagen anstehenden Test noch einmal die Systeme.

»Sir?«, sagte Kapoor, der im Display den Namen des Anrufers sah.

»Eine Planänderung.«

»Ja, Sir.«

Simon war zu dem Schluss gelangt, dass die beiden geflüchteten Frauen ein zu großes Risiko darstellten und das ganze Projekt gefährdeten. Dessen Erfolg wollte er nicht dem Zufall überlassen – und auch nicht Antons Geschick. Wenn es den Frauen gelang, sich in Sicherheit zu bringen, bestand die Gefahr, dass das Projekt ein Ende fand, noch ehe es begonnen hatte.

Das darf ich nicht zulassen … so kurz vor dem Ziel.

Der geplante Test sollte die Umsetzbarkeit des Projekts beweisen. Selbst wenn den beiden Frauen die Flucht gelingen sollte, wollte er sich Gewissheit verschaffen, bevor er sich den Konsequenzen stellte.

Das Projekt war einfach zu wichtig. Es war wichtiger als ein einzelner Mensch.

Sogar wichtiger als ich.

»Wir ziehen den Test vor«, sagte er zu Kapoor.

»Wann geht es los, Sir?«

»Heute.«

21

3. Juni, 14:02 EAT
Khartum, Sudan

Gray stand nackt unter einer kalten Dusche.

Sand strudelte um seine Füße. Er hatte Schmerzen am ganzen Leib. Er hatte sich bereits mit Seife und heißem Wasser abgeschrubbt, doch noch immer lösten sich Sandkörner aus Körperfalten und Haar. Er duschte als Letzter, deshalb ließ er sich Zeit – um sich zu sammeln und wieder einen klaren Kopf zu bekommen. Das Wasserrauschen und die Kälte halfen ihm, sich zu fokussieren.

Vor drei Stunden war er zusammen mit Derek und Kowalski an der Fährte von Seichans Bike entlanggewandert, als in der Ferne eine gewaltige Staubwolke in den gleißenden Himmel stieg. Mehrere Fahrzeuge näherten sich ihnen, der Unimog mittendrin. Flankiert wurde er von einer Gruppe von Motorrädern. Ihnen folgten Kamele, die von den Reitern zum Galopp angetrieben wurden.

Kowalski hatte sie ebenfalls bemerkt. »Das ist die armseligste Kavallerie, die ich jemals gesehen habe.«

Nachdem sie sich mit dem Rest der Gruppe wiedervereinigt hatten, machten sie sich über Nomadenpfade auf den Rückweg nach Khartum. Gray steuerte den Unimog, sehr zum Verdruss von Ahmad, der nach Rufaa und zu seiner Familie zurückzukehren gezwungen war. Seichan hatte ihn dadurch besänftigt, dass sie ihm das Motorrad – das arg strapaziert worden war – zu einem stark überhöhten Preis abgekauft hatte. Mit seinem Schicksal versöhnt, war der Junge mit seinem Hund im Beiwagen des Motorrads seines Bruders unterwegs zum Dorf.

Seichan absolvierte den Rest des Wegs auf dem Bike. Sie schlug weite Bogen, hielt am Himmel Ausschau nach Drohnen und am Boden nach Anzeichen von Verfolgern.

Schließlich erreichten sie wohlbehalten Khartum und checkten in einem billigen Hotel am Stadtrand ein.

Nach allem, was sie durchgemacht hatten, sah es so aus, als stünden sie wieder ganz am Anfang und wären der Beendigung der Epidemie keinen Schritt näher gekommen. Als Gray in die Dusche ging, saßen Derek und Jane am Tisch, steckten die Köpfe zusammen und verglichen ihre Notizen. Hoffnungsvoll wirkten sie nicht.

Die Badezimmertür ging auf. Durch den Duschvorhang hindurch sah er jemanden eintreten und sich entkleiden. Seichan trat zu ihm in die Dusche. Ihre Reaktion auf die Kälte bestand darin, dass sie sich an ihn schmiegte. Er drückte sie an sich, schirmte sie vor dem kalten Wasser ab und griff hinter sich, um den Regler auf warm zu stellen.

»Nicht«, flüsterte sie an seiner Brust.

Er ließ den Arm sinken und hielt sie fest. Es kam nicht oft vor, dass sie sich so zärtlich und verletzlich zeigte. Er schwieg, denn er spürte, dass sie es so haben wollte. Dies war kein guter Zeitpunkt für lange Unterhaltungen oder einen innigen Austausch über ihre Vorstellungen von einer gemeinsamen Zukunft. Es gab nur das Jetzt, diesen Augenblick.

Und den will ich nutzen.

Er drückte sie an sich. Ihre Haut erwärmte sich dort, wo sie einander berührten, und kühlte an den anderen Stellen ab. Etwas regte sich bei ihm. Weiter aber waren sie nicht gekommen, als an der Tür geklopft wurde. Sie lösten sich voneinander. Zwischen ihnen rauschte das kalte Wasser herunter, machte den Augenblick zunichte, drängte sie noch weiter auseinander.

»Gray!«, rief Kowalski.

Er schloss die Augen. »Ich bringe ihn um.«

»Stell dich hinten an«, knurrte Seichan.

»Monk ist am Telefon! Beeilt euch da drinnen.«

Gray zog den Vorhang beiseite und trat aus der Duschkabine, wandte sich aber wieder zu Seichan um. Er dachte an ihren Vorschlag, wegzulaufen und alles zurückzulassen.

»Eine Feuertreppe?« Sie langte zur Vorhangschiene hoch und entblößte ihren ganzen Körper. »Du hattest deine Chance. Jetzt stecken wir mittendrin. Aber wenn du mich irgendwann später noch mal fragst, wer weiß?«

Sie zog den Vorhang wieder zu. Ihre letzte Bemerkung hallte noch in ihm nach.

Während er sich abtrocknete, breitete sich Dampf aus. Der Vorhang beschlug, vermochte den Umriss Seichans, die im warmen Wasser schwelgte, jedoch nicht zu verbergen.

Er zog seine staubige Kleidung an.

Ich bringe ihn um, ja wirklich.

Als er in den Schlafraum trat, fiel sein Blick auf den Nachttisch mit dem Handy. Er nahm es in die Hand.

»Monk?«

»Wie läuft's denn so in der Wüste?«

Er blickte zur geschlossenen Badezimmertür. »Es ist heiß. Und in Kairo?«

»Beantwortet das deine Frage?« Das gedämpfte Gewehrfeuer in der Leitung wurde auf einmal lauter. »NAMRU steht unter Belagerung. Irgendein Spinner ist zu dem Schluss gelangt, dass die Seuche eine amerikanische Verschwörung ist und der Stützpunkt deren Zentrum.«

»Also ein Tag wie jeder andere.«

»So in etwa. Also, wenn ihr dem Heilmittel näher gekommen seid, würde mich das freuen.«

»Leider nicht. Wir rennen uns immer noch den Schädel ein.«

Eine laute Explosion war zu hören. »Dann strengt euch mehr an.«

»Wir tun unser Bestes.« Gray senkte die Stimme. »Aber, Monk, bist du wirklich okay da oben?«

»Für den Moment ja. Amerikanische und ägyptische Einsatzkräfte halten die Stellung. Aber wir könnten ein paar gute Nachrichten gebrauchen.«

»Verstanden. Pass auf dich auf.«

»Du auch, mein Freund.«

Sie unterbrachen die Verbindung.

Gray wandte sich entschlossener denn je seinen Begleitern zu, da bemerkte er, dass er eine SMS bekommen hatte. Als er die Nummer des Absenders sah, seufzte er und rief die Nachricht auf.

DADS ZUSTAND HAT SICH VERSCHLIMMERT. HAT SICH ABER WIEDER STABILISIERT.
RUF AN, WENN DU KANNST. KEIN NOTFALL, ABER DU WEISST SCHON.

Stöhnend wählte er die Handynummer seines Bruders.

Wo ist die Feuertreppe, wenn ich sie brauche?

Es läutete und läutete, dann endlich meldete sich die Mailbox. Er wartete auf den Piepton, dann sagte er: »Kenny, ich habe deine Nachricht bekommen. Ruf zurück oder simse. Sag mir, was los ist und ob ich irgendetwas tun kann.«

Er unterbrach die Verbindung, enttäuscht darüber, dass er Kenny nicht erreicht hatte – gleichzeitig aber auch erleichtert. So konnte er das Unvermeidliche ein wenig hinauszögern. Er schloss schuldbewusst die Augen, dann schüttelte er den Kopf.

Ein Problem nach dem anderen.

Das wurde allmählich zu seinem Mantra.

Er ging ins Nebenzimmer. Derek und Jane blickten ihm entgegen. »Sind Sie weitergekommen?«, fragte er.

Jane zuckte verunsichert zusammen. »Vielleicht ... aber das ergibt keinen Sinn.«

14:24

So war es tatsächlich ...

Jane biss sich auf die Unterlippe und blickte von den ausgebreiteten Dokumenten zu Derek, der am iPad beschäftigt war. Ihr Vater hatte ihr eine kryptische Nachricht hinterlassen und war bei dem Versuch, sie zu überbringen, gestorben, offenbar in dem Glauben, sie würde die Botschaft verstehen. Sie aber fühlte sich völlig überfordert und hatte sogar das Gefühl, sich seiner Liebe als unwürdig zu erweisen.

»Zeigen Sie's mir«, sagte Gray. »Spucken Sie's aus.«

Sie nickte.

Wer sagt denn, dass ich die Nuss alleine knacken muss?

Hatte ihr Vater sie nicht gelehrt, dass wahre Entdeckungen auf einer gemeinsamen Anstrengung beruhten? Nicht dass er sich an diese Weisung gehalten hätte, wenn es darum gegangen war, die Anerkennung einzuheimsen. In der Autorenliste wissenschaftlicher Veröffentlichungen hatte sein Name stets an erster Stelle gestanden.

Jane seufzte. »Dass er den Schmetterling im steinernen Herzen umkringelt und meinen Namen dazugeschrieben hat, könnte als Hinweis auf meine Vorliebe für Schmetterlinge verstanden werden, als Versuch, eine Verbindung zu mir herzustellen.«

»Doch das glauben Sie nicht.«

»Mein Vater war oft umgänglich, manchmal großzügig, aber niemals sentimental.«

»Das stimmt«, warf Derek ein.

»Also muss das irgendetwas bedeuten«, sagte Gray.

»Ich habe mir das Hirn zermartert über die Frage, weshalb er mir das zeigen wollte. Wie ich schon sagte, symbolisieren Schmetterlinge in der ägyptischen Kunst häufig das Prinzip der Verwandlung. Meistens – wie auch im Innern des Herzens – wurde der gewöhnliche Tigermonarch dargestellt, *Danaus chrysippus,* ein Schmetterling, der im Nilbecken vorkommt.«

»Darüber haben wir bereits gesprochen«, sagte Derek. »Als sie den wissenschaftlichen Namen erwähnte, klingelte es bei mir. Ich erinnerte mich, den Schmetterling in Livingstones Korrespondenz gesehen zu haben. Den Brief habe ich Jane gezeigt.«

Er rief das Dokument auf dem Tablet auf und zeigte es Gray.

»Dann hat er also die Raupe zusammen mit dem Schmetterling gezeichnet.« Gray kniff die Augen zusammen und las den Namen laut vor. »*Danaus chrysippus*, wie Sie sagten.«

Jane tippte auf die Grafik. »Die Zeichnung zeigt allerdings *nicht* den gewöhnlichen Tigermonarch. Die Flügelzeichnung ist völlig falsch. Mein Vater muss gewusst haben, dass ich den Fehler bemerken würde.«

Gray beugte sich vor. »Darin ist bestimmt wieder eine Landkarte versteckt. Wie in dem Skarabäus, der auf die vergrabene Gottheit verwiesen hat.«

Jane nickte. »Eine weitere Landkarte, verborgen in einer ägyptischen Darstellung.«

»Aber wo ist die Landkarte?«, fragte Gray. »Ich sehe sie nicht.«

»Moment.« Derek zoomte das Bild. Er drehte den Schmetterling, bis er auf der Spitze eines Flügels stand.

Dann machte er sich an die Arbeit. »Löscht man alles bis auf die Zeichnung des hinteren Flügels, bleibt ein Muster übrig, das an miteinander verbundene Seen erinnert. Denken Sie an das X, das Livingstone in der Nähe eines der Flüsse gezeichnet hat.«

»Lassen Sie mich raten«, sagte Gray. »Sie haben den Ort identifiziert, der zu dieser Konfiguration von Flüssen und Seen passt.«

Derek nickte. »Es ist gar nicht weit von hier … nur ein Stück den Fluss entlang.«

Er rief einen Kartenausschnitt auf und platzierte ihn neben der in Livingstones Schmetterling verborgenen Zeichnung.

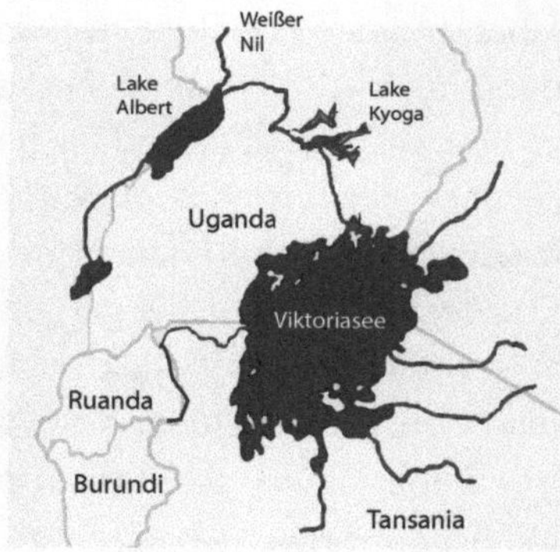

»Der Viktoriasee und auch die anderen Seen fügen sich wunderbar ins Bild«, sagte Derek.

Gray betrachtete die beiden Bilder eingehend. »Und der Schnittpunkt des X liegt an einem kleinen Fluss, der aus Ruanda kommend in den Viktoriasee mündet.«

Janes Stimme klang schrill vor Aufregung. »Ich glaube, der Ort, nach dem wir suchen, könnte die Nilquelle sein.«

»Oder jedenfalls *eine* der Quellen«, setzte Derek hinzu. »Wie man sieht, münden noch weitere Flüsse in den Viktoriasee, weshalb der wahre Ursprung des Nils immer noch strittig ist.«

Grays Stirnrunzeln machte einer besorgten Miene Platz.

»Was ist?«, fragte Jane.

Gray richtete sich auf und holte das Teströhrchen hervor, das Professor McCabe im Sand vergraben hatte. Er nahm den Gummistopfen ab und entrollte den Lederstreifen mit den eintätowierten Hieroglyphen.

»Wenn ich mich recht erinnere«, sagte er, »lautet die Übersetzung: *Ein Boot zur Flussmündung bringen.* Und dann noch etwas über Elefanten.«

Jane streckte die Hand nach dem Lederstreifen aus, zog sie aber gleich wieder zurück. »Die *Mündung* des Flusses. Vielleicht ist damit vielmehr der Mund gemeint, also die *Quelle* des Nils. Wie Sie gerade eben vermutet haben.« Sie zeigte aufs iPad. »Vielleicht lautet die Botschaft: Geh zu dem Ort, der mit einem X markiert ist.«

»Woher willst du das wissen?«, wandte Derek ein. »Welche Gründe haben wir zu der Annahme, dass dieser Text überhaupt eine Bedeutung für uns hat?«

Gray deutete auf die beiden Enden der Hieroglyphenzeile. »Ein Löwe und eine kniende Frau rahmen die Zeichen ein. Sind das nicht die Symbole des Tutu?«

»Außerdem finden sich die Zeichen auf Livingstones *aryballos*«, fügte Jane hinzu. »Die beiden Zeichen weisen sogar in dieselbe Richtung wie die Profildarstellungen des Artefakts.«

Gray wandte sich ihr zu. »Vielleicht ist das auch Ihrem Vater aufgefallen, und er hat dieses Stück Haut aus der Mumie herausgelöst und es versteckt. Später hat er es vergraben und damit einen Hinweis hinterlassen, dem Sie folgen sollten.«

»Und vergessen Sie nicht die Elefanten«, mahnte Kowalski, dessen Augen vor Erregung blitzten. »Denken sie an den süßen – ich meine, den *kleinen* Elefantentopf, den wir gesehen haben.«

Jane nickte, denn sie hatte das Gefühl, dass sich die Einzelteile allmählich zusammenfügten – ein Ganzes ergaben sie jedoch noch nicht. »Er hat recht.«

Derek wirkte auf einmal, als wäre ihm übel. »Was ist, wenn sich in einem der Töpfe das Heilmittel befunden hat?«

»Nein«, sagte Jane. »Mein Vater hätte es auf jeden Fall getestet. Das ist ausgeschlossen.«

»Und außerdem«, fuhr Gray fort, »könnten die Leute, die dort aufgeräumt haben, die Töpfe auch mitgenommen haben.«

Jane zeigte auf Dereks Karte. »Die Antwort muss dort zu finden sein. Mein Vater hat das gewusst, konnte selbst aber nicht dorthin reisen und wollte verhindern, dass seine Entführer davon erfuhren.«

»Deshalb ist er geflohen.« Derek wandte sich an Jane. »Und da er sich der Gefahr des Scheiterns bewusst war, hat er seiner Tochter Hinweise hinterlassen.«

Sie spürte, dass Derek richtiglag. Mit feuchten Augen wandte sie sich ab.

Seichan kam ins Zimmer, damit beschäftigt, sich mit einem Handtuch das Haar zu trocknen. Offenbar spürte sie die Anspannung und Erregung im Raum. »Was ist los?«

Gray lächelte. »Es wird Zeit, unsere Sachen zu packen.«

Kowalski rieb sich die Hände. »Auf geht's zur Elefantensuche.«

15:03

Valya wollte keinerlei Risiko mehr eingehen.

Sie wartete an einer Landepiste außerhalb von Khartum. Die Sonne hatte den Sand und Dreck in eine betonharte Kruste verwandelt. Die Piste war auf keiner Karte verzeichnet. Sie wurde von Drogenschmugglern und sudanesischen Rebellen genutzt. Polizei und Armee wurden fürs Wegschauen gut bezahlt.

Es war, als gäbe es diesen Ort nicht.

Der Gedanke hatte etwas Tröstliches. *Hier* war sie zu Hause, in den Rissen der Welt. Nachdem sie dem Mörder ihrer Mutter den Dolch ihrer Großmutter in den Hals gerammt hatte, war sie zusammen mit ihrem Bruder in diese Risse geflohen, in die niemand hineinschaute, sei es aus Abscheu oder aus Angst. Damals waren sie und Anton aufeinander angewiesen gewesen.

Jetzt galt das nicht mehr.

Anton hatte ein neues Zuhause gefunden und sein Herz einem anderen Menschen geschenkt.

Sei's drum.

Sie würde dorthin zurückkehren, wo sie hingehörte, ob mit ihm oder ohne ihn.

Motorengebrumm veranlasste sie, den Kopf nach rechts zu wenden. Ein offener Truck fuhr durch das Tor im verfallenen Maschendrahtzaun. Ein dunkelhäutiger sudanesischer Soldat mit Sturmgewehr winkte ihn durch. Valya trat um die Cessna herum und ging dem Wagen entgegen.

Kruger sprang heraus, gefolgt von vier seiner Männer. Sie alle hatten die Zerstörung der unterirdischen Grabanlage überlebt. Vier Männer waren umgekommen. Kruger hatte in diesem Wüstenloch die Hälfte seiner Leute verloren. Der Zorn darüber stand ihm ins Gesicht geschrieben, als er sich ihr näherte. Es war ihr nicht schwergefallen, ihn von der Planänderung zu überzeugen.

»Und?«, fragte sie.

Er nickte und rieb sich die geröteten und blutigen Fingerknöchel. »Ich musste ein bisschen Überzeugungsarbeit leisten, konnte aber bestätigen, was Sie gehört haben. Laut Passagierliste fliegen sie nach Ruanda.«

Nachdem sie in der Wüste von Nomaden angegriffen worden war, hatte Valya Abstand vom Gegner gehalten. Während Seichan und Jane McCabe sich in den Dünen neu formiert hatten, hatte sie mit den scharfen Augen des Raven den Unimog entdeckt, den der Junge stehen gelassen hatte. Während der Gegner abgelenkt war, näherte sie sich in weitem Bogen dem Ort, wobei sie besonders langsam fuhr, damit sie nicht zu viel Sand aufwirbelte. Sie schloss ihr unvollendetes Vorhaben ab und platzierte einen GPS-Sender im Radkasten des Wagens – dann fuhr sie zu dem Treffpunkt weiter, den sie mit Kruger verabredet hatte.

Jetzt atmete sie erst einmal tief durch und lockerte die Schultern. Sie fühlte sich so ungebunden und frei wie seit vielen Jahren nicht mehr. Sie hatte den Fehler gemacht, sich zu sehr darauf zu fixieren, ihren Auftrag auszuführen. Während sie sich darauf konzentriert hatte, Jane McCabe gefangen zu nehmen, hatte sie den flüchtenden Unimog aus dem Blick verloren und sogar die Überwachungsdrohne abgezogen, sodass der Junge sich unbemerkt mit seinen Leuten treffen konnte.

Das sollte ihr nicht noch einmal passieren.

Nachdem sie sich mit Kruger getroffen hatte, hatte sie die Route des Wagens nach Khartum zurückverfolgt und den Ort lokalisiert, an dem das Team untergekommen war. Trotzdem hielt sie weiterhin Abstand, denn sie hatte ihre Lektion gelernt. Aus einer Entfernung von vierhundert Metern hatte sie mit einem Lasermikrofon, dessen unsichtbarer Infrarotstrahl die Vibrationen der Fensterscheibe registrierte und in Sprache umgewandelt an sie weiterleitete, die Unterhaltungen des Gegners belauscht. Bedauerlicherweise funktionierte diese Technik nicht fehlerlos. Einzelne Worte waren unverständlich. Die Unterhaltung wies ärgerliche Lücken auf. Sie konnte zwar auf das nächste Ziel der Gruppe schließen, hatte aber Kruger losgeschickt, um sich Gewissheit zu verschaffen.

Offenbar hatten die Zielpersonen ein Buschflugzeug – eine Cessna 208 Caravan – gemietet und wollten sich ins südlich gelegene Ruanda fliegen lassen. Sie beabsichtigte, ihnen zu folgen, und zwar mit einem ganz ähnlichen Flugzeug, einer Militärvariante, die Freunde von Kruger bereitgestellt hatten. Die Combat Caravan war bei Aufständischen in der ganzen Region beliebt, auch im Irak.

Sie blickte zu der Nutzlast, die man unter den Flügeln montiert hatte.

Zwei Hellfire-Raketen vom Typ AGM-114.

Ihre Mundwinkel hoben sich.

Jetzt war Schluss mit dem sklavischen Gehorsam. Sie wollte keine weiteren Fehler mehr machen, nur weil ihre Auftraggeber Zurückhaltung von ihr verlangten und ihr Vorschriften machten. Sie wollte wieder frei sein und zurückkehren in die Risse der Welt. Deshalb sah sie keinen Grund mehr, sich an die Einschränkungen zu halten, die man ihr auferlegt hatte.

»Dann gilt der neue Plan also?«, fragte Kruger, als er ins Flugzeug kletterte.

Sie folgte ihm. »Ja, wir töten sie alle.«

Teil 4

Der bunte Dschungel

22

3. Juni, 10:08 EDT
Ellesmere-Insel, Kanada

Als man ihn abholte, ahnte Painter, dass etwas nicht stimmte.

Hartnell hatte ihm eine Stunde Zeit gelassen – bis 8 Uhr –, um sich zu entscheiden, ob er ihm helfen wolle, Kat und Safia aufzugreifen. Während er in seiner Zelle hin und her lief, war die Zeit ereignislos verstrichen. Erst nach Ablauf von zwei Stunden stürmten zwei Sicherheitsleute mit angelegten Waffen in den Raum, zwangen ihn, Parka und gefütterte Stiefel anzuziehen, legten ihm Handschellen an und führten ihn ab.

Die Verzögerung war besorgniserregend. War Kat und Safia etwas zugestoßen? War seine Mithilfe nicht länger erforderlich? Und wenn ja, wohin wurde er dann gebracht?

Die warme Kleidung und die Tatsache, dass man auf Fußfesseln verzichtet hatte, deuteten darauf hin, dass er ein Stück weit würde zu Fuß gehen müssen. Er versuchte sie auszufragen, doch die beiden Männer ließen ihn abblitzen.

Sie fuhren mit dem Lift drei Ebenen nach unten, anstatt dass sie ins Freie gingen.

Das ergab keinen Sinn.

Wohin gehen wir?

Schließlich gelangten sie zu einer Stahltür. Ein Mann entriegelte sie mit einer Magnetkarte und trat als Erster hindurch. Der zweite Mann schob Painter mit der Mündung seines Sturmgewehrs nach vorn.

Der Grund für die warme Kleidung machte sich sogleich bemerkbar. Der Gang war aus dem Inselgestein herausgeschnitten. Obwohl er vor Wind und Schnee geschützt war, herrschte darin arktische Kälte. Der Gang mit den rauen Wänden erstreckte sich mehrere hundert Meter weit, es gab weder Türen noch Nebenräume. An der Decke befestigte Glühbirnen in Drahtkäfigen spendeten Licht.

Painter hob die mit Handschellen gefesselten Hände und fuhr mit den Fingerspitzen an der Wand entlang.

Das muss ein alter Stollen sein.

Er hatte eine Vermutung, wohin man ihn brachte. Eine weitere Stahltür schloss das Ende des Tunnels ab. Die Prozedur von gerade eben wiederholte sich, als sie aus der Vergangenheit in die Gegenwart zurückkehrten. Stahl, Glas und Beton umgaben sie – sie befanden sich in einem anderen Teil der Station.

Dieser Bereich beschrieb an beiden Seiten einen Bogen. Die eine Seite nahmen Panzerglasfenster ein, die auf die terrassenförmig gegliederte Grube hinausgingen, die er beim Landeanflug bereits aus der Luft gesehen hatte. Dieser Stationsbereich umschloss die Hälfte der sechshundert Meter durchmessenden Grube und war in verschiedene Arbeitsbereiche unterteilt. Techniker in Laborkitteln und Overalls in unterschiedlichen Farben eilten umher oder saßen vor Monitoren. Die Unterhaltungen klangen gedämpft, wie in einer Kathedrale.

Und vielleicht war dies ja tatsächlich eine Kathedrale, erbaut zum Ruhme der Wissenschaft.

Als Painter vor eine der dicken Fensterscheiben trat, sah er vorbeiziehende Unwetterwolken. Er schätzte, dass er sich auf halber Höhe der Grubenwand befand. Weiter unten, erhellt von großen Scheinwerfern, ruhte auf dem flachen Boden der Grube das rechteckige Fundament von Hartnells neuer Version eines Wardenclyffe-Turms. Stahlträger ragten vor dem Fenster auf, bildeten das Skelett einer Pyramide und endeten in einer großen Schüssel aus konzentrischen Ringen aus Kupfer und mächtigen Elektromagneten, in deren Mitte sich eine leitende Kugel befand.

Nein, keine Kugel.

Aus der Luft betrachtet hatte der Turm vollkommen kugelförmig gewirkt, doch von seiner momentanen Position aus war zu erkennen, dass das, was er gesehen hatte, lediglich die abgerundete Oberseite eines riesigen Eis gewesen war.

Er vergegenwärtigte sich das Logo von Clyffe Energy – das Ei des Kolumbus.

War das Design funktionsbedingt, oder handelte es sich um eine Täuschung?

»Ah, da sind Sie ja!« Simon Hartnell kam von einem der Computerterminals herüber. Er trug einen silberfarbenen Parka, dessen Reißverschluss jedoch geöffnet war. »Bitte entschuldigen Sie, dass ich Sie habe warten lassen.«

»Sie bestimmen den Zeitplan.« Painter schaute sich um. »Was geht hier vor? Ich habe den Eindruck, es herrscht hier mehr Betrieb als an einem normalen Arbeitstag.«

»Ganz recht, ganz recht.«

Hartnell setzte sich in Bewegung und erwartete anscheinend, dass Painter ihm folgte, was der auch tat. Mit den beiden Sicherheitsleuten im Rücken blieb ihm auch nichts anderes übrig. Hartnell schloss sich ein weiterer Mann an, ein kleiner Inder mit verkniffenem, besorgtem Gesicht.

Hartnell stellte ihn vor. »Das ist Dr. Sunil Kapoor.«

Painter kannte den Namen des Physikers. Für seine Plasmaforschung und die Entwicklung einer neuen Methode zur Erzeugung von Plasma mit verdampftem Metall hatte er den Nobelpreis bekommen. Offenbar verließ Hartnell sich nicht allein auf Nikola Tesla, wenn es darum ging, seine Vision Wirklichkeit werden zu lassen.

»Wir führen gerade einen abschließenden Systemcheck der externen Überwachungsstationen durch.« Hartnell ging weiter. »Das ist alles sehr aufregend.«

Kapoor wirkte weniger begeistert. Er blickte sich immer wieder zu der Stahlpyramide vor dem Fenster um. Hartnell aber ließ sich nicht beirren.

Nach einer Weile gelangten sie zu einem der geschwungenen Fensterfront gegenüberliegenden Fenster. Painter wurde langsamer und blickte in die angrenzende Höhle. Sie war fast so tief wie die Grube, jedoch nicht nach oben hin offen. Ein schwarzer See nahm den Boden ein, der im Schein der an einem erhöhten Laufgang angebrachten Lampen eine tiefrote Färbung zeigte.

Painter wurde bei dem Anblick ganz kalt, denn ihm war klar, was er da sah. Das hier war der Treibstoff für Hartnells Vision. Der Schuft hatte einen ganzen See von Teslas *Pestis fulmen* kultiviert. Männer in Schutzanzügen arbeiteten auf dem Laufgang. Sie hielten Klemmbretter in der Hand und leuchteten Stahlrohre an, die vom See zur Decke führten.

Oh Gott …

»Alle einsteigen«, sagte Hartnell und geleitete sie in die Kabine einer Seilbahn, deren Schienen an der abgeschrägten Grubenwand entlang vom Boden bis nach oben führten.

Painter stieg zusammen mit seinen Begleitern ein. Als die Kabine sich ruckartig in Bewegung setzte, sah er durch ein Glasfenster den Turm. »Der hektischen Betriebsamkeit nach zu schließen, haben Sie den Zeitplan gestrafft.«

»Richtig. Nach intensiverem Nachdenken hielt ich das für angebracht.«

Painter ahnte, was Hartnell dazu bewogen hatte. Da er nicht ausschließen konnte, dass Kat und Safia Verstärkung herbeiholen würden, wollte er verhindern, dass man ihm bei seinem Testlauf in die Quere kam.

Painter wandte sich an Hartnell. »Dann beabsichtigen Sie also noch immer, die Ionosphäre mit der Mikrobe anzureichern.«

»Ich sehe keinen Grund, mich mit halben Sachen zufriedenzugeben.«

Painter blickte Dr. Kapoor an. »Und Sie haben keine Bedenken?«

Der indische Physiker blickte von Painter zu Hartnell und wieder zurück, dann schüttelte er andeutungsweise den Kopf.

Kein sonderlich überzeugendes Statement.

»Wir haben zahllose Szenarien durchgespielt und alle Variablen in Betracht gezogen«, versicherte ihm Hartnell.

Painter schaute zum Himmel hoch. »Wenn es darum geht, den Planeten zu hacken, sind nicht alle Variablen bekannt. Es könnte auch sein, dass Sie die Atmosphäre in Brand setzen.«

Hartnell schnaubte. »Dieses Argument gab es schon,

als die erste Atombombe getestet wurde, doch das hat die Forscher nicht davon abgehalten, das Manhattan-Projekt durchzuziehen.« Er bedachte Painter mit einem bedauernden Blick. »Die gleichen Vorwürfe wurden gegen HAARP erhoben.«

Da hatte er recht.

»Würden wir alle Projekte einstellen, die irgendwelche Angsthasen das Fürchten lehren, gäbe es keinen Fortschritt.« Hartnell seufzte laut. »Wenn es nach den Bedenkenträgern ginge, würde wir immer noch in Höhlen sitzen und uns vor dem Feuer fürchten.«

Die Kabine hatte den Rand der Grube erreicht. Sie traten in den Sturm hinaus, der trockenen Schnee vor sich hertrieb. Sie schlossen den Reißverschluss ihres Parkas und gingen zu dem stählernen Antennenwald hinüber. Schenkeldicke Kabel schlängelten sich über den Fels und durch den Schnee.

Hartnell geleitete sie zu einem Kiesweg, der in den Wald hineinführte.

Alle schwiegen, mit übergezogenen Kapuzen in ihren Parkas bibbernd.

Zu Painters Rechten wurde eine Boeing-Transportmaschine aus einem Hangar gezogen. Sie wirkte stabil genug, um dem Sturm trotzen zu können, zumal der Wind in der vergangenen Stunde ein wenig nachgelassen hatte.

Painter wusste, welche Fracht der Vogel befördern sollte. Er dachte an den schwarzen See.

Sie gelangten zum Rand der Antennenanlage, wo zwei Fahrzeuge auf sie warteten. Das eine sah aus wie ein Golfwagen mit einer geschlossenen Kabine und großen Reifen mit Geländeprofil. Painter vermutete, dass Hartnell und Kapoor damit die Anlage inspizierten.

Hartnell bestätigte seine Vermutung, indem er aufs andere Fahrzeug deutete, ein Sno-Cat. »Das ist Ihr Fahrzeug.« Er zeigte zum angrenzenden hohen Hügel. »Dort oben unterhalten wir eine Funkstation. Bei Sonnenstürmen sind damit Sichtverbindungen möglich. Sie richten sich dort ein und versuchen zusammen mit Anton, Ihre Begleiterin und Dr. al-Maaz dazu zu bewegen, die entwendeten Daten zurückzugeben. Auch in deren eigenem Interesse. Es kann dort draußen ausgesprochen gefährlich sein.«

»Und wenn ich mich weigere?«

Hartnell machte ein enttäuschtes Gesicht. »Es liegt bei Ihnen, ob Sie Teil der Lösung oder des Problems sein wollen.«

Probleme wurden hier vermutlich unverzüglich behoben.

»Ich werde es versuchen«, sagte er. »Mehr kann ich nicht machen.«

»Mehr verlange ich auch nicht von Ihnen.« Hartnell blickte in den Sturm hinaus. »Genau so sollten wir uns im Angesicht einer Herausforderung verhalten – wir sollten wenigstens *versuchen*, ihr zu begegnen und die Welt zu einem besseren Ort zu machen.«

Painter nickte.

Genau das habe ich vor.

10:55

Mit zitternder Hand schüttete Kat den letzten Rest Diesel in den Tank des durstigen Fahrzeugs. Sie schätzte, dass der Treibstoff in dem unwegsamen Terrain noch für etwa hundertdreißig Kilometer reichen würde, vielleicht auch noch etwas weiter, wenn sie langsam fuhr. Trotzdem musste sie sich damit abfinden, dass sie den kanadischen Außenposten Alert möglicherweise nicht erreichen würden.

Und zu Fuß latschen geht auch nicht.

Ohne Parkas würden sie erfrieren.

Außerdem verschlechterte sich Safias Gesundheitszustand. Das Fieber stieg immer weiter an. Vor sechs Stunden war im Labor ihr Schutzanzug undicht geworden, also befand sich die Krankheit noch im Frühstadium.

Im Moment ging es Kat und Rory noch gut, doch wie lange würde dieser Zustand anhalten, jetzt, da sie mit der erkrankten Frau in einer Kabine eingesperrt waren?

Aber hatten sie denn eine Wahl?

Sie stieg wieder in das Sno-Cat, ließ den Motor an und fuhr in nordwestlicher Richtung am Hazen-See entlang. Er war sechzig Kilometer lang, zwölf Kilometer breit und erstreckte sich geradewegs nach Alert. Leider mussten sie von der Spitze des Sees aus noch weitere hundertsechzig Kilometer durch bergiges Gelände mit Gletschern zurücklegen.

Wenigstens hatten Wind und Schneetreiben ein wenig nachgelassen, doch die Atempause würde nicht von Dauer sein. Von Westen her zogen noch dunklere Unwetterwolken auf.

Als sie in die Richtung blickte, leuchtete an den Bergen etwas auf. Sie konnte nur hoffen, dass es ein Blitz gewesen war. Ausgeschlossen war das nicht, doch sie gab trotzdem mehr Gas. Ihr Versuch, Kilometer zu schinden, war damit hinfällig geworden.

Sie blickte immer wieder nach Westen, doch die Leuchterscheinung trat nicht wieder auf.

Safia regte sich auf dem Beifahrersitz. Ihre Lippen waren trocken, ihre Augen glasig vor Erschöpfung und Fieber. »Mir ist so heiß ...«

Sie schaute in den Rückspiegel und wechselte einen Blick mit Rory.

»Sie braucht einen Arzt«, flüsterte er. »Vielleicht sollten wir umkehren ...«

Kat wusste, dass dies für Safia den sicheren Tod bedeuten würde. Die Stationsbewohner würden das Risiko einer Ansteckung nicht eingehen wollen. Außerdem wollte Kat die schwer erkämpften Daten nicht wieder hergeben. Safia hatte ihr Leben aufs Spiel gesetzt, um Hartnell die Informationen zu entreißen, und bezahlte jetzt womöglich den Preis.

»Nein«, sagte sie. »Wir kehren nicht um.«

Rory blickte nach vorn. »Kat, sehen Sie! Auf dem See.«

Sie kniff die Augen zusammen. Rechts von ihnen standen auf dem Eis drei Zelte aus Tierfell, an der windzugewandten Seite halb eingeschneit. Vor jedem Zelt funkelte blau ein kleines kreisförmiges Loch. Von einem Stangengestell führten Angelleinen hinein. Das Motorengeräusch des Sno-Cats lockte die Fischer aus ihren warmen Zelten.

Aus der Ferne wirkten sie in ihren Felljacken und gefütterten Stiefeln wie kleine Eisbären.

»Ich glaube, das sind Inuit«, sagte Rory und beugte sich so weit vor, wie seine Fesseln es erlaubten.

Safia zeigte kein Interesse, hielt sich sogar die Hand vor die Augen. »Es ist so hell«, murmelte sie.

Kats Sorge um Safia bekam neuen Auftrieb. Ein Symptom einer Hirnhautentzündung war Lichtempfindlichkeit.

Safia legte den Kopf in den Nacken und verdrehte die Augen. »So hell ...«

11:04

Safia bemüht sich, das Gesicht von der Sonne abzuwenden. Sie brennt ihr in den Augen, hängt gleißend hell am blauen Himmel. Sie bekommt kaum Luft, jeder Atemzug brennt ihr in den Bronchien. Ihre nackten Füße sinken in den heißen Sand ein, als sie sich dem Fluss entgegenkämpft, der Kühlung verspricht.

»Safia, Safia… Sie müssen trinken…«

Sie hält Ausschau nach der Sprecherin.

Der Sand und die Palmen sind in flirrender Bewegung. Durch die Hitzeschlieren hindurch erblickt sie eine eigentümlich weiße Landschaft, eisverkrustet und dunkel. In der Ferne donnert es.

»Na los, nur ein paar Schluck…«

Dann ist die Vision vorbei, und sie sieht nur noch Sand und Tod. Ringsumher mit Fliegen übersäte, aufgeblähte Tierkadaver. Aasfresser reißen am Fleisch und brüllen sie an. Sie stolpert weiter und erklimmt eine Düne, die Ausblick bietet auf den Fluss.

Ihre Kehle ist ausgedörrt, als sie erkennt, dass sie einer Täuschung aufgesessen ist.

Der Fluss ist blutrot, entzieht dem Land jegliches Leben.

Sie blickt flehentlich zum Himmel auf.

»Trinken Sie, Safia…«

Jenseits des Flusses ist der Himmel schwarz. Blitze zucken, zornig und strafend. Der Himmel stürzt ihr entgegen, stürzt auf die Welt, als wolle er sie zerschmettern.

Sie weicht einen Schritt zurück, dann noch einen. »Es ist so weit…«

Auf einmal rinnt Kühle durch ihre Kehle, tropft auf ihren Hals.

Sie ertrinkt, obwohl die Sonne auf sie herabbrennt.

»Wehren Sie sich nicht, Safia, bitte…«

Wieder flirrt die Welt wie ein Schleier. Die Sonne weicht der Dunkelheit, der Sand wird zu Schnee, ein Schatten verwandelt sich in ein Gesicht.

Ein Gesicht, das sie kennt.

»Kat?«

»Ich bin da, meine Liebe. Ich bin da. Sie hatten einen kleinen Anfall.«

Unwillkürlich beginnt sie zu schluchzen. »Was war denn los?«

»Etwas Böses… etwas Grauenhaftes ist im Anzug.«

11:32

Wenigstens sind sie konsequent.

Painter wartete darauf, dass der erste Bewacher die Funkbaracke öffnete. Sie stand auf der Kuppe eines hohen Hügels, ein gedrungener Betonbunker mit mehreren Antennen auf dem Dach.

Während er an der Schwelle ausharrte, ließ er einen Moment lang die Aussicht auf sich wirken. An der einen Seite erstreckte sich die arktische Tundra; an der anderen lag die Aurora-Station. Aus dieser Höhe waren die spiralförmige Anordnung der Antennen und der aus der alten Bergbaugrube ragende Turm gut zu erkennen.

Die Transportmaschine, die er bereits zuvor bemerkt hatte, stand in der Nähe der Startbahn, die Heckklappe war abgesenkt. Mehrere beladene Gabelstapler hielten darauf zu.

Abgesehen von dieser Insel der Aktivität gab es keine

Bewegung dort draußen. Es war, als hielte alles in Erwartung den Atem an.

»Schluss mit Gaffen«, sagte hinter ihm der Aufpasser und stieß ihm den Gewehrlauf in den Rücken. Offenbar konnte er es gar nicht erwarten, aus der Kälte herauszukommen.

Kann ich ihm nicht verdenken.

Seufzend trat Painter in den Bunker. Hinter der Schwelle hielt er inne. An der einen Seite stand ein zerwühltes Bett. An der Rückwand stapelten sich Apparaturen, darunter mehrere Funkgeräte und ein VLF-Transmitter, wie er von U-Booten verwendet wurde.

In der Mitte saß ein massiger junger Mann mit Kopfhörern. Er wandte den Eintretenden den Rücken zu und hob lediglich grüßend den Arm.

»Wie geht's, Ray?«, fragte der erste Bewacher.

Der andere Mann versetzte Painter einen neuerlichen Stoß.

Jetzt oder nie.

Painter drehte sich zur Seite und trat zurück. Den Gewehrlauf flach vor dem Bauch, riss er die Arme hoch und legte dem verblüfften Wachmann die Handschellenkette um den Hals, dann bückte er sich und schleuderte den Mann über die Schulter hinweg in den Raum.

Der erste Wachmann fuhr herum und feuerte in seine Richtung.

Painter hatte sich bereits auf den Hintern fallen lassen, abgeschirmt durch den nach Luft schnappenden Wachmann. Während die Kugeln in ihn einschlugen, senkte Painter die gefesselten Handgelenke vor dessen Brust, als ob er ihn von hinten umarmte. Er ertastete die Waffe des Verwundeten und legte den Finger an den Abzug.

Er feuerte aufs Geratewohl.

Er erzielte mehrere Glückstreffer und schoss dem ungedeckten Schützen ins Knie und in die Brust. Der Mann kippte zur Seite. Painter zielte sorgfältiger. Er brauchte nur noch einen Treffer, und der gelang ihm auch. Der Wachmann sackte zusammen. Die Arme noch immer um seinen keuchenden und gurgelnden Gefangenen gelegt, richtete Painter das Gewehr auf den Funker, der ihn benommen anglotzte wie ein Hirsch im Scheinwerferlicht.

»Hey, Ray, wie wär's, wenn Sie Ihren Freund mal abklopfen, ihm den Schlüsselbund aus der Tasche nehmen und mich losmachen würden?«

Ray zögerte und blickte sich zu seinen Geräten um, dann sah er wieder Painter an.

»Also, Ray, entweder ich erschieße Sie und hole mir den Schlüssel selbst, oder Sie helfen mir, bekommen die Handschellen angelegt und erleben einen weiteren Sonnenaufgang. In diesen Breiten könnte das eine ganze Weile dauern.«

Schließlich zeigte Ray sich einsichtig.

Als Painter den Funker mit den Handschellen am Bett fixiert, ihm mit dem Kopfhörerkabel die Füße gefesselt, ihm einen Socken in den Mund gestopft und den Kopf mit Klebeband umwickelt hatte, massierte er sich die Handgelenke.

»Okay, Ray, wenn Sie keine Einwände haben, schnappe ich mir jetzt ein Sno-Cat und mache mich auf die Suche nach meinen Freunden. Und Sie sagen kein Wort, nicht wahr?«

Der junge Mann nickte eifrig.

Sehr vernünftig.

Painter hob eins der Gewehre auf und steckte zwei Ersatzmagazine ein, die er bei den toten Wachleuten gefunden hatte. Dann trat er in die Kälte hinaus, kletterte ins Cat und wandte der Aurora-Station den Rücken zu. Vor ihm breitete sich die offene Tundra aus.

An die Arbeit.

12:45

Simon Hartnell stand an der Steueranlage der Aurora-Antennenanlage. Mit klopfendem Herzen blickte er zum großen Turm hinüber, dem Vermächtnis des genialen Tesla.

Und ich habe meinen Teil dazu beigetragen.

Männer und Frauen trafen letzte Vorbereitungen für den Testlauf und überprüften zum dritten oder vierten Mal sämtliche Systeme. Alle Stationen hatten grünes Licht gegeben.

Auf einem Monitor zu seiner Linken beobachtete er, wie die Boeing-Transportmaschine auf der angewärmten Startbahn beschleunigte. Die Flügelklappen senkten sich, und der Vogel stieg mit seiner Fracht in den Himmel.

Simon verfolgte grinsend seine Flugbahn.

Als er hinter sich das Geräusch von Schritten vernahm, wandte er den Kopf. Ein Mann in schwarzem Overall, einer aus Antons Team, kam angelaufen.

»Sir?«

Simon hoffte, dass der Mann gute Neuigkeiten vom Suchtrupp überbringen würde, doch seiner blassen Miene nach zu schließen, war das Gegenteil der Fall. »Was gibt es?«

»Wir haben soeben erfahren, dass der Gefangene, der in die Funkbaracke gebracht wurde, die Wachleute getötet hat und entkommen ist. Dem Funker zufolge hat er ein Sno-Cat entwendet und will seine Freunde suchen. Er ist gut bewaffnet.«

Simon ballte die Hände zu Fäusten. Das Blut stieg ihm zu Kopf, er stand kurz davor, die Beherrschung zu verlieren. Painter Crowe war offenbar kein bloßer DARPA-Kontrolleur. Er atmete tief durch, darum bemüht, ruhiger zu werden.

Betrachte den großen Zusammenhang.

Im Grunde hatte sich nichts geändert. Da die beiden Frauen noch immer auf freiem Fuß waren, war das Projekt gefährdet – das Problem ließ sich jedoch beheben. Die neue Entwicklung hatte die Situation nicht verschlechtert.

Jedenfalls nicht für mich.

Er holte tief Luft. »Informieren Sie Anton. Sagen Sie ihm, er soll da draußen auf sich aufpassen.«

»Ja, Sir.« Der Wachmann drehte sich auf dem Absatz um und eilte davon.

Simon schüttelte den Kopf über Painter Crowes sinnlose Aktionen.

Wo will er bloß hin?

13:04

Painter hockte im höhlenartigen Frachtraum der Transportmaschine.

Durch die Stiefelsohlen hindurch nahm er die Vibrationen der vier Triebwerke wahr, die gegen den Sturm ankämpften. Das Flugzeug schaukelte und rüttelte. Die Fracht knarrte und rutschte bedrohlich umher, drohte ihn zu zerquetschen.

Er befand sich an Bord einer dickbäuchigen Boeing C-17 Globemaster, die normalerweise vom Militär für Langstreckentransporte und die Verlagerung von Truppen, Ausrüstung und sogar Kampfpanzern eingesetzt wurde. Sie war auch dazu geeignet, im Flug durch die offene Heckklappe Fracht abzuwerfen. Die Produktion des Kolosses war zwar vor Kurzem eingestellt worden, doch Hartnell hatte anscheinend eines der letzten Exemplare erworben und für seine Zwecke umbauen lassen.

Nachdem er sich aus der Funkbaracke befreit hatte, war Painter mit dem Sno-Cat in den Schneesturm hinausgefahren. An einer Stelle, wo die nackte Tundra zutage trat, hatte er angehalten, das Gaspedal mit einem Stemmeisen aus dem Werkzeugkasten verkeilt und das Fahrzeug führerlos weiterfahren lassen.

Er rechnete nicht damit, dass seine List lange unentdeckt bleiben würde. Er wollte sich nur eine Atempause verschaffen und zu Fuß zu der auf dem Rollfeld wartenden Globemaster zurückgehen.

Im Schutz des Sturms war er hinter die von Schneepflügen aufgetürmten Schneewehen gelaufen und hatte sich zwischen den mit Netzen gesicherten Kisten hindurchgeschlichen, bis er sich unter dem Flugzeug befand. Er hatte so große Vögel in seiner Zeit bei den Navy SEALs geflogen, was eine Ewigkeit her zu sein schien.

Manche Dinge aber änderten sich nie.

Wenn man einen so großen Transporter wie diesen belud, gab es jede Menge Verstecke.

Deshalb lief er zum Heck des Flugzeugs. Die Laderampe war noch heruntergeklappt. Er kroch unter die Rampe und wartete, bis ein Gabelstapler herauskam, wendete und davonfuhr. Er nutzte die Gelegenheit, um sich auf die Rampe zu wälzen und in den Frachtraum zu laufen.

Wie erwartet nahm die Fracht den ganzen Laderaum ein: zwei Reihen Paletten, neun an jeder Seite, beladen mit mannshohen Alukisten, an deren Oberseite Fallschirmsäcke befestigt waren. Sie standen auf einem hydraulischen Fördergestell, das die Fracht im Flug aus der Heckklappe befördern sollte.

Painter zwängte sich zwischen die beiden Palettenreihen, hockte sich auf den Boden und bereitete sich innerlich darauf vor, sich notfalls ein anderes Versteck zu suchen. Allerdings bezweifelte er, dass man sich mit einer Durchsuchung des Laderaums lange aufhalten würde. Auf allen vier Seiten der Alukisten waren rote Gefahrensymbole angebracht.

Er wusste, was sich in den Kisten befand.

Kanister mit *Pestis fulmen*.

Bei den Fallschirmen handelte es sich offenbar um Hartnells Wetterballons. Wenn die Kisten abgeworfen wurden, würden die Ballons sich aufblasen und die tödliche Fracht emportragen. Wenn sie die vorgesehene Höhe erreicht hatten, würden die Alubehälter die giftigen Keime freisetzen.

Painter starrte das Warnsymbol neben seiner Wange an.

Vielleicht war das doch keine so gute Idee.

23

3. Juni, 17:08 CAT
Akagera-Nationalpark, Ruanda

Wir müssen aufbrechen …

Da die Sonne bereits dicht über dem Horizont hing, wollte Gray den letzten Rest Tageslicht ausnutzen. Beim Telefonat mit Monk hatte er Explosionen und Schüsse gehört. Die Lage in Kairo verschlimmerte sich stündlich. Die Panik würde vermutlich bald auf die ganze instabile Region übergreifen.

Wenn es hier etwas zu finden gab, durften sie nicht warten.

Deshalb hatte Gray sein Team auf einer Holzterrasse versammelt, die Ausblick bot auf den Ihema-See, den zweitgrößten See Ruandas. Sie waren mit dem Buschflugzeug von Khartum hierhergeflogen und auf einer Landepiste im Akagera-Nationalpark gelandet, ganz in der Nähe des X, das auf Livingstones Landkarte vermerkt war. Ein Ranger, der seit fünfundzwanzig Jahren im Park arbeitete, hatte sie erwartet.

Der Karte des Parks nach zu schließen, die ausgebreitet auf dem Tisch lag, waren sie auf einen kundigen Führer angewiesen. Der Akagera-Nationalpark nahm eine Fläche von eintausenddreihundert Quadratkilometern ein und umfasste wogende Savannen, Papyrussümpfe und bergigen Dschungel. Er beinhaltete auch ein Labyrinth von Seen und Wasserläufen, die vom Kagera gespeist wurden, der die Ostgrenze des Parks bildete.

Jane fuhr auf der Karte mit dem Finger am Fluss entlang. »Das muss der richtige Nebenfluss sein, nicht wahr?«

In Khartum hatten sie die Flüsse markiert, die den Viktoriasee speisten – das Quellgebiet des Weißen Nils –, und zu bestimmen versucht, welche Flussläufe am besten mit dem einen Fluss korrelierten, der auf Livingstones Karte verzeichnet war. Der Kagera entsprach den Vorgaben, trat an der Westseite aus dem Viktoriasee aus und verlief zwischen Uganda und Tansania, bevor er sich südwärts zur Grenze von Ruanda wandte.

Hundertprozentig sicher waren sie sich allerdings nicht.

»Sehen Sie sich das mal an«, sagte Derek.

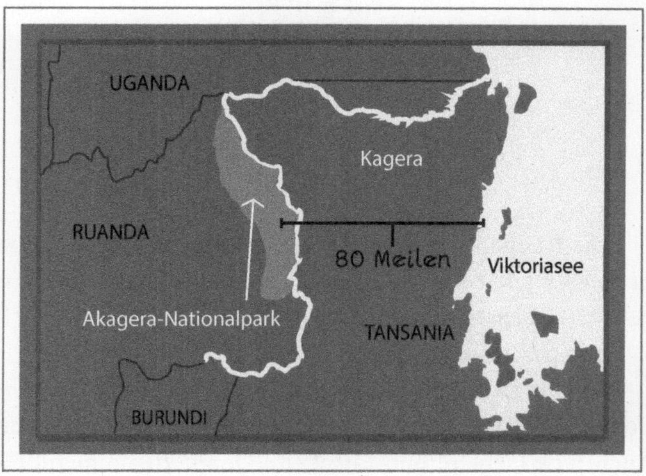

Während sie auf den Führer warteten, hatte er nach weiteren Hinweisen gesucht und auf dem Tablet historische und aktuelle Landkarten studiert. Er zeigte ihnen eine Karte der Region, auf der der Kagera markiert und mit einem Maßstab versehen war.

»Wie Sie sehen«, sagte Derek, »liegt der Park etwa achtzig Meilen westlich vom Viktoriasee.«

»Und weshalb ist das wichtig?«, fragte Gray.

Derek rief Livingstones Zeichnung auf, die den Schmetterling und die Raupe zeigte. Er zoomte auf die Raupe.

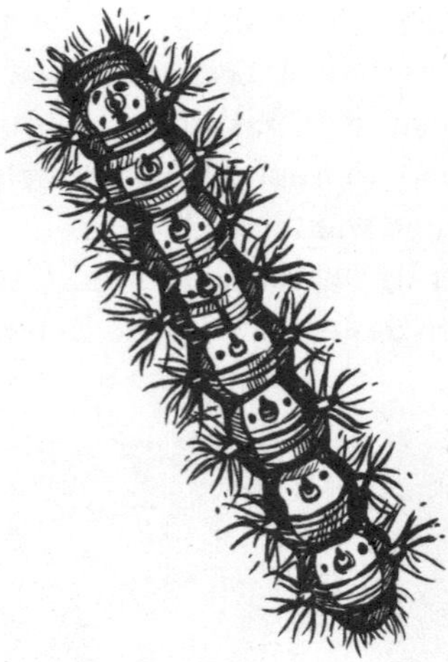

»Die Raupe ist in *acht* Segmente unterteilt. Ich glaube, Livingstone hat sie als Legende der versteckten Landkarte benutzt. Sozusagen als Maßstab.«

Gray nickte. »Acht Segmente, achtzig Meilen.«

Das war zwar kein eindeutiger Beweis, dass sie auf dem richtigen Weg waren, stützte allerdings ihre Einschätzung. Auch Jane lächelte und tätschelte Derek zustimmend die

Hand. Offenbar konnten sie alle ein wenig Bestärkung gut gebrauchen.

Seichan, die den See und den Himmel beobachtet hatte, wandte sich vom Geländer ab. »Das ist unser Mann.«

Ein Motorengeräusch wurde lauter und veranlasste auch die anderen, ans Geländer zu treten. Ein seltsames Wasserfahrzeug hielt auf die Anlegestelle zu. Der grüne Metallrumpf war zerbeult und verschrammt, die Windschutzscheibe war geborsten, was verdächtig nach einem Einschussloch aussah.

»Der Wasserstand ist niedrig«, bemerkte Seichan. »Bin mir nicht sicher, ob er anlegen kann.«

Der Mann am Steuer hatte anscheinend keine solchen Bedenken.

»Er wird nicht mal langsamer«, sagte Derek und wich einen Schritt zurück.

Das Boot erreichte die Anlegestelle – und fuhr weiter. Der Bug hob sich, und es kamen zwei Raupenprofile zum Vorschein, wie bei einem Panzerfahrzeug. Das Amphibienfahrzeug fuhr aus dem Wasser heraus und hielt vor der Veranda. Die Oberkante der Flanke war gleichauf mit dem Geländer.

Der Fahrer genoss lächelnd den Überraschungseffekt. »*Muraho!*«, begrüßte er sie in seiner Muttersprache Kinyarwanda. Er trug eine kakifarbene Jacke und eine gleichfarbige Hose. Er war bestimmt schon sechzig, machte aber einen körperlich fitten Eindruck. Sein dunkles Haar wies nur ein paar graue Flecken auf.

»Willkommen in Akagera«, sagte er. »Ich heiße Noah Mutabazi und bringe zwar keine Arche mit«, er klopfte auf die Flanke seines Amphibienfahrzeugs, »kann Ihnen aber versichern, dass Sie nicht enttäuscht sein werden.«

Die Art und Weise seines Erscheinens war jedoch nicht die einzige Überraschung.

Er war nicht allein gekommen.

Kowalski wich zwei Schritte zurück. »Okay, und was ist mit dem da?«

Hinter dem Sitz richtete sich ein Löwe auf und streckte sich nach Katzenart. Als er gähnte, kamen lange Reißzähne und eine rosafarbene Zunge zum Vorschein.

»Ah«, sagte der Führer, »das ist mein Navigator. Er heißt Roho, was auf Swahili *Gespenst* bedeutet.«

Der Name passte zu dem Tier. Das Fell des Löwen war gelblich-weiß, seine Augen bernsteinfarben. Bei den weißen Löwen handelte es sich nicht um Albinismus, sondern sie verdankten ihre Farbe einer seltenen genetischen Anomalie, die als Leuzismus bezeichnet wurde und den teilweisen Verlust von Pigmenten zur Folge hatte.

Noah kraulte seinem Partner den Hals. Der Löwe grollte leise, was dem Schnurren einer Katze entsprach. »Er ist noch sehr jung.«

»Ach, wirklich?«, fragte Kowalski.

Gray konnte Kowalskis Bestürzung nachvollziehen. Die Raubkatze wog bestimmt mehr als hundert Pfund.

»Ja«, sagte Noah mit leicht britischem Akzent. »Nächsten Monat hat er seinen ersten Geburtstag. Ich hoffe, er wird seinem Ruf, ein Raubtier zu sein, bald gerecht werden.«

Noah zauste einen Fellstreifen, der etwas heller war als der Rest und sich vom Kopf den Hals hinunterzog. »Wie Sie sehen, hat sich die Mähne noch nicht ausgebildet. Er kann noch nicht mal brüllen. Das kommt erst in ein paar Monaten.«

Roho knurrte und schnappte nach Noahs Hand, als wäre er beleidigt.

Jane hätte ihn am liebsten gestreichelt. »Woher haben Sie ihn?«

Noah wurde ernst und blickte über den See hinweg zum Park. »Vor zwei Jahren wurden im Park sieben Löwen aus Transvaal ausgewildert, um die einheimische Population aufzufrischen, die seit Jahrzehnten rückläufig ist. Mit den Löwen – und vielleicht eines Tages auch Spitzmaulnashörnern – könnte Akagera zu alter Größe zurückfinden.«

In seinem Gesicht spiegelte sich Hoffnung wider.

»Und Roho?«, hakte Jane nach.

»Ah, ja. Eine der neuen Löwinnen war bei ihrer Ankunft trächtig. Sie brachte drei Junge zur Welt, darunter auch Roho. Aufgrund der schlechten Überlebensrate junger Löwen in der Wildnis haben wir ihn aus dem Wurf herausgeholt, um die Chance der verbliebenen zwei Jungen zu verbessern, aber auch, weil wir Bedenken hatten, dass die Wilderer es wegen seines hellen Fells auf ihn abgesehen haben könnten. Und da diese Leute keine Unterschiede machen, hätte Roho das ganze neue Rudel gefährdet.«

»Und da haben Sie ihn behalten.«

»Um ihn zu trainieren. Wir haben vor, ihn später mal auszuwildern, wenn er älter ist und für sich selbst sorgen kann. Jetzt ist er in dem Alter, wo die Mutter ihm beibringen würde zu jagen, deshalb nehme ich ihn mit, wann immer es geht.«

Gray blickte zur Sonne hinüber, die tief über dem See stand. »Wir sollten aufbrechen. Ich möchte den Zielort noch vor Sonnenuntergang erreichen.«

Noah kletterte vom Boot auf die Veranda. »Zeigen Sie mir den Ort. Man hat mir gesagt, wohin Sie wollen, aber vielleicht kann ich Ihnen ein paar Tipps geben.«

Roho folgte ihm mit einem großen Satz, als wollte auch er seinen Beitrag leisten.

»Der tut nichts«, sagte Noah und trat vor den Tisch, auf dem mehrere Landkarten ausgebreitet waren.

Gray stellte sich neben ihn, während die anderen sich mit Roho bekannt machten.

»Wir wollen hierhin«, sagte Gray und deutete auf eine Stelle weiter nördlich, die dem Schnittpunkt des X auf Livingstones Karte entsprach.

Noah betrachtete einen Moment lang die Karte, dann holte er tief Luft. »Dürfte ich fragen, weshalb Sie dorthin wollen?«

»Gibt es ein Problem?«

»Im Vergleich zu anderen Nationalparks in Afrika hat Akagera nur wenige Besucher. Wenn ich eine Safari leite, bin ich häufig als einziger Ranger unterwegs. Und zwar am Südende des Parks. Niemand will in den Norden. Das kommt nur äußerst selten vor.«

»Und weshalb ist das so?«

»Schwieriges Gelände. Bergig, dichter Dschungel. So gut wie unberührt. Viele glauben, im dichten Urwald spukten Geister. Nicht mal Wilderer wagen sich dorthin.«

Gray musterte das Amphibienfahrzeug. »Aber Sie können uns dorthin bringen?«

»In die Nähe, das ja. Aber weiter …« Der Mann zuckte mit den Achseln. »Noch einmal, weshalb wollen Sie dorthin? Wonach suchen Sie?«

Gray runzelte die Stirn. »Nach Elefanten.«

Noah riss erleichtert die Augen auf. »Oh, das ist einfach. Die gibt's hier ganz in der Nähe. Hier im Süden.«

»Und was ist mit dem Norden?« Gray blickte auf die Karte. »Gibt es dort Elefanten?«

Noah überlegte. »Noch nicht. Wir haben mit der Wiederansiedlung von Elefanten zwar gute Erfolge erzielt – wir haben jetzt über neunzig Exemplare –, doch sie halten sich überwiegend im Südteil auf. Auch sie meiden den Dschungel im Norden und ziehen die Savannen und das Sumpfland vor.«

»Was meinen Sie mit *Wiederansiedlung*?«, fragte Gray.

»Wie die Löwen wurden die ersten Elefanten 1975 im Park ausgesetzt.«

»Was geschah mit den ursprünglich hier lebenden Tieren?«

Noah zuckte erneut mit den Schultern. »Fallensteller, Großwildjäger. Ich weiß nur, dass die einheimischen Elefanten vor etwa sechzig Jahren verschwunden sind.«

Verschwunden?

Noah schüttelte den Kopf. »Als ich als junger Mann hierherkam, erzählten die älteren Ranger gern von der guten alten Zeit. Früher hat es hier viele Herden gegeben, sogar scheue Waldelefanten, die den Dschungel im Norden durchstreiften. Das ist Vergangenheit, aber sie wird hoffentlich wiederkehren.«

»Sind Sie sicher?«, fragte Gray.

»Dass es wieder so wie früher wird?«

»Nein, dass die Waldelefanten verschwunden sind.« Gray blickte auf die Karte. »Sie sagten, es reise kaum jemand in die Berge und sie würden sogar gemieden. Wenn die Elefanten so scheu waren, haben vielleicht ein paar von ihnen dort oben überlebt.«

Noah schaute skeptisch drein.

Gray straffte sich und blickte zur Sonne. »Was schadet es, wenn wir mal nachsehen?«

17:31

Jane saß mit Derek in der Mitte von Noahs Amphibienarche.

Vor ihnen unterhielt Gray sich halblaut mit dem Captain, während Seichan im Bug hockte und nach Bedrohungen Ausschau hielt. Kowalski tat dasselbe im Heck, wo er sich niedergelassen hatte, das Gewehr auf dem Schoß.

Jane bemühte sich, nicht an die Gefahr zu denken.

Stattdessen betrachtete sie die Schönheit der Natur und genoss nach der sengenden Hitze im Sudan das tropische Wetter.

Ringsumher spiegelte der flache Ihema-See den blauen Himmel, gestört wurde das Bild allein von ihrem Kielwasser, das in den letzten Strahlen der untergehenden Sonne funkelte. Es schien so, als hätten sie den großen See ganz für sich allein.

Doch sie wusste, dass dies nicht stimmte. Ihr Boot war zwar das einzige, doch im See wimmelte es von Leben. Flusspferde sprangen am Ufer auf, als sie an ihren Ruheplätzen vorbeifuhren. Einige rissen drohend das Maul auf, bereit, ihr Revier zu verteidigen. Versteckt im Schilf, erinnerten die Baumstämmen gleichenden schwarzen Krokodile daran, dass man tollkühn sein musste, um in diesem Gewässer zu schwimmen. Ein paar mutige Tiere gingen das Risiko ein, doch die massigen Kaffernbüffel brauchten die Krokodile nicht zu fürchten.

Sie beobachtete die Kraniche und die Klaffschnäbel, die im flachen Wasser umherstaksten. Dies waren nicht die einzigen Jäger im See. Ein Fischadler stieß aufs Wasser herab, schnappte sich etwas Zappelndes, Silbriges und stieg wieder empor. Tausende andere Vögel flitzten umher, zu schnell, um die Arten zu identifizieren, zu zahlreich, um es überhaupt zu versuchen.

Auch im umliegenden Sumpf- und Grasland herrschte reges Leben. Antilopenherden grasten neben Impalas und Zebras. In der Ferne schritten majestätisch Giraffen durchs Gras, ihre Köpfe schwankten wie die Masten von Schiffen.

Jetzt, da die Sonne dicht über dem Horizont stand, dehnten sich die Schatten und überzogen Ebene und Hügel mit dunklen Pinselstrichen.

Jane seufzte. Wie einfach es doch wäre, sich vom langsamen Rhythmus des Landes einlullen zu lassen. Doch sie hatte noch viel vor.

Ein lautes Klatschen erinnerte sie daran.

Derek rieb sich den Arm und verschmierte einen Blutfleck, den ein Insekt hinterlassen hatte. In dieser Region übertrugen viele Blutsauger tödliche Krankheiten: das Westnil-, Dengue- und Gelbfieber, sogar das Zika-Virus, das von einer Affenart aus Uganda stammte. Sie wusste, dass diese Erreger alle zu den Flaviviren gehörten. Sie glichen dem Virus im Innern der Mikrobe, die sie jagten, dem trojanischen Pferd, das in der Lage war, männliche Nachkommen zu töten.

Kein Wunder, dass wir hier gelandet sind.

Während sie darüber nachdachte, verblasste die Schönheit der Parklandschaft um sie herum.

Sie ließ sich in den Sitz sinken. Auch Derek lehnte sich zurück. Sie legte sich einen Arm von ihm um die Schultern und schmiegte sich an ihn, denn sie brauchte Trost.

Derek spürte anscheinend ihre Betroffenheit und versuchte, dagegen anzugehen. »Ich muss dauernd daran denken, wie David Livingstone und die anderen Forscher durch diese Sümpfe gestapft sind und dem Wetter und den wilden Tieren getrotzt haben.« Er hob den Arm, den die Mücke gestochen hatte. »Ganz zu schweigen vom kleinsten aller Raubtiere.«

Er wandte den Kopf hin und her. »Livingstone hat vermutlich auch diese Region erforscht. Wir wissen, dass Stanley den guten Doktor völlig entkräftet in einem Dorf am Ufer des Tanganjikasees aufgespürt hat, nur hundertsechzig Kilometer von hier entfernt. Während Stanley nach Hause zurückgekehrte, setzte Livingstone die Suche nach der Quelle des Nils fort. Dabei könnte er auch hierhergekommen sein.«

»Wenn ich mich recht erinnere, hat ihm ein Stammesbewohner dort den Talisman geschenkt.«

Derek nickte. »Später hat der Stamm ihm zu Ehren sein Herz unter einem Pflaumenbaum begraben.«

»Und die Eingeborenen haben ihn mumifiziert«, setzte sie eingedenk des Schicksals, das ihr Vater erlitten hatte, bitter hinzu.

»Aus Respekt. Sie haben seine sterblichen Überreste in Salz eingepackt und ihn in einem Sarg aus Baumrinde nach Hause geschickt. Jetzt ist er in der Westminster Abbey bestattet.«

»Aber war es das wert? Er hat sein Leben für ein paar Linien auf einer Landkarte geopfert.«

»Mag sein, aber er hat auch viel für die Eingeborenen getan, hat sie unterrichtet und gegen Sklavenhändler gekämpft. Und selbst wenn er das alles nicht getan hätte – es ist niemals vergeblich, nach Erkenntnis zu trachten. Jede Linie auf einer Landkarte bringt uns dem Verständnis der Welt und unserer Stellung darin ein Stück näher.«

Sie lächelte schwach. »Du, Dr. Rankin, bist ein besserer Mensch als ich.«

Er zog sie an sich. »Das will ich nicht bestreiten.«

Inzwischen hatten sie das Nordufer erreicht. Vor ihnen lag ein Labyrinth aus Seen, wogenden Hügeln und Sümpfen, das sie von den dunklen Bergen am Horizont trennte. Auf diesem Terrain erwies sich ihr einzigartiges Transportfahrzeug als ausgesprochen nützlich. Ob tiefes Wasser, schlüpfriger Morast, Treibsand oder hohes Gras – Noahs Amphibienarche ließ sich nicht aufhalten.

Doch nicht alle waren zufrieden.

Hinter Jane beschwerte sich jemand. »Wieso leckt der mich ständig ab?«

Sie wandte den Kopf. Roho beschnupperte den Hünen und leckte ihm mit seiner langen, nassen Zunge über die Wange.

Kowalski schob ihn weg.

»Er will doch bloß mal probieren, Kowalski«, bemerkte Seichan vom Beifahrersitz aus. »Er will wissen, ob es sich lohnt, Sie zu verspeisen.«

Noah blickte sie tadelnd an. »Er hat es bloß auf den salzigen Schweiß abgesehen.«

Kowalski ließ sich dadurch nicht beruhigen. »Also, probiert hat er *tatsächlich*.«

Jane blickte wieder nach vorn und kuschelte sich an Derek. »Wie war das gleich noch mal mit der Erkenntnis, die angeblich immer gut ist?«

17:55

Valya wollte so viele Informationen wie möglich sammeln, bevor sie aktiv wurde.

Sie wies den Piloten an, einen weiten Bogen zu fliegen, damit sich das Flugzeug nicht im See spiegelte. Hinten in der Kabine hatte Kruger die Seitentür der Cessna aufgeschoben. Mit einer Hand klammerte er sich fest, in der anderen hielt er ein Fernglas. Er beobachtete, wie die Zielpersonen sich durch die Landschaft aus Seen, Sümpfen und Grasland vorwärts arbeiteten. Vermutlich dachte er an seine Teamkollegen, die von ihnen getötet worden waren.

Sie war versucht, mit der Cessna auf sie herabzustoßen und eine oder beide Hellfire-Raketen auf das Amphibienfahrzeug abzufeuern. Ihre Gegner wären dann zwar tot, aber sonderlich zufriedenstellend wäre es nicht gewesen. Geistesabwesend rieb sie das Heft des *athamés* ihrer Großmutter.

Nein, wäre allzu einfach.

Außerdem sprachen praktische Erwägungen dagegen. Sie und Kruger hatten sich entschieden, dem Gegner zu folgen und herauszufinden, wohin er wollte. Wenn die Gelegenheit sich ergab, würden sie sich die Beute selbst unter den Nagel reißen.

Um sie an den Höchstbietenden zu verkaufen.

Außerdem kannte sie jemanden, der ein persönliches Interesse an alldem hatte und obendrein ausgesprochen wohlhabend war.

Zum Teufel mit Simon Hartnell… und mit meinem Bruder.

Die Entscheidung war gefallen, und sie hatte nicht vor zu scheitern, was bedeutete, dass sie die Instruktionen ihrer ehemaligen Auftraggeber von der Gilde beherzigte: Sei geduldig und warte auf eine günstige Gelegenheit. Zu den ganzen Fehlern war es nur deshalb gekommen, weil sie übereilt vorgegangen war und sich von Rachegelüsten hatte leiten lassen. Stattdessen musste sie mit kühler Berechnung vorgehen.

Genau wie ihre Gegnerin.

Sie stellte sich Seichans Gesicht vor.

»Die Sonne geht gleich unter!«, rief Kruger.

Sie wandte sich auf dem Sitz des Kopiloten um und warf einen Blick auf die Raven-Drohne, die sich die Kabine mit Kruger und dessen drei Männern teilte. »Warten Sie mit dem Start, bis es dunkel ist.«

Der Plan sah vor, bis Anbruch der Dunkelheit zu warten und mithilfe der Drohne und deren Nachtsichtoptik den Gegner unter Ausnutzung thermischer Luftströmungen zu verfolgen. Das Risiko, dass der Vogel tagsüber bemerkt wurde, wollte sie nicht eingehen. Wenn er gestartet wäre, würden sie auftanken und in großer Höhe auf eine günstige Gelegenheit warten. Dann würden sie tiefer gehen, und Kruger würde zusammen mit seinen Männern mit Basejumping-Ausrüstung abspringen und das Gelände sichern. Später würde sie ihnen mit einem konventionellen Fallschirm folgen. Der Pilot sollte unterdessen kreisen und auf ihren Befehl zum Abschuss der Raketen warten, die, gesteuert von einem Fire-and-Forget-Radarsystem, hinter ihnen aufräumen würden.

Sollte der Gegner bei seiner Suche erfolglos bleiben, würden sie die Raketen als Erstes abfeuern. Das wäre zwar weder zufriedenstellend noch profitabel, doch ihr Job wäre damit erledigt.

Die erste Variante gefiel ihr besser.

Deshalb blickte sie in die Tiefe und wünschte dem Gegner Erfolg.

18:35

Jetzt verstehe ich, was Noah gemeint hat.

Der dunkle Wald wirkte undurchdringlich. Sie hatten die Sümpfe und Savannen vor vierzig Minuten, als die Sonne unterging, hinter sich gelassen. Nördlich von ihnen ragten die Berge wie abgebrochene Fangzähne auf und durchschnitten die Welt. Die Gipfel waren aus nacktem Granit, der Rest war dicht bewaldet. Der Dschungel wirkte unwegsam und abweisend.

Trotzdem hatten Jane und Derek anhand von hydrologischen und topografischen Karten eine Route ins Gebirge geplant. Sie glaubten, dass es sich bei dem Fluss, der aus dem Gebirge entsprang und sich über die Ebene schlängelte, um den Nebenfluss des Kagera handelte, der auf Livingstones Kartenskizze am Schnittpunkt des X endete.

Jedenfalls hofften sie das.

In Ermangelung einer besseren Alternative folgten sie dem Fluss und drangen tiefer ins Gebirge vor. Die meiste Zeit über fuhr Noah den Fluss entlang, manchmal schwimmend, manchmal über große Steine hinweg.

Alle waren durchnässt vom Spritzwasser. Es war schwer zu sagen, wer schlechter gelaunt war, Kowalski oder Roho. Beide beklagten sich lautstark. Dass es nach Einbruch der Dunkelheit empfindlich kühl geworden war, machte es auch nicht besser.

Die beiden Scheinwerfer beleuchteten den Weg, doch schließlich erreichte Noahs Arche einen Wasserfall. Der Fluss ergoss sich über eine Reihe von Felsabbrüchen in die Tiefe, der Weg war blockiert.

Gray richtete sich auf und schaute in die Höhe. Er hatte den Eindruck, dass der Wald dort oben noch dichter war.

Noah stellte sich neben ihn. »Ende der Straße. Von hier aus geht's nur zu Fuß weiter.«

Gray blickte in die Runde, um sich ein Bild von der Entschlossenheit seiner Begleiter zu machen.

Jane wurde aufmerksam und stand auf. »Wir sind so weit gekommen, was macht da schon ein kleiner Fußmarsch durch den Wald?«

Derek wirkte skeptischer, nickte aber und erhob sich ebenfalls.

Noah akzeptierte ihre Entscheidung und schulterte Gewehr und Rucksack. Er stieß einen Pfiff aus, worauf Roho herangesprungen kam und sich den nassen Pelz ausschüttelte. Noah legte der Raubkatze ein rotes Halsband mit schwarzem Anhänger an.

Roho ließ die Prozedur widerwillig über sich ergehen. Sein Schwanz peitschte umher.

»Elektrohalsband«, erklärte Noah.

»Ist das nicht grausam?«, fragte Jane betroffen.

»Notwendig. Trotz seiner Erscheinung ist er immer noch ein Baby. Das heißt, er lässt sich leicht ablenken und bringt sich ebenso leicht in Gefahr. Ich muss ihn dann warnen. Aber keine Sorge.« Er holte eine kleine Fernsteuerung aus der Tasche. »Ich kann die Stromstärke einstellen. Auf einer Skala von eins bis zehn. Ich muss nur selten bis drei gehen, und die Stufen eins und zwei entsprechen einem Klaps auf die Schulter, so als würde ich sagen: *Aufpassen, Kumpel.*«

Als er entsprechend ausgerüstet war, rieb Roho den Kopf an Noahs Oberschenkel.

»Ja, so ist's gut. Braver Junge.«

Seichan schloss sich Gray an. »Wär das nicht etwas für Kowalski?«

»Das hab ich gehört«, sagte der Hüne, als er ihr folgte.

»Das sollten Sie auch.« Sie setzte über das Dollbord hinweg und wandte sich zum Wasserfall.

Alle stiegen aus und folgten ihr.

Gray hatte neue Grubenhelme gekauft und teilte sie aus. Er hatte keine Ahnung, was sie erwartete, doch unter dem Laubdach war es bestimmt so finster wie in einer Höhle.

Die Helmleuchten wurden eingeschaltet, und sie gingen zu den Felskippen hinüber.

Der Aufstieg war nicht so mühevoll, wie es zunächst ausgesehen hatte, zumal sie als Team vorgingen. Indem sie sich an Lianen festhielten und diese in Rissen verkeilten, kletterten sie Schritt für Schritt in die Höhe und halfen sich gegenseitig, wenn es nötig war. Einzig Roho bewältigte den Aufstieg ohne fremde Hilfe.

Nach drei Vierteln des Weges zog Gray sich nach einem besonders tückischen Abschnitt auf eine Felsleiste hoch. Jane atmete schwer, Dereks Gesicht war gerötet. Deshalb rief er eine kurze Pause aus. Sie befanden sich fünf bis sechs Stockwerke über dem abgestellten Fahrzeug.

»Gut gemacht«, lobte er Jane.

Sie nickte, für eine Erwiderung war sie zu sehr außer Atem.

Noah machte den Eindruck, als könnte er noch stundenlang so weitermachen. Er zeigte zur anderen Seite des Wasserfalls. »Offenbar sorgen wir heute für die Abendunterhaltung.«

Gray blickte zu den kleinen Affen hinüber, die auf großen Steinen hockten. Einige trugen Junge auf dem Rücken.

»*Papio anubis*«, sagte Noah. »Der Anubispavian.«

»Sollten wir uns Sorgen machen?«

»Nein. Wenn man sie in Ruhe lässt, tun sie einem nichts.

Sie sind bloß neugierig. Vor den Grünen Meerkatzen muss man sich in Acht nehmen.« Er musterte die überhängenden Äste. »Die kleinen Affen werfen manchmal mit Nüssen … und mit Schlimmerem.«

Jane konnte endlich wieder sprechen. »Die Meerkatzen scheinen sich an uns nicht zu stören.«

»Stimmt, und das gilt nicht nur für sie. Es gibt hier nur wenige Besucher, deshalb haben viele Tiere keine natürliche Scheu vor Menschen entwickelt. Letzten Monat ist eine Frau in einem Zelt aufgewacht und hat neben sich eine schlafende Diademmeerkatze vorgefunden, was schon erstaunlich ist, da diese Art hier mal als ausgestorben galt. Aber wenn man der Natur eine Chance lässt, überrascht sie einen.«

Kowalski musterte finster den Affentrupp. »Sollte ich beim Aufwachen einen von denen neben mir vorfinden, kann *der* sich auf eine Überraschung gefasst machen. Aber die wird ihm übel bekommen.«

Gray zeigte nach oben. »Wir sollten weiterklettern.«

Auch das letzte Viertel legten sie ohne Zwischenfälle zurück. Oben angelangt sahen sie, wie der Fluss sich in den Wald hineinschlängelte, der hier noch undurchdringlicher wirkte. Vogelrufe und Affengeschrei drangen daraus hervor.

Derek musterte den vor ihnen liegenden Weg. »Der Dschungel wirkt so ursprünglich, als bewegten wir uns in der Zeit rückwärts.«

»In gewisser Weise tun wir das auch.« Noah packte eine Machete aus, um den Weg freizuhacken, und setzte sich entlang des Flussufers in Bewegung.

Roho hielt sich in seiner Nähe, sein Schwanz peitschte unruhig hin und her.

»Diese Region von Ruanda gehört zum Großen Afrikanischen Grabenbruch, der die Westseite des Viktoriasees umschließt und einen großen Halbmond bildet, der sich vom Tanganjikasee nach Süden bis zum Rand des Nilbeckens erstreckt.«

»Wenn Livingstone diesen Weg verfolgt hat«, sagte Derek halblaut zu Jane, »muss er auch hier vorbeigekommen sein.«

Noah zeigte mit der Machete. »Die Berge gehören zu den ältesten Afrikas und bestehen aus präkambrischem Urgestein.« Er wandte den Kopf. »Wie praktisch die gesamte Kruste des Kontinents. Und der Wald existiert fast ebenso lange.«

Gray schaute sich aufmerksam um, sich der Tatsache bewusst, dass sie hier lebendige Geschichte vor sich hatten.

In nahezu ehrfürchtigem Schweigen legten sie im Gänsemarsch anderthalb Kilometer zurück, die hintereinander aufgereihten Helmlampen eine leuchtende Raupe, die immer weiter in die Geheimnisse des Walds vordrang.

Roho wurde etwas mutiger. Er entfernte sich von Noahs Seite, schnüffelte umher und setzte sich einen Moment, kam aber immer wieder zurück, um sich ein beruhigendes Tätscheln oder ein freundliches Wort abzuholen.

Noah lächelte wie ein stolzer Vater und vielleicht auch ein wenig traurig, da er wusste, dass er sich bald würde verabschieden müssen. Einmal bückte er sich und umarmte Roho.

»*Ndagukunda, Roho. Ndagukunda*«, flüsterte er dem Löwen ins Ohr, der mit einem zustimmenden Grollen antwortete.

Gray verstand kein Wort Kinyarwanda, doch er vermutete, dass *Ndagukunda* so viel bedeutete wie *Ich hab dich lieb*.

Offenbar erwiderte Roho die Gefühle seines Herrn.

Nach einer Weile verbreiterte sich der Pfad, sodass Gray neben Noah hergehen konnte. »Wie kam es eigentlich dazu, dass Sie Ranger geworden sind?«

Gray hatte nur ein wenig plaudern wollen, doch Noahs gequälter Miene nach zu schließen, war das ein heikles Thema. Allerdings scheute Noah nicht davor zurück. »Als ich jung war, lebte ich in Kingali.«

»Der Hauptstadt.«

»Ja. Mit sechzehn trat ich in die Armee ein. Ich war sehr stolz, und 1994 wurde ich zum Corporal befördert.«

Allmählich verstand Gray, was Noah quälte. Im Juli dieses Jahres war in Ruanda ein Stammeskrieg ausgebrochen, der zu einem der schlimmsten Genozide der Geschichte geführt hatte. Die Hutu-Regierung hatte versucht, die Tutsi auszurotten. Schätzungen zufolge waren in einem Zeitraum von hundert Tagen eine Million Menschen getötet worden. Noah seufzte und blickte in den Dschungel hinein. »Ich bin ein Hutu.«

Mehr sagte er nicht.

Roho kam zurück, umkreiste ihn und stupste ihn mit der Nase an, als spürte er die Niedergeschlagenheit seines Herrn.

Nach einer ganzen Weile redete Noah weiter. »Hier war es besser. Von den Tieren kann man viel lernen. Sie lehren einen zu leben …«

Er verstummte, doch Gray beendete in Gedanken den Satz.

… auch wenn man es nicht verdient hat.

Gray ließ sich zurückfallen und überließ Noah die Führung. Noah hatte anscheinend versucht, sich selbst neu zu erfinden und sich um die Wehrlosen gekümmert, um seine früheren Taten wiedergutzumachen.

Abermals marschierten sie schweigend dahin, setzten einen Fuß vor den anderen. Der Fluss war hier über die Ufer getreten und hatte zu beiden Seiten den Wald überflutet. Dies erinnerte Gray an Amazonasregionen, die zeitweise überschwemmt wurden. Dann verwandelte sich der Wald in einen Sumpf. Hier aber wirkte der Zustand stabil, ein ständig überfluteter Wald inmitten des Gebirges.

Noah schlug mit der Machete mehrere Baumzweige ab und teilte sie aus. »Achten Sie auf Schlangen.« Er zeigte ihnen, wie sie damit umherstochern sollten. »Und auf Treibsand.«

»Sie führen uns wirklich zu den besten Orten«, brummte Kowalski.

Sie gingen weiter, langsamer als zuvor. Die Helmleuchten spiegelten sich im dunklen Wasser und machten es schwer zu erkennen, was sich darin befand. Meistens aber reichte es ihnen nur bis zur Mitte der Wade. Kleine Inseln ragten aus dem Sumpf, und hin und wieder schauten aus dem Geäst funkelnde Augen auf sie herab.

»Buschbabys«, erklärte Noah. »Kleine nachtaktive Primaten.«

Sie marschierten weiter. Nach zwanzig Minuten tippte Jane Gray auf die Schulter. »Schauen Sie mal nach rechts. Sind das Lichter, oder habe ich eine Sinnestäuschung?«

Er blickte in die Richtung, in die sie zeigte. Im tiefen Wald machte er einen Lichtschimmer aus, schwach leuchtende Flecken. Sie schimmerten in verschiedenen Farben.«

»Alle die Helmleuchten ausschalten«, befahl er.

Als sie der Aufforderung nachgekommen waren, war

das Phänomen noch deutlicher zu erkennen. Manche Stellen schillerten, andere leuchteten beständig. Einige phosphoreszierten. Streifen, Wirbel und unregelmäßig geformte Flecken waren zu erkennen. Das Ganze sah so aus, als wäre hier Jackson Pollock mit Pinsel und einer Palette lumineszierender Farben tätig gewesen.

»Was ist das?«, flüsterte Derek.

Jane runzelte die Stirn. »Vielleicht leuchtendes Moos oder ein Pilz.«

Aber in so vielen Farben?

Das ergab keinen Sinn.

Gray wandte sich an Noah. »Haben Sie schon mal etwas Derartiges gesehen?«

Der Ranger schüttelte den Kopf. »Noch nie.«

Das galt offenbar auch für ein anderes Teammitglied. Der stets neugierige Roho rannte los. Seine Schritte platschten laut im flachen Wasser.

»Roho, nicht!« Noah eilte ihm hinterher und tastete in der Tasche nach der Fernbedienung des Elektrohalsbands.

Gray schaltete seine Helmleuchte ein und folgte Noah, die anderen schlossen sich ihm an. Er hatte Geschichten von Irrlichtern gehört, die den Unachtsamen in Sümpfe und Morast lockten. Er konnte nur hoffen, dass sie nicht in die gleiche Falle tappten.

Noah versuchte, Roho zur Vernunft zu bringen, streckte die Fernsteuerung von sich ab und drückte den Knopf. Der junge Löwe aber setzte seine Verfolgungsjagd fort.

Als sie sich dem bunten Waldstück näherten, hatte Noah die Spannung des Stromschlags anscheinend erhöht. Roho stieß eine Art Jaulen aus, sprang mit allen vieren in die Luft und hielt endlich an.

Noah eilte zum Löwen und tätschelte ihn beruhigend,

während Roho um seine Beine herumstrich. »*Babarira, Roho*«, entschuldigte er sich. »*Babarira.*«

Gray und die anderen versammelten sich um die beiden. Aus dieser Entfernung sah er die Ursache des Phänomens. Unter dem Laubdach hatte sich eine ätherische Sternkonstellation verfangen, die sich im Wasser spiegelte.

»Das ist wunderschön«, flüsterte Jane.

Und der Wald reagierte auf ihre Bewunderung.

In der Tiefe des Dschungels erhob sich ein Geraune, ein Durcheinander zahlreicher Stimmen, zu leise, um einzelne Worte zu verstehen.

Das unheimliche Geflüster ließ Gray alle Haare zu Berge stehen. Er erinnerte sich, dass Noah gemeint hatte, im Wald spuke es.

Seichan fasste ihn beim Arm. »Wir müssen hier weg.«

Er trat zurück – doch der bunte Wald hatte sich bereits in Bewegung gesetzt.

24

3. Juni, 14:38 EDT
Ellesmere-Insel, Kanada

Wenn ich nicht so viel Angst hätte, wäre mir schwindlig.

Im Frachtraum versteckt, spürte Painter, wie die Boeing C-17 Globemaster sich auf die Seite legte und eine weitere langsame Runde über dem Unwetter drehte.

Nach dem turbulenten Flug durch die Wolkenschicht, bei dem er mächtig durchgerüttelt worden war, hatte das Flugzeug jetzt die ruhigere Zone über dem Sturmtief erreicht und kreiste seit über einer Stunde. Die Besatzung traf offenbar Vorbereitungen für den Abwurf der Kanister mit *Pestis fulmen*, doch da unter ihnen das Unwetter tobte und über ihnen der geomagnetische Sturm, war der Funkverkehr vermutlich beeinträchtigt.

Vielleicht wollte man auch kein Risiko eingehen.

In Anbetracht des Gefahrensymbols gleich neben seiner Wange wusste er diese Vorsicht zu schätzen.

In der Zwischenzeit hatte er herausgefunden, wie viele Personen sich an Bord aufhielten. Dabei war er ausgesprochen vorsichtig vorgegangen und hatte sich zwischen den Behältern ein Stück nach vorn durchgezwängt.

Er machte zwei Männer in schwarzen Overalls aus – Antons Leute –, beide mit dem gleichen Sturmgewehr bewaffnet, das auch Painter geschultert hatte. Inzwischen hatte er sich vergewissert, dass die beiden Ersatzmagazine, die er den Wachleuten in der Funkbaracke abgenommen hatte, komplett geladen waren. Außerdem hatte er sich einen Überblick über die Patrouillengänge der Sicherheitsleute verschafft. Bedauerlicherweise wechselten sie sich regelmäßig ab und versammelten sich nie an einem Fleck.

Schade.

Gerade eben wäre Painter beinahe von einem Besatzungsmitglied ertappt worden. Der Mann hatte sich erleichtern wollen, doch da die Bordtoilette besetzt war, kam er nach hinten, wo es ein Pinkelrohr gab, das im Wesentlichen aus einem Trichter bestand, von dem ein Schlauch nach draußen führte. Er kam Painter so nahe, dass er dem Mann hätte auf die Schulter tippen können. Er hatte einen Blick auf das Waffenholster des Mannes geworfen. Er vermutete, dass es mindestens zwei weitere Besatzungsmitglieder gab und einen Lademeister, der sich um die Fracht kümmerte.

Dazu kamen noch sechs Wissenschaftler, eine besorgniserregende Mischung aus Männern und Frauen. Ihrem munteren Geplapper nach zu schließen, handelte es sich um Zivilisten, was problematisch war, da sie möglicherweise schuldlos waren, nichts weiter als begeisterte Forscher.

Wenn Painter mit feuernder Waffe losstürmte, würde es ihm vermutlich gelingen, die beiden bewaffneten Sicherheitsleute auszuschalten, doch es bestand die Gefahr, dass die Wissenschaftler ins Kreuzfeuer gerieten. Und was wäre damit gewonnen? Beim ersten Anzeichen von Ärger würde die Crew das Cockpit verriegeln, und Painter würde frustriert gegen die kugelsichere Tür hämmern. Und der Lademeister würde das automatische Transportsystem aktivieren und die Kanister abwerfen.

Er hatte einen einfacheren Plan.

Am vorderen Ende der aufgereihten Paletten befand sich an beiden Seiten des Frachtraums jeweils ein roter Notabschaltknopf. Damit ließen sich die hydraulischen Vorrichtungen deaktivieren, welche die Paletten über Walzen zur Heckluke schieben und nach draußen befördern sollten. Allerdings hatte Painters Plan zwei Haken. Erstens würden die Notschalter erst dann funktionieren, wenn der Entladevorgang bereits gestartet war, was bedeutete, dass er erst im allerletzten Moment aktiv werden konnte. Zweitens konnte der Lademeister die Notabschaltung übergehen und die Maschinerie erneut in Bewegung setzen.

Deshalb musste Painter sich zwischen dem ersten und dem zweiten Haken eine Atempause verschaffen und alle an Bord davon überzeugen, ihre Absichten aufzugeben.

Um das zu bewerkstelligen, brauchte er noch etwas anderes.

Geiseln.

Die Wissenschaftler an der provisorischen Beobachtungsstation gerieten in Aufregung. Ein Monitor zeigte den mit einer Gammakamera aufgenommenen Sturm, der in der Ionosphäre wütete. Die Forscher redeten im Fachjargon über die Turbulenzen.

»Sieht nach einer Plasmaspitze aus. Eindeutig ein HSS.«

»Könnte sich um eine korotierende Interaktionszone handeln.«

»Eine KIZ? Nein, die G-Skala geht durch die Decke.«

Da er nicht nach draußen sehen konnte, stellte sich

Painter ein Polarlicht in dieser Höhe vor. Über der Wolkendecke schien noch immer die Mittagssonne, doch da sie um diese Jahreszeit sehr tief stand, war eine Aurora dieser Größe vermutlich immer noch sichtbar. Die hätte er gern gesehen.

Sein unausgesprochener Wunsch wurde erhört.

Mit einem leisen Seufzer setzte sich eine Hydraulik in Gang. Als er sich umsah, öffnete sich die Heckluke. Durch die Öffnung fiel Sonnenschein in den Frachtraum.

Vorn wurde gejubelt und geklatscht.

Painter duckte sich zwischen zwei Paletten. Draußen toste der Sturm, drang aber wegen der hohen Geschwindigkeit des Flugzeugs nicht ganz in den Frachtraum ein. Die Maschine schwankte leicht aufgrund des Sogeffekts der offenen Luke, doch der Pilot stellte seine Erfahrung unter Beweis und hielt es in der Waagerechten.

Das Flugzeug hielt auf die untergehende Sonne zu, sodass Painter den dunkelblauen Himmel hinter dem Heck sah. Funkelnde grüne und rote Schleier waberten über den Himmel, tanzten hin und her. Gebannt von der Leuchterscheinung, überhörte Painter zunächst die Veränderung der Geräuschkulisse, doch ein lautes Knirschen veranlasste ihn, wieder nach vorn zu sehen.

Eine der Schubvorrichtungen hatte zu arbeiten begonnen.

Painter hatte vermutet, dass eine Palettenreihe nach der anderen nach draußen befördert werden würde, damit sich die sich aufblähenden Wetterballons nicht ineinander verhedderten.

Leider war die Reihe der neun Paletten, in der er sich versteckt hatte, die erste, die ausgestoßen wurde.

Painter schaute sich noch einmal um und prägte sich

die Positionen aller Personen ein – dann sprang er aus der Deckung hervor und lief zwischen den hohen Behältern und der gewölbten Flugzeugwand hindurch.

Er schlug mit der flachen Hand auf den Knopf der Notabschaltung.

Die Schubvorrichtung, die sich der Palettenreihe an der linken Seite genähert hatte, kam mit einem enttäuschten Seufzen der Hydraulik zum Stillstand.

Alle Anwesenden sahen ihn an, als erblickten sie ein Gespenst.

Es war an der Zeit, den Geiseln Angst zu machen.

Er lief zum vordersten Behälter und ging dahinter in Deckung. Er richtete das Gewehr auf die Behälter an der anderen Seite des Frachtraums und nahm ein Gefahrensymbol ins Visier.

»Niemand rührt sich, sonst fange ich an, die Geiseln zu erschießen.«

Mal sehen, wie viel ihnen ihr Leben wert ist – und das zukünftiger männlicher Nachkommen.

Der Lademeister auf dem Flugdeck zeigte sich jedenfalls unbeeindruckt. Die zweite stählerne Schubvorrichtung setzte sich ächzend in Gang, näherte sich den Paletten und schickte sich an, die Geiseln wegzuschieben. Der Lademeister hatte anscheinend die rote Kontrollleuchte bemerkt und sich entschieden, die zweite Palettenreihe auszustoßen, anstatt den Zeitplan einzuhalten. In der Zwischenzeit würde er versuchen, die Ursache der Störung zu beseitigen.

Painter hingegen passte das gar nicht in den Kram.

Im Moment kam er an die Notabschaltung an der anderen Seite des Frachtraums nicht heran, weshalb der Entladevorgang ungehindert voranschritt. Der Schlitten erreichte die erste Palette und schob sie gegen die nächste, bis der ganze tödliche Korso auf die Heckluke zurollte.

Painter wartete, bis der Schlitten mit ihm auf einer Höhe war. Dann zielte er mit dem Gewehr auf die Hydraulikschläuche, in der Hoffnung, dass der Schlitten zum Stillstand kommen würde, wenn er ein, zwei Schläuche beschädigte. Er betätigte den Abzug nur kurz, da in dem beengten Raum mit Querschlägern zu rechnen war.

Zwei Kugeln wurden abgefeuert, doch sie zeigten keine Wirkung.

Jedenfalls nicht beim Transportschlitten.

Ein Wachmann glaubte anscheinend, er werde angegriffen, und feuerte in Painters Richtung. Da Painter gut gedeckt war, blieb er unversehrt, doch vielleicht wäre es besser gewesen, wenn die Kugeln ins Ziel getroffen hätten.

Sie durchschlugen unmittelbar über Painters Kopf die Aluminiumwand des *Pestis*-Behälters. Dabei verloren sie so viel kinetische Energie, dass sie vom nächsten Behälter abprallten.

Das Unglück aber war passiert.

Rote Fontänen schossen aus den Einschusslöchern und trafen Painter. Dem Geschrei nach zu schließen, sah es vorn genauso aus. Doch die Katastrophe war noch nicht komplett.

Über ihm zischte es.

Oh nein…

Der Wetterballon platzte aus dem Paket an der Oberseite des Behälters und blähte sich jäh auf wie ein Airbag. Offenbar hatte eine Kugel den Gastank getroffen. Der Ballon drückte gegen die Decke und suchte bebend und umherpeitschend nach einem Ausweg. Dann tat der Ballon das, wozu er gedacht war, und flog auf die offene Luke zu. Der beschädigte, leckende Behälter löste sich von der Palette und wurde mitgerissen.

Painter wich ihm mit einem Hechtsprung aus und prallte gegen die Wand.

Die eine Vierteltonne wiegende Palette verfehlte seinen Kopf nur um Haaresbreite.

Weitere Behälter wurden umgerissen, doch ihr eigenwilliger Kollege verlor dadurch an Schwung. Der Ballon zerriss, erschlaffte und fiel auf die übrigen Behälter.

An der anderen Seite setzte der Schlitten seine Arbeit fort, ohne sich vom Chaos aus dem Takt bringen zu lassen.

Painter beobachtete, wie eine Kiste nach der anderen nach außen befördert wurde. Sie stürzten wie ein Stein in die Tiefe. Im nächsten Moment erblühten am blauen Himmel und vor dem Hintergrund des schimmernden Polarlichts weiße Pilze.

Neun Ballons stiegen gen Himmel, unter ihnen pendelte ihre tödliche Fracht.

Hilflos verharrte Painter an der Flugzeugwandung.

Von vorn ließ sich eine laute Stimme vernehmen. »Was zum Teufel ist da los?«

Painter drehte sich um in der Erwartung, der Lademeister sei nachsehen gekommen. Mehrere Gewehre zielten auf ihn.

Bis auf die Haut mit roter *Pestis*-Lösung getränkt, sah er aus wie Carrie beim Abschlussball. Er zuckte mit den Schultern. »Und Sie glauben, Sie hätten einen schlechten Tag erwischt.«

15:39

Halt durch ...

Kat hatte sich über Safia gebeugt und drückte ihr eine kalte Kompresse an die Stirn. Nach dem ersten Krampf hatte sie die halb bewusstlose Frau aus dem Sno-Cat gezerrt und zu einem Zelt der Inuit geschleppt. Trotz des primitiven Äußeren gab es im Zelt der Nomaden Liegepritschen, jede Menge wärmende Felldecken und einen Campingkocher, dessen Abluft nach draußen abgeleitet wurde.

Die drei Eisfischer – Tagak, Joseph und Natan – hatten ihre Hilfe angeboten, doch da Kat vermeiden wollte, dass sie sich ansteckten, hatte sie sie gebeten, sich fernzuhalten. Die Einladung ins Zelt aber hatte sie angenommen. Im Verbandskasten der Inuit fand sie ein Fläschchen Aspirin, das sie Safia sogleich verabreichte.

Sie selbst hatte drei Tabletten geschluckt. Vielleicht würde sie ja einer Ansteckung entgehen.

Auch Rory hatte drei Tabletten genommen. Er tigerte hinter ihr in dem kleinen Zelt hin und her. Sie war zu dem Schluss gelangt, dass es eine Verschwendung von Ressourcen war, ihn weiterhin gefesselt zu lassen, zumal er ihr geholfen hatte, Safia hierherzuschleppen.

Außerdem, wo sollte er schon hin? Sie hatte den Zündschlüssel des Sno-Cats eingesteckt, und die Inuit verfügten lediglich über Schneeschuhe und einen Hundeschlitten. Und vor einer Stunde war Natan zusammen mit seinen Hunden nach Alert aufgebrochen, um Hilfe zu holen.

Am Hazen-See gab es eine kurze Piste. Dies war eine von drei Stellen im Park, wo ein Flugzeug landen konnte. Zu dieser frühen Jahreszeit war die Piste eingeschneit und bislang ungenutzt, doch Camp Alert würde hoffentlich trotzdem Hilfe schicken.

Wenigstens war das ihr Plan.

Tagak und Joseph waren auf Wache und hielten auf den umliegenden Bergen Ausschau nach Verfolgern aus der Station. Wie alle, die in der Arktis unterwegs waren, hatten sie Gewehre dabei.

Safia schlug unter den Decken stöhnend um sich. Kat hatte im Verbandskasten auch ein digitales Thermometer gefunden und damit ihre Temperatur gemessen: 39,7 Grad Celsius. Hoch, aber nicht tödlich. Um ihr Gehirn zu schützen, tränkte Kat die Kompressen mit Eiswasser, das Rory in regelmäßigen Abständen ersetzte. Eine Kompresse hatte sie Safia unter den Hals gelegt, die andere auf die Stirn.

Die Kälte beruhigte sie ein wenig, und es traten keine weiteren Krämpfe auf. Immer wieder verlor Safia das Bewusstsein; manchmal nahm sie die Umgebung wahr, manchmal nicht.

Sie murmelte im Fiebertraum.

Rory rückte ein Stück näher und legte den Kopf schief. »Sie spricht frühägyptisches Koptisch.«

»Sind Sie sicher?«

»Hundertprozentig. Das muss auch nichts bedeuten. Dr. al-Maaz ist Expertin für ägyptische Geschichte und mit der koptischen Sprache vertraut. Vielleicht reiht sie wahllos Worte aneinander.«

Kat sah ihn direkt an. »Aber das glauben Sie nicht.«

»Als mein Vater und die anderen krank wurden, haben sie von lebhaften Halluzinationen berichtet.«

»Was bei hohem Fieber und Enzephalitis nicht ungewöhnlich ist.«

»Ja, aber das Delirium war bei allen ähnlich. Es drehte

sich immer um Ägypten, glühend heißen Sand und Krankheiten.«

»Das war vielleicht eine Reaktion auf die Hitze und ihre Angst vor der Krankheit. Die Übereinstimmungen könnten eine Folge von Autosuggestion gewesen sein – sozusagen eine Gruppenpsychose.«

»Das könnte durchaus sein. Außerdem passten einige Halluzinationen nicht ins Muster.«

»Sehen Sie.«

Rory seufzte. »Mein Vater hat mich mit seinen Ideen angesteckt.«

»Wie meinen Sie das?«

»Wir haben übers Internet lange Gespräche geführt. Er hatte eine eigene Theorie parat. Er hielt es für möglich, dass der Organismus das Erinnerungsmuster einer infizierten Person aufzeichnet und es ans nächste Opfer weitergibt, dessen Gehirn zur Wiedergabe stimuliert wird.«

»Wozu sollte das gut sein? Worin besteht der evolutionäre Nutzen?«

»Mein Vater nahm an, dass nur *starke* Erinnerungen gespeichert werden, vor allem solche, die mit Angst befrachtet sind, da diese das Gehirn umfassender erregen und so die Mikrobe nähren. Indem sie das beim nächsten Opfer wiederholt …«

»… aktivieren sie die neue Futterstelle.« Kat nickte. »Interessant, aber was folgt daraus?«

»Meinem Vater zufolge reicht das bis zu den biblischen Plagen zurück.«

»Wieso das?«

»Er nahm an, dass der Mikrobenstamm, der ihn und auch Safia infiziert hat, aus der Zeit stammte, als der Nil sich rot gefärbt hat. Er hielt es für möglich, dass er die damalige Angst und Panik eingefangen hat und sie immer aufs Neue wiederholt, ein Echo aus der fernen Vergangenheit.«

»Nach so langer Zeit?«

»Für diesen Organismus ist die Zeitspanne gar nicht so groß. Simon Hartnell hat die Mikrobe untersucht und festgestellt, dass sie nahezu unsterblich ist und bis zur nächsten elektrischen Dröhnung in einen Ruhezustand übergeht.« Rory zuckte mit den Achseln. »Wie ich schon sagte, damit hat sich mein Vater befasst. Und dass Safia altägyptisch spricht, hat mich an die Unterhaltung mit ihm erinnert.«

Kat ließ sich das Gehörte durch den Kopf gehen. Das menschliche Gedächtnis war in der Hippocampusregion angesiedelt, doch neueste Forschungen deuteten darauf hin, dass die Information dort nur *kurzzeitig* gespeichert wurde. Der Hippocampus codierte die Erinnerungen in elektrische Muster um, die in Milliarden von Synapsen gespeichert waren, und verteilte sie für die Langzeitspeicherung auf die gesamte Großhirnrinde.

Dr. Kano hatte auf die einzigartige biologische Wandelbarkeit der Archaeen hingewiesen, die sich aneinanderketteten und zu Drähten oder Kabeln zusammenschlossen. War ein Netz miteinander verknüpfter Mikroben imstande, durch starke Emotionen verstärkte Erinnerungsmuster des Gehirns zu kopieren und sie später zu reproduzieren?

Safia regte sich, ihre Lippen bewegten sich lautlos.

Kat stellte sich schaudernd vor, was in diesem Moment in ihrem Gehirn ablaufen mochte.

Rory beugte sich vor und flüsterte Safia etwas ins Ohr. »*Khére, nim pe pu-ran*?«

Kat runzelte die Stirn. »Was haben Sie gesagt?«

Er wandte den Kopf. »Ich habe sie auf Altkoptisch nach ihrem Namen gefragt.«

»Aber warum …?«

Safia antwortete mit schwacher Stimme, die sich anhörte, als tönte sie aus einem tiefen Brunnen hervor. *»Sabah pe pa-ran … Sabah.«*

Rory zuckte zusammen und wich mit bestürzter Miene zurück.

»Was ist?«

Er schaute auf das Notebook, das auf einem gefalteten Fell stand, dann blickte er wieder Safia an. »Sie hat gesagt, ihr Name sei Sabah.«

»Und was bedeutet das?«

»Bevor die Hölle losgebrochen ist, hat Safia den Namen der Mumie auf dem Thron erfahren, die sie angesteckt hat. Sie hieß Sabah.«

Kat war geneigt, auch dies der Macht der Autosuggestion zuzuschreiben. Wenn Safia sich mit diesem Rätsel befasst hatte, mochte das Auswirkungen auf ihre Fieberfantasien haben.

Aber trotzdem …

Sie blickte Rory an. »Wie haben Sie ihren Namen herausgefunden?«

»Anhand der Tätowierungen.«

Sie überlegte kurz, dann holte sie die CD-ROM hervor, die sie aus Safias Tasche genommen hatte. Sie schob sie Rory zu und zeigte aufs Notebook. »Schauen Sie mal, was Sie herausfinden können.«

Sie wollte nichts unversucht lassen.

Rory nahm die CD in die Hand und setzte sich im Schneidersitz vor den Laptop.

Kat konzentrierte sich wieder auf Safia. Im Stillen

redete sie ihr gut zu. Sie maß noch einmal ihre Temperatur, wechselte die Kompressen und brachte sie dazu, erneut Aspirin einzunehmen und etwas Wasser zu trinken.

Hinter ihr tippte Rory und murmelte vor sich hin. Manchmal klang er frustriert, manchmal erstaunt. Sie verzichtete darauf, ihn bei der Arbeit zu stören.

»Hallo!«, sagte jemand draußen vor dem Eingang. Es war Joseph, der älteste der drei Inuit. »Da kommt jemand. Von den Bergen bewegen sich zahlreiche Scheinwerfer ins Tal hinunter.«

Kat richtete sich auf und griff nach dem Gewehr.

Offenbar bekomme auch ich zu tun.

15:58

Sabah pe pa-ran …

Zum x-ten Mal schreitet sie über den glühend heißen Sand, vorbei an den Kadavern der Wasserbüffel, den zerschmetterten Vögeln jeglicher Art und den toten Geiern, die sich an ihnen genährt haben.

Zur Linken tönt vom Dorf her lautes Wehklagen.

Sie aber geht weiter zum blutroten Fluss. Krokodile treiben träge vorbei, mit dem Bauch nach oben. Im Schilf wimmelt es von vertrockneten Fröschen. Und überall wogen Schwärme von Fliegen wie die Meereswellen jenseits des Deltas.

Weitere Bilder stellen sich ein.

… eine Frau drückt einen sterbenden Säugling an ihre Brust.

… ein junges Mädchen schnappt nach Luft, während es inwendig verbrennt.

Ich bin dieses Mädchen.

… ein gebeugtes altes Weib wird gesteinigt, weil es die Götter geschmäht hat.

Ich spüre, wie die Steine mir den Schädel zerschmettern.

Immer wieder.

Sie ist hundert Frauen, bis zurück zu der Zeit des Elends. Sie ist Sabah und all die anderen, welche die Erinnerung in sich trugen. Sie alle wurden darauf vorbereitet, *hemet netjer* zu sein … eine Magd Gottes. Sie lernten, das Wasser in sich aufzunehmen, sich davon durchschwemmen zu lassen und ihre Angst zu bezähmen, damit sie nicht die Erinnerung an die Zeit des Elends trübten und sie bewahrten für die nächste Frau, auf dass das Unglück niemals in Vergessenheit gerate.

Die Erinnerung in sich zu tragen, ist ein Fluch.

Zu wissen, was wir wissen, ist ein Segen.

Und jetzt bin ich eine andere.

Sie hat das morastige Ufer erreicht und blickt dorthin, wo die Welt jenseits des Flusses endet. Der Sturm verzehrt die Sonne und ist immer noch nicht zufriedengestellt. Blitze zucken, und Hagel trommelt auf den Sand wie die Hufe zahlloser zorniger Hengste. Sie weiß, das ist sowohl Vergangenheit als auch das, was bevorsteht.

Sie spricht zur nächsten Frau.

Du musst sie warnen.

16:05

»Die Bedingungen sind nahezu optimal für einen Testlauf«, sagte Dr. Kapoor zu Simon.

Sie standen vor der Leitstelle der Kontrollstation, deren gewölbtes Fenster einen Panoramablick auf den Turm eröffnete. In der vergangenen halben Stunde hatten seine Gefühle zwischen Zorn und Euphorie geschwankt.

Er hatte keine Ahnung, wie es Painter Crowe gelungen war, sich an Bord des Frachtflugzeugs zu schleichen. Man konnte beinahe meinen, er sei als lebendige Verkörperung der Krähe, seiner Namensvetterin, an Bord geflogen. Jetzt war die Maschine kontaminiert und musste isoliert werden. Bedauerlicherweise befand sich die Hälfte der Behälter mit *Pestis fulmen* noch an Bord. Immerhin waren *neun* trotz der Sabotage unbeschadet ausgestoßen worden.

Er blickte auf die schematische Darstellung der Ionosphäre. Blinkende Punkte markierten die Positionen der Ballons, welche ihre Last am unteren Rand der aufgeladenen Atmosphärenschicht freigesetzt hatten. Die Energieströme des geomagnetischen Sturms waberten in Wellen über den Bildschirm.

Kapoor nickte in die Richtung des Displays. »Die Prognose ist trotz der unvollständigen Freisetzung weiterhin gut. Wir sollten den Keimen jedoch Zeit geben, sich in der Umgebung zu etablieren.« Er zeigte auf eine Stelle mit einem dichten Energiewirbel. »Ich habe den Strahl bereits dorthin kalibriert. Aber wir sollten nicht zu lange warten, sonst werden die Keime durch die Energieströme der Ionosphäre zu stark verdünnt.«

»Was schlagen Sie vor?«

»Dass wir in zehn Minuten feuern.«

»In Ordnung.«

Simon wippte aufgeregt auf den Fußballen.

In zehn Minuten wird Teslas Traum endlich Wirklichkeit werden – und meiner auch.

Ein Telefon klingelte. Er nahm den Hörer ab und hörte

statisches Rauschen. Er ahnte, wer seine Privatnummer gewählt hatte.

»Anton?«

»Wir haben sie gefunden, Sir.«

»Und die Daten?«

»Werden in den nächsten zehn Minuten gesichert werden.«

Er lächelte.

Perfektes Timing.

»Sie wissen, was Sie zu tun haben«, sagte er.

»Und die beiden Frauen?«

Simon blickte auf einen anderen Monitor, der das kreisende Flugzeug zeigte. Painter Crowe stellte kein Problem mehr dar, er war nurmehr ein loses Ende. Er sah keinen Grund mehr, sein Druckmittel zu behalten.

»Beseitigen Sie die Schweinerei, die Sie angerichtet haben.«

»Verstanden.«

Simon verschränkte die Hände hinter dem Rücken, um seine Erregung zu bezähmen. Unruhig lief er hin und her und schaute auf die Anzeigen.

Überall grünes Licht.

Nach einer scheinbaren Ewigkeit kehrte Kapoor zurück.

»Und?«, fragte Simon, als er bei dem Physiker ein Zögern wahrzunehmen meinte.

Kapoor zeigte grinsend auf den Schlüssel, der in der Konsole steckte. »Wir können zünden.«

Simons Empfinden nach hatte dieser Moment ein paar bedeutsame Worte verdient, eine großartige Ansprache über die Veränderung der Welt, doch er würde stattdessen Taten sprechen lassen. Er trat vor die Konsole, legte die Finger um den Schlüssel und drehte ihn herum.

Er meinte die Vibration zu spüren, als die Systeme sich einschalteten – vielleicht aber war es auch bloße Einbildung, die seiner Erregung geschuldet war.

Endlich…

Alle Gesichter in der Kontrollstation wandten sich dem Fenster zu.

»Schauen Sie zur Turmspitze«, sagte Kapoor.

Simon richtete den Blick nach oben. Die mit mächtigen Magneten bestückten Kupferringe begannen zu rotieren. Innerhalb dieser Vorrichtung drehte sich langsam ein titanummantelter, eiförmiger Supraleiter, dessen Spitze nach unten wies.

»Faszinierend«, flüsterte Kapoor.

Im Verlauf einer Minute rotierten die Ringe immer schneller, bis sie nur noch schemenhaft zu erkennen waren. Das sich drehende Ei stieg in dem Energiekokon empor – dann kippte es, bis das schmale Ende nach oben zeigte.

Simon trat einen Schritt vor und zog Kapoor mit sich.

Als die Längsachse des Eis exakt gen Himmel wies, ließ Simon den angehaltenen Atem entweichen.

Einhergehend mit einem Donner, der sich anhörte, als berste die Erdkruste, schoss ein Strahl reinen Plasmas in den Himmel. In der Kontrollstation wurde gejubelt und gepfiffen, denn dies war der erste Schritt zur Rettung des Planeten. Blaue Energieblitze traten aus der Turmspitze aus und dockten an die spiralförmige Anlage an, tanzten zwischen den stählernen Ästen des Waldes aus Stahl. Simon musste an das Elmsfeuer denken, das man einst an den Masten von Segelschiffen beobachtet hatte, die unbekannte Gewässer durchpflügten.

Hier aber wurde ein noch geheimnisvolleres Terrain erkundet.

Die Plasmasäule traf die Wolken und trieb sie auseinander. Blitze zuckten an der Wolkendecke entlang, versuchten, die Energie zu zerstreuen. Der Strahl aber schoss weiter in die Höhe – bis er aufs Ziel traf.

Er erreichte die Ionosphäre und prallte auf den Schutzschild, den Simon dort ausgebracht hatte, eine Barriere, bestehend aus den kleinsten aller Lebensformen. Die Energie breitete sich nach außen hin aus, eine Aurora von solcher Leuchtkraft, dass Simon davor zurückschreckte.

Kapoor reichte ihm eine Schutzbrille.

Simon hielt sie sich vor die Augen, zu aufgeregt, um sie aufzusetzen. Immer mehr Energie schoss vom Turm in den Himmel und lud die Aurora weiter auf. Energiewellen breiteten sich kaskadenförmig nach allen Seiten aus.

»Sie haben es geschafft«, sagte Kapoor und fasste die Anzeigen in den Blick. »Der Zustand ist stabil.«

Simon lächelte.

Endlich …

16:21

Irgendetwas war passiert.

Painter stand in der Nähe der offenen Heckluke der Globemaster, die eine Faust mit dem Fetzen eines Wetterballons umwickelt. Draußen durchstieß eine Feuersäule den Sturm und verteilte sich über das Dach der Welt. Von dessen Energie genährt, breitete sich die Aurora nach allen Seiten aus und übertraf an Leuchtkraft selbst die arktische Sonne.

Er spürte die elektrische Spannung auf der Haut, denn die Mikroben in seiner Kleidung reagierten auf die aufgeladene Luft. Im dunklen Frachtraum leuchteten die roten Lachen vor den durchlöcherten Behältern.

Eine der Lachen ergoss sich in ein Rinnsal, das sich ihm und der offenen Luke näherte. Er blickte zu der durchsichtigen Plane, mit der die Besatzung den Frachtraum provisorisch von der Kabine des Flugzeugs abgetrennt hatte.

»Halten Sie die Nase der Maschine unten!«

Er wollte nicht, dass die giftige Suppe aus dem Flugzeug floss. Vermutlich war ohnehin schon etwas nach draußen getröpfelt, bevor die Ordnung wiederhergestellt worden war. Er stellte sich vor, wie das Flugzeug einen roten Kreis auf die unter ihnen befindliche Wolkendecke malte und zusätzlich zur Ionosphäre auch noch den Sturm kontaminierte.

Nach der Katastrophe an Bord war er von der Crew isoliert worden. Er war der Einzige, der von der ausgelaufenen Flüssigkeit durchnässt worden war. Der beschädigte Behälter lag immer noch auf der Seite und setzte bei jedem Schaukeln der Maschine weitere Flüssigkeit frei. Hätte die Besatzung sich nicht von dem giftigen Sumpf fernhalten wollen, hätte man ihn vermutlich auf der Stelle erschossen.

So lag es an ihm, etwas wegen der offenen Luke zu unternehmen, deren Schließmechanismus von dem Wetterballon blockiert wurde, der in den Antrieb geraten war. Die Aurora-Station wollte die Maschine erst dann landen lassen, wenn das Problem beseitigt war. Man wollte verhindern, dass bei einer unsanften Landung die verbliebene Ladung über der Tundra oder der Basis verteilt wurde.

Das bedeutete, dass die Besatzung vorerst auf ihn angewiesen war.

Es blitzte, und ein lauter Knall ließ die Maschine erbeben. Er hatte genug Zeit in der Luft verbracht, um zu wissen, was geschehen war.

Ein Blitzeinschlag.

Er schaute nach draußen. Wie befürchtet hatte sich die Lage verändert. Die Aurora borealis füllte den ganzen Himmel aus. Sie bestand nicht mehr aus schimmernden Wellen, die am Erdenrund leckten, sondern hatte sich in einen wütenden, tobenden Sturm verwandelt.

Weitere Blitze zuckten Richtung Boden.

Er wusste, was er da beobachtete. Man sprach in diesem Fall von einem Gewitter in der oberen Atmosphäre, doch in Wahrheit handelte es sich um Ströme leuchtenden Plasmas aus der Ionosphäre. Dafür gab es nette Bezeichnungen – Kobolde, Blaue Jets und Elfen. Im Grunde aber handelte es sich um elektrische Entladungen in großem Maßstab.

Allerdings bezweifelte Painter, dass ein so gewaltiges Phänomen jemals beobachtet worden war.

Ein Dutzend Koboldhalos erblühten in der Luft und explodierten in einem Feuerball. Energielinien wanderten zu den Wolken, bläulich leuchtende Gaskegel wirbelten über den Himmel.

Der Sturm in der Tiefe reagierte ungehalten und spuckte gezackte Blitze aus, die den Himmel bombardierten, was den Feuertanz über den Wolken weiter anfachte.

Painter wusste, dass ein Gewitter mittlerer Größe dem Energiepotenzial von hundert Hiroshima-Bomben entsprach. Das arktische Biest in der Tiefe war mindestens zehn Mal so groß.

Während er das Schauspiel beobachtete, begriff er, dass er eine Feedbackschleife zwischen Ionosphäre und Gewitter beobachtete, die sich gegenseitig anfachten und immer schneller und stärker wurden.

Dies war anscheinend auch den Verantwortlichen in der Aurora-Station klar geworden. Die aus dem Turm austretende Plasmasäule erlosch unvermittelt.

Doch es war bereits zu spät.

Simon Hartnell hatte das Unmögliche zuwege gebracht.

Er hat den Himmel in Brand gesetzt.

25

3. Juni, 20:05 CAT
Akagera-Nationalpark, Ruanda

»Keiner rührt sich vom Fleck«, sagte Gray warnend.

Seine Helmleuchte war als einzige noch eingeschaltet. Sie leuchtete an Noah vorbei, der noch immer beim Löwenjungen hockte, nachdem er es mit einem Stromstoß gestoppt hatte. Die anderen hatten sich hinter ihm verteilt.

Von ihrer Position aus breiteten sich Wellen im überschwemmten Wald aus, in denen sich die Sternformation spiegelte, was deren prismatische Wirkung steigerte. Allerdings vermochte der schwache Schimmer den dunklen Waldboden unter dem dichten Laubdach nicht zu erhellen. Das Gegenteil war der Fall. Die phosphoreszierenden Kleckse und leuchtenden Wirbel ließen die Dunkelheit noch undurchdringlicher erscheinen. Und je länger man hinsah, desto stärker brannte sich die Helligkeit in die Netzhaut ein. Leuchtende Nachbilder waren die Folge, die das Ganze noch unübersichtlicher machten.

Trotzdem meinte Gray erkennen zu können, dass sich Teile der bunten Erscheinung durch den Wald bewegten, so als wären Fetzen einer Leinwand zum Leben erwacht.

Das Gemurmel, das er eben noch gehört hatte, war verstummt. Im überschwemmten Dschungel war es totenstill.

»Was ist das?«, flüsterte Noah.

Roho grollte und löste sich von der Seite seines Herrn. Der junge Löwe schlich vorsichtig vorwärts, seine Beine kräuselten kaum das Wasser. Er hatte sich geduckt, sein Schwanz peitschte dicht über dem Wasser hin und her.

»*Roho, oya*«, sagte Noah tadelnd und winkte ihn zurück.

Gray tippte dem Mann auf die Schulter. »Lassen Sie ihn.«

Am äußersten Rand des Lichtkegels löste sich ein kleiner Teil des bunten Waldes und näherte sich ihnen.

Hinter ihm schnappte Jane hörbar nach Luft.

Sich ebenso vorsichtig bewegend wie Roho, tauchte eine kleine Gestalt vor ihnen auf, ebenso neugierig wie das Löwenjunge und möglicherweise auch nicht viel älter. Ein kleiner Rüssel, leuchtend rot bestäubt, reckte sich in die Luft und schnupperte den Geruch der Fremden.

Ein größerer Teil der Leinwand folgte, der Rest schloss sich ihm an.

Ein leises Trompeten tönte aus der Dunkelheit hervor.

»Elefanten«, sagte Noah und richtete sich verwundert auf.

Das Elefantenjunge, das Gray gerade mal bis an die Hüfte reichte, zögerte, offenbar schwankend zwischen Neugier und dem Drang zu gehorchen. Es flappte mit den großen Ohren.

Während das Junge am Rand des Lichtkegels verharrte, wurde Gray der Grund für die Neugier des Jungtiers bewusst. Seine Haut – stellenweise phosphoreszierend bunt, genau wie der Wald – zeigte ansonsten ein rosiges Weiß.

Der neugierige Bursche war von der weißen Raubkatze angelockt worden, mit der es eine genetische Gemeinsamkeit hatte.

Das Elefantenjunge betrachtete Roho mit seinen kleinen dunklen Augen, während der Löwe sich ihm in unterwürfiger Haltung näherte.

Als wollte es ihn ermutigen, reckte das Elefantenkalb den Rüssel und stieß ein leises Pfeifen aus.

Mehr brauchte es nicht.

Roho stürmte mit weiten Sätzen los, wobei das Wasser nach allen Seiten spritzte. Mit seinem Übermut machte er dem scheuen Kalb Mut. Mit dünnem Trompeten richtete es sich spielerisch auf die Hinterbeine auf – wobei erkennbar wurde, dass es sich um ein männliches Kalb handelte – und ließ sich wieder auf die Vorderbeine fallen. Den Körper halb abgewendet, kam es näher und vollführte kleine Hüpfer, dann schwenkte er in die andere Richtung.

Das warnende Trompeten wurde lauter und wurde von anderen Elefanten aufgenommen.

Das Kalb aber störte sich nicht daran. Die beiden Jungtiere begegneten sich und vollführten im Wasser einen Tanz. Sie umkreisten einander, stupsten sich gegenseitig an und planschten im Wasser.

»Was jetzt?«, flüsterte Noah.

Gray zuckte mit den Achseln. »Wir überlassen Roho die Botschafterrolle.«

Die beiden Jungtiere zogen immer weitere Kreise und jagten einander abwechselnd. Als Grays Augen sich an die Dunkelheit gewöhnt hatten, nahm er unter dem Laubdach dunklere Schatten wahr, deren Flanken ebenso verziert waren wie die des Kalbs.

»Wer hat sie wohl bemalt?«, fragte Jane in gedämpftem Ton.

Das war eine gute Frage.

Gray erinnerte sich an das Wispern im Wald.

Wer war sonst noch da draußen?

»Ich glaube«, sagte Noah mit ehrfürchtigem Staunen, »ich glaube, das haben sie selbst gemacht.«

Gray runzelte die Stirn. »Aber wie …?«

Ein lautes Platschen und ein ängstliches Trompeten ließen ihn verstummen. Alle blickten zum Löwen und dem Elefantenkalb, die um eine kleine Insel herumgelaufen waren. Roho tänzelte mit peitschendem Schwanz heran, dann lief er wieder zur anderen Seite der Insel.

Angetrieben von Rohos aufgeregtem Gebrüll eilten sie ihm hinterher.

Gray und die anderen bogen um die Spitze der Insel. Ein schwerfälliger Schatten mit bemalter Flanke näherte sich mit donnernden Schritten der gleichen Stelle.

Das Elefantenkalb war nicht zu sehen.

Dann zeigte Noah. »Da!«

Das blasse Ende des Rüssels schwenkte hektisch über der Wasseroberfläche hin und her.

»Bleiben Sie zurück!«, warnte Gray.

Er machte noch zwei Schritte, dann tauchte er. Die wasserdichte Lampe seines mit einem Kinnriemen fixierten Helms verbreitete ein schwaches Licht. Der morastige Boden fiel hinter der Insel steil zu einer Senke ab.

Vor ihm tauchte im trüben Wasser der kleine Elefant auf.

Er schwamm hinüber. Die Beine des Elefantenkalbs waren bis zu den Fesseln in den Schlamm eingesunken. Es wehrte sich verzweifelt gegen den Sog des Morasts, sank aber immer tiefer ein. Gray legte ihm beruhigend die Hand auf die Flanke.

Dann tauchte er auf und trat Wasser, um nicht ebenfalls in den Morast einzusinken.

»Eine Decke und ein Seil!«, rief er und zeigte zur Insel. »Wir benutzen den Baum als Hebel.«

»Verstanden.« Kowalski hatte sich bereits in Bewegung gesetzt und stapfte zur Insel.

Noah löste ein aufgerolltes Kletterseil von seinem Rucksack, während Jane und Derek eine Decke auspackten.

Seil und Decke warfen sie Gray zu.

Seichan wies mit dem Kinn zur Insel. »Beeil dich, Gray.«

Ein großer Schatten verharrte am Rand des Lichtkegels. Es war eine Elefantenkuh, vermutlich die Mutter des Kalbs. Im Moment hielt sie sich noch zurück, wohl weil sie spürte, dass sie ihrem Kind helfen wollten.

Gray befürchtete, dass die Zurückhaltung nicht von Dauer sein würde.

Das Kalb atmete schnaubend durch den Rüssel, dessen Nasenlöcher sich dicht über der Wasseroberfläche befanden.

Er tauchte erneut und schob dem Elefanten die Decke hinter das Vorderbein und unter die tonnenförmige Brust. Dann legte er das Seil darunter und zog es beim zweiten Versuch an der anderen Seite hervor.

Er tauchte auf, fixierte die Schlinge mit zwei halben Schlägen und warf das andere Seilende Kowalski zu. Der fing es auf, legte das Seil um den Baum, grub die Absätze in den Boden und zog.

Gray blieb beim Kalb. Er legte die Hände um das Ende des Rüssels und versuchte, die Nasenlöcher über Wasser zu halten. Außerdem wollte er dem panischen Jungtier zeigen, dass es nicht allein war.

Kowalski kämpfte ächzend und fluchend gegen den Sog des Morasts an, der das Kalb festhielt, doch es sah so aus, als würde er es nicht schaffen. Derek und Noah eilten ihm zu Hilfe.

Endlich hob sich der Körper des Kalbs Zentimeter um Zentimeter aus dem Wasser.

»Weitermachen!«, rief Gray.

Mit einem mächtigen Grunzen Kowalskis löste das Kalb sich endgültig aus dem Morast. Als sie es aus dem Wasser zogen, tätschelte Gray ihm beruhigend die Flanke. Auf festem Boden angelangt, entfernte er Decke und Seil.

Das Kalb zitterte. Der Vorfall hatte ihm anscheinend mächtig zugesetzt.

Die Mutter trompete besorgt.

Das Kalb hatte offenbar genug vom Abenteuer; es wandte sich zu ihr um, blickte aber ängstlich ins dunkle Wasser.

Noah beugte sich vor und streichelte die empfindliche Stelle hinter dem Ohr des kleinen Elefanten. »*Wakize, umsore*«, murmelte er und geleitete das Kalb zur anderen Seite der Insel, wo das Wasser flacher und der Untergrund fester war. »Komm, kleiner Bursche, hier kann dir nichts passieren.«

Gray folgte den beiden, hielt aber Abstand, denn er wollte die nervöse Mutter, die auf die Rückkehr ihres Kindes wartete, nicht verschrecken.

Roho hielt sich an der Seite seines neuen Freundes, stupste ihn hin und wieder an und ließ reumütig den Kopf hängen.

Schließlich trabte das Kalb zu seiner Mutter. Sie neigte

den Kopf und schlang ihm den Rüssel um den Leib. Sie beschnüffelte es ausgiebig und schnaubte erleichtert.

Dann machten beide kehrt und verschwanden im Wald.

»Sollen wir ihnen folgen?«, fragte Jane.

Gray nickte. »Deswegen sind wir hier.«

Sie setzten sich in Bewegung, doch jemand hatte Einwände gegen ihren Plan.

Ein großer Bulle verstellte ihnen den Weg. Sein leuchtender Körperschmuck wirkte wie eine Kriegsbemalung. Er reckte den Rüssel, schnaubte und schwenkte seine gelblichen Stoßzähne hin und her. Hinter ihm bewegten sich weitere Schatten.

Noah hob den Arm und bedeutete der Gruppe anzuhalten. »Wir dürfen ihn nicht provozieren.«

»Was Sie nicht sagen«, meinte Kowalski und fügte in gedämpftem Ton hinzu: »Ein bisschen Dankbarkeit sollte man wohl erwarten dürfen. Die Verbrennungen vom Seil werde ich noch wochenlang spüren.«

Wie aufs Stichwort trompete die Mutter des Kalbs entschieden.

Der Bulle schwenkte den Kopf zu ihr herum, dann senkte er die Stoßzähne und machte kehrt.

»Da wurde wohl jemand überstimmt«, bemerkte Seichan.

»Bei Elefanten gilt das Matriarchat«, erklärte Noah. »Die weiblichen Tiere haben das Sagen.«

Seichan zuckte mit den Achseln. »Mir soll's recht sein.«

Als sie den Elefanten hinterher wateten, nahm die Herde sie in die Mitte, hielt aber Abstand. Auch wenn die Elefantenkühe das Sagen hatten, blieben sie dennoch wachsam. Gray hatte keine Ahnung, wie lange man sie dulden würde, doch er hoffte, dass die Dankbarkeit der

Herde lange genug vorhalten würde, um herauszufinden, was sich sonst noch im Wald verbarg.

Gray schaute sich aufmerksam um und bemühte sich, im leuchtenden Laub ein Muster zu erkennen. Er war überwältigt und verspürte eine eigentümliche Ruhe. Es war, als schritten sie durch eine von Kerzen erhellte Kathedrale. Sie sprachen kein Wort; die einzigen Geräusche waren das Reiben der Elefantenhaut, der schnaubende Atem der Tiere und das leise Gurgeln des Wassers.

Nach einer Weile ließen sie den bunten Dschungel hinter sich. Jetzt konnte er sich einen Überblick über die Herde verschaffen, die leuchtende Kunstwerke mit sich herumtrug, große, schwerfällige Leinwände, die sich durch den dunklen überschwemmten Wald bewegten.

Insgesamt waren es um die dreißig Tiere, vielleicht auch mehr. Die meisten waren ausgewachsen, doch es waren auch einige Kälber darunter.

Aber auch diese Offenbarung verblasste, da die Körperfarbe immer schwächer leuchtete. Mit dem Wald geschah das Gleiche. Offenbar war die Magie nicht von Dauer, was das Phänomen umso reizvoller erscheinen ließ.

Noah hatte versucht, das Wunder einzufangen, und leuchtende Proben von Elefantenrüsseln und tief hängenden Zweigen gesammelt. Er hatte daran gerochen, die Farbe verrieben und sich sogar ein wenig davon auf die Zunge getupft.

»Hm …«, machte er, als das Leuchten seiner Hände verblasste.

»Was ist?«, fragte Gray.

»Das sind eindeutig biolumineszierende Pilze. Ich konnte Myzelien und Fruchtkörper identifizieren. Man hat sie zerrieben und eine Paste daraus gemacht.« Er schaute sich im immer dunkler werdenden Wald um. »Sie haben Pilze aus dem ganzen Umkreis des alten Waldes gesammelt.«

»Wer?«

»Ich hab's Ihnen schon gesagt.« Noah blickte ihn stirnrunzelnd an. »Die Elefanten.«

20:25

Derek, ebenso skeptisch wie Gray, schob sich nach vorn. Jane blieb an seiner Seite, wirkte aber eher erstaunt als ungläubig.

»Wie kann das sein?«, fragte Derek. »Wir haben Stimmen gehört. Irgendwo in der Nähe muss sich ein Eingeborenenstamm verstecken.«

Noah blickte in die Runde. »Nein. Auch das waren die Elefanten.«

Kowalski schnaubte gereizt. »Ich weiß, Elefanten sind schlau, aber Elefanten, die sprechen können?«

»Nein, nicht sprechen… sie ahmen die Sprache bloß nach.« Noah deutete in die Richtung, aus der sie gekommen waren. »Es wurde schon häufiger beobachtet, dass Elefanten Laute nachahmen, angefangen von den Lautäußerungen der Waldtiere bis zum Grollen eines Motors. Der Rüssel dient ihnen dabei als Pfeiforgan. Im Akagera-Park gibt es einen Bullen, der es perfekt versteht, das Paarungsgrunzen eines Wasserbüffels zu imitieren.« Er lächelte. »Das hat in der Paarungszeit für einige Verwirrung gesorgt.«

Jane betrachtete die riesigen Schatten, die durch den Wald stapften. »Aber weshalb haben sie das gerade eben gemacht?«

»Das weiß ich nicht. Vielleicht wollten sie uns damit abschrecken. Ich bin mir sicher, dass sie uns bemerkt haben, als wir ins Gebirge vorgedrungen sind.«

Derek musste zugeben, dass die Wirkung unheimlich gewesen war.

»Und der bunte Wald?«, fragte Gray.

»Wir haben zufällig den richtigen Moment abgepasst. Vermutlich handelt es sich um ein Ritual, das aufgrund der nötigen Vorbereitungen nur selten stattfindet. Es ist bekannt, dass Elefantenherden komplexe soziale Zeremonien entwickeln. Außer uns sind dies die einzigen Säugetiere, die ihre Toten rituell bestatten und dabei auf anrührende Weise trauern.«

Derek warf einen Blick über die Schulter. »Aber was bedeutet es, wenn sie den Dschungel auf diese Weise schmücken?«

»Ich habe keine Ahnung. Das müssen Sie sie schon selbst fragen.« Noah lächelte. »Aber es gibt zahlreiche Belege dafür, dass die Dickhäuter geborene Maler sind und ein besonderes Gespür für Farben und Muster haben.«

Jane nickte. »Der Londoner Zoo verkauft sogar Gemälde, die von Elefanten gemalt wurden.«

»Stimmt. In einem anderen Zoo hat ein Gemälde eines Dickhäuter-Picassos namens Ruby mehrere zehntausend Dollar erzielt.«

»Aber hier in der Wildnis?«, meinte Derek.

»Das wurde bereits beobachtet.« Noah wies mit dem Kinn nach vorn. »Elefanten haben natürlich vorkommende Pigmente zerrieben und sich damit gegenseitig angemalt. Wie ich schon sagte, ich glaube, wir sind hier auf ein Ritual gestoßen. Es lag beinahe so etwas wie religiöse Andacht in der Luft.«

Derek hatte das auch gespürt.

»Weil wir sie dabei gestört haben«, sagte Noah, »haben sie versucht, uns zu verscheuchen.« Er zeigte nach vorn. »Das könnte aber auch einer der Gründe sein, weshalb sie uns jetzt in ihrer Nähe dulden. Einerseits haben wir das Kalb gerettet, andererseits könnte es ihnen als bedeutungsvoll erscheinen, dass wir ausgerechnet zu diesem Zeitpunkt aufgetaucht sind.« Er tätschelte seinen pelzigen Begleiter. »Roho war natürlich ebenfalls hilfreich.«

Derek vergegenwärtigte sich, wie die beiden Jungtiere miteinander gespielt und damit eine Brücke gebaut hatten, doch Noah zielte auf etwas anderes ab.

»Haben Sie den Bullen und die Mutterkuh gesehen?«, fragte Noah. »Sie sind ebenfalls Albinos, genau wie das Kalb.«

»Aber sie waren nicht weiß«, wandte Jane ein. »Eher rotbraun.«

»Ah, das ist typisch für die Art. Albinoelefanten werden mit rosiger Haut geboren und dunkeln mit dem Alter ein. Weiße Elefanten sind äußerst selten.« Er klopfte Roho auf die Flanke. »Aber vielleicht hat es uns zum Vorteil gereicht, dass wir jemanden dabeihaben, der das genetische Erbe mit ihnen teilt.«

»Was auch der Grund dafür sein mag«, sagte Gray, »dass sie es uns erlaubt haben, ihnen zu folgen.«

Die Bäume ragten hier höher auf. Das Wasser zog sich in Pfützen und breite, flache Tümpel zurück. Allmählich stellten sich die gewöhnlichen Dschungellaute wieder ein – das Geschrei der Affen und die Rufe brütender Vögel.

Noah schaute sich aufmerksam um. »Wenn die ganze Herde das genetische Merkmal gemeinsam hat, könnte dies der Grund sein, weshalb sie sich den schattigen Wald als Heimstatt ausgesucht hat. Albinoelefanten erblinden häufig oder bekommen wegen der grellen afrikanischen Sonne Hautkrankheiten. Hier können sie gut leben.«

»Und sich verstecken«, setzte Gray hinzu.

»Ja«, pflichtete Noah ihm ernüchtert bei. »Das stimmt. Für Wilderer wären sie eine bevorzugte Beute. Vielleicht sind sie aus diesem Grund auch zu Nachttieren geworden – um die Sonne zu meiden und ihr Geheimnis zu wahren.«

Derek schaute umher und fragte sich, welche Geheimnisse die Herde sonst noch hüten mochte.

Schweigend gingen sie anderthalb Kilometer weiter.

Das neugierige Kalb tauchte wieder auf. Seine Scheu hatte es anscheinend abgelegt. Auch seine Mutter ließ sich blicken, hielt aber Abstand und passte lediglich auf, dass ihrem Kleinen nichts geschah.

Das Kalb schnüffelte umher, schnaubte und stupste die Fremden an. Zu Gray hatte es besonderes Zutrauen gefasst; es schlang ihm ein Bein um die Hüfte, als hielte es ihn bei der Hand.

»Ich glaube, er möchte sich bedanken«, sagte Noah.

»Und was ist mit dem Burschen, der die Schwerarbeit geleistet hat?«, brummte Kowalski. »Gray hat doch nur den Knoten gemacht.«

Schließlich gelangten sie zu einer baumbestandenen Felswand, einer hoch aufragenden schwarzen Woge, deren Scheitelpunkt sich weit über ihnen befand. Gray dachte an Noahs Beschreibung der örtlichen Geologie. Diese Region war die älteste Afrikas. Die Erdkruste war hier geborsten und hatte sich nach oben geschoben.

Daran hatte Derek keinen Zweifel, als er zu dem gewaltigen Felsgebilde hochschaute, das ihnen den Weg versperrte. Die Felswand sah aus, als wäre hier ein Brocken der Kruste herabgefallen und an den Rändern zerschellt. Risse und schmale Spalten schnitten tief ins Gestein.

Die Herde rückte näher, die Elefanten marschierten hintereinander. Sie hielten auf eine Felsspalte zu, die sich in keiner Weise von den anderen unterschied.

»Schauen Sie sich mal um«, flüsterte Noah. »Ganz am Ende der Karawane.«

Drei Elefantenbullen bildeten den Abschluss. Sie gingen rückwärts und deckten den Pfad mit riesigen Farnwedeln ab.

»Sie verwischen ihre Spuren«, sagte Gray.

»Unsere Parkelefanten wehren mit diesen Wedeln Fliegen ab. Und einmal habe ich in einer besonders schweren Dürreperiode einen Elefanten dabei beobachtet, wie er ein Wasserloch gegraben und mit einem Pfropfen aus zerkauter Rinde und Sand verschlossen hat, damit es nicht austrocknet. Diesen kleinen Brunnen hat er den ganzen Sommer über gepflegt.« Noah sah aus, als würde er jeden Moment in Tränen ausbrechen. »Ich weiß, dass diese Tiere ausgesprochen intelligent sind. Sie nutzen ihr großes Gehirn zum Überleben, arbeiten zusammen und verwenden Werkzeuge. Schauen Sie sich nur an, wie wunderschön sie sind. Weshalb schießen Menschen sie dann zu ihrem Vergnügen oder wegen des Elfenbeins ab?«

Jane legte ihm mitfühlend eine Hand auf den Arm.

Auch Kowalski schaute betroffen drein, allerdings aus einem ganz anderen Grund. »Wenn diese großen Burschen ihre Spuren verwischen, dann auch unsere. Vielleicht haben sie ja ihre Gründe.«

Offenbar unterstellte er den Elefanten böse Absichten.

Gray zeigte nach vorn. »Es gibt nur eine Möglichkeit, uns Gewissheit zu verschaffen.«

21:02

Fast außer Atem vor Aufregung, hielt Jane sich dicht an Dereks Seite. Die Geheimnisse, die ihrer harren mochten, lösten bei ihr bange Erwartung aus. Dennoch schnürte ihr die Angst die Kehle zu.

Was, wenn wir nichts finden?

Die großen Waldtiere hatten ihnen zwar erstaunliche Dinge offenbart, doch sie waren letztlich nur Elefanten. Was konnten sie sonst noch von ihnen in Erfahrung bringen? In welcher Beziehung stand das alles zum glühend heißen Sand Ägyptens, zu dem Jahrtausende zurückreichenden Mysterium, zu der Zeit Moses' und der Plagen?

Die ersten Elefanten drangen in die Felsspalte vor und verschwanden. Eines nach dem anderen folgten ihnen die anderen Tiere, dann waren die Menschen an der Reihe. Als Jane die schmale Felsschlucht betrat, blickte sie staunend in die Höhe. Der Einblick in die Spalte wurde von dichtem Dschungel verdeckt.

In der Enge der Schlucht wurde der Elefantengeruch stärker, eine Mischung aus süßlichem Dung und alter Haut. Sie bezähmte ihre Angst und folgte den anderen. Der Weg wurde noch schmaler, bis sie meinte, die großen Bullen müssten darin stecken bleiben. Dennoch schafften sie es. Vermutlich zogen sie die mächtige Brust ein und zwängten sich hindurch.

Ihr kam es so vor, als ziehe sich die Schlucht kilometerweit dahin, obwohl sie in Wahrheit wohl nur wenige hundert Meter zurücklegten. Schließlich wichen die Felswände zurück und kündigten das Ende der langen Reise an – ein Hindernis aber galt es noch zu bewältigen.

Vor ihr bogen die Elefanten nach links ab. Die Herde

erklomm eine steile Felsrampe, die Kälber hielten sich mit dem Rüssel am Schwanz der Mutter fest. Die Prozession hatte etwas Zeitloses an sich, so als werde dieser Pfad schon seit Jahrtausenden beschritten. Tatsächlich wies die Rampe in der Mitte eine Rinne auf, als wären schon zahllose Elefanten darüber hinweggetrampelt.

Der Grund, weshalb sie diesen Weg nahmen, lag auf der Hand.

Die Rampe führte über eine hohe Wand, welche die ganze Breite der Felsspalte abschloss.

Die eigenartige Formation weckte ihre Neugier, denn sie bezweifelte, dass sie natürlichen Ursprungs war.

Derek war zum selben Schluss gelangt. Er bückte sich und fuhr mit den Fingerspitzen über die raue Oberfläche der Brücke. »Weißer Kalkstein«, sagte er und richtete sich wieder auf. »Der stammt nicht aus dem Granitgebirge. Man muss ihn woanders gebrochen haben.«

Sie trat an den Rand der Rampe und betrachtete die Wand. Sie bestand aus Blöcken von der Größe eines Pkw. Ähnliche Kalksteinblöcke hatte sie bereits in Ägypten gesehen.

An der Cheopspyramide in Giseh.

»Das haben nicht die Elefanten erbaut«, sagte Derek. »So gute Handwerker sind sie nicht.«

Die nachfolgenden Tiere reagierten mit ungehaltenem Schnauben auf die Verzögerung.

Widerwillig ließ Jane sich über die Rampe und an der anderen Seite hinuntergeleiten.

Hinter der Wand lag ein kleines Tal. An der anderen Seite setzte der Spalt sich fort, doch Jane achtete mehr auf die nähere Umgebung.

Das Tal umfasste ein kleines Waldstück und eine grüne

Wiese. Alles machte einen gepflegten Eindruck. Mehrere Elefanten begrüßten die Neuankömmlinge mit leisem Trompeten. Sie verschränkten die Rüssel und rieben sich mit der Flanke aneinander. Die Elefanten im Tal wirkten mit ihrer schlaffen Haut und ihrer knochigen Brust viel älter als die anderen. Vielleicht waren sie ja zu schwach, um noch auf Wanderung zu gehen.

Die zurückkehrende Herde verteilte sich auf mehrere niedergetrampelte Stellen, die meisten in der Nähe der Felswände gelegen, wo der überhängende Dschungel Schatten spendete. Normalerweise wanderten Elefanten ständig umher und hatten kein eigentliches Zuhause, doch diese isolierte Gruppe war anscheinend anders und hatte aufgrund ihrer speziellen genetischen Veranlagung, die sie zwang, die Sonne zu meiden, eine neue Lebensweise entwickelt.

Doch nichts davon fesselte Janes Aufmerksamkeit.

Sie blickte scharf nach rechts. Ein kleiner Grottensee nahm die eine Talecke ein, die eine Hälfte im Freien, die andere in der Felswand verborgen. Vermutlich wurde er von einer Quelle gespeist, die ihre Entstehung der einzigartigen Hydrologie des Grabengebirges verdankte. Die gewölbte Granitdecke funkelte irisierend, blinkte und schimmerte. Leuchtende Schwärme lösten sich, flogen tief übers Wasser dahin und wirbelten ins Tal wie ein Schwall glühender Asche.

»Glühwürmchen«, erklärte Noah.

In ihrem Licht schimmerte die Wasseroberfläche dunkelrot.

Sie alle wussten, was das bedeutete.

»Mein Gott …«, murmelte Derek.

Ein junger Bulle trottete zum felsigen Ufer des Sees, tauchte den Rüssel hinein und trank von der giftigen

Brühe. Jane zuckte innerlich zusammen, doch der Elefant flappte lediglich mit den Ohren, um die Glühwürmchen zu verscheuchen, dann wandte er sich ab und ging davon.

Um diese Talseite machten sie einen weiten Bogen.

Gray versammelte seine Begleiter an einer Ansammlung großblättriger Bäume. Die Elefanten ignorierten sie weitgehend und gingen ihrer üblichen Routine nach. Ein paar große Bullen hielten jedoch in der Nähe mit umherpeitschendem Schwanz Wache.

»Was halten Sie davon?«, fragte Gray.

Jane schaute vom See zur Kalksteinbarriere. »Ich weiß genau, wo wir sind.«

Gray wandte sich ihr zu.

»Wir stehen im *Mund* des Flusses. Wie es auf dem tätowierten Hautstück geschrieben stand, das mein Vater hinterlassen hat. Jetzt fügt sich alles zusammen.«

»Für Sie vielleicht«, brummte Kowalski.

Derek hatte verstanden, was sie meinte. »Vor mehreren zehntausend Jahren müssen sich die Wetterbedingungen grundlegend geändert haben, und es hat außergewöhnlich stark geregnet. Die ganze Region wurde überflutet, und der Kagera und dessen Zuflüsse traten über die Ufer.«

Jane stellte sich vor, wie eine Flutwelle durchs Gebirge strömte. »Der Dschungel, durch den wir gekommen sind, stand vielleicht meterhoch unter Wasser. Auch das Hochland war möglicherweise überflutet. Das Wasser könnte durch die Spalten in der Felswand bis hierher vorgedrungen sein.«

»Wo es sich mit dem giftigen Wasser des Sees vermischt hat«, sagte Derek. »Auf diese Weise konnte die Mikrobe aus dem Tal und dem Gebirge entkommen und hat erst den Kagera und dann den Viktoriasee infiziert.«

Gray blickte nach Norden. »Von dort aus wurde sie ins Niltal transportiert.«

Jane nickte. »Sie hat in ihrem Gefolge Tod und Verderben verbreitet und die anderen Plagen ausgelöst, über die wir bereits gesprochen haben. Der Ausbruch des Thera – bei dem eine Aschewolke freigesetzt wurde – könnte die atmosphärische Veränderung bewirkt haben, welche die Überflutung ausgelöst hat.«

Gray blickte zur hohen Felswand hinüber. Allmählich dämmerte es ihm. »In jener Zeit oder kurz danach haben Ägypter nach dem Ursprung des Übels gesucht und sind der blutigen Spur gefolgt.«

»Bis hierher«, sagte Jane. »Um zu verhindern, dass die Tragödie sich irgendwann wiederholt, hat man die Steinmauer errichtet, die verhindern sollte, dass zukünftige Überschwemmungen bis ins Tal vordringen.«

»Aber das ist nicht alles, was sie vorgefunden haben«, sagte Jane und schaute wieder die Elefanten an. »Genau wie wir haben sie sich bestimmt gefragt, wie die Elefanten überlebt haben. Wir wissen, dass die Tiere schon damals hier gelebt haben, denn sie werden auf dem tätowierten Hautstück erwähnt.«

Jane schlug sich mit der flachen Hand gegen die Stirn. »Aber wie haben sie überlebt? Handelt es sich um eine angeborene Immunität? Um ein spezifisches genetisches Merkmal?«

»Das glaube ich nicht«, sagte Gray.

»Wieso das?«

»Die Menschen, die vor langer Zeit hier waren, haben ihr Geheimnis entdeckt. Ich glaube nicht, dass die ägyptischen Forschungsreisenden über die erforderliche Ausrüstung verfügten, um immunologische oder genetische

Tests anzustellen. Nein, hier geht es um etwas anderes.« Er blickte zum See. »Aber wieso gehen die Elefanten überhaupt das Risiko ein, aus dem See zu trinken?«

Noah hatte eine mögliche Erklärung parat. »Weil es ihnen einen evolutionären Vorteil verschafft.«

Gray schaute ihn an. Auf der Bootsfahrt hierher hatte Jane gehört, wie Gray ihrem Führer erklärt hatte, wonach sie suchten.

»Worin besteht der Vorteil?«, fragte sie.

»Das Leben in dieser Region kreist ums Wasser. Jedes Tier entwickelt eine einzigartige Strategie, um die Dürreperioden zu überleben, die in der Vergangenheit bisweilen jahrelang angedauert haben. Ich habe Ihnen von dem Elefanten erzählt, der sein Wasserloch verschlossen hat, um es zu schützen.« Noah schwenkte weit ausholend den Arm. »Das hier ist eine biologische Version des gleichen Phänomens. Wenn man als Einziger ungefährdet das Wasser trinken kann, dann kann es einem auch niemand streitig machen.«

Derek nickte. »Aber wie haben sie gelernt, das Wasser zu trinken?«

Noah lächelte. »Elefanten sind klug und geduldig. Sie lieben es, Rätsel zu lösen. Es könnte Jahrzehnte gedauert haben, bis sie mittels Versuch und Irrtum die Anpassungsstrategie erlernt haben. Deshalb sollte man sich besser die Frage stellen: Weshalb das Rad neu erfinden? Weshalb machen wir es ihnen nicht einfach nach?«

Jane fragte sich, ob die Ägypter vor einigen tausend Jahren vielleicht ähnlich vorgegangen waren.

Noah untermauerte seine Vermutung mit einem Beispiel aus der Gegenwart. »In Kenia kauen weibliche Elefanten die Blätter eines bestimmten Baums, um die Wehen einzuleiten. Einheimische haben sich daran ein Beispiel genommen. Wie Sie sehen, kann man von unseren großen Freunden tatsächlich eine Menge lernen.«

»Angenommen Sie haben recht – wo sollen wir mit der Suche anfangen?«, fragte Jane.

Gray trat aus dem Schatten der Bäume hervor und ließ den Blick forschend durchs dunkle Tal schweifen. Schließlich verweilte er auf der schimmernden Grotte. »Auf dem tätowierten Hautstreifen, den Ihr Vater versteckt hat, wurden nicht nur Elefanten erwähnt. Da stand auch etwas von *Elefantenknochen*.«

Jane spannte sich an. »Das stimmt.«

Gray wandte sich an Noah. »Sie haben gesagt, die Elefanten wären die einzigen Säugetiere, die Bestattungsrituale ausüben. Was genau haben Sie damit gemeint?«

»Es geht darum, die Verstorbenen zu ehren. Zunächst wird der Tote betrauert, dann bedecken ihn die Tiere mit Erdreich und Zweigen, manchmal auch mit ganzen Ästen. Anschließend wird den Gebeinen die letzte Ehre erwiesen, auch wenn der Verstorbene nicht zur eigenen Familie gehört hat. Bisweilen nehmen die Herden sogar Knochen auf ihren Wanderungen mit.«

»Aber wo befinden sich die Gebeine dieser Herde?«, fragte Gray.

»Bei all der Heimlichtuerei würde ich annehmen, dass sie die Toten nicht im Tal bestatten.«

»Aber sie wollen sie bestimmt in der Nähe haben.« Derek wies mit dem Kinn zu der Felsspalte am Ende des Tals. »Wie wär's damit?«

Gray nickte. »Wir sollten mal nachsehen.«

Bevor sie losmarschierten, zeigte Seichan zur Mauer. »Soviel wir wissen, ist das der einzige Zugang zum Tal.

Während ihr nach den Knochen sucht, bemanne ich die Wälle.«

Gray nickte. »Lass das Funkgerät eingeschaltet. Melde dich, wenn es Ärger gibt.«

Seichan tätschelte die große Waffe an ihrer Hüfte. »Ihr werdet mich schon hören.«

Er umarmte sie kurz, dann eilte sie davon.

Gray gab das Kommando zum Aufbruch.

Noah achtete darauf, dass Roho in seiner Nähe blieb, besonders als sie an der giftigen Grotte vorbeikamen. Sie schlugen einen weiten Bogen und überquerten eine Wiese mit kniehohem Gras. Die Elefanten regten sich, als sie an ihnen vorbeikamen, schnaubten und trompeteten. Ein Jungbulle stürmte mit abgespreizten Ohren auf sie zu. Alle erstarrten, doch in zehn Metern Abstand hielt er plötzlich an, flappte mit den Ohren und entfernte sich dann mit hochgerecktem Schwanz.

»Jugendliches Imponiergehabe«, erklärte Noah.

Kowalski sah dem Elefanten finster hinterher. »Ein typischer Halbstarker.«

Den Rest des Wegs legten sie unbehelligt zurück.

Als sie sich der Felsspalte näherten, nickte Noah. »Das mit dem Elefantenfriedhof ist bloß eine Legende«, sagte er, um einer Enttäuschung vorzubeugen. »Alte Elefanten ziehen sich zum Sterben nicht an einen bestimmten Ort zurück. Es steht zu vermuten, dass diese Herde nicht anders ist als die anderen und die Gebeine der Toten einfach liegen lässt.«

Jane war sich da nicht so sicher. Sie hatte den Eindruck, dass an dieser Herde nichts gewöhnlich war. Als sie sich der Mündung der Schlucht näherten, trat plötzlich ein Bulle – der größte, den sie bislang gesehen hatten – aus der Dunkelheit hervor und verstellte ihnen drohend den Weg. Er spreizte die Ohren ab und reckte den Rüssel.

»Irgendwie habe ich den Eindruck, dass der nicht jugendlich genug ist, um nur imponieren zu wollen«, grummelte Kowalski.

»Was jetzt?«, fragte Derek leise.

Die Antwort erfolgte prompt. Hinter dem Bullen wurde lautstark trompetet, was sich beinahe genervt anhörte. Der Bulle beäugte die Fremden noch eine Weile, dann trat er widerwillig aus der Felsspalte hervor.

»Da erwartet uns wohl jemand«, meinte Derek.

Sie gingen weiter und drangen in die Schlucht ein. Hinter ihnen blockierte der Bulle wieder den Ausgang und folgte ihnen in größerem Abstand. Dabei machte er kaum ein Geräusch, so als schreite er über heiligen Boden.

Vielleicht aber galt sein Respekt auch denen, die sie erwarteten.

Jane blickte angestrengt nach vorn. In der überwachsenen Felsspalte herrschte tiefe Dunkelheit, doch Grays Helmleuchte spendete ausreichend Licht. Der Weg war kurvenreich. Schließlich mündete er in einen Kessel ohne zweiten Ausgang.

Endstation.

Und zwar in zweifacher Bedeutung.

Der Boden war mit Ästen und Zweigen bedeckt, teils auf einem Haufen liegend, teils weitläufig verteilt. Aus einigen Haufen ragten gebogene gelbliche Stoßzähne und gebleichte Knochen hervor. Am hinteren Rand des Kessels standen ein paar hohe Bäume, ansonsten gab es hier keinerlei Anzeichen von Leben. Der Boden war mit weißem Sand und kleinen runden Steinen bedeckt, durchmischt mit etwas, das aussah wie Muscheln aus einem längst verschwundenen Meer.

Als Jane in den Kessel hineinging, korrigierte sie ihren Irrtum.

Das waren kein Sand und keine Muscheln – sondern zermahlene Knochen.

Voller Grauen blickte sie zu Boden und fragte sich, wie tief diese makabre Schicht wohl sein mochte. Vermutlich kamen die Elefanten seit Jahrtausenden hierher, um zu sterben, wurden von ihren Artgenossen bedeckt und im Lauf der Zeit von Wind und Wetter zu körnigem Sand zermahlen.

Kowalski gewann dem Ganzen trotzdem etwas Gutes ab. »So viel dazu, der Elefantenfriedhof wäre ein Mythos.«

Doch sie waren hier nicht allein.

Einige Elefanten stapften langsam umher, hielten Wache an einem mit Laub abgedeckten Haufen oder berührten mit dem Rüssel behutsam einen hervorstehenden Stoßzahn. Das einzige Geräusch waren die knirschenden Schritte derer, welche die Toten besuchten.

Jane überwand ihr Grauen, als sie erkannte, dass den Toten hier Respekt erwiesen und aufrichtig um sie getrauert wurde. Ein junger Bulle stand mit hängendem Kopf vor einer Erhebung, aus seinem Auge löste sich eine Träne.

Kein Wunder, dass der Bulle versucht hatte, ihnen den Eintritt zu verwehren.

Wir gehören nicht hierher.

Derek aber hatte recht gehabt: Jemand hatte sie gerufen.

Eine alte Elefantenkuh näherte sich ihnen mit schleppenden Schritten, eine große Matriarchin. Ihre Haut war grauweiß, fast so hell wie die zermahlenen Knochen ringsumher. Sie schien sie mit dem Rüssel näher zu winken.

Sie gingen ihr entgegen, denn sie hatte Respekt verdient.

»Ich glaube, sie ist fast blind«, flüsterte Noah.

Offenbar hatte er recht. Als Gray sie anleuchtete, blinzelte sie nicht und schreckte auch nicht zurück.

Als sie sich vor ihr versammelt hatten, kam sie näher und krümmte den Rüssel. Geleitet von schärferen Sinnen als den Augen, wandte sie sich als Erstes Jane zu. Sie beschnupperte sie, tastete nach ihrem Handgelenk und schlang den Rüssel darum. Sie zog Jane näher an sich heran, weg von den anderen.

Jane schaute sich um, doch Noah nickte ihr aufmunternd zu. Sie verließ sich auf seine jahrelange Erfahrung mit den großen Tieren und ließ sich von der Elefantenkuh wegführen.

Nach ein paar Schritten ließ die Matriarchin ihr Handgelenk los.

Dann ging die große Dame zur Gruppe zurück, schwenkte den Rüssel und wählte den nächsten aus.

Auch diesmal wieder ermunterte Noah den widerwilligen Auserwählten.

»*Komeza, Roho*«, flüsterte er seinem Freund zu. »Geh mit.«

Der junge Löwe ließ sich vom Rüssel die Mähne zausen und den Hals tätscheln und folgte der Elefantenkuh, bis er Jane erreicht hatte.

Seite an Seite standen sie vor dem majestätischen Tier. Als die Elefantenkuh den Kopf senkte und mit der Stirn Janes Brust berührte, bemerkte sie die geschwungenen weißen Augenwimpern. Mit dem Rüssel streichelte die Elefantendame Roho die Flanke. Der Löwe schnurrte zufrieden.

Als die Königin den Kopf wieder hob, funkelten Tränen in ihren müden Augen.

21:32

Gray betrachtete die alte Matriarchin. Mit der Spitze des weißen Rüssels betastete sie Jane und Roho.

»Was macht sie da?«, flüsterte Derek.

Noah schüttelte den Kopf »Die alte Dame trauert, aber ich weiß nicht, warum.«

Gray hatte da eine Ahnung. »Sie erinnert sich.«

Derek wandte den Kopf.

Gray wies mit dem Kinn nach vorn, erstaunt darüber, dass Derek nicht von selbst darauf gekommen war. »Eine Frau und ein Löwe.«

Dereks Augen weiteten sich, dann richtete er seine Aufmerksamkeit wieder auf die beiden. »Sie glauben doch nicht etwa…«

»Sie hat die beiden ausgewählt. Das kann kein Zufall sein.« Er dachte an die Symbole in der Gruft und an Livingstones Ölgefäß. »Vielleicht hat hier mal eine Frau nach der Nilquelle gesucht, die einen speziellen Jagdgefährten dabeihatte. Haben die Ägypter nicht Katzen verehrt und hin und wieder Löwen als Haustiere gehalten oder für die Jagd abgerichtet?«

Derek nickte. »Es gibt Belege dafür, dass einige Pharaonen und auch andere Personen dies getan haben. Es mag sein, dass Elefanten niemals vergessen, aber ich glaube nicht, dass ihr Gedächtnis Jahrtausende zurückreicht.«

»Normalerweise nicht. Aber *diese* Elefantenkuh scheint sich an diese merkwürdige Paarung zu erinnern. Ich weiß nicht, wie man das erklären soll, aber vielleicht war der evolutionäre Nutzen, über den wir gesprochen haben, doch nicht ganz so einseitig.« Er wandte sich an Noah. »Sie haben das große Gehirn der Elefanten erwähnt.«

»Ja. Es ist größer als das jedes anderen Landtiers und wiegt etwa elf Pfund. Der Kortex enthält ebenso viele Synapsen wie unser Gehirn.«

Gray nickte. »Dann sollte das für eine Mikrobe mit einer Vorliebe für elektrisch geladene Nervensysteme ein gefundenes Fressen sein. Vielleicht hat sich im Lauf der Zeit ja eine Symbiose zum gegenseitigen Nutzen entwickelt. Vielleicht stimuliert die Mikrobe das Elefantenhirn, verstärkt das bereits ausgesprochen leistungsfähige Gedächtnis … und reicht das Wissen von einer Generation an die nächste weiter.«

Kowalski unterbrach seinen Gedankengang. »Schauen Sie. Sie hat sich in Bewegung gesetzt. Sie führt die beiden irgendwohin.«

Die alte Elefantenkuh hatte sich umgedreht und stapfte langsam durch die Schlucht. Jane und Roho veranlasste sie mit kleinen Stupsern, ihr zu folgen.

»Kommen Sie.« Gray ging ihnen nach, hielt aber Abstand, um das Tier nicht zu verschrecken.

Die Elefantenkuh geleitete die beiden zu der Ansammlung von Bäumen, wo eine Mutter und ein Kalb neben einem Haufen trockenen Laubs auf dem Boden umhertasteten. Sie hielt an und hinderte Jane und Roho mit dem Rüssel daran, sich den beiden weiter zu nähern.

Derek musterte das Laubwerk der ausladenden Bäume und zeigte auf die zahlreichen Früchte. »Pflaumen«, sagte er. »Das sind Mobola-Pflaumen.«

Gray verstand nicht, weshalb Noah dem Bedeutung beimaß.

Derek übernahm die Erklärung. »Als Livingstone starb, wurde sein Herz unter einem Pflaumenbaum bestattet. Auch der Sarg, in dem sein Leichnam nach England gebracht wurde, war aus dem Holz der Mobola-Pflaume gezimmert.«

»Weshalb?«

»Das Harz der Baumrinde wird als Gerbmittel verwendet. Auch bei der Mumifizierung von Livingstones sterblichen Überresten fand es Verwendung.«

Stirnrunzelnd betrachtete Gray die Zweige, mit denen die Erhebungen bedeckt waren. Dienten sie hier etwa dem gleichen Zweck? Er ahnte, dass er einer bedeutsamen Erkenntnis auf der Spur war.

»Was machen die da?«, fragte Kowalski.

Sein angewiderter Tonfall veranlasste Gray, wieder zur Elefantenkuh mit dem Kalb zu blicken. Die Kuh zog einen Knochen aus dem Begräbnishaufen hervor. Der konkaven Form nach zu schließen, handelte es sich um ein Schädelstück. Sie legte es behutsam ab und zerbrach es mit dem Fuß in kleinere Stücke. Ein Knochenstück hob sie hoch, steckte es sich in den Mund und kaute darauf herum. Das Kalb forderte sie auf, es ihr nachzutun.

Die Elefantenkuh bewegte die Kiefer, als zermalmte sie den Knochen zwischen den Backenzähnen. Nach etwa einer halben Minute fiel ein kleiner runder Kiesel aus ihrem Mund. Es war ein poliertes Stück von dem Knochen, auf dem sie herumgekaut hatte.

Gray senkte den Blick auf den Boden aus zermahlenen Knochen. Überall lagen diese Kiesel herum.

Was hat das nun wieder zu bedeuten?

Abermals verspürte er das charakteristische Ziehen im Hinterkopf, das ihn auf etwas Bedeutsames hinweisen wollte, doch er bekam es einfach nicht zusammen.

Ich verfüge über die Einzelteile, sehe aber das Ganze nicht.

Als er durch die Schlucht blickte, liefen auf einmal bunte Lichtwellen über das weiße Knochenmehl hinweg. Es dauerte einen Moment, bis Gray begriff, was es damit auf sich hatte. Der weiße Boden reflektierte den Himmel.

Er legte den Kopf in den Nacken und schaute zu den Energiewellen am Sternenhimmel hoch.

Das ergab keinen Sinn.

Was er da sah, war eine Art Polarlicht.

Im ganzen Talkessel begannen die Elefanten zu trompeten. Auch die alte Kuh reckte den Rüssel und gab einen klagenden Ton von sich, voller Melancholie und Trauer.

Gray und die anderen schauten nach oben.

Was geht da vor?

21:55

Durch die offene Seitentür der Cessna beobachtete Valya den Tanz der Energie am Himmel, über den wogende smaragdgrüne und blaue Lichtschleier hinwegzogen. Sie wusste, was sie da sah, denn sie hatte das Nordlicht schon häufig gesehen.

Diesmal aber löste der Anblick abergläubisches Unbehagen bei ihr aus. Sie hatte den Eindruck, Anton lasse ihr eine Botschaft zukommen – eine Warnung.

Sie schüttelte den Kopf, um die Gedanken zu verscheuchen.

Kruger und dessen Männer hatten Helme und Gleitfallschirme angelegt. Auch sie schauten in die Höhe, doch sie wollte, dass sie sich auf den Boden konzentrierten.

»Sind Sie bereit?«, rief sie Kruger zu.

Er reckte den Daumen.

Sie hatten die Zielpersonen die ganze Nacht hindurch beobachtet. Durch die Infrarotaugen des Raven hatten sie ihren Weg durchs Gebirge verfolgt. Der Gegner hatte sich in ein System verschachtelter Canyons hineinbegeben, wo anscheinend eine Elefantenherde lebte. Diese Merkwürdigkeit und die Tatsache, dass sie dort verweilten, waren Anlass genug, um mit dem Fallschirm abzuspringen und herauszufinden, was sie in Erfahrung gebracht hatten. Eliminieren konnten sie sie später.

Der Pilot würde einen niedrigen Bogen fliegen, um Kruger und dessen drei Männer abzusetzen. Bewaffnet waren sie mit Sturmgewehren vom Typ AK74M, zusätzlich hatten sie sich Panzerfäuste vor den Bauch geschnallt. Sie würden mit Nachtsichtgeräten im Dunkeln abspringen und in der großen Schlucht landen. Sie würde ihnen folgen und den Eingang zu den Canyons bewachen, damit niemand in den Wald flüchten konnte. Sie hatte vier verlängerte Magazine mit jeweils vierzig Schuss dabei.

Ihre beste Waffe aber hatte sie sich ums Handgelenk geschnallt.

Heute Nacht würde die Klinge blutig werden. Sie würde tief eindringen, bis hinunter zum Knochen, und am besten wäre es, wenn ihr Opfer dann noch lebte.

Die Maschine legte sich auf die Seite, um die Passagiere abzusetzen. Die beiden an den Flügelunterseiten angebrachten Hellfire-Raketen warteten auf den Einsatzbefehl, um hinter Valya und deren Team alle Spuren zu verbrennen.

Die Äquatorialaurora flammte auf, als neue Energien über den Himmel peitschten. Sie fasste die Erscheinung nicht mehr als Warnung auf, sondern als flammendes Banner.

Die Cessna ging tiefer; Kruger blickte sich zu ihr um.

Sie nickte.

Dann los.

Einer nach dem anderen stürzten die fünf Männer aus dem flammenden Himmel in die Tiefe.

26

3. Juni, 17:01 EDT
Ellesmere-Insel, Kanada

Von der elektrischen Spannung in der Luft prickelte Painter die Haut. Als er sich an einer Strebe festhielt und aus der Heckluke der Globemaster hinauslehnte, durchzuckte ein Stromstoß seine Hand. Die Muskelfasern kontrahierten, seine Finger krampften sich um die Strebe, doch er ließ sich vom Schmerz nicht beirren.

Der Himmel stand in Flammen.

Es roch nach Ozon, ein scharfer, chlorartiger Geruch, vermischt mit den Ausdünstungen einer Fahrt mit dem Autoscooter. Ihm sträubten sich die Härchen auf den Armen.

Am Himmel wogte eine gewaltige Aurora, ein sturmgepeitschtes Meer mit elektrischen Schaumkronen und flammenden Brechern. Es stieß Lichtzungen und blaue Plasmajets aus. Ständig dröhnte der Donner wie Kanonenschläge. Blitze durchzuckten die dunklen Wolken in der Tiefe.

Das Flugzeug schüttelte sich, die Tragflächen bebten im Versuch, die Entladungen abzuschütteln, und einer der Motoren von Pratt & Whitney stieß eine schwarze Rauchfahne aus.

»Was sollen wir tun?«, rief der Lademeister, der sich an der anderen Seite der Luke festklammerte.

Painter blickte in den Frachtraum hinein. Die provisorische Barriere hinter den Aluminiumbehältern war weggerissen worden. Die Wissenschaftler saßen an ihren Arbeitsplätzen, hielten sich fest, so gut es ging, und bemühten sich, die Frage des Lademeisters zu beantworten. Antons Männer versuchten, den Rest der Ladung mit einem Netz zu sichern, das sie an Haken entlang der Flugzeugwand befestigten. Sie stapften durch die rot leuchtenden Lachen, ohne sich an der Vergiftungsgefahr zu stören.

Während das Feuerwerk draußen immer heftiger wurde, wurde ihnen allen eines klar.

Wir sitzen alle im selben Boot.

»Es wird schlimmer!«, rief Painter.

Der Lademeister – ein junger Mann mit gerötetem Gesicht namens Willet – erwiderte entsetzt seinen Blick. *Kann es überhaupt noch schlimmer werden?*

Painter zeigte nach Steuerbord. Ein Teil der dunklen Wolken brodelte bedrohlich, ein gigantischer Wirbel aus Energie und Feuer. Blitze zuckten darüber hinweg. Am bedrohlichsten aber war, dass die flammende Aurora sich dem Strudel entgegenneigte, als werde sie davon angezogen.

Painter hatte den Vorgang ein paar Minuten lang verfolgt. Er stellte sich vor, wie die Ionosphäre sich unter dem Einfluss der Gezeitenkräfte wellte. Er ahnte sogar den Grund. Das Zentrum des Feuerkessels leuchtete tiefrot.

Er erkannte diese Farbe wieder.

Sie durchtränkte seine Kleidung, färbte seine Haut und schwappte durch den Frachtraum. Er hatte bereits vermutet, dass ein Teil des Gifts aus dem Heck geflossen und die Wolken geimpft hatte.

Jetzt hatte er den Beweis.

Vermutlich verhielt sich jedes einzelne Partikel wie ein winziger Supraleiter, der die in den Sturmwolken gefangene potenzielle Energie freisetzte und eine Kettenreaktion auslöste, die sich nach außen fortpflanzte. Schon bald würde die Energie, die tausend Atombomben entsprach, freigesetzt werden.

»Sagen Sie dem Piloten, er soll sich davon fernhalten!«, rief er dem Lademeister zu.

Sie mussten sich von dem Feuerstrudel entfernen.

Sofort.

Willet nickte und eilte nach vorn.

Painter hielt den Atem an – dann legte das Flugzeug sich allmählich auf die Seite und schwenkte ab.

Er ließ den Atem entweichen.

Wir sind in …

An der Backbordseite brach mit einem dröhnenden Knall eine Feuersäule aus den Wolken hervor und schraubte sich in Spiralen in die Höhe.

Das Flugzeug war bereits in den Kurvenflug übergegangen. Um der Kollision zu entgehen, kippte der Pilot die Maschine auf die andere Seite. Das Netz löste sich vom Rumpf. Kisten purzelten durch den Frachtraum. Einer der Sicherheitsleute wurde zerschmettert.

Während die Globemaster dem Energiestrahl auszuweichen versuchte, fixierte Painter erschrocken die neue Bedrohung. Er ahnte, woher sie kam.

Von der Aurora-Station.

Mit ungläubigem Entsetzen blickte er nach draußen.

Was hat der Mistkerl sich dabei gedacht?

17:12

»Das ist unsere einzige Chance«, flüsterte Hartnell.

Er stand am Leitpult der Kontrollstation. Er war noch immer der Kapitän seines Schiffs und weigerte sich, seinen Posten zu verlassen. In der ganzen Station gellten die Warnsirenen. Auf einem Monitor waren Sno-Cats und Schneemobile zu sehen, die sich mit Vollgas entfernten. Andere flüchteten in Panik zu Fuß, ihre Parkas flatterten im Wind.

Nur eine Rumpfbesatzung war geblieben und half ihm zu stoppen, was er in Gang gesetzt hatte.

Dr. Kapoor kam atemlos angerannt, sein Gesicht glänzte von Schweiß. »Das ist zu viel.« Er schüttelte den Kopf. »Wir müssen abschalten. Das hält die Anlage nicht aus.«

»Sie muss.«

Der Boden bebte unter Simons Füßen. Durch die Schutzbrille fixierte er den fernen Turm, als könnte er ihn mit schierer Willenskraft zum Durchhalten bewegen. Bläuliche Feuerzungen wanderten vom sich drehenden Supraleiter zum Boden des alten Tagebaus hinunter. Um die Basis des Turms herum brodelte flammendes Plasma. Die Gluthitze durchdrang selbst die dicke Glasscheibe.

Dabei war diese Energie nur ein winziger Bruchteil der Gewalten, die er tief in die Erde leitete. Nach dem katastrophalen Ausgang des Tests hatte er nach einer Möglichkeit gesucht, den in Gang gesetzten Prozess umzukehren und das Himmelsfeuer zu löschen. Zusammen mit Kapoor und dessen Team hatte er eilig verschiedene Szenarien durchgespielt und Berechnungen angestellt. Dabei hatte sich eine einzige Lösung herauskristallisiert.

Teslas Entwürfen folgend, konnte Simons Wardenclyffe Energie nicht nur *senden*, sondern auch *empfangen*. Tesla hatte davon geträumt, ein Netzwerk aus Hunderten von Türmen zu errichten, die drahtlos Energie in einen weltumspannenden Energiepool sendeten – entweder in den Himmel oder ins Erdreich. Allerdings hatte er auch vorgehabt, mit dem Turm diese Energiequelle anzuzapfen und sie allen verfügbar zu machen.

Auch der zukunftszugewandte Simon hatte daran gedacht.

Und genau das wollte er jetzt umsetzen.

Er und Kapoor hatten den Turm umgepolt, was bisher noch nie getestet worden war. In Anbetracht der Lage hatten sie jedoch keine Wahl. Der Plasmastrahl wirkte zwar unverändert, schoss die Energie aber nicht mehr in den Himmel, sondern zapfte sie aus der Ionosphäre ab.

Der Turm diente jetzt als Blitzableiter und lenkte das Himmelsfeuer auf die Erde nieder.

Doch die Energie musste irgendwohin, und auch dafür hatte Tesla eine Lösung parat gehabt. Als Simon den Turm erbaute, hatte er das Fundament tief im Erdreich verankert. Das war eine bauliche Notwendigkeit gewesen, doch er fand es erstaunlich, wie sehr seine Konstruktion den hundert Meter langen Eisenpfählen ähnelte, die Tesla für den Turm entworfen hatte und mit denen er die Erde »in den Griff« bekommen wollte.

Tesla hatte mittels der Pfähle Energie ins Erdreich leiten wollen, um die Resonanzfrequenz des Planeten anzuzapfen, eine potenziell unerschöpfliche Energiequelle für die ganze Welt.

Tesla war gescheitert, doch das Konzept war vernünftig gewesen.

Deshalb versuchte Simon jetzt, den Brunnen mit dem Himmelsfeuer zu füllen. Auf diese Weise wollte er zwei

Visionen seines Mentors – zwei mögliche globale, drahtlos anzapfbare Energiequellen – miteinander verbinden: die den Planeten umschließende Ionosphäre und den dunklen Brunnen in seinem Kern.

Der Turm diente dabei als große Teslaspule und verband den Himmel mit der Erde, ein Leiter, der das Himmelsfeuer in die Tiefe des Erdreichs fließen ließ. Mit etwas Glück ließe sich ein Gleichgewicht herstellen und die Lage wieder beruhigen.

Doch das Glück war nicht auf ihrer Seite.

Der Boden schwankte unter seinen Füßen, er wurde über die Konsole geschleudert. Irgendwo klirrte Glas. Er zuckte zusammen, denn er glaubte, das geschwungene Panoramafenster sei geborsten, doch stattdessen fielen zu seiner Rechten, an der Rückseite der Station, riesige Glasscherben herab. Er wusste, was sich hinter dem Fenster befand und stellte sich den dunklen See vor.

»Sir!«, rief Kapoor und lenkte seine Aufmerksamkeit wieder auf die unmittelbare Bedrohung. »Wir müssen das beenden. Es werden heftige Spannungsspitzen angezeigt. Plasmaströme fluten in beide Richtungen.«

Während der Boden weiter schwankte und ruckte, stellte er sich die zwischen Himmel und Erde hin und her brandenden Energiewellen vor.

»Aber ist das nicht genau das, was wir gewollt haben?«, entgegnete Simon. »Haben wir nicht erwartet, dass dieses Phänomen nahe dem Gleichgewicht auftreten würde? Ein Hin- und Herschwappen, während die beiden Kräfte sich zu stabilisieren suchen?«

Kapoor schüttelte den Kopf. »Sie haben mich nicht verstanden.«

»Dann klären Sie mich auf.«

»Die beiden schwappenden Wellen…« Er gestikulierte heftig, suchte nach Worten. »Die eine wanderte nach oben, die andere nach unten. Ihre Amplitude und Wellenlänge sind gleich. Sie beginnen sich zu überlagern.«

Simon sog scharf den Atem ein. Jetzt verstand er, was Kapoor meinte. »Es könnte sich eine stehende Welle ausbilden.«

Er stellte sich einen straff gespannten schwingenden Energiestrang vor, der Himmel und Erde miteinander verband.

Kapoor blickte entsetzt zum Turm hinüber. »Dabei würde ein gewaltiger Stromkreislauf entstehen.«

Simon warf sich nach vorn. Ein solcher Kreislauf würde in Anbetracht der wirkenden herkulischen Kräfte nicht lange stabil bleiben. Es würde zu einem Kurzschluss kommen. Dann würde der Himmel zerreißen und die Erdkugel bersten.

In der Absicht, die Anlage abzuschalten, drehte er den Schlüssel für die Stromzufuhr herum.

Nichts geschah.

Er probierte es erneut.

»Der Prozess hat sich verselbstständigt.« Kapoor wich zurück. »Der Stromkreis hat sich geschlossen.«

Simon richtete sich auf.

Wir haben versagt.

17:18

»Festhalten!«

Kat steuerte das Sno-Cat mit halsbrecherischer Geschwindigkeit an der anderen Seite von Johns Island hinunter. Die aus dem gefrorenen Hazen-See hervorragende schwarze Felszunge sah aus wie ein aus der arktischen See aufsteigendes U-Boot – allerdings war dieses U-Boot sechseinhalb Kilometer lang und anderthalb Kilometer breit. Mehrere kleinere Inseln in der Nähe boten zahlreiche Versteckmöglichkeiten.

Tagak klammerte sich auf dem Beifahrersitz fest, sein Vater John saß hinten. Beide hielten ein Gewehr in der Hand.

In der vergangenen Dreiviertelstunde hatte sich Kat mit Antons Leuten auf den Inseln des Hazen-Sees ein Katz-und-Maus-Spiel geliefert. Als John die Verfolger bemerkte, wollte sie sie zunächst mit dem Sno-Cat von Safia und den anderen weglocken. Stattdessen hatten die beiden Inuit darauf bestanden, sie zu begleiten. Sie hatte versucht, sie mit dem Hinweis auf die Gefahr einer Ansteckung davon abzubringen, doch John hatte nur stumm zu den Schneemobilen hinübergeblickt, die aus dem Gebirge herabschwärmten, und war zusammen mit seinem Sohn in das Sno-Cat geklettert.

Kat konnte von Glück sagen, dass sie mitgekommen waren.

Der Sturm war zwar heftiger geworden, was dem Gegner die Sicht erschwerte, doch sie hatte es vor allem den Ortskenntnissen der beiden Männer zu verdanken, dass sie immer noch am Leben waren. Mit den Scheinwerfern als Leuchtfeuer hatte sie den Gegner erfolgreich nach Süden gelockt. Die drei mit Schnee bedeckten Zelte hatte er nicht bemerkt.

Als sie die Inseln erreichte, hatte sie die Scheinwerfer ausgeschaltet und war jetzt gleichzeitig Beute und Jäger. Ein Guerillakrieg hatte sich entwickelt, der bislang keinen

Sieger kannte. Das Sno-Cat hatte zwei neue Löcher in der Windschutzscheibe, während Kat drei Schneemobile ausgeschaltet hatte.

Dann veränderte sich alles.

»Los, los, los!«, rief Tagak, als die Ketten ihres Fahrzeugs das Eis des zugefrorenen Sees erreichten.

Zu beiden Seiten bewegten sich kleine Lichtpunkte durch das Schneegestöber – die Scheinwerfer der schnelleren Verfolgerfahrzeuge. Doch es gab eine weit größere Gefahr.

Blitze zuckten durch die tief hängenden Wolken. Überall gab es Einschläge, die das Eis bersten ließen. Breite Risse pflanzten sich nach außen fort. Die Wolkendecke über dem See brodelte und bildete einen Strudel von enormer Größe.

Sie leuchtete dunkelrot, als hätte jemand ein Feuer darin entfacht.

Was vermutlich auch zutraf.

Kat flüchtete vor dem Höllenfeuer des Sturms, und das taten auch Antons Leute, welche die Verfolgung abgebrochen hatten und sich aus dem Staub zu machen suchten.

Kat musste Safia und Rory abholen und aus dem Tal fortschaffen.

Plötzlich barst das Rückfenster. John fasste sich ans Ohr. Blut quoll zwischen seinen Fingern hervor.

»Runter!«, rief Kat und duckte sich.

Tagak wälzte sich über die Rückenlehne zu seinem Vater. Er schob den Gewehrlauf durch das faustgroße Loch im Heckfenster und feuerte blindlings in den Dunst.

Kat fuhr schneller, während es unablässig donnerte und die Blitze sie blendeten. Plötzlich geriet das Sno-Cat auf eine Eisscholle und neigte sich zur Seite. Die Scholle verlagerte sich unter dem Gewicht des Fahrzeugs. Kat nutzte den Schwung, um wieder auf festes Eis zu kommen.

Tagak feuerte wahllos weiter, doch Anton fuhr anscheinend ohne Licht. Kat wusste, dass der Russe hinter ihnen her war. Kein anderer hätte die Verfolgung unter diesen Umständen so hartnäckig fortgesetzt.

Rechts von ihr schoss etwas durch den wirbelnden Schnee und traf aufs Eis. Es explodierte mit solcher Gewalt, dass das Sno-Cat durchgeschüttelt wurde. Sie dachte zunächst an einen Granatenangriff. Dann riss der Himmel auf und entfesselte seinen ganzen Zorn.

Mächtige Eisbrocken krachten auf den See, zerschellten in einem Splitterregen oder prallten vom Eis ab. Riesige Hagelkörner prasselten herab. Das Dach des Sno-Cats dröhnte vom Bombardement und beulte sich aus. Der Hagel wurde immer heftiger, ständig blitzte es.

Kat wagte nicht, langsamer zu werden.

Schließlich hatten sie das Schlimmste hinter sich gelassen, doch das Bombardement mit Eis und Blitzen ging weiter. Kat bemühte sich, vor der Hagelfront herzufahren.

Im Rückspiegel bemerkte sie eine Veränderung. Die brodelnden Wolken hatten sich gelichtet. Stellenweise war blauer Himmel zu sehen. Flammendes Plasma tobte durchs Firmament, fast nahtlos aufeinanderfolgende Blitze durchzuckten das Blau. Es war, als habe sich die Barriere zwischen den Welten gehoben und sie blicke geradewegs in die Hölle hinein.

Vielleicht tue ich das tatsächlich.

Sie dachte an die Beschreibung der siebten biblischen Plage: *Da streckte Mose seinen Stab gen Himmel, und der HERR ließ es donnern und hageln und Feuer schoss auf die Erde nieder.*

Sie schaute zu den gezackten Blitzen hoch, sah das Trommelfeuer des Hagels und das am Himmel flammende Feuer. Ständig dröhnte der Donner, ließ das Eis und die Fensterscheiben erbeben.

Was hat das zu bedeuten?

Allmählich schloss sich der Mahlstrom wieder und verbarg, was er vorübergehend offenbart hatte. Er wirkte noch stärker und dunkler als zuvor, leuchtete aber weiterhin in bedrohlichem Rot.

»Aufpassen!«, rief Tagak von hinten.

Sie riss den Blick vom Rückspiegel los und blickte wieder auf den See hinaus.

Der Anblick war ihr bereits vertraut, doch diesmal wirkte er noch gespenstischer. Tiere rannten vor ihr her, der Sturm übertönte das Hufgetrappel, und immer wieder verschwanden sie im Schneegestöber. Es war die geisterhafte Karibuherde.

Doch es war keine Erscheinung.

Plötzlich tauchte unmittelbar vor dem Sno-Cat ein großer Bock auf. Sie wich ihm aus, das Fahrzeug geriet ins Schleudern. Während das Tier sich unversehrt in Sicherheit brachte, drehte sich das Sno-Cat einmal um die eigene Achse.

Kat brachte es mit klopfendem Herzen wieder auf Kurs.

Dann machte sie in der Ferne auf dem Eis kleine Erhebungen aus.

Die Zelte.

Gott sei Dank…

Jetzt, da das Ziel in Reichweite war, gab sie wieder Gas. Da sie nach vorn schaute, übersah sie die Risse im Eis. Die Eisscholle neigte sich unter dem Cat. Da es ihr nach dem Beinahezusammenstoß an Schwung fehlte, konnte sie das feste Eis nicht mehr erreichen. Während sich der Schwerpunkt verlagerte, geriet die Scholle immer mehr in Schieflage.

Kat zeigte auf die Türen an der höher gelegenen Seite. »Raus!«

Sie kletterten die geneigte Kabine hoch. Die Türen wurden aufgeschoben. Die Insassen kletterten ins Freie. Als Kat draußen war, lag das Sno-Cat beinahe auf der Seite. Es rutschte immer schneller an der Eisscholle hinunter. Sie setzte die Füße auf die Tür und sprang ab, verließ das sinkende Schiff. Als Kat über das blaue Wasser hinwegflog, versank das Sno-Cat langsam im See. Sie prallte mit dem Kopf voraus aufs feste Eis und rollte sich ab. Aus dem Augenwinkel beobachtete sie, wie Tagak, der seinen verletzten Vater in den Armen hielt, es ihr nachtat.

Als sie sich aufrappelte, richtete die Eisscholle sich gerade wieder auf und schwankte auf der Stelle. An den Rändern brachen weitere Teilstücke ab. Das Sno-Cat war verschwunden, verschluckt von der Falltür aus Eis, als hätte es das Fahrzeug nie gegeben.

John und Tagak traten neben sie.

John seufzte. »Ein Hundeschlitten ist viel besser.«

Da konnte sie ihm nicht widersprechen.

Sie marschierten in Richtung der Zelte los, doch nach etwa fünfzig Metern drang ein leises Grollen aus dem Sturm hervor. Ein Schatten bewegte sich durch den Dunst, ein Hai in dunklem Gewässer.

Es war ein Schneemobil mit ausgeschalteten Scheinwerfern.

»Lauft!«, sagte Kat.

Sie zeigte nach vorn und bedeutete den anderen, sich zu ducken, da sie hoffte, dass sie noch nicht bemerkt worden waren. Bei der überstürzten Flucht aus dem Sno-Cat hatten sie ihre Waffen zurückgelassen. Ihre einzige Hoffnung bestand darin, die schneebedeckten Zelte zu erreichen. Dann konnten sie nur noch beten, dass der Gegner weiterfuhr.

In dichtem Pulk eilten sie weiter.

Die Sicht auf das Lager klärte sich.

Kat lauschte angestrengt auf Motorengeräusche, doch von hinten näherte sich der Sturm, es donnerte ständig, und das Eis knackte. Trotzdem erreichten sie das Lager ohne Zwischenfall.

Kat eilte zu dem Zelt, in dem sie Rory und Safia zurückgelassen hatte.

Ehe sie dort ankam, knallte ein Schuss. Vor ihren Füßen spritzten Eissplitter hoch.

Sie blieb stehen und drehte sich um.

Hinter dem Nachbarzelt trat Anton hervor, begleitet von einer Gestalt, die sich in einen Parka eingemummt hatte. Beide hielten ein Sturmgewehr im Anschlag. Offenbar hatten sie ihr Schneemobil ein Stück weiter abgestellt und hier auf sie gewartet.

Anton wandte sich an die beiden Inuit. »Auf die Knie. Hände auf den Kopf.«

Als sie zögerten, bedeutete ihnen Kat zu gehorchen.

»Rory, komm raus!«, rief Anton.

Die Zeltklappe wurde angehoben, der junge Mann kroch heraus und bedachte Kat mit einem schuldbewussten Blick. Er war mit einem neuen Parka bekleidet.

»Es tut mir leid«, sagte er und schlug die Augen nieder. »Sie haben mich überrumpelt. Ich wollte das alles nicht.«

Ich auch nicht …

Dem Parka nach zu schließen, würde er das Ganze überleben.

»Wie geht es Safia?«, fragte sie.

Er schüttelte den Kopf. »Schlecht. Man könnte meinen, ihr Zustand verschlechtere sich in dem Maße, wie der Sturm zunimmt.«

Wenigstens hatte man sie nicht getötet …

Die Zeltklappe wurde erneut angehoben, und Safia stolperte heraus. Den Blick hatte sie auf den Mahlstrom im Süden gerichtet. Einen Moment lang sah es so aus, als leuchteten ihre Augen, doch vermutlich spiegelte sich bloß ein Blitz darin.

Safia reckte den Arm.

Dann passierte alles wie in Zeitlupe.

Der hinter Kat stehende Mann glaubte anscheinend, Safia habe eine Waffe. Er feuerte, doch Rory bemerkte rechtzeitig seine Absicht.

Er warf sich vor Safia. »Nein!«

Anton reagierte mit der Schnelligkeit eines Auftragsmörders der Gilde und sprang vor Rory, den Rücken dem Schützen zugewandt. Die Kugel traf ihn ins Rückgrat. Er wurde in Rorys Arme geschleudert.

Als die beiden zu Boden gingen, warf Kat sich nach vorn, schnappte sich Antons Waffe, fuhr herum und feuerte drei Mal in rascher Folge.

Eine der Kugeln riss dem Schützen den Hals auf. Der Mann brach zusammen.

Nur eine Person war in diesem atemlosen Moment aufrecht stehen geblieben.

Safia schaute unverwandt zum Himmel hoch.

»Das darf nicht sein …«, sagte sie, als spräche sie zum Sturm.

17:32

Während die Flammen in ihrem Schädel lodern, blickt sie mit zwei Augenpaaren auf die Welt.

Mit einem alten und einem neuen.

Sie sieht einen kalten Sturm, der sich über eine brennende Wüste auf einen blutroten Fluss zuwälzt. Sie sieht einen gefrorenen See, der den Sturmgewalten trotzt. Die beiden Bilder flirren und verlaufen ineinander, als wollten sie sich gegenseitig auslöschen.

Es ist ein Krieg von Feuer und Eis, eine Schlacht, so alt wie die Welt.

Sie ignoriert den Kampf, denn sie weiß, dass er bloße Ablenkung ist.

Ihr Blick wandert weiter, zu einem flammenden Leuchtturm.

Das darf nicht sein.

17:33

»Sie wollen wirklich, dass wir das tun?«, fragte Painter.

Er saß zusammen mit dem Piloten und dem Lademeister, der offenbar auch den Job des Kopiloten übernahm, auf dem Flugdeck. Die anderen drängten sich auf der Zugangstreppe und lauschten ihrem ehemaligen Boss über Bordfunk.

»Sie müssen die Maschine in die Antennenanlage hineinsteuern«, sagte Hartnell. Vor Angst war er ganz außer Atem. »Direkt in den Turm.«

Painter blickte an der Flugzeugnase vorbei zu der flammenden Plasmasäule. Hartnell hatte ihnen bereits berichtet, was vor sich ging, und erklärt, er habe bei dem Versuch, den Vorgang umzukehren, alles nur noch schlimmer gemacht. Er stellte sich den Stromkreislauf vor, den Hartnell beschrieben hatte, wobei er sich bewusst war, dass es sich dabei lediglich um eine grobe Analogie für die gewaltigen Energien handelte, die sich dort austobten. Das Wesentliche hatte er jedenfalls verstanden.

Hartnell wollte den Kreislauf durchbrechen, bevor er von selbst zusammenbrach.

Auf dem Boden bemühten sich Hartnell und Kapoor, die Plasmasäule zu stabilisieren, doch der Zustand würde nicht von Dauer sein. Der Feuerstrudel war stetig größer geworden, ein wirbelnder Hurrikan potenzieller Energie.

Mit einem Energiegehalt, der der Sprengwirkung von tausend Atombomben entspricht.

Wenn er den fragilen, in den Himmel tosenden Stromkreislauf erreichte, war das Spiel aus.

Painter schätzte, dass ihnen bestenfalls noch zwanzig Minuten blieben.

Für lange Debatten hatten sie keine Zeit.

»Wir machen es«, sagte er.

Der Pilot blickte ihn entsetzt an. Ihm war klar, dass jemand den Vogel von Hand steuern musste. Eine Instrumentenlandung war bei diesen Bedingungen ausgeschlossen.

Und sie würden nur einen Versuch haben.

Painter hatte das Foto neben dem Pilotensitz bemerkt: eine lächelnde Frau und zwei kleine Kinder. Er legte dem Mann die Hand auf die Schulter. »Ich mache das.«

Der Pilot runzelte die Stirn. »Sind Sie schon mal eine C-17 Globemaster geflogen?«

»Nichts so Großes. Überwiegend Privatjets.« Er klopfte

dem Mann auf die Schulter. »Aber es ist ja nicht so, dass die Maschine landen müsste – ich muss sie bloß abstürzen lassen.«

Der Pilot blieb skeptisch und überlegte anscheinend, ob er sich mit Painter streiten oder ihm das Kamikazemanöver überlassen sollte. Er traf einen Entschluss. »Wir sprechen die Grundlagen durch. Wenn Sie es sich nicht zutrauen – oder wenn ich den Eindruck bekomme, dass Sie mit dem Steuerknüppel nicht so vertraut sind wie mit ihrem eigenen Schwanz –, führe ich die Bruchlandung durch.«

»Einverstanden.« Painter zeigte auf den Schubhebel. »Das ist der Steuerknüppel, hab ich recht?«

Der Pilot schaute entsetzt drein.

Painter grinste. »Das ist das Handgas, ich weiß. Und das ist der Knüppel. Das ist das HUD, das IAS und das PFD.« Schließlich zeigte er zwischen seine Beine. »Und da sitzt mein Schwanz, wenn ich mich nicht irre. Alles klar?«

Der Pilot ließ sich grummelnd tiefer in den Sitz sinken. »In Ordnung.«

Alle bereiteten sich eilig auf die Evakuierung vor, während der Pilot den Anflug auf das Versuchsgelände begann. Er beabsichtigte, möglichst schnell durch die Sturmschicht hindurchzutauchen, was Painter ihm mit Freuden überließ. Dann wollte er die Maschine gerade ausrichten, damit alle mit dem Fallschirm abspringen konnten. Painter sollte an Bord zurückbleiben und die Globemaster crashen.

Eigentlich ganz einfach, wenn man nicht der war, der die Kastanien aus dem Feuer holen sollte.

»Festhalten!«, sagte der Pilot über Bordfunk. »Beginne Sinkflug!«

Painter saß neben Willet auf dem Notsitz und konnte

aus der Vogelperspektive beobachten, wie sich die Flugzeugnase zur Wolkendecke hinabsenkte. Der Pilot hatte einen geraden Anflug vorgesehen.

Während sie tiefer sanken, betrachtete Painter die Feuersäule zur Rechten und den dunklen, brodelnden Strudel zur Linken. Der Abstand zwischen beiden hatte sich merklich verringert, noch schneller, als Painter befürchtet hatte. Er ahnte den Grund. Der durch die Ionosphäre tobende Plasmasturm war heftiger geworden, schleuderte gewaltige, gleißend helle Schlaufen erdwärts und stieß zahlreiche Flammenzungen und Jets aus.

Dieses Schauspiel konnte nur eines bedeuten.

Hartnell verlor die Kontrolle, die Situation wurde instabil.

Der Pilot spürte es wohl auch, denn er drückte die Nase des Flugzeugs noch weiter nach unten. »Festhalten!«, rief er.

Die Globemaster tauchte in die schwarzen Wolken ein. Painter klammerte sich am Gurt fest und lehnte sich zurück. Die Maschine schaukelte und rüttelte, klapperte und taumelte. Der Pilot hatte sich auf die Instrumente hinabgebeugt, eine Hand am Steuerknüppel, die andere am Schubhebel. Vor der Windschutzscheibe war es pechschwarz. Über die grünen Linien des Head-up-Displays waberten elektrische Entladungen. Es schien eine Ewigkeit zu dauern, dann durchstießen sie die Wolkendecke, und die Welt stellte sich in Grautönen wieder her, in Form peitschender Schneeböen, grauer Felsspalten und weißer Gletscher.

Der Pilot hob die Nase der Maschine wieder an und setzte den Sinkflug langsamer fort. Dann betätigte er ein paar Schalter, kratzte sich am Kinn und wandte sich Painter zu. »Sie können übernehmen.«

Painter schnallte sich los.

Ab auf den heißen Stuhl.

Er wechselte den Platz mit dem Piloten, der wie eine Glucke abwartete, ob Painter mit der Steuerung zurechtkam.

Schließlich schwenkte Painter die Hand. »Machen Sie schon. Schaffen Sie alle von Bord.«

Der Pilot nickte, wandte sich ab und blickte sich über die Schulter um. »Danke.«

»Es ist noch zu früh, um sich zu bedanken.«

Der Pilot klopfte ihm auf die Schulter, dann kletterte er in den Frachtraum.

Willet blieb noch einen Moment. »Ihnen bleiben nur wenige Sekunden.«

»Ich weiß.«

Der Mann seufzte und blickte starr nach vorn. Unmittelbar vor der Nase des Flugzeugs leuchtete bläulich der Sturm. Das Ungeheuer erwartete ihn.

»Ich kann bleiben«, sagte Willet. Seinem Tonfall war zu entnehmen, dass er seine ganze Willensstärke aufbieten musste, um diese drei Worte auszusprechen.

Painter deutete mit dem Daumen hinter sich. »Mr. Willet, verlassen Sie meine Maschine. Das ist ein Befehl.«

Der Mann salutierte lächelnd. »Aye, aye, Captain.«

Er schnallte sich los, stand auf und klopfte Painter auf die Schulter. »Ich hoffe, Sie schaffen es.« Damit meinte er offenbar nicht nur die Zerstörung der Anlage.

Genau das habe ich vor.

Während Willet nach hinten kletterte, setzte sich Painter einen Ohrhörer ein, dann machte er sich mit den Bedienelementen vertraut. Über seinem Kopf und der Instrumententafel befanden sich Hunderte von Schaltern, doch das wichtigste Bedienelement war der Steuerknüppel.

Ich kann es schaffen.

Willet meldete sich über den Ohrhörer. »Die Vögel haben sich ohne Zwischenfall aus dem Staub gemacht. Gehe von Bord. Die Maschine gehört ihnen.«

Painter wusste zwar nicht mit Sicherheit, dass der Lademeister ebenfalls abgesprungen war, doch er spürte es. Er war in dem großen Vogel allein.

Um sich abzulenken, las er die Fluggeschwindigkeit von der Haupt-Flugkontrollanzeige ab und korrigierte den Lagewinkel. Zwei Minuten vor Erreichen des Ziels reduzierte er den Schub und verlangsamte die Maschine.

Los geht's.

Er schaltete den Mikrowellenfunk ein. »Hartnell, hören Sie mich? Melden Sie sich.«

Hartnells Tonfall klang überrascht, beinahe belustigt. »Painter? Sie crashen das Flugzeug?«

»Jemand muss schließlich die Sauerei beseitigen, die Sie angerichtet haben. Nur zur Information: Es sind noch hundert Sekunden bis zum Aufschlag. Sie und Kapoor sollten den Schutzbunker aufsuchen.«

»Ich habe Dr. Kapoor bereits dorthin geschickt. Aber jemand muss schließlich am Steuer Wache halten. Und sei es nur deshalb, um ein paar Sekunden für Sie herauszuschinden.«

Hartnell wirkte angespannt, und Painter dachte an den in der Ionosphäre tobenden Sturm, Hinweis darauf, dass die Lage sich weiter destabilisierte. »Wie viel Zeit bleibt mir?«

»Sie könnten auf die Zusatzsekunden angewiesen sein.«

Painter fluchte lautlos, drückte den Schubhebel nach vorn und machte den Geschwindigkeitsverlust wieder wett.

Inzwischen konnte er die Antennenanlage sehen. Bläuliche Entladungen verwandelten die Spirale in eine schimmernde Galaxis inmitten der Tundra. In der Mitte ragte von der Spitze des Stahlturms die gleißende Plasmasäule in den Himmel. Wellen durchliefen die flammende Säule und ließen sie mit ihren destabilisierenden Schwingungen erzittern.

Painter beschleunigte die Maschine noch weiter. Ursprünglich hatte er sich langsam nähern wollen, doch das wagte er nicht mehr. Das Zeitfenster hatte sich beträchtlich verkleinert – jede Sekunde zählte.

»Painter!«, rief Hartnell in seinem Ohr.

Er sah es ebenfalls. Ein dicker Plasmaball wurde aus der Grube zur Ionosphäre hochgeschleudert. Die Energie strömte nicht länger von oben nach unten. Die Polarität des Turms kippte, der Zusammenbruch stand unmittelbar bevor. Als Painter dem Kugelblitz auf seinem Weg zu den Wolken mit den Blicken folgte, sah er den vermutlichen Auslöser.

Der Feuerkessel am Himmel war eingetroffen. Mit dem Außenrand streifte er an der von der Aurora-Station aufsteigenden Plasmasäule.

Painter lief die Zeit davon.

Er erhöhte den Schub und senkte die Nase des Flugzeugs. Die Fluggeschwindigkeit nahm zu und verwandelte die Globemaster in eine Rakete.

Er war kurz vor dem Ziel, als eine seitliche Bö auf die Maschine traf. Fluchend richtete Painter deren Nase in den Wind und bemühte sich, wieder den korrekten Anflugwinkel einzunehmen. Bei dem Manöver verlor er kostbare Sekunden, doch schließlich brachte er die Maschine wieder auf den richtigen Kurs.

Seine Hände schwebten über der Konsole.

Sieht gut aus.

Er schnellte hoch, wälzte sich zur Treppe ab und ließ sich in den Frachtraum hinunterfallen. Er sprang gleich wieder auf die Beine und lief nach hinten, während die Maschine stur weiterflog, eine Rakete kurz vor dem Einschlag.

Er rannte durch den Frachtraum. Es hatte keinen Sinn mehr, aus der Ladeöffnung zu springen. Die Maschine flog bereits zu tief, um einen Fallschirm benutzen zu können, und immer noch zu hoch, um ohne abzuspringen.

Deshalb improvisierte er.

In der Nähe der offenen Heckluke schnappte er sich das, was er vorbereitet hatte, und schnallte es sich auf den Rücken, dann packte er das daneben liegende Sturmgewehr.

Er stürmte zur Luke – als beiderseits des Flugzeugs der Außenrand der schillernden Spiralgalaxis in Sicht gelangte. Die Tragflächen kappten die Antennenspitzen, als der Vogel die vorderen Masten erreichte.

Verdammter Mist…

Painter langte hinter sich und klatschte die flache Hand auf den Auslöser des Gastanks.

Der Wetterballon platzte aus dem Rucksack und beförderte ihn durch die Heckluke ins Freie.

Er wurde nach oben gerissen und beobachtete, wie die Globemaster durch die leuchtende Spirale pflügte, geradewegs auf das gleißende Biest im Zentrum zu.

17:52

Simon Hartnell stand am Steuerpult.

Er hörte die tosenden Triebwerke des sich nähernden Frachtjets und das Kreischen der zertrümmerten Antennen. Er schaute zum Turm hoch, der vor Energie in Flammen zu stehen schien. Das Schauspiel erinnerte ihn an das Elmsfeuer, das angeblich in den Masten und der Takelage von Segelschiffen tanzte.

Er stellte sich den Turm als den Mast seiner persönlichen *Erebus* oder *Terror* vor. Und dachte an Painters Kommentar zu seinem Vorfahren, der auf einem der Schiffe gedient hatte.

Manche Menschen stecken sich zu große Ziele.

Damit konnte er sich noch immer nicht abfinden.

Er blickte zu seinem Meisterstück empor, das zum Untergang verdammt war.

Viel schlimmer ist, es nicht wenigstens versucht zu haben.

Vor ihm wurde es gleißend hell, und die Explosion vernichtete sein Leben und all seine Träume.

17:53

Hoch in der Luft schwebend, beobachtete Painter die Globemaster bei ihrem letzten Flug.

Der Bauch der Frachtmaschine pflügte durch die leuchtende Antennenanlage, mit der Nase rammte sie die Spitze des Turms. Als sie in die breite Grube stürzte, zermalmte sie den Turm unter sich und löschte die Flamme dieser weiß glühenden Kerze.

Der gleißende Rest der Plasmasäule peitschte wie der Schwanz einer gereizten Katze über den Himmel – dann verschwand die Lichterscheinung.

Im nächsten Moment explodierte das Flugzeug und löschte das Nachbild aus. Ein riesiger Feuerball stieg in den Himmel und verwandelte sich in eine Rauchsäule, den dunklen Schatten des erloschenen Gleißens.

Painter, der sich außerhalb der unmittelbaren Gefahrenzone befand, aber bei Weitem nicht in Sicherheit, richtete das Sturmgewehr nach oben und feuerte auf den Wetterballon. Er zielte sehr sorgfältig und feuerte jeweils nur einen einzelnen Schuss ab, damit die Luft nicht zu schnell entwich. Sein Aufstieg kam zum Stillstand, dann begann er zu sinken. Er bereitete sich auf einen harten Aufprall vor, doch die Landung fiel überraschend sanft aus.

Hinter ihm fiel der Ballon in sich zusammen und legte sich wie ein Leichentuch über Fels und Schnee. Painter streifte den Rucksack ab, behielt die Waffe aber in der Hand. Er schätzte, dass er mehrere Kilometer von der Aurora-Station entfernt war, und wollte sich auf dem Rückweg nicht von Eisbären aufhalten lassen.

Zunächst aber schaute er zum Himmel hoch. Jetzt, da die Antennenanlage zerstört war und keine Energie mehr in die Atmosphäre abstrahlte, nachdem sie zuvor eine Menge Energie ins Erdreich abgeleitet hatte, schien sich der Wolkenstrudel zu beruhigen. Das dunkelrote Leuchten war bereits so gut wie erloschen, da das inwendige Feuer nicht mehr vom Plasmasturm angefacht wurde.

Auch wenn das Wetter mitspielte, so war doch noch eine Menge Aufräumarbeit zu leisten. Painter hatte keine Ahnung, wie stark die Insel kontaminiert worden war. Darauf, dass die Elektrizität alle freigesetzten Mikroben eliminiert hatte, durften sie sich nicht verlassen.

Seufzend senkte er den Blick auf den Boden und machte sich auf den Weg zur Aurora-Station.

Trotz des Parkas hatte er erwartet, dass es hier in der Arktis kälter sein würde.

Er befühlte seine Stirn.
Sie war glühend heiß.

18:25

»Wie geht es Ihnen?«, fragte Kat.

Safia saß auf der Pritsche im Zelt der Inuit. In den Händen hielt sie eine Schale mit heißer Fischsuppe, die John und Tagak ihr gekocht hatten. »Wieder besser.«

Im Moment hatten sie das Zelt für sich allein. Rory hatte sich ins Nachbarzelt zurückgezogen, wo John sich bemüht hatte, es Anton so bequem wie möglich zu machen. Die Kugel, die er abgefangen hatte, um Rory das Leben zu retten, hatte das Rückgrat durchtrennt und ihn von der Hüfte abwärts gelähmt. Außerdem hatte sie die Lunge verletzt. Er hustete Blut.

Er würde es nicht schaffen.

Rory ahnte, wie es um Anton stand, und leistete ihm Gesellschaft.

»Können Sie mir sagen, was passiert ist?«, fragte Kat. »Hatten Sie starke Halluzinationen?«

»Meine Erinnerung ist verschwommen. Ich bekomme nur einzelne Bruchstücke zu fassen. Der Sand hat mir die Füße verbrannt. Es hat nach Tierkadavern gestunken.« Sie schüttelte den Kopf. »Aber am Ende, bevor ich zusammengebrochen bin, habe ich intensive Bilder gesehen. Es war, als würde ich mit neuen Augen sehen. Ich sah das Unwetter, das hier tobte, aber auch noch ein anderes, das sich über dem blutroten Nil zusammenbraute. Es kam mir so real vor – ebenso real wie das Eis und der Schnee um uns herum.«

Kat blickte zur Zeltklappe. Der Sturm hatte sich plötzlich gelegt. Die Blitze hatten aufgehört, der Hagelsturm, der über das Lager hinwegzuziehen drohte, hatte sich aufgelöst. Das war zu dem Zeitpunkt geschehen, als Safia im Schnee zusammengebrochen war wie eine Marionette, deren Fäden man durchtrennt hat.

»Rory – und übrigens auch sein Vater – glaubten, die Infektion mit der Mikrobe sei der Ursprung der Träume gewesen und der Organismus habe Muster der Vergangenheit reaktiviert, die sich ihm eingeprägt hätten. Sie hielten es für möglich, dass er Erinnerungen, Gedanken, vielleicht sogar Persönlichkeiten transportiert. Und dass all das auf das alte Ägypten zurückgeht.«

Kat fragte sich, ob die Energie des Sturms den Effekt verstärkt hatte. Das würde erklären, weshalb Safia sich an die letzten Halluzinationen besonders deutlich erinnerte.

Safia zuckte mit den Achseln. »Ich weiß es nicht. Wie ich schon sagte, ich erinnere mich nur schwach.«

»Als Sie halluzinierten, hat Rory Sie auf Koptisch nach Ihrem Namen gefragt. Sie haben in derselben Sprache geantwortet, ihr Name sei Sabah.«

Das überraschte Safia. »Das ist der Name der Mumie auf dem Thron.« Sie fasste sich ans Gesicht. Offenbar dachte sie daran, wie sie sich infiziert hatte.

»Und jetzt geht es Ihnen besser?«

»Ja.«

Nach Safias plötzlichem Zusammenbruch hatte Kat sie ins Zelt gebracht. Als sie kurz darauf zu sich kam, schien es ihr erheblich besser zu gehen. Das Fieber war jedenfalls zurückgegangen, ihre Temperatur hatte sich normalisiert. Kat fragte sich, ob sie sich von selbst erholt hatte oder ob ihre Genesung mit der elektrisch aufgeladenen Luft in Verbindung stand. Sie nahm sich vor, Safia so bald wie möglich zu untersuchen.

Was eine weitere Frage aufwarf.

Wie kommt es, dass Rory und ich nach der langen Zeit noch keine Symptome zeigen?

Irgendetwas Bedeutsames war ihnen entgangen.

Die Zeltklappe wurde angehoben, und Rory kam herein. Seine Augen waren verschwollen.

»Anton?«, fragte Kat.

Er schüttelte den Kopf und ließ sich im Schneidersitz auf dem Boden nieder. Offenbar wollte er nicht allein sein. Er wirkte geschockt und benommen. Anscheinend hatte er den Verlust noch nicht vollständig realisiert.

»Es tut mir leid«, sagte Safia.

Kat war noch nicht so weit, Mitgefühl mit dem Mann zu empfinden, doch immerhin hatte er versucht, Safia zu retten, und den für sie gedachten Schuss abgefangen. Deshalb duldete sie seine Anwesenheit.

Rory holte tief Luft. »Ich möchte, dass Sie das wissen… Ich hatte noch keine Gelegenheit, es Ihnen zu sagen.«

»Was?«, fragte Kat.

»Ich sollte die topografische Karte der Tätowierungen der Mumie analysieren.« Er blickte Safia an. »Der Scan war eindrucksvoll, und ich habe Ihre Methode benutzt, um die ägyptischen Hieroglyphen ins Hebräische zu übertragen. Die Arbeit ging gut voran, bis…«

Er deutete zu der Stelle, an der Anton verstorben war.

»Reden Sie weiter«, drängte Kat. »Was haben Sie herausbekommen?«

»Die Mumie war das Heilmittel.«

Kat stand auf. »Was?«

»Oder jedenfalls hat es sich in ihrem Körper befunden,

zusammen mit dem Krankheitserreger in ihrem Hirn. Aber ich verstehe das nicht. Mein Vater hat ihr Gewebe untersucht. Immer wieder. Er hat nur den Erreger gefunden, aber nichts, was dagegen geholfen hätte.« Rory schaute finster drein. »Er hat irgendetwas übersehen.«

Er deutete auf Safia. »Aber deshalb geht es ihr wieder besser. Das organische Material, dem sie ausgesetzt war, hat gewirkt wie ein Impfmittel. Sie hat zwar Fieber bekommen, aber letztlich war es harmlos.«

»Und das haben Sie alles den Tätowierungen der Mumie entnommen?«

»Vieles musste ich schlussfolgern. Und es bleibt noch eine Menge zu übersetzen. Aber das ist mit ziemlicher Sicherheit der Grund, weshalb wir nicht erkrankt sind. Das Heilmittel hat das Pathogen, dem Safia im Labor ausgesetzt war, neutralisiert.«

Kat blickte Safia an. »Dann können wir vielleicht aus ihrer Rückenmarksflüssigkeit oder ihrem Blut ein Heilmittel entwickeln …?«

Rory seufzte und schüttelte den Kopf. »Aus irgendeinem Grund funktioniert es so nicht. In der Hinsicht sind die Aussagen eindeutig. Es gibt nur ein einziges Heilmittel und eine einzige Weise, es zu erhalten. Nämlich unmittelbar von der Quelle.« Er blickte zu Kat hinüber. »Und wir haben sie zu Asche verbrannt.«

Kat dachte an das Sicherheitslabor und das darin tosende Feuer.

Das Heilmittel wurde vernichtet.

27

3. Juni, 22:56 CAT
Akagera-Nationalpark, Ruanda

Das Trompeten der Elefanten schallte durch die Schluchten, hallte von den Wänden wider und wurde verstärkt und vervielfacht.

Verunsichert durch das seltsame Verhalten der Tiefe, verharrte Gray mit seinem Team am Elefantenfriedhof, um die Herde nicht weiter zu reizen. Er ahnte, was das dramatische Verhalten ausgelöst hatte. Mitten im kleinen Talkessel schaute die alte, weißhäutige Matriarchin blicklos in die Höhe, als spürte sie das verwirrende Schauspiel der Äquatorialaurora, die über den Nachthimmel tanzte.

Schließlich flaute der Tumult ab. Die Schleier und Bänder aus leuchtender Energie wogten immer noch über den Himmel, doch auch sie verblassten allmählich.

Noah atmete zischend aus, was sich anhörte, als hätte er die ganze Zeit über die Luft angehalten. »So etwas habe ich noch nie gesehen.« Er deutete in die Höhe, blickte aber gleichzeitig die alte Dame im Canyon an. »Und ich bezweifle, dass diese Gruppe jemals so viel Lärm gemacht hat. Erstaunlich bei dieser scheuen, im Verborgenen lebenden Herde. Der Chor muss hundert Kilometer weit zu hören gewesen sein.«

Roho war die ganze Zeit über in Noahs Nähe geblieben. Offenbar hatte ihm die musikalische Darbietung nicht zugesagt.

Da war er nicht der Einzige. Kowalski rieb sich die Ohren und riss wiederholt den Mund auf. »Ich glaube, mein Gehör ist dauerhaft geschädigt.«

Derek stand ein Stück abseits und hielt Jane bei der Hand. »Ist dir das auch aufgefallen? Das Trompeten klang weder zornig noch furchtsam …«

»Hat sich beinahe so angehört, als ob sie trauern würden«, murmelte Jane. »Als hätte sich die Herde auf einmal an etwas Herzzerreißendes erinnert.«

Noah nickte. »Sie hat recht. Ich habe mal gehört, wie Elefanten den Tod von Familienangehörigen betrauert haben. Das hier hat mich daran erinnert.«

»Aber was könnte das gewesen sein?« Derek schaute zum Himmel hoch. »Ich bezweifle, dass sie hier am Äquator schon mal eine Aurora gesehen haben.«

»Vielleicht nicht mit eigenen Augen.« Gray musterte Jane und Roho. Die alte Elefantenkuh hatte sie ausgewählt, als ob sie sie wiedererkenne. Vielleicht hatte sie die beiden mit einem Paar aus ferner Vergangenheit verwechselt. »Womöglich reicht die Erinnerung ja viel weiter zurück, bis zu der großen Katastrophe, deren Echo auch nach Jahrtausenden noch spürbar ist.«

Derek wirkte nach wie vor skeptisch und ging offenbar davon aus, dass Gray sich auf ihre frühere Unterhaltung bezog. »Sie meinen, sie erinnerten sich an eine Zeit, als eine andere Frau und ein Löwe bei ihnen auftauchten.«

»Nachdem eine große Flut die Mikrobe aus dem Tal

freigesetzt und den Nil vergiftet hatte.« Gray schaute in die Höhe. »Wenn die damalige Überflutung von atmosphärischen Veränderungen infolge des Ausbruchs des Thera ausgelöst wurde, wie Sie es für möglich halten, könnte sie von einer lokalen Aurora begleitet worden sein.«

Jane schaute ebenfalls zum leuchtenden Himmel hoch. »Wir wissen, dass der Vulkanausbruch damals extrem heftig war, aber weshalb hätte das solche Auswirkungen haben sollen?«

»Weil die Aschewolken voller Energie waren und es ständig zu elektrischen Entladungen kam. Als die verheerenden Energien vom Thera hochgeschleudert wurden, könnte das in der Ionosphäre über dieser Region eine Aurora zur Folge gehabt haben.« Das klagende Trompeten verstummte endlich. »Und diese großen Tiere erinnern sich daran … und an das nachfolgende Massensterben.«

Noah blickte in den Talkessel. »Falls Sie recht haben, wäre das auch eine Erklärung für den bunten Wald. Die vielen leuchtenden Farben, das schimmernde Spiegelbild des Wassers und die angemalten Elefanten, die durch den Wald wandern. Könnte das der Versuch sein, die Erinnerung an die Aurora wachzuhalten? War dies der Ursprung des Rituals?«

Gray vergegenwärtigte sich die beinahe sakrale Atmosphäre im Wald. »Und dann sind wir hier aufgetaucht, zusammen mit einer Frau und einem Löwen. Vielleicht haben sie uns deshalb so bereitwillig akzeptiert.«

Noah nickte. »Unsere Ankunft hat sich mit der traurigen, bedrückenden Erinnerung vermischt.«

Jane blickte zur alten Matriarchin hinüber. »Ich wüsste gern, ob sie damals ahnten, was da aus ihrem Tal freigesetzt wurde. Vielleicht haben sie den Ägyptern gestattet, die Mauer zu bauen – eine Mauer, die die Elefanten mühelos hätten einreißen können, wenn sie gewollt hätten –, und ihnen als Wiedergutmachung das Heilmittel gezeigt.«

Gray dachte daran, wie die Elefantenkuh Jane bei der Hand genommen hatte. Vielleicht hatte sie aus demselben Impuls gehandelt, sozusagen ein Echo aus ferner Vergangenheit.

»Aber was sagt uns das?«, fragte Jane. »Ich verstehe das noch immer nicht.«

Gray hatte inzwischen eine Ahnung, doch das musste noch warten. Wie auf ein Signal der Matriarchin hin oder vielleicht auch nur, weil der verblassende Himmel ihn in Aufregung versetzt hatte, war der große Bulle wieder aufgetaucht. Er schaute sie an, warf den Kopf hin und her, grunzte und schwenkte drohend die Stoßzähne.

»Sieht so aus, als hätten wir ihre Gastfreundschaft überstrapaziert«, meinte Kowalski. »Und jetzt schmeißt man uns raus.«

Gray respektierte den Willen der Elefanten und bedeutete der Gruppe, sich in Bewegung zu setzen. Sie machten einen Bogen um den Wächter der Matriarchin und marschierten durch die Felsspalte zurück. Keiner sprach; in Gedanken hingen sie den Mysterien und Wundern der vergangenen Stunden nach. Als sie den großen Canyon erreichten, ließ Gray den Blick durch das von der verblassenden Aurora erhellte Tal schweifen und versuchte sich vorzustellen, wie es gewesen sein mochte, als die Ägypter seinerzeit den Ort entdeckten.

»Schauen Sie«, sagte Derek und zeigte zu der Grotte mit dem kleinen See.

Die Wasseroberfläche leuchtete tiefrot, doch das war

kein Spiegelbild der Glühwürmchen, die am Überhang lebten. Das Leuchten kam aus der Tiefe.

»Irgendwas reagiert auf die aufgeladene Luft«, sagte Gray.

Derek blickte ihn mit großen Augen an. »Vielleicht haben Sie ja recht.« Er schaute zu den Elefanten hinüber. »Vielleicht war das die gleiche Energie, die den melancholischen Elefantenchor ausgelöst und die alten Erinnerungen wachgerufen hat, bedingt durch das Feuer in ihrem Schädel.«

Und jetzt ging es zu Ende.

Gray beobachtete, wie das Leuchten sich immer tiefer ins Wasser zurückzog und zusammen mit der Aurora erlosch. Er verspürte tiefen Frieden – doch der war trügerisch.

Ein Schuss ließ alle zusammenschrecken.

Seichans Stimme tönte aus dem Ohrhörer. »Seht nach oben! Wir werden angegriffen!«

Gray schaute zum Himmel hoch. Auf den ersten Blick konnte er nichts Ungewöhnliches erkennen. Dann bemerkte er vor dem Hintergrund der Sterne mehrere dunkle Schatten. Knapp über den Felsen öffneten sich Fallschirme.

Schüsse knallten.

Die Kugeln zerfetzten das Laub der Bäume und gruben sich ringsumher in den Boden.

»In Deckung! Versteckt euch!« Er zeigte auf Kowalski. »Sie passen auf sie auf!«

»Wie …?«

»Lassen Sie sich was einfallen!«

Gray schnappte sich, was er brauchte, und entfernte sich von der Gruppe. Er blickte zur Mündung des Canyons, zu der von den alten Ägyptern errichteten Mauer. Er hätte Seichan gerne angefunkt, fürchtete aber, der Gegner könnte sie abhören.

Stattdessen dachte er intensiv an sie.

Pass gut auf dich auf.

23:09

Von der Mauer aus beobachtete Seichan, wie Grays Kopfleuchte erlosch.

Sie konnte nur hoffen, dass er unverletzt geblieben war, und ärgerte sich, dass sie nicht eher auf die Gefahr aufmerksam geworden war. Seit zwei Stunden hielt sie hier Wache und hatte vom Wall aus das Tal auf der einen und den Zugangsweg auf der anderen Seite im Auge. Die meiste Zeit über hatte sie sich auf die dunkle Felsspalte konzentriert, die ihr einziger Fluchtweg war.

Deshalb hatte sie die vom Himmel herabstürzenden Angreifer zu spät bemerkt. Als das ohrenbetäubende Trompeten der Elefanten verstummt war, war sie auf das leise Brummen eines Flugzeugmotors aufmerksam geworden. Aufs Schlimmste gefasst, hatte sie mit den Blicken den Himmel abgesucht und die auf den Canyon herabstürzenden Schatten bemerkt.

Sie hatte einen Schuss abgefeuert, um Gray zu warnen, und ihn gleichzeitig angefunkt.

Mehr konnte sie im Moment für ihn und die anderen nicht tun.

Jetzt, da alle vorgewarnt waren, lief sie zur Rampe hinüber. Sie war versucht, den Weg zur Rechten einzuschlagen, der ins Tal führte, um die Feuerkraft der Verteidiger zu erhöhen, doch vor ihrem geistigen Auge erschien ein blasses Gesicht, entstellt von einer schwarzen Sonne.

Genau das erwartest du von mir, stimmt's?

Vermutlich sollte der Angriff aus der Luft ihre Aufmerksamkeit auf den Canyon lenken. Sie hatte fünf Fallschirme gezählt, ging aber davon aus, dass es noch eine weitere Bedrohung gab. Im Sudan hatte die blasse Killerin ein Team unter die Erde geschickt und gleichzeitig im Freien einen Hinterhalt vorbereitet und sämtliche Ausgänge bewacht.

Der Plan wäre beinahe aufgegangen.

Seichan vergegenwärtigte sich die glühend heiße Wüstensonne, in die Enge getrieben auf einer Düne, während die Motorradfahrerin das Gewehr anlegte, das grausame Lächeln hinter dem Halstuch verborgen.

An der Rampe bog Seichan nach links ab und schlüpfte in die Felsspalte.

Diesmal nicht, du Miststück.

23:11

Valya hatte sich eine Stelle im Wald ausgesucht, nahe dem Rand der Überflutung.

Das dürfte genügen.

Zehn Minuten zuvor war sie vor den Felswänden gelandet, während in den Canyons Schüsse fielen. Gleichwohl hatte sie ohne Eile ihren Fallschirm zusammengefaltet.

Beim Schwebeflug war sie nicht allein gewesen. Die Raven-Drohne hatte sie in weitem Abstand umkreist. Mit deren Infrarotoptik hatte sie die Felsspalte und den umliegenden Wald gescannt und nach Bedrohungen Ausschau gehalten.

Weitere unliebsame Überraschungen wollte sie vermeiden.

Als sie sicher gelandet war, hatte sie an dieser Stelle Posten bezogen, wo sie freie Sicht auf die Mündung des Canyons hatte. Ein paar Felsbrocken gaben ihr Deckung, eine perfekte Scharfschützenstellung. Sie breitete eine dunkle Decke aus und legte sich bäuchlings darauf, nachdem sie das Schnellfeuergewehr, eine MP7A1 von Heckler & Koch, auf ein kleines Stativ montiert hatte. Es verfügte über Nachtsichtoptik und Schalldämpfer und war für den Gegner kaum auszumachen.

Sie legte drei Ersatzmagazine auf die Decke, weitere Magazine hatte sie für den Fall, dass sie sich schnell zurückziehen musste, unter den Gürtel geschoben.

Schließlich platzierte sie noch das Steuergerät der Drohne neben ihrem Ellbogen, durch einen Felsbrocken vom Canyon abgeschirmt. So konnte sie mit einem Blick die Lage von oben im Auge behalten.

Zufrieden blickte sich durch die Zieloptik und wartete. Immer noch fielen Schüsse. Sie wusste nicht, was da los war, denn sie hatte Krugers Team angewiesen, so lange Funkstille zu bewahren, bis der Canyon gesichert war.

Eines aber war sicher.

Sie wird nach mir suchen.

23:13

Querschläger prallten ringsumher von den Felsen ab. Gray zog sich in die schmale Felsspalte zurück, die zum Elefantenfriedhof führte. An der ersten Abzweigung bog er ab. Als er vom Canyon aus nicht mehr zu sehen war, klemmte er sich einen Helm in die Armbeuge und schaltete die Lampe aus. Das Gleiche wiederholte er mit dem Helm in der anderen Armbeuge und mit dem auf seinem Kopf.

Die zusätzlichen beiden Helme hatte er sich von Jane und Derek geborgt.

Ein Querschläger sirrte durch die Spalte und veranlasste ihn, sich noch weiter zurückzuziehen.

Der Trick hat anscheinend funktioniert… aber ob das genügt?

Während Kowalski mit seinen Schützlingen zur Canyonwand marschierte, war Gray in die entgegengesetzte Richtung gelaufen, um den Gegner abzulenken – zumindest so lange, bis die anderen sich in Sicherheit gebracht hatten. Um die Angreifer zu ködern, hatte er sich die Helme ausgeliehen und deren Lampen eingeschaltet. Das Fünf-Mann-Angriffsteam war bestimmt mit Nachtsichtgeräten ausgerüstet; die Helmlampen mussten ihnen in der Dunkelheit des Canyons wie Leuchtfackeln erscheinen. Er hoffte, dass die Lichtflut die Tatsache verbergen würde, dass sich dahinter nur ein einzelner Mann verbarg. Er wollte den Gegner glauben machen, er habe sein Team noch bei sich, und ihn veranlassen, ihm zu folgen.

Um den Schützen abzuhängen, der immer wieder auf ihn feuerte, lief er zum Elefantenfriedhof weiter und nahm es in Kauf, dass er wiederholt an der Felswand entlangschrammte. Endlich erreichte er den kleineren Canyon, und unter seinen Stiefeln knirschten die zermahlenen Knochen.

Er schaltete die Helmleuchten wieder ein und schleuderte die Helme in verschiedene Richtungen, während er weiter in den Talkessel vordrang. Nur die Matriarchin war noch da, aufgeschreckt vom Gewehrfeuer, aber nicht in

Panik. Mit blinzelnden Augen verfolgte sie Grays merkwürdige Kapriolen.

Zu ihrem eigenen Schutz – *das ist nicht dein Kampf* – schwenkte er die Arme und scheuchte sie zur anderen Seite des Canyons. »He! Zurück mit dir! Mach schon.«

Sie fasste das als Aggression auf und reckte missbilligend den Rüssel, dann aber machte sie doch schwerfällig kehrt und stapfte davon.

Gut so.

Gray blickte zu den drei Helmleuchten hinüber, von denen er hoffte, dass sie den Gegner ablenken würden. Dann eilte er zu einem mit Baumästen abgedeckten Knochenhaufen und legte sich hinein, das Gesicht der Wegmündung zugewandt, in der Hand die SIG Sauer.

Er brauchte nicht lange zu warten.

Ein Schatten verlagerte sich in der Felsspalte. Der Angreifer streckte den Kopf hervor und checkte kurz die Lage, dann verschwand er wieder. Das Ganze hatte nur eine Sekunde gedauert. Jetzt überlegte er vermutlich, wie er vorgehen sollte, und analysierte die visuellen Eindrücke aus dem Canyon.

Der Mann ist gut.

Gray spitzte die Ohren und registrierte ein weiteres Detail.

Anscheinend war der Mann allein.

Dass er sich nicht dazu hatte verleiten lassen, seine Teamkollegen mitzunehmen, deutete darauf hin, dass er der Anführer war, vermutlich derselbe Mann, der sie in der sudanesischen Grabanlage gejagt hatte. Wenn das stimmte, war er bestimmt auf Rache aus.

Voller Sorge um seine Freunde biss Gray die Zähne zusammen.

23:18

Derek hockte an der Rückseite der Grotte.

Nachdem sie sich von Gray getrennt hatten, war seine Gruppe zur Canyonwand geeilt. Das beste Versteck war auch das gefährlichste. Der giftige See leuchtete nicht mehr, doch die kleine Höhle, die ihn zur Hälfte überdeckte, wurde noch immer von der Glühwürmchenkolonie an der Decke erhellt. Derek hoffte, dass die unstete Biolumineszenz den Vorteil der Nachtsichtgeräte zunichtemachen werde, denn das Restlicht würde die Angreifer blenden, wenn sie die empfindlichen Geräte benutzten.

Deshalb gingen sie am Rand des Sees entlang zur Rückseite der Grotte. Dort entdeckten sie eine Höhle, gerade groß genug, um sich darin zu verstecken. Nur der hünenhafte Kowalski musste draußen bleiben. Ihm machte das nichts aus. Er sagte ihnen, sie sollten sich hinlegen, während er sich mit dem Gegner befassen würde. Mit einem Grinsen und ein paar Abschiedsworten ließ er sie zurück.

Ich habe einen Plan.

Hinter Derek lagen Jane und Noah und gaben Roho Deckung.

Sie alle hielten den Atem an, als ein dunkler Schatten an der anderen Seite des Sees entlangwanderte. Der Mann ging geduckt und hielt eine Waffe in der Hand. Derek schob sich weiter in die Höhle hinein und hoffte, dass der Mann vorbeigehen würde. Doch er blieb stehen und schien sie mit dem Nachtsichtgerät, das ihm etwas Insektenhaftes verlieh, geradewegs anzusehen.

Derek krampfte sich zusammen; auf einmal glaubte er nicht mehr daran, dass er bei der Auswahl des Verstecks eine kluge Entscheidung getroffen hatte.

Geh weiter …

Der Angreifer rührte sich nicht vom Fleck. Derek blickte an ihm vorbei, in der Hoffnung, dass Kowalski sich auf ihn stürzen würde. Plötzlich knallte ein Schuss, gefolgt von einem gurgelnden Schrei. Der kam von der Mitte des Canyons. Kowalski hatte vermutlich einen der Männer ausgeschaltet – bedauerlicherweise bedeutete dies, dass er nicht in der Nähe war und ihnen somit auch nicht helfen konnte.

Dennoch zeigte die Aktion Wirkung.

Der Angreifer ging in die Hocke und schwenkte die Waffe herum. Dann richtete er sich wieder auf und setzte sich in Bewegung.

Uff …

Doch es reagierte noch jemand auf den Schuss.

Roho gab ein nervöses Winseln von sich.

Noah tadelte ihn leise und streichelte die Raubkatze beruhigend – doch das Unglück war bereits passiert.

Der Angreifer drehte sich wieder um und legte den Kopf schief, offenbar unsicher, wie er weiter verfahren sollte. Im Dschungel über dem Canyon brüllten die Affen. Hin und wieder jaulte ein nächtlicher Räuber, und alle Laute wurden von der Akustik der hohen Felswände verstärkt.

Bedauerlicherweise wandte sich der Angreifer zur Seite und ging auf die Felszunge zu, die das Ufer des Sees darstellte.

Derek warf einen Blick über die Schulter. Ihre einzige Waffe war Noahs Machete. Kowalski hatte das Gewehr mitgenommen, und ihr Führer hatte seine Waffe bei der Rettung des Elefantenkalbs zurückgelassen. In der ganzen Aufregung über den bunten Wald hatte er sie an einen Baum gelehnt und vergessen, sie mitzunehmen.

Derek musterte Roho, doch Noah hatte ihm bereits erklärt, dass der Löwe zu jung und unerfahren sei und gerade erst jagen lerne. Außerdem wollte Noah vermutlich nicht, dass sein Freund zu einem Menschenkiller wurde. Und so wie Roho zitterte, glaubte man Noah aufs Wort, dass er ein ganz Lieber war und kein Kämpfer.

Derek blickte wieder nach vorn und schickte sich ins Unvermeidliche.

Es liegt an mir.

Noah hielt die Machete in der Hand, als Rückversicherung für den Fall, dass er Jane schützen musste.

Inzwischen hatte der Schütze den See erreicht und schritt an dessen Ufer entlang. Mit der Hand verscheuchte er ein paar aufgeschreckte Glühwürmchen. Seiner übertriebenen Reaktion nach zu schließen, hatte ihn sein Nachtsichtgerät geblendet. Trotzdem nahm er es nicht ab; offenbar war sein Vertrauen in die Militärausrüstung dafür zu groß.

Auf seinem Weg um den See herum behielt er sowohl den Canyon als auch die Grotte im Auge.

Derek wartete, bis der Mann nur noch wenige Schritte entfernt war – dann sprang er in dem Moment aus der Deckung, als der Angreifer in den Canyon hinausblickte. Das Geräusch der Stiefel allerdings veranlasste ihn, sich umzudrehen.

Derek aber hatte ihn bereits erreicht.

Als er gegen ihn prallte, legte er ihm beide Hände um den Hals. Er rang mit ihm, bis beide in den tiefen See stürzten. Das hatte Derek vermeiden wollen, denn er wusste, dass es gefährlich war.

Für Jane nahm er das Risiko allerdings bereitwillig auf sich.

Wasser spuckend, tauchte er auf, hechtete aufs Ufer und rief: »Jetzt!«

Jane hob die Fernsteuerung hoch, während der Angreifer das Gewehr herumriss. Sie kam ihm einen Sekundenbruchteil zuvor und drückte den Knopf. Das Elektrohalsband, das Derek dem Schützen um den Hals gelegt hatte, sprühte Funken, denn Jane hatte die höchste Stufe eingestellt. Die Wirkung fiel dramatischer aus als erwartet. Anstatt den klitschnassen Angreifer lediglich kampfunfähig zu machen, setzte die Entladung ihn in Brand und mit ihm den ganzen See. Es war, als hätten die Mikroben die in ihnen aufgespeicherte Energie mit einem Schlag freigesetzt.

Der Mann schrie auf, wand sich und bog den Rücken durch.

Als er in den See stürzte, tanzten elektrische Entladungen über die Wasseroberfläche.

Derek wich zurück. »Äh, Jane, ich glaube, du kannst den Knopf jetzt loslassen.«

»Ja, klar.« Sie ließ die Hand sinken und ging auf Derek zu.

Der wich wegen seiner nassen Kleidung zurück. »Nicht …«

Sie schlug seine Warnung in den Wind und umarmte ihn. »Es ist zu spät. Wir sitzen beide im selben Boot.«

Er hatte die Arme ausgebreitet, weil er es nicht wagte, ihre Umarmung zu erwidern – dann wurde ihm klar, dass sie recht hatte. Er drückte sie an sich mit dem Gefühl, dies sei es wert, dafür zu sterben.

Was nicht heißt, dass ich sterben will – gerade jetzt nicht.

23:24

Während Jane Derek in den Armen hielt, fielen im Canyon mehrere Schüsse. Alle blickten schweigend nach draußen, die Elefanten ließen ein zorniges Trompeten vernehmen.

Was geht da vor?

»Wir können hier nicht bleiben«, sagte Derek.

Jane sah das auch so. Nach der ganzen Pyrotechnik und dem Geschrei war ihr Versteck kompromittiert.

Als sie ins Freie traten, geleitete Derek die Gruppe an der Wand entlang und achtete darauf, dass sie vom überhängenden Laubwerk geschützt waren. Der Mond und die Sterne erhellten eine merkwürdige Szenerie.

Eine große Gruppe aufgeregter Elefanten – insgesamt etwa zwanzig – hielt auf die zugemauerte Felsspalte zu.

Jane blinzelte. »Was haben sie vor?«

Plötzlich wurde eine weitere Salve von Gewehrschüssen abgefeuert. Bei jedem Schuss funkelte ein Feuerwerk blau leuchtender piezoelektrischer Kristalle auf. Kowalski schoss, jedoch nicht auf den Gegner. Er stand hinter der Herde, feuerte auf die Hinterteile der größten Tiere und trieb sie vor sich her. Dabei stieß er laute Flüche aus, die Jane normalerweise hätten erröten lassen. Unter den gegebenen Umständen jedoch empfand sie Bewunderung für seinen Einfallsreichtum.

Sie erinnerte sich an seine letzten Worte.

Ich habe einen Plan.

Jetzt setzte er ihn um. Die Herde wurde schneller und versuchte, ihrem Peiniger zu entkommen, verwirrt von den hellen Lichtern und den Stichen an ihrem Hinterteil. Die umherwogenden Tiere steigerten das Durcheinander –

bis Panik ausbrach. Die Tiere stampften, das Trompeten wurde lauter, und dann brach eine Stampede los.

Das Ziel war klar.

Auf der Wand und am Fuß der Rampe machte Mündungsfeuer die beiden Schützen sichtbar. Eine Granate detonierte und warf einen Erdgeysir auf. Zum Glück war sie schlecht gezielt gewesen, denn der Gegner auf der Mauer war angesichts der sich nähernden Phalanx der Stoßzähne, der stampfenden Füße und der trompetenden Rüssel in Panik geraten.

Der Mann am Fuß der Rampe drehte sich um und hastete die Rampe hoch, rutschte im Sand aber aus. Er stürzte und wurde von der Elefantenherde überrannt, die die Schräge aufwärtsstürmte. Im nächsten Moment schrie an der anderen Seite der Mauer jemand auf. Das Gebrüll des zweiten Schützen, der in dem engen Durchgang niedergetrampelt wurde, hallte durch den Canyon.

Die Nachhut der Elefanten stürmte die Rampe hoch, floh durch die Felsspalte und suchte Zuflucht im überschwemmten Wald.

Plötzlich knallte es an der anderen Seite des Canyons. Alle wandten sich in die Richtung.

Offenbar war die Schlacht noch nicht vorbei.

23:32

Darauf falle ich nicht rein.

Gray harrte in seinem Versteck aus Zweigen und Knochen aus. Der Angreifer feuerte erneut blindlings auf den Elefantenfriedhof. Die Einschläge wanderten auf einen der leuchtenden Helme zu und schlugen ins Knochenmehl ein.

Offenbar wollte der Schütze Gray veranlassen, das Feuer zu erwidern und sein Versteck preiszugeben.

Diese Strategie war vermutlich die Folge der Kampfgeräusche, die zu ihnen herüberdrangen: Schreie, Schüsse, Gewehrsalven, untermalt vom Trompeten der Elefanten.

Gray spürte die Anwesenheit der alten Matriarchin, die sich an der Rückseite des kleinen Canyons aufhielt. Sie versteckte sich im Gehölz. Er hatte Gewissenbisse, weil ihr Eindringen in die Welt der friedlichen, scheuen Elefanten, die sie willkommen geheißen hatten, zu einem Gemetzel geführt hatte.

Wir haben ihnen ihre Großzügigkeit übel gedankt.

Als spürte er die Anwesenheit der Elefantenkuh, zielte der Angreifer auf die Bäume. Ein scharfes Trompeten war zu vernehmen.

Du Drecksack…

Gray verlagerte die Haltung, um festzustellen, ob die Matriarchin verletzt war.

Dabei rutschte ein Ast vom Knochenhügel herab.

Gray wartete die Reaktion des Gegners nicht ab, sondern schnellte aus dem Versteck, bevor der Angreifer auf die Bewegung und das Geräusch reagierte. Er warf sich zur Seite und rollte sich ab. Eine Granate traf das Grab und detonierte. Knochenstücke und brennendes Holz wurden hochgeschleudert. Die Druckwelle schleuderte ihn ein Stück weiter, Splitter prasselten auf ihn herab.

Er hatte die Arme nach vorn gestreckt und hielt beidhändig die SIG Sauer. Er feuerte in die Dunkelheit hinein. Sein Gegner ging fluchend in Deckung.

Gray blieb flach auf dem Bauch liegen, doch er bot auf dem weißen Knochenstaub ein deutliches Ziel. Wenn er wegzulaufen versuchte oder sich auch nur bewegte, würde das Knirschen ihn verraten. Er hatte den Eindruck, das Patt währe eine kleine Ewigkeit, obwohl es in Wahrheit nur Sekunden andauerte.

Schließlich feuerte der Angreifer in der Hoffnung auf einen Glückstreffer aufs Geratewohl in seine Richtung.

Eine Kugel pfiff an Grays Ohr vorbei.

Gray erwiderte das Feuer, erzielte aber keinen Treffer.

Noch eine Salve überstehe ich nicht.

Hinter Gray ertönte ein Schnaufen, begleitet vom Geräusch knirschender Schritte. Zweige knackten. Er wandte den Kopf und sah, wie die Matriarchin sich durchs Gehölz schob. An der weißen Brustseite floss Blut hinunter. Mit ihrem nahezu blinden Auge schaute sie vorwurfsvoll, aber entschlossen zu ihm herüber. Sie stapfte vor, platzierte sich vor ihn und ließ sich auf die Knie und dann auf die Brust nieder.

Sie bog den Rüssel nach hinten und atmete schnaufend gegen seine Wange. Sie legte den Kopf auf den Boden und schaute ihn an. Sie berührte ihn mit ihren weichen Nüstern.

Sie versucht, mich zu schützen, obwohl sie stirbt.

Ein Stiefel streifte über den Boden. Er richtete sich auf und nahm das Geschenk des großen Tieres an. Er zielte über seinen Rücken hinweg auf den Angreifer, der aus der Deckung gekommen war, wohl weil er sich über die Einmischung der Elefantenkuh ärgerte. Gray feuerte als Erster, worauf der Mann, anscheinend unversehrt, einen Schritt zurückwich.

Gray aber hatte gar nicht die Absicht gehabt, ihn zu treffen.

Konzentrier dich nur auf mich.

Der Mann zielte mit seiner Panzerfaust.

Hinter ihm schob sich ein riesiger Schatten aus der Felsspalte hervor. Der Elefantenbulle, ein erfahrener Wächter, machte kaum ein Geräusch. Mit unnatürlicher Langsamkeit stieß er dem Mann einen Stoßzahn in den Rücken und hob ihn hoch.

Blut strömte, die Waffe fiel zu Boden.

Mit einer heftigen Kopfbewegung schleuderte der Bulle den durchbohrten Angreifer in die Felsspalte, damit seine Gebeine nicht irgendwann den heiligen Boden entweihten.

Gray sank auf die Knie und legte der Matriarchin die Hand auf die Wange. »Es tut mir leid.«

Sie hob den Rüssel und streichelte seinen Unterarm, als hätte sie ihn verstanden – dann schlang sie ihn um Grays Handgelenk, zog ihn hoch und schob ihn behutsam von sich weg. Der Bulle näherte sich; sein Stoßzahn war blutig, sein Blick unversöhnlich.

Gray akzeptierte das Urteil und entfernte sich.

Am Ausgang angelangt, blickte er sich um. Der Bulle hatte den Kopf gesenkt und den Rüssel um die sterbende Matriarchin geschlungen. Gray wandte sich ab, denn er kam sich vor wie ein Störenfried.

Erleichtert und beschämt zugleich lief er durch die Felsspalte.

Er wurde an anderer Stelle gebraucht.

23:39

Seichan kauerte vierzig Meter von der Mündung der anderthalb Kilometer langen Schlucht entfernt am Boden. Bei der Annäherung hatte sie den Widerhall des Kampfes gehört, der im fernen Canyon tobte. Sie schob ihre Befürchtungen beiseite, denn davon hatte niemand etwas. Sie vertraute darauf, dass Gray und auch Kowalski überleben und die anderen schützen würden.

Sie hatte einen anderen Job zu erledigen.

Sie wartete und fixierte die Schluchtmündung, lauschte angestrengt auf Geräusche, die nicht zum Wald gehörten, und hielt Ausschau nach Veränderungen der Schatten.

Alles wirkte ruhig und friedlich, doch sie wusste es besser.

Du bist hier irgendwo.

Das spürte sie mit jeder Faser ihres Seins.

Ihr boten sich zwei Optionen, zwei unterschiedliche Wege, definiert durch die Worte, welche die Gilde ihr bei der Ausbildung zur Auftragsmörderin eingebläut hatte.

Schatten oder *Feuer.*

Sie konnte weiterhin leisetreten und sich an den *Schatten* halten, über die Felsen klettern und draußen unbemerkt abtauchen. Oder sie konnte ihr Blut in Wallung bringen, ihr Adrenalin anfachen und aus allen Rohren feuernd ins Geschehen eingreifen.

Stattdessen wartete sie ab, denn es gab noch einen dritten Weg, der in den strikten Regeln der Gilde keinen Platz hatte. Das hatte sie sich bei Gray abgeschaut, eine Mischung aus Improvisation und Intuition – wenngleich in dieser Nacht vielleicht eher Kowalski ihr wahrer Mentor war.

Sie hörte sie, bevor sie auftauchten, ein leises Donnern. Sie verzichtete darauf, ihre Position zu verlagern, denn sie wollte ihre Absichten vor eventuellen Beobachtern im Wald geheim halten. Erst als der Boden unter ihren Füßen erbebte, kletterte sie an der Felswand hoch.

Im nächsten Moment stürmte die Vorhut der Stampede

vorbei, so nah, dass sie sich hätte vorbeugen und mit den Fingerspitzen über die wogenden Rücken streifen können. Sie suchte nach einer günstigen Gelegenheit und wurde bei einer großen Elefantendame fündig. Als das Tier sie passierte, sprang sie in die Schlucht hinunter, packte mit beiden Händen seinen Schwanz und stemmte die Füße gegen die dicken Schenkel.

Die Elefantenkuh erschrak und wurde noch schneller, versuchte, das lästige Anhängsel abzuschütteln. Seichan ließ nicht locker. Sie brauchte nur ein paar Sekunden lang durchzuhalten. Als der nachfolgende Elefant mit dem Rüssel nach der Fremden schlug, die inmitten der Herde aufgetaucht war, hätte Seichan beinahe den Halt verloren. Doch sie duckte sich und klammerte sich mit aller Kraft fest, obwohl ihre Stiefel vom Hinterteil der Elefantenkuh abzurutschen drohten. Die Umgebung verschwamm.

Dann wichen die Felswände zurück.

Seichan wartete, bis die Herde den Waldrand erreicht hatte, dann ließ sie sich fallen, rollte sich ab und wälzte sich ins Unterholz. Sie schnellte augenblicklich hoch und ging hinter einem hohen Baumstamm in Deckung.

Sie ließ sich auf die Knie nieder, beobachtete, wie die trompetende, durchs Unterholz brechende Elefantenherde sich im Wald verteilte, und wartete darauf, dass jemand ins Freie gescheucht wurde.

Weit zu ihrer Rechten rammte ein großer Bulle mit der Hüfte einen Steinhaufen. Als mehrere Steine zu Boden rollten, flüchtete ein dunkler Schatten aus der Deckung.

Da bist du ja.

Dunkles Metall glänzte auf.

Die Person war eindeutig bewaffnet.

Alles andere hätte mich auch gewundert.

Seichan nahm die Verfolgung auf.

Der Plan hatte sich geändert.

Feuer.

23:43

Valya lief geduckt durch den Wald und änderte immer wieder die Richtung.

Um sie herum brachen Elefanten durchs Unterholz und trieben sie weiter von den Felswänden weg. Bald spritzte Wasser unter ihren Schritten; erst waren es Pfützen, dann ein See, der sich scheinbar endlos vor ihr erstreckte. Schließlich verteilten sich die dunklen Schatten der flüchtenden Elefanten, und ihre Panik legte sich.

Trotzdem hielt sie nicht an, denn sie brauchte ein wenig Zeit, um einen neuen Plan zu fassen.

Sie überprüfte ihre Waffe. Die Nachtsichtoptik war abgerissen, doch ansonsten war die Waffe funktionstüchtig. Bedauerlicherweise hatte sie die Fernsteuerung des Raven liegen gelassen.

Vor dem Chaos, als sie noch im Hinterhalt lag, hatte sie in der Schlucht eine Bewegung bemerkt, ein Aufflackern von Körperwärme, aufgefangen von einem der Drohnensensoren.

Eindeutig ein Mensch, doch eine Identifizierung war unmöglich gewesen.

Schatten oder *Feuer.*

Dann hatte sie auf dem Monitor gesehen, wie ein Strom von Körperwärme durch die schmale Schlucht geschwappt war und das schwache Leuchten hinweggeschwemmt hatte. Sie hatte sich zu begreifen bemüht, was da vor sich ging, und deshalb zu langsam reagiert. Die Elefanten waren geradewegs auf sie zugestürmt. Sie hatte kaum mehr Zeit gehabt, sich in Sicherheit zu bringen.

Aber wie war es Seichan ergangen?

War sie zertrampelt worden?

Valya kannte die Antwort.

Und die lautete *nein*.

Die Kugel, die neben ihrem Kopf in den Baumstamm einschlug, lieferte die Bestätigung.

Valya duckte sich und ging hinter dem Stamm in Deckung. Sie erwiderte das Feuer, doch vermutlich hatte die Frau bereits die Position gewechselt.

Valya tat das Gleiche.

Sie machte kehrt und lief geduckt in das Dickicht des Waldes hinein. Dem Knall nach zu schließen, hatte Seichan mit einer Pistole geschossen. Valya wog das Schnellfeuergewehr in der Hand. Unter dem Gürtel steckte ein Ersatzmagazin mit weiteren vierzig Schuss.

Bei diesem Feuerspiel gedachte sie zu gewinnen.

Sie brauchte bloß eine gute Deckung.

Und die fand sie auch.

Sie drang ins Dickicht ein. Zahlreiche dicke Baumstämme erlaubten es ihr hier, unbemerkt die Position zu wechseln. Sie ging in die Hocke und machte sich unsichtbar.

Ein Pistolenschuss knallte, und sie verspürte einen Schlag an der Schulter, der sie herumschleuderte.

Sie verdrängte den Schmerz und drang noch weiter ins Dickicht ein.

Ein weiterer Schuss.

Ihr Ohr begann zu brennen.

Sie drehte sich panisch im Kreis.

Was geht da vor?

Dann hörte sie das leise Sirren einer Drohne und begriff, dass sie auf die falsche Karte gesetzt hatte. Hier ging es nicht um Feuer. Hier ging es um *Schatten* – um Versteckspiel und Trickserei. Seichan hatte anscheinend ihr voriges Versteck abgesucht, die Fernsteuerung gefunden und die Drohne hergerufen.

»Ist nur fair, dass ich auch mal mit dem Ding spielen darf!«, rief ihre Gegnerin.

Valya fluchte.

Also *Schatten* – und *Feuer*.

Sie holte das Funkgerät hervor und funkte den Piloten an. »Feuern Sie beide Hellfire-Raketen ab. In beide Canyons. Sofort.«

23:48

Hellfire …

Ihre Gegnerin hatte gewollt, dass sie das Gespräch mithörte.

Aber stimmte das mit den beiden Raketen?

Sie dachte an den Sudan, als sie nicht gewusst hatte, ob sie verfolgt wurde, aber davon ausgegangen war, dass dem so war.

Hier war die Situation ähnlich.

»Jagen Sie mich weiter, oder helfen Sie Ihren Freunden!«, rief die Frau.

Seichan beachtete sie nicht, denn sie hatte ihre Entscheidung bereits getroffen. Sie machte kehrt und rannte in die Richtung der Felsen. Sie war entschlossen, den anderen nach Kräften zu helfen.

Für die blasse Frau hatte sie ein lautloses Versprechen übrig.

Wir sprechen uns noch.

23:50

»Los, los, los!«, rief Gray im Versuch, den Canyon zu räumen und die Tiere in der dunklen Schlucht in Sicherheit zu bringen.

Vor zwei Minuten hatte Seichan sich atemlos über Funk bei ihm gemeldet.

»Schaff alle da raus!«

Der Funkspruch hatte ihn in dem Moment erreicht, als er sich mit den anderen im Hauptcanyon versammelt hatte. Mit eingeschalteten Helmleuchten bemühten sie sich jetzt, den Rest der Herde in die gleiche Richtung zu treiben. Seichan hatte vor, eine Drohne herüberzuschicken, die sie requiriert hatte. Damit wollte sie sich Gewissheit über das Vorliegen einer Bedrohung verschaffen und den großen Vogel mit dem kleinen bedrängen.

In seinem Ohr ertönte erneut Seichans Stimme. *»Die Cessna nähert sich eurer Position. Die Raketen sind scharf.«*

»Du musst uns mehr Zeit verschaffen«, sagte er drängend.

»Ich arbeite dran.«

Kowalski feuerte mit dem Gewehr in die Luft, um die Nachzügler anzutreiben. »Bewegt euren schrumpligen Arsch!«

Noah ging bei zwei älteren Elefanten behutsamer vor; er berührte sie und drängte sie, ihm zu folgen, während Roho in die Rolle eines Schäferhunds schlüpfte.

Derek und Jane hatten die Mauer bemannt und schwenkten Farnwedel, um die Herde über die Rampe zu bugsieren.

Zum Glück hatten sich die meisten Tiere der Stampede angeschlossen, doch ein Dickkopf weigerte sich, den Kessel zu verlassen.

Gray blickte durch den dunklen Canyon. An der hinteren Felswand hielt ein großer Bulle Wache, der vor zehn Minuten aus der Felsspalte hervorgekommen war. Die Matriarchin war anscheinend verstorben. Ein paar ausgewachsene Elefanten waren zu ihm hinübergewandert, hatten den Rüssel um seinen gewunden und seine Trauer geteilt.

Der Bulle rührte sich nicht von der Stelle.

»Ein Kalb!«, rief Jane von der Rampe aus und zeigte. »Da drüben im Gras!«

Alle wandten den Kopf, konnten das Elefantenkind jedoch nicht sehen.

Kowalski war bereits losgerannt. »Wo genau?«, rief er.

Jane dirigierte ihn.

Dann meldete sich wieder Seichan, diesmal war ihr Tonfall voller Panik. *»Gray! Die Drohne wurde beschädigt. Die Cessna ist fast genau über euch.«*

Gray schaute hoch und hörte ein leises Motorengeräusch.

Gar nicht gut.

Er legte die Hand an den Mund. »Kowalski, kommen Sie her!« Er winkte alle zu sich. »Über die Mauer. Laufen Sie, so weit Sie kommen!«

»Ich sehe den Lümmel!« Kowalski lief schneller.

Er bückte sich und verschwand einen Moment lang im Gras. Als er sich wieder aufrichtete, hielt er ein Elefantenbaby auf den Armen. Er rannte los, während das Baby sich jämmerlich beklagte.

Das schafft er niemals.

Das Flugzeug tauchte am Himmel auf und flog vor den Sternen vorbei. Es legte sich auf die Seite und begann den Anflug auf die Canyons.

Plötzlich donnerte es.

Der Elefantenbulle kam angelaufen – entweder hatte ihn das Trompeten des Kalbs alarmiert, oder er begriff, was Kowalski vorhatte. Er riss dem Hünen das Elefantenkind aus den Armen und lief weiter zur Mauer.

Von seiner Last befreit, senkte Kowalski den Kopf und rannte weiter.

Hinter ihm senkte sich die Cessna auf den kleineren Canyon ab. Unter einer Tragfläche schoss Feuer hervor. Die Rakete kreischte, dann ließ ein ohrenbetäubender Knall die Erde erbeben. Flammen und Rauch schraubten sich in die Höhe und verwandelten sich in eine schwarze Qualmwolke.

Der Bulle erreichte die Rampe und stürmte über den uralten Wall.

Kowalski folgte ihm, Gray lief neben ihm her. Als die Mauer hinter ihnen lag, erfolgte die zweite Explosion. Die Druckwelle pflanzte sich durch die Rinne fort und schleuderte sie zu Boden, sodass sie beinahe unter die Beine des Bullen geraten wären.

Kowalski kam auf dem Rücken zu liegen. »Erinnern Sie mich beim nächsten Mal daran, auf Sie zu hören.«

Gray richtete sich stöhnend auf. Die anderen kamen herüber, dann stapften sie wieder zur Mauer und kletterten hoch.

Zur Linken erfolgte im an den Canyon grenzenden

Dschungel eine dumpfe Detonation, begleitet vom Splittern von Bäumen. Im nächsten Moment stieg eine ölige schwarze Wolke zu den Sternen auf.

»Gray?«, wisperte Seichan in seinem Ohr.

»Nichts passiert.«

»Gut. Ich wollte dir nur sagen, dass ich die Drohne wieder zum Laufen bekommen habe.«

Er blickte zur Rauchsäule hinüber. Das musste die Cessna sein, die Seichan mit der Drohne gerammt hatte. »Besser spät als nie, würde ich sagen.«

Jane und Derek gesellten sich zu ihm und schauten deprimiert ins Tal. Die Hälfte davon war zerstört und qualmte. Plötzlich stürzte ein Teil der Canyonwand ein und begrub die Grotte unter sich.

»Es ist alles weg«, sagte Jane. »Jetzt werden wir das Heilmittel niemals finden.«

»Das macht nichts«, murmelte Gray.

Derek musterte ihn scharf. »Mir macht das verdammt viel. Schließlich habe ich einen Kopfsprung in den See gemacht.«

»Ich wollte damit nur sagen, dass das Heilmittel gar nicht hier war … jedenfalls nicht das Heilmittel für uns.«

Seine Bemerkung vermochte die Stimmung der beiden nicht zu heben.

Grays bemühte sich, sie zu beruhigen. »Ich weiß, wo sich das Heilmittel befindet.«

»Was?«, fragte Jane überrascht. »Wo ist es?«

Gray wandte sich ab und marschierte los. »Genau dort, wo wir angefangen haben.«

28

18. Juni, 10:23 BST
Mill Hill, England

Zwei Wochen später stand Gray an einem Fenster und blickte in den kleinen OP-Raum des Francis Crick Institute am Stadtrand von London. Er betrachtete die abgedeckte Gestalt, die in dem luftdicht versiegelten Raum auf dem OP-Tisch lag.

Wir alle stehen in deiner Schuld.

Nachdem er eine Reihe von Untersuchungen absolviert und für gesund erklärt worden war, sollte Gray am nächsten Tag in die Vereinigten Staaten zurückkehren. Seichan und Kowalski, die die Untersuchungen ebenfalls bestanden hatten, würden ihn begleiten, doch keiner von beiden wollte ihm hier Gesellschaft leisten. Wie Kowalski es formuliert hatte: *Mein Bedarf an Mumien ist erst mal gedeckt.*

Gray lächelte. Er bezweifelte, dass Kowalski bewusst war, wie passend seine Worte unter den gegebenen Umständen waren. Er vergegenwärtigte sich die makabren Totengesichter, die im steinernen Magen der verschütteten Göttin abgebildet gewesen waren.

Das war einer der offensichtlicheren Hinweise gewesen.

In dem Moment hatte er sogar gedacht: *Hier bergen alle Darstellungen eine Lektion.*

So war es auch gewesen, doch im Verlauf der Reise waren noch weitere Hinweise hinzugekommen.

Er dachte daran, wie die Matriarchin Jane wie ein Kind unterrichtet und ihr Wissen mit ihr geteilt hatte. In den Canyons war tatsächlich kein Heilmittel zu finden gewesen.

Dort wurde ihnen lediglich eine weitere Lektion erteilt.

Was die Elefantenkuh Jane – und ihnen allen – gezeigt hatte, war das *Rezept* für die Herstellung des Heilmittels gewesen, nicht das Heilmittel selbst.

Monk umarmte ihn lächelnd, während Dr. Ileara Kano ihm die Hand schüttelte.

Monk blickte in den Nebenraum, das Gesicht faltig vor Erschöpfung. »Sieht so aus, als hätte sich der Kreis geschlossen. Von einer Mumie zur nächsten.«

Da hatte er wohl recht.

In einem anderen Flügel des medizinischen Instituts war Professor McCabes mumifizierter Leichnam bei einem Brandanschlag zerstört worden. Gray erinnerte sich, wie er draußen auf der Straße zum ersten Mal von der seltsamen Virenerkrankung erfahren hatte.

Tatsächlich ein geschlossener Kreis.

Diesmal aber lag nicht Professor McCabe auf dem OP-Tisch.

Ileara blickte traurig zu dem Toten hinüber. »Sein Werk ist vollbracht«, sagte sie. »Morgen Nachmittag wird er in die Westminster Abbey zurückgebracht.«

Monk bemühte sich, den britischen Akzent zu imitieren – und scheiterte. »*Dr. Livingstone, I presume.*«

Gray hob eine Augenbraue an. »*Exhume*, meinst du wohl.«

»Der war gut.« Monk stieß Gray mit dem Ellbogen an. »Den bringe ich beim nächsten Meeting.«

»Ganz wie du willst.«

Kurz nachdem Grays Team in Ruanda eingetroffen war, hatte man David Livingstones Leichnam exhumiert, der mehr als hundert Jahre lang in der Westminster Abbey geruht hatte. Von den sterblichen Überresten des Mannes hatte man so viele Gewebeproben genommen, dass Gray sich wunderte, dass unter dem Tuch überhaupt noch etwas übrig war.

Das Wichtigste aber war in seinem Schädel verborgen gewesen.

Das Heilmittel.

Stirnrunzelnd schaute Monk in den OP. »Ich habe Bruchstücke mitbekommen«, sagte er, »aber die ganze Geschichte kenne ich nicht.«

Gray, der Verständnis dafür hatte, dass sein Freund die Leerstellen auffüllen wollte, wandte sich ihm zu. »Wo soll ich anfangen?«

»Vielleicht bei Moses?«

Gray lächelte und seufzte. »Wenn du das Ganze wirklich verstehen willst, sollten wir vielleicht noch früher ansetzen. An dem Punkt, als eine Gruppe durstiger Elefanten eine Wasserquelle entdeckte, die für die meisten Lebewesen tödlich war.«

Er dachte an Noah, der den großen Tieren so viel Bewunderung entgegenbrachte. »Als begabte Problemlöser haben sie einen Weg gefunden, gefahrlos davon zu trinken. *Wie* das abgelaufen ist, werden wir wohl nie erfahren, aber ich vermute, dass es mit dem Respekt zu tun hat, den sie den Gebeinen ihrer Ahnen entgegenbringen.«

Ileara nickte. »Die Natur ist voller Beispiele für seltsame

biologische Beziehungen. In manchen Fällen werden wir nie herausfinden, wie sie entstanden sind, und müssen uns mit dem Satz begnügen: *Das Leben findet immer einen Weg.*«

Gray rieb sich das Kinn. »Jedenfalls haben die Elefanten eine Lösung gefunden. Sie haben gelernt, ihre sterblichen Überreste mit den Ästen des Mobola-Pflaumenbaums abzudecken. Die Tannine der Rinde haben den Leichnam chemisch transformiert und das Gift in ein Heilmittel verwandelt.«

»Das konnten wir im Labor bestätigen«, sagte Ileara. »Nach dem Tod des Wirts geht die Mikrobe in einen Schlafzustand über, da sie vom Gehirn nicht länger mit elektrischer Energie versorgt wird. Erst *dann* wird sie empfänglich für das Tannin der Rinde. Eine chemische Komponente des Tannins schaltet ein paar Gene ab, sodass die Mikrobe ungiftig wird. Noch wichtiger: Die nichttoxische Mikrobe neutralisiert auch ihre toxischen Verwandten, wenn sie in lebendem Gewebe auf sie stößt.«

»Das Heilmittel«, sagte Gray.

Monk kratzte sich am Kopf. »Dann lautet also das Rezept für die Herstellung des Heilmittels: Man lasse einen infizierten Körper unter Einwirkung des Tannins mumifizieren und warte ein, zwei Jahre ab, bis man die umgewandelte Version ernten kann.«

Gray stellte sich vor, wie die Elefantenkuh den Schädel eines Verstorbenen zerbrochen und ihr Kind aufgefordert hatte, das tanningetränkte Gewebe zu kauen und sich die heiltätige Version der Mikrobe einzuverleiben.

»Aber diese Methode wirkt nur bei einer speziellen Spezies«, sagte Gray genervt. »Deshalb sind die Elefantenknochen für uns als Heilmittel nutzlos. Wir müssen selbst eins herstellen. Elefantenknochen sind für Elefanten.«

Monk schnitt eine Grimasse. »Menschenknochen für Menschen.«

»Der Schädel ist am besten geeignet«, setzte Ileara hinzu. »Darin findet man die meisten Mikroben. Mit unseren modernen Methoden können wir natürlich Zellkulturen anlegen, aber damals war dies die einzige Möglichkeit.«

Die Labors des Francis Crick Institute hatten genau das getan, und zwar unter Verwendung der heiltätigen Mikrobe aus Livingstones Schädel.

»Und wann kommen wir zu Moses?«, fragte Monk.

Gray sah auf die Uhr. Ihm war es ganz recht, das Ganze ein wenig straffen zu können. »Die Plagen. Ja. Dieser Teil der Geschichte beginnt mit einer besonders nassen Jahreszeit, vermutlich infolge der atmosphärischen Veränderungen nach dem Vulkanausbruch. Die Trinkquelle der Elefanten wurde überflutet, und der Organismus hat sich im Niltal verteilt und die Abfolge der biblischen Plagen ausgelöst. Anschließend hat eine Gruppe ägyptischer Forscher nach deren Ursprung gesucht und ist auf die Elefanten gestoßen. Da sie bemerkten, dass die Tiere das Wasser gefahrlos trinken konnten, haben sie ihr Verhalten studiert und so gelernt, ein Heilmittel herzustellen.«

Noah hatte kenianische Eingeborene erwähnt, die von den Elefanten gelernt hatten, durch das Kauen bestimmter Blätter die Wehen einzuleiten. Die menschliche Erfindungsgabe und die Widerstandsfähigkeit der Natur waren wirklich erstaunlich.

Das Leben findet immer einen Weg.

Er fuhr fort: »Die Forscher kehrten mit dem Heilmittel in den Norden zurück. Ihr Wissen wurde von einer Sekte bewahrt, die eine weibliche Version Tutus verehrte, des Gottes des Schlafes und der Träume.«

»Weshalb eine weibliche Version?«, fragte Monk.

»Vielleicht wurde das Heilmittel ursprünglich von einer Frau entdeckt, von einer hebräischen Gelehrten, die in Begleitung eines Löwen war. Die Art und Weise, wie die alte Matriarchin auf Jane und Roho reagiert hat, spricht jedenfalls für diese Annahme. Oder aber man hat deshalb eine weibliche Gottheit verehrt, weil die Krankheit sich ausschließlich auf männliche Nachkommen ausgewirkt hat.« Gray zuckte mit den Achseln. »Wie auch immer, ich vermute, dass man eine Gottheit der Träume ausgewählt hat, lag wohl daran, dass die Mikrobe Halluzinationen auslöst.«

Gray beschloss, sich die kursierenden Theorien zu der Fähigkeit der Mikrobe, starke Erinnerungen zu bewahren und weiterzugeben, zu sparen. Stattdessen spann er den historischen Faden fort.

»In den chaotischen Kriegszeiten um 1300 vor Christus, etwa hundert Jahre nach der Plage, befürchtete die Sekte, das Wissen könnte verloren gehen. Deshalb erbaute sie das Grab der Göttin, das eine doppelte Funktion erfüllte. Zum einen meißelten sie das Rezept in Stein, zum anderen ließen sie eine Probe davon zurück, in Form einer Mumie, in deren Körper das Heilmittel enthalten war.«

»Wo es jahrtausendelang geruht hat«, bemerkte Monk.

»Aber nichts währt ewig, und kein Geheimnis lässt sich auf Dauer bewahren. Einige Einheimische wussten von dem Grab – vermutlich Nachfahren der nubischen Diener, die der Sekte einst geholfen und das Geheimnis von einer Generation an die nächste weitergegeben haben. Bis schließlich ein britischer Forscher auftauchte, der nach der Quelle des Nils suchte und den Respekt der Eingeborenen gewann.«

Gray blickte zu dem zugedeckten Leichnam hinüber

und dachte daran, dass David Livingstone den Eingeborenenstämmen geholfen und gegen den Sklavenhandel gekämpft hatte.

»Weil sie ihn verehrten, berichteten sie Livingstone von dem Grab und schenkten ihm einige Artefakte, die sie daraus hervorgeholt hatten. Da er das Wissen um das Rezept einerseits bewahren, andererseits auch geheim halten wollte, verbarg er es in verschlüsselten Briefen an seinen Freund Stanley. Und vor dessen Tod wurde er – entweder mit seiner Einwilligung oder im Zuge eines Stammesrituals – in das gleiche Gefäß umgewandelt wie damals die Frau auf dem Thron. Als sein Leichnam in Europa eintraf, stellte man fest, dass er mumifiziert war und in einem Sarg aus dem Holz des Mobola-Pflaumenbaums lag.«

Ileara schüttelte traurig den Kopf. »Ende des neunzehnten Jahrhunderts wurde dann eines von Livingstones Artefakten geöffnet und der Erreger im British Museum freigesetzt.«

Gray sah wieder auf die Uhr.

Ich bin spät dran.

Er wandte sich an Monk. »Das ist richtig, aber Painter und Kat wissen mehr über diesen Teil der Geschichte und Tesla, Twain und Stanley als ich. Vielleicht fragst du besser deine Frau nach weiteren Details. Oder Painter. Wie ich gehört habe, wurde er aus der Quarantäne entlassen.« Er rieb sich die Hände. »Ich muss los. Ich bin mit einer bestimmten Dame zum Essen verabredet, die sehr ungeduldig wird, sollte ich nicht pünktlich sein. Und ich würde mich nur ungern damit entschuldigen, dass *du* mich aufgehalten hast.«

Monk hob die Hände. »Nur zu, will's mir mit Seichan nicht verderben.«

Gray entfernte sich, zufrieden damit, dass er dem großen Forscher die Ehre erwiesen hatte, und erleichtert darüber, ihn seiner wohlverdienten Ruhe zu überlassen. Er ging durch den weitläufigen Komplex, in dem mit aller Kraft gegen die Seuche gekämpft wurde, und trat hinaus in den hellen Sonnenschein.

Er hielt ein Taxi an und nannte dem Fahrer die Adresse, die Seichan ihm mitgeteilt hatte. Sie hatte wegen des Essens sehr geheimnisvoll getan, was in Anbetracht ihres Hintergrunds ein wenig beunruhigend war.

Das Taxi hielt neben einer Schlange von Wartenden. Er stieg aus und beschattete die Augen mit der Hand. Wo war…

Jemand packte ihn beim Ellbogen und grub die Finger in seinen Arm. »Du hast dich verspätet.«

»Monk ist manchmal ein bisschen geschwätzig.«

Seichan zog ihn durch die Menge und um eine Ecke. Er riss überrascht die Augen auf. Vor ihm befand sich das London Eye, das Riesenrad am Themseufer. Die kugelförmigen Kabinen boten jeweils einem Dutzend Passagieren Platz.

Sie zog ihn zur Spitze der Schlange. »Weißt du, wie viel die Verzögerung gekostet hat? Was glaubst du wohl, weshalb ich dir eingeschärft habe, pünktlich zu sein?«

»Was haben wir…?«

»Sei still.«

Sie zog ihn die Rampe hoch zu einer wartenden Kabine. Im Innern war ein Tisch mit edlem Leinen und Kristallgläsern gedeckt. Auf einem Serviertisch verbargen silberne Speiseglocken kulinarische Köstlichkeiten, daneben stand ein Eiskübel mit einer Flasche Champagner.

Sie schob ihn hinein und gab dem Bedienpersonal ein Zeichen.

Mit gerötetem Gesicht wandte sie sich an Gray. »Du bist schwer zu überraschen.«

Er lächelte. »Diesem Charakterzug verdanke ich mein Überleben.«

Als die Kabine sich in Bewegung setzte, legte sie die Arme um ihn. »Dann muss ich mich heute ganz besonders anstrengen.«

»Ich werde mich der Herausforderung gewachsen zeigen.«

»Das hoffe ich doch.«

Sie zog ihn zum Tisch, zu einer kleinen Sitzbank, von der aus man auf die Themse sah. Sie setzten sich, dann hoben sie die Speiseglocken an und warfen einen Blick auf die Gerichte. Die Kabine stieg langsam in die Höhe, und der Blick weitete sich auf die ausgedehnte City von London.

»Wozu der ganze Aufwand? Mit einem Burger und einem Bier wäre ich glücklicher.« Er rutschte näher an sie heran. »Auf die Gesellschaft kommt es an.«

»Ich finde, du hast das verdient.«

»Wie bist du überhaupt auf die Idee gekommen?« Er musterte sie forschend. »Derek und Jane haben dich darauf gebracht, als sie in Khartum Riesenrad gefahren sind.«

Sie lächelte. »Dir entgeht wirklich nichts.« Diesmal zog sie ihn dichter an sich heran. »Weshalb sollten die beiden den ganzen Spaß für sich haben?«

Seufzend machte er sich klar, wie wenig Zeit sie für sich hatten. Er vermutete, dass es hier auch darum ging, vielleicht nicht unbedingt vordergründig, doch es schwebte als unausgesprochene Frage im Raum. Würden sie es wagen, sich die Kräfte klarzumachen, die solche Momente zur Seltenheit machten – und würden sie sich trauen, darüber zu sprechen?

Einstweilen schwiegen sie und genossen den Augenblick.

Seichan wandte sich ihm halb zu. »Ich hab's von Kat gehört. Sie hat gemeint, ich sollte es erfahren.«

»Was meinst du?«

Seichan blickte auf den Fluss hinaus. »Gestern hat jemand in Kanada eine weiße Rose am Grab von Anton Mikhailov niedergelegt.«

Er ahnte, was ihr Sorge bereitete. Nach den Ereignissen in Afrika war die blasse Killerin im Dschungel verschwunden. Immerhin kannten sie jetzt ihren Namen.

Valya Mikhailov.

Gray berührte Seichans Hand. »Es ist nicht gesagt, dass ...«

Sie drehte die Hand herum und verschränkte die Finger mit seinen. »Die weiße Rose hatte ein einzelnes schwarzes Blütenblatt.«

11:38

»Sie haben Besuch«, sagte Kat beim Eintreten.

Painter setzte sich im Krankenbett auf.

Endlich.

Er war schon zu lange in der Seuchenabteilung des Francis Crick Institute eingesperrt, wo er behandelt und beobachtet wurde. Ihm war jede Abwechslung recht.

Hinter Kat trat Safia in den Raum. »Ich wollte mal nach dem Patienten sehen.« Sie hatte mehrere Luftballons dabei. »Hab mir gedacht, die würden dich vielleicht aufmuntern.«

Painter stöhnte. »Mein Bedarf an *Ballons* ist erst mal gedeckt.«

Sie lächelte. »Und was ist mit der Gesellschaft eines alten Freundes?«

Die Tür ging weiter auf, und ein stark gebräunter, hochgewachsener, breitschultriger Mann mit zotteligem blondem Haar trat ins Zimmer.

Painter lächelte. »Omaha Dunn…«

Als der Mann grinste, bildeten sich Fältchen um seine Augen. Er zog Safia an sich heran. »Ich überlasse dir meine Frau, und du lässt es zu, dass sie beinahe getötet worden wäre… *schon wieder.*«

Painter zuckte mit den Achseln. »Was soll ich sagen? Irgendjemand muss schließlich für ein bisschen Aufregung in ihrem Leben sorgen.«

Safia schüttelte seufzend den Kopf, ging zum Tisch mit den Glückwunschkarten und Geschenken und band die Ballons dort fest. In den nächsten Minuten brachten sie sich gegenseitig auf den neuesten Stand.

»Dann hat dich tatsächlich jemand geheiratet?«, meinte Omaha und kicherte. »Wer ist die Bedauernswerte?«

Painter verzog leicht das Gesicht. »Lisa hält in D. C. die Stellung. Sie war nicht besonders erfreut zu erfahren, dass ich hier im Francis Crick einziehe. Zu dem Zeitpunkt war das praktisch eine Unterabteilung von Sigma. Aber letztlich hatte sie Verständnis. Das Institut ist führend, was die Erforschung des Krankheitserregers angeht, und nach dem Vorfall in der Arktis sind wir auf alle Kräfte angewiesen.«

Safia setzte sich auf die Bettkante. »Und wie läuft es auf Ellesmere und in der Aurora-Station?«

»Immer noch ein einziges großes Durcheinander. Im Moment gibt es auf der Insel mehr Mikrobiologen und

Seuchenexperten als Eisbären. Es wird noch eine Weile dauern, bis wir wissen, welche Auswirkungen die Freisetzung der Mikrobe durch Hartnell haben wird. Derzeit aber sind wir vorsichtig optimistisch. In der arktischen Kälte dürfte die Mikrobe aus den Tropen kaum Fuß fassen.«

»Dann wollen wir hoffen, dass es in der Arktis kalt bleibt.«

Painter nickte. Simon Hartnells Methode zur Rettung des Planeten war zwar ein Irrweg gewesen, doch er hatte immerhin ein hohes Ziel verfolgt.

Omaha stieß Kat an. »Wir sollten ihm jetzt das richtige Geschenk zeigen.«

Painter zog die Stirn kraus. »Was für ein Geschenk?«

Kat lächelte. »Wir haben es aufgehoben für den Tag, da Sie aus der Quarantäne entlassen werden, damit Sie es auch anfassen können.« Sie öffnete ihren Aktenkoffer und holte eine Klarsichthülle hervor, in der sich ein vergilbtes Blatt Papier abzeichnete. »Das haben wir in David Livingstones Krypta gefunden. Es wurde von einem Herrn zurückgelassen, der anscheinend sehr gut darin war, Geheimnisse zu wahren, ganz im Unterschied zu einem gewissen anderen Freund.«

Painter nahm den alten Brief entgegen, hob ihn behutsam hoch und betrachtete die Unterschrift.

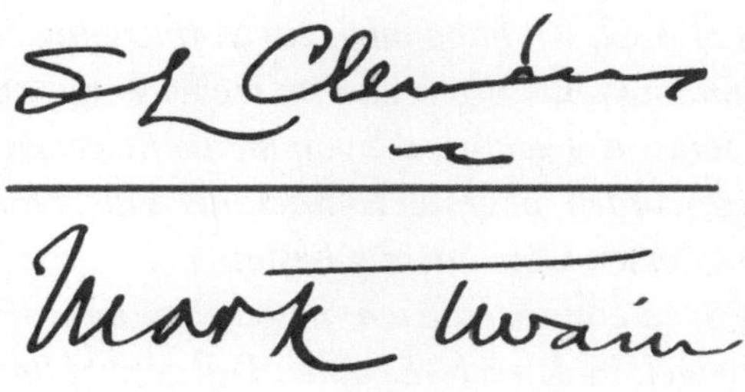

»Der ist von Mark Twain«, murmelte er.

Painter dachte an den Abschnitt in Teslas Tagebuch, der die Ereignisse des Jahres 1895 schilderte, darunter auch Twains und Stanleys Reise in den Sudan und die Hinweise, die Livingstone hinterlassen hatte.

Neugierig las er den Brief, der vom 20. August 1895 datierte.

An die Herren und hochverehrten Damen,
die dies hier lesen …

Zunächst sollten Sie sich dafür schämen, dass Sie in David Livingstones Gruft und in die Grabstätten im Sand eingedrungen sind, obwohl Sie dort nichts verloren haben. Gleichzeitig aber möchte ich Sie zu Ihrem Glück beziehungsweise zu Ihrem guten Urteil (oder beidem!) beglückwünschen, das Sie veranlasst hat, den Schlaf des guten alten Livingstone zu stören. Wie passend, dass der brave Doktor erneut dafür herhalten muss, die Krankheiten derer zu heilen, die hier in der Abbey an seinen Grabstein klopfen. Ich versichere Ihnen, dass Sie hier reichlich von seiner schaurigsten Tinktur vorfinden werden.
Aber seien Sie gewarnt, die Behandlung geht einher mit recht erhellenden und alarmierenden Nebenwirkungen. Auch ich habe mich zur Vorbeugung besagter Behandlung unterzogen und im Fieber Dinge geschaut und Geräusche gehört, die von meinen eigenen Sinnen erzeugt wurden, aber die Erinnerungen des Mannes waren, dessen Gebeine hier bestattet sind. Ich habe blaue Seen erblickt, die ich nie gesehen habe, finsteren Dschungel, in den ich nie einen Fuß gesetzt habe, und

noch andere teils angenehme, teils erschreckende Dinge, darunter die Grausamkeit des Menschen, verübt an jenen dunklerer Hautfarbe im noch dunkleren Afrika. Desgleichen habe ich die Leidenschaft des Erinnerungsträgers so deutlich empfunden, als wäre es meine eigene. Ich habe das tiefe Mitgefühl gespürt, das er den Unglücklichen entgegenbrachte, seinen frommen Glauben an einen liebenden Gott, seine grenzenlose Neugier auf das, was hinter dem Horizont liegt. Ich bin sicherlich eher ein Mann des Wortes als der Wissenschaft und behaupte nicht, ich wüsste mehr über das Funktionieren der Welt als ein gewöhnlicher Straßenkehrer. Gleichwohl wünschte ich, jeder Mensch könnte in die Schuhe eines anderen schlüpfen, so wie ich es tat, und dessen Innerstes erkennen, und sei es bloß im Fiebertraum. Dann wäre die Welt eine bessere. Also nehmt einen ordentlichen Schluck von der Arznei und würdigt die Tage, die Euer harren, denn irgendwann schlägt für jeden von uns die letzte Stunde. Zwar entgeht niemand von uns dem Tod, doch vielleicht werden ja auch wir dann sagen können, dass wir mit der uns geschenkten Zeit ebenso viel angefangen haben wie der gute Dr. Livingstone.

Painter lächelte.

Wie wahr.

Der Brief zeigte, dass Twain und Stanley gewusst hatten, dass Livingstones mumifizierter Körper das Heilmittel enthielt. Er erinnerte sich an Twains Schilderung seiner Sudanreise. Darin hieß es, er und Stanley hätten in der Grabanlage nicht nur einen *Hinweis* auf das Heilmittel gefunden, sondern das *Heilmittel selbst*.

Painter vermutete, dass die beiden diese Erkenntnis entweder zusätzlichen Hinweisen verdankt oder dass sie über Informationen verfügt hatten, die Stanley von Livingstone erhalten hatte und die niemals niedergeschrieben worden waren, was ihnen in der jetzigen Lage die Arbeit erheblich erschwert hatte.

Doch es gab noch eine andere Stelle, die Painters Interesse weckte.

»Ist euch der Hinweis auf die *Fieberträume* aufgefallen, die Halluzinationen, von denen er glaubt, es handele sich um David Livingstones Erinnerungen? Ich habe mit Gray über die Möglichkeit gesprochen, dass die Mikrobe tatsächlich Erfahrungen des Wirts speichern und weitergeben könnte.« Er wandte sich an Safia. »Das klang so, als hättest du eine ähnliche Erfahrung gemacht, doch anders als Twain, der sich Livingstones Mikroben einverleibt hat, wurdest du von der Wüstenmumie infiziert.«

Safia schüttelte den Kopf; dieses Thema war ihr anscheinend unangenehm. »Ich kann mich kaum noch daran erinnern. Das ist so, als versuchte man, einen Fiebertraum zu fassen.«

Painter nickte. »Ich habe im Verlauf der Behandlung keine solchen Erfahrungen gemacht.«

Kat hatte eine Erklärung parat. »Das könnte daran liegen, dass Sie das aus Zellkulturen gewonnene Mittel verabreicht bekommen haben und kein natürliches Elixier.«

»Zellkulturen?« Omaha grinste. »In diesem Fall, Painter, wundert es mich, dass du nicht von Käse und einem Laufrad im Rattenkäfig geträumt hast.«

Painter überging die Bemerkung und blickte auf den Brief in seiner Hand. »Trotzdem, ich frage mich, ob da nicht noch mehr …«

»Mehr wovon?«, fragte Kat.

Er schüttelte den Kopf. »Einige Details ergeben keinen Sinn.«

Kat runzelte die Stirn. »Zum Beispiel?«

»Weshalb zum Beispiel hat Professor McCabe die siebte Plage in seinem Journal ausgespart?« Painter schaute aus dem Fenster, das nach Norden hinausging. »Ich meine, schauen Sie sich doch an, was in der Arktis passiert ist. Das war wie eine biblische Plage.«

»Ich glaube, Sie haben immer noch Fieber«, sagte Kat. »Wir wissen aus früheren Unterhaltungen mit Rory, dass sein Vater das Thema umkreist hat, nachdem er Hieroglyphen einer ägyptischen Stele übersetzt hatte, die in der Nähe der Dammbaustelle im Sudan gefunden wurde. Darauf wurde die siebte Plage erwähnt. Das war in der Zeit, als der Professor dort Nachforschungen betrieb, bevor er in der Wüste verschwand.«

»Aber was wäre, wenn diese Prophezeiung sich auf den Vorfall in der Arktis bezogen hat?«

»Vermutlich stammt der Text von einem ägyptischen Meteorologen, der von einem heftigen Unwetter berichtet hat.« Kat zeigte auf Painters Brust. »Ich bitte einen Arzt, Sie noch einmal gründlich zu untersuchen.«

Er erwiderte finster ihren Blick. »Ich mache mir bloß Gedanken, das ist alles.«

Omaha klopfte sich auf die Oberschenkel und stand auf. »Das Leben ist in der Tat ein Wunder, aber wir sollten allmählich aufbrechen.«

»Er hat recht.« Safia trat ans Bett, umarmte Painter und flüsterte ihm ins Ohr. »Danke.«

Omaha sah das gar nicht gern. »Painter, wenn du jetzt mit Küssen anfängst, rufe ich deine Frau.«

Safia lächelte und legte beide Hände um Painters Gesicht. »Ich danke dir«, wiederholte sie.

»Gern geschehen, Safia.«

13:07

Während sich das Taxi durch den Londoner Mittagsverkehr quälte, schaute Safia aus dem Fenster. Neben ihr saß Omaha und hielt ihre Hand. Sie drückte seine Finger, um sich zu erden, und beobachtete das Getriebe einer Stadt, die sie liebte – angefangen von den Pubs, deren Gäste gut gelaunt zu Mittag speisten, bis zu den roten Doppeldeckerbussen, deren Fahrer über den Verkehr schimpften, der ihren Fahrplan durcheinanderbrachte.

Doch durch dies alles schimmerte ein anderes Bild.

Wogender Sand unter sengender Wüstensonne… die gleißenden goldenen Spitzen der Pyramiden… die gemächliche Karawane der Kamele auf der dunklen Silhouette einer Düne…

Erneut drückte sie Omaha die Hand. Die Rückblenden traten immer seltener auf, deshalb sprach sie nicht darüber. Doch sie war sich bewusst, dass dies nicht der einzige Grund für ihre Zurückhaltung war. Als der Himmel in der Arktis brannte, hatte sie mehr erlebt, als sie Kat mitgeteilt hatte. So deutlich, als wären dies ihre eigenen Erfahrungen, hatte sie all die vielen Frauen wahrgenommen, die ihr vorausgegangen waren, eine feierliche Prozession des Lebens, die eine Person mit der nächsten verknüpfte. Sie hatte Bruchstücke ihres Lebens nacherlebt, vor allem die einprägsamen Momente, welche die Mikrobe wohl am besten einfangen konnte.

Die Vision war zu einer Kraft angeschwollen, zu einem Sturm, der ihr in den Rücken blies ... und sie *vorwärts trieb*.

Weniger deutlich als die Vergangenheit hatten andere Bilder durchgeschimmert, ein Vorschein auf das, was da kommen mochte. Sie hatte einen Feuersturm über dem Eis erlebt, bevor er tatsächlich ausgebrochen war. Sie hatte gewusst, was geschehen würde. Und weiter in der Zukunft lagen noch andere Gefahren, eine auf die andere folgend. Sie waren vage, nichts weiter als Schatten, Sturmwolken jenseits des Horizonts. Wüsste sie mehr, hätte sie darüber sprechen können, doch ohne die Details blieb nur die Furcht.

In Anbetracht dessen, was bevorstand, war sie froh, dass es Männer wie Painter gab – und all die anderen Mitarbeiter von Sigma, die bereit waren, sich den Sturmwolken zu stellen. Das hatte sie ihm im Krankenhaus mitteilen wollen.

Ich danke dir.

Omaha spürte anscheinend ihre Stimmung und zog sie an sich. »Saf, was hast du?«

Sie kuschelte sich an seinen warmen Körper. Allmählich verblasste der glühend heiße Sand, und das hektische Getriebe der Stadt trat an seine Stelle.

»Nichts«, murmelte sie. »Nichts, weswegen du dir Sorgen machen müsstest.«

16:24

Es ist nichts mehr übrig.

Jane war für einen Tag nach Ashwell gereist und stand vor den Trümmern ihres Elternhauses. Das Feuer hatte alles zerstört, zurückgeblieben waren nur verkohlte Balken.

»Du kannst es wieder aufbauen«, sagte Derek.

Sie ließ sich das durch den Kopf gehen, kam aber zu dem Schluss, dass die Erinnerungen zu schmerzlich wären. Es war an der Zeit weiterzuziehen. Sie langte hinter sich und tastete nach Dereks Hand. Es tat gut, nach der zweiwöchigen Quarantäne im Francis Crick wieder an der frischen Luft zu sein. Sie hatte zwar nicht erwartet, dass sie hier irgendetwas finden würde, wollte die Pilgerreise aber trotzdem machen, um sich von ihrem Vater zu verabschieden.

»Er hat geglaubt, er brächte uns das Heilmittel«, sagte Derek, als habe er ihre Gedanken gelesen.

»Stattdessen hat er uns die Seuche gebracht.«

In den vergangenen Tagen hatten sie genügend Zeit gehabt, die Bruchstücke der Vergangenheit ihres Vaters zusammenzusetzen. Am meisten hatte sie dabei geschmerzt, von Rorys Anteil an den Geschehnissen zu erfahren – und es schmerzte noch immer. Sie brachte es noch immer nicht über sich, Kontakt mit ihrem Bruder aufzunehmen, der infolge seiner Beteiligung an den Ereignissen jenseits des Polarkreises in einem kanadischen Militärgefängnis einsaß.

Außerdem hatte sie erfahren, dass Simon Hartnell ihren Vater manipuliert und eingesperrt hatte. Er war besessen gewesen von einem verloren geglaubten Text Nikola Teslas und hatte die Kette der Ereignisse in Gang gesetzt. Ihr Vater hatte den in Teslas Text geschilderten Organismus gefunden und nach dem Heilmittel gesucht, doch in Anbetracht des sehr speziellen Rezepts war dies eine Herkulesaufgabe gewesen.

Sie vergegenwärtigte sich die kleinen Elefantentöpfe,

von denen sie jetzt wusste, dass sie aus dem Holz und der Rinde des Mobola-Pflaumenbaums gearbeitet waren, dessen Tannine an dem Mumifizierungsprozess und der Herstellung des Heilmittels beteiligt waren.

Aber woher hat mein Vater das gewusst?

Die Tannine funktionierten nur bei schlafenden Mikroben, wie sie im Körper von Toten gefunden wurden; sie selbst besaßen keine Heilkräfte, weshalb er die Rindentöpfe als funktionslose Dekoration angesehen hatte.

Von Rory wusste sie, dass ihr Vater die Mumie auf dem Thron – das wirksame Heilmittel – untersucht, aber nur Mikroben entdeckt hatte, die identisch waren mit dem Pathogen. Um die beiden Varianten voneinander zu unterscheiden, hätte er eine Molekularanalyse vornehmen müssen.

Trotzdem hatte er nach fast zwei Jahren einen Durchbruch erzielt und erkannt, dass die Tätowierungen der Mumie auf dem Thron einen hebräischen Text mit ägyptischen Hieroglyphen wiedergaben. Der eintätowierte Text hatte ihrem Vater ausreichend Hinweise geliefert, um eine Verbindung zwischen der Mumifizierung und dem Heilmittel herzustellen. Da er verhindern wollte, dass Hartnell davon erfuhr, hatte er Jane Hinweise hinterlassen und den Selbstmumifizierungsprozess begonnen, indem er Baumrinde verzehrte und das auf der Haut der Mumie beschriebene Ritual befolgte. Dieser Prozess nahm zwei, drei Monate in Anspruch, dann infizierte er sich mit der im steinernen Schädel der Göttin aufbewahrten aktiven Mikrobe, in der Hoffnung, dass das Tannin der Rinde das Gift in ein Heilmittel umwandeln würde.

»Du warst ganz dicht dran«, flüsterte Jane mit Blick auf die verkohlten Holzbalken.

»Aber er ist nicht allein gescheitert«, sagte Derek. »Er hat uns das Heilmittel gebracht. Er war sich bewusst, dass die Krankheit ihn töten musste, damit die Mikroben in den Schlafzustand übergingen und empfänglich wurden für das Tannin. Wir aber haben seinen Schädel vorzeitig geöffnet und den Erreger anstatt des Heilmittels freigelegt.« Er zog sie an sich. »Aber er hat auch *dir* die Hand gereicht. Ich glaube, am Ende wurde ihm bewusst, dass Hartnell Rory vereinnahmt hatte und dass dein Bruder sein Komplize war …«

»Rory hat uns alle *verraten*«, sagte sie verbittert. »Er hat mir den Vater geraubt und mich glauben gemacht, sie wären beide tot.«

»Ich weiß.« Er wandte sich ihr zu. »Aber, Jane, dein Vater hat gewusst, dass du den Hinweisen folgen würdest. Das war sein Notfallplan. Und er hat recht behalten. Du hast die Hinweise entschlüsselt.«

»Das haben *wir* getan.«

Er hob eine Augenbraue an. »Eine Archäologin, die bereit ist, die Anerkennung zu teilen. Bist du sicher, dass du Harolds Tochter bist?«

Sie boxte ihn gegen die Schulter und zog ihn weiter. »Lass uns ein Bier trinken.«

Sie wandten sich zum Bushel and Strike.

Er ergriff ihre Hand. »Am Ende, Jane, hat dein Vater erreicht, was er sich von Anfang an vorgenommen hatte. Er hat nachgewiesen, dass die biblischen Plagen tatsächlich stattgefunden haben und dass die im Buch Exodus geschilderten Ereignisse historisch waren und keine bloßen Legenden oder Märchen. Seine Entdeckung hat frischen Wind in die Archäologie gebracht.«

Sie nickte; dieser Gedanke tröstete sie ein wenig. Sie

drückte Dereks Hand, dann gingen sie eine Weile schweigend weiter.

»Übrigens habe ich heute von Noah gehört«, sagte Derek schließlich.

Sie blickte ihn an. »Hat er die Elefanten aufgespürt?«

»Er sagt nein, aber ich weiß nicht, ob ich ihm das glauben soll. Wenn ja, hält er es geheim.«

»Gut.« Sie schmiegte sich an ihn. »Das ist besser für sie …«

Glocken begannen zu läuten. Sie blickten am Pub vorbei zur alten Steinkirche. Offenbar hatte man den Kirchturm instandgesetzt. Das freute sie. Im Angesicht des ganzen Grauens war dies ein Zeichen von Widerstandskraft.

Aus der offenen Kirchentür schallte gedämpfter Gesang.

Sie zog Derek über die Straße, angelockt vom Gesang, eine bewegende Hymne voller Trauer und Liebreiz. Als sie in die Kirche traten, empfing sie wohliger Weihrauchduft. Zu ihrer Rechten übte im Kirchenschiff der Chor. Sie zog Derek in die kleine Kapelle gegenüber der jahrhundertealten Orgel.

»Was hast du …?«

»Pst.«

An einer Säule blieb sie stehen. Sie fuhr mit den Fingern über die in den Stein gemeißelte Inschrift. Als Kind war sie mit ihrem Vater hier gewesen und hatte mit Holzkohle und Papier das alte Graffito abgepaust. Es war lateinisch, verfasst zu der Zeit, als im Dorf die Pest herrschte, auch dies ein Zeichen von Widerstandskraft.

Praetereo fini tempori in cello pace.

Flüsternd übersetzte sie die Worte: »Im Tode gehe ich ein in den himmlischen Frieden …«

Sie ließ die Hand auf der Säule ruhen. In diesem Moment fühlte sie sich ihrem Vater nah und begriff, dass nicht alle Erinnerungen an ihn schlecht waren. Eine Träne rollte ihr über die Wange.

»Jane?«

Sie sah zu Derek auf, der sie voller Sorge musterte. Sie zog ihn an sich und küsste ihn leidenschaftlich, während der Chor sang, wie er es seit undenklichen Zeiten tat.

Als die Sänger das junge Liebespaar bemerkten, hielten sie inne und klatschten Beifall.

Sie errötete und lächelte, dann löste sie sich von Derek und schaute sich in der Kirche um, die seit Jahrhunderten hier stand, resolut und standfest jedem Sturm trotzend. Dann sah sie wieder Derek an.

»Ich will mein Elternhaus wieder aufbauen.«

Epilog

30. Juni, 10:13 EDT
Takoma Park, Maryland

Versprich es mir.

Gray saß im Pflegeheim am Bett seines Vaters. Diese drei Worte quälten ihn seit Wochen, doch erst jetzt verstand er sie wirklich. Er betrachtete das Gesicht seines Vaters, die geplatzten Blutgefäße auf der Nase, und dachte an die Raserei, in die er sich manchmal im Rausch hineingesteigert hatte, besonders nachdem er sein Bein verloren hatte.

Er war ein stolzer Mann, gedemütigt durch seine Behinderung und die Erwerbsunfähigkeit. Grays Mutter hatte notgedrungen weitergearbeitet, während sein Vater dabei versauerte, sich um seine beiden aufsässigen Söhne zu kümmern, die mit der Zeit immer schwieriger zu bändigen gewesen waren. *Das ist unser walisisches Blut* – damit entschuldigte ihre Mutter das Verhalten der Männer nach einem Streit.

Mit der walisischen Abstammung lag sie falsch, mit dem Blut aber richtig.

Irgendwann hatte Gray den wahren Grund für die Spannungen zwischen Vater und Sohn erkannt.

Er betrachtete weiter das faltige Gesicht mit den in tiefen Höhlen liegenden Augen und suchte nach dem alten Feuer. Er wünschte, sein Vater würde wieder zürnen – gegen ihn, gegen die Krankheit, die ihm den Verstand raubte, gegen den Zufall, der ihm sein Bein genommen hatte.

Versprich es mir.

Sein Vater nestelte am Rand des Federbetts, als suche er darin nach irgendeinem Sinn. Er sprach nur noch selten. Im Schlaf kämpfte er gegen Dämonen, gestikulierte, trat kraftlos mit dem Bein aus, so beständig, dass er an der Ferse schon ganz wund war.

Am Tag zuvor hatte Gray mit der zuständigen Ärztin gesprochen. Während Grays Abwesenheit hatte sein Vater einen kleinen Schlaganfall gehabt. Sein Zustand war stabil, er bekam gerinnungshemmende Mittel, doch er würde sich vermutlich nicht wieder erholen. Die Prognose lautete, dass der Zustand Monate, wenn nicht Jahre anhalten könnte.

Gray hielt die Hand seines Vaters und spürte die Knochen. Er streichelte mit dem Daumen die dünne Haut und versuchte, sich zu erinnern, wann er ihm zuletzt die Hand gehalten oder ihn auch nur berührt hatte. Jetzt nutzte er die Gelegenheit.

Sein Vater murmelte im Schlaf, doch als Gray ihm ins Gesicht sah, erwiderte er mit offenen Augen seinen Blick.

»Hey, Dad, ich wollte dich nicht wecken.«

Die trockenen, rissigen Lippen bewegten sich. Er schluckte, dann setzte er neu an.

»Gray…«

Es war zehn Tage her, dass sein Vater ihn erkannt hatte.

»Gray, deine Mutter… deine Mutter kommt.«

Er tätschelte seinem Vater die Hand. Er hatte es längst

aufgegeben, einen Sinn aus den sprunghaften Bemerkungen seines Vaters herauslesen zu wollen. Am besten, er ließ sich einfach darauf ein. »Tatsächlich? Wann kommt sie?«

Sein Vater legte die Stirn in Falten, als hätte man ihm eine harte Nuss zu knacken gegeben. »Hm?«

»Wann kommt Mom?«

»Harriet?«

»Ja.«

Sein Vater überlegte, hob sogar den Kopf an. Er blickte zum Stuhl in der Ecke. »Was redest du denn da? Ich seh sie doch.«

Gray schaute den Stuhl an, dann wandte er sich wieder seinem Vater zu. Der senkte den Kopf aufs Kissen, blickte aber weiter unverwandt zum Stuhl und bewegte die Lippen, als spräche er mit der Erscheinung.

Dann fielen ihm die Augen zu, und er war weg. Seine Finger zuckten auf dem Saum des Federbetts.

Versprich es mir…

Jetzt wusste er, worum sein Vater ihn gebeten hatte. Er ergänzte die Worte, die die Krankheit verschluckt hatte.

…wenn es so weit ist…

Gray ließ die Hand seines Vaters nicht los. Mit der freien Hand drückte er den Kolben der mit dem Infusionsschlauch verbundenen Morphiumspritze nach unten.

Jetzt ist es so weit, Pop.

Er beugte sich vor und küsste ihn auf die Stirn.

Sein Vater drückte ihm die Hand, dann entspannte er sich.

Er beugte sich auf seinen Vater hinunter. »Geh zu Mom.«

Gray drückte seinem Vater ein letztes Mal die Hand, dann erhob er sich und ging hinaus.

Er schritt durchs Pflegeheim und trat auf die Straße hinaus, wo ihn im hellen Sonnenschein eine Frau erwartete. Ohne stehen zu bleiben, ergriff er ihre Hand, und Seite an Seite gingen sie weiter.

»Bist du bereit für die Suche nach der Feuertreppe?«, fragte er.

Sie lächelte und drückte fest seine Hand. »Ich dachte schon, du würdest niemals fragen.«

Ewig und unergründlich

Der große Bulle geleitet die Herde durch den schmalen Canyon. Mit den Schultern streift er an Schlingpflanzen und Laub. Ein feierliches Grollen kommt aus seiner Brust.

Hinter ihm liegt ihr neues Zuhause, ein tief eingeschnittener Kessel, erwärmt von dampfenden Schloten. Die Bäume sind hier höher, das Blätterdach bietet besseren Schutz als dort, wo sie früher lebten. Wasser strömt von den Hängen und ergießt sich in zahlreiche Becken.

Es ist ein guter Ort.

Der Mann, der sie hierhergebracht hat, folgt ihnen. Der Bulle duldet es. Er spürt, dass von dem Mann keine Bedrohung ausgeht. Er meint es gut mit ihnen. Deshalb gehört er jetzt zur Herde. Er muss mitkommen.

Der Bulle folgt der Schlucht bis zu der Grotte an deren Ende. Kleine, flache Steine bedecken den Boden, zur Hälfte beschattet von einer überhängenden Felsplatte. An der einen Seite schimmert ein kleiner Tümpel. Als sie zum ersten Mal hier waren, führte der Bulle im Rüssel altes Wasser mit und blies es ins Becken. Inzwischen hat es sich rot verfärbt.

Doch die Herde ist nicht deswegen hier.

Der Bulle führt sie zur anderen Seite.

Auf den flachen Steinen liegt ein toter Körper. Er ist nicht vollständig, aber das macht nichts. Der Mann hat die Einzelteile an ihrem alten Zuhause ausgegraben und hierhergebracht.

Der Bulle macht den Anfang. Er schnuppert an den Verbrennungen und führt den Rüssel zum Kopf, streift mit den Nüstern an ihrer weißen Haut.

Behutsam legt er den Ast ab, den er mitgebracht hat, und weicht zurück.

Er verharrt neben ihr, während ein Elefant nach dem anderen seinen Ast ablegt. Ast für Ast, Zweig für Zweig wird sie zugedeckt. Als Letzter legt der Mann seinen Zweig ab, dann tritt er beiseite und gibt den Blick auf einen weiteren Gast frei.

Auf den, der sie beschützen wird.

Der Bulle kennt ihn, denn sie hat ihm den Beschützer vor ihrem Tod gezeigt.

Der große weiße Löwe kommt vor, tappt mit gespreizten Pfoten über die knirschenden Steine. Er hält einen langen Zweig im Maul und lässt ihn auf den Haufen fallen. Mit der flachen Nase schiebt er ihn zurecht.

Der Löwe geht zu dem Mann, der ihm die Flanke tätschelt.

Es ist gut. Es ist vollbracht.

Man wird sie nicht vergessen.

Der Bulle reckt den Rüssel und trompetet zum Himmel empor, klagend und doch auch hoffnungsvoll, herausfordernd und respektvoll. Die anderen Tiere fallen ein mit ihren Stimmen. Ihr Lied ist ewig.

Und noch einer stimmt ein.

Der Löwe tritt vor, reckt den Kopf – und brüllt zum ersten Mal.

Nachbemerkung des Autors: Wahrheit oder Fiktion

Ich sammle Brotkrumen, Bruchstücke aus Wissenschaft und Geschichte, die ich vermische und miteinander verknete, um daraus meine Geschichten zu erschaffen. Und wenn das Brot fertig gebacken ist und auf den Tisch kommt, versuche ich, die Anteile der Geschichte herauszulösen, die nicht ausgedacht sind, sondern auf belegbaren Fakten beruhen.

Und los geht's.

Historische Persönlichkeiten

Ich wollte diese Leute zusammenbringen, denn ich fand es faszinierend, dass gewisse historische Persönlichkeiten sich nicht nur kannten, sondern auch Berührungspunkte im Leben und in der Arbeit hatten. Irgendwann wollte ich eine Geschichte schreiben, die ein Schlaglicht wirft auf ein solches Zusammentreffen von Giganten. Und um das Vorhaben zu verwirklichen, bedurfte es eines Abenteuers von biblischen Ausmaßen.

Stanley und Livingstone

Im Verlauf der Recherche zu den beiden Persönlichkeiten wurde mir klar, wie unterschiedlich sie waren. Auf den ersten Blick möchte man meinen, die vielfach kolportierte und verballhornte Geschichte von Henry Morton Stanleys Rettung durch Dr. David Livingstone lasse ihn als unfähigen, stümperhaften Abenteurer erscheinen, der durch eigenen Leichtsinn beinahe ums Leben gekommen ist. Befasst man sich jedoch eingehender mit ihm, stellt sich heraus, dass Livingstone der wahre Held der Geschichte Afrikas ist. Als Missionar und Forscher war er bestrebt, die Lebensbedingungen der Eingeborenen zu verbessern. Auch nach seiner Rettung, bereits dem Tode nah, blieb er auf dem Kontinent und führte seinen Kampf gegen den Sklavenhandel fort. Während der »heldenhafte« Stanley, ein bekannter Rassist, mit Druck dazu bewegt werden musste, überhaupt nach Afrika zu reisen. Seinen Trägern und den Eingeborenen gegenüber verhielt er sich brutal und grausam. Zudem wurde er schließlich vom belgischen König Leopold II. damit beauftragt, den Kongo zu erschließen, was Zwangsarbeit und die Auslöschung ganzer Stämme zur Folge hatte. Am Ende befand sich ein großer Teil des Kongo im Privatbesitz des belgischen Königs.

Ihre gegensätzlichen Charaktereigenschaften und ihr unterschiedliches Wirken führten dazu, dass Livingstone in der Westminster Abbey bestattet und Stanley diese Ehre verweigert wurde. Mit meiner Geschichte wollte ich ein Schlaglicht auf Livingstones Leben und Tod werfen. Übrigens wurde er tatsächlich von Eingeborenen mumifiziert und in einem Zylinder aus Baumrinde nach England überführt. Sein Herz aber ist in Afrika verblieben und wurde am Fuße eines Mobola-Pflaumenbaums bestattet.

Stanley und Twain

Ja, Henry Morton Stanley und Samuel Clemens – alias Mark Twain – waren miteinander befreundet. Wenn Sie sich ein Bild von ihrer engen und intimen Freundschaft machen möchten, sollten Sie die Romanfassung lesen: *Twain und Stanley Enter Paradise* von Oscar Hijuelos.

Und nein, ich glaube nicht, dass die beiden Abenteuer in Ägypten erlebt haben, aber macht es nicht Spaß, sich vorzustellen, es wäre so gewesen?

Twain und Tesla

Diese Freundschaft finde ich am reizvollsten. Mark Twain und Nikola Tesla waren gute Kumpel. Twain besuchte Tesla sogar in dessen Labor und half ihm bei Experimenten, und ich bin mir sicher, dass er ihm dabei gehörig auf die Nerven ging. Die Anekdote, wonach Twain Teslas »Erdbebenmaschine« getestet hat, um seine Verstopfung loszuwerden, entspricht der Wahrheit. Twain hat sich in den großen Oszillationsapparat des Erfinders gestellt und musste prompt die Toilette aufsuchen.

Auch hier musste ich eine Story erfinden, die Twain und Tesla in ein Abenteuer nach Sigma-Art verwickelt. Aber sprechen wir lieber über Tesla.

Nikola Tesla war ein visionäres Genie – allerdings kein guter Geschäftsmann und auch nicht besonders praktisch veranlagt. Ich könnte mich seitenweise über sein Leben, seine Arbeit und sein Vermächtnis auslassen. Zum Glück brauche ich das nicht zu tun, denn es gibt zahlreiche Bücher für Wissbegierige. Hier sind zwei, die mir beim Schreiben des Buches sehr nützlich waren: *Nikola Tesla: Imagination and the Man That Invented the 20th Century* von Sean Patrick sowie *Tesla, Der Erfinder des elektrischen Zeitalters* von Bernard Carlson.

Ich möchte noch ein paar Bemerkungen zu bestimmten Aspekten seines Lebens und den Erfindungen machen, die in diesem Buch eine Rolle spielen. Tesla glaubte tatsächlich an drahtlose Energieübertragung. Alles, was ich über den Wardenclyffe-Tower geschrieben habe, beruht auf Tatsachen. Das gilt auch für seine spätere Behauptung, er habe durch Zufall eine neue, völlig unbekannte Energiequelle entdeckt. Seine Erfindungen und Behauptungen bereiteten der US-Regierung so große Sorge, dass sie nach seinem Tod Teslas Räumlichkeiten in New York durchsuchen und den Großteil seiner Aufzeichnungen beschlagnahmen ließ. Es dauerte Jahre, bis Teslas Neffe die Regierung zur teilweisen Rückgabe der Dokumente bewegen konnte. Das Notizbuch, das er auf Wunsch seines Onkels nach dessen Tod verwahren sollte, fehlte. Das National Defense Research Committee, das die Aufgabe hatte, nach Teslas Tod dessen Aufzeichnungen zu sichten, wurde damals tatsächlich von John G. Trump geleitet, dem Onkel eines gewissen New Yorker Immobilienmagnaten und späteren Präsidenten der Vereinigten Staaten.

Aber lassen Sie uns mit den historischen Aspekten des Romans fortfahren und etwas weiter in die Vergangenheit zurückgehen.

Das zweite Buch Mose und die biblischen Plagen

In diesem Buch wird eine alternative Geschichte des Auszugs aus Ägypten erzählt. Wer sich eingehender mit der Neuen Chronologie befassen möchte, dem empfehle ich die folgenden Bücher, beide verfasst vom selben Autor: *Exodus: Myth or History* sowie *The Lords of Avaris* von David Rohl

Es wurden zahllose Versuche unternommen, eine wissenschaftliche Erklärung für die zehn Plagen zu finden, die Moses den Ägyptern auferlegt hat, und es hat mich gereizt, meinen eigenen Beitrag zum Chor der Stimmen zu leisten. Das meiste beruht natürlich auf Mutmaßungen und Spekulationen, gründet aber auf wissenschaftlichen Fakten. Der Ausbruch des mediterranen Vulkans Thera vor dreitausendfünfhundert Jahren gilt als einer der stärksten seit Menschengedenken. Eine Aschewolke dieses Ausmaßes muss starke atmosphärische und klimatische Auswirkungen gehabt haben. Könnte dabei auch eine Äquatorialaurora aufgetreten sein? Der Ausbruch des Vulkans Augustine in Alaska im Jahr 2006 wurde wegen der starken Blitze in der Aschewolke eingehend untersucht. Es heißt, die Entladungen wären so stark gewesen, dass auch Auroren aufgetreten seien.

Wenden wir uns nun der Wissenschaft zu.

Elektrische Bakterien und die Domäne der Archaeen

In diesem Buch wird ein ziemlich garstiger Mikroorganismus vorgestellt, dessen Beschreibung aber weitgehend auf Fakten beruht. Wissenschaftler haben eine ganze Menge Elektronen verzehrende Bakterien entdeckt, indem sie

Strom in Bodenschlamm eingeleitet und untersucht haben, was daraus zum Vorschein kam. Verschiedene Labors in aller Welt forschen an praktischen Anwendungen für diese erst kürzlich entdeckten fremdartigen Mikroben, angefangen von lebenden elektrischen Leitern bis zu Nanomaschinen für den industriellen Einsatz, die unter anderem bei der Säuberung der Umwelt Anwendung finden könnten.

Was die im Buch beschriebenen Archaeen betrifft, sind sie realistisch geschildert. Archaeen unterscheiden sich grundlegend von Bakterien und können tatsächlich lange Ketten bilden – womit sie perfekt für die Neuverdrahtung des Gehirns geeignet wären. Dieser dritte Zweig der Lebensformen entwickelte sich parallel zu den Viren, deren genetisches Material sich die Archaeen häufig einverleiben. Für das Buch habe ich eine einzigartige tödliche Krankheit erfunden, die von Archaeen übertragen wird, die zudem ein Zika-ähnliches Virus enthalten, das zu Problemen bei der Geburt führen könnte. Als ich erfuhr, dass viele Archaeen Wasser rot färben – beispielsweise einen See im Iran oder die Salzseen in Utah –, fand ich, das sei der perfekte Kandidat für den Auslöser einer biblischen Plage – vielleicht sogar für alle zehn.

Und noch ein Aspekt der Geschichte beruht auf Fakten: In den äußeren Schichten der Atmosphäre leben tatsächlich Bakterienkolonien, die sich dort oben ernähren und vermehren.

Klimawandel und der Zustand der Arktis

Wie Twain im vorliegenden Buch schreibt, bin ich eher ein Mann der Worte als ein Mann der Wissenschaft, deshalb will ich keine Predigten halten und mich nicht über die Verdienste der Klimaforschung und die Rolle des Menschen auslassen. Es lässt sich aber kaum leugnen, dass die Antarktis sich erwärmt, dass die Polkappen schmelzen und der ganze Norden immer zugänglicher wird. Kreuzfahrtschiffe befahren die Nordwestpassage, die früher als zu gefährlich galt und in der zahllose Forscher ums Leben gekommen sind, darunter auch die Besatzungen der HMS *Erebus* und *Terror*.

Sollten Sie sich ein Bild von deren schicksalhafter Reise machen wollen, empfehle ich das Buch eines meiner Lieblingsschriftsteller: *Terror* von Dan Simmons.

Die meisten Klimaforscher glauben, wir hätten den Umkehrpunkt fast erreicht oder die Gelegenheit, am beklagenswerten Zustand der Welt etwas zu ändern, bereits verpasst. Manche Forscher halten das Geo-Engineering für eine mögliche Lösung. Dabei geht es um Großprojekte. Es wird diskutiert, die Erde mit einem Sonnenschutzschirm zu umgeben, das Death Valley zu fluten oder Grönland in Folie zu packen. Dabei besteht jedoch die Gefahr – die Finanzierbarkeit und Machbarkeit mal außer Acht gelassen –, dass unbeabsichtigte Folgen auftreten, Katastrophen, die aufgrund der zahlreichen Variablen von globalen Projekten nicht vorausgesehen werden können. Deshalb wollte ich der Frage nachgehen, was alles passieren kann.

In diesem Buch werden die HAARP-Anlage in Alaska und die diesbezüglichen Gerüchte und Verschwörungstheorien erwähnt. Da es sich bei der in diesem Roman vorgestellten Aurora-Station im Wesentlichen um eine größere Version von HAARP handelt, habe ich mich dazu entschlossen, die Gerüchte wahr zu machen und den Himmel in Brand zu setzen – manche Leute haben befürchtet, genau dies könnte durch HAARP geschehen.

Mumifizierung und tätowierte Mumien

Am Anfang des Romans steht der Leichnam eines Mannes, der sich dem Ritual der Selbstmumifizierung unterzogen hat. So grausam und schmerzhaft das klingen mag, wird es doch tatsächlich praktiziert. In Japan findet man *Sokushinbutsu* – leibliche Buddhas –, die große Mühen auf sich nehmen, um ihr Körpergewebe über den Tod hinaus zu konservieren. Der Prozess beinhaltet Fasten, den Verzehr von Baumrinde, das Trinken von Tee und das Verschlucken von Steinen – anschließend lässt man sich bei lebendigem Leib einmauern. Ähnliche Praktiken gibt es in China und Indien.

Was Tätowierungen angeht, so wurden zwölf ägyptische Mumien mit Hautschmuck gefunden. Mit moderner bildgebender Technik und Infrarot-Scannern, die Hautschichten durchdringen können, werden diese Tätowierungen von Archäologen sichtbar gemacht.

Elefanten

Das Verhalten der Elefanten in diesem Buch mag erstaunlich erscheinen, entspricht aber dem Verhalten, das in Zoos und in der Wildnis beobachtet wurde. Dies beinhaltet das Malen, die Imitation menschlicher Stimmen, Bestattungsrituale, Tarnung und Selbstbehandlung von Krankheiten. Es trifft zu, dass Menschen sich bei kenianischen Elefanten abgeschaut haben, wie man durch Kauen bestimmter Blätter Wehen einleiten kann. Seit jeher beobachten die Menschen die Natur mit ihren Überlebensstrategien und wissen sie zu nutzen.

Das komplexe Verhalten verdanken Elefanten ihrem

großen Gehirn, das immerhin elf Pfund wiegt. Ihre Großhirnrinde besitzt ebenso viele Neuronen und Synapsen wie die des Menschen. Und von dieser geballten Intelligenz machen sie auch Gebrauch. Sie verwenden Werkzeuge, lösen Probleme und zeigen sogar altruistisches Verhalten. Sie verfügen über Selbstbewusstsein und zeigen künstlerisches Verständnis.

Also hört bitte auf, sie abzuknallen.

Ein paar unterschiedliche Brotkrumen

Ich hatte Gelegenheit, Saint Mary's Church in Ashwell zu besuchen. Die meisten Details sind zutreffend, doch mein Besuch liegt zehn Jahre zurück, und seitdem mag sich einiges verändert haben. Aber im Innern der Kirche gibt es tatsächlich mittelalterliche Graffiti, einige davon bedeutsam, andere eher komisch. Hinter der Kirche gibt es auch eine Quelle, gelegen in einem Park und durchzogen von einer Kette von Trittsteinen. Den Friedhof habe ich für die Action-Sequenz verlegt, doch ansonsten entspricht im Buch fast alles den örtlichen Gegebenheiten.

Noahs Arche basiert auf einem Amphibienfahrzeug mit der Bezeichnung Swamp Spryte. Es sah spaßig aus, deshalb habe ich es ins Buch übernommen.

Mit Kowalskis **Piezer** verhält es sich ähnlich. Dessen Vorbild ist der Entwurf des Heimatschutzministeriums für ein Gewehr, das piezoelektrische Kristalle abfeuert, die der Zielperson noch in dreißig Metern Entfernung Stromstöße verabreichen, und zwar ganz ohne die lästigen Drähte der Taser. Die Sigma Force bietet sich für eine Erprobung dieser Waffe natürlich an.

Im Buch befasse ich mich ein wenig mit den elektrischen Grundlagen des **Gedächtnisses** – angefangen von der Speicherung der Kurzzeiterinnerungen bis zur Aufzeichnung von Langzeiterinnerungen und deren Verteilung im Gehirn. Es wurde nachgewiesen, dass sich Erinnerungen durch elektrische Stimulation intensivieren lassen. Was würde passieren, wenn eine von Elektrizität lebende Mikrobe ein Krankheitserreger wäre? Wie würde sich das auf unsere Erinnerungen auswirken? Das möchte ich nicht am eigenen Leib erfahren; ich ziehe es vor, darüber zu schreiben.

Damit sind die Grundlagen des Romans abgedeckt. Es gibt natürlich noch zahlreiche weitere Brotkrumen, die auf Fakten beruhen, doch ich bräuchte eine Pinzette, um sie auszusortieren, und viele Buchseiten, um sie zu behandeln. Deshalb schlage ich vor, dass Sie einfach alles glauben, was im Buch steht.

Ich habe die Geschichte mit ein paar Zitaten von Nikola Tesla aufgepeppt, deshalb finde ich es passend, sie auch mit einem Zitat von ihm zu beschließen – mit einem Verweis auf das, was die Menschheit zusammenhält.

Zu freiem Denken und Handeln befähigt, sind wir doch alle wie die Sterne am Firmament durch untrennbare Bande miteinander verbunden.

Von Ihnen aber muss ich mich nun trennen – zumindest bis zur nächsten Krise, welche die Sigma Force bewältigen muss, und die wird nicht lange auf sich warten lassen.

Danksagung

Eine ganze Reihe von Personen haben dazu beigetragen, dieses Buch zu verbessern – durch ihre Unterstützung, ihre Kritik, ihre Ermutigung und vor allem ihre beständige Freundschaft. Zunächst möchte ich meiner literarischen Diskussionsgruppe mit jener Schar verschworener Leser danken, die meine ersten Kritiker sind und mir notfalls ordentlich Druck machen, mich mehr anzustrengen und tiefer zu schürfen: Sally Ann Barnes, Chris Crowe, Lee Garrett, Jane O'Riva, Denny Grayson, Leonard Little, Judy Prey, Caroline Williams, Christian Riley, Tod Todd, Chris Smith und Amy Rogers. Und wie immer gilt mein besonderer Dank Steve Prey, der wieder großartige Landkarten angefertigt hat… und Cherei McCarter für zahlreiche historische und wissenschaftliche Schmankerl, die auf diesen Seiten zu finden sind! Des Weiteren danke ich allen Angehörigen von HarperCollins, die mir stets den Rücken gestärkt haben, vor allem Michael Morrison, Liate Stehlik, Danielle Bartlett, Kaitlin Harri, Josh Marwell, Lynn Grady, Richard Aquan, Tom Egner, Shawn Nicholls und Ana Maria Allessi. Mein besonderer Dank gilt den Menschen, die in allen Stadien der Entstehung von ausschlaggebender Bedeutung waren: meiner Lektorin Lyssa Keusch und ihrer Kollegin Priyanka Krishnan; und meinen Agenten Russ Galen und Danny Baror – sowie seiner Tochter Heather Baror. Und wie stets möchte ich darauf hinweisen, dass sämtliche Irrtümer und Fehler, die hoffentlich nicht allzu zahlreich sind, auf meine Kappe gehen.